남색 시각의 너희들은

마에카와 호마레

안소현 옮김

목차

프롤로그 … 8

제1부

제1장 2010년 10월   바닷가 마을 … 10
　#1 _ 10월의 편지 … 61

제2장 2010년 11월   파도칠 때의 블루 … 63
　#2 _ 1월의 편지 … 113

제3장 2011년 2월   별의 감촉 … 116
　#3 _ 2월의 편지 … 169

제4장 2011년 3월   14시 46분 … 171

제2부

제1장 2022년 7월　강가의 거리 … 217

제2장 2022년 8월　생소한 법률 … 276

제3장 2022년 9월　미완성의 탑 … 327

제4장 2022년 10월　남색 시각의 너희들은 … 394
　#4 _ 너의 날개를 생각한다 … 475

에필로그 … 482
작가의 말 … 490
옮긴이의 말 … 495
참고 문헌 … 497

일본에서 동거는 '복지에 포함되는 자산'이라고 규정한다.

−1978년 후생노동백서

프롤로그

 아무것도 쥐지 않은 왼손을 멍하니 바라본다. 내 손가락은 가늘지만 짧다. 어릴 때부터 약손가락 둘째 마디는 부어 보일 정도로 굵었다. 결혼반지를 끼거나 뺄 때도 아팠던 기억이 난다.
 손바닥의 생명선은 중간에 끊어져 있다. 어린 시절, 불길해 보이는 손을 아빠에게 보여줬더니 "사고 조심해"라고 진지하게 걱정해 주었던 일이 갑자기 떠올랐다.
 "지금까지의 심정을 솔직하게 말씀해 주십시오."
 변호사의 질문이 들려서 고개를 들었다. 재판관의 무표정이 가장 먼저 눈에 들어왔다. 지금 손 따위는 중요하지 않다. 자리에 어울리지 않는 생각을 한 건 피고인 신문에 대한 긴장 탓일까.
 변호사 쪽으로 얼굴을 돌리고 목에 힘을 준다. 그래도 바로 말은 나오지 않는다. 다시 고개를 숙이니 잠긴 목소리가 가까스로 새어 나왔다.
 "보살피는 게 괴로울 때도 있었지만 미워한 적은 한 번도 없습니다."
 방청석에서 헛기침 소리가 들렸다. 뒤돌아보지 않아도 느껴졌다. 등 뒤에 쏟아지는 수많은 시선이.
 "지금도 마음속 깊이 사랑합니다."
 진심이었다. 내 대답을 듣고 변호사는 고개를 몇 번 끄덕거렸다.

잠시 숨을 고르자 다시 질문이 날아든다.

"범행을 돌아보았을 때 어떤 생각이 드셨습니까?"

"……온몸이 불에 타는 듯한 후회만 남습니다."

힘없는 대답과 동시에 콧속이 축축해진다. 그 아이의 마지막 표정을 떠올리자 머릿속이 혼란해졌다.

"비닐에 비친 괴로운 표정을 잊을 수가 없습니다."

단숨에 눈시울이 붉어지고 눈앞이 흐려진다. 여기서 울어봤자 허무함만 더할 뿐인데. 쓸데없이 죽고 싶을 만큼 후회에 휩싸일 텐데. 그런 생각과는 달리 증언대에서 보이는 법정의 풍경은 희미해진다.

눈물이 뺨을 타고 흘러내렸고, 손바닥을 쥐었다 폈다를 반복했다. 그 순간 가느다란 목을 조를 때 느꼈던 감각이 더욱 선명해졌다. 이 손에 남은 감촉을 지우고 싶지만 기억해야 한다. 내가 저지른 죄와 함께 살아가기 위해.

콧물을 훌쩍이고 눈가를 닦자 변호사가 다른 질문을 던진다. 등 뒤 방청석에서 또 누군가 헛기침하는 소리가 울려 퍼졌다.

제1부

제1장

2010년 10월 바닷가 마을

우윳빛 유리 저편은 잿빛으로 물들어 있었다. 낯익은 흐린 하늘을 마음속에 그려보고 눈앞으로 시선을 돌렸다. 소비기한이 임박한 달걀 두 개가 도마 위에 놓여 있다.

오래된 프라이팬에 식용유를 두르고 풍로에 불을 붙였다. 할아버지는 날달걀을 밥에 끼얹기 때문에 달걀프라이는 엄마랑 내 것만 만들면 된다. 기름이 탁탁 튀는 소리와 함께 프라이팬 위에서 흰자가 뽀얗게 변하는 모습을 바라보았다.

"오늘은 춥구나."

뒤돌아보니 담배를 귀에 끼운 할아버지가 코를 비비고 있었다. 이미 면 잠옷을 벗고, 낡은 작업복을 걸쳤다. 검버섯이 군데군데 눈에 띄는 손에는 스포츠 신문을 둥글게 말아 쥐었다. 갓 나온 신문의 잉크 냄새가 달걀 부치는 냄새와 뒤섞인다.

"편의점 다녀오셨어요?"

"그래. 담배가 떨어져서."

"그럼 엄마가 마실 요구르트도 사오셨으면 좋았을 텐데요."

할아버지는 식탁 의자에 앉아서 스포츠 신문을 넘기며 나지막한 목소리로 말했다.

"하루 정도는 안 먹어도 괜찮다."

"하지만 엄마는 변비에 자주 걸려서요."

"먹는 약에 변비약도 들어 있잖냐?"

대답 대신 살짝 타버린 달걀프라이를 접시에 담았다. 항정신병약을 복용하면 장의 움직임이 둔해지는 경우가 있다. 엄마는 과거에 여러 번 지독한 변비에 시달렸다. 복통을 호소할 때 약국에서 관장약과 정장제를 사는 건 언제나 내 몫이다. 할아버지의 대수롭지 않은 대답이 귓속에서 건조하게 들렸다.

"고하네, 나물 무침은 남았냐?"

"어제 먹은 거요?"

"그래. 있으면 꺼내놓으렴."

라이터를 켜는 소리가 들리고 쌉싸래한 연기가 자욱이 꼈다. 담배 연기로 누레진 벽지를 힐끗 보면서 입을 삐죽 내밀었다.

"교복에 담배 냄새가 밴다고요."

곧바로 의자를 미는 소리가 들렸다. 자리에서 일어난 할아버지는 담배를 입에 문 채 옆에 있는 환풍기 스위치를 켰다. 하얀 연기가 살랑살랑 흔들리면서 빨려 들어간다.

"그렇게 담배를 많이 피우면 폐암에 걸려요."

"지금 끊는다고 아무것도 안 변한단다."

할아버지가 쓴웃음을 짓자 누렇게 변한 치아가 고스란히 보였다. 나는 터져 나오려는 잔소리를 꾹 삼키고, 미역과 유부를 넣어 된장국을 만들 준비를 했다. 바닥이 까맣게 눌어붙은 냄비에 물을 붓는데 옆에서 가래 섞인 기침 소리가 들렸다.

"오늘은 저녁 안 먹는다."

"술 마시고 오세요?"

"그래. 미카미 씨가 끈덕지게 굴어서 말이지. 그 인간이 요즘 마음이 어수선한 모양이다. 이런저런 이야기 좀 들어 보고 싶네."

미카미 씨의 특징은 싱글벙글 웃는 표정이다. 완고한 할아버지가 직장에서 유일하게 마음을 허락한 동료다. 지난주에도 둘이 함께 낚시를 가서 커다란 가자미를 잡아왔다.

짤막해진 담배가 재떨이 대용인 빈 깡통 속으로 사라졌다. 할아버지는 환풍기 아래에서 웬일인지 손바닥을 쥐었다 펴기를 되풀이했다.

"왜 그러세요?"

"일어났더니 손이 저려서 말이지. 어제 다가네랑 세츠토를 너무 많이 쥐었나 보네."

거무스름하고 울퉁불퉁한 손을 바라보았다. '다가네'는 돌을 깨거나 표면을 다듬을 때 쓰는 도구다. '세츠토'는 작은 망치를 가리킨다. 할아버지는 10대 무렵부터 히가시마쓰시마시 석재사에서 일해왔다. 석공이라고 불리는 기능인으로, 암반에서 절단한 돌을 조각하여 주로 묘석이나 기념비를 만든다. 석재사 부지 내에는 다양한 작품이 전시되어 있다. 커다란 개구리, 마네키네코[1], 고마이누[2]. 건반의 흑백도 돌로 표현한 그랜드피아노는 눈길을 끈다.

---

1. 복을 불러오는 행운의 고양이
2. 신사나 절 앞에 사자나 개와 비슷한 전설의 짐승을 조각하여 마주 세운 한 쌍의 돌. 고구려에서 전해졌다는 설이 있다.

"손 괜찮으세요?"

"괜찮다. 또 돌을 다듬는 중에 나을 거다. 해장술이랑 마찬가지야."

할아버지는 몇 번 콜록콜록 기침한 뒤 다시 의자에 앉아 스포츠 신문을 넘기기 시작했다. 나는 입고 있는 교복 소매에 코를 가까이 댔다. 예상과 달리 담배 냄새는 안 난다. 그 대신 달걀프라이 냄새가 강하게 풍겼다.

아침 식사 준비가 모두 끝나갈 무렵 복도에서 발소리가 들렸다. 발바닥을 찰싹찰싹 붙였다 뗐다 하는 소리와 바닥이 삐거거리는 울림이 겹쳐 들린다. 엄마가 일어난 기척을 느끼고 조금 간이 세진 된장국을 그릇에 담았다.

"가스미, 이제 일어났구나."

할아버지의 중얼거림을 지우듯 부엌 미닫이문이 드르륵 소리를 내며 열렸다. 얼굴을 내민 엄마는 아직 잠옷 차림 그대로다. 엑스라지 사이즈의 빛바랜 티셔츠에 무릎이 닳아서 너덜너덜한 바지를 입었다. 의자에 앉으니 허리 군살이 몇 겹의 층을 만들었다.

"엄마, 안녕. 근데 안 추워?"

"그러고 보니 좀 춥네."

"긴팔 입지?"

"밥 먹고 나서."

엄마는 두툼한 볼살을 흔들며 방실방실 웃었다. 풍만한 가슴이 티셔츠의 영어 프린트를 일그러뜨렸다. 흰머리가 섞인 짧은 머리는 험한 잠버릇으로 군데군데 뻗쳐 있었다. 예전에는 누구나 돌아볼 정도로 미인이었던 흔적은, 긴 속눈썹과 오똑한 코에만 남아 있다.

"오늘 된장국, 조금 짭짤할지도 몰라."

"괜찮아. 고하네 요리는 전부 다 맛있으니까."

"아니, 실은 분량 조절을 잘못했어. 못 먹겠으면 남겨."

교복 주머니에서 스마트폰을 꺼내 화면을 바라본다. 벌써 7시 20분이 넘어가고 있다. 오늘도 약속에 늦을 것 같은 예감에 뱃속에 초조함이 밀려든다.

"할아버지, 달걀프라이 제 것까지 드실래요?"

"안 먹냐?"

"시간이 아슬아슬해서요. 먹을 시간이 없어요."

할아버지가 말없이 고개를 끄덕이는 걸 확인하고, 아침을 식탁에 차리기 시작했다. 엄마가 젓가락을 쥐는 순간 내 배에서 꼬르륵 소리가 요란하게 났다.

두 사람이 식사하는 동안 세면대로 향했다.

찬물로 세수한 후 약간 긴 머리를 뒤로 적당히 묶는다. 눈앞의 거울에 창백한 얼굴이 비친다. 어젯밤에는 시험공부를 하느라 새벽 2시까지 깨어 있었다. 수면 부족으로 눈두덩이 부었고 눈빛도 흐릿하다. 다른 친구들처럼 눈 화장이라도 하면 눈동자에 생기가 도는 것처럼 보일까. 세 사람의 칫솔과 전기면도기만 놓인 세면대를 보니 조그맣게 한숨이 새어 나왔다.

준비를 마치고 책가방을 한 손에 들고 부엌으로 돌아갔다. 마지막으로 어제 먹고 남은 음식을 채워 넣은 도시락통을 냉장고에서 꺼낸다. 할아버지는 아침을 다 먹고 작업복 주머니에 담배를 집어넣는다. 엄마는 아직 달걀프라이를 입에 물고 있다.

"엄마, 오늘 주간보호센터에서 뭐 한대?"

"뭘까. 잘 모르겠는데."

"아무튼 지각 하지 말고. 그리고 추우니까 뭐 걸치고 가."

말하면서 벽에 걸린 약 달력으로 시선을 돌렸다. 각 요일 옆에는 아침약, 점심약, 저녁약, 취침약을 넣는 주머니가 달려 있다.

"밥 먹고 나서 약도 꼭 먹어."

"알았어."

"집에서 나갈 때 점심약 까먹지 말고."

달걀프라이 노른자를 윗입술에 묻히고 엄마가 미소를 지었다. 지난주에는 괜찮았지만 지지난주에는 두 번이나 깜빡하고 약을 안 먹었다. 시원스레 대답은 잘하지만 마냥 믿고 내버려둘 수는 없다.

"약 먹는 거 약속 지켜. 그럼 오늘도 방긋방긋."

집게손가락으로 둥근 뺨에 움푹 들어간 보조개를 콕 찔렀다. 어린아이처럼 반복하는 의식은 어느새 "다녀오겠습니다" 대신 쓰이고 있다.

현관에서 인조가죽 로퍼를 신고 미닫이문을 열었다. 바깥으로 나서자 파도 소리를 휘감은 바람이 주름진 교복 치마를 흔든다. 10월의 바다는 흐린 하늘 아래 짙은 초록색으로 탁하다. 끊임없이 철썩이는 파도 소리는 오늘도 일정한 리듬으로 아디이소 지역에 울려 퍼지고 있다.

우리 집에서 대각선으로 건너편에 있는 아미이소 항구에서는 미역과 김 양식이 활발하다. 끝에서 끝으로 쉽게 오갈 만큼 작은 항구지만, 선착장에 늘어선 어선의 수는 제법 많다. 항구의 콘크리트 위에는 밧줄과 부표가 널브러져 태평양에서 불어오는 바닷바람을 맞고 있다. 아미이소 항구 오른쪽에는 빨간색과 흰색 크레인이 뻗은 커다란 조선소가 있다. 그 탓에 바다는 전망이 좋지 않고 좁아 보인다. 바다가 갑갑하게 느껴지는 건 저 멀리 보이는 이시노마키 공업항의 영향도 있을 것이다.

모래밭을 파서 인공적으로 만든 이시노마키 공업항은 미야기현 북부의 물류 거점으로 발전하고 있다고 사회 시간에 배운 기억이 난다. 수많은 크레인이 하늘을 향해 솟구쳐 있고 일본 국내와 외국 대형 선박의 왕래도 잦다. 이시노마키 공업항 부지의 제지 공장 굴뚝 연기가 하늘을 더욱 흐릿하게 만들었다.

현관 옆 자전거에 올라타서 우리 집을 돌아보았다. 문패의 '오리츠키' 글자가 희미하다. 함석 외벽은 바닷바람의 영향으로 녹슬어서 번듯하다고 말하기 어렵다. 지은 지 40년도 넘은 단층집은 주변 이층짜리 주택에 비하면 확실히 초라해 보인다. 내 방이 있는 커다란 집에서 살고 싶었지만 그런 사치스러운 소리를 할 때가 아니다. 부엌의 우윳빛 유리에 비치는 엄마의 실루엣을 바라보면서 약속 장소를 향해 페달을 밟았다.

소나무 숲 오솔길을 빠져나가 기타카미 운하에 놓인 짧은 다리를 건넌 뒤, 시민센터와 드넓은 논밭을 지나갔다. 왼쪽 저편에는 항공자위대가 속한 마쓰시마 기지가 있다. 아직 이 시간대에는 하늘을 가르는 블루 임펄스의 날개가 보이지 않았다.

졸업한 초등학교 앞으로 접어들면서 한 손으로 스마트폰을 꺼냈다. 약속 시간까지 앞으로 1분 남았다. 신호에 걸려 초조하게 45번 국도를 건넜다. 같은 교복을 입은 친구들이 요도가와강 부근에서 기다리는 모습이 보였다. 나를 알아본 린코가 손을 흔들었다. 고헤이는 산악자전거를 탄 채 교과서를 보고 있었다.

"미안, 또 늦었다."

두 사람 곁에 도착해 사과하며 브레이크를 세게 잡았다. 린코는 "아냐. 괜찮아"라며 웃음을 지었고 고헤이는 등에 멨던 백팩에 아무 말 없이 교과서를 집어넣었다. 평소 고헤이는 한 손에 추리소설을 들고 기다릴 때가 많았지만 오늘은 교과서를 읽고 있었다. 그런 모습을 보니 바쁜 아침 탓에 잊고 있던 시험 생각이 났다. 초조함이 밀려왔다.

고히이를 선두로 요도가와강으로 난 45번 국도를 달렸다. 목재를 실은 트럭과 경차가 잇달아 우리를 추월했다. 센다이 명과의 '하기노츠키' 광고 간판을 지나가자 옆에서 바구니 달린 자전거 핸들을 잡은 린코가 가느다란 눈썹을 찡그렸다.

"근데 큰일 났어. 어제 그냥 자버렸어. 고하네는 어떻게 했어?"

나보다 약간 짧은 머리카락이 바닷바람에 날린다. 최근에 뚫은 것 같은 왼쪽 귀는 추위 탓인지 염증이 생긴 건지 빨갛게 부어 있다.

"선생님이 힌트를 준 부분은 들여다봤어. 하지만 자신이 없어."

"어디가 시험에 나올 거 같은데?"

"전에 봤던 쪽지 시험에서 60퍼센트는 나온다고 했잖아."

"정말…… 그거 알았다면 밤새웠을 텐데."

린코는 크게 한숨을 쉰 다음 느릿느릿한 말투로 이야기했다.

"그렇지만 역시 못했을 거야."

"뭐가?"

"밤새우는 거. 어젯밤에 그 녀석이 잠을 영 안 자서."

"그 녀석이라니, 유다이 군?"

"어. 어제는 엄마 상태가 너무 안 좋았거든. 유다이를 목욕시키고 재우는 것까지 전부 내 몫이야."

린코가 모는 바구니 달린 자전거 뒤쪽에는 유아용 좌석이 붙어 있다. 축 늘어진 안전띠가 자전거의 움직임에 따라 이리저리 흔들리고 있었다.

"유다이 군이 몇 살이라고 그랬지?"

"지금 다섯 살. 어린이집에서도 장난만 친대. 얼마 전에는 같은 반 친구랑 싸워서 내가 사과도 했어."

"유다이 군은 활발한가 보다."

"활발하다고 해야 하나. 가만히 있지를 못해. 내후년에는 나가야 하는데."

나가야 한다는 말이 묘하게 귓가에 남아 서서히 졸업이라는 단어로 바뀐다. 몸을 앞으로 향한 채 약 일 년 반 뒤로 상상의 나래를 펼친다. 왜 그럴까. 오늘 하늘처럼 모든 것이 구름 낀 듯 흐릿하다. 남은 2010년은 앞으로 두 달. 2011년이 되면 본격적으로 진로를 결정해야 하고 2012년 봄에는 고등학교를 졸업한다. 순식간에 지나간 올해를 생각하니 일 년 반이라는 시간이 그리 길게 느껴지지 않는다.

학교 가는 길을 계속 따라가자 서서히 대형 파친코점이 보이기 시작했다. 인도에 늘어선 깃발이 바람에 나부낀다. 항상 좌회전하는 교차로에서 빨간 신호등에 걸린 순간 린코가 말했다.

"고헤이는 오늘 시험 어떡해?"

조금 앞에 멈춘 교복이 뒤돌아본다. 고헤이가 낀 검은 테 안경은 까무잡잡한 피부와 절묘하게 어울렸다. 옆으로 흘러내린 앞머리 끄트머리에 하얗게 굳은 왁스가 남아 있다. 고헤이는 입가의 사마귀를 손끝으로 살살 긁으면서 커다랗게 하품을 했다.

"오미 포기했어. 린코처럼 어젯밤에 자버렸거든."

"그런 것치고는 아까 열심히 교과서를 들여다보던데."

"아까 보고 있던 건 수학 교과서야. 오늘 보는 영어는 놔버렸다고."

될 대로 되라는 말투였다. 나는 끼어들지 않고 평소처럼 두 사람의 대화에 귀를 쫑긋 세웠다.

"그렇게 해서 나랑 고하네를 방심하게 하는 거지?"

"그런 거 안 해."

"잠을 잤다는 것도 사실 거짓말 아냐?"

"진짜라니까. 어젯밤엔 '오하마 반점'에서 배달시켜 먹었는데 너무 졸려서. 수면제라도 들었던 건가."

배에서 꼬르륵 소리가 났다. 라멘과 교자가 유명한 '오하마 반점'은 할아버지 직장 바로 옆이다. 재작년에 문을 연 중화요리점으로 메뉴도 다양하다. 라멘은 한 그릇에 380엔이고 교자는 한 접시에 180엔이다. 넓은 가게 안에는 테이블 말고도 다다미방이 있어서 밤에는 중화요리를 안주 삼아 술 마시는 사람이 많다. 할아버지도 퇴근길에 가끔씩 들르는 모양이다.

린코의 추궁에서 도망치듯 안경 렌즈 두 개가 내 쪽으로 향했다.

"고하네도 오하마 반점에서 배달시켜 봤어?"

"아주 가끔. 엄마가 거기서 파는 미소라멘을 굉장히 좋아하거든."

"미소라멘보다 고모쿠안카케야키소바[3]가 훨씬 더 맛있어. 다음에 그거 먹어 봐."

고헤이의 경쾌한 목소리가 추운 하늘에 흩어진다. 할아버지가 매달 갖다주는 식비는 3만 엔. 식단을 알뜰하게 짜지 않으면 월말에는 초라한 요리가 식탁에 오른다. 아무리 '오하마 반점' 메뉴가 싸다고 해도 선뜻 배달시킬 용기는 없다.

"근데 고하네는 오하마 반점에 새로 온 알바 알아?"

"새로 온 알바? 그 가게는 부부 두 사람이 운영하던 거 아냐?"

"그런데 어제 갑자기 예쁜 여자가 배달을 왔어. 다음에 봐봐."

모호하게 고개를 끄덕이는 사이 신호가 파란색으로 바뀌었다. 천천히 핸들을 다시 잡고 페달을 세게 밟는다.

"린코, 같이 낙제하겠다."

"나는 괜찮아. 아까 고하네한테 엄청 중요한 정보를 들었거든."

"뭐야, 그게. 나한테도 알려줘."

"교자 냄새 풍기는 사람한테는 싫습니다."

"고모쿠안카케야키소바밖에 안 먹었는데."

두 사람이 이야기를 주고받는 동안 서서히 풍경이 희미해졌다. 엄마는 점심약을 잊지 않고 집을 나섰을까. 지난주에 주간보호센터 가는 걸 시큰둥하게 여겼던 게 조금 걱정이다. 내일은 이 주일에 한 번 방문 간호사가 오는 날이라 최근 엄마 상태를 정확히 전달해야 한다. 영어 문법이나 수학 명제보다 중요한 내용을 머릿속으로 정리했다.

---

3. 다양한 채소와 해산물, 돼지고기를 넣은 걸쭉한 소스를 야키소바에 끼얹은 음식

학교 정문을 지나서 주차장에 자전거를 세웠다. 두 사람과는 반이 다르다. 로퍼를 실내화로 갈아 신고 나면, 각자 반 친구들과 보내는 시간이 훨씬 더 길다.

셋이서 이런저런 대화를 나누며 출입구를 향해 걷는다. 고헤이는 그저께 읽은 추리소설 트릭을 설명하고, 린코는 평소처럼 나랑 팔짱을 낀 채 시큰둥하게 맞장구친다.

"고하네, 뒷머리가 엄청 뻗쳤어."

"엇, 정말?"

"응. 잠깐만 기다려. 빗겨줄게."

린코가 빗으로 뻗친 머리를 정리해 주는데 차가운 바람이 뺨을 때렸다. 계절은 확실히 혹독한 겨울로 향하고 있다. 셋이서 함께 등교하기 시작했던 무렵에는 아직 여름 하늘이 펼쳐져 있었던 것이 떠올랐다.

『고하네와 린코 부모님도 저 병원에 다니셔?』

비밀을 속삭이던 고헤이의 목소리가 기억에 다시 떠올랐다. 이 주변에서 입원할 수 있는 정신과 병원은 한 군데밖에 없다. 곰곰이 생각해 보니 흔치 않은 우연이다.

『잠깐 이야기할래?』

두 사람 모두 동아리 활동이나 아르바이트를 하지 않는데도 수업이 끝나면 쏜살같이 학교를 뛰쳐나갔다. 교내에서 가족이 앓는 병을 입에 담는 건 내키지 않고, 묘한 소문이 떠도는 것도 곤란하다. 그래서 이야기 나누기에는 등교 시간이 가장 편했다. 가족의 아픔으로 인연이 된 사이는 그 후 꾸준히 이어지고 있다.

"좋아. 완벽해."

린코의 신난 목소리에 고맙다고 인사를 하고 다시 걷기 시작했다. 학교 건물에 들어가기 전 쳐다본 하늘은 이른 아침과 변함없이 흐렸다. 짙은 쥐색을 바라보며 약 달력에 점심약이 비어 있기를 빌었다.

종례는 예상보다 훨씬 길어졌다. 다른 반 아이들이 복도를 오가는 기척을 느끼면서 칠판 위 벽시계를 노려본다. 평소 끝나는 시간보다 벌써 15분이나 더 지났다.

"너희 내년에는 가장 상급생이야! 이제 정신 차려야지!"

담임 선생님의 격앙된 목소리를 듣고 교단을 쳐다보았다. 쉬는 시간에 조금 시끄러웠다고 이렇게 화내지 않아도 좋을 텐데. 더구나 떠들었던 건 남자애들 몇 명뿐이었다. 조용히 시험 준비했던 입장에서는 솔직히 성가셨다.

"다른 녀석들은 못 본 척했던 거냐! 왜 조심하지 않냐! 반 목표를 거스르지 마라!"

무심코 교실 출입문에 붙은 영문을 쳐다본다.

'One For All, All For One'

한 사람은 모두를 위해, 모두는 한 사람을 위해, 라고 머릿속으로 중얼거린다. 원래도 좋아하지 않았던 슬로건이 더더욱 싫어졌다. 입 밖으로 내뱉지는 못하지만 이 말에는 커다란 모순이 있는 것 같다. '한 사람은 모두를 위해'를 따른다면 이대로 눈을 감고 담임의 분노가 잦아들기를 기다리면 된다. 하지만 집에 돌아가 온갖 집안일을 해야 하는 나에게는 괴롭다. 저녁 준비, 청소, 빨래, 엄마의 복약 관리,

거기에 내일도 치르는 시험 공부. 집안일 시작이 늦으면 그만큼 책상에 가서 앉는 건 깊은 밤이 된다.

"요즘 긴장감이 너무 부족하지 않냐?"

담임이 과장스럽게 한숨 쉬는 걸 들으며 다시 반 목표를 바라본다. 'All For One'의 군데군데가 묘하게 뿌예 보여서 눈을 계속 깜빡거렸다. 자기를 희생해서 남을 돕는 게 그렇게 중요할까. 담임이 숨도 쉬지 않고 지껄이는 걸 들으며 풀 수 없는 의문이 머릿속을 떠돌았다.

마침내 설교가 끝나자 재빨리 복도로 뛰쳐나갔다. 평소에 학교에서 나오는 시간보다 30분이나 늦었다.

중고로 산 자전거에는 변속 기어가 없다. 속력이 오를 때까지 안장에서 엉덩이를 떼고 페달을 밟았다. 곁눈질로 운동장을 바라보았다. 흰색 선이 그려진 트랙을 따라 운동복을 입은 동급생이 달리고 있었다.

고등학교에 입학할 때 사실은 육상부에 들어가고 싶었다. 어린 시절부터 빨리 달리기에는 자신 있었다. 중학교 마라톤 대회에서 6위에 오른 적도 있다. 하지만 그런 희망은 입학 이튿째인 시점에서 포기했다. 지금의 생활 패턴을 보면 동아리 활동이나 아르바이트도 도저히 시간이 안 된다.

핸들을 강하게 쥐고 집으로 돌아가는 길을 필사적으로 달렸다. 똑같이 운동복을 입고 땀을 흘리는 반 친구들이 서서히 시야에서 사라진다. 동아리 활동조차 참여할 수 없다는 걸 깨닫고 느꼈던 절망감은 이제 잊어버렸다. 달리기 편한 운동복을 입을 수는 없었지만 할아버지가 스마트폰을 최신형으로 바꿔주었다. 그렇게 받아들이면서 페달을 밟는 두 다리에 힘을 준다. 고등학교 옆 삼층짜리 요양원 정원에는 휠체어를 탄 할머니와 직원처럼 보이는 사람이 화단을 보고 있다. 어쩐지 부럽다. 지금의 나는 꽃을 한가롭게 바라볼 여유가 없다.

항구에서 풍겨오는 비릿한 바람을 느끼며 속도를 늦춘다. 마당 앞에 자전거를 멈추고, 뻑뻑한 현관 미닫이문을 열었다. 콘크리트 바닥에는 엄마의 스니커즈가 나동그라져 있었다. 한 짝은 뒤집혀 있고 다른 한 짝은 끈이 풀려 있다. 벗은 로퍼 옆에 때가 탄 스니커즈를 가지런히 놓았다.

"나 왔어."

거실 불빛은 켜져 있었지만 "왔니?" 하는 반가운 인사는 들리지 않는다. 눈썹을 찡그리면서 짧은 복도를 걸어간다. 거실로 통하는 우윳빛 유리 격자문을 열자 방 안을 왔다 갔다 하는 뚱뚱한 몸이 눈에 들어온다.

"엄마, 나 왔어."

대답은 없다. TV에서 나오는 정보 프로그램 소리에 중얼거림이 겹친다. 문득 엄마 옷차림이 아침과 같다는 사실을 깨달았다.

"저기, 잠깐. 엄마."

다시 부르자 드디어 텅 빈 눈동자와 눈이 마주쳤다. 엄마는 재빨리 괴로운 듯한 표정을 지었다.

"큰일이야. 오전부터 줄곧 뿌 짱이 다리에 달라붙어 있는데."

"……그래서 오늘은 주간보호센터 갔다 왔어?"

"못 가. 집을 나서려고 해도 뿌 짱이 방해해서."

호들갑스럽게 한숨을 내쉬며 이리저리 움직이는 굵은 두 다리를 자세히 바라보았다. 아무리 뚫어져라 들여다보아도 엄마가 말하는

'뿌 짱'의 모습은 없다. 그래도 몇 년째 같은 설명을 들어왔으니 그 모습은 짐작이 간다. 새하얀 털로 뒤덮인 폭신폭신한 생명체. 얼핏 보기에는 샴고양이 같은데 눈은 세 개이고, 꼬리는 두 갈래로 갈라져 있다고 한다.

　아무 말 없이 부엌으로 발길을 옮겼다. 벽에 걸린 약 달력에 오늘 점심약은 손대지 않은 채 남아 있었다. 아침에 드린 기도는 가닿지 않은 것 같다.

　거실로 돌아왔더니 엄마는 아직도 실내를 분주히 돌아다니고 있었다. 켜진 TV 화면에는 수북하게 담긴 가이센동이 비친다. 이시노마키 정식집을 취재하는지 새우와 참치회가 그릇 위로 비어져 나와 있다. 나는 화면을 응시한 채 조그맣게 한숨을 내쉬었다.

　"엄마, 다리가 근질근질하지 않아?"

　"맞아. 뿌 짱이 계속 핥아서."

　"일단 응급약 먹을래?"

　지금 엄마에게는 항정신병약의 부작용이 나타나고 있다. 다리가 근질근질한 느낌은 좌불안석증이라고 하는 추체외로계 증상의 일종이다. 주치의가 말하기를 좌불안석증을 호소하는 대부분의 환자는 '다리에 위화감이 있다'든가 '앉아 있을 수가 없다'고 하는 모양이다. 엄마의 경우는 뿌 짱이 다리를 핥고 있다고 표현할 때가 많았다.

　가이센동을 입안 가득 물고 있는 TV 리포터한테서 눈을 떼고, 제자리걸음을 하는 맨발을 바라보았다. 엄마의 발톱에 칠해진 매니큐어가 벗겨지고 있었다. 칙칙한 보라색 매니큐어를 칠할 때 나도 끝손질을 도왔다. 수수한 건지 화려한 건지 알쏭달쏭한 색깔을 응시하다가 응급약을 넣어둔 투명 케이스로 손을 내밀었다.

'오리츠키 가스미 님'이라고 쓰인 약봉지를 꺼내서 익숙한 손놀림으로 봉투를 찢었다.

"이거 먹고 잠깐 이야기 좀 할래?"

"근데 뿌 짱이……."

"응급약을 먹으면 틀림없이 뿌 짱이 다리를 핥지 않을 거야."

부작용을 없애는 하얀색 알약을 내밀자 엄마는 주뼛주뼛 입안에 넣었다. 거실의 낮은 테이블에 놓인 컵으로 크림빵 같은 손을 쭉 뻗는다. 뚱뚱한 몸과 대조적으로 가느다란 목이 위아래로 움직이는 걸 확인하고 화제를 바꾸었다.

"오늘 영어 시험이 있었어. 내일은 싫어하는 수학이야."

살집이 두툼한 손을 잡고, 창틀 그림자가 뻗어 있는 등받이 좌식 의자에 각자 앉는다. 엄마의 이마에서는 땀이 배어나고 손에는 열기가 느껴진다. 앉지 못하고 줄곧 실내를 돌아다녔다는 것을 미루어 짐작했다.

"엄마는 어떤 과목을 잘했어?"

"……수영."

"체육 말하는 거야? 지금의 엄마랑은 도저히 상상이 안 가는데. 금방 가라앉을 거 같아."

"어릴 때 바다에서 수영을 하고…… 그때도 종종 뿌 짱이 다리를 잡아당겼어……. 몇 번이나 물에 빠질 뻔하기도 했어."

잘못된 기억이라고 생각하면서도 부정하지 않고 고개를 끄덕였다. 엄마의 증상이 심해진 건 내가 초등학생 때였다. 그 전에도 주위에서 환청이나 망상을 알아차렸지만 약간 색다르고 조용한 미인이라고 여겼던 것 같다. 요즘으로 말하면 '괴짜'랑 가까운 이미지일까. 정신과 병원에서 받은 초기 진단은 '정신분열증'이었지만 요즘은 '조현병'으로 이름이 바뀌었다.

"앗, 뿌 짱이 뱃속으로 들어왔어."

"괜찮아. 내가 곁에 있으니까."

이 증상은 의학적으로 체감 환각이라고 한다. 신체와 관련된 환각으로 보통은 상상도 못 할 말을 자주 한다. 예전에 엄마는 "괴물 고양이가 뇌를 먹고 있어" 또는 "괴물 고양이가 피부 밑을 기어다녀"라고 이야기했다. 괴물 고양이라는 말이 무서워서 내가 초등학교 무렵에 귀여운 이름으로 바꾸었다. 그때부터 엄마도 '뿌 짱'이라는 이름을 쓴다.

"이번에는 위를 핥고 있어."

"핥기만 하는 건 괜찮아."

"그러다 갉아 먹을지도……."

"혹시 피를 토하면 내가 구급차를 부를게."

그 후 한동안 모습을 살폈으나 황당한 말은 멈추지 않았다. 저녁약을 조금 빨리 먹게 했지만 결과는 마찬가지였다.

"뿌 짱의 꼬리는 불법전파를 수신하기 때문에 점점 방 공기가 달라져. 고하쿠는 숨쉬기 힘들지 않니?"

"나는 괜찮아."

"……창문 열어. 그리고 손수건을 입에 갖다 대야겠다."

전파에 관한 망상도 엄마가 자주 보이는 증상이다. 일어서려는 똥

뚱한 몸을 필사적으로 누르고, 거실 벽시계로 눈길을 돌렸다. 돌아와서 아직 집안일을 하나도 못했다. 머릿속으로 할 일을 헤아려봤자 한숨만 늘어난다.

"이대로는 고하네도 불법전파로 마비될 거야."

깜빡거리지도 않고 눈을 휘둥그렇게 뜬 옆얼굴을 바라보았다. 엄마의 코는 정말로 예쁘다. 콧대가 오뚝하고 코끝이 아름답게 뾰족하다.

"스마트폰 전원을 꺼. 그리고 TV도 꺼야 해."

"그런 거 안 해도 괜찮아."

"태평한 소리…… 위급할 때 고하네만이라도 도망가야 해."

마치 TV 드라마나 영화에 나올 법한 말이었다. 아무리 비현실적이라도 엄마는 진심으로 그렇게 믿고 있다. 괴물 고양이가 항상 달라붙어 있고 불법전파를 두려워하는 현실. 한순간에 거실이 새하얘진 기분이 들어서 한 손으로 눈가를 비볐다. 바로 색이 되돌아오자 우선순위가 바뀌었다.

"집에 있는 게 불안하면 함께 산책이라도 나갈까?"

내 제안을 듣고 엄마가 고개를 조그맣게 끄덕였다. 지금까지 증상이 심할 때는 엄마랑 근처를 이리저리 걸어 다녔다. 바깥바람을 쐬면 기분 전환도 되고 굳은 표정도 조금은 누그러진다. 더구나 엄마는 아미이소 항구에서 보이는 불빛을 굉장히 좋아한다. 캄캄한 바다에 비치는 네온사인을 바라보면서 서서히 마음을 가라앉힐 때도 많다.

"웃옷 가져올게. 잠깐만 기다려."

"고하네, 하다못해 손으로 입을 가려. 가능한 한 불법전파를 들이마시지 않도록."

불안한 표정을 힐끗 보고는 짧은 복도를 걸어갔다. 등 뒤에서 현관 미닫이문이 바닷바람에 덜커덕거린다. 돌아보니 콘크리트 바닥에는 신발 두 켤레가 놓여 있다. 엄마의 낡은 스니커즈를 바라보며 입가에 손을 갖다 댄다. 미지근한 숨결이 손바닥에 닿아 손가락 사이로 빠져나간다. 불법전파는 전혀 느껴지지 않는다.

　바깥으로 나가자 해가 지고 있었다. 시야에 들어오는 하늘은 남색과 오렌지색이 그러데이션을 그린다. 그 아래 선착장에는 어선들이 탁한 바다에 늘어서 있다.

　"봐봐. 하늘이 예뻐."

　내가 신난 목소리로 말하자 아래를 내려다보던 엄마가 고개를 약간 들었다. 딱히 아무런 감상도 말하지 않고 태양이 바다로 가라앉는 광경을 바라본다.

　"먼저 늘 가던 장소까지 걸어갈까?"

　"……아직도 뿌 짱이 따라오고 있어."

　"괜찮아. 금방 사라질 테니까."

　아미이소 항구 콘크리트에 닿는 어렴풋한 파도 소리를 들으면서 어깨를 나란히 하고 발을 내디뎠다. 근처 주택 창문은 부드러운 빛으로 물들어 있다. 바닷바람에 섞인 저녁 냄새에 침이 고인다. 해 질 무렵 아미이소 항구에서 바라보는 집들은 하나같이 따뜻한 공기에 감싸여 있다.

　"엄마는 오늘 뭐 먹고 싶어?"

　"아무것도 필요 없어……. 뿌 짱이 장운동을 멈춰버렸거."

　"그렇게 말하지 말고. 나중에 배고프다고 혀도 몰라."

조금 더 기다리면 일찌감치 먹은 저녁약 효과가 나타날 것이다. 증상이 줄어들면 집으로 돌아가서 재빨리 저녁을 만들면 된다. 냉장고에는 야키소바 생면이 남아 있다. 그럼 볶기만 해도 곧바로 식탁에 올릴 수 있다.

아미이소 항구 끝에 다다르자 바다를 향해 방파제가 나 있었다. 오른쪽에는 조선소 크레인이 뻗어 있고 앞쪽에는 이시노마키 공업항의 네온사인이 화려한 불빛을 뿜낸다. 엄마가 좋아하는 장소에서 우리 둘 다 발길을 멈췄다.

"저기 들어가 본 적 있어?"

바다 쪽에 켜진 불빛을 손가락으로 가리켰다. 짧은 침묵이 흐르고 옆에서 콧물을 훌쩍이는 소리가 들렸다.

"없어."

"나중에 가볼까?"

"여기서 보는 걸로 충분해."

엄마가 불빛에 눈을 가늘게 뜨고 있는 사이, 힐끗 땅바닥 쪽을 확인했다. 이제 제자리걸음은 멈추었다. 그리고 함께 바다를 바라보았다. 해가 뉘엿뉘엿 다 넘어가고 남색과 오렌지색이 뒤섞였던 하늘은 어느새 까맣게 물들어 간다. 별은 하나도 보이지 않지만 우주가 투명하게 비치는 것 같은 신비스러운 밤하늘이었다.

"밝고 소란스러워. 자그마한 도쿄 같아."

바닷바람에 휩쓸린 듯한 목소리를 듣고 옆으로 얼굴을 돌렸다. 엄마의 각질이 일어난 입술이 달싹거린다.

"도쿄는 말이지. 하늘보다 땅 위에 별이 있으니까. 거기 살았을 때 아빠가 종종 말했어."

 엄마가 아빠라고 부르는 사람은 이 세상에 한 명밖에 없다. 꼬박꼬박 내 생일날에만 연락하는 사람. 아버지가 뇌리에 스치고, 자연스럽게 화제를 바꿨다.

 "근데 뿌 짱은 사라졌어?"
 "그러고 보니 그러네."
 "그럼 집에 돌아갈까. 배고프다."

 두툼한 손을 조금 세게 잡았다. 엄마는 때때로 이혼 전에 살았던 도쿄에 대해 이야기했다. 나는 그때마다 고개를 끄덕이면서도 가슴에 품은 진심은 말하지 않았다. 도시처럼 사람이 많은 거리에서 고등학생이 엄마와 손잡고 걸으면 눈길을 끌지도 모른다. 혼잡한 지하철에서 혼잣말을 지껄이면 주위에서 얼굴을 찡그릴지도 모른다. 이 주변은 사람이 별로 없는 조용한 항구 마을이어서 다행이다. 누군가의 눈을 신경 쓰지 않고 이렇게 부드러운 손을 잡고 갈 수 있어서.

 "저녁은 야키소바 괜찮아?"
 "어. 하지만 숙주는 넣지 마. 물기가 너무 많아지니까."
 "배부른 소리 하네. 오늘 야키소바에는 숙주를 잔뜩 넣을 거라고."

 내 농담을 듣고 엄마는 심술이 난 듯 아랫입술을 삐죽 내밀었다. 둘의 신발 바닥이 땅을 밟는 소리가 잔잔한 파도 소리와 뒤섞였다.

 집에 돌아와서 교복을 입은 상태로 야키소바를 볶았다. 더러워진 그릇을 설거지하는 건 엄마의 일이다. 물보라가 튀고 세제 거품이 사방으로 날아가는 싱크대를 힐끗 보고 나는 집 앞으로 서둘러 나갔다.

 바닷바람으로 축축해진 빨래를 걷어 거실에서 속옷과 목욕 수건을 개기 시작했다. 그러다 아직 욕조에 뜨거운 물을 받지 않은 걸 깨달았다. 일어난 김에 이불도 깔아두는 편이 효율적이다.

욕실과 침실에 다녀오니 낮은 테이블 위에서 스마트폰이 진동했다. 화면에는 '할아버지'라고 표시되어 있다. 오늘은 술을 마신다고 들었는데 벌써 오는 걸까. 저녁 준비를 재촉하는 건지도 모른다. 진동하는 스마트폰을 귀에 갖다 대자 쩌렁쩌렁한 목소리가 고막을 울렸다.

"고하네니?"

할아버지 목소리가 아니었다. 빗물 얼룩이 밴 천장을 쳐다보며 전화를 건 사람이 누구인지 생각한다. 싱글벙글 웃는 얼굴이 떠오르고 한숨이 헉, 하고 나왔다.

"미카미 씨……세요?"

"그래. 오늘 다케시 씨랑 술 마시기로 했지. 지금 오하마 반점에 왔는데."

미카미 씨의 숨소리는 거칠었고 초조함이 선명하게 배어 있었다. 안 좋은 예감이 들어 스마트폰을 든 손끝에 무심코 힘이 들어갔다.

"오하마 반점에서 술을 마시는데 다케시 씨 상태가 이상해서."

"이상하다뇨……. 술에 취하신 건가요?"

"아니아니. 그렇게 많이 마시지 않았다. 글쎄, 팔다리가 마비돼서 못 일어나더라. 방금 구급차를 불렀다."

숨이 턱 막혔다. 할아버지는 술이 세서 밤늦게까지 마셔도 인사불성이 된 적은 한번도 없었다. 정신이 들자 쓰디쓴 침이 입안에 고였다.

"그래서…… 지금 할아버지는요?"

"가게 다다미방에 뉘었다. 입이 돌아갔는지 제대로 말도 못해."

전화기 너머로 할아버지의 짧은 신음 소리가 들려왔다. 동시에 희미하게 사이렌 소리가 들리기 시작했다.

"구급차가 왔나 보다. 어느 병원으로 가는지 정해지면 다시 연락할 테니까. 고하네 너는 휴대전화 옆에 잘 놔두고."

답하기도 전에 전화가 끊어졌고, 귀가 서늘해졌다. 무의식적으로 개고 있던 빨래에 손을 내밀었다. 다 갠 긴팔 티셔츠는 겉과 속이 뒤집혀 있었다.

바닥에 놓아둔 스마트폰 화면을 바라보면서 심호흡을 되풀이한다. 이대로는 안 된다. 동요하는 기색은 틀림없이 엄마한테도 전해질 것이다. 교복 치마에 달린 실밥을 손으로 뜯어내고 목에 힘을 주었다.

"엄마, 잠깐 와 봐."

몇 번인가 부르니 복도를 걸어오는 독특한 발소리가 들려왔다. 우윳빛 우리 격자문이 열리자 나는 억지로 미소를 지었다.

"지금 미카미 씨한테 연락이 왔어. 할아버지 일로."

뺨에 힘을 주어, 웃는 얼굴로 계속해서 말했다.

"오하마 반점에서 술을 마신 거 같은데 상태가 안 좋아서. 이제 곧 구급차로 병원에 옮겨진다나 봐."

구급차라는 말에 반응했는지 엄마가 눈을 자주 깜빡거린다. 최대한 불안하지 않게 대써 온화한 말투로 이야기했다.

"우리도 병원에 가야 할 거 같아. 만약에 입원한다면 여러 가지 동의서에 사인해야 하고."

엄마가 정신과 병원에 입원했을 때의 기억을 더듬어본다. 그때 할아버지는 다양한 서류에 사인을 했다. 입원 동의서, 긴급 연락처, 병실 요금 동의서 등등…… 성인 가족의 사인이 필요했던 건 분명하다. 그럼 엄마가 꼭 곁에 있어야 한다.

"그건 역시……."

"뿌 짱 탓이 아냐. 아마도 술을 마셔서 그랬겠지."

엄마의 대답을 가로채며 머릿속으로는 다른 생각을 하고 있었다. 실려 간 병원에 따라 다르겠지만 가려면 전철이나 택시를 타야 한다. 지금 시간이라면 JR 센세키선은 한 시간에 두 대밖에 안 온다. 택시비는 얼마나 나올지 불안하다. 두 가지를 저울질하다 전철로 가기로 했다. 하다못해 병원이 전철역과 가깝기를 빌었다.

"미카미 씨가 또 연락한다고 했어. 어쨌든 나갈 준비를 해야 해."

"응……."

"아까 입었던 웃옷을 걸쳐. 엄마 건강보험증도 챙기고. 병원에서 그걸로 신분을 확인받으면 되니까."

이런 상황에서 망상이 다시 시작되면 큰일이다. 엄마가 복도로 걸어가는 뒷모습을 보는데 스마트폰이 또 진동했다. 서둘러 받아 귀에 댄다.

"고하네, 진찰받을 곳 정했다."

알았다고 대답하면서 아직 개지 못한 빨래 더미를 바라보았다. 할아버지가 실려 간 곳은 이시노마키 방면의 종합병원인 것 같다. 처음 들은 이름을 무심코 한번 더 확인했다.

"아이즈미 병원이라고요?"

"그래. 남색으로 염색할 때의 그 아이에, 오징어 먹물의 그 즈미다."

"아이즈미 병원…… 아이즈미 병원……."

병원 이름을 헷갈리지 않게 입으로 되뇌었다.

"나는 술을 마셔서 따라가기는 어려워. 네가 병원에 가보겠니?"

"알겠어요. 저랑 엄마가 바로 전철 타고 갈게요."

인사하고 전화를 끊으려는데 다급하게 가로막는 목소리가 들렸다.

"전철 안 타도 돼. 지금 고하네 집으로 아르바이트하는 사람이 갔다."

"……아르바이트하는 사람이요?"

"응. 가게에서 출발했는데 이제 곧 도착한다더라. 돌 세공 체험에 참여한 적이 있다던데. 다케시 씨랑도 안면이 조금 있다고 했고."

확실히 할아버지의 석재사에서는 일반인을 위한 돌 세공 체험 프로그램을 한 달에 몇 번 열고 있다. 스마트폰에서 들려오는 갈라지는 목소리가 다시 생각의 톱니바퀴에 기름을 부었다.

"택시로 같이 가겠다고 했어. 고하네 짱은 현관 앞에 나가 있어라."

"그런데 택시비가……."

"그건 대신 내주겠지. 다케시 씨 휴대전화도 그 사람이 갖고 있으니까."

갑자기 전화가 끊겼다. 불과 몇 분 사이에 벌어진 일이 어지럽게 뇌리를 스쳐 지나간다.

신음 소리가 들렸으니까 할아버지는 의식이 있는 걸까. 하지만 일어나지 못한다니 위급한 상태인지도 모른다. 귀에 남은 날카로운 사이렌 소리가 걱정과 불안을 부추긴다.

"점퍼 입었어."

옷을 갖춰 입은 엄마가 복도에 서 있었다. 한 손에는 건강보험증을 쥐었다. 그 모습을 보자 어수선한 마음이 단숨에 잔잔해졌다.

"가게 사람이 택시를 타고 오는 모양이야. 이제 바깥에서 기다릴까?"

"택시 타는 거 오랜만이네."

"……일단 건강보험증은 내가 갖고 있을게. 떨어뜨리면 큰일이니까."

받아 든 건강보험증을 교복 안주머니에 넣고 잰걸음으로 현관으로 향했다. 이런 순간에도 남은 여러 집안일이 머릿속을 떠돈다.

"어쩌면, 뜨거운 물 안 잠갔을지도……."

서둘러 발길을 돌렸다. 세면대를 가로질러 가다가 문득 걸음을 멈췄다. 거울에 비친 교복 차림에 내일도 시험이 있는 것을 떠올렸다.

바깥으로 나와서 얼마 지나지 않아 헤드라이트 불빛이 어두운 길 위를 비췄다. 택시가 눈앞에서 멈추자마자 조수석 문이 열렸다.

"오리츠키 씨?"

머리카락을 뒤로 한데 묶은 여자가 조수석에서 상반신을 드러냈다. 얼굴이 반쯤 그림자에 가려져 표정은 잘 모르겠다. 아무런 반응도 없는 엄마를 대신해서 내가 살짝 고개를 숙였다.

"어서 타요."

이번에는 뒷좌석 문이 열렸다. 엄마 손을 끌고 일단 택시에 탄다. 택시 안에는 희미하게 음식 냄새가 풍겼다. 여자가 걸친 카키색 블루종에 밴 라멘과 교자, 볶음밥 냄새 때문일까?

택시가 움직이자 조수석에 탄 여자가 내 쪽을 돌아봤다.

"구급차가 왔을 때도 다케시 씨, 의식은 있었어요. 하지만…… 손발에 힘이 안 들어가서."

아름다운 얼굴에 시선을 빼앗겼다. 외까풀에 길쭉한 눈매가 인상적이고, 엄마와 비슷하게 콧대가 오뚝하다. 어둑한데도 하얀 피부가 눈에 띄고 뺨에서 턱까지는 매끈하게 이어진다. 자그마한 입매 사이로 엿보이는 덧니만큼은 귀여움이 묻어났다.

"화장실에서 엉덩방아를 찧은 걸 제가 발견했어요. 일으켜 세우려고 했지만 좀처럼 다리에 힘이 들어가지 않아서……."

넘어지기 직후 상황의 이야기가 이어졌다. 이 여자가 다른 좌석에 주문을 받으러 갈 때 화장실 앞에 서 있는 할아버지와 스쳐 지나갔던 모양이다. 그런데 할아버지가 꽤나 휘청거려서 자연스레 쳐다봤던 것 같다. 예상한 대로 바로 화장실에서 요란한 소리가 났다고 했다.

"두 사람이 달려들어서 자리로 모셔갔지만 점점 얼굴이 일그러졌어요. 제대로 표정을 짓지 못한다고 할까요……."

말문이 막힌 듯했지만 다시 얇은 입술이 달싹달싹한다.

"마비 탓인지 팔을 올리지도 못했어요. 이건 술 때문이 아닌 것 같았어요."

그 여자는 눈을 내리깔더니 몸을 다시 앞쪽으로 향했다. 택시가 달리는 소리만이 귀에 울려 퍼진다. 옆을 보니 엄마가 입을 반쯤 벌리고 차창 밖을 멍하니 바라보고 있었다. 어쩔 수 없이 내가 침묵을 깼다.

"고맙습니다……."

"……지금 생각해 보면 좀 더 빨리 구급차를 부를 걸 그랬어요."

그 여자의 힘없는 목소리를 들으면서 시시각각 요금이 올라가는 택시 미터기를 뚫어져라 바라보았다.

"너는 신경 쓰지 마. 전부 뿌 짱 탓이니까."

느닷없이 엄마가 중얼거렸다. 옆에서 허벅지에 손을 대고 하지 말라고 해도 신경 쓰는 기색은 없다.

"뿌 짱은 불법전파를 조종해. 할아버지 손발을 마비시킨 것도 자기장이 흐트러진 영향으로 말이지."

"잠깐…… 엄마."

"뿌 짱은 아마도 라디오나 인터넷 회선으로 가게에 몰래 들어갔을 거야. 괴물 고양이는 그런 게 특기니까. 그래서 너는 괜찮아?"

가로등 불빛이 차창으로 들어오고, 조수석에서 앞을 향한 아름다운 옆얼굴을 비춘다. 그 여자는 눈을 몇 번 깜빡이더니 다시 우리 쪽을 돌아봤다.

"저는 괜찮아요."

"그럼 다행이네. 그런데 넌 이름이……?"

"인사가 늦었습니다. 아사쿠라 아오바라고 합니다."

"아사쿠라 씨, 일단 휴대전화 전원을 꺼두는 것이 안전해. 그리고 기사님은 유선 교통 정보를 주의하세요. 뿌 짱이 거짓 정보를 흘릴지도 모르니까요."

반사적으로 "그만 좀 해!" 하고 외쳤다. 엄마는 어깨를 움츠리더니 한숨을 크게 쉬고 다시 차창 쪽을 바라보았다.

"엄마가…… 죄송합니다. 신경 쓰지 마세요."

교복 치맛단을 꽉 쥐면서 고개를 푹 숙인다. 창피해서 순식간에 뺨이 붉게 물들었다. 할아버지한테 신경 쓰느라 엄마의 응급약 가져오는 걸 잊어버렸다. 극심한 후회가 밀려오고 차 안에 떠도는 어스레함이 갑자기 짙어졌다.

"전원 껐어요."

그 목소리에 고개를 들었다. 반으로 접히는 휴대전화를 우리 쪽을 향해 들어 보였다. 새카만 화면에 지문이 얼룩덜룩 묻어 있었다.

"그러니까 안심하세요."

아사쿠라 씨가 차분하게 말했다. 휴대전화가 시야에서 사라지고 나서야 나는 좌석 등받이에 몸을 기대고 앉을 수 있었다.

잠시 뒤 아오즈미 병원 정문이 보였다. 택시가 천천히 병원 안으로 들어갔다. 희미한 전등이 켜진 정문 현관 앞에 도착해서 운전사가 사이드브레이크를 당겼다. 택시 미터기에는 4천 엔 가까운 금액이 찍혔다.

"택시비는 제가 낼 테니까요. 두 분은 빨리 들어가세요."

미안한 마음이 들었지만 순순히 고개를 끄덕였다. 엄마를 재촉해서 택시 문을 열었다. 난방이 되는 택시 안과 달리 차가운 바람이 세차게 불어왔다.

병원 정문 현관의 자동문은 굳게 닫혀 있었다. 눈을 가늘게 뜨고 병원 안을 바라보았다. 비상등만 군데군데 빛날 뿐 사람 그림자는 없다.

"이쪽 현관은 닫혀 있으니까 다른 곳으로 들어가야겠는데……."

내뱉은 하얀 입김을 가르며 주위를 둘러보았다. '휴일·시간 외 출입구'라는 표지판이 눈에 띄어서, 살집이 두툼한 손을 꽉 쥐었다. 화살표를 따라 걸어가니 불빛이 환하게 켜진 장소가 보였다.

"아마도 저기 같아."

휴일·시간 외 출입구에는 경비원이 대기하는 창구가 있었다. 빠르게 사정을 설명하자 경비원은 수화기를 들고 어딘가로 전화를 걸었다.

"곧 간호사가 올 테니 잠시 기다려주십시오."

사무적인 말투를 들으니 엄마를 잡고 있던 손에 다시 힘이 들어갔다. 어떤 신호라고 착각했는지 살집이 두툼한 손도 꼬옥 힘을 주었다. 바깥은 이렇게 추운데 엄마의 손바닥은 땀에 젖어 축축했다.

간호사는 화장이 진한 젊은 여자였다. 갈색 올림머리에 링 귀걸이를 하고 있다. 간호사를 따라서 병원 안 어두운 복도를 걸어갔다.

"저기…… 할아버지 상태는요?"

"의식은 있으니까 안심해요. 천천히 하면 대화는 가능하니까요."

최악의 사태를 상상했던 것 같다. 간호사의 대답을 듣고 안도의 한숨을 내쉬었다.

"병원에 실려와서 머리를 촬영하고 링거를 맞았어요."

"할아버지는, 머리가 아프신 건가요?"

"자세한 건 의사 선생님이 설명해 줄 거예요. 먼저 가족분들한테 몇 가지 여쭤볼 게 있습니다."

간호사가 안내한 곳은 작은 방이었다. 네 명이 앉는 책상 위에는 투명한 파일에 든 서류와 노트북이 한 대 놓였고, 벽에는 엑스레이 판독기가 설치되어 있었다. 의자를 꺼내 앉았는데 창문이 없어서 그런지 숨이 턱 막혔다.

"다름이 아니라 몇 가지 질문에 대답해 주셨으면 합니다."

간호사의 시선이 옆에 앉은 엄마에게 쏠렸다.

"다케시 씨는 과거에 큰 병을 앓으신 적이 있습니까?"

엄마는 이리저리 눈을 돌리더니 콧물을 훌쩍거렸다. 살풍경한 공간에 떠도는 침묵으로 마음이 불편해졌다. 간호사는 헛기침을 한 번 하더니 질문을 바꾸었다.

"다케시 씨는 매일 드시는 약이 있습니까?"

엄마는 여전히 잠자코 있다가 눈을 내리깔았다. 낯선 환경이라 긴장하는 것이 느껴진다. 간호사가 가느다란 눈썹을 약간 찡그리는 순간 끼어들었다.

"딱히 드시는 약은 없어요. 어느 병원에 입원했다는 이야기도 들은 적이 없고요."

간호사의 긴 인조 속눈썹이 내 쪽으로 향했다.

"그럼 약 수첩 같은 건 없겠네요?"

"네. 원래 병원 가기를 꺼려하시는 거 같아요……."

"건강검진 때 고혈압이나 당뇨병 진단을 받은 적이 있나요?"

"혈압은 높지만…… 할아버지는 그다지 신경을 안 쓰는 거 같았어요."

"요즘 몸 상태는 어땠어요? 예를 들면 현기증이나 두통, 손발의 이상을 이야기한 적은요?"

"오늘 아침에 손이 저리다고 이야기했어요……."

간호사의 시선이 다시 엄마를 향하는 일은 없었다. 화려한 화장과 달리 소박한 손톱 끝이 노트북 키보드를 두드렸다.

"다키시 씨의 키와 몸무게를 알고 있나요?"

"정확히 165센티미터에, 65킬로그램이에요. 건강검진 결과지를 들여다본 적이 있거든요."

"그런데 오늘도 일을 하러 가셨죠? 그럼 일상에서 도움이 필요했던 적도 있나요?"

제1장 2010년 10월 바닷가 마을

집안일은 하나도 하지 않는다고 할 뻔했지만 천천히 그 말을 삼켰다. 지금 궁금한 건 그런 게 아닐 것이다. 스스로 걸을 수 있는지, 화장실 관련해서 실수하지 않는지, 혼자서 옷을 갈아입을 수 있는지, 일상 생활 능력을 물어본 것일 테다. 그 밖에도 몇 가지 짧은 질문이 이어지고 간호사는 투명한 파일에 손을 내밀었다.

"의사 선생님이 설명해 드리기 전에 먼저 서류를 작성해 주세요."

우리에게 내민 서류에는 주소와 긴급 연락처를 쓰는 칸이 있었다.

"펜은 안 갖고 있죠?"

"네……. 서둘러 오느라."

하얀색 옷 주머니에서 꺼낸 볼펜을 망설임 없이 엄마에게 내밀었다. 살집이 두툼한 손은 주뼛주뼛 볼펜을 받아 들었지만 글자를 쓸 기미는 없다. 텅 빈 눈길이 종이 위를 향했다.

"저기…… 이거 제가 써도 될까요? 엄마는 시간이 걸릴 거 같아서요."

"딱히 사인할 필요는 없어서 괜찮지만 첫 번째 연락처는 어른인 가족이 좋을 거 같네요."

종이에는 연락처 쓰는 칸이 세 번째까지 있었다.

"첫 번째 연락처는 엄마로 하면 되는데요……. 두 번째 연락처는 저를 써도 될까요?"

"음. 다른 가족은 없어요?"

한순간 도쿄에 사는 아버지가 떠올랐다. 내 생일날에만 '축하한다' '고마워'라는 문자를 주고받는 관계. 이미 재혼했고 새로운 가정을 꾸린 인간을 귀찮게 할 이유는 없다.

"없어요……."

"조금 먼 데 사는 분이라도 괜찮아요. 친척은 없어요?"

"……친척이랑 교류가 전혀 없어서요."

간호사는 잠깐 고민하더니 "일단 보호자분 연락처를 써두세요"라고 말했다. 허락을 받고 종이 위에 볼펜으로 썼다. 첫 번째 연락처는 거의 사용하지 않는 엄마 휴대전화 번호를 쓰고, 세 번째 연락처는 빈칸인 상태로 제출했다.

간호사가 자리를 뜨고 몇 분 뒤 하얀색 가운을 걸친 중년 남성이 나타났다. 입가에는 제멋대로 수염이 자라났고, 끼고 있는 안경 너머로 조금 피로한 기색이 엿보였다.

"안녕하세요. 오늘 당직 의사 다무라입니다."

맞은편 의자에 앉은 의사는 우리 쪽을 힐끗 바라보고 말했다.

"급작스러운 일로 두 분 모두 깜짝 놀라셨겠네요."

내가 고개를 끄덕거리자 의사가 몇 번인가 안경 콧대를 만졌다.

"검사 결과와 신체 소견을 볼 때 다케시 씨는 뇌경색을 일으킨 것 같습니다. 두 분은 이 질환에 대해 아십니까?"

갑자기 전해진 병명에 심장이 세게 뛰었다. 의사가 질문했지만 엄마는 아무런 반응도 보이지 않았다. 대신에 내가 고개를 가로저었다.

"……자세히는 모릅니다."

"그렇군요. 일단 이 질환을 간단하게 설명해 드리겠습니다."

의사는 헛기침을 한 번 하고 담담하게 이야기를 꺼냈다.

뇌경색은 혈전이 뇌혈관을 막아서 생기는 병인 듯하다. 뇌혈관이 도중에 막히면 그 앞쪽으로 산소와 영양분이 포함된 혈액이 도달하지 못한다. 그런 상황이 계속되면 뇌신경 세포가 괴사하고 여러 가지

장애가 생긴다고 들었다.

"뇌경색에는 세 가지 유형이 있습니다."

의사의 말에 고개를 끄덕이면서 내용을 머릿속으로 정리한다.

심장에서 만들어진 혈전이 원인이 되어 발생하는 경우에는 '심원성 뇌색전증'이라고 한다. 혈관 내에 쌓인 콜레스테롤이 원인인 때를 '아테롬 혈전성 뇌경색'이라고 부른다.

뇌의 깊은 부분을 지나는 가느다란 혈관이 막혀서 생기는 경우를 '열공성 뇌경색'이라고 부르는 것 같다.

"뇌가 손상을 입은 부위에 따라 예후가 다릅니다. 세 가지 중 가장 중증으로 가기 쉬운 것은 심원성 뇌색전증입니다. 전조 증상 없이 갑자기 발생하고 뇌에 광범위하게 영향을 미치는 경우가 많아서."

의사는 한 번 말을 끊고는 다시 이어나갔다.

"반대로 비교적 예후가 좋은 것은 열공성 뇌경색(lacunar infarction)입니다. 여기서 라쿠나(lacunar)는 라틴어로 '작은 구덩이'라는 뜻입니다. 뇌의 가느다란 혈관이 막혔기 때문에 손상 범위도 15밀리미터 미만으로 작습니다. 경험상 발생했을 때 의식장애를 동반하는 케이스는 적습니다. 열공성 뇌경색이 발생해도 무증상인 분도 있을 정도입니다. 하지만 증상이 가볍다고 해서 방치하는 건 굉장히 곤란합니다. 언젠가는 인지 기능에 장애가 생기거나 새로운 뇌혈관 장애의 원인이 되기 때문입니다."

의사는 책상 위에 놓인 노트북을 두드리면서 한 번 헛기침을 했다.

"촬영한 영상을 확인해 보면 다케시 씨는 열공성 뇌경색입니다."

노트북을 우리 쪽으로 돌려놓았다. 화면에는 호두를 흑백사진으로 찍은 듯한 이미지가 표시되어 있다. 바로 뇌라는 것을 알았다.

"이건 다케시 씨의 뇌를 MRI 검사로 촬영한 사진입니다. 이 부분이 약간 하얗죠?"

의사가 손가락으로 가리킨 곳을 자세히 들여다보았다. 뇌의 일부에 확실히 하얀색 점이 보였다.

"다케시 씨의 오른손이 저리고 혀가 꼬이는 것은 이 병소의 영향 때문입니다."

오늘 아침에 환풍기 아래에서 쥐었다 폈다 되풀이했던 주름 잡힌 할아버지의 손이 떠올랐다.

"뇌는 이른바 신체 전체를 통제하는 사령탑입니다. 장애가 생긴 부위에 따라서 다양한 증상이 나타납니다. 전형적인 사례로는 병소와 반대쪽 손발에 마비가 오거나 저리거나 입꼬리가 축 처지거나 말이 어눌하거나. 그러니까 운동이나 감각, 발성과 관련해서 장애가 생기는 것입니다."

하얀색 점 쪽에는 'Left'라고 표기되어 있다. 병소와 반대쪽에 마비가 온다는 설명을 더올리면서 잠긴 목소리로 물었다.

"수술은 해야 하나요?"

"지금 상태에서는 필요 없습니다. 주로 링거나 먹는 약으로 보존 치료를 계속할 예정입니다."

"손과 발의 저림은…… 언젠가 나아질까요?"

"계속 경과를 지켜볼 겁니다. 아까 열공성 뇌경색은 비교적 예후가 좋다고 이야기했지만 모든 사람이 다 순조롭게 회복하는 것은 아닙니다. 혈전이 이동하면 안타깝지만 입원해야 하고, 증상이 악화하는 케이스도 있습니다."

"그렇군요······."

"열공성 뇌경색 증상이 나타나는 것은 고혈압과 관련 있는 경우가 많기 때문입니다. 입원하면 혈압 조절과 생활 습관 개선에 대해서도 알려드리겠습니다."

고개를 끄덕이는 수밖에 없었다. 짧은 침묵을 깨뜨린 것은 옆에서 들려온 커다란 재채기 소리였다. 엄마는 몇 번인가 코를 문지르더니 깊게 고개를 숙였다.

"선생님, 부디 아버지를 잘 부탁드립니다."

"다케시 씨의 병세가 빠르게 회복되도록 노력하겠습니다."

"무슨 일이 생기면 도울게요."

"감사합니다. 그럼 재빨리 입원 서류를 설명해 드리겠습니다."

"부탁드립니다."

평소와 다르게 정상적인 모습을 보고 긴장하던 몸의 힘이 풀렸다. 이제 와서 저녁약의 효과가 나타난 것인지도 모르겠다. 지금까지도 증상에 휩쓸리지 않을 때에는 이런 차분한 태도를 취할 수 있었다. 푸근한 체형에 관록이 배어 나온다. 엄마는 맑은 눈빛으로 의사를 바라보면서 다시 몇 번인가 코를 훌쩍거렸다.

"선생님, 한 가지 여쭤보고 싶은 것이 있습니다."

"무엇입니까?"

"노트북을 쓴다는 것은 병원 안에 와이파이가 켜져 있다는 건가요?"

"병원 안 모든 곳은 아니겠지만 그게 왜 궁금하시죠?"

아름다운 코의 콧구멍이 조금 커지는 순간, 기분 나쁜 예감이 들었다.

"만약에 뿌 장이 링거관 같은 것에 장난을 치면 와이파이 전원을 꺼두는 편이 좋을 겁니다."

의사가 서류를 꺼내려는 손길을 멈췄다. 엄마는 비밀을 알려주듯이 목소리를 낮췄다.

"뿌 짱은 와이파이를 이용해서 빠른 속도로 이동할 수 있습니다."

"뿌 짱……이라고요?"

"아직 공표되지 않았지만 정부 관계자에게 들은 정브입니다. 먼저 선생님한테 전해드리는 편이 좋을 것 같아서요."

줄곧 담담했던 의사의 표정에 희미하게 쓴웃음이 감돌았다.

"충고해 주셔서 감사합니다."

입원 신청과 치료 계획이 쓰여 있는 서류를 엄마에게 내밀었다. 종이가 스치는 건조한 소리가 유난히 귓가에 맴돌았다.

내가 재촉하고, 엄마는 드디어 모든 서류에 사인을 마쳤다. 의사가 인사를 하고 어디론가 사라지자 교체하듯 아까 왔던 간호사가 얼굴을 내밀었다.

"빠진 거 없는지 서류를 한번 확인해도 될까요?"

엄마의 둥그스름한 글씨가 적힌 서류를 건네자 간호사가 한장 한장 살펴보더니 입을 열었다.

"이 시간대에는 이미 원무과 문이 닫혀서요. 입원 수속은 나중에 하셔야 하는데요. 다음에 언제 병원에 오실 건가요?"

"아무래도 빠른 편이 좋겠죠?"

"그렇죠. 가능하다면."

"……내일 올게요."

"원무과는 오후 5시까지 열어요."

학교에서 직접 자전거로 병원에 오면 시간이 넉넉하다. 하지만 입원 수속을 할 때 어른이 필요할 것이다. 방과 후 집에 돌아가 엄마와 전철을 타고 병원으로 온다면 오후 5시까지 도착할 자신이 없다.

"입원 수속을 할 때 예치금 10만 엔을 내야 해요. 그건 괜찮아요?"

숨이 턱 막혀서 바로 대답할 수가 없었다. 그렇게 큰돈은 지갑에 넣어본 적도 없다. 오후 5시, 예치금 10만 엔이 머릿속에서 번갈아 떠올랐다가 사라진다.

"오늘 할아버지를 만날 수 있어요?"

"잠깐이라면 괜찮아요."

"……돈은, 물어볼게요."

나도 모르게 눈을 내리깔았다. 갈색 로퍼에 엄마의 그림자가 드리웠다.

간호사가 안내한 커다란 병실에는 커튼이 둘러진 병상이 세로로 쭉 놓여 있었다. 소독약 냄새가 병실을 떠돌고 하얀색 유니폼을 입은 사람들이 바쁘게 왔다 갔다 한다.

"다케시 씨 병상은 가장 안쪽이에요."

간호사를 뒤따라 통로를 걸어갔다. 여기저기 놓인 카트 위에는 거즈나 주사기가 한데 올려져 있었다. 매달려 있는 링거와 혈압계 몇 개를 힐끔 보았다. 어른이 넉넉히 누울 만한 환자 이송용 병상이 벽 쪽에 몇 대 자리해 있었다. 우리 발소리에 때때로 환자의 신음 소리가 겹쳤다.

쳐진 커튼을 젖히자 할아버지가 병상에 누워 눈을 감고 있었다. 팔에는 반투명 관이 꽂히고 머리 쪽에 놓인 심전도계가 뾰족한 물결 모양을 그린다. 벽에는 산소통도 설치되어 있다. 지금은 필요 없는지 산소마스크는 입에 씌우지 않았다.

"할아버지."

부르자 푸석푸석 부은 눈을 떴다. 오른쪽 입가만 부자연스럽게 내려가고, 들은 대로 표정은 일그러졌다.

"제에엔장. 이게에 뭐어야."

혀가 잘 돌아가지 않는 목소리에, 희미하게 술 냄새가 뒤섞였다. 할아버지의 얼굴을 보니 목과 콧속이 뜨거워진다.

"우리는 괜찮으니까 할아버지는 푹 쉬세요."

"내이르은 다으른 벼어엉동으로 오오옴겨."

몇 번 다시 물어보고 '내일은 다른 병동으로 옮겨'라는 말이라고 이해했다.

"할아버지, 이제 말씀 안 하셔도 돼요."

예치금 문제는 가슴속에 묻어 두었다. 이런 상태에서 이야기하는 건 가혹하다. 내일 원무과 직원에게 사정을 설명해서 10만 엔은 조금 기다려달라고 하는 수밖에 없다. 이렇게 힘들어하는데 바로 쫓아내지는 않을 거다.

나는 허리를 구부리고 링거가 매달려 있지 않은 손을 잡았다. 할아버지는 꼭 맞잡고 싶어 했지만 손아귀에 힘이 없었다.

"오늘은 이만 가볼게요."

할아버지가 고개를 약간 끄덕이는 걸 확인하고, 줄곧 꿔다 놓은 보릿자루처럼 병상 옆에 서 있는 엄마를 바라보았다.

"엄마는 뭐 할 말 없어?"

"아버지, 의사 선생님한테 와이파이에 대해 알려줬어요."

엄마 나름의 응원하는 말을 듣고, 나는 할아버지의 거친 손을 놓고 일어났다. 발길을 돌리려고 하는데 가래 섞인 목소리가 등에 와 닿았다.

"하후미."

어눌했지만 '가스미'라는 건 확실히 알았다. 지친 눈빛은 엄마를 붙잡고 있었다.

"고우하네에가 하느은 마아을 자알 드으을러."

제대로 전달되지 않았는지 엄마는 고개를 갸웃거렸다.

휴일·시간 외 출입구로 가면서 교복 주머니에서 스마트폰을 꺼냈다. 벌써 밤 9시가 지났다. 피난 유도등이 어스레한 복도를 초록색으로 비추고 있었다.

창구에 도착해서 모자를 고쳐 쓰고 있는 경비원에게 빠른 말투로 전했다.

"아까 입원한 오리츠키 다케시 가족이에요. 오늘은 이만 가볼게요."

"입원 수속은 의료진한테 설명을 들었습니까?"

"네……. 내일 다시 오겠습니다."

"마지막으로 보호자 신분증을 복사해도 될까요?"

교복 안주머니에서 엄마의 건강보험증을 꺼냈다. 덥석 받아 든 경비원이 안쪽으로 사라졌다. 어느 정도 마무리되었다는 안도감 때문인지 갑자기 오줌이 마려웠다.

"엄마, 화장실 안 가도 괜찮아?"

"응. 괜찮아."

"나는 잠깐 다녀올게. 건강보험증 받고 여기서 기다리고 있어."

화장실은 이곳에서 조금 되돌아가면 있을 것이다. 아랫배에 힘을 주고 방금 걸어온 어두운 복도를 돌아갔다.

볼일을 보고 상상 이상으로 몸이 피곤하다는 걸 깨달았다. 손을 씻고 세면대 앞 거울에 비친 창백한 얼굴을 찬찬히 바라보았다. 집에 가면 남은 집안일과 시험공부를 해야 한다고 생각하자 저절로 눈썹이 찡그려진다.

"앗, 유코구나."

조용했던 복도 쪽에서 갑자기 목소리가 울려 퍼졌다. 두 사람의 발소리가 화장실 앞 복도에 멈춰 서는 기척이 느껴졌다.

"고생했어. 도토미도 오늘 야간 근무였어?"

"어. 채혈 키트가 떨어져서. 검사실에 가지러 가는 길."

도모미'라고 불리는 여성의 목소리가 귀에 익었다. 아까까지 대응해 준 간호사인 것 같다. 거북한 느낌이 들어서 화장실에서 나가는 걸 망설였다.

"응급실은 바빠?"

"그럭저럭. 장폐색, 충수염 그리고 결공성 뇌경색인 할아버지가 실려 왔어. 방금 전까지 가족이랑 상담도 했어."

할아버지 이야기가 나와서 순간 숨을 죽였다.

"근데 그 환자 딸이 사이카이어트리 같더라. 함께 온 고등학생 손녀가 대신 굴어보더라고."

"어, 그랬구나."

"똑똑한 아이라서 다행이야. 하지만 엄마가 그런 상태라서 불쌍했어."

불법전파는 믿지도 않는데 반사적으로 입을 손으로 덮고 있었다. 목에 힘을 꽉 주고 숨을 참았다. 창백했던 얼굴이 붉게 물들어 간다. 두 사람의 발소리가 완전히 사라지고 겨우 숨을 내쉬었다. 어깨로 호흡을 가다듬으면서 수도꼭지를 튼다. 나도 모르게 다시 한번 의미 없이 손을 씻고 있었다.

'사이카이어트리'는 '정신과'를 뜻하는 의료 용어다. 엄마가 다니는 정신과 병원에서는 들어본 적이 없지만, 감기에 걸려서 간 내과에서 직원이 소곤소곤 이야기하는 걸 들은 기억이 있다.

『딸이 사이카이어트리 같더라.』

아까 그 간호사의 말은 단순한 의료 용어처럼 들리지 않았다. 경멸과 모욕하는 듯한 울림이 껌처럼 귓속에 달라붙어 떨어지지 않는다. 엉겁결에 수도꼭지를 확 틀어버렸다. 비누 거품이 천천히 배수구로 흘러갈 뿐 답답한 마음은 조금도 달라지지 않았다.

잠시 뒤에 간신히 꼭지를 잠그고 고개를 들었다. 세면대 거울에 비친 입가에는 어쩐지 웃음이 배어 나왔다. 얼굴 근육이 무의식적으로 태연함을 가장한다. 그런 덧없는 표정과 몇 초 동안 눈이 마주쳤다.

바깥으로 나가자 뼛속까지 스며드는 차가운 바람이 세차게 불어왔다. 옆에서 재채기하는 소리가 별도 없는 밤하늘 아래를 떠돈다.

"시간이 딱 맞아서 바로 전철을 탈 수 있으면 좋겠는데······."

정면에 있는 현관 쪽으로 걸어가면서 스마트폰으로 발밑을 비췄다. 인터넷으로 근처 역의 시간표를 확인했더니 예상대로 한 시간에 두 번만 전철이 다니고 있었다.

"고하네, 택시 부르자."

"앗. 4천 엔이나 나오는데."

"엄마가 숨겨 놓은 돈, 써도 되니까."

"그런 거 없잖아."

"있어. 국회의사당에 전화했더니 금방 입금해 줬어."

"아, 그래. 일단 다이어트할 겸 역까지 걸어갈까?"

스마트폰을 주머니에 집어넣고 고개를 들었다. 문득 조금 떨어진 곳에서 사람 그림자가 보였다. 어둠 속 인물도 우리를 알아보았는지 손을 흔들었다.

"저 사람은……."

발걸음을 늦추면서 자세히 살펴보았다. 연석에 앉아 있던 아사쿠라 씨가 잰걸음으로 다가왔다.

"두 분 다 고생하셨어요."

"……기다리신 거예요?"

"네. 이걸 건네주는 걸 잊어버려서요."

아사쿠라 씨는 코를 훌쩍거리더니 주머니에서 반으로 접히는 휴대전화를 꺼냈다. 낯익은 회색 스트랩이 밤바람에 흔들렸다. 할아버지의 휴대전화였다.

"기다려주시고…… 죄송합니다. 너무 신세를 지네요."

"괜찮아요. 그보다 다케시 씨 상태는 어떠세요?"

받아 든 휴대전화는 얼음장처럼 차가웠다. 긴 시간을 바깥에서 기다렸다는 게 전해졌다.

"의사 선생님 말로는 뇌경색인 것 같다고요……."

말문이 막혔지만 의사에게 들은 내용을 더듬더듬 전달했다. 아사쿠라 씨는 때때로 고개를 끄덕일 뿐 계속 입을 다물고 있었다.

"그렇게 된 거예요……."

이야기를 마치자 강한 바람이 불었다. 흐트러진 앞머리를 손끝으로 매만지는데 아사쿠라 씨가 나직하게 말했다.

"다케시 씨도 힘들었겠지만 두 분도 피곤하겠네요. 특히 그쪽은 내일 학교 가야 하죠? 빨리 돌아가서 따뜻한 물에 몸을 녹여야."

"네……. 막차가 얼마 안 남아서. 서둘러야겠어요."

센다이 방면으로 가는 JR 센다이선의 막차는 밤 10시. 꾸물대다가는 놓치고 만다.

"무슨 말이에요. 돌아갈 때도 택시를 부를 거예요. 제가 낼게요."

"괜찮아요. 병원 올 때도 내주셨는데요……. 전철로 집에 갈게요."

"부담 갖지 말아요. 일부러 기다렸는데 이 정도는 하게 해줘요."

"하지만……."

"이렇게 추운데 역까지 걸어가다가 감기 걸려요."

아사쿠라 씨는 항공 점퍼 주머니에서 휴대전화를 꺼내서 귀에 갖다 댔다. 당황해서 아사쿠라 씨를 바라보는데 옆에서 기침 소리가 들렸다.

엄마의 아름다운 코에서 콧물이 흐른다. 추운 밤이라서 열이라도 나면 큰일이다. 어쩔 수 없이 아사쿠라 씨의 호의를 받아들여야겠다고 마음먹었다.

택시가 도착하자 아까처럼 뒷좌석에 탔다. 몇 분도 지나지 않아서 엄마의 코 고는 소리가 차 안에 맴돌았다.

"죄송합니다. 시끄러워서요."

엄마 코를 살짝 쥐었다가 머리 위치를 약간 바꿔줬다. 코골이가 잠잘 때 내는 숨소리 정도로 줄었다.

"어, 이름이 고하네라고 했죠?"

"앗, 네."

"자도 돼요. 깨워줄 테니까요."

"괜찮아요. 도착하려면 30분도 안 걸릴 거 같은데요."

발밑에서 떠도는 미지근한 공기에 졸음이 몰려왔지만 억지로 하품을 참았다. 엄마의 코골이가 다시 심해지면 대처해야 하기 때문이다. 차창으로 비치는 밤 풍경을 멍하니 바라본다. 그리고 집에 가서 해야 할 일을 머릿속으로 헤아린다.

"집에 가면 다른 가족이 있어요?"

"없어요. 엄마는 이혼했어요."

"그렇군요. 우리 부모님도 이혼했어요. 저랑 같네요."

어떻게 대답하면 좋을지 알 수 없었다. 고개를 끄덕이고 잠자코 있었더니 아사쿠라 씨가 뒤를 돌아보았다.

"저기 이것 좀 볼래요?"

내게 휴대전화를 내밀었다. 받아서 화면을 보니 화강암으로 만든 둥근 물체 사진이 있었다. 군데군데 올록볼록한 게 눈에 띄고 위쪽에는 작게 파인 곳이 있다.

"예전에 고하네의 할아버지가 일하시는 석재사에서 만들었어요."

"돌 세공 체험에 참여했을 때인가요?"

"맞아요. 이게 첫 작품이죠. 어때요?"

그저 둥근 돌로만 보인다. 주의 깊게 살펴보니 위쪽에 파인 곳이 과일을 연상시켰다.

"복숭아…… 아니, 포도인가요?"

"아쉽네요. 이건 사과. 다른 것도 만들었어요."

아사쿠라 씨는 다른 사진도 보여주었다. 그 모든 것이 사과 돌 세공 작품이었다. 모두 일그러진 동그라미 모양인데 역시 그저 돌로만 보였다. 작품 아래쪽에는 아오바(靑葉)라는 이름을 의미하는 듯 나뭇잎 모양 사인이 자연스럽게 새겨져 있다.

"요즘 돌 세공에 푹 빠져서 공구 상점에서 석공 도구도 샀어요."

"……할아버지가 퇴원하면 전해드릴게요. 틀림없이 기뻐하실 거예요."

입에 발린 소리를 했다. 아사쿠라 씨는 흐뭇하게 덧니를 내보이더니 다시 앞쪽으로 몸을 움직였다.

"고하네는 고등학생이라고 했죠?"

"네. 고등학교 2학년이에요. 아사쿠라 아오바 씨는 나이가 어떻게 되나요?"

"나는 스물여섯 살이에요."

나보다 열 살쯤 많은 어른이다. 성인 여자는 왕복 택시비가 5천 엔 넘게 나와도 얼굴빛이 달라지지 않는다.

"고하네는 요즘 빠져 있는 거 있어요?"

"저는…… 딱히 없어요."

시큰둥한 대답 탓인지 대화가 끊어졌다. 할아버지 일로 여러모로 신세를 지어놓고 실수했는지도 모르겠다. 일부러 목소리 톤을 조금 높였다.

"이번 주는 시험 기간이어서 바빠요. 내일은 싫어하는 수학이에요."

"힘들겠네요. 그럼 집에 가서 공부해야겠네요?"

"음…… 오늘은 피곤해서 그냥 잘지도 몰라요. 내일도 학교 끝나면 병원에 가야 해요."

"엇, 왜요?"

"아직 입원 수속을 못 끝냈어요."

"고하네도 가야 해요?"

다시 차창 밖으로 눈길을 돌린다. 맞은편에서 달려오는 트럭의 헤드라이트가 가슴 깊은 곳을 잠깐 비춰주었다.

"엄마 혼자는 불안해서요."

그 말단 하고 입을 다물었다. 남에게 엄마의 질병을 자세히 설명할 기분이 아니다. 그냥 거짓말할 걸 그랬다. 그럼 어색한 30분은 금방 지나갔을 텐데.

"내일 너가 대신 가줄까요? 고하네의 엄마랑 같이."

느닷없는 제안에 눈이 휘둥그레졌다. 아사쿠라 씨는 코를 훌쩍거리며 계속해서 말했다.

"입원하면 개인 물품도 챙겨야 해요. 꼭 필요한 건 세면도구, 치약, 칫솔, 컵 정도겠죠? 환자복이나 수건은 병원이랑 계약할 건가요?"

"일단은……."

"그럼 가져갈 건 속옷 정도겠네요."

예의상 하는 말이나 농담이 아니라는 것을 깨닫고 황급히 고개를 가로저었다.

"괜찮아요. 병원비와 관련해서도 이야기해야 하고. 신경 써주셔서 감사합니다."

생판 모르는 남에게 그런 걸 부탁할 수는 없다. 대화를 마무리하고 옆을 바라보았다. 새근새근 숨소리와 함께 투명한 콧물이 흘러내리고 있었다. 교복 주머니에서 티슈를 꺼내려고 하는데 아사쿠라 씨가 다시 입을 열었다.

"그럼 내일은 교자랑 볶음밥을 만들어 갈게요. 저녁은 밖에서 먹고 와요?"

"집에서 먹을 생각인데요······. 아무튼 괜찮아요."

아까부터 괜찮다는 말만 반복한다. 아사쿠라 씨와 오늘 처음 만났는데 여러 가지 신경 써주는 이유를 이해할 수 없었다. 할아버지를 제일 먼저 발견했다고 해도 친절이 지나치게 느껴졌다. 아사쿠라 씨의 선의에 꿍꿍이가 있는 것 같아서 조금 방어적인 자세를 취했다.

조수석에서 눈길을 거두고 티슈로 엄마의 콧물을 닦아 주었다. 인적이 뜸한 풍경이 흘러간다. 도로를 따라 펼쳐지는 논밭은 어둠에 가려진다. 가로등이 드문드문 차도를 비추지만 밤의 어둠은 더 짙다. 눈을 깜빡이지도 않고 몹시 추워 보이는 풍경을 바라보노라니 시야에 들어오는 모든 게 모호해진다. 멍하니 머릿속에 떠오른 것은 병원 세면대 배수구에 흘러가던 거품과 그때 느꼈던 갑갑함이었다.

마침내 아사쿠라 씨가 보이는 선의의 이유를 깨달았다.

"제가 불쌍해 보여요?"

쏟아낸 말은 비좁은 택시 안에 적나라하게 울려 퍼졌다. 쓸쓸함과 분노를 감추면서 목 안쪽에서 말을 만들어낸다.

"엄마는 줄곧 이랬어요. 저한테는 이런 게 일상이어요."

조수석에 앉은 카키색 블루종이 그 간호사의 하얀색 옷으로 바뀌는 것 같았다. 엄마는 이상한 말을 입에 담지만 다정한 이야기도 많이 건넨다. 보이지 않는 '무언가'에 휘둘릴 때도 있지만 그 '무언가'한테서 나를 지켜주려고도 한다. 표정이 사라질 때도 많지만 둥그런 얼굴의 보조개는 너무나도 귀엽고 상냥하다. 약을 깜빡 잊을 때도 있지만 내가 만든 요리는 매번 남기지 않고 다 먹어준다.

그런 엄마에 대해 아무것도 모르는 주제에.

"그러니까 동정하지 않아도 괜찮아요."

오늘 몇 번째 괜찮다고 하는 걸까. 쓸데없이 예민해진 말투가 부끄러워서 교복 치마 주름을 손가락으로 덧그렸다.

"오해하지 말아요. 고하네를 불쌍하다고 생각하지도 않고 동정하는 것도 아니에요."

아사쿠라 씨는 몸을 확 돌리더니 내 눈을 똑바로 바라보았다.

"내일도 시험 보는데 공부에 집중하고 싶어 할 것 같아서요."

"……죄송합니다."

"사과할 필요 없어요. 고하네는 아무것도 잘못한 게 없으니까요."

아사쿠라 씨 너머로 보이는 택시 미터기는 소리 없이 숫자가 들려졌다. 아사쿠라 씨는 다시 몸을 앞으로 돌리고 나직이 혼잣말을 했다.

"아무래도 바삭하지 않았어."

"……뭐가요?"

"군교자 껍질이요. 볶음밥도 너무 기름졌고요. 딱히 손님한테 내갈 음식은 아니었지만 어쩐지 아쉬워서요."

어떤 반응을 보여야 좋을지 몰랐다. 그대로 대화가 끝나도록 차창 밖을 쳐다봤다.

"매번 너무 많이 만들어서요. 혼자서 다 먹을 수가 없어요."

방풍림인 소나무 숲을 보고 바다와 가까운 도로를 달리는 것을 알아차렸다. 방파제 블록을 잔뜩 쌓아둔 공터 부근을 지나자 택시 안에 감도는 뜨뜻미지근한 공기로 눈꺼풀이 무거워졌다.

"저는 껍질이 부드러운 교자를 더 좋아해요."

집에 도착할 때까지 잠들지 않으려고 했는데. 옆에서 울려 퍼지는 코 고는 소리에 유혹되듯 아무런 저항 없이 졸음의 소용돌이에 휩쓸린다.

"볶음밥도 기름진 게 더 맛있는 것 같아요."

고분고분하게 대답한 건 오랜만에 교자와 볶음밥이 먹고 싶었던 걸까. 아니면 지독하게 졸음이 밀려와서 마음이 누그러진 탓일까. 판단이 서지 않은 채 기분 좋게 의식이 사라져갔다.

#1 _ 10월의 편지

선생님, 잘 지내고 계세요?

하긴 지난달 오라에서 만났죠. 선생님은 이 순간에도 누군가의 아픔을 마주하고 계시겠네요. 편지를 어떻게 시작할지 생각하는 사이에 한 시간이 훌쩍 지나가 버렸어요. 지난번 진찰 시간에 선생님이 하신 말씀이 맞았어요. 확실히 저는 지나치게 여러 가지를 생각하는 성격 같아요.

선생님이 "그곳에 가서 편지해요"라고 말씀하셨을 때 사실은 굉장히 기뻤어요. 편지는 반년 전에 친구에게 썼던 게 마지막이에요. 어쨌든 여기 와서 느낀 걸 열심히 써보려고 합니다.

미리 말씀드렸듯이 지금은 이모 부부와 함께 지내면서 중화요리점 일을 돕고 있어요. 저는 주로 가게 청소나 요리를 손님 테이블까지 가져다주는 일을 해요. 최근에는 배달도 하고 있어요. 자동차 면허가 없어서 배달 통이 달려 있는 자전거로 요리를 갖다줍니다. 날씨가 좋고 익숙하지 않지만 낯선 땅을 질주하는 것은 묘하게 즐겁기도 한 요즘입니다.

이모부가 만드는 요리는 정말로 맛있어요. 선생님한테도 꼭 대접하고 싶어요. 볶음밥은 고슬고슬 고소하고 희미하게 마늘 향이 나요. 사천풍 마파두부에는 산초가 들어가서 향기롭고 얼얼함과 아움의 균형이 절묘해요. 가장 인기 있는 메뉴는 교자예요. 그런데 제가 추천하는 메뉴는 미소라멘이에요. 선생님에게만 교자 속에 넣는 조미료를 알려드릴게요. 이모부가 말하기를 비장의 맛을 내기 위해 센다이 미소와 열콩을 조금 섞는다고 해요. 댁에서 교자를 빚을 기회가 있다면 한번 해 보세요. 그런데 선생님은 교자 껍질이 바삭한 쪽이 좋은가요? 아니면 부드러운 쪽이 좋은가요? 다음 달 오래 진료 때 다시 같은 질문을 할게요.

제가 이쪽에 오고 나서 가장 놀란 게 뭐라고 생각하세요? 바닷바람이 차갑다는 것도, 사투리가 심하다는 것도 아닙니다. 전철이 한 시간에 두 번밖에 안 다닌다는 것도, 요리를 만드는 이모부의 솜씨가 훌륭하다는 것도 아니에요.

정답은 이곳의 밤이 고요하다는 거예요. 잠이 오지 않는 밤에는 혼자서 산책 나갈 때도 있어요. 밤거리에는 가로등이 드문드문 켜져 있고 편의점도 도쿄처럼 많지는 않아요. 깊은 밤에는 사람 그림자가 전혀 안 보여요. 정말로 주위가 어두컴컴하고 조용해서 드넓은 밤공기가 다양한 소리를 흡수하는 것 같기도 하고, 밤의 어둠이 귓구멍을 막아버리는 듯한 신비스러운 감각이 들어요. 이 마을에 와서 처음으로 정숙이라는 말의 의미를 깨달은 것 같아요. 이 밤거리를 엄마와 여동생이랑 함께 산책하고 싶네요.

얼마 전 항구 가까이에 사는 여자아이를 알게 되었어요. 그 아이한테도 밤의 고요함에 대해 이야기해 봤어요. 어쩐지 확 와닿지 않는 듯 "언제나 파도 소리는 들리는데요"라며 쓴웃음을 지었어요. 여기 사람은 이 밤에 대해 아무 생각도 안 드나 봐요. 같은 이야기 현 출신인 선생님도 그런가요?

막상 편지를 쓰기 시작하니까 이야기가 길어지네요. 마지막으로 한 가지 알려드릴 게 있어요. 여기 와서 돌 세공을 시작했어요. 아직은 생각했던 모양을 전혀 만들지 못하지만 여유가 생길 때마다 돌을 만지고 있어요. 언젠가는 꼭 진짜와 똑같은 사과를 만들고 싶습니다.

PS: 선생님 댁 주소를 몰라서 이 편지는 병원 주소로 보냅니다. 잘 도착하기를 바라며.

제2장

2010년 11월 파도칠 때의 블루

　도서관에서 빌린 문고본은 햇볕에 변색되어 있었다. 초판은 20년도 넘은 것이라 어쩔 수 없다. 페이지를 넘길 때마다 사람의 건조한 피부 같은 냄새가 코를 찌른다. 그래도 범인이 장치한 트릭과 곳곳에 숨긴 복선을 놓치지 않도록 글자를 집중해서 바라보았다.

　내가 집어 드는 소설은 언제나 같은 장르다. 흔히 추리소설이라고 하는 종류로 트릭이나 수수께끼 풀이에 공들인 작품만 선택한다. 이야기 안에서 당연한 듯 누군가가 살해당하거나 의문의 실종 사건이 벌어지거나 밀실에 감금된다. 지금 읽는 작품의 주인공은 천재적인 두뇌를 지닌 괴짜 대학교수다. 단짝인 신참 형사와 함께 민간전승 방식을 모방한 연쇄 살인 사건 해결에 힘쓴다.

　갈등이 최고조에 다다르고 주인공이 사건의 진상을 풀기 시작했다. 수수께끼 풀이에 숨을 삼키고 있는데 갑자기 일층에서 요란한 소리가 들려왔다. 접시가 깨지는 소리와 뭔가가 굴러가는 듯한 울림이 내 방 공기를 흔든다.

　"……시끄러워."

　문고본을 덮고, 누워 있던 침대에서 발을 내려놓았다. 차가운 마룻바닥의 감촉이 의식을 단숨에 현실로 되돌렸다. 일어서기 전 오른손 검지와 중지를 반대쪽 손목에 갖다 댔다. 그대로 10초 동안 맥박을 쟀다. 1분으로 환산하면 82회. 평소 때 60회 전후보다 조금 빨라졌다.

혀를 끌끌 차면서 일어났다. 눈앞의 책상 위에는 지난주 받은 축제 반티가 내팽개쳐져 있었다. 무지 티셔츠에 프린트된 담임의 캐리커처와 문득 눈이 마주쳤다.

계단을 내려가 요란한 소리가 난 쪽으로 바삐 다가갔다. 부엌으로 들어가니 할머니가 찬장 선반에 손을 뻗고 있었다. 맨발 주변에는 깨진 접시와 뚝배기, 주전자가 나동그라져 있었다.

"뭐 하세요?"

내 말에 할머니는 천천히 뒤를 돌아보았다. 그 눈길은 공허하고 입술은 파르르 떨렸다.

"고헤이냐······. 돈을 찾고 있었다."

할머니는 다시 등을 돌리고 다른 선반을 손으로 더듬었다.

"그런 곳에 돈 없어요."

"동전이라도······ 우리 집은 가난해서······."

분명 우리 집은 부자는 아니다. 그렇다고 가난에 허덕이지는 않는다. 지은 지는 좀 되었지만 이층집 독채에서 살고 먹을 게 없어서 곤란했던 적은 전혀 없다. 바닥에 떨어져 깨진 접시를 물끄러미 바라보았다. 할머니의 증상이 심해진 것을 깨달았다.

"아빠가 일하고 있잖아요. 돈 걱정은 하지 마세요."

"하지만······."

"아무튼 깨진 조각은 위험해요. 밟으면 다친다고요."

비난하는 것처럼 들리지 않게 애써 차분한 목소리로 이야기했다. 깨진 조각을 피하면서 다가가 할머니의 주름진 손을 잡았다.

"바닥은 제가 정리할게요. 할머니는 저쪽에서 쉬세요."

잡은 손의 피부는 탄력이 없어서 두부처럼 부드럽다. 사금파리를 밟지 않도록 조심하면서 걸음을 내딛자 할머니의 창백한 입술이 일그러졌다.

"모든 걸 다 알 수 없게 되어버려서…… 어떻게 해야 할지 모르겠다……."

"할머니, 상태가 안 좋아 보여요. 약은 드셨어요?"

"모르겠다……. 이제 다 모르겠어."

무엇을 물어도 "모르겠다……"만 되풀이해서 대화가 제대로 되지 않는다. 할머니의 가느다란 다리는 가까스로 움직이고 있지만 그 발걸음에 의지는 느껴지지 않았다. 내가 이끄는 대로 멍하니 따라오기만 했다.

"지금부터 약 드시고 쉬시는 편이 좋겠어요."

복도를 지나 할머니 방의 빛바랜 멍장지 문을 열었다. 창가에 있는 침대로 이끌고 가서 방구석에 놓인 오동나무 장롱을 살펴보았다.

"약은 가장 왼쪽 서랍에 있죠?"

몇 초 동안 기다렸지만 대답은 없다. 마르고 연약한 몸은 침대 끝에 걸터앉아 입술을 바들바들 떨고 있다. 나는 한숨을 한 번 내쉬고 오동나무 장롱의 검게 변한 놋쇠 손잡이를 잡아당겼다. 그 안에는 약봉지 몇 개가 보관되어 있었다.

"그러니까…… 어느 쪽으로 드려야 하지."

흥분했을 때 먹는 약과 불안할 때 먹는 응급약 중에 고민하다가 불안할 때 먹는 약 봉지를 꺼냈다. 봉지를 찢어서 동그란 알약을 손끝으로 집어 들었다.

"할머니, 입 좀 벌려보세요."

약간 벌어진 입안으로 불안할 때 먹는 응급약을 떨어뜨렸다. 손끝이 할머니의 입 안쪽에 닿았다. 침이 묻어 축축해졌지만 아무런 생각도 들지 않았다. 이렇게 손가락에 침이 묻는 경우는 몇 번이나 있었다. 일찌감치 익숙해졌다.

할머니가 잠들 때까지 곁에 있다가 부엌으로 돌아갔다. 바닥에 흩어져 있는 깨진 조각을 빗자루와 쓰레받기로 쓸어 담았다. 청소기를 돌리고 싶었지만 할머니가 그 소리에 깨어난다면 정말 큰일이다. 허리를 굽혀서 바닥을 뚫어져라 바라보노라니, 추리소설의 그다음 내용이 어떻게 되어도 좋다는 생각이 들었다.

쓸어 담은 사금파리를 쓰레기통에 털어 넣었다. 이건 할머니가 오래된 신문지나 광고지로 접은 종이 쓰레기통이다. 그러고 보니 요즘은 이런 물건을 만드는 걸 본 적이 없다. 몸 상태가 좋을 때는 쓰레기통 말고 소품 상자도 종이로 만들었는데. 증상이 심각해지면 집중력이 떨어져서 종이도 접을 수 없는 걸까. 단순한 절약 습관이 증상 악화를 가늠하는 기준이 되었다는 사실이 허무했다.

뒷정리를 모두 마치자 갑자기 목이 말랐다. 컵에 가득 채운 11월의 수돗물은 꽤나 차가웠다. 슬슬 첫눈이 내릴지도 모르겠다. 물을 다 마시고 내 방으로 돌아가려고 하는데 마루 한구석에 떨어진 작은 병이 눈에 띄었다. 다가가서 주워 드니 라벨의 광고 문구가 시선을 끌었다.

'그 무렵의 아름다운 피부를 다시 한번'

작은 병 안에는 노란빛의 알약이 손대지 않은 채 남아 있었다. 이 영양제는 돼지 태반에서 추출한 엑기스를 주성분으로 만든 것이다. 먹으면 젊음을 되돌리거나 미용 효과가 있는 모양이다. 할머니가 조증 상태였을 때 아무 의논 없이 통신판매로 구입한 고급 제품이다.

"결국 하나도 안 드셨잖아."

소비기한이 지난 영양제를 향해 욕을 퍼붓고 분풀이하고 싶어졌다. 저절로 정반대의 말들이 머릿속을 가득 채웠다.

위와 아래.

높다와 낮다.

겉과 속.

그리고 조증과 우울증.

시기에 따라 할머니의 증상은 바뀐다. 조증과 우울증, 어느 쪽이 우위인가에 따라 말도 행동도 얼굴 표정도 달라진다.

기분이 너무 들떠서 앞뒤 재지 않고 몇십만 엔어치의 영양제를 주문하는 '조증'.

불안과 초조가 심해져서 방금 전처럼 빈곤 망상까지 품는 '우울증'.

예전에 인터넷으로 검색해 보니 우울증일 때 나타나는 망상은 크게 세 가지가 있다고 한다. 할머니처럼 이유 없이 돈이 없다고 믿는 빈곤 망상. 불치병에 걸렸다고 믿는 심기 망상. 자신이 지나치게 죄 많은 인간이라고 규정하는 죄업 망상. 할머니의 극단적인 기분 변화는 양극성 장애라고 불린다.

들고 있던 작은 병을 쓰레기통에 던져버리자 바깥에서 자동차가 멈추는 게 느껴졌다. 현관문을 여는 소리가 들리고 아빠가 부엌으로 얼굴을 내밀었다.

"나 왔다."

아빠는 마트에서 산 웃옷을 벗고 가까이에 있던 의자에 등을 기대어 앉았다.

"고헤이, 밥 먹었냐?"

"아직……."

"그럼 뭐 만들어줄까?"

"괜찮아. 배 안 고파."

대형 마트 생선 코너에서 일하는 아빠한테서 비린내가 났다. 생선을 대량으로 손질하고 나면 아무리 손을 씻어도 좀처럼 비린내가 가시지 않는 듯하다. 생선을 싫어하는 나로서는 절대로 갖고 싶지 않은 직업이다.

"할머니는?"

"……지금 주무셔."

"그렇구나."

아빠는 노곤하다는 듯 한숨을 쉬고 냉장고에서 발포주를 꺼냈다. 캔 뚜껑을 잡아당기는 소리가 들리고 목젖이 힘차게 위아래로 움직인다. 나도 숨어서 캔맥주를 홀짝거린 적이 있는데 쌉싸름해서 얼른 뱉어버렸다. 실수라고 해도 그렇게 단숨에 마실 수는 없다.

"아빠."

"왜 그래?"

"할머니, 상태가 안 좋아."

"어째서?"

"아까 돈이 없다고 찬장을 뒤졌어."

"그건 맞잖아. 우리 집은 가난해."

아빠는 표정 변화 없이 냉장고에서 오징어젓갈을 꺼냈다. 농담으로 얼버무리는 태도에 몹시 화가 났다.

"표정도 심각했고 또 이상한 소리를 하기 시작했다고."

젓갈 용기를 열려는 손이 멈추었다. 아빠가 '이상한 소리'의 의미를 알아챈 것 같다.

"할머니는 흥분한 상태는 아닌 거지?"

"지금은 우울한 느낌이야."

"전처럼 죽고 싶다고 하셔?"

직접적인 질문에 아까 본 텅 빈 눈동자가 떠오른다. 할머니는 기분이 축 가라앉으던 자꾸만 죽고 싶다고 한다. 그것은 우울증 증상으로 자살을 암시하는 말과 행동도 늘어간다. 과거에 몇 번이나 목을 매려고 밧줄을 사온 적도 있다.

"죽고 싶다는 말은 안 하지만…… 지금은 불안이나 초조가 심해서 어떻게 해야 할지 모르겠어."

"다음 병원 예약은 언제지?"

"……앞으로 이주일 후."

아빠는 식기를 둔 선반에서 젓가락을 꺼내 젓갈을 입으로 가져갔다. 접시에 옮기지 않고 직접 용기에 젓가락을 집어넣었다. 엄마가 살아 있었을 때 "더러우니까 그만해"라고 주의를 들었던 식습관이다.

"토요일에도 외래 진찰을 하나?"

"아마도…… 오후 3시까지는 할 거야."

"그렇구나. 내일이라도 병원에 모셔 갈래? 나는 일 때문에."

부엌에 맴도는 젓갈 씹는 소리가 묘하게 귀에 거슬렸다. 나는 흘러내린 안경을 고쳐 쓰고 눈을 내리깔았다.

"내일은 안 돼."

"왜? 토요일은 학교 안 가잖아?"

"이번 주 토요일은 축제라서. 학교에 가야 해."

대답과는 다르게 축제를 즐길 것 같지는 않다. 평소에 학교에서 이야기하는 친구들은 동아리 부스에서 생과일주스와 야키소바를 판매할 듯하다. 반에서 여는 부스는 몇몇 남자애들과 여자애들 중심으로 드립커피와 차를 준비 중인 것 같다. 축제 준비 기간에도 나는 얼굴을 내민 적은 없다.

"그럼 어쩔 수 없군. 한동안 지켜봐야겠다."

아빠는 현실을 외면하듯 중얼거리더니 남은 술을 한꺼번에 마셔버렸다. 생선 비린내와 알코올 냄새가 코끝을 세차게 때렸다.

"······할머니 말이야. 또 전기경련요법을 받게 될까?"

"글쎄, 의사가 판단하겠지."

할머니는 과거에 '수정형 전기경련요법'이라는 치료를 받았다. 우울증 상태에서 죽고 싶다는 마음이 강해져서 약을 복용해도 효과가 떨어질 때, 전기경련요법이 선택지에 오르는 경우가 많다.

"······또 입원해야 하나?"

"전기경련요법을 하게 되면 그렇지. 아마도 한 번 치료할 때 12회 정도였을걸."

수정형 전기경련요법에 대한 주치의의 설명을 떠올려본다. 이 치료는 일반적으로 'm-ECT(modified electroconvulsive therapy)'라 부른다. 머리에 전극을 대고 몇 초 동안만 전기를 통하지 하는 듯하다 뇌 안에 전기 자극에 따른 발작을 일으켜 절반한 증상의 개선을 기대한다고 했다. 치료 당일에는 신경정신과 의사 외에도 마취과 의사가 약을 투여해서 환자가 잠든 사이에 끝내는 모양이다.

전기경련요법 설명을 처음 들었을 때 나는 제일 먼저 반대했다. 치료라고는 하지만 머리에 전기를 흘려보내는 게 가엾다는 생각이 들었기 때문이다. 할머니의 주치의는 70년 넘는 역사로 검증된 치료법이라는 점과 전기경련요법을 받고 좋아진 환자들의 사례를 담담하게 이야기해 주었다. 결국 할머니 자신이 치료에 동의했다.

"전기경련요법을 받으면 또 좋아질 거다."

아빠는 정리하듯 말하고 냉장고에서 두 번째 발포주를 꺼냈다. 캔 뚜껑을 잡아당기는 소리가 덧없이 부엌에 울려 퍼진다.

"축제에서 뭐 해?"

"딱히 아무것도……."

"그러냐."

이야기를 이어나갈 마음이 없는 아빠에게 등을 돌리고 차가운 복도로 발을 내디뎠다. 내 방으로 이어지는 계단 앞에서 문득 발을 멈추었다. 오늘은 엄마가 돌아가신 날과 같은 날짜라는 사실이 떠올라서 바로 옆 다다미방으로 발길을 돌렸다.

냉기가 도는 다다미방 안에는 낡은 다다미 냄새가 떠돌았다. 안쪽 불단에는 영정 사진 두 개가 나란히 놓여 있었다. 할아버지도 좋아했지만 아무래도 엄마의 웃는 얼굴에만 시선이 갔다.

성냥을 켜서 향에 불을 붙이자 먼지를 가득 머금은 향이 흔들리며 피어올랐다. 손은 마주하지 않고 다다미 위에서 책상다리를 하고 앉는다. 이제 와서 무엇을 어떻게 빌어야 좋을지 모르겠다.

　내가 아홉 살 때 엄마는 유방암에 걸렸다. 어리기도 했고 함께 지낸 기억은 아주 조금밖에 남지 않았다. 엄마의 얼굴 생김새는 해마다 기억에서 옅어지는데 그건 당연한 걸까. 잊는다는 건 어쩌면 구원이라는 생각이 든다. 그래도 엄마가 돌아가실 무렵의 광경은 아직도 선명하게 떠오른다.

　병원 안쪽 정원에 아름다운 수국이 가득 피어 있었던 것.

　가슴의 상처에서 액체가 배어 나와 엄마의 환자복을 몇 번이나 갈색으로 물들였던 것.

　병원 매점에서 종종 복숭아주스를 사와서 엄마와 함께 마셨던 것.

　장마철이던 어느 날 오후에 엄마의 심장이 멈췄던 것.

　책상다리를 펴고 다다미 위에 천장을 바라보고 누웠다. 뇌리에 박힌 기억에서 눈을 돌리듯 주머니에서 스마트폰을 꺼냈다. 인터넷을 열어 포털 검색창에 망설임 없이 '고깔해파리'라고 쳤다. 화면에는 교자에 촉수가 붙은 것 같은 생물이 나타났다. 전체적으로 파란색이 비치는 반투명으로 남국의 바다 같은 빛깔을 뽐내고 있다.

　파랑보다는 블루라고 하는 편이 잘 어울린다.

　그 아름다운 생물의 사진을 물끄러미 바라보았다.

　『모든 걸 다 알 수 없게 되어버려서……』

　할머니의 목소리가 되살아나서 스마트폰을 주머니에 집어넣었다. 향이 다 탄 다음에 다시 한번 할머니 상태를 살펴볼까. 연기가 피어오르며 천장에 드러난 대들보를 뿌옇게 만들고 있었다.

다음 날 아침에 무거운 몸을 이끌고 할머니 방의 맹장지 문을 살짝 열어보았다. 어슴푸레한 방 안을 눈여겨보니 덮은 이불이 아주 조금 들썩거린다. 숨 쉬는 걸 확인하고 조용히 맹장지 문을 닫았다.
준비를 마치고 밖으로 나갔는데 오늘도 눈은 내리지 않았다. 추운 하늘 아래 어제 깜빡 잊고 걷지 않은 빨래가 흔들리고 있었다. 학교 갔다 오면 해야 하는 집안일을 헤아리면서 산악자전거에 걸터앉았다. 도로를 달리기 전에 차도 쪽에 있는 우편함 덮개를 열었다. 며칠 동안 방치된 탓인지 파친코 가게 전단지와 도시가스 검침 통지서 등이 산더미처럼 쌓여 있었다. 희미하게 '마츠나가'라고 쓰인 덮개를 다시 닫았다. 해야 하는 집안일 목록에 우편물을 챙기는 것도 더했다.
약속 장소인 요도가와강에 도착했지만 두 사람의 모습은 아직 보이지 않았다. 오리츠키 고하네는 늘 그렇듯 늦고, 스미타 린코는 남동생을 어린이집에 바래다주고 온다. 어린이집이 여는 시간과 겹치기도 해서 평소에는 나보다 먼저 도착하는데. 일단 메고 있던 백팩에서 추리소설을 꺼내고, 산악자전거에 걸터앉은 채 이야기에 집중한다. 차가운 바닷바람이 빨리 읽으라고 재촉하듯이 페이지를 팔랑팔랑 넘겼다.
가까이에서 브레이크 소리가 들려 고개를 들었다. 숨을 헐떡이는 고하네가 평소와 다름없는 얼굴로 손을 흔들었다.
"미안해. 오늘도 늦었어."
"뭐, 괜찮아. 근데 린코가 아직 안 왔어."

"먼저 가라고 하던데. 유다이 군이 갈아입을 옷을 어린이집에 가져가는 걸 깜빡 잊어버렸대. 그래서 집에 다시 돌아간 거 같아."

고개를 끄덕이고 추리소설 문고본을 백팩에 집어넣었다. 산악자전거 핸들을 잡다가 문득 깨달았다.

"큰일 났다. 반티 안 가져왔다."

"거짓말! 가지러 가려고?"

"아니, 안 가. 출석만 하고 오후에는 집에 갈지도 모르는데."

"왜? 몸이 어디 안 좋아?"

마음속으로 '할머니가'라고 중얼거리고 페달을 밟았다. 고하네가 옆에 나란히 가는 걸 확인하고 방금 질문은 무시한 채 대화를 이어나갔다.

"고하네는 축제에서 뭐 맡은 역할 있어?"

"으음, 딱히."

짧은 대답이 차도를 달리는 트럭의 굉음에 지워진다. 고하네도 린코도 집순이다. 하지만 축제 때는 나와 마찬가지로 들뜨는 건가?

"나는 린코랑 여기저기 둘러볼 건데 고헤이는?"

"난 도서실에서 책 읽을 거야."

"오늘도 도서실 열어놓을까?"

"음……. 도서 위원의 서평 전시가 열리니까."

오늘도 내일도 아침에 얼굴만 내밀면 자유 시간이나 마찬가지다. 축제가 끝나기 전에 집으로 돌아가도 들키지는 않을 것이다.

"그럼 우리랑 같이 교내를 돌아다니지 않을래? 축구 동아리에서 야키소바, 농구 동아리에서 초코바나나, 테니스 동아리에서 생과일

주스를 사먹을 예정이거든."

"전부 먹을 거냐."

"대부분 50엔이니까. 엄마한테 선물도 사다주기로 했어."

고하네는 의외로 축제를 기대하는 것 같았다. 평소 같으면 할머니에 대한 불평을 늘어놓을 텐데. 오늘은 고하네의 들뜬 마음에 찬물을 끼얹은 기분이 들어서 망설였다.

"너희는 거기서 놀아."

"알았어. 마음이 바뀌면 연락해."

모호하게 고개를 끄덕였다. 솔직히 오늘은 혼자 움직이는 게 마음 편하다.

"나한테 축제는 핑계니까."

"어? 무슨 뜻이야?"

"여러 가지 있어."

그 이상은 말하지 않고 몸을 앞쪽으로 향했다. 축제는 할머니 병원에 따라가는 귀찮음에서 도망치는 구실일 뿐이다. 그럼에도 정관대의 생각이 떠올랐다가 사라진다. 몇 시까지 학교를 빠져나가야 진찰 시간에 맞출 수 있을까. 할머니를 내버려둔 죄책감을 털어내지 못한 채 이어지는 통학로로 눈을 가늘게 떴다.

학교 정문 옆에는 '비상제(飛翔祭)'라고 붓글씨로 쓴 간판이 걸려 있었다. 미술 동아리에서 만든 화려한 아치를 빠져나가 주차장에 산악자전거를 세웠다. 평소보다 주위 공기가 들뜬 기분이다. 그런 분위기를 느낄수록 가슴속은 점점 더 냉정해졌다.

출입구를 향해 발길을 옮겼다. 예전에는 고하네와 린코랑 어깨를 나란히 하고 걸으면 놀림당할 때도 있었다. 아마 질투도 뒤섞였을 거다. 린코는 기가 세지만 귀엽다는 이야기를 듣고 고하네는 차분한 미인이라는 소문이 나 있다. 주위에서 "저런 촌스러운 울보랑 사이좋게 지내는 이유를 모르겠다"는 험담을 들을 때도 있었다. 촌스럽다는 건 인정하지만 나는 딱히 울보는 아니다. 학교에서 종종 운 것은 엄마가 돌아가셨던 초등학생 시절뿐이다. 손수건으로 땀을 닦았는데 "또 울고 있냐"고 놀림당했다. 잘 알던 초등학교 동창들이 같은 고등학교에 진학한 건 운이 없었을 뿐이다.

"오늘, 가방 갖다 두고 체육관에 갈 거야?"

"그래야지. 축제 개회식을 하니까."

스니커즈를 까맣게 때가 묻은 실내화로 바꿔 신었다. 신발장 앞 복도에는 평소에 존재하지 않았던 부스가 설치되었다. 긴 테이블 위에는 전자 혈압계가 놓여 있고, 그 뒤 벽에는 건강에 관한 포스터가 붙어 있었다. 보건 체육 위원회 기획이란 표시를 곁눈질하면서 무심한 척 말을 건넸다.

"그런데 할아버지는 괜찮으셔?"

옆에서 걷는 고하네가, 내 어깨 근처에서 흔들리는 까만 머리카락을 귀 뒤로 넘겼다.

"요즘은 손발 저림도 좋아지고 혀가 꼬이는 것도 돌아왔어. 다음 달에는 퇴원할 수 있대."

"다행이다. 더 큰일이 안 생겨서."

"그래. 이번 일로 할아버지가 담배를 끊을 거 같아."

고하네의 흔들리는 교복 치마를 따라 나도 계단을 올라갔다. 층계

참에 이르렀을 때 큰 한숨이 들려왔다.

"할아버지가 퇴원하면 아오바 씨는 이제 안 올지도 몰라……."

이름을 듣고 내가 좋아하는 요리를 배달해 주는 예쁜 사람을 떠올렸다. 고하네는 최근 아오바 씨의 이름을 자주 입에 올렸다. 처음에는 성만 부르더니 요즘은 이름만 부른다.

"아오바 씨가 우리 집에 오면 살림도 도와주고 엄마랑도 마음이 잘 맞아. 정말로 큰 도움이 돼."

"허어."

"어제는 엄마랑 돌 세공도 하더라. 그 사이 나는 숙제를 다 했어."

"뭐어, 돌 세공?"

"아오바 씨가 빠져 있는 거. 매번 사과 모양만 만들지만."

가느다란 손끝이 돌에 닿는 모습을 상상했다. 조금 부러워서 심술궂은 말이 튀어나온다.

"이제 안 오겠구나. 미인은 사흘 안에 질린다던데."

"어? 무슨 뜻인지 모르겠어. 그 속담은 이럴 때 쓰는 게 아닐 턴데."

웬일로 차분한 미인인 고하네의 목소리에 가시가 돋쳤다. 가벼운 농담을 할 생각이었는데 신경에 거슬렸던 모양이다. 아오바 씨는 고하네의 할아버지가 병원에 입원했을 때 알게 되었다고 들었다. 그 후 고하네 집에 종종 얼굴을 내밀고 '오하마 반점'에서 배운 교자와 볶음밥을 만들어주는 것 같다.

앞서가는 주름치마를 쫓아가면서 흘러내린 안경을 고쳐 썼다. 아오바 씨 같은 누나가 있다면 지금의 갑갑한 생활이 조금 편해질지도 모르겠다. 집안일을 분담하거나 할머니를 병원에 데려가는 것도 교대로 할 수 있을 거다.

"오늘 아오바 씨도 축제에 초대했어. 어쩌면 올지도 몰라."

고하네는 들뜬 목소리를 남기고 교실 안으로 사라졌다. 쟤한테도 돌봐야 할 가족이 있는데 나와는 다른 마음으로 부모님을 대한다. 약간 부럽다. 나는 차분한 미인인 고하네처럼 할머니에게 선물을 사 가는 다정함은 없다.

개회식은 축제 실행 위원장의 인사로 시작했다. 마이크 너머로 '꿈' '미래' '희망'이라는 거창한 말이 불빛이 꺼진 체육관을 밝힌다. 무대에 걸린 '2010년도 비상제'라는 글자를 바라보면서 나는 몇 번인가 하품을 꾹 참았다.

개회식이 끝나자 동급생들은 각각 자기 친구를 이끌고 신난 발걸음으로 사라졌다. 나는 체육관 화장실에서 시간을 보내고 학교 건물로 이어지는 복도를 걸어갔다. 도서실은 교내 외딴곳에 있다. 도서실에 다가갈수록 주위에서 들려오는 발소리가 줄어들었다.

도서실 사서에게 고개를 살짝 숙이고 가장 안쪽 테이블에 앉았다. 다른 학생들 모습은 보이지 않고 다양한 책이 모든 소리를 흡수하듯 고요하다. 서평 전시에는 눈길을 주지 않고 바지 뒷주머니를 더듬었다. 읽고 있던 문고본을 꺼내서 끄트머리를 접어둔 페이지를 펼친다. 조용했지만 좀처럼 이야기에 집중할 수 없었다. 범인의 동기가 드러난 장면에서도 전혀 다른 영상이 뇌리를 스친다. 머릿속에 재생되는 할머니는 여전히 찬장을 샅샅이 뒤지고 있다.

마지막 페이지까지 다 읽고 천천히 문고본을 덮었다. 가까이에 있는 벽시계의 바늘이 11시를 가리킨다. 도서실에 온 뒤 한 시간 정도

밖에 지나지 않은 사실에 기운이 빠져서 어깨가 축 처졌다.

안경을 벗고 눈가를 가볍게 문지르고 나서 나른하게 일어났다. 도서실에는 추리소설도 꽂혀 있지만 읽을 마음이 생기지는 않았다. 수많은 책이 빼곡하게 꽂혀 있는데. 묘하게 손해 보는 기분이, 깊은 한숨으로 바뀌었다.

어떻게 시간 대울지 생각하면서 저절로 두 다리는 어떤 장소로 향한다. 서가 번호는 12번. 몇 번이나 집어 든 까닭에 책등의 분류 번호도 외우고 있다.

도착한 서가 앞에 서서 1991년 졸업 앨범을 꺼냈다. 주홍색 가죽 장정 표지로, 가운데에는 '여행을 떠나다'라는 글자가 금박으로 인쇄되어 있다. 아까 읽은 문고본과 다르게 제법 묵직하다. 20년 가까이 된 앨범인데 그다지 변색되지 않았다. 나 말고 이 앨범을 꺼내본 학생은 없는 걸까.

표지를 넘길 때 느낀 먼지 냄새는 향 내음과 비슷했다. 학교 소개와 교직원 사진에는 눈길도 주지 않고 3학년 2반 개인 사진 페이지에서 멈췄다. 지금은 중년이 된 학생들이 파란색 배경 안에서 다양한 표정을 짓고 있었다. 어떤 이름에 시선이 머물렀다. 사진 속 오카노 안나는 활발한 모습에 짧은 머리를 했다. 오카노 안나는 사각형 틀 안에서 실눈을 뜨고 방글방글 웃고 있었다.

앨범을 본 다음에는 졸업 문집을 꺼냈다. 마찬가지로 3학년 2반 페이지를 펼치고 다시 오카노 안나의 이름을 찾는다. 오카노 안나는 배구 동아리에 소속되어 열심히 활동한 모양이다. 동아리에서 만난 친구들이 자기 삶의 보물이라고 했다. 고등학교 2학년 때 도서 위원이 된 걸 계기로 추리소설에 빠져들었던 것 같다. 가장 좋아하는 작품은 애거사 크리스티의 『그리고 아무도 없었다』. 내가 처음에 그 문집을 읽고 나서 바로 도서실에서 빌린 소설이다. 마지막에는 고등학교 졸업 후 장래희망이 쓰여 있었다. 도쿄 외국어대학교에 진학해서 장차 번역가가 되고 싶다고 했다.

조용히 문집을 덮고 책꽂이에 다시 꽂았다. 오카노 안나의 바람은 금세 이루어지지 못했다. 희망하는 대학교에 불합격하고 재수를 하다가 임신했기 때문이다. 오카노 안나는 도쿄에서 지내는 꿈을 포기하는 대신 이 항구에서 엄마가 되는 걸 선택했다. 그때 심경을 물어보고 싶지만 집에 있는 영정 사진에 말을 건네도 허무할 뿐이다.

어제는 잊어버리는 것이 구원이라며 멋있는 척했지만, 오늘은 이렇게 엄마의 조각을 찾으려고 애쓴다. 나도 할머니처럼 기분 변화가 극심한 걸까. 그렇지 않으면 단순히 쓸쓸한 걸까.

"아침에 도서실에 있겠다고 그랬어."

"고헤이니까 졸고 있지 않을까?"

책꽂이 틈으로 목소리가 들리는 쪽을 엿보았다. 나를 알아본 고하네와 린코가 가볍게 손을 흔들고 있다.

"고헤이, 벌써 소설 다 읽었어?"

"고독한 문학 소년을 데리러 왔다."

두 사람의 교복 뒤쪽에 또 한 사람이 있었다. 카키색 블루종에 두 손을 찔러 넣은 여성과 눈이 마주쳤다. 가까이 다가온 고하네가 웃으면서 입을 열었다.

"이쪽은 아오바 씨. 고헤이도 알고 있지?"

"음…… 몇 번 정도 배달을 시킨 적이 있으니까."

아오바 씨를 향해 주뼛주뼛 고개를 숙였다. 아오바 씨의 눈매는 길쭉한 외까풀로 콧대가 오뚝 솟아 있다. 화장은 안 한 거 같은데 하얗고 투명한 민낯에 시선을 빼앗기고 말았다. 이번에는 린코가 입을 열었다.

"지금 야키소바 사러 갈 건데 고헤이도 먹을래?"

"나는…… 별로 안 먹고 싶은데."

부끄러웠는지 바로 대답하고 말았다. 더구나 엄마의 옛 모습을 추억한 뒤여서 혼자 있고 싶어졌다. 린코가 뭔가 말하려고 입술을 달싹거리는 순간 해맑은 목소리가 울려 퍼졌다.

"너, 야키소바 좋아하잖아."

아오바 씨는 덧니가 보이게 웃으며 주머니에 찔러 넣은 손을 꺼냈다. 가느다란 손가락 사이에는 종잇조각 한 장이 끼워져 있다. 자세히 보니 음식 부스 티켓이었다.

"안카케야키소바는 아니지만 맛있어 보였어."

내가 좋아하는 음식을 기억한다는 사실에 단숨에 귓불이 빨개졌다. 아오바 씨는 덧니를 보이며 활짝 웃었고, 티켓을 도로 집어넣지는 않았다.

"남으면 아깝잖아."

엉겁결에 받아 들자 교복 안에서 꼬르륵 소리가 났다. 가만 생각해 보니 아침부터 아무것도 먹지 않았다. 마음은 계속 감상에 젖고 싶었지만 몸은 소스에 버무린 면을 요구하고 있었다.

세 사람의 뒤를 쫓아 음식 부스가 늘어선 안쪽 정원으로 향했다.

린코는 평소처럼 고하네와 팔짱을 끼고 있는데 오늘은 이상하게 말수가 적다. 뭔가 표정도 딱딱하게 굳은 것 같다. 혹시 배가 아픈 걸까. 처음 만난 아오바 씨 때문에 긴장한 건지도 모른다. 두 사람 사이에 서 있지만 줄곧 고하네 쪽으로만 얼굴을 향하고 있다. 그다지 낯을 가리지 않는 성격인 줄 알았는데 의외다.

복도에는 친밀하게 이야기하는 남학생과 여학생의 모습이 보였다. 반 친구 몇 명이 사귀다가 헤어지기를 되풀이했지만 고하네나 린코에게 사귀는 남자 친구가 있다는 소문은 들어본 적이 없다. 아마도 가족 걱정에 연애할 틈이 없을 거다. 그건 나도 마찬가지다. 거의 매일 얼굴을 마주하는데도 두 사람에게 특별한 사랑의 감정을 품은 적은 없다. 애인이나 여자 친구보다는 동지나 동료가 훨씬 잘 어울리기 때문일까. 아니면 단순히 차일 게 뻔해서 포기해 버린 걸까. 아무튼 할머니에 대해 솔직하게 털어놓을 친구가 있는 건 마음 든든한 일이다.

올해의 히트곡이 흘러나오는 교실 앞을 지나가면서 고하네가 붙임성 있게 말을 건넸다.

"아오바 씨가 고등학생이었을 때는 뭐가 유행했어요?"

"뭐였을까……. 나는 유행에 둔감해서. 그때는 스마트폰도 없었고."

그건 정말인지도 모르겠다. 아오바 씨가 입은 항공 점퍼는 칙칙한 카키색. 좋게 말하면 멋이 있고 나쁘게 말하면 꾀죄죄했다. 소매는 올이 풀렸고 허리 쪽은 보풀이 여기저기 일어났다. 등 한가운데는 정체불명의 검정 얼룩이 드문드문 있는데 아무리 세탁해도 지워지지 않을 것 같았다. 크기는 펑퍼짐하고 긴소매는 손등을 반 정도 덮었다. 유행에 민감한 패션으로는 도저히 보이지 않았다.

"같은 반 친구들은 시부야나 하라주쿠에서 놀았는데 나는 안 갔어."

그 대답에 줄곧 잠자코 있던 린코가 바르 관심을 나타냈다.

"아오바 씨는 도쿄가 고향인가요?"

"응. 여기 와서도 일이 있어서 한 달에 한 번은 돌아가."

"우와—, 굉장해요! 역시 도쿄는 커다란 도시겠죠?"

"그렇지. 거기는 사람이 많고 가게도 잔뜩 있으니까. 내가 살던 곳은 번화가 쪽이야."

한동안 도쿄에 대한 화제가 이어졌다. 아까 아무 말 없었던 게 거짓말처럼 아오바 씨와 린코는 경쾌하게 대화를 나누고 있다. 옆에서 보아도 급속도로 거리가 좁혀진 것이 느껴졌다.

"여기랑 도쿄가 가장 다른 점은 밤인 거 같아."

"도쿄에는 가부키초 같은 곳이 있죠? 얼마 전에 인기 없는 배우가 피나게 노력하는 TV 프로그램을 봤어요."

"아니아니, 밤 문화 같은 걸 말하는 게 아냐. 밤 자체를 말하는 거야."

"밤 자체요?"

"그래. 여기 밤은 도쿄랑은 영 딴판이라고."

솔직히 의미를 이해할 수 없었다. 밤에 무슨 차이가 있는 걸까. 깊은 생각에 잠기려는 찰나에 교복 주머니가 흔들렸다. 스마트폰을 꺼내자 화면에는 '아빠'라고 표시되어 있다. 기분 나쁜 예감이 손끝의 감각을 빼앗아간다.

"……잠깐 화장실."

일방적으로 말하고 발걸음을 돌렸다. 방금 지나온 복도를 잰걸음으로 되돌아간다. 눈에 띄는 남자 화장실에 들어가 간신히 화면을 두드렸다.

"여보세요."

"고헤이냐?"

짧은 첫 마디에 머리가 돌아간다. 아빠 말투는 딱딱하고 억양이 없다.

"지금 학교야?"

"어, 아직 축제 중이야."

"그렇구나."

아빠는 잠깐 말을 멈추더니 담담하게 이어나갔다.

"할머니가 이웃집에 돈을 빌리러 돌아다녔대. 이 상태로는 너무 가난하다고. 할아버지 땅을 빼앗겼다고. 야마네 부인이 걱정하면서 나한테 연락을 해왔다."

야마네 씨는 이웃에 사는 선량한 노부부다. 할머니가 무슨 일을 벌이면 가장 먼저 연락해 준다. 하지만 그뿐이다. 약을 먹여주거나 병원에 데려가거나 곁에서 지켜주지는 않는다.

"할머니 얼굴도 무표정했다는 거 같고, 앞으로 어떻게 될지 모르니까 상태를 지켜보러 집에 가볼래?"

주머니에서 진동을 느꼈던 순간부터 예상했다. 눈앞의 소변기 안에는 파란색 방향제 볼이 놓여 있었다. 코를 훅 찌르는 고약한 냄새를 맡으면서 몇 번인가 헛기침을 했다.

"……알았어."

"미안하구나. 나도 일이 끝나면 서둘러 집에 갈게."

전화가 끊어질 것 같은 느낌에 용건도 없는데 불러 세웠다.

"아빠."

"왜?"

"음, 힘내."

"응. 오늘은 남은 가자미조림이라도 가져갈게."

생선조림을 좋아하지는 않지만 회보다는 잘 먹을 수 있다. 나는 알겠다고 대꾸하고 전화를 끊었다. 스마트폰을 주머니에 집어넣고 다시 복도로 돌아갔다. 안쪽 정원 방향을 힐끗 보고 천천히 눈을 감았다. 지금부터 교실로 돌아가서 가방을 가져와야 한다.

이러서 오늘은 처음부터 혼자 있고 싶었다. 중간에 사라질 거라면 애초에 없는 편이 더 낫다. 남겨진 쪽의 기분은 너무나도 잘 안다.

두 사람한테는 나중에 사과 문자를 보내기로 했다. 아오바 씨에게는 할머니에 대해 하나하나 설명하기가 힘들다. 아무런 도움이 되지 않는 타인에게 시시콜콜 이야기할 의무도 없다. 복도를 지나가는데 저절로 잰걸음이 됐다. 스쳐 지나가는 학생이 많았지만 내 거친 호흡만 두 귀에 울렸다. 온몸에 얇은 막이 쳐진 것 같았다. 화장실 방향제 냄새가 아직도 코를 찔렀다.

엉덩이를 들고 페달을 밟아서 아침에 지나왔던 길을 거슬러 간다. 두 사람에게 사과 문자를 보내고 할머니의 휴대전화에 세 번 정도 전화를 걸었다. 하지만 아직 회신은 없다. 돈을 빌리러 여태 이웃집 벨을 계속 누르고 다니는 걸까. 가녀린 등이 헤매는 모습을 생각하자 핸들을 쥔 손이 땀으로 젖는다.

요도가와강의 다리를 건너 45번 국도로 접어들었다. 고하네의 집만큼 아미이소 항구 쪽에 있지는 않지만 우리 집에 가까이 가던 바다

제2장 2010년 11월 파도칠 때의 블루 85

냄새가 짙어진다. 페달을 밟으면서 여기저기 눈여겨본다. 바닷바람을 맞는 단층집이 드문드문 떨어져 있을 뿐 몹시 추운 풍경이 펼쳐졌다. 할머니 모습은커녕 사람 그림자조차 거의 없다. 속도를 늦추면서 근처를 돌아다녀도 마찬가지였다.

숨을 헐떡거리며 집에 도착하자마자 산악자전거에서 내려 현관으로 향했다. 마당 앞에는 할머니가 키우는 식물이 화분에 심겨 늘어서 있다. 선인장 이외는 말라비틀어졌고 추운 하늘 아래 생기 없는 잎사귀가 흔들리고 있다. 익숙한 광경인데 지금은 불길한 사건을 암시하는 듯한 기분이다.

현관문은 잠겨 있지 않았다. 문을 열고 발밑으로 시선을 떨어뜨렸다. 콘크리트 바닥에는 갈색 구두가 나동그라져 있다. 할머니는 집에 있을 텐데 집 안은 도서실처럼 쥐 죽은 듯했다.

"할머니, 집에 계세요?"

몇 초 동안 기다렸지만 대답은 없고, 내가 부르는 소리만 허무하게 떠돈다. 무의식중에 오른손 손끝으로 왼손 손목을 짚는다. 싫은 예감이 머릿속을 가득 채운 탓인지 맥박은 1분에 111회 정도로 빨리 뛰고 있었다.

"저기! 할머니!"

소리치면서 두려움으로 얼어붙은 다리를 필사적으로 움직였다. 서늘한 복도를 지나 먼저 할머니 방으로 향했다. 맹장지 문 앞에 서서 쓰디쓴 침을 꿀꺽 삼켰다.

"할머니, 들어갈게요."

조심조심 들여다본 방 안은 아침과 마찬가지로 커튼이 쳐져 있어

어스레함이 감돌았다. 눈썹을 찡그리고 집중하니 침대에 누운 사람이 보였다. 몸을 덮은 이불이 아주 조금 들썩인다.

"……다행이다."

안도의 한숨이 새어 나왔다. 잔뜩 긴장하고 있다가 한꺼번에 힘이 빠져나간다.

"할머니, 주무세요?"

조심스럽게 벽에 있는 전기 스위치를 눌렀다. 실내등이 어제보다 더 어질러진 방 안을 비춘다. 예상과 다르게 할머니는 눈을 뜨고 있었다. 텅 빈 두 눈동자가 천장을 가만히 쳐다보았다.

"일어났으면 대답 정도는 해주세요."

그 뒤에 바로 숨을 삼켰다. 주름 잡힌 눈가는 촉촉하고, 검버섯이 군데군데 핀 뺨에 눈물 자국이 그려져 있었다. 천장 불빛에 물기 어린 눈동자가 반짝였다.

"이제 사라졌어……."

각질이 일어난 입술이 약간 달싹였다. 목구멍에서 짜내는 목소리가 아니라 귓가를 간지럽히는 속삭임. 그렇게 가냘픈 소리인데도 방 안 공기가 더욱 차가워진 것 같다. 나는 일부러 밝게 이야기했다.

"오늘 아빠가 가자미조림을 가져온대요. 그거 드시고 기운 내세요."

가자미조림으로 구할 수 있는 생명이 있을까. 그런 의문을 애써 누르며 침묵이 두려워서 할 말을 찾는다.

"이 방 춥죠? 이러다가 감기 걸리겠어요."

"이제 아무래도 괜찮아……."

"난방을 좀 해야겠어요. 리모컨 어디 있어요?"

"……소반 아래."

일부러 간단한 질문을 되풀이한다. 우울증이 심각해지면 대답 속도가 이상하게 느려지거나 대화 자체가 안 될 때도 많다. 지금은 그래도 의사소통을 할 수 있는 것 같다. 나는 리모컨을 찾으러 소반 밑을 들여다보았다. 그곳에는 오래된 신문으로 만든 소품 상자가 놓여 있었다. 안에는 손톱깎이와 면봉이 들었다.

"할머니, 요즘 종이로 쓰레기통 안 만드셨죠?"

대답은 없다. 그래도 일방적으로 계속 이야기한다.

"예전에는 심부름값 10엔 받으려고 저도 종종 도왔잖아요. 기억하세요?"

리모컨을 들고 난방 스위치를 켰다. 다시 침대 쪽으로 얼굴을 돌리자 내 질문과는 관계없는 알쏭달쏭한 이야기가 들려왔다.

"……땅을 뺏겨서, 이제 파산할 거다."

"그렇지 않아요."

"끝났어……. 집부터 다 빼앗겨서 길거리를 헤매고 돌아다닐 거다."

"괜찮다니까요. 그 생각은 잘못됐어요."

"고헤이, 미안하구나……. 모두 내 탓이다……."

눈물이 그렁그렁한 눈동자를 잠자코 바라보았다. 할머니의 엉뚱한 사과가 마음을 흔들었다.

"정말, 살아 있는 게 염치없어서……."

"그게 뭐예요. 무슨 소설가처럼 말씀하시네요."

가벼운 농담으로 얼버무렸지만 그 소설가는 스스로 물에 빠져 죽은 게 떠올랐다. 관심을 딴 데로 돌리려고 소반 위에 놓인 갑 티슈에 손을 내밀었다.

"울지 않아도 돼요."

얇은 티슈로 눈물을 닦으니까 손끝이 축축해진다.

"괜찮아요. 사과하실 일은 하나도 없어요."

"고헤이는 이런 괴로움을 모를 거다……. 차라리 죽는 편이 낫지."

찬물이 귓속으로 흘러드는 것 같았다. 확실히 나는 죽고 싶다고 말하는 심정을 알지 못한다. 마찬가지로 할머니도 죽고 싶다는 말을 들으면 상대가 어떤 기분일지는 모를 거다. 온풍기에서 나오는 바람이 뭔가를 팔랑팔랑 넘기는 기척이 들렸다. 소리 나는 곳을 찾아보니 할머니가 가입한 생명보험사 소책자가 바닥에 흐트러져 있었다. 분명히 어제까지는 없었는데 오늘 꺼냈을까. '한평생' '사망 보장'이라는 글자를 보니 등 뒤에 식은땀이 배어났다. 망설이던 나는 선택을 했다.

"이야기는 그만하고 병원에 가요. 지금부터 준비하면 시간을 맞출 수 있어요."

억울한 증상이 심해지면 할머니는 꼼짝도 못 한다. 의식은 있지만 말을 건네도 반응을 보이지 않는다. 주치의에 따르면 그런 상태를 '혼미'라고 부르는 것 같다. 자발성과 의식이 현저하게 떨어지는 상태로 외부 자극에 반응하지 않는 경우가 있다고 설명했다.

"몸이 굳어지면 할머니도 괴롭잖아요."

농담을 했지만 막연한 불안감이 나를 삼켜버릴 것 같았다. 일어나라고 재촉하듯 이불을 젖혔다. 앙상한 다리는 면바지를 입고 있었는데, 사타구니 쪽이 젖어 바지 색이 진했다. 뒤늦게 풍기는 오줌 냄새가 코끝을 맴돌았다.

"먼저 바지랑 속옷을 갈아입어야겠어요."

오줌을 지린 건 입에 담지 않고 오동나무 장롱에서 갈아입을 옷을 꺼냈다. 할머니가 오줌을 지리기 시작하면 증상이 더욱 심해지는 경우가 많다. 의학적 인과관계는 설명할 수 없지만 곁에서 돌본 경험으로 알고 있었다.

"일단 샤워를 해서 어느 정도 깨끗하게 하자고요."

할머니 손을 잡아당겨 침대에서 일으켰다. 짧은 복도를 지나 목욕탕으로 데려갔다.

"잠깐만 기다리세요."

할머니를 탈의실[4] 앞에서 기다리게 하고 나 혼자 목욕탕으로 들어갔다. 샤워기에서 따뜻한 물이 나올 때까지 몇 분 정도 걸린다. 속옷을 벗은 채 냉랭한 목욕탕에서 기다리게 하는 건 내키지 않았다. 손으로 물 온도가 달라지는 걸 확인하면서 빈 욕조를 멍하니 바라보았다. 어느덧 초점은 흐릿해지고 머릿속은 요즘 자주 빠져드는 공상으로 가득 찼다.

따뜻한 물을 채운 욕조 안에 고깔해파리가 둥둥 떠 있다. 그 생물은 수면을 떠돌다가 벌거벗은 할머니에게 촉수를 뻗는다. 주름진 눈가는 놀라서 쫙 펴지고, 울부짖는 소리가 목욕탕에 울려 퍼진다. 앙상한 몸은 손발을 파닥거리다 어느 순간 욕조 밑에 가라앉는다. 수면 위에는 아름다운 블루와 할머니의 폐에서 새어 나오는 공기 방울뿐.

안경이 뿌예지고 샤워기에서 따뜻한 물이 나오는 걸 깨달았다. 추

---

4. 거실과 욕실 사이에 있는 일본 주택 특유의 공간

리소설을 너무 많이 읽어서 이런 미치광이 같은 공상을 하는지도 모르겠다. 뽀얗게 김이 서린 안경 렌즈를 교복 소매로 쓱쓱 닦고 등 뒤를 돌아보았다.

"할머니, 이제 됐어요."

다시 사과를 되풀이하는 목소리가 들린다. 나는 따뜻한 돌을 틀어놓은 채 목욕탕에서 나갔다.

"저기, 바지랑 속옷을 벗으세요."

"미안하다……. 입이 열 개라도 할 말이 없구나……."

"사과 대신 부지런히 씻으세요."

탈의실 벽시계는 어느새 오후 1시를 지나고 있었다. 할머니의 움직임은 건전지가 다 닳기 직전의 장난감처럼 느리다. 이런 속도로는 오후 3시까지 못 간다. 초조함이 목욕탕에서 피어오르는 뜨거운 김과 뒤섞였다.

"제가 도와드릴게요."

예전에도 증상이 심했을 때 아래옷을 갈아입힌 적이 있다. 요령껏 젖은 타지와 함께 속옷을 벗겼다. 메마른 풀 같은 음모에서 말없이 눈을 돌렸다.

이시노마키 방면 전철을 타고 할머니를 교통약자석에 앉혔다. 학교에서는 축제가 한창일 테지만 나처럼 도중에 빠져나온 학생과 맞닥뜨릴 수도 있다. 그런 우연을 걱정하며 얼굴을 감추려고 고개를 수그렸다.

세 정거장을 간 뒤 내려 다시 추운 하늘 아래를 걸었다. 역에서 멀어진 것을 확인하고 간신히 숨을 돌렸다.

"아빠랑 병원에는 이미 연락했어요. 오늘은 외래에 호소가이 선생님이 있대요."

주치의인 호소가이 선생님은 성실하고 다정한 사람이다. 많은 걸 설명하지 않아도 할머니의 증상을 이해해 준다. 급하게 외래를 가면 처음 본 젊은 의사가 진찰하기도 한다. 전에는 기분 조절을 하는 응급약을 처방하고, 집에 돌아가라고 다그친 적도 있다.

"만약 입원하면 다음 주 초에 아빠가 병문안 올 거예요."

10분 정도 걸어가자 커다란 하얀색 건물이 앞쪽에 보였다. 오랫동안 이 지역 정신과 진료를 맡아온 병원 외관은 깨끗하지는 않다. 흰색 외벽은 비바람을 맞은 흔적에 우중충하다. 그래도 역사가 깃든 건물은 믿음직스럽게 느껴진다.

외관과는 다르게 청결한 외래에서 접수를 마치자 곧바로 2번 진찰실에서 불렀다. 차가운 손을 이끌고 '2'라고 표시된 문을 열었다. 하얀색 가운을 걸친 호소가이 선생님이 웃음을 머금고 앉아 있었다.

"마츠나가 씨, 안녕하세요? 오늘은 어떠세요?"

할머니는 가까이에 있는 동그란 의자에 앉아 고개를 푹 숙이면서 입을 열었다.

"돈이 없어서…… 죄송해서…… 차라리 이제 사라져버리는 편이……."

띄엄띄엄 말하는 목소리가 창문이 없는 진찰실을 떠돌았다. 호소가이 선생님은 맞장구를 치면서 계속 짧은 질문을 던졌다.

"요즘 잠은 잘 주무세요?"

"……잠을 깊게 못 자요."

"밥은 잘 드세요?"

"……글쎄요."

"아까 돈이 없다고 말씀하셨는데요. 뭔가 구체적인 대비를 해두셨나요?"

"그건…… 아직……."

나는 진찰실 가장자리에 선 채로 할머니의 옆얼굴을 응시했다. 눈가가 푹 꺼지고 뺨은 홀쭉해서 짙은 그림자가 드리워 있다. 날마다 얼굴을 마주하는데도 몇 개월 전보다 야윈 걸 이제야 깨달았다. 두꺼운 안경 렌즈 너머로 나는 도대체 무엇을 보고 있었던 걸까?

"오늘 마츠나가 씨는 특별히 기분이 가라앉은 거 같으신데요?"

"네……."

"자기 자신을 탓하는 마음과 불안감이 평소보다 강해진 것처럼 보입니다."

할머니가 조그맣게 고개를 끄덕였다. 그런 대수롭지 않은 몸짓조차 귀찮아하는 것 같다. 호소가이 선생님은 전자 차트에 뭔가를 쳐넣다가 도중에 손을 멈췄다.

"아까 사라져버리고 싶다고 말씀하셨는데요. 구체적으로 자살을 생각한 적도 있으십니까?"

"땅을 뺏기기 전에…… 죽어서 돈을 남기려고."

할머니 방에서 본 생명보험사 스책자를 떠올렸다. 호소가이 선생님은 "힘드셨겠네요"라고 짧게 대답하고 다시 컴퓨터 키보드를 두드리면서 설명을 해주었다.

"억울한 기분이 강해지고 죽음을 바라는 마음이 또 나타나고 있군요. 오늘부터 입원해서 충분히 쉬시는 게 어떨까요? 약을 조정할 필요도 있습니다."

"네……."

"그럼 지난번과 마찬가지로 3B 병동에 임의 입원하시겠습니다. 주치의는 변함없이 저입니다. 다시 한번 잘 부탁드립니다."

호소가이 선생님이 컴퓨터를 조작하자 가까이에 있는 프린터에서 서류 몇 장이 뽑아져 나왔다.

할머니가 진찰받을 때 따라다니면서 알게 된 바로는 정신과 병원의 입원 형태는 몇 가지 종류가 있다. 방금 들은 임의 입원의 경우 환자 자신이 입원에 동의해야 한다.

"바로 입원 서류를 설명해 드리겠습니다."

호소가이 선생님은 프린트된 서류를 우리 쪽에서 보이도록 들었다.

"이번 입원은 마츠나가 씨의 동의를 근거로 정신보건 및 정신장애인 복지에 관한 법률 제20조 규정에 따른 임의 입원입니다……."

정해진 규칙인지 서류에 기재된 내용을 처음부터 쭉 읽어 내려간다.

"치료할 때 꼭 필요한 경우에는 환자분의 행동을 제한할 수 있습니다……."

서서히 호소가이 선생님의 목소리가 멀어지고 파란색 교자를 닮은 생물이 머릿속을 뒤흔든다. 동그란 의자에 앉아 있는 등으로 맹독이 든 촉수가 뻗어 나간다. 환영이라는 걸 알면서도 눈을 감지는 않았다.

몇 가지 서류에 할머니가 시간을 들여 사인하자 외래로 병동 간호사가 얼굴을 들이밀었다.

"어머, 마츠나가 씨, 오랜만이에요."

그 간호사 얼굴은 본 기억이 난다. 지난번에 입원했을 때 할머니의 전담 간호사였다. 아마도 이름은 오쿠야마 씨. 엄마가 살아 있었다면 비슷한 나이일지도 모르겠다.

"고헤이 군도 오랜만."

"안녕하세요. 잘 부탁드려요……."

"그럼 먼저, 오늘은 입원에 필요한 개인 물품을 가져왔나요?"

"아니요…… 아무것도. 다음 주 초에 아빠가 올 거라서요. 속옷 같은 건 그때 갖고 올 거예요. 그때까지는 입원 세트를 이용하겠습니다. 그거랑 환자복도 계약하겠습니다. 그리고 성인용 기저귀도요."

단숨에 빠르게 전했다. 입원 세트는 칫솔, 컵, 샴푸, 보디 샴푸를 가리킨다. 갑자기 입원이 결정된 경우 최소한의 생활용품을 병동에서 구입할 수 있다. 아빠가 올 때까지 속옷을 갈아입지 못할 테니까 성인용 기저귀로 대신하는 수밖에 없다. 요실금이 계속될 위험도 있고 더럽혀진 속옷보다 성인용 기저귀를 착용하는 편이 청결할 것이다.

"긴급 연락처는 지난번 입원 때랑 달라지지 않았죠?"

"네. 무슨 일이 있으면 아빠한테 연락해 주세요."

"알았어요. 그럼 병동으로 모실게요."

오쿠야마 씨가 할머니의 주름 잡힌 손을 붙잡고 승강기 쪽으로 걸어갔다. 병동에 도착하면 최근 할머니 상태에 대해 몇 가지 질문을 받을 것이다. 두 사람의 뒷모습을 바라보면서 전달해야 할 정보를 머릿속으로 정리했다.

승강기를 타자 오쿠야마 씨가 삼층 버튼을 눌렀다. 문이 닫히는 소리에, 위로하는 듯한 목소리가 겹쳐졌다.

"고헤이 군은 대단해요. 언제나 진찰받을 때 따라와 주고."

몸 깊은 곳에서 기포가 하나 솟구쳐 오르더니 소리 없이 터져버렸다. 그런 말을 바랐던 것은 아니다. 그렇다고 어떤 내용을 듣고 싶은 건지도 모르겠다.

"가족이니까 당연한 겁니다."

늘 말해온 대답이 흘러나왔다. 또 그 아름다운 블루를 떠올리면서 올라가는 층 표시를 멍하니 눈으로 따라갔다.

병원 부지에서 인도로 나서자 나른한 피로감으로 두 다리가 무거웠다. 땅 위의 그림자조차 질질 끌려가듯 역으로 향했다. 전철을 탄 다음에는 눈에 띄는 빈자리에 재빨리 앉았다. 병원에 갈 때와 다르게 주위에 신경 쓸 여유는 없다. 겨우 세 정거장밖에 안 되지만 잠시나마 눈을 붙이고 싶었다.

결국 졸지도 못한 채 전철에서 내렸다. 집으로 걸어가면서 김 양식과 판매로 유명한 수산업자 트럭과 스쳐 지나갔다. 할머니는 바닷가 직판장에서 파는 생김 조림을 밥에 얹어 먹는 걸 좋아한다. 할머니가 좋아하는 음식은 병원식으로 안 나올 것이다.

내가 아까 병원에 데려가지 않았다면 아직 할머니는 자기 방 침대에 누워 있을지도 모른다. 몹시 좋아하는 생김 조림도 마음 내킬 때 먹을 것이다. 엄청나게 잔혹한 결단이 점점 나 자신을 탓하는 죄책감으로 변해갔다. 엉겁결에 고개를 숙였는데 교복 주머니에서 진동이 느껴졌다. 스마트폰을 꺼내서 화면을 확인했다. 전화를 걸어온 사람은 아빠다.

"……여보세요."

"그래. 할머니는 어떻게 됐냐?"

그대로 임의 입원 한 것을 짤막하게 전달했다. 아빠는 몇 번인가 맞장구를 쳤을 뿐 할머니를 걱정하는 말은 하지 않았다.

"병동에는 다음 주 초에 아빠가 간다고 말해두었어."

"그렇구나. 음, 알았다."

그 목소리는 아주 조금 들떠 있었다. 솔직히 원망하고 싶지는 않다. 나도 병원에 도착했을 때 어깨의 짐을 내려놓은 듯한 느낌이 들었으니까.

"그게 그렇게 됐어."

전화를 끊으려고 하는데 스마트폰에서 "고헤이"라고 부르는 소리가 들렸다.

"어?"

"할머니는 무사히 입원했으니 오늘 잠깐 들렀다 갈게."

반쯤 웃는 말투에서 들르는 곳은 병원이 아니라 술집이라는 걸 알아차렸다.

"차는 어떻게 할 건데?"

"대리 불러야지. 너무 안 늦도록 할게."

"……알았어."

"그럼 문단속도 잊지 말고."

아이에게 으레 하는 잔소리를 마지막으로, 전화가 끊기려고 했다. 이번에는 내가 막아섰다.

"그런데 가자미조림은?"

"나중에 가져갈게. 만든 날 안 먹으면 배탈이 날지도 모르니까."

느닷없이 전화가 끊어졌다. 몇 초 동안 흐르는 정적에 귀를 기울이다가 차가운 스마트폰을 교복 주머니에 집어넣었다. 왜 좋아하지도 않는 가자미조림에 집착한 건지 이상했다. 말로는 표현할 수 없는 답답함을 무시하면서 집으로 가는 추운 골목길로 접어들었다.

집에 도착해서 마당의 바지랑대를 바라보았다. 수건은 모두 얼어붙었고 아빠의 촘촘한 직물 작업복도 차갑게 굳어 있었다. 옷걸이에 건 할머니의 내복은 잿빛 하늘과 묘하게 잘 어울렸다. 이틀이나 널어놓은 빨래에는 태양의 향기보다 바다 냄새가 배어들었을 것이다.

"······덜 마르는 것보다는 낫지 뭐."

변명 같은 혼잣말을 바닷바람이 낚아채 간다. 현관 열쇠를 꺼내려는 순간, 등 뒤에서 자전거 브레이크 소리가 울려 퍼졌다.

"안녕하세요.[5] '오하마 반점'입니다."

장난스러운 말투에 우리도 쓰지 않는 사투리로 인사하는 소리가 들렸다. 깜짝 놀라 뒤를 돌아봤다. 우편함 옆에 배달 통이 달린 자전거를 세우고, 가느다란 다리를 내디디고 있었다.

아오바 씨가 왜 여기 있는지 몰라 눈을 휘둥그렇게 떴다. 아오바 씨가 내 쪽으로 다가오는데 문득 음식 부스 티켓이 떠올랐다. 나는 허둥지둥 고개를 숙였다.

"죄송했어요······. 마음대로 가버려서."

---

5. '안녕하세요'를 뜻하는 밤 인사 '곰방와(こんばんは)'는 미야기현 사투리로 '오반데가스(おばんでがす)'라고 한다.

"신경 쓰지 마. 그것보다 고하네한테 들었는데 할머님 돌보느라 고생이 많다고."

아오바 씨는 한 손에 비닐봉지를 들고 있었다. 바스락 소리가 또렷하게 고막을 흔들었다.

"아니요……. 가족인데 당연합니다."

저절로 눈을 감았다. 이다음에 상대가 하는 말은 대부분 정해져 있다.

병원에 따라다니는 거 대단하다.

가족을 돌봐주다니 훌륭해.

고헤이 군은 다정하네.

온갖 어긋난 말들이 뻥 뚫린 가슴속을 스쳐 지나간다. 딱히 좋아서 하는 건 아니다. 내 역할이 되었을 뿐이다. 더구나 나는 전혀 다정하지 않다. 머릿속으로 몇 번이나 할머니를 죽이고 있다.

"당연한 게 아니지. 가족 때문에 축제인데 빨리 돌아갔고."

잘못 들은 것 같아 고개를 들었다. 눈앞에 서 있는 길쭉한 눈매의 외까풀이 똑바로 나를 바라본다.

"어른이 병원에 따라다녀야지. 네가 할 일이 아냐."

"하지만…… 우리 집 일이라서."

"아무것도 도와주지 말라고 하는 건 아니야. 모든 일에는 정도가 있으니까. 지금 너한테는 좀 더 하고 싶은 일이 있을 거야."

단정적으로 말하더니 비닐봉지를 내밀었다.

"예를 들어 청춘의 한 페이지를 즐긴다거나."

받아 들고 비닐봉지 안을 들여다보니 차갑게 식은 소스 냄새가 코끝에 닿았다.

"시간이 지났으니까 전자레인지에 데워서 먹어."

드디어 이곳에 온 이유를 알고 모호하게 고개를 끄덕였다. 배고픔이나 감사보다 먼저 마음속에 어렴풋한 분노가 일었다.

아무것도 모르는 주제에.

짜증이 드러나지 않게 어금니를 꽉 깨물고 태연한 척했다. 아오바 씨의 말은 다정하고 바른 말이었다. 뒤집어보면 타인이 변덕스럽게 베푸는 동정. 겉만 번지르르한 말이 불쾌하게 귓속에서 소용돌이쳤다.

"우리 집은 줄곧 이랬습니다."

이야기를 마무리하려고 가볍게 고개를 수그렸다. 시선의 끝에는 시들한 식물들이 쭉 늘어서 있다. 이제 무엇을 하더라도 잎사귀의 푸른빛이 돌아오지는 못할 것 같다.

"그저 미담으로 여기고 싶지는 않아서 그래. 너희가 하는 일을."

바닷바람에 감쪽같이 사라질 듯한 목소리를 듣고 메마른 잎사귀에서 눈을 뗐다.

"고하네 어머님한테 들었는데 할머님이 같은 병원에 다닌다고?"

"음…… 그래요."

잠긴 목소리로 대답하자 잡담하듯 아오바 씨는 말을 이어나갔다.

"방문 간호는 신청했어?"

"그런 건 딱히……."

"할머님은 신체적으로 돌봄이 필요한 상태야?"

"……기본적으로는 필요 없어요. 오늘도 근처를 돌아다니신 거 같고요."

"상태가 안 좋을 때 병원에 가기 싫다고 하지는 않으셔?"

"그런 일도 특별히 없어요……. 아까도 순순히 집을 나서셨어요."

아오바 씨는 진지한 표정으로 몇 가지를 질문하더니 뭔가를 궁리하는 듯 허공을 쳐다보았다. 시선을 따라갔지만 변함없이 추운 겨울이 펼쳐져 있다.

"너희 할머님은 뭐든 스스로 할 수 있는 것 같고 현행 서비스에서는 자기 부담으로 해야 할지도 모르겠다."

"그게…… 무슨 말씀인지?"

"병원에 따라가는 거. 그러니까 다음에 무슨 일이 있으면 내가 도와줄게."

아오바 씨의 말이 드디어 결론에 이르렀다. "물론 봉사활동 식으로"라고 덧붙였지만 피어오른 분노는 쉽게 사그라지지 않았다.

"딱히 괜찮아요. 다른 사람한테 부탁할 만한 일도 아니고요."

"하지만 병원 관계자도 지역 봉사자도 본래 생판 모르는 사람이잖아?"

"음…… 그렇지만 아무래도 가족 일은 우리가 알아서 하겠습니다."

"정말 그럴까? 개인적으로는 많은 사람에게 의지하는 편이 좋은 것 같은데."

심장 고동이 빨라지고 평소처럼 맥박을 확인하고 싶었다. 아오바 씨의 말을 모두 이해할 수는 없었다. 하지만 지금까지 알던 타인과는 다른 의견이라는 건 분명하다. 아오바 씨는 덧니가 보이도록 환하게 웃음 짓더니 비닐봉지로 눈길을 돌렸다.

"야키소바 밑에 생교자도 들어 있어. 단골손님에 대한 보너스야."

"뇌물이라니……."

"아무튼 마음이 바뀌면 고하네한테라도 연락해. 내가 따라가 줄 테니까."

아오바 씨는 그렇게 말을 남기고 등을 돌렸다. 다시 비닐봉지 안을 찬찬히 들여다보았더니 야키소바 밑에 팩이 한 개 더 들어 있었다. 플라스틱 용기에 비쳐 보이는 생교자는 그 생물과 똑같이 생겼다. 교자 소를 감싼 하얀 생교자 껍질이 머릿속에서 반투명 블루로 바뀌어 간다.

"역시 고깔해파리랑 비슷해."

엉겁결에 중얼거린 말에 아오바 씨는 다시 내 쪽을 돌아보았다.

"꼬깔해파리?"

"아니요……. 고깔해파리요. 그런 이름의 생물이 있어요. 온몸이 반투명한 블루로 해파리 같은 겁니다."

"오, 몰랐어. 바다에 떠 있으면 예쁘겠다."

"하지만 만지면 안 됩니다. 촉수에 맹독이 있거든요."

"헉, 위험하구나."

거친 바다처럼 가슴속은 파도가 친다. 이 감정을 쏟아내지 않으면 미쳐버릴지도 모른다. 그런 예감에 겨드랑이 아래로 땀이 배어났다. 공상 속 살의를 더는 혼자서 감당할 수 없다. 누구라도 좋다. 이해해 주기를 바라지도 않고, 경멸을 당해도 괜찮다.

"할머니는 상태가 안 좋아지면 '사라져버리고 싶다' '죽고 싶다'는 말을 입에 달고 사세요."

아오바 씨의 얼굴에서 표정이 싹 사라졌다.

"최근에 이런 생각을 합니다. 그렇다면 제가 죽여드릴게요."

결국 나도 할머니도 똑같이 제멋대로다. 어두운 고백을 듣고 상대가 어떤 심정일지 헤아릴 여유는 없다.

"저는 추리소설을 좋아하는데 시험 삼아 완전범죄 계획을 세워봤습니다."

할머니를 머릿속으로 죽이면서 심장 박동이 잔잔해지는 순간이 있다. 혼자서 생각한 완전범죄를 재빠르게 말로 바꾼다. 둥둥 떠다니는 아름다운 블루가 벌거벗은 할머니에게 촉수를 뻗친다. 앙상한 가지처럼 마른 몸이 욕조 밑으로 가라앉는다. 말로 전달하자 머릿속에 떠돌던 영상이 더욱 선명해진다.

"할머니 머리가 멍해질 때를 노립니다. 욕조에 고깔해파리를 풀어놓아도 눈치채지 못할 테니까요."

소리 내서 말하면 마음이 조금은 후련해질 것 같았다. 하지만 미친 공상을 아무리 떠들어봤자 입안이 메마를 뿐이다.

"잘하면 불의의 사고로 처리될 겁니다."

모든 걸 털어놓자 가슴속이 답답해지는 걸 깨달았다. 입원이 정말로 필요한 사람은 나인지도 모르겠다.

"경찰은 그렇게 호락호락하지 않아."

잠자코 듣고만 있던 아오바 씨가 드디어 입을 열었다.

"그 생물은 따뜻한 물에 넣어도 괜찮아? 데쳐질 것 같은데."

"그러니까…… 고깔해파리가 죽어도 촉수에는 독이 남아 있잖아요. 자극에 반응해서 '자포'라고 불리는 독침이 발사되거든요."

"그 독침 자체는 뜨거운 열에 약하지 않아?"

독성분은 단백질과 성질이 비슷한 것 같은데 효과가 없어지는 온도까지는 모른다. 말문이 막혀서 눈을 내리깔았다. 아오바 씨는 지적을 멈추지 않았다.

"목욕탕에 그런 위험 생물이 있는 것 자체가 부자연스럽고 독이 강한지도 잘 모르잖아."

시끄러워.

"사인은 익사로 하고 싶겠지만 고깔해파리한테 쏘이면 당장 자기 힘으로 욕조에서 빠져나올 거 같은데."

시끄럽다고.

"어쨌든 다른 부분도 완전범죄와 거리가 먼데."

그럴싸한 말로 설득되기 전에 고개를 쳐들었다. 미간을 찌푸리고 아름다운 얼굴을 노려보았다. 감상도 의견도 정론도 바라지 않는다. 적당히 흘려들어 줄 상대가 있으면 그냥 그걸로 충분한데.

"다시 한번 생각해 봐. 다음에는 좀 더 완성도를 높여서 가르쳐줘."

찌푸렸던 미간을 폈다. 아오바 씨는 냉정한 눈길을 보내면서도 입가에는 미소를 띠었다. 당혹스러우면서도 순수한 의문에 입술을 비죽거렸다.

"좀 더…… 어른스러운 조언을 들을 거라고 생각했습니다."

"미안해. 추리소설은 안 읽어서."

"그게 아니라…… 그런 생각은 하지 말라고 할 줄 알았어요."

바닷바람이 강하게 불어서 아오바 씨의 머리카락이 흐트러졌다. 어째서일까. 그 바람에서 차가움은 느껴지지 않는다.

"안 돼. 사람을 죽여서는."

"이제 와서 그렇게 말해봤자 늦었어요."

"그렇겠지."

다시 입술 사이로 덧니가 보였다. 아오바 씨가 짓는 쓴웃음은 할머니의 내복처럼 추운 하늘과 잘 어울렸다.

"그 꼬깔해파리는 여기 항구에도 있어?"

"고깔해파리예요……. 아마도 없을 겁니다. 보통은 열대 바다에서 살아요. 하지만 …… 가끔 이 근처 바닷가에도 표류해서 온다고 들었어요."

일반적으로 고깔해파리는 따뜻한 바다에 서식하는 듯하다. 이따금 태평양을 흐르는 구로시오 해류를 타고 떠다니다 파도칠 때 이 부근으로 오는 녀석도 있는 것 같다. 하지만 그것도 시기는 한정되어 있다.

"주변에 바닷가가 있지?"

"음 네……."

"그럼 찾으러 가볼래?"

농담인 줄 알았는데 길쭉한 눈매의 눈동자에는 진지한 빛이 서려 있었다. 나는 망설이지 않고 고개를 가로저었다.

"절대로 없어요. 표류해서 오는 건 음력 7월 보름날쯤이에요."

"그래? 한 마리 정도는 뒤처진 녀석이 있을지도 몰라."

"시간 낭비예요."

"하지만 실물을 안 보면 제대로 조언을 못 해준다고. 완전범죄를 이루고 싶은 거잖아?"

내 대답을 기다리지 않고 아오바 씨는 따라오라고 손짓하고 등을 돌렸다. 서서히 멀어져가는 뒷모습을 쏘아보면서 깊은 한숨을 내쉰다.

"지금부터 할머니가 실수하신 침대 시트를 세탁해야 합니다."

가느다란 다리가 멈췄다. 뒤돌아본 아름다운 얼굴은 어딘가 먼 곳을 바라보는 듯 눈을 가늘게 뜨고 있다. 그 표정은 쓸쓸해 보였다.

"미안해. 내가 억지로 가자고 했네."

"아니요⋯⋯. 야키소바랑 교자, 감사합니다."

먼저 고개를 숙여 인사하고, 현관 쪽으로 얼굴을 돌렸다. 열쇠 구멍을 보는 순간 강한 바닷바람이 불어서 비닐봉지가 바스락 소리를 냈다.

"진정한 의미에서 가족은 지원자가 될 수 없다고 생각해."

바닷바람을 타고 담담한 목소리가 전해졌다. 열쇠 구멍에 뻗은 손을 멈췄다.

"결국 가족은 가족인 채로 있으니까."

못 들은 체하며 열쇠 구멍을 돌렸다. 뭔가가 맞물리는 건조한 소리가 귓가에 남았다.

부엌 식탁에 비닐봉지를 내려놓고 부랴부랴 할머니 방으로 향했다. 축축한 시트를 거칠게 걷어내서 오줌이 밴 옷이랑 통째로 세탁기 안에 던져 넣었다. 시작 버튼을 누르자 시끄러운 소리가 울려 퍼졌다.

세탁기 안에서 돌아가는 옷처럼 아까 나눈 말이 머릿속에서 소용돌이친다. 아오바 씨가 한 말이 옳다면 오늘 내가 한 일은 무엇일까. 가족이 진정한 의미에서 지원자가 될 수 없다면, 도대체 누가 이 생활을 도와줄 수 있을까. 여러 가지 의문이 들며 아무것도 쥐지 않은 손바닥으로 시선을 떨어뜨렸다. 두부처럼 부드러운 할머니 손의 감촉이 아직 남아 있다.

"젠장…… 세제."

정지 버튼을 누르고, 가루 세제를 세탁기 안으로 흩뿌렸다. 지금은 너무 지쳐서 어려운 건 생각하고 싶지 않다.

이층으로 올라가는 것도 귀찮아서 거실 소파에 그대로 쓰러졌다. 난방 스위치를 누르자 바깥과 다른 따뜻한 바람에 금세 졸음이 몰려왔다.

술 냄새를 느끼고 천천히 눈을 떴다. 흐린 시야 저편에서 볼이 붉어진 아빠가 나를 내려다보고 있었다.

"이런 데서 자면 감기 걸려."

멍해진 머리로 대답 대신 크게 하품만 했다. 안경을 고쳐 쓰고 시간을 확인하니 벌써 밤 10시를 지나고 있었다. 어느새 잠이 들었나 보다. 입고 있던 교복에는 꾸깃꾸깃 주름이 가 있었다.

"고헤이, 오늘 할머니 일, 고마웠다."

새삼스럽다고 생각하면서도 눈을 비비던서 중얼거린다.

"……다음 주 초에 만나러 가."

"그래. 의사랑 이야기하고 나서."

나는 윗몸을 일으켜 헝클어진 뒷머리를 몇 번 쓸어내렸다. 자고 일어났을 때의 나른함을 떨치려고 눈가를 비볐다. 할머니가 더무는 병동은 이미 불이 꺼졌을 시간이다. 할머니는 어제와는 다른 침대에 누워서 무슨 생각을 하고 있을까? 돈이 없어지고 모든 것을 잃어버릴까 봐 두려워하며 눈을 질끈 감고 있을지도 모른다. 죽고 싶다는 기분에 사로잡혀서 텅 빈 눈길로 천장을 쳐다보고 있을지도 모른다. 태어나서부터 많은 시간을 함께 보내왔는데 아무리 생각해도 할머니에 대해 아무것도 모르겠다. 가족인데. 아니면 가족이니까, 라고 해야 할까.

"······할머니 말이야. 아무래도 우리가 잘 보살펴 드려야겠지?"

짧은 침묵 후 아빠는 피지로 번들거리는 얼굴에 긴장을 풀었다. 입가에는 웃음을 띠고 있다.

"당연하지. 가족이니까."

"······그렇지."

"할머니는 이 집에 애착이 강해서. 아무래도 입원하거나 시설에 들어가기 싫어하시지."

아빠의 무신경한 목소리가 난방을 지나치게 올린 거실을 맴돌았다. 할머니 손을 붙잡고 병원에 데려간 사람은 나다. 하지만 입 밖으로 내뱉을 수 없는 죄책감이 심장을 서서히 조여 왔다. 다시 심장 고동이 빨라지는 것을 느꼈다.

"고헤이, 밥은 먹었니?"

"아직······ 돌아와서 잠들었거든."

"여전히 식탐이 없구나."

아빠는 술에 취해서인지 천진난만하게 웃으며 말을 붙여왔다. 나는 울적함을 감추는 것이 귀찮아서 도망치듯 소파에서 일어났다.

"지금이라도 먹을게. 부엌에 야키소바랑 교자 있으니까."

"맛있겠다. 축제에서 사왔니?"

"야키소바만. 교자는 '오하마 반점' 누나한테 받았어."

때마침 교복 안에서 꼬르륵 소리가 울렸다. 부엌으로 향하려는 순간 등 뒤로 날카로운 목소리가 꽂힌다.

"교자는 절대로 먹지 마."

뒤를 돌아보니 아빠의 표정이 싹 달라져 있었다. 눈살을 잔뜩 찌푸리고, 호탕한 기색은 온데간데없다. 붉게 물들었던 뺨도 한순간에 핏기가 사라져서 창백하다.

"왜?"

"됐어. 배가 고프면 내가 뭐든 만들어줄 테니까. 분명 봉지 라멘이 있지 않았나?"

술주정하는 것으로 보이지 않을 정도로 말투가 진지했다. 이해할 수 없어서 이번에는 내가 눈썹을 찡그렸다.

"버리는 건 아까운데."

"그렇지만 먹지 마."

"그러니까 왜?"

아빠는 깊은 한숨을 내쉬고 번들거리는 얼굴을 두 손으로 거칠게 비볐다.

"교자에 독을 넣었을지도 모른다고."

"독? 아빠, 너무 취한 거 같은데."

"이미 술은 깼다. 이건 진지한 이야기란다."

들어본 적 없는 냉정한 목소리였다. 아빠는 부엌을 힐끗 보고 무거운 입을 열었다.

"술자리에서 들었어. 그 여자는 살인자라고."

전혀 예상치 못한 내용에 옴짝달싹도 하지 못했다. 자고 일어나서 머리 회전이 느려졌다고 해도 도무지 이해가 안 된다.

"뭐가 들어 있는지 모르니까 교자는 버려. 그리고 이제 '오하마 반점'에서 배달시키지 마."

"그게…… 진심이야?"

"그래. 진심이야 진심. 죽고 싶지 않다면 절대로 먹으면 안 돼."

아빠는 토해내듯 말을 쏟아내고 잰걸음으로 거실에서 나갔다. 조금 시간을 두고 뒤를 쫓아갔다. 넓은 등이 부엌으로 사라지고 곧이어 쓰레기통 뚜껑을 여는 소리가 울려 퍼졌다.

아빠는 '뇌물'과 함께 야키소바까지 버리고 묵묵히 봉지 라멘을 끓이기 시작했다. 냄비 물이 끓는 모습을 응시하는 눈빛은 거실에 있을 때보다 험악하고 기분이 나빠 보였다. 나는 아오바 씨에 대한 이런저런 이야기를 꾹 삼키고 수증기에 흐려진 옆얼굴을 바라보았다.

"라멘이 다 끓을 때까지 빨래를 걷을 거야. 쌓여 있는 우편물도 꺼내 올게."

"그래. 부탁해."

"달걀이랑 소시지도 넣어줘. 대파는 필요 없어."

"채소도 잘 먹어야 해. 대파 말고도 표고버섯이랑 숙주나물도 넣을 거다."

"표고버섯은 진짜 필요 없다니까."

어린아이처럼 칭얼거리고 부엌을 나섰다. 아빠가 한 이야기는 정말일까. 미인에 대한 음침한 질투라고 생각했지만 아니 땐 굴뚝에 연기 나랴, 라는 속담도 떠오른다. 명확한 대답을 얻지 못한 채 더러워진 스니커즈를 신었다. 이 이야기는 고하네한테는 하지 않는 게 좋을 듯하다. 진위를 가리지 못한 상태에서는 차분한 미인인 고하네는 틀림없이 불쾌해할 것이다. 린코도 소문을 퍼뜨릴 수 있기 때문에 비밀이다.

바깥으로 나가자 추워서 어깨를 움츠리면서 빨랫줄 쪽으로 향했다. 널린 빨래는 밤이슬을 맞아 축축하다. 옷걸이와 빨래집게를 하나하나 떼어내는 사이에 세탁기 안에 아직 시트가 들어 있는 것이 떠올랐다. 한숨을 푹 내쉬고 무심하게 밤하늘을 쳐다본다. 별은 하나도 없지만 엷은 달빛이 두 눈에 어른거린다.

다 걷은 빨래를 현관 앞 복도에 일단 내려놓고 다시 바깥으로 나갔다. 낮과 마찬가지로 사람이 다니지 않는 차도를 힐끗 보고 우편함 안을 확인한다.

"응?"

파친코 가게 전단지와 도시가스 점검 통지서와 섞여서 자그마한 돌멩이 같은 것이 들어 있었다. 고개를 갸웃거리며 그 돌멩이를 집어 들었다. 자세히 들여다보는데 희미한 달빛이 손끝에서 빛나는 파란색을 비추었다. 처음에는 돌인 줄 알았지만 우윳빛 유리처럼 반투명이다. 어디를 만져도 모서리는 없고 표면은 묘하게 까슬하다. 이런 독특한 감촉은 기억에 남아 있다.

분명 이건 씨글라스다. 바다에 버린 유리병이 깨지고, 그 파편이 파도에 깎여서 둥그스름해진 유리 조각을 말한다.

『파도가 칠 때는 보석이 떨어진단다.』

갑자기 언젠가 말했던 할머니 목소리가 떠오른다. 나는 어린 시절에 할머니와 함께 씨글라스를 찾으러 종종 바닷가에 갔다. 빛바랜 기억을 더듬으면서 아름다운 파란색에 눈을 가늘게 떴다. 문득 머릿속에서 뭔가가 맞아떨어졌다.

"이건 고깔해파리 모양이잖아."

혼잣말은 하얀 입김으로 바뀌고 도쿄와는 다른 밤의 어둠 속으로 사라져갔다. 아오바 씨가 바닷가에서 모래밭을 뚫어져라 보는 모습을 상상하며 아름다운 블루를 교복 주머니에 집어넣었다. 그 사람의 진실은 알 수 없지만, 내 안에 움트던 살의가 예쁜 유리 조각으로 바뀐 것은 사실이다.

아무한테도 말할 수 없었던 완전범죄를 아오바 씨에게 털어놓은 건 왜일까. 밤에 갉아 먹힌 듯한 달을 쳐다보면서 하얀 입김을 내쉰다. 타이밍이 우연히 맞은 것도 있겠지만 그 이유만은 아니다. 아마 조금 안면이 있는 정도의 타인이기 때문일 거다. 바닷바람을 사이에 둔 기분 좋은 거리가 그때는 분명 존재했다.

"군교자로 할까, 물교자로 할까."

아빠가 잠든 다음에 쓰레기통을 뒤지기로 마음먹었다. 팩에 든 채로 버려졌기 때문에 알맹이는 깨끗할 거다. 생교자 조리 방법을 고민하면서 손목을 만져본다. 느껴지는 맥박은 잔잔한 바다처럼 평온하다.

#2 _ 1월의 편지

선생님, 새해 복 많이 받으세요. 20년에도 잘 부탁드리겠습니다.

편지를 쓴 지는 약 석 달 정도 된 거 같네요. 작년에 오래에서 선생님이 "무리하지 말아요"라고 하신 말씀을 진심으로 받아들이고 말았습니다. 물론 선생님 잘못이 아닙니다. 결국은 제가 게을러서 편지를 못 쓴 건데 이렇게 변명하네요. 아무튼 연하장을 대신할 겸 오랜만에 편지지를 앞에 놓고 펜을 쥐었습니다.

선생님은 알고 계실 텐데요. 이곳은 이미 눈이 쌓여 있어요. 처마 끝에는 굵은 고드름이 매달려 있고 길은 얼어붙어서 너무 미끄러워요. 눈이 녹으려면 아직 멀었고 하얀 발자국을 새기면서 날마다 추위와 싸우고 있습니다. 선생님도 이곳에 사셨을 무렵에 같은 풍경을 보셨을까? 이따금 생각합니다.

도쿄와 달리 혹독한 추위지만 따뜻한 옷을 새로 살 마음은 전혀 안 생기네요. 저 같은 인간은 다른 사람보다 훨씬 더 고생해야 한다고 생각하기 때문이에요. 이것도 제 병의 상태가 영향을 끼치는 걸까요? 아니면 그 사건에 대한 죄의식이 그렇게 만드는 걸까요?

지난번 진찰 시간에 여러 가지 이야기를 들려주셔서 정말 고마웠습니다. 선생님은 환경 변화에 따른 스트레스를 걱정하셨지만 저는 아무래도 괜찮습니다. 밤에는 잠도 잘 자고, 생의 시작 전까지 죽고 싶다는 생각이 강해지지도 않습니다. 그저 이따금 우울해질 때는 있습니다. 이유는 다양해서...... 모두 다 쓰기에는 편지지가 부족할 것 같아 다음번 진찰 시간에 한꺼번에 이야기하겠습니다.

돌이켜 보니 선생님의 고향에 온 지 석 달이 되었습니다. 날마다 주문을 받고 요리를 나르고 접시를 씻고 배달을 가고 돌을 깎습니다. 같은 일을 되풀이하는 하루하루지만 도쿄에 있었을 무렵보다는 알차게 보내고 있어요. 지금은 도쿄에서 떠나 있는 것만으로 시름이 잊히는 것 같습니다.

얼마 전에는 손님이 그 사건을 물어본 적이 있었습니다. 어디서 어떻게 소문이 시작된 없는지는 모르겠지만, 저는 치정에 얽힌 애인을 독살한 여자가 되어 있었습니다. 그 손님은 상당히 취해 있었는데 살해했을 때 사용한 독의 종류와 교도소에서 어떻게 생활했는지 쉴 새 없이 질문을 쏟아댔습니다. 저는 고개를 숙였고 아무것도 대답할 수 없었습니다. 그러니까 하나도 경험하지 못한 일이잖아요. 그 손님을 원망하고 싶은 마음은 없습니다. 사람의 생명을 빼앗는 것은 용서받을 수 없는 거니까요. 그것은 뼈저리게 느끼고 있습니다.

새해인데 벌써부터 어두운 내용만 쓰고 말았습니다. 마지막에는 밝은 화제로 마무리하고 싶습니다.

다람쥐 쳇바퀴 돌듯 반복되는 나날이지만 여기 고등학생들과 이야기하는 시간은 굉장히 즐겁습니다. 친구라고는 할 수 없지만 항구 옆에 사는 여자아이와는 특별히 친분이 깊어지는 기분이 듭니다(제가 억지로 자꾸만 놀러 가는 거지만요...... 웃음).

그 여자아이와는 일주일에 몇 번 함께 요리를 만들거나 시시한 잡담을 하면서 빨래를 개거나 산책을 나가거나 돌 세공 작품을 같이 만듭니다. 지난번 오래 때도 이야기했지만 그 여자아이가 다니는 학교 축제에 데리고 가줬던 것은 좋은 추억이 되었습니다. 저는 학창 시절에 학교 행사에 거의 참가하지 않았기 때문에 몇 년 정도 늦게 청춘을 맛본 것 같습니다. 더구나 그 여자아이의 친구들과 얼굴을 익혔습니다. 그중에 하나는 다정한 문학 소년입니다. 그 남자아이는 특히 추리소설을 좋아하는데 지금은 저를 죽이기 위한 완전범죄를 연구하고 있습니다. 어쩐지 위험하게 들리겠지만 실제로는 서로 이렇다 저렇다 방법을 토론하며 즐기는 것뿐입니다. 그 남자아이가 생각하는 트릭은 대담하고 독창성이 있지만 초보자가 보기에도 고개를 갸웃거릴 만큼 허술한 부분이 여러 군데 있기 때문입니다. 하지만 언젠가 완벽한 방법에 도달해서 저를 꼭 죽여줬으면 합니다.

쓰기 시작하니까 또 길어졌네요. 아무튼 오늘도 저는 추운 하늘 아래에서 살아가고 있습니다.

PS: 돌 세공은 점점 더 능숙해지고 있어요. 지난번에는 둥글게 썬 사과를 화강암으로 만들었어요. 항구 옆에 사는 여자아이에게 보여줬더니 "사과 말고 다른 것도 만들어 봐요"하는 말을 듣고 말았습니다. 다음에는 토끼 장식을 한 사과에 도전해 보겠습니다. 토끼 귀를 만드는 게 어렵겠지만요.

제3장

2011년 2월 별의 감촉

 선잠에서 깨자 차가운 공기가 목덜미에 와 닿는다. 이불을 어깨까지 끌어올리고 하품을 크게 한 번 한다. 옆의 이부자리에서는 유다이가 아직 새근거리면서 자고 있다.

 찌뿌둥한 몸을 뒤척이는 순간 베개가 평소보다 높은 것 같았다. 뒷머리에 느껴지는 딱딱한 감촉과 동시에 지난밤의 기억이 한꺼번에 되살아났다. 덮은 이불을 힘차게 젖히고 머리 모양으로 움푹 꺼진 베개를 치웠다.

 베개 밑에는 대형 수건으로 감싼 토트백이 놓여 있었다. 수건은 진분홍빛으로 바탕에는 무수히 많은 물방울무늬가 그려져 있다. 자고 일어나 멍한 머리라 그런지 물방울무늬는 마치 벌레가 기어다니는 것처럼 보였다.

 대형 수건을 펼치고 캔버스지로 된 토트백을 가만히 바라보았다. 주뼛주뼛 안을 들여다보고, 지난밤에 넣어둔 은빛 물건 여러 개를 꺼냈다. 부엌칼, 과일칼, 면도칼, 가위, 옷핀. 개수가 잘 맞는지 확인하는 사이에 나도 모르게 혀를 끌끌 찼다. 칼을 베개 밑에 숨기고 잠을 청한 밤이 편안했을 리 없다.

 은빛 물건들을 다시 토트백에 넣고 방 가장자리로 시선을 돌렸다. 엄마의 처방약만큼은 책장에 숨겨두었다. 내가 자는 동안 방에 들어온 기색은 느껴지지 않았고 실내를 뒤진 흔적도 없다. 그렇지만 어젯밤에 본 공허한 눈빛을 떠올리던 확인하지 않을 수 없었다. 천천히 일어나서 책장으로 다가갔다. 일본어사전과 영일사전을 꺼내고, 은폐하느라 꽂은 교과서를 가장자리에 밀어놓으니 엄마의 처방약이 든 플라스틱 통이 눈에 비쳤다.

"누나, 안녕."

등 뒤에서 잠에 취한 목소리가 들려왔다. 허둥지둥 플라스틱 통을 감추고 태연한 체 돌아보았다.

"안녕. 오늘은 어린이집 안 가니까 더 자도 돼."

"나, 벌써 일어났어."

유가이는 피곤한 듯 눈을 비비더니 입을 오물오물 움직였다.

"……팬티, 축축해졌어."

"엇, 정말?"

자그마한 몸이 이불에서 기어 나왔다. 파자마 사타구니 부분은 젖어서 색깔이 짙했고, 엷은 블루 시트는 둥그런 얼룩이 퍼졌다. 아이의 오줌은 어른의 오줌보다 냄새가 독하지는 않은 것 같다. 집안일이 하나 더 늘었지만 냄새가 덜한 건 그나마 다행이다.

"오줌을 지리면 빨리 가르쳐줘."

"……미안."

동그란 눈동자가 축축한 시트를 바라본다. 야단치듯 말한 걸 후회하며 덧붙였다.

"딱히 화내는 건 아냐. 젖은 옷을 바로 갈아입지 않으면 감기 걸리니까."

"응……. 그럴지도."

"그치. 이제 2월이 되었고 오줌도 얼어버릴 거야."

"그건 거짓말이잖아."

"진짜야. 내 오줌은 종종 얼어버린다고. 고드름처럼."

농담을 하니 해맑게 웃었다. 남자아이는 이렇게 시시한 내용으로 웃어주기 때문에 편하다. 이것 역시 사소한 구원인지도 모른다.

"그럼 고추도 얼어?"

"그건 몰라. 나한테는 안 붙어 있으니까."

"만약에 얼면 엄청 차갑겠다."

"그렇겠지. 그러니까 다음에는 빨리 알려줘."

유다이는 세 살을 넘긴 무렵부터 기저귀를 뗐다. 하지만 엄마가 난동을 부린 다음에는 이렇게 실수한 적이 몇 번 있다. 심리적인 영향일까. 시트에 밴 것은 오줌이 아니라 다섯 살 아이의 불안이다.

"일단 깨끗하게 해야지. 옷은 그다음에 갈아입고."

책장 옆에서 떨어져, 칼이 든 토트백 위에 이불을 덮어두었다. 엄마의 위험한 행동을 막기 위해. 허무함이 가슴속에 가라앉아 쌓인다. 이제서야 칼의 단단한 감촉이 뒷머리로 서서히 퍼져나간다.

내 방 맹장지 문을 열고, 짧은 복도를 걸어간다. 집세 4만 2천 엔의 단층집은 여름에는 열기로 후텁지근하고, 겨울에는 얼음 위를 걷는 듯 바닥이 차갑다. 바깥보다 실내가 더 추운 느낌이 들며 주위 소리에 저절로 귀를 기울였다. 복도가 불안하게 삐걱거릴 뿐 엄마가 일어난 기척은 없다.

거실로 이어진 우윳빛 유리 미닫이문을 열었다. 고타츠 옆에서 엄마가 자고 있었다. 테이블 위에는 여러 종류의 빈 캔이 놓여 있다. 맥주, 날포주, 하이볼, 핑크그레이프 칵테일. 매실주 한 컵 정도가 쏟아져 오줌 비슷한 얼룩이 테이블 위에 생겨 있었다.

"술 냄새 나."

유다이의 중얼거림을 무시하고 거실을 가로질러 부엌으로 갔다. 찬장에서 보풀이 일어난 수건을 꺼내고, 싱크대 수도꼭지를 튼다. 따뜻한 물을 수건에 적시고 유다이의 팬티를 벗겨 사타구니를 닦아주었다.

"간지러어어워."

"가만히 있어. 고추가 헐어버릴지도 모르니까."

오줌으로 더러워진 곳을 대강 닦은 뒤 부드러운 엉덩이를 살짝 두드렸다.

"됐어. 이제 옷 갈아입자."

아랫도리를 고스란히 드러내고 짤막한 다리가 보드를 향해 뛰어간다. 유다이는 작년보다 달리기 속도가 빨라졌다. 내가 전력으로 달려도 초근에는 따라잡기 힘들었다.

자그마한 유다이의 뒷모습을 따라서 내 방으로 가려고 하는데 희미하게 울부짖는 소리가 들렸다. 고타츠 옆에서 잠들어 있던 엄마가 어금니가 보일 정도로 커다랗게 하품을 했다.

"머리, 아파……"

엄마는 눈썹 끝을 찡그리면서 나른하게 윗몸을 일으켰다. 어젯밤에 씻지 않은 걸 티 내듯 개기름으로 번드르르한 작은 코에는 파운데이션 자국이 들러붙어 있다. 어제 출근 전과 같은 보풀투성이 스웨터를 입고, 링 귀걸이가 두 귀에 계속 매달려 있다.

"린코…… 커피 좀 줄래?"

"싫어. 직접 해."

"부탁이야……. 상태가 너무 안 좋아. 지금 일어나면 토할지도 몰라."

나는 혀를 끌끌 차고 어질러진 거실을 둘러보았다. 창가에는 옷걸이에 걸린 빨래가 뒤죽박죽 널려 있고 그 바로 밑에는 편의점 비닐봉지와 뭉쳐진 티슈가 뒹굴었다. 바닥에 흐트러진 잡동사니에 파묻혀 유다이의 장난감 기차 레일이 쭉 늘어서 있다. 눈으로 따라가 보니 벽 가장자리에서 끊어졌다. 멈춰 선 신칸센을 뚫어져라 바라본다. 열차 안에 우리 가족 셋만 남겨진 기분이 들었다.

"술병이랑 캔은 엄마가 스스로 정리해."

"……커피 마시고 깨끗하게 치울게."

엄마가 술을 마시면 집 안은 엉망이 된다. 어질러진 방은 불안정한 마음을 반영하는 것 같다. 내가 아무리 청소해도 이삼일만 지나면 다시 지독한 상태가 된다.

"……블랙으로 부탁해."

대답하지 않고 다시 싱크대로 향했다. 냄비에 물을 붓고 가스레인지 불을 켰다. 이 행동은 친절도 걱정도 사랑도 아니다. 술 냄새 나는 토사물로 바닥을 더럽히고 싶지 않을 뿐이다.

엄마의 주치의가 조언하기를, 토사물을 치워주거나 결근한다는 전화를 걸어주거나 술에 취해 잠들어도 이부자리를 깔아주지 말라고 했다. 가족이 뒤치다꺼리를 해주지 말아야 술 문제를 스스로 인식해서, 알코올 의존증 회복에 도움되는 것 같다. 전문가가 하는 말이니까 옳을 것이다. 인터넷으로 찾아봤을 때도 비슷한 이야기가 쓰여 있었다.

하지만 엄마가 토한 걸 그대로 두면 유카이가 미끄러져 머리를 다칠지도 모른다. 결근한다는 전화를 걸지 않는다면 직장에서 잘리고 집세가 밀리는 처지에 놓일지도 모른다. 이렇게 추운 계절에 복도에서 잠이 들면 아침에는 얼어 죽어버릴지도 모른다. 청결한 진찰실에서 말하는 올바른 방식은 엉망진창이 된 집 안의 현실과는 다르다.

완성된 블랙커피를 내밀자 엄마는 고맙다는 말도 없이 입에 갖다 댔다. 뜨거운 김 저편의 입술은 핏기 없이 창백하다. 어젯밤처럼 "죽고 싶다"는 말을 하기만 해도 살아가는 데 필요한 무언가가 조금씩 줄어드는 걸까. 어린아이 같은 공상을 하면서 나가려고 했다.

"어젯밤에 미안했어……. 정말로 괴로웠어."

지금까지 몇 번이나 들었던 말에 귓속이 서늘해졌다. 어차피 내일도 똑같은 사고를 되풀이할 것이다. 분노보다는 포기에 가까운 허무함이, 가느다란 한숨으로 바뀌었다.

무시하고 가다가 뭔가를 밟았다. 발밑에는 진찰권들이 흐트러져 있다. 몇 장인지 조용히 세어보았다. 한 장, 두 장, 세 장…… 모두 일곱 장. 가까운 정신 건강 클리닉부터 멀리 떨어진 정신과 병원까지 종류는 다양하다. 진찰권은 처방약을 받기 위한 티켓일 뿐이다. 나는 그중에 한 장을 집어 들고 엄마를 등진 채 어금니를 꽉 깨물었다.

"지금 다니는 병원 이외의 진찰권은 전부 버렸다고 했잖아?"

"청소했더니 예전 진찰권이 나와서……. 그냥 보기만 했어."

"응? 청소? 어디를?"

나도 모르게 뒤를 돌아보았다. 눈앞에는 엄마의 거짓말을 증명하는 광경이 펼쳐져 있다.

"정말로 새로운 약 안 받아 왔어?"

"물론이지……. 어젯밤에는 술 마셨는데."

"일 끝나고 병원 들렀다 올 수도 있잖아?"

"여러 번 말하게 하지 마……. 안 갔어."

엄마의 이마 가장자리에는 흰머리가 섞여 있고, 윤기 없는 머리카락 끝이 갈라진 게 눈에 띈다. 내가 어렸을 때는 화려하게 치장하는 걸 좋아해서 두 달에 한 번은 미용실에 갔는데. 지금은 색이 빠진 부스스한 갈색 머리로, 자고 일어나서 머리카락이 헝클어져 있다. 나는 엄마의 창백한 얼굴을 노려보면서 화제를 바꿨다.

"엄마, 오늘 일정 기억하고 있어?"

"……츠요시가 오전 중에 찾아온다고 했는데."

반은 맞았고 반은 틀렸다. 확실히 외삼촌이 온다고 들었지만 원했던 대답은 아니다. 오늘은 유니클로에서 새 다운재킷을 사기로 했다. 이틀 빠르기는 하지만 내 생일 선물로. 엄마가 쉬는 날에 함께 고르기로 약속했는데. 나는 표정을 바꾸지 않고 기대했던 일정을 잊어버린 엄마를 향해 말했다.

"외삼촌이 올 때까지 청소라도 좀 해 둬."

"……알았어."

"양치도 좀 하고. 입에서 술 냄새 엄청 난다고."

토해내듯이 말하고 복도로 발을 내디뎠다. 엄마는 꽤나 머리가 멍한 것 같았다. 술이 아직 깨지 않은 걸까. 더구나 일어난 지 얼마 안 되었고. 솔직히 말해서 엄마의 몸 상태보다 약속을 잊어버렸다는 사실에 분노만 가슴속에 가득했다.

"누나, 잠깐만 와 봐!"

목소리가 들린 방 쪽으로 가서, 화풀이하듯 기세등등하게 맹장지 문을 열었다. 남동생은 아직 팬티조차 입지 않고 교통기관 도감의 페이지를 넘기고 있었다.

내 방에서 남동생과 애니메이션을 다 본 순간, 타이어가 눈을 밟고 지나가는 소리가 들렸다. 유다이가 곧바로 창문을 열고 얼굴을 내밀었다.

"앗, 외삼촌 왔다!"

신난 발걸음으로 방에서 뛰쳐나간 남동생을 따라갔다. 현관의 우윳빛 유리문 저편에는 익숙한 실루엣이 비쳤다. 기름매미가 우는 것 같은 현관 벨 소리가 울려 퍼지자 나보다 먼저 자그마한 손이 문을 열었다. 겨울인데도 햇볕에 잘 그을린 외삼촌이 환하게 웃으며 서 있었다.

"둘 다 잘 지냈냐?"

내가 모호하게 고개를 끄덕거리자 재빨리 유다이가 외삼촌의 굵은 두 다리에 달라붙었다.

"외삼촌, 닥터 옐로는?"

"당연히 사왔지."

"신난다아!!"

"그렇게 샛노란 신칸센이 다 있네. 처음 봤다."

외삼촌은 한 손에 빵빵한 비닐봉지 두 개를 들고 있었다. 둘 다 곁에는 대형 마트 로고가 인쇄되어 있었다. 거무스름한 손이 그 안을 뒤적이더니 신칸센 장난감이 든 상자를 남동생 앞에 내밀었다.

"외삼촌, 고맙습니다!"

"건전지도 들어 있으니까 바로 달릴 거다."

유다이는 "엄마, 닥터 옐로 받았어!"라고 외치면서 거실로 사라졌다. 실내를 뛰어다니는 신바람 난 발소리에, 비닐봉지가 흔들리는 소리가 겹친다.

"린코, 이거 먹을 거. 날것도 있으니까 얼른 냉장고에 넣어."

나는 고개를 꾸벅 하고 비닐봉지 두 개를 받아 들어 그 안을 들여다보았다. 소시지와 햄 등 가공식품 외에도 간단하게 식탁에 올릴 수 있는 냉동식품이 꽉 차 있다.

"외삼촌, 늘 죄송해요."

"영양이 부족하지 않게 채소와 과일도 사 왔다."

"정말 고맙습니다."

"신경 쓰지 마. 지금 누나는 요리조차 불가능한 상태니까."

외삼촌의 말투는 신칸센을 꺼냈을 때와 다르게 가시가 돋쳐 있다. 나는 쓴웃음을 지으면서 비닐봉지 안에서 선명한 빨간색을 띠는 딸기를 바라보았다.

"누나, 또 술 마시기 시작했다면서?"

"네……. 지난주부터요."

"반년이나 금주했는데 아깝다. 내가 찾은 'AA'도 빠지는 거 같던데."

'AA'는 '익명의 알코올 중독자들(Alcoholics Anonymous)'의 약자로 음주 문제를 안고 있는 사람들이 참가하는 모임이다. 거기에서 공유하는 체험담이나 고민은 알코올 의존증 회복에 도움되는 듯하다.

"'AA'에는 지난주쯤부터 안 간 거 같은데요."

"그렇구나. 누나는 술 마시면 뭐든지 다 겁을 내니까."

"……어쨌든 아직 일은 쉬지 않으니까요."

"시간문제야. 이대로 가다가는 잘리겠지."

외삼촌은 혀를 끌끌 차면서 미간을 찌프렸다. 얼버무리기에는 늦은 것 같았지만 나는 다시 비닐봉지를 들여다보며 억지로 웃음을 지었다.

"외삼촌이 고른 딸기, 굉장히 맛있어 보여요."

"아아, 그거. 우리 집에서 따온 딸기야. 지금은 두 번째 수확하는 때라 가장 맛있지."

"지난달에 받은 사과도 맛있었어요. 과육에 꿀이 잔뜩 들어 있었어요."

"날씨가 추우면 열매도 잘 영글고, 또 당도도 올라가지."

과수원을 하는 외삼촌은 정기적으로 달고 신선한 과일을 가져다준다. 그런 반면 엄마에 대해서는 냉정하게 말할 때가 많았다. 외삼촌이 거칠게 말할 때마다 깜짝 놀라서 가슴이 쿵쾅거렸다. 무서웠던 아빠의 모습이 겹쳐지기 때문일까.

자동차 정비 공장에 근무했던 아빠는 언제나 집에 늦게 돌아왔다. 어쩌다 빨리 와도 말수가 적고 파친코 잡지를 언짢은 듯 바라보고 있었다. 내가 어렸을 때 "왜 아빠는 말을 잘 안 해?"라고 엄마에게 물은 적이 있다. 아직 알코올 의존증이 아니었을 무렵에 엄마는 '집이 조용하고 좋잖니"라며 제대로 대답하지 않았던 게 기억난다.

아빠한테 처음으로 머리채를 잡혔던 것은 초등학교 5학년 여름이었다. 목욕물이 뜨겁게 받아져 있는데 TV를 보느라 정신없는 나를 커다란 손이 갑자기 목욕탕까지 질질 끌고 갔다. 그 무렵 아빠는 공장을 그만두고 이런저런 일을 전전하고 있었다. 에어컨 설치 기사, 굴 양식장, 심야 경비원. 첫 출근 후 자기랑은 안 맞는다며 일을 때려치운 적도 있다.

머리채를 잡힌 일 이후 아빠는 여전히 무뚝뚝했는데 말보다 손이 먼저 나오는 일이 잦아졌다. 아마도 엄마에게는 강제로 몸을 덮치는 폭력도 가했을 것이다. 나랑 나이 차이가 많이 나는 남동생이 태어나던 시점에 사랑이 존재했는지도 의심스럽다. 유다이를 몹시 좋아하지만 당시의 엄마를 떠올리면 지금도 어렴풋이 쓴맛이 입안에 퍼진다.

엄마가 이혼을 결정한 건 배를 걷어차인 내 모습을 본 순간이었던 것 같다. 그때 "여자애 배를 차다니! 짐승 새끼!"라고 쇳소리를 지르며 아빠에게 맞서던 모습이 눈에 선하다. 당시에는 구원을 받은 느낌이었다. 하지만 바꿔 생각하면 가슴에 차가운 바람이 스쳐 지나간다. 내가 이혼의 계기를 만든 것 같아서 어쩐지 싫었다. 아빠가 있었다면 엄마가 알코올에 빠져 허우적거리지 않았을지도 모른다. 나와 유다이를 지키는 데 필사적이어서 술에 취할 겨를은 없었을 것이다. 넷이서 그대로 살았다면 누군가가 맞아 죽었을지도 모르지만 말이다.

아빠 때문에 아직도 중년 남자는 불편하다. 폭력에 대한 기억으로 저절로 몸이 긴장한다.

"누나는 마중도 안 나오네."

외삼촌은 싫은 소리를 한마디 내뱉고 눈이 달라붙은 장화를 벗었다. 발끝에서 떨어진 하얀 눈송이는 금세 녹아 현관 콘크리트를 축축하게 만들었다.

거실에서는 고타츠 안으로 발을 넣은 엄마가 등을 구부리고 TV를 보고 있었다. 창백한 얼굴색은 아침과 마찬가지지만 테이블 위에 빈 캔은 사라졌다. 창가에 널었던 빨래가 다 개어져 있고 바닥에 늘어선 신칸센 철도도 정리되어 있었다. 어쨌든 최소한의 약속만큼은 지켜 준 것 같다.

"여전히 방 안이 너저분하네."

나와는 다른 감상을 내뱉으며 외삼촌은 고타츠 가까이에 책상다리로 앉았다. 엄마는 리모컨으로 TV를 끄고 힘없이 입을 열었다.

"······유다이 장난감, 고마워."

"먹을 것도 사왔어. 린코에게 건네줬어."

"······언제나 미안."

"사과할 생각이라면 두 아이를 위해서라도 잘 좀 해. 아침부터 그런 우울한 얼굴 하지 말고."

외삼촌이 있을 뿐인데 실내 온도가 조금 올라간 느낌이었다. 식료품을 냉장고에 집어넣으면서 두 사람이 하는 이야기에 귀를 기울였다.

"일은 잘 다녀?"

"이번 주에는 딱 한 번 조퇴했고······. 간신히."

"아까 린코한테 들었는데 지난밤에도 술 마셨다면서?"

딸기를 넣으려던 손길을 멈췄다. 고자질한 것 같은 후회가 채소 칸에서 나오는 냉기와 뒤섞인다.

"······이제 안 마실 거니까."

"거짓말쟁이. 이게 몇 번째야. 또 구급차를 부를 일이 생기면 친척들한테도 들킬 거라고."

언젠가 들었던 사이렌 소리가 고막 안에서 되살아났다. 엄마는 여러 병원과 정신 건강 클리닉에서 타온 약을 한꺼번에 많이 먹고 실려 간 적이 있다. 약을 과다 복용하기 전에 엄마는 정말로 상태가 안 좋아 보였다. 평소처럼 '죽고 싶다'는 말조차 하지 않았다. 엄마는 수북한 빈 병과 발포주 빈 캔에 둘러싸여 쓰러져 있었다. 그걸 발견한 사람은 나다. 눈의 흰자위가 드러나고 입에서 침이 줄줄 흘러나오는 모습은 죽은 사람 같았다. 아직도 그 충격적인 광경이 머릿속에 선명하다. 그 사건 이후 엄마가 술을 마시고 불안정해지면, 허겁지겁 처방약과 위험한 물건을 숨기는 버릇이 생겼다.

"나는…… 딱히 알려져도 괜찮아."

"누나는 그렇게 생각해도 두 아이가 불쌍해. 엄마가 이렇게 술에 취해 있다니."

외삼촌의 시선을 느끼고 지금부터 손을 멈추지 않겠다며 분주하게 움직였다. 푸딩, 아이용 햄버거, 마른 멸치 팩, 김자반. 머릿속을 비우면서 식료품을 냉장고에 차곡차곡 집어넣었다.

"게센누마[6] 아줌마들도 최근에 누나가 얼굴을 안 비친다고 제멋대로 짐작하고 수군거려."

"제멋대로 짐작하고 수군거리는 건…… 걱정해 주는 거지."

"되게 속 편하네. 누나가 이혼했을 때도 그것들이 뒤에서 이러쿵저러쿵 말이 많았다고. 그 아줌마들은 뒷담화 까는 게 낙이라니까."

---

6. 일본 미야기현 북동부 태평양 연안에 있는 시이다.

엄마 편을 들고 싶진 않지만 누가 뭐라든 이혼을 결심한 건 틀리지 않았다. 아빠의 폭력에서 벗어나기 위해 맨발로 달리던 길의 차가움을 떠올린다. 눈가에 파란 멍이 들었던 엄마 모습이 뇌리를 스쳐 지나갔다.

"내가 가르쳐준 'AA'에도 안 갔지?"

"다녔는데…… 센다이는 멀어서."

"대단하다. 브는 눈이 많아서 일부러 센다이로 골랐는데."

외삼촌 말로는 알코올 의존증은 의지가 약해서 생기는 한심한 일이란다. 그래서 평소부터 엄마가 알코올 의존증 환자인 걸 비밀로 하라고 했다. 그런 게 알려지면 학교에서 괴롭힘을 당한다고 근거 없는 믿음을 내게 강요했다. 비닐봉지에서 바나나를 꺼낸 손에 엉겁결에 힘이 들어갔다. 노란색 껍질에 손끝 자국이 남고 있었다.

"……'AA'는 익명으로 참가하는 건데 어디라도 상관없지 않나."

"바보 같은 소리. 모임 장소에 아는 얼굴이 있을지도 모르잖아."

유다이가 거실 구석에서 찰카당찰카당 장난감 신칸센을 연결하고 있다. 그 소리만 한동안 귓속에 울렸다.

"이제 몰라. 그렇게 술이 좋으면 목욕할 때도 넣어서 몸을 담그고 있어."

"나는 특별히…… 술을 좋아하는 게 아냐."

"또 말도 안 되는 소리. 아침부터 술에 취해 있으면서?"

고개를 수그린 엄마의 옆모습이 눈에 비친다. 창백한 손은 고타츠를 덮은 이불을 꽉 붙잡고 있다.

"……맨정신으로 보낼 수 없는 날이 정말 많아서 그래."

"그게 뭔 소리야. 누나는 사회를 너무 만만하게 생각해."

외삼촌의 짜증 난 목소리를 지우려고 세차게 냉장고 문을 닫았다. 나는 두 사람 곁에 다가가 최대한 밝은 목소리로 말했다.

"'AA'는 저도 가라고 할게요."

사이에 끼어들었는데도 외삼촌은 날카로운 눈빛으로 엄마를 노려보았다.

"엄마도 고맙다는 말 정도는 해. 먹을거리를 많이 갖고 오셨는데."

신칸센 장난감에 대해서는 엄마도 순순히 고맙다고 말했지만 말이다. 거실에 흐르는 무거운 침묵을 끝내려는 듯 가벼운 발소리가 울려 퍼졌다.

"외삼촌, 봐봐요. 닥터 옐로에 '야마비코'랑 '하야테'를 합체시켰어요!"

긴장감으로 팽팽했던 공기가 드디어 조금 누그러졌다. 외삼촌은 엄마한테서 눈을 돌려 신칸센 차량을 향해 고개를 끄덕거렸다.

"외삼촌, 선로 만드는 거 도와주세요."

"그래, 좋아. 나는 누구랑 다르게 손끝이 떨리지 않으니까. 그런 작업은 특기지."

장난감 선로에 손을 뻗은 큰 등과 작은 등을 바라보다가 엄마 쪽으로 얼굴을 돌렸다. 움푹 꺼진 눈가에는 짙은 기미가 끼어 있다. 아직도 술 냄새 나는 숨결이 한들한들 코끝에 닿았다.

잠시 뒤 외삼촌이 천천히 일어났다. 엄마는 조용히 반항하듯이 TV를 계속 바라보았고, 유다이는 노란색 신칸센 장난감을 갖고 노느라 정신없었다. 배웅하러 일어선 것은 나뿐이었다.

"그래. 아직 추우니까 감기 조심하고."

"외삼촌도오. 오늘 고마웠어요."

나는 현관 앞에서 몸을 감싸듯 팔짱을 끼고 장화가 새기는 발자국에 시선을 돌렸다. 계속 내리는 눈이 이 순간에도 마당 앞을 하얗게 물들인다. 머릿속에도 눈이 쌓이면 좋을 텐데. 그러면 싫은 기억도 새하얗게 덮어서 감춰줄 것이다.

"아, 참. 잊어버린 게 있다."

고개를 드니 뒤돌아선 외삼촌이 손짓으로 불렀다. 하얀 마당 앞으로 나가는 게 귀찮았지만 여러 가지 도움을 받아놓고 거부하기는 어려웠다. 억지로 웃음을 보이며 발을 옮겼다.

"렌코, 내일모레 생일이지."

거무스름한 손이 다운재킷 안주머니를 뒤적거린다. 꺼낸 것은 갈색 봉투였다.

"나는 아이들이 뭘 좋아하는지 몰라서. 좋아하는 거 사라."

받아 들고 봉투를 자세히 들여다보니 후쿠자와 유키치가 어렴풋이 비쳤다.

"3만 엔, 넣었으니까."

"그렇게 많이, 못 받겠어요. 먹을 것도 잔뜩 갖고 오셨는데요."

"어가 무슨 말을 하는 거야. 엄마가 그 모양이어서 손이 많이 가잖아."

"하지만……"

"날마다 집안일에, 유다이를 보살피느라 애쓸 테고. 약소하지만 용돈이라도 해라."

봉투 위로 눈이 떨어지더니 순식간에 녹아버렸다. 나도 고르게 눈에 젖을까 봐 주머니에 넣고 말았다.

"어디 써도 좋으니까."

"……고맙습니다."

"아무튼 앞으로도 잘 부탁한다. 린코 네가 없었다면 너희 집은 큰일 났을 거다."

외삼촌은 가볍게 손을 들어 인사하고 타고 온 경트럭을 몰고 갔다. 짧은 경적이 울린 뒤 타이어가 눈을 짓밟고 가는 소리가 불쾌하게 와닿았다. 자그마해지는 후미등을 배웅하면서 가벼웠던 봉투가 무겁게 느껴졌다. 등 뒤를 돌아보니 내가 없으면 큰일 날 것 같은 집이 서 있었다.

"눈, 굉장하다."

내가 어떻게 하기도 전에 허술한 단층집은 지붕에 쌓인 눈 때문에 무너져버릴 것 같았다.

내 방으로 돌아가서 책장 앞에 섰다. 감춰둔 처방약은 무시하고 다른 칸의 책등을 손가락으로 쭉 따라간다. 찾는 것은 가장 끄트머리에 있었다. 익숙한 손놀림으로 꺼내 미술부 누군가가 그린 표지 일러스트를 바라보았다. 교복 입은 남녀가 도쿄 타워와 아사쿠사의 가미나리몬을 손가락으로 가리킨다. 하늘 위로 날아가는 신칸센 차량에는 끝이 뾰족한 글씨체로 '2010년도·수학여행 안내서'라고 쓰여 있다. 고등학교 2학년 가을에 수학여행이 계획되어 있었다. 참가는 못해도 안내서만큼은 받아두었다. 표지를 넘겨 2박 3일 일정표에서 손을 멈춘다. 첫날은 센다이역에서 신칸센을 타고 도쿄로 갈 예정이었다. 그다음 도쿄 관광 명소를 견학하고 각 반이 따로 하는 일정도 기획되어 있었다.

 고등학교 2학년 수학여행비로 냈던 돈은 고등학교 1학년 말에 도로 받았다. 당시 엄마는 정신과 병원에 입원하기로 결정되어 여기저기 쓸 돈이 필요했다. 지금 생각해 보면 처음부터 수학여행에 가는 건 무리였다. 내가 2박 3일이나 집을 비우는 걸 상상만 해도 겨드랑이에 식은땀이 난다. 외삼촌은 먹을거리를 들고 오지만 유다이를 어린이집에 데려갔다가 데려오는 일은 해주지 않는다. 게다가 엄마가 약을 과다 복용한다면 어린 남동생이 구급차를 부르기는 불가능할 것이다.

 수학여행에 가지 않기로 결정한 다음부터 날이 갈수록 도쿄에 대한 동경이 강해졌다. 요즘 시대에는 인터넷으로 검색하면 도쿄의 정보 같은 건 금방 나온다. 돈만 있으면 멋진 옷도 쉽게 쇼핑몰에서 살 수 있다. 일부러 시간을 내서 가지 않아도 도시의 한 자락 정도는 손에 넣을 수 있을 것이다.

 '지겨가는 것은 최고의 추억'

 안내서 12페이지에는 커다란 글자로 수학여행 슬로건이 쓰여 있다. 듣기 좋은 그 말에, 몇 번이나 가슴을 에는 상처를 입었다. 인터넷 정보만으로는 도시의 빌딩 사이로 부는 바람이나 시끌벅적한 혼잡함은 느낄 수 없다. 화면 속에서 옷을 고르는 건 편리하지만 천의 감촉은 알 수 없다. 하라주쿠나 시부야의 스크램블 교차로를 오가는 사람들의 물결 속에도 섞일 수 없다.

 안내서를 읽을 때마다 수학여행 행선지는 동경하는 곳이 된다. 반짝이는 거리에서 화려한 사람들과 똑같은 공기를 마시면 새로운 나로 변신할 것 같은 막연한 예감이 든다.

깊은 한숨을 내쉬고 안내서를 책장에 다시 꽂아두려다 왼쪽 귀를 만졌다. 한 개 100엔짜리 합성수지 귀걸이는 보기에도 너무 싸구려 같다. 자주 만지작거린 탓에 왼쪽 귓불 끄트머리가 가끔 열이 나고 퉁퉁 부을 때가 있다. 몇 개월 전에 칼과 함께 옷핀도 감춰둘 걸 그랬다. 그럼 변덕이 났을 때 옷핀으로 귀걸이 구멍을 뚫지는 않았을 텐데.

『앞으로도 잘 부탁한다.』

아까 외삼촌이 무심하게 한 말이 차가운 쇠사슬처럼 몸을 조인다. 나 혼자라면 수학여행에 갈 수 있었을지도 모른다. 쓸데없는 온갖 방법을 생각했지만 현실적인 대답은 정해져 있다. 지금의 엄마 곁에 유다이를 놓고 수학여행을 가버릴 수는 없다.

"이런 식이라면 다음 생에나 기대해야 하나."

농담으로 중얼거렸는데 내 목소리는 절실하다. 안내서 안에 갈색 봉투를 끼워 넣고 책장에 잘 꽂아둔다. 우울한 기분을 떨치려고 고하네의 모습을 머릿속에 떠올렸다. 고하네의 높은 코는 황홀할 정도로 아름답고, 아몬드 모양의 눈동자는 빨려 들어갈 것처럼 맑다. 지금이라도 당장 고하네 곁으로 날아가고 싶다. 내 이야기를 들어주었으면 좋겠다. 함께 있고 싶다는 바람 외에도 축축한 감정이 소용돌이친다. 교복 아래 봉긋한 가슴도 만져보고, 얇은 입술에 키스도 하고 싶다. 아무한테도 털어놓을 수 없는 비밀스러운 감정은 아랫도리를 나른하게 도취시켰다.

고하네에게 친구 이상의 감정을 품은 건 언제부터였을까. 중학생 때 함께 임원이 되었을 무렵인지도, 처음 엄마의 질병을 털어놓았던 순간인지도 모른다. 정확한 날은 잊어버렸지만 고하네를 사랑하는 마음이 식은 적은 없다. 오히려 날이 갈수록 불타올랐다. 언젠가 진심으로 고백할 것 같아서 무섭다.

흥분한 머리를 식히려고 창가로 향했다. 창문을 열기 전 이슬이 맺힌 유리에 손끝으로 하트 모양을 그렸다. 하트는 금창 번져서 비뚤게 변했다.

"느나, 저기 가자."

등 뒤 맹장지 문이 열리는 소리가 들리고, 유리창에 번진 하트를 서둘러 지웠다. 그 앞으로 하얗게 물든 마당이 비쳤다.

"바깥에서 느는 건 오후에."

뒤를 돌아보니 노란색 신칸센을 든 유다이가 콧바람을 거칠게 내뿜으며 서 있었다. 한창 뛰어놀고 싶은 다섯 살 어린아이가 하루 종일 좁은 집 안에서 뒹굴뒹굴하는 건 르디다. 아직 눈발이 흩날리지만 예보에서 오후에는 그친다고 했다.

"그게 아니라 오늘 공부하는 날 아냐?"

"공부?"

"지난번에 누나가 전화해 줬잖아."

고개를 갸웃거리며 기억을 더듬는다. 지난주에 우아 교실의 무료 체험 학습을 예약했던 일을 떠올린다. 그 유아 교실에는 유다이가 다니는 어린이집 친구들이 있는데 "나드 가고 싶어"라고 끈덕지게 졸라댔다. 결국 항복하고 유아 교실에 전화하니 일단 15분 정도 무료 체험 학습을 받아보라고 했다.

"어머, 그러고 보니 오늘이네."

유아 교실에서 정해준 시간은 11시 45분이었다. 시계를 확인하니 아슬아슬하게 맞출 수 있을 것 같다.

"빨리 점퍼 입어. 양말도 신고."

"알았어!"

"그리고 오줌도 누고 와."

말을 다 하기도 전에 유다이는 복도로 뛰쳐나갔다. 나도 부랴부랴 밖에 나갈 준비를 한다. 니트 모자를 쓰고 두꺼운 양말을 신고 낡은 다운재킷에 손을 뻗는다. 결국 나도 엄마와 똑같다. 가족과 한 소중한 약속을 잊고 있었다.

눈길에 난 타이어 자국과 누군가의 발자국을 더듬어가며 유아 교실을 향해 걸었다. 처음에는 비닐우산을 쓰고 고사리손을 붙잡고 갔지만, 점점 유다이는 이리저리 움직이기 시작했다.

"흔들흔들하지 말라고! 위험하잖아!"

유다이는 노란색 신칸센을 한 손에 움켜잡은 채 차도를 건너려고 했다. 내가 지르는 소리는 쌓인 눈에 흡수되어 집 안보다는 덜 울려 퍼진다.

"누나, 동물 발자국이 있어."

"그런 거 신경 쓰지 말고 인도에서 벗어나지 마! 유아 교실도 늦는다고."

"앗, 면장갑도 떨어져 있어."

구불구불 춤추는 자그마한 발자국을 밟으면서 옷을 많이 입어 뚱뚱한 등판을 따라간다. 최근에 가족 셋이서 외출한 적은 있을까. 아들의 어린이집즈차 따라가지 않는 엄마를 생각한다. 엄마는 다시 술을 마시기 전에도 휴일에 게으름을 피울 때가 많았다. 센다이의 'AA'와 직장을 왔다 갔다 하는 건 상상보다 훨씬 힘들었던 걸까. 그렇다고 불쌍하지는 않다. 그 짐은 모두 내가 짊어지고 있기 때문이다.

"누나, 어린이집에 아무도 없다아."

목적지인 유아 교실과 유다이가 다니는 어린이집은 아미이소 항구로 이어지는 도로변에 있다. 어린이집 정문 앞에서 까치발을 하는 유다이의 뒷모습을 쫓아갔다. 아무도 없는 어린이집 마당을 바라보면서 숨을 골랐다.

"오늘은 선생님도 쉬는 날이니까."

"그래-? 유키 선생님이랑 신이도 보고 싶다아-."

"내일모레면 볼 수 있어. 그리고 유아 교실에도 친구가 있잖아."

어린이집 미끄럼틀과 철봉이 눈으로 하얗게 물들었다. 하루 대부분을 유다이와 함께해서인지 내 일상은 어린이용품으로 둘러싸여 있다. 거실에 말린 110센티미터 크기의 옷, 바닥에 쭉 늘어선 장난감 레일, TV 화면에서 흘러나오는 어린이용 프로그램, 어린이집 선생님한테 받은 연락장, 바구니 달린 자전거 뒤쪽의 작은 좌석. 버릇처럼 왼쪽 귀를 만지자 귀걸이의 딱딱한 감촉이 장갑 너머로 전해진다. 내가 나만을 위해 고른 싸구려 장식품. 이런 생활 때문에 가끔은 진짜 보석처럼 반짝거려 보이는지도 모르겠다.

"아-, 신칸센이 떨어졌어."

유다이가 손가락으로 가리키는 쪽을 바라보니 어린이집 정문 저편으로 노란색 차체가 눈 속에 처박혔다.

"이런, 서둘러야 하는데 뭐 하는 거야."

황급히 정문 철책 사이로 손을 뻗었다. 몇 번 반복해도 손끝은 허공을 허우적댔다.

"잠깐만. 손이 안 닿는데."

"누나, 힘내."

"유아 교실 시간에 늦어도 몰라!"

일단 손을 거두고 어쩔 수 없이 철책을 넘어갔다. 내가 불법 침입한 흔적이 착지한 눈 위에 또렷이 남았다.

"최악이다……. 신발 안에 눈이 들어갔어."

투덜대면서 하얀색에 파묻힌 노란색 신칸센을 꺼냈다. 표면에 붙은 눈을 손으로 털어내자 아까 본 안내서가 뇌리를 스쳤다.

"이 신칸센 말이지. 도쿄에도 가니?"

질문하면서 철책 사이로 축축한 신칸센을 내밀었다. 고사리손은 동경하는 거리에 정차할지도 모르는 차량을 얼른 받아 든다.

"닥터 옐로는 손님을 안 태워. 선로 검사 같은 걸 해야 하거든."

"그렇구나. 그럼 도쿄로 가는 신칸센 알고 있어?"

"응. 멋진 신칸센은 '하야테'야. 앞으로는 '하야부사'라는 새로운 신칸센이 달린대."

그러고 보니 작년 연말에 도호쿠 신칸센의 모든 노선이 개통된다는 뉴스가 나왔다. 그때 올해부터 새롭게 운행하는 에메랄드그린 신칸센이 소개되었다.

"역시 날마다 교통기관 도감을 본 보람이 있네."

다시 한번 두 다리에 힘을 주고 철책을 기어오른다. 신칸센을 타고 도쿄로 향하는 광경을 그리니까 축축해진 양말이 금세 마르는 듯한 열기를 느꼈다.

"누나는 도쿄에 가고 싶어?"

"갈팡질팡 걸어가는 사람한테는 안 가르쳐주지."

오늘 받은 3만 엔으로 신칸센 승차권을 사면 돈이 많이 남지 않을 거다. 그래도 그저 도쿄의 공기를 실컷 마시고 도시의 화려한 사람들이 오가는 광경을 바라보고 싶다.

"앗, 누나 옷에 또 날개가 돋아났어."

유다이의 손이 내 다운재킷으로 뻗었다. 고사리손으로 솔기에서 삐져나온 깃털을 잡고 있다.

"이게 뭐야?"

"음, 몰라. 뭘까?"

칙칙한 깃털을 보노라니 아까의 공상이 급속도로 사그라진다. 3만 엔이 있으면 멋진 다운재킷도, 좀 더 좋은 귀걸이도 살 수 있다. 앞으로의 생활을 생각하면 목적 없이 도쿄에 가는 것보다 물건을 사는 편이 좋을 것 같다

"저기, 누나한테 무슨 색깔이 잘 어울릴 거 같니?"

"파랑! 그런데 왜?"

"새 옷을 살까, 고민 중이야."

"와, 좋겠다. 나는 핑크색 옷이 좋아."

"유다이는 신칸센 장난감 받았잖아."

다시 눈길을 걷는다. 아미이소 항구 가까이 가면 바닷바람은 더욱 차가워진다.

드디어 도착한 유아 교실은 단층 셋집 같은 외관을 하고 있었다. 현관 미닫이문을 열자 바로 눈앞에 교실이 펼쳐졌다. 긴 책상이 쭉 있고 연필을 쥔 아이들이 등을 보이고 있었다.

"안녕하세요? 오늘 무료 체험 학습 예약을 한 스미타 린코입니다."

일단 확인하는 의미로 '무료'라는 부분을 강조했다. 교실에는 중년 여성 네 사람이 각각 아이들 곁에 붙어 있었다. 다들 앞치마를 몸에 두른, 강사라기보다는 평범한 주부처럼 보인다. 내 인사를 듣고 가까이에 있는 여성이 고개를 들었다.

"어서 올라오세요. 체험 학습은 거기 책상에서 하니까요. 앉으세요."

강사가 손가락으로 가리킨 곳에는 책상과 의자 한 쌍이 놓여 있었다. 유다이를 재촉해서 신발장에 신발 두 짝을 가지런히 넣었다. 교실 구석의 석유난로가 열기를 내뿜으며 냄새를 퍼뜨렸다. 지정해 준 자리에 남동생을 앉게 했다. 곧바로 아까 그 여성이 다가왔다.

"기다리셨죠. 오늘 유다이 군을 담당하게 된 다카하시입니다."

다카하시 씨는 가볍게 인사를 마치고 유다이와 마주하고 앉았다.

"체험 학습은 시간이 짧기 때문에 바로 시작할게요. 오늘은 읽기와 쓰기 연습을 하겠어요. 똑바로 선을 그리고, 또 히라가나를 읽어보도록 할게요."

책상 위로 프린트된 종이 두 장과 연필이 놓였다. 여기에 올 때와 다르게 유다이의 옆얼굴에는 긴장하는 빛이 아른거렸다.

"먼저 여기 두 그림을 선으로 연결해 보아요."

유다이는 말없이 고개를 끄덕이고 연필로 선을 긋기 시작했다. 나도 가까운 의자에 걸터앉아 고사리손을 지켜보았다.

"오, 유다이 군은 선을 아주 잘 긋네요. 이것도 할 수 있을까요?"

유다이가 그은 선에 재빠르게 꽃 모양 둥그라미가 그려진다. 그리고 자꾸자꾸 책상 위로 프린트된 종이가 나타났다.

"다음에는 이 그림 옆에 쓰여 있는 글자를 읽어볼까요? 먼저 '아'부터요."

"아, 이, 스."

"정답. 그럼 이번에는 안 끊고 읽을 수 있어요?"

"……아, 이스."

종이를 바라보는 옆얼굴에서 진지한 눈빛이 느껴졌다. 석유 냄새가 밴 따스한 공기를 맡으면서 교실 한구석에서 남동생의 성장을 실감했다. 동시에 이런 순간을 함께하지 못한 엄마가 불쌍하기도 하고 허전하기도 했다. 알코올은 엄마 건강뿐만 아니라 가족의 시간도 갉아먹고 있었다.

15분은 순식간에 지나갔다. 다카하시 씨에게 고개를 숙이고 다시 바깥으로 나오자 눈발이 약해졌다. 일기예보는 정확히 들어맞았다.

"재밌었어!"

유아 교실에 갈 때와 다르게 유다이의 손에는 숙제 프린트 종이가 든 가방이 흔들거린다.

"또 가자!"

"다음 주에 딱 한 번만 무료 체험 학습을 할 수 있어. 그런데 정말로 다니고 싶어?"

"응! 공부하고 싶어!"

"중간에 또 그만두기 없기야. 정식으로 다니면 한 달에 5천 엔은 드니까."

 숙제 검사라는 새로운 일이 하나 더 생겼지만 유다이의 진지한 눈빛을 생각하면 불평하기가 어렵다. 고사리손을 잡으면서 아무렇지도 않은 듯 하늘을 쳐다보았다. 비닐우산 너머로 눈이 흩날리는 추운 하늘이 펼쳐져 있다. 익숙한 잿빛 하늘을 바라보면서 미지의 도시 하늘을 그려본다.

 "저기, 유다이."
 "응?"
 "도쿄에 갈까, 옷을 살까. 유다이라면 어느 쪽을 고를래?"
 "도쿄!"
 "대답 한 번 빠르네."

 망설임 없는 대답에 남아 있던 감정이 다시 불타오른다. 미리 토요일 보육 신청을 하면 학교가 쉬는 주말에 남동생을 맡기고 도쿄로 향할 수 있다. 아마도 유다이를 데리러 가는 오후 6시까지는 돌아올 수 있을 것이다. 도쿄 타워같이 높은 곳은 무서우니까 아사쿠사의 가미나리몬만 기념으로 관광하고 올까. 남동생 선물은 행운을 주는 과자 가미나리오코시와 신칸센 관련 적당한 물건을 사면 된다.

 구체적으로 상상하다 보니 저절로 웃음이 나서 **뺨**이 실룩거렸다. 도쿄에 가는 것만 생각하다가 얼어붙은 길에서 넘어질 **뻔했다**.

 등교하는 월요일, 눈은 내리지 않았다. 평소대로 유다이를 깨우고 아침 준비를 서둘렀다. 오늘도 엄마는 고타츠 옆에서 잠들어 있다. 테이블 위에는 TV 리모컨과 머그잔이 놓여 있었지만, 술 마신 흔적인 빈 캔이 흐트러져 있지는 않았다.

집을 나서는 시간을 신경 쓰면서 유다이의 아침 식사를 준비했다. 식빵에 블루베리잼을 바르고, 컵에 우유를 따랐다. 재빨리 달걀프라이를 하고 완성된 요리를 고타츠 위에 늘어놓았다. 마지막까지 망설였지만 김이 모락모락 나는 블랙커피도 머그잔에 부었다.

"유다이, 어서 밥 먹어."

자신을 부르는 걸 듣고 복도를 달려오는 발소리가 들렸다. 유다이가 거실로 오자 엄마가 눈을 비비며 윗몸을 일으켰다. 오늘도 두통이 심해 보였지만 '괜찮아?'라는 말이 목구멍에 걸려서 나오지 않는다. 지금은 남 걱정을 할 게 아니라 나도 교복을 갈아입어야 한다. 고하네와 고헤이를 만나는 시간에 늦는다.

준비를 마치고 언제나 그랬듯이 허둥거리며 집을 나섰다. 유다이의 자그마한 몸을 바구니가 달린 자전거 뒷좌석에 앉히고 조심스럽게 페달을 밟았다. 뒤에서 동요 소리가 들려왔다. 차도의 염화칼슘을 자전거 바퀴가 밟는 소리가 겹쳐졌다.

"누나. 이따가 집에 오면 숙제 같이 하자."

"응. 좋아."

주위에 쌓인 하얀 눈이, 눈을 찌를 듯 아침 햇살을 반사한다. 새하얀 세상 속에서 오늘이 내 생일이라는 사실이 떠올랐다.

어린이집 여는 시간에 맞춰 유다이를 데려다주고, 다시 정문 옆에 세워둔 바구니 달린 자전거에 올라탔다. 막 달리려는 순간에 다운재킷 주머니가 흔들렸다. 휴대전화를 꺼내서 화면을 바라보니 엄마한테 문자가 와 있었다.

『부엌칼은 어디 있니?』

방금 전까지 눈부셨던 햇살이, 빠르게 그늘져 간다. 문자 화면을 없애고 싶어도 내용이 내용인 만큼 무시할 수 없다.

『왜?』

『요리하려고.』

꼭 필요한 말만 화면에 왔다 갔다 했다. 부엌칼을 쓰는 목적으로 요리 말고 무엇이 있나 떠올리는 게 허무했다. 일단 답장은 하지 않고 휴대전화를 주머니에 집어넣고 자전거 핸들을 잡았다. 달리기 시작하자 또 염화칼슘이 따닥따닥 부딪치는 소리가 났다. 명랑하게 부르는 동요 소리가 들리지 않아서인지 염화칼슘 소리가 귀에 거슬렸다.

얼굴에 닿는 차가운 공기가 기분 나쁜 상상을 키운다. 등 뒤에서 사이렌 소리가 울린 느낌이 들어서 주뼛거리며 돌아보았다. 기분 탓인지 빨간색 불빛은 보이지 않는다. 바구니 달린 자전거가 남긴 타이어 흔적이 쭉 뻗어 있을 뿐이다.

이럴 줄 알았다면 엄마 몫의 아침 식사도 만들어 놓고 올 걸 그랬다.

정신을 차리고 보니 친구들이 기다리는 장소가 아니라 집으로 가고 있었다.

바구니 달린 자전거를 거칠게 멈춰 세웠다. 과하게 우당탕 발소리를 내며 거실로 뛰어 들어갔다. 눈앞의 고타츠 이불에는 엄마의 몸이 빠져나온 형태가 그대로 남아 있었다.

"학교는 어떻게 했어?"

목소리가 들린 쪽으로 고개를 돌렸다. 엄마는 냉장고를 열더니 안을 뒤지고 있었다.

"엄마야말로 일은?"

"오늘은 쉬기로 했어⋯⋯. 몸이 안 좋아서."

기운 없는 두 눈이 흔들렸다. 말없이 쳐다보자 엄마가 왼손을 부자연스럽게 등 뒤로 돌리는 걸 눈치챘다. 갑자기 그 기분 나쁜 냄새가 코끝에 맴돌았다.

"아침부터 술 마셨어?"

짧은 침묵이 흐르고 냉장고 문이 닫히는 소리가 들렸다. 엄마의 왼손에는 예상대로 맥주 캔이 들려 있다.

"⋯⋯린코랑은 상관없잖아."

가시 돋친 내용치고는 목소리에 힘이 없었다. 엄마는 등을 돌리더니 싱크대 앞에서 맥주를 마시기 시작했다. 단숨에 다 마시려는 듯 꿀꺽꿀꺽 소리를 내며 고개를 젖히고 맥주 캔을 들이켰다.

"아아, 맛없어."

트림이 섞인 목소리는 이상할 정도로 밝다. 엄마는 그러고도 몇 번이나 "맛없어, 맛없어"라며 같은 말을 했다.

"어째서 이런 걸 마셔야 하나 몰라."

다 마신 캔을 꽉 쥐어서 찌그러뜨리는 불쾌한 울림이 싸늘한 공간을 떠돈다.

"어째서 이런 데 의지해야 하는 거지⋯⋯."

찌그러뜨린 빈 캔을 느닷없이 바닥에 떨어뜨렸다. 싱크대 앞에서 눈물을 보이며 무너져 내리는 뒷모습을 바라보았다. 그럼 술을 안 마시면 되지 않나, 라는 대답이 목구멍까지 올라왔다. 그 말을 쉽게 하면 얼마나 편할까. 내가 아무리 고래고래 소리를 질러도 엄마한테는 전해지지 않는다.

그래서 알코올 의존증은 질병인 것이다.

외삼촌의 생각은 잘못되었다. 이 질병은 강한 의지만으로는 어떻게도 해결할 수 없다. 회복하기 위해서는 적절한 치료를 받고, 같은 문제를 겪는 사람들과 고민과 괴로움을 공유해야 한다. 엄마 역시 그 점을 이해하고 있을 것이다. 깊은 구덩이로 떨어지는 듯한 느낌에 침을 한 번 꿀꺽 삼켰다.

"일단 이부자리에 눕는 게 어때? 요즘 계속 고타츠 옆에서 자던데."

이렇게 차가운 바닥 위에서 울고 있으면 기분이 더욱 우울해질 텐데. 떨리는 등 쪽으로 다가가도 그저 곁에 서 있을 수밖에 없다.

엄마는 두 눈에 눈물이 그렁그렁한 채로 아랫입술을 질끈 깨물고 있었다. 가느다란 다리로 일어서는 걸 기다리면서 바닥에 나뒹구는 찌그러진 빈 캔으로 시선을 보냈다. 캔에는 별 일러스트가 큼지막하게 그려져 있다. 보는 사이에 눈앞이 흐려졌다.

유다이가 태어나기 전, 내가 어렸을 때는 생일 파티가 화려했다. 창가에는 종이 고리로 장식하고, 벽에는 종이로 만든 튤립과 장미꽃이 피어 있었다. 테이블에는 초가 꽂힌 동그란 케이크와 프라이드치킨과 감자튀김이 놓여 있고, 알록달록한 젤리와 신선한 과일이 든 프루트펀치가 하트 모양 그릇에 담긴 것을 기억한다. 아직 폭력을 휘두르기 전이었던 아빠는 작은 목소리로 생일 축하 노래를 불러주었다. 나는 피자나 초밥보다 엄마가 만든 카레를 더 좋아해서 생일마다 먹었다. 엄마는 딱딱한 고형 카레 대신 밀가루와 본 적도 없는 향료로 카레를 만들어주었다. 제철 채소와 깍둑썬 돼지고기, 전날부터 푹 끓인

루[7]를 넣어 고구마와 호박은 입에 들어가자마자 뭉그러졌다. 채소의 단맛과 큼지막한 버터가 녹아 있어서 아이들도 잘 먹을 정도로 달콤한 카레다. 엄마가 만든 카레는 정말로 맛있어서 어김없이 한 그릇을 더 먹었다. 그 무렵 내 생일은 술 냄새가 아니라 좋아하는 카레 향기와 아빠의 노랫소리, 카메라 셔터 소리가 실내를 가득 채웠다.

"오늘이 무슨 날인지 기억해?"

먼 기억을 머릿속 한구석으로 밀어버리고 혼잣말처럼 중얼거렸다. 엄마는 몇 번 코를 훌쩍이고는 가냘픈 목소리로 대답했다.

"저녁부터…… 센다이의 'AA'……."

나는 눈을 내리깔고 발밑에 굴러다니는 빈 맥주 캔을 주워 들었다. 갑자기 다시 떠오른다. 당시 엄마가 장식한 벽에는 종이로 만든 꽃 말고도 많은 별이 빛났던 것을.

"그럼 참석하고 와."

"……응."

찌그러져서 일그러진 별을 쓰레기통에 던졌다. 결국 엄마의 창백한 손을 잡고 비틀거리는 몸을 부축했다. 복도를 나서서 유다이의 낙서가 눈에 띄는 침실 맹장지 문으로 향했다.

"나도 오늘, 학교 쉴래."

여기서 술을 더 마시면 또 구급차를 부르게 될지도 모른다. 기분 나쁜 예감이라기보다 확신에 가깝다. 오늘은 엄마가 술을 다시지 않는지 감시해야 한다. 계속 깔려 있던 이부자리에 천천히 가냘픈 몸을

---

7. 프랑스 요리에서 밀가루와 버터를 같이 가열하여 만드는 소스의 자료. 카레에 넣어 사용하기도 한다. 일본에서는 카레에서 밥과 건더기를 제외한 소스를 투라고 부르기도 한다.

눕혔다.

"그럼. 무슨 일 있으면 불러."

손을 뒤로 해서 맹장지 문을 닫고 내 방으로 향했다. 아까 빈 캔 따위는 줍지 말고 그대로 집을 뛰쳐나갔다면 얼마나 편했을까. 목구멍에 걸린 말을 사정없이 쏟아냈다면 마음이 후련해졌을까.

책장 앞에 서서 수학여행 안내서를 거칠게 꺼냈다. 끼워두었던 갈색 봉투만 주머니 안에 쑤셔 넣었다. 도쿄에 가는 건 역시 꿈속의 꿈처럼 아주 덧없다. 내가 오랜 시간 집을 비울 수는 없다. 어제 유다이가 시트에 그린 일그러진 얼룩을 떠올린다. 엄마의 음주 문제를 유다이의 자그마한 몸으로 감당할 수는 없을 것이다.

담담하게 손끝에 힘을 넣고 안내서를 갈기갈기 찢어버린다. 일정표와 도쿄역 구내 안내도, 하루 감상을 쓰는 페이지가 계속해서 작은 종잇조각으로 바뀐다. 혼자만의 수학여행은 출발조차 불가능한 상태로 끝을 맞이한다.

안내서를 다 찢어버린 뒤 바닥에 누워 바깥을 바라본다. 시선 끝에 있는 창틀은 어느새 눈발이 흩날리기 시작한 잿빛 하늘을 오려낸다. 지금까지 몇 번이나 똑같은 추운 하늘을 쳐다보았다. 음울한 잿빛으로 광활한 하늘. 나는 앞으로도 쭉 이 하늘 아래에서 살아갈 것이다. 베개 밑에 칼을 숨기고 유다이의 고사리손을 잡으면서.

"다운재킷은 파란색으로 사야지."

억지로 신바람 난 목소리를 내며 갈색 봉투를 책상 서랍 안에 넣는다. 그리고 거실로 돌아가 흐트러진 실내를 청소한다.

화장실과 목욕탕 등 물 쓰는 곳을 깨끗하게 청소하고 때때로 침실 상태를 엿보았다. 엄마는 술 냄새 나는 숨결을 내쉬며 눈을 감고 있다. 누워 있는 엄마를 확인하고 다시 손을 움직였다. 한겨울에 수돗물로 걸레를 짜니 손끝이 곱아서 감각이 둔해졌다.

몇 시간 동안 청소를 하고 마지막으로 점검했다. 엄마가 집 어딘가에 술과 처방약을 숨기지는 않았나, 구석까지 눈에 불을 켜고 살펴보았다. 나를 움직이게 하는 건 순전히 불안과 공포뿐이다. 이제 마당 앞에서 맴돌던 날카로운 사이렌 소리는 듣기 싫다. 눈을 허옇게 뜬 얼굴도 보고 싶지 않다.

냉장고 채소 칸에서 발포주 두 병과 부엌 선반 안에서 레드와인 병이 굴러다니는 걸 발견했다. 아깝지만 버리는 수밖에 없다. 은색 개수대에 엷은 느란색과 핏빛과 닮은 빨간색을 부었다. 내일도 비슷하게 술을 버릴 것 같은 예감이 들었다.

청소를 마치고 조금 쉬려고 했는데 무심코 고타츠 테이블 위에 엎드려 잠이 들어버렸다. 현관에서 울려 퍼진 벨 소리에 몽롱함이 가셨다. 허겁지겁 입가에 묻은 침을 닦고 고타츠에서 벗어났다. 외삼촌은 어제 왔고, 달리 찾아올 사람은 별로 없다. 아마도 가스 점검원이나 우편배달부겠지. 거실 창문으로 해 질 무렵의 햇살이 비쳤다. 투명한 황갈색으로 변한 공간에서 벽시계에 시선을 돌렸다. 어느새 오후 4시 가까이 된 것을 알았다.

현관의 우윳빛 유리문에 비치는 실루엣에 눈이 휘둥그레졌다. 익숙한 검은 머리에 주름치마와 책가방이 보였다. 서둘러 현관 앞으로 얼굴을 내밀었다. 추위로 뺨이 붉어진, 내가 굉장히 좋아하는 사람이 하얀 입김을 내뿜고 있었다.

"어머, 고하네잖아. 웬일이야?"

태연한 척했지만 나도 모르게 입가에 웃음이 새어 나왔다. 고하네의 등 뒤에 자전거가 세워진 걸 보니까 집에 가는 길에 들른 것 같다.

"미안해, 갑자기. 아까 일단 문자를 보냈는데."

"정말? 정신없이 자느라 몰랐어."

고하네는 우산을 쓰고 있지 않았다. 엄마와 다르게 혈색 좋은 손이 눈으로 촉촉해진 앞머리를 쓸어 올렸다. 그런 섬세한 동작이 보일 뿐인데 아랫도리가 근질근질하다. 내 손끝으로 그 젖은 앞머리를 정리해 주고 싶다.

"오늘은 몸이 안 좋았어?"

"음…… 내가 아니라 엄마가."

"그렇구나. 힘들었겠다."

누구나 말할 수 있는 짧은 대답이었지만 내가 오늘 느낀 괴로움을 공감해 주는 것 같았다. 고하네와 고헤이 앞에서는 엄마에 대한 험담도 진심으로 말할 수 있고, 마음 깊은 곳에서 경멸하는 것도 가능하다. 동시에 엄마에 대해 좋아하는 부분도 가끔씩 말할 수 있다. 두 사람은 다른 동급생들과 다르다. 상대를 진심으로 이해하려면 같은 처지에 있어야 한다. 그렇지 않으면 이해하는 데 한계가 있을지 모른다.

"그런 날도 있지."

"그래. 내일은 꼭 학교에 갈게."

고하네의 긴 속눈썹과 곧게 뻗은 콧날, 자그마한 입술을 몰래 마음에 새겼다. 이렇게 최악의 생일날에 내가 아주 좋아하는 사람이 만나러 와주었다. 그것만으로도 태어나서 다행이라는 생각이 들었다.

"잠깐 들어올래?"

"괜찮아. 집에 가서 할 일이 있어서."

고하네는 웃음을 지으며 책가방 안을 뒤지기 시작했다.

"오늘 들른 건 린코한테 전해줄 게 있어서야."

하얀 손이 꺼낸 것은 핑크 리본으로 묶은 조그마한 부직포 봉투였다. 곁에는 귀여운 토끼 일러스트가 자수로 놓여 있었다.

"생일, 축하해."

"정말?! 기억해 주었네!"

"당연하지. 사실은 오늘 아침에 주려고 했는데."

"너무 기쁘다. 지금 열어봐도 돼?"

고하네가 고개를 끄덕거리자 선물을 받아서 핑크 리본을 풀었다. 그 안에는 튜브 타입의 크림이 들어 있었다. 조그맣게 '유기농'이라는 글자가 쓰여 있고 그 밑에 이파리가 붙은 유자를 손으로 그린 일러스트가 있었다.

"이거 핸드크림이야?"

"응. 매장 직원이 추천해 줬어. 유자 향기가 상큼하고 보습력도 있다고."

"정말 고마워. 학교에도 꼭 바르고 갈게."

"그리고 말이지. 아직 있어."

다시 고하네는 책가방 안을 뒤졌다. 이번에는 감자 과자인 자가리코 치즈 맛을 꺼냈다. 패키지 뚜껑 부분에 고하네 글씨로 '꽥 살 축하'라는 메시지가 쓰여 있었다. 그 농담은 전혀 웃기지 않았지만 그래도 슬며시 웃음이 났다.

"고헤이도 아침부터 준비했대."

"이 과자, 나 좋아해. 걔가 의외로 눈썰미가 있네."

"그리고 선물이 한 개 더 있어."

고하네가 마지막으로 꺼낸 것은 하얀색 리본을 묶은 짙은 남색의 작은 상자였다. 나도 모르게 숨을 삼켰다. 내가 잘못 본 게 아니라면 상자 겉에는 '+α'라는 브랜드 로고가 찍혀 있었기 때문이다.

"정말……."

'+α'는 최근 주목받는, 가맹점이 없는 액세서리 브랜드다. 도쿄에 있는 가게에서만 판매한다. 디자이너의 강한 의지로 인터넷 쇼핑몰에서는 전혀 팔지 않는다. 얼마 전 편의점에서 읽은 잡지에도 요즘 인기 있는 젊은 여배우가 '+α'의 반지를 새끼손가락에 끼고 있었다.

"이건 아오바 씨가. 도쿄에 갔을 때 사왔나 봐."

아오바 씨와는 작년에 축제에서 처음으로 만나 이야기를 나누었다. 처음에는 고하네와 사이좋게 지내서 질투하며 일방적으로 적대감을 품었다. 도쿄에 대한 이야기를 신나게 나누는 사이에 그런 감정은 순식간에 날아갔다. 요즘은 유다이를 데리고 고하네 집에 가서 함께 교자를 빚을 때도 있다. 지지난주에는 배달하러 가는 모습을 발견하고 곧장 가서 말을 걸었다. 아오바 씨가 이따금 해주는 도쿄 이야기는 매번 푹 빠져서 들었다.

"기쁜데 받아도 되는 건가? 뭔가 비싸 보이는데……."

"받아주는 편이 아오바 씨도 기쁠걸. 여러 가지 고민하다가 이걸로 결정했다니까."

실수로 떨어뜨리지 않도록 아주 조심스럽게 작은 상자를 받아 들었다. 리본을 풀지도 않은 채 은빛으로 그려진 브랜드 로고를 넋 놓고 바라보았다.

"그럼, 다시 한번 해피 버스데이!"

"앗…… 응. 일부러 와줘서 고마워. 선물도, 소중하게 쓸게."

고하네는 땅바닥에 발자국을 남기면서 자전거를 탔다. 좀 더 이야기하고 싶었지만 집에 돌아가면 할 일이 잔뜩 있을 것이다. 쓸데없이 붙잡을 수는 없다. 얼마나 힘들지는 뼈저리게 알고 있다.

집 앞에서 추위를 잊은 채, 같은 처지의 친구에게 계속 손을 흔들었다. 고하네의 뒷모습이 완전히 보이지 않게 되자 눈으로 축축해진 앞머리를 쓸어 올리고 집 안으로 들어갔다.

고타츠에 발을 넣고 받은 선물을 테이블 위에 늘어놓았다. 고하네와 고헤이의 선물을 다시 한번 바라본 뒤 마음을 가다듬고 작은 상자에 손을 뻗었다. 외삼촌이 준 몸을 죄는 차가운 쇠사슬 같은 선물과 달리, 하얀색 리본은 마음 편하게 풀어볼 수 있다. 천천히 작은 상자를 열자 수수한 반짝임이 두 눈에 비쳤다.

"……엄청 구엽다."

몸속에서 벅찬 기쁨의 목소리가 새어 나왔다. 작은 상자 안에는 별 모양 귀걸이 두 개가 나란히 놓여 있었다. 피부와 잘 어울릴 것 같은 핑크골드 색으로 자그마한 별이 고급스럽다. 하나를 들어 올리자 합성수지 귀걸이와는 다른 딱딱한 질감이 손끝으로 전해졌다.

설레는 기분을 억누르면서 세면대로 향했다. 거울에 얼굴을 가까이 대고 작은 별을 왼쪽 귓불에 달았다. 그리고 잠시 다양한 각도에서 왼쪽 귀만 바라보았다. 아까까지 가슴을 뒤덮고 있던 캄캄한 어둠 속에서 핑크골드 별이 반짝거렸다.

『여러 가지 고민하다가 이걸로 결정했다니까.』

최악의 생일을 저 세 사람이 빛나게 해주었다. 고하네와 고헤이한테는 고맙다는 문자를 새로 보내기로 마음먹었지만 아오바 씨 연락처는 모른다. 그래도 오늘 안으로 감사 인사를 제대로 해야 하고, 무엇보다 귀걸이가 잘 어울리는지 봐주었으면 좋겠다. 이 시간대는 일하고 있을지도 모르지만 인사 한마디를 하고 고개를 숙이면 된다. 지금 집을 나서면 어린이집에서 데려오는 시간에도 맞출 수 있다.

오른쪽 귀에도 귀걸이를 단 뒤 세면대에서 벗어나 발소리를 죽이고 침실로 향했다. 최대한 소리가 나지 않게 맹장지 너머로 귀를 기울였다. 잠자는 숨소리가 쌕쌕 들리는 것을 확인하고 나와 엄마의 스니커즈가 놓인 현관을 응시했다.

바구니 달린 자전거 핸들을 잡고 꽝꽝 언 도로를 조심하면서 나아갔다. '오하마 반점'은 고하네의 할아버지가 일하시는 석재사 근처이며 포렴을 걸어두고 있다. 눈을 고스란히 맞은 논밭만이 서서히 펼쳐졌다. 전망은 좋지만 차가운 바닷바람을 막아줄 건물이 없는 건 괴롭다. 바다에서 부는 찬 공기를 맞고 하얀 입김을 내쉬면서 페달을 쉬지 않고 힘껏 밟는다.

목적지의 외관이 보이자 자연스럽게 웃음이 나와서 뺨이 실룩거렸다. 때마침 가게 출입문 바로 옆에 카키색 항공 점퍼 MA-1을 걸친 사람이 등을 돌리고 서 있다. 얼굴을 들여다보지 않아도 알 수 있다.

틀림없이 아오바 씨다. 한 손으로 귀걸이의 감각을 확인하고 바구니가 달린 자전거 속도를 올렸다. 목소리가 닿을 것 같은 위치까지 가서 깊게 숨을 들이마셨다.

"아오바 씨, 안녕하세요?"

뒤돌아보는 아름다운 얼굴은 눈을 동그랗게 뜨고 있었다. 내가 손을 흔들자 금세 놀란 표정은 사라졌다.

"미안, 지금은 잠깐 쉬는 시간이야."

"괜찮아요. 답 먹으러 온 거 아니에요."

드디어 아오바 씨 곁에 와서 브레이크를 잡았다. 재빨리 바구니 달린 자전거에서 내려서 곧바로 고개를 숙였다.

"고하네한테 생일 선물 전해 받았어요. 정말 기뻤어요."

고개를 들면서 귀걸이가 잘 보이도록 머리카락을 귀 뒤로 넘겼다. 길쭉한 눈매가, 몇 번인가 눈을 깜박거렸다.

"굉장히 잘 어울린다. 사기 전에 조금 수수한가 걱정했는데 전혀 그렇지 않네."

"정말이에요?"

"정말. 이 귀걸이 사길 잘했다."

말투는 신났지만 보이는 웃음은 평소보다 긴장한 듯 느껴졌다. 억지로 신경을 써주는 것 같다는 불안감에 머뭇거리며 덧니가 엿보이는 얼굴을 바라보았다. 문득 아오바 씨가 등지고 선 가게 외벽이 눈에 들어왔다. 함석으로 된 벽에는 갈겨 쓴 문장 두 줄이 늘어서 있었다.

"신경 쓰지 마. 그저 낙서일 뿐이니까."

함석 벽에서 눈을 떼고 바라본 아오바 씨의 웃는 얼굴은 다시 딱딱하게 굳어졌다. 신경 쓰여서 또 벽에 갈겨 쓴 글자를 뚫어져라 보았다. 낙서 내용을 알게 된 순간 심장이 세차게 요동쳤다.
"너무해……."
"아침에는 없었는데 아까 그런 거 같아."
"경찰에는 신고했어요?"
"안 했어."
"꼭 신고하는 편이 좋겠어요. 또 낙서할지도 모르잖아요."
"그러네."
다른 사람 일처럼 대답했다. 나는 다시 한번 낙서 내용을 살펴보았다.
'마귀 같은 년, 죽어서 사죄해라'
'너를 회로 떠줄까'
입에 담지도 못할 과격한 문장이었다. 도대체 누구를 향한 메시지인지도 모르겠다. '오하마 반점'은 평범한 시골 중화요리점이다. 낙서 장소를 착각했을까. 아니면 어디라도 좋았던 걸까. 어쨌든 비뚤어진 감정이 그 글자에서 묻어났다.
"유성 매직 같은데 문질러도 안 지워져."
아오바 씨는 코끝을 긁적이더니 밝은 말투로 화제를 바꿨다.
"오늘, 외식해?"
"아니요……. 그런 예정은 없어요."
"그럼 모처럼 왔으니까 뭐 좀 갖고 가."
"괜찮아요. 인사드리러 왔을 뿐이라서요."
"사양하지 말고. 이런 낙서가 있어서 손님도 안 들어올 텐데."
내 대답은 기다리지 않고 아오바 씨는 포렴이 쳐진 가게 안으로 들어갔다. 아오바 씨가 손짓으로 불러서 나는 망설이며 항공 점퍼 MA-1의 뒤를 쫓아갔다. 손님이 없는 가게는 쥐 죽은 듯 고요했다. 기울어져 들어오는 해 질 녘의 오렌지색과 향기로운 잔향이 차디찬 공기와 뒤섞여 있었다.

"오하마 아저씨와 아주머니는 안 계세요?"

"응. 지금은 집에서 쉬고 계셔. 얼른 준비할 테니까 마음에 드는 자리에 앉아."

"왠지…… 죄송하네요."

"신경 쓰지 마. 그런데 교자랑 슈마이 중에 어느 걸 좋아해?"

"그게…… 어느 쪽도 좋아요."

"그럼 교자로 할게."

짧은 대화를 나누고 카운터 둥근 의자에 앉았다. 추워 보이는 주방에서 솜씨 좋게 작업하는 뒷모습을 바라본다. 오늘 아오바 씨는 아무래도 평소보다 기운이 없다. 아까 그 낙서 때문일까. 대형 냉장고를 열고, 찬장 문을 닫는 소리를 뚫고 조심스럽게 제안했다.

"저 낙서 지우는 거 도와드릴까요?"

"괜찮아. 적당히 종이를 붙여서 가릴 거니까."

"그렇군요……. 하지만 정말 최악이네요. 무슨 원한이 있어서 그런 걸 쓸까요?"

대답은 없었다. 그 대신 카운터 너머로 두 개의 반투명 밀폐 용기가 나왔다.

"이건 생교자. 이 밀폐 용기에는 카레가 들어 있어."

"앗…… 카레요?"

"그래. 지난주부터 카레만큼은 나한테 맡기셨어. 오늘 점심때도 꽤 나갔는데 내 멋대로 생각하기엔 평가가 좋았던 것 같아."

교자뿐일 거라고 생각했다. 갈색 루가 비치는 밀폐 용기를 보자 목구멍이 조금 뜨거워졌다.

"카레는 달콤하게 했으니까 동생도 먹을 수 있을 거야."

인사하는 것도 잊고 재료가 비치는 밀폐 용기를 응시한다. 엄마가 생일날 만들어준 카레보다 루 색깔은 옅고 돼지고기가 아니라 닭고기를 쓴 것 같다. 딱 봤을 때 고구마와 호박은 들어 있지 않다. 대신에 당근과 감자를 큼지막하게 썰어서 씹는 맛이 있어 보인다.

"맞다. 중요한 마무리를 잊어버렸어."

아오바 씨는 갑자기 떠오른 듯이 중얼거리더니 주방 안 선반을 뒤졌다. 꺼낸 것을 아오바 씨는 밀폐 용기 위에 올려놓았다.

"견과류는 밥에 섞어. 참치 큐브는 염교나 채소 절임 대신 먹고."

개별 포장된 반찬이 각각 두 개씩 놓여 있다. 카레 전용 반찬은 아닌 것 같고 흔히 마트나 편의점에서 파는 종류다.

"……이렇게 먹는 방식이 도쿄에서 유행하나요?"

"전혀 아냐. 하지만 의외로 카레랑 잘 어울려. 싫으면 늘 먹던 반찬이랑 먹어. 카레만으로도 충분히 맛있으니까."

지금 받은 반찬이 솔직히 카레랑 어울릴 것 같다는 생각은 전혀 안 들었다. 엄마한테 이 반찬을 보여주면 반사적으로 술을 연상할 것이다. 이 견과류랑 참치 큐브는 유다이랑 먹기로 정했다.

"아오바 씨는 초능력자예요?"

"뭐야, 갑자기. 그럴 리 없잖아."

하얀 손이 밀폐 용기 두 개를 비닐봉지에 집어넣었다. 느닷없이 카레 향기가 강하게 풍겨온다. 밀폐된 용기에서 냄새가 새어 나온 걸까. 어쩌면 머나먼 기억이 가져온 산물인지도 모르겠다.

"저요. 생일날에는 언제나 카레를 만들어 달라고 부탁했거든요. 피자나 초밥같이 호화로운 음식 말고요. 엄마가 만든 카레를 굉장히 좋아했어요."

"그럼 오늘 메뉴랑 겹친 건가?"

"아니요…… 훨씬 전부터 엄마는 요리를 안 해서요."

아침 문자를 떠올렸다. 엄마는 오늘 무슨 요리를 만들려고 했을까. 도무지 카레라고는 생각되지 않는다. 가슴속 저울은 '믿음'과는 완전히 반대쪽으로 기울어져 있다.

"엄마가 요리를 안 하시는 건 몸 상태가 안 좋으셔서?"

"그게 말이에요……. 최근에 다시 술을 다시기 시작했어요."

예전에 고하베 집에서 교자를 빚을 때 엄마의 질병에 대해서 살짝 이야기했다. 그때 아오바 씨는 엄마를 비난하지도, 과장스럽게 동정하지도 않고 그저 조용히 이야기를 들어주었다. 돌아갈 때는 유다이의 머리를 쓰다듬고, 엄마 몫의 교자까지 잔뜩 싸주었다.

"술 취한 엄마를 보면 엄청나게 화가 나요."

"그렇구나."

"하지만…… 엄마가 술을 마시지 않을 때는 싫어할 수가 없어요. 이따금 제가 바보 아닌가 하는 생각이 들어요."

메마른 몸을 방패 삼아 아빠의 폭력에서 우리를 지켜준 엄마의 모습이 뇌리를 스친다. 파란 멍이 들거나 배를 걷어차이면서도 가장 먼저 나와 유다이를 바깥으로 도망치게 했다. 당시 일을 떠올리면 언제나 눈가에 눈물이 맺혀 곤란하다. 얼버무리려고 다급하게 화제를 바꿨다.

"아오바 씨는 다음에 언제 도쿄에 가요?"

"다음 주쯤."

"좋겠어요. 저도 같이 가고 싶어요. 그래서 아사쿠사의 가미나리몬을 보고 싶네요."

"그립다. 나는 예전에 아사쿠사와 가까운 곳에서 일한 적이 있어."

"앗, 어디예요?"

"잠깐이지만 긴시초 놀이공원에서."

아오바 씨는 장난스럽게 웃으며 얼른 손을 살짝 쳤다.

"그럼 이번에 같이 도쿄에 갈까? 신칸센 타면 금방이야."

엉겁결에 침을 꿀꺽 삼켰다. 방금 생각 없이 한 부탁이 갑자기 현실감을 띠고 있다. 나란히 신칸센을 타는 광경을 상상하면서 쓴웃음을 지었다.

"아무래도 안 되겠어요. 엄마 상태도 안 좋고 유다이도 돌봐야 하고요."

진심을 감추면서 둥근 의자에서 일어났다. 가볍게 고개를 숙이고 카운터에 놓인 비닐봉지로 손을 뻗었다.

"아오바 씨의 초능력 덕분에 올해 생일날은 카레를 먹게 되었어요."

"나한테 그런 능력이 있다는 걸 여태 깨닫지 못했네."

"고마워하세요. 제가 알아차렸으니까요."

조용한 가게 안에 서로의 메마른 웃음소리가 울려 퍼졌다. 출입구 쪽으로 걸어가려고 하는데 갑자기 아오바 씨가 요란한 소리를 내며 두 손을 마주쳤다. 곧바로 짧게 울부짖는 듯한 엉터리 주문이 들려왔다.

"마지막으로 다시 한번 초능력으로 마음을 보낼게. 내년 생일날에는 린코 어머님이 카레를 만들어주시길."

비위를 맞추고 싶었지만 얼굴 근육이 딱딱하게 굳어서 움직이지 않는다. 가슴속에 파문이 퍼져나가고 아오바 씨가 장난치는 모습이 흐려진다. 눈시울이 뜨거워지는 것을 아무리 노력해도 멈출 수 없었다.

"나 년보다…… 오늘부터 술을 마시지 않도록 엄마한테 텔레파시를 보내주세요."

어느새 뺨에 뜨뜻미지근한 감촉이 전해졌다. 부끄러워서 얼굴을 감추려고 고개를 숙이자 타일 바닥에 눈물방울이 똑똑 떨어졌다. 더는 바닥을 더럽히지 않도록 오른손으로 거칠게 두 눈을 비볐다. 눈물을 멈추려고 생각할수록 입술이 파르르 떨리고 호흡이 거칠어졌다. 심장 고동이, 아프게 느껴질 정도로 세차게 두방망이질하기 시작했다.

"확실히 텔레파시를 보냈어. 괜찮으니까 지금은 천천히 심호흡하고."

차분한 목소리가 귓가에 들려왔다. 몇 번이나 "괜찮아, 괜찮아"라고 되풀이하면서 차가운 손이 내 머리를 쓰다듬는다. 밀착된 항공 점퍼 MA-1에서는 기름에 찌든 냄새가 났지만 전혀 불쾌하지 않았다. 아오바 씨의 손은 차가운데도 가슴의 감촉은 굉장히 따뜻했다.

"미안. 나 혼자 신나서. 천천히 숨을 들이마시고, 내쉬고. 그래. 그런 식으로."

아오바 씨가 건넨 말에 맞춰 흐트러진 호흡을 가다듬는다. 갑작스럽게 동요했지만 손에 쥔 비닐봉지는 절대로 놓고 싶지 않다. 이 카레만큼은 바닥에 떨어뜨릴 수 없다.

"소중한 생일인데 나 같은 사람을 만나러 와줘서 고마워."

고맙다는 인사를 하러 온 건 나인데. 대답하고 싶어도 호흡 방식을 잘 몰라서 목소리가 나오지 않는다.

"린코는 틀림없이 다정한 어른이 될 거야."

엄마랑 남동생을 돌봐주니까?

"린코 주위에는 앞으로 많은 사람이 모여들 거야. 왜냐면 일등성처럼 밝으니까."

그 집에 얽매여 있는데 정말일까?

"언젠가는 린코가 가고 싶어 하는 곳에 갈 수 있으니까 괜찮아."

도쿄에도 갈 수 있다고?

"확실히 보증할게. 나는 초능력자니까. 예지능력도 있다고."

목소리가 나오지 않는 상태에서 머릿속으로 계속 의문을 던졌다. 내가 콧물만 훌쩍거리는데도 아오바 씨는 줄곧 상냥하게 속삭였다. 점차 호흡이 편해졌다. 폐가 정상적으로 산소를 받아들이고 떨림이 잦아드는 게 느껴졌다.

하지만 앞으로 10초만이라도 좋으니까 몸을 맡기고 싶다.

아오바 씨가 안아주고 머리를 쓰다듬어 주는 동안에는 오랜만에 아이인 채로 있을 수 있기 때문이다.

마음을 가라앉히고 바깥으로 나가니 해가 완전히 졌다. 벽의 낙서를 어둠이 덮어 과격한 내용은 희미해졌다. 낙서가 더는 늘어나지 않기를 바라면서 바구니 달린 자전거에 탔다. 받은 선물을 앞에 있는 바구니에 넣고 마지막으로 뒤를 돌아봤다.

"교자와 카레, 맛있게 먹을게요."

배웅하러 나온 아오바 씨가 입술 사이로 덧니를 보이며 웃었다. 아까까지 내 머리를 쓰다듬어 준 손을 조그맣게 흔들었다.

"린코, 해피 버스데이."

고개를 숙이고 페달을 있는 힘껏 밟았다. 바닷바람이 울어서 부은 두 눈을 기분 좋게 식혀준다. 꽁꽁 얼어붙은 길에 바구니 달린 자전거의 불빛이 쓸쓸하게 뻗어간다. 지금만큼은 도쿄보다도 이 마을이 좋다. 도시와 다르게 사람이 없어서 이렇게 못난 얼굴을 누군가에게 보일 걱정은 없다.

집으로 돌아가지 않고 그대로 어린이집으로 향했다. 데리러 가기에는 조금 이른 시간이지만 선물받은 교자와 카레를 빨리 먹고 싶다. 카레는 맵지 않다고 했기 때문에 유다이도 좋아할 것이다.

어린이집에 도착해서 아침과 같은 장소에 바구니 달린 자전거를 세우고 안으로 들어갔다. 데리러 오는 시간을 체크하는 타임카드를 누르고 가까이에 있는 낯익은 선생님에게 말을 건다. 유다이의 이름을 부르는 소리와 복도 안쪽에서 마구 뛰어오는 발소리가 들린다. 귀에 익숙한 리듬이다. 모습이 보이지 않아도 남동생의 발소리라는 걸 알 수 있다.

"누나, 빨리 데리러 왔네."

유다이는 땀으로 앞머리가 축축해져 있었다. 오늘도 다치지 않고 건강하게 놀았다는 걸 알 수 있었다. 담임 선생님에게 화장실에 간 횟수와 종일 어떻게 지냈는지 듣고 바깥으로 나섰다.

"누나, 약속 기억해?"

"응. 유아 교실 숙제해야지."

자전거 뒷좌석에 유다이를 앉히고 유아용 좌석 안전띠를 채웠다. 집으로 가는 길, 계속 페달을 밟으며 엄마를 생각한다. 이제 일어났겠지. 오늘 오후 7시부터 시작하는 센다이의 'AA'까지 저 상태로 가는 건 어렵겠지. 외출은 힘들어도 샤워 정도는 해서 며칠간의 더러움을 씻어냈기를 바란다.

"저녁은 카레랑 교자야."

"신난다! 엄마랑 같이?"

"음…… 어떨지 모르겠네."

저녁을 준비할 때마다 반복된 질문에 오늘도 모호하게 대답했다. 둘만의 식탁이 익숙해진 것은 사실 나쁜인지도 모른다.

집에 도착해서 유아용 좌석 안전띠를 풀고 조심스레 현관 미닫이문을 열었다. 콘크리트 바닥을 내려다본 순간 조그맣게 한숨이 새어 나왔다. 예상과 다르게 엄마의 스니커즈가 사라졌다. 더구나 실내에서는 어렴풋한 샴푸의 잔향이 떠돈다. 기분 좋은 빗나간 예상에 당황해하는데 먼저 신발을 벗은 유다이가 말했다.

"엄마는 아직 일하는 걸까?"

"그래……. 어쩌면 센다이에 들렀다 올지도 몰라. 밥 먼저 먹을까."

나도 신발을 벗고 침실로 향했다. 계속 깔아둔 채 놔두었던 이부자리를 개고 실내를 대충 정리했다. 오랜만에 모습을 드러낸 다다미는 거무스름했지만 얼룩이나 더러움은 눈에 띄지 않는다.

"그 사람, 정말로 초능력자인지도."

혼잣말이었지만 들뜬 목소리가 차가운 침실에 울려 퍼졌다.

엄마 몫의 카레와 교자를 냉장고에 넣어두고 고타츠 위에 저녁 식사를 차렸다. 망설임 끝에 견과류는 밥에 섞었고 접시 한구석에 참치 큐브를 곁들여 놓았다.

"누나. 밥에 콩이 들어 있어."

"콩이 아니라 견과류야. 이 갈색은 아몬드고 하얀 건 캐슈너트, 여기 오톨도톨한 건 호두 같고. 목 막히지 않게 꼭꼭 씹어야 해."

"알았어. 그리고 이거 네모난 건?"

"이 건 참치 큐브. 참치라는 생선을 달콤하고 맵게 양념해서 굳힌 건데 어른용 과자야."

"과자랑 밥을 같이 먹어?"

"이제 쫑알쫑알 그만 떠들고."

유다이와 함께 손을 마주하고 카레를 입에 가져갔다. 엄마가 만든 것보다 버터는 많지 않았지만 루는 달콤하고 닭고기의 감칠맛이 녹아들어 있었다. 문제의 견과류를 섞은 밥은 의외로 카레와 잘 어울렸다. 견과류 세 가지는 기분 좋은 식감으로, 달콤한 루에 약간의 소금기와 깊은 맛을 더했다. 참치 큐브는 입맛을 돋우는 것보다는 카레랑 함께 먹는 편이 맛있었다. 달콤하고 매운 양념을 한 참치의 풍미는 맛을 충분히 살려 카레에 숟가락이 계속 가게 했다. 결국 나와 유다이는 카레를 한 그릇 더 먹고 교자도 전부 먹어 치웠다.

그릇을 설거지하고 고타츠에 다시 발을 집어넣는다. 고사리손이 숙제하는 모습을 바라보면서 내일은 꼭 학교에 가겠다고 굳게 다짐한다. 텅 빈 가게 안에서 "괜찮아"라고 계속 다독여 주던 목소리가 뇌리에 남아 있다. 아오바 씨가 예지한 미래는 가슴속에서 부적처럼 바뀌어갔다.

"선 긋는 문제부터 풀래-."

느릿느릿한 목소리를 듣고 숙제에 손을 내밀었다. A5 종이는 모두 여섯 장이었다. 대강 살펴보니 양쪽 끝에 있는 그림을 선으로 연결하는 문제와 히라가나를 읽는 연습이 기다리고 있다. 프린트된 종이마다 질문은 적어서 의외로 빨리 끝날 것 같다. 진지한 눈빛으로 연필을 쥔 남동생의 옆얼굴에, 나는 때때로 조언을 해주었다.

"곡선을 그릴 때는 종이에서 연필을 떼지 마. 마지막도 확실히 멈추고."

유다이는 묵묵히 숙제를 해나간다. 고사리손의 연필은 문제를 따라 거침없이 직선과 곡선을 그린다. '헤(へ)'라는 글자, '구(く)'라는 글자, 물결 모양, S자 모양. 다양한 선을 바라보면서 생각한다. 남동생은 공부를 좋아하는 건지도 모르겠다. 앞으로 펼쳐질 긴 인생 속에서 이 아이는 어떤 선을 그려갈까.

"누나, 다음은 '하'가 들어간 히라가나를 읽는 문제야."

유다이가 내려다본 종이에는 그림 세 개가 그려져 있고, 그 옆에 히라가나가 쓰여 있다.

"하, 나. 하, 부, 라, 시. 하, 리, 네, 즈, 미."

"하나(꽃), 하부라시(칫솔), 하리네즈미(고슴도치). 이번에는 한 글자씩 끊지 말고 한꺼번에 읽어."

떠듬떠듬 히라가나를 읽는 목소리를, 현관문을 난폭하게 여는 소리가 지워버렸다. 반사적으로 거실 벽시계를 쳐다보았다. 엄마가

'AA'에 갔다면 집에 오기에는 너무 이른 시간이다.

"엄마, 돌아왔다."

"……유다이는 숙제 계속해. 교실에서도 수업 중에는 자리에 앉아 있잖아."

일어서려는 남동생을 제지하고 나만 고타츠에서 벗어났다. 거실 우윳빛 유리문을 열자 현관에서 엄마가 스니커즈를 벗고 있었다. 엄마 얼굴은 붉게 달아올라 있었다. 내가 입을 열기 전에, 약속을 또 깨 버린 여자가 중얼거렸다.

"그런 얼굴 하지 마."

엄마는 고개를 숙이면서 복도에 발을 내디뎠다. 나와 스쳐 지나가기도 전부터 술 냄새를 풍겼다.

"이걸로 끝. 내일은 안 마실 거니까……."

힘없이 침실 맹장지 문이 닫혔다. 뒤돌아보지 않고, 움켜쥔 손바닥에 손톱을 세웠다. 이런 현실에 맞닥뜨렸는데도 아직 아오바 씨를 초능력자라고 믿고 싶었다. 그렇지 않으면 예지해 준 미래도 부정하게 된다.

몇 번인가 심호흡하고 거실로 돌아갔다. 우윳빛 유리 미닫이문을 열자 유다이가 종이에서 고개를 들었다.

"엄마는?"

"피곤하다고 잔대. 그것보다 숙제 계속해, 계속."

아무 일도 없었다는 듯 고타츠에 발을 집어넣었지만 전혀 따뜻하지 않았다. 유다이는 뭔가 말하고 싶은 표정으로 다시 종이를 내려다보았다.

"다음의 '호'가 마지막 문제."

내가 고개를 끄덕이자 유다이가 긴장한 얼굴로 숨을 들이마셨다.

"호시(별), 혼다나(책장), 호초(부엌칼)."

아까보다 척척 잘 읽는 것보다 세 단어가 가슴에 파고들었다. 엉겁결에 나도 소리 내어 말했다.

"호시, 혼다나, 호초."

마치 요즘 며칠 동안 있었던 일을 상징하는 듯한 단어였다. 술 냄새 나는 숨결이 떠올라서 아오바 씨의 "괜찮아"를 머릿속으로 되뇌었다. 몇 번이나 몇 번이나. 내가 정말로 믿을 수 있을 때까지.

"누나, 왜 그래? 멍하니."

"유아 교실 선생님도 초능력자인가 생각했어."

고개를 갸웃거리는 유다이를 향해서 웃음을 지었다. 나는 앞으로 어떤 선을 그리고 무슨 말을 엮어나갈까. 고사리손이 종이를 정리하는 소리를 들으면서 왼쪽 귀의 별 귀걸이를 만진다. 희미한 아픔이 느껴졌지만 손끝을 떼지는 않았다.

#3 _ 2월의 편지

우선 어제 오래 진찰받을 때 울어버린 거 죄송해요.

선생님이 말씀하신 대로 어디에 가도 저는 저로서 살아가는 수밖에 없겠지요. 그런 당연한 사실을 새삼 실감했습니다. 솔직히 말하면 진짜 너무 괴로워요.

재입원 필요성은 이해합니다. 날마다 상태가 나빠지는 걸 자각하니까요. 밤에는 잠을 이룰 수 없고 아침에는 특히 너무 우울한 기분이 들어요. 갑자기 왈칵 눈물이 쏟아질 때도 있고, 그 아이 곁으로 가고 싶다는 최악의 생각이 떠오르는 순간도 들어요. 선생님은 "후리도 그걸 바라지 않을 거예요"라고 위로하셨지만 저는 그걸 바라고 있어요. 그 아이 손을 다시 한번 잡는 걸요.

어제 오래 진찰 시간에 곧바로 입원하는 것을 제안받았는데 저는 몇 번이나 고개를 가로젓고 달았습니다. 정말로 제멋대로였다고 반성하고 있어요. 결국 다시 입원하는 날을 한 달 뒤로 미뤄주셔서 감사합니다. 그 대신 선생님과 한 약속은 꼭 지키겠습니다. 약은 잊지 않고 꼬박꼬박 먹을게요. 괴로울 때는 응급으로 갈이 먹을게요. 죽고 싶다는 생각이 간절해지기 전에 병원에 연락할게요. 그리고 다음 달에 재입원하는 날, 틀림없이 가겠습니다.

저는 진찰 중에 계속 2월에 다시 입원하고 싶지 않은 이유를 설명하지 못했습니다. 입 밖으로 내뱉으면 "그런 이유예요?"라고 놀라셔서 "역시 오늘 입원하는 편이 좋겠습니다"라고 말씀하실까 두려웠기 때문입니다. 정말 죄송합니다. 여기로 돌아와서 선생님에게 정확히 알려드려야겠다고 마음을 바꿔먹고 즉시 편지를 쓰기로 결정했습니다. 비겁하지만 용서해 주세요.

제가 당장 다시 입원하기를 완강히 거부한 건 돌 사공과 관련되어 있습니다. 사실은 지난주에 마침내 만족스러운 사과를 완성했습니다. 불록 모양의 하얀색 화강암을 깎아서 두 손에 쏙 들어가는 크기로 완성했습니다. 화강암은 공구 상점에서 샀어요. 사과의 자연스러운 둥근 모양을 내는 것이 어려워서 몇 번이나 실패했어요. 그것 말고도 끝부분의 섬세한 사과 꼭지, 오목하게 들어간 부분의 주름을 조각하느라 고생했습니다. 마무리는 아크릴 물감을 써서 전체를 빨갛게 칠했어요.

 완성한 사과는 석공 전문가가 만든 것과는 비교가 안 될 정도지만요. 원래 초보자의 작품은 전문가와 차이가 아주 많이 나잖아요. 하지만 가족에 대한 기원을 담아 화강암을 깎고 조각하는 걸 되풀이한 것은 사실입니다.

 다만 또 하나 만들고 싶은 돌 세공 작품이 있어요. 처음으로 제가 아니라 다른 사람을 위해서 만들고 싶다고 생각했습니다. 그게 완성되면 돌 세공은 딱 그만둘 생각이에요. 진짜로 제 마지막 작품입니다. 지금까지의 속도를 감안하면 완성에 한 달 정도는 걸릴 것 같아요. 그래서 2월 중에 재입원하기가 싫었던 거예요.

 유일하게 항구의 여자아이 앞에서는 자연스럽게 웃을 수 있어요. 저도 신기해요. 도쿄에서의 생활이 머리를 스쳐 지나갔기 때문이겠지요. 그 아이 집에 가면 등줄기가 쭉 펴지고 머릿속의 안개도 걷힙니다. 가족을 돌볼 때의 경험이 무의식적으로 나와서 그런 거겠지요. 생각해 보면 슬픈 원동력이에요.

 어쨌든 마지막 작품을 완성하면 입원해서 회복에 힘쓸게요. 그때 잘 부탁드려요. 그럼 다시 입원하는 3월 11일에 뵐게요. 선생님, 제 의견을 존중해 주셔서 고맙습니다.

제4장

2011년 3월 14시 46분

야키소바는 손대지 않은 채 식어 있었다. 접시에 씌운 랩 안쪽에는 물방울이 맺혔고, 양배추는 숨이 죽었고 면은 딱딱해졌다. 저녁 때 다시 데워서 식탁에 올릴까. 지금 엄마 상태라면 아무래도 손대지 않을 것 같지만.

야키소바를 냉장고에 넣자 집 전화 벨 소리가 울렸다. 거실로 가는 우윳빛 유리 격자문을 열고 부랴부랴 수화기를 들어 귀에 갖다 댄다.

"여보세요. 으리츠키 집입니다."

"오우. 후지와라 선생님이야. 몸은 좀 어때?"

수화기 너머에서 담임 선생님의 목소리가 들려왔다. 순식간에 머리를 굴려 일부러 콜록콜록 기침을 해댔다

"아직 목이 아파서요……."

"괜찮아? 병원에 갔다 왔어?"

"아니요……. 하지만 약국에서 사온 감기약을 먹었어요."

"올해 감기가 지독하다던데 오래갈 거 같으면 병원에 가봐."

거실 벽에 걸린 달력을 바라보았다. 마지막으로 학교에 간 건 3월 4일. 오늘은 3월 10일이니까 벌써 나흘이나 교복을 안 입었다.

가벼운 감기에 걸린 것은 거짓말이 아니다. 3월 5일과 6일은 토요일, 일요일로 38도까지 열이 올랐다. 새로운 한 주가 시작한 3월 7일

월요일에도 콧물이 줄줄 흘렀다. 3월 8일에는 학교에 갈 수 있을 정도로 회복되었지만 이번에는 엄마가 '폭풍'을 맞았다.

해마다 몇 번 찾아오는 '폭풍'에는 응급약도 별 효과가 없다. 작년 '폭풍' 기간에는 복통이라고 거짓말하고 학교를 나흘 동안 쉬었다. 재작년에는 생리통과 두통이 너무 심하다는 핑계를 댔다.

"음, 이번 주에는 재택 학습이 대부분이어서 마침 잘됐네."

"네……. 다음 주부터 학교에 갈 수 있도록 충분히 잘 쉬겠습니다."

3월 9일은 미야기현 공립 고등학교 일반 입시 날이었다. 선생님들은 오늘과 내일도 입시 관련 사무 작업이 있는 모양으로 학교는 휴교를 했다. 동아리 활동과 보충 수업으로 등교하는 아이들도 있는 듯하다. 그 이외의 학생들은 재택 학습이라는 이름의 연휴가 주어졌다.

수화기를 귀에 댄 채 다시 한번 달력을 바라본다. 토요일과 일요일이 끼어 있어서 다음 등교일은 3월 14일 월요일. 그때까지 엄마의 '폭풍'은 지나갈까. 그렇지 않으면 다음 주에도 학교를 쉬어야 할 형편이다. 그때를 대비해서 다시 콜록거리는 기침 연기를 했다.

"아직도 기침이 심한가 보구나. 방은 따뜻하게 해놨어?"

"네……. 어느 정도는요."

담임 선생님은 목감기에 좋은 생강차 만드는 방법을 간단히 소개하고 화제를 바꿨다.

"그런데 고하네, 너희 집은 지진 괜찮니?"

"어제는 찬장에서 식기가 떨어져 깨져버렸는데요……. 오늘 아침에 흔들렸을 때는 괜찮았어요."

"안 다쳐서 다행이다. 최근에 지진이 잦으니까 조심해."

어제 낮 무렵에 커다란 지진이 있었다. 진원지는 산리쿠오키로 진도 7.3 규모. 이 지역에서는 진도 4가 관측됐던 것 같다. 나는 그때 집에 있었고 상당히 강한 흔들림을 느꼈다. 찬장이 쓰러지지는 않았지만 접시 몇 장이랑 유리컵이 산산조각 났다. 뉴스에서는 굴과 다시마 양식 시설의 피해가 컸다고 전했다. 지진의 영향으로 금이 간 땅바닥을 비춰주기도 했다. 미야기현 방송에서도 쓰나미 주의보가 반복해서 나왔다. 하지만 해안가에 도달해도 50센티미터 정도 높이라는 걸 알아서 피난하지는 않았다.

오늘 아침 지진은 진도 3. 어제가 훨씬 심하게 흔들렸던 탓인지 비교적 차분하게 지냈다.

"다음 주에 학교에서 기다릴게."

"……걱정해 주셔서 감사합니다."

수화기를 내려놓고 깊은 한숨을 쉬었다. 선생님에게 지금은 엄마 상태가 안 좋다고 전했다면 조금은 마음이 편해졌을까. 아마 아무것도 변하지 않을 것 같다. 더구나 제대로 설명할 자신도 없었다.

"지금 전화, 도청당했어."

날카로운 목소리가 등에 꽂혀서 뒤를 돌아보았다. 어느새 미간에 주름을 잡은 엄마가 서 있었다.

"고하네, 몇 번이나 말했지? 전화벨 소리가 '희미해지는 저녁노을'을 연주할 때 달고는 절대로 받으면 안 된다고. 그냥 벨 소리일 때는 뿌짱이 도청하는 증거니까."

"엄마가 하는 말, 의미를 모르겠어……. 지금 전화 상대는 담임 선생님이었어. 감기에 걸려 학교를 못 다닌 상태에서 연휴에 들어가니까, 걱정되어 전화해 준 거라고."

"속으면 안 돼! 요즘에는 목소리를 변조하는 눈깔사탕을 경찰서에서 판다니까! 뿌 짱은 뇌물을 건네서 손에 넣었을 거야!"

엄마는 눈에 쌍심지를 켰고 콧바람도 거칠었다. 평소의 부드러운 말투는 자취를 감췄고 화가 단단히 났다. 이런 '폭풍' 시기에는 아무리 논리적으로 반박해도 소용없다. 적당히 맞장구치면서 멀찍이 물러서서 상태를 살피는 수밖에 없다.

"봐라, 저기 창문에서 시선이 느껴지지. 어서 커튼을 쳐."

엄마가 목소리를 죽이며 손가락으로 가리킨 창문은 평소와 다름없이 마당 앞을 내보여준다. 나는 크게 한숨을 내쉬고 다시 한번 망상 내용을 언급하지 않기로 마음먹었다.

"엄마, 배고프지 않아? 오늘은 아침부터 아무것도 안 먹었잖아."

"독살당하는 것보다 공복이 더 낫다고! 앗, 또 창문에서 누군가가 엿보고 있어."

먹을거리나 마실 것에 독이 들었다는 피해망상이 나타나면 참으로 곤란하다. 과거에는 혼잣말하면서 집에서 뛰쳐나가거나, 이웃집에 망상 내용을 퍼뜨리려고 돌아다닌 적도 있다.

엄마를 걱정하는 동시에 분노가 가슴에 맺혀 있다.

평상시에 엄마는 밥을 남기지 않는데, 지금은 병의 증세에 휘둘릴 뿐이라고 머릿속으로는 이해한다. 하지만 딸이 만든 야키소바에 '독이 들어 있다'고 믿는 건 정말 끔찍하지 않나. 고헤이의 아버지나 린코의 어머니, 반 친구들의 부모님은 자기 자식이 만든 야키소바를 먹을 때 어떤 감상을 내놓을까. 설령 맛이 없다고 해도 독이 들어 있다고는 절대로 말하지 않을 거다.

"다시 한번 문단속을 해야 해."

엄마는 제멋대로 커튼을 치고 잰걸음으로 거실에서 나갔다. 어둠에 휩싸인 공간은 단숨에 더욱 차가워졌다

가볍게 머리를 흔들고 벽시계로 시선을 돌렸다. 이제 슬슬 그 사람의 중간 휴식 시간이다. 아오바 씨의 모습을 1초라도 빨리 보고 싶어서 다시 커튼을 젖혔다. 눈 녹은 흔적이 보이는 축축한 땅바닥에, 바싹 마른 잡초가 바닷바람을 맞아서 흔들린다. 항구 앞으로 펼쳐진 잿빛 하늘에서 아직 봄이 오려면 멀었다는 걸 알 수 있었다.

벨 소리가 울린 건 오후 3시를 조금 지난 무렵이었다. 부리나케 복도로 나가자 현관의 우윳빛 유리문에 카키색 블루종이 비쳤다. 그 모습에 안심한 덕분인지, 줄곧 긴장했던 몸에서 힘이 죽 빠져나갔다. 나는 맨발로 콘크리트 바닥을 내려가 힘차게 미닫이문을 열었다.

"오늘도 춥네."

추위를 견디려는 듯 팔짱 낀 아오바 씨가 웃고 있었다. 귀여운 덧니를 보자 내 뺨도 풀어지며 웃음이 났다.

"와줘서 기뻐요. 어서 올라오세요."

"그럼 기꺼이."

아오바 씨는 평소처럼 내 머리를 톡톡 치고 신발을 벗었다.

"어머님 상태는 어때?"

"안 좋으세요……. 아까도 혼자서 막 화내고."

"아직 폭풍 속에 계신 건가. 처방받은 약은 잘 드셔?"

"독이 들어 있다는 둥……. 어떻게든."

내가 감기 때문에 정말로 몸이 안 좋았던 주말, 할아버지는 일하러 나갔다. 그 대신 아오바 씨가 날마다 얼굴을 내밀고 있다. 식사 준비, 온갖 집안일, 그리고 엄마의 말동무까지. 열이 펄펄 나서 식욕이 없었을 때 아오바 씨는 달걀을 푼 죽을 만들어주었다. 소금 간이 약했지만 달걀의 달콤함이 맛있어서 목구멍으로 스르륵 넘어갔다. 죽을 다 먹고, 태어나서 처음으로 감기에 걸렸을 때 죽을 먹었다고 알려주자 아오바 씨는 조금 놀란 표정을 지었다. 그리고 곧바로 "또 만들어줄게"라고 다정한 얼굴로 말했다.

"날씨도 폭풍이 온 뒤에는 쾌청해질 때가 많잖아."

긍정적인 말을 듣고 고개를 크게 끄덕거린다. 아오바 씨가 와준 것만으로도 집 안에 따스한 공기가 흐르기 시작한다.

아오바 씨는 침실에 있는 엄마에게 말을 걸고 부랴부랴 집안일을 했다. 빨래를 개거나 방을 청소기로 돌리거나 난로에 등유를 넣었다. 나는 그동안 밀린 숙제를 고타츠 위에 펼쳐놓았다. 다음 달에는 최고학년이 된다. 모의고사 횟수는 늘어나고 미래에 대한 이야기도 현실감을 띠기 시작했다.

고타츠에 발을 집어넣고 잠시 영어 문제집에 집중했다. 가정법이 뒤섞인 장문 문제를 머리를 감싸안고 푸는데 바로 곁에서 발소리가 멈췄다.

"우와, 어려워 보여."

고개를 드니 고무장갑을 낀 아오바 씨가 숙제를 내려다보고 있었다. 나는 쓴웃음을 지으며 크게 기지개를 켰다.

"모르는 영어 단어가 많아서 사전을 찾으면서 해석하고 있어요."

"잠깐 쉬는 건 어때? 코코아나 홍차라도 타줄까?"

"그럼 코코아요."

마치 아오바 씨의 집에 내가 찾아가서 나누는 대화 같았다. 몇 분 뒤에 다시 나타난 아오바 씨는 뜨거운 김이 피어오르는 머그잔과 낱개 도장된 쿠키 세 개를 테이블 위에 놓았다.

"이 쿠키, 퍼밀리마트에서 파는 봄 신상품이야. 같이 먹자."

"고맙습니다. 마침 단 게 먹고 싶었어요."

아오바 씨도 한숨 돌리려는 듯 고타츠에 발을 집어넣었다. 코코아의 달콤한 수증기 너머로, 하품을 커다랗게 하는 귀여운 표정을 훔쳐보았다.

"그러고 보니 고하네는 진로 정했어?"

"일단 이 지역에서 취직할 생각이에요."

"그렇구나. 진학은 안 해?"

"으음, 학비가 들어서요."

"장학금 제도도 있잖아."

코코아를 홀짝 한 모금 마셨다. 달콤한데 혀에는 뜨거움만 남았다.

"그렇지만 안될 거예요. 엄마가 있으니까요."

4월 중순에는 진로 희망 조사가 있다. 담임 선생님한테는 이 지역 마트나 이시노마키 수산 가공 공장으로 취직하고 싶다고 말할 작정이다.

"진학하고 싶었던 적도 있지만 괜찮아요. 아오바 씨도 이렇게 놀러 와 주고, 지금 생활은 전보다 즐거워요."

"무슨 소리야. 나 같은 건 언제 사라질지 모른다고······."

아오바 씨는 눈을 내리깔고 고타츠 이불의 풀린 올을 손가락으로 만지작거렸다. 왜 그랬을까, 방금 대답은 말끝을 흐렸다.
"앗, 계속 이곳에 있어주세요."
"으음…… 어떻게 될지."
"아오바 씨가 없으면 저, 울 거예요."
농담 섞인 말투로 진심을 내보였다. 아오바 씨를 만난 뒤 타인에게 기댈 줄 알게 되었다. 누군가에게 의지하면 마음이 편해질 것 같았지만 그건 오해였다. 기대면 기댈수록 굉장히 무서워진다. 이렇게 의지가 되고 몹시 좋아하는 사람이 언젠가 사라질지도 모른다고 상상만 해도 가슴이 죄어온다. 아오바 씨는 쓴웃음을 지으면서 구석으로 밀어놓은 교과서에 시선을 보낸다.
"진학하고 싶었던 곳은 대학교?"
질문을 듣고 따뜻한 머그잔을 테이블 위에 놓았다.
"아니요. 전문학교요."
"그래, 어떤?"
"간호사가……."
머뭇거리며 쿠키 포장을 뜯었다. 엄마 일을 계기로 간호사를 목표로 삼은 시기가 있었다.
"고하네는 상냥해서, 딱 맞잖아."
"그런가요……."
"역시 어린 시절부터 어머님을 돌봐드렸기 때문일까?"
"그것도 있지만 시작은 단순한 분노였어요."
아오바 씨가 고개를 갸웃하는 모습을 보며 봄 신상품이라는 라즈

베리 맛 쿠키를 입으로 가져간다. 달콤새콤한 향기가 내 한숨과 뒤섞인다.

"할아버지가 입원한 병원에서 간호사가 기분 나쁜 소리를 하는 걸 들었어요."

"어떤?"

"질린다는 듯 엄마에 대해 '사이카이어트리'라고, 의료 용어로 '정신과'라는 뜻 같았지만요."

입안을 가득 채운 라즈베리 향기는 사라지고 쿠키 찌꺼기가 어금니에 꼈다.

"간호사가 되어서 제 나름대로 환자와 가족에게 힘이 되고 싶어서요. 저처럼 마음 상하는 사람이 없었으면 좋겠다고 할까요."

"고하네답다. 착하고 솔직한 마음이잖아."

"하지만 이제 그만뒀어요. 제 분노라는 게 그리 길지 않더라고요."

한때 간호사를 목표로 삼고 결국 포기한 것도 엄마 때문이다. 전문학교에 다니려면 공부와 실습으로 지금보다 더 바빠진다. 밤늦게 집에 돌아오는 경우가 많을지도 모른다. 병의 상태에 기복이 있어서 엄마를 오랜 시간 혼자 집에 남겨둘 수는 없다. 시간이 정해진 곳에 취직하는 편이 훨씬 좋을 것이다.

"고하네는 정말로 그래도 좋아?"

"딱히 진지하게 간호사가 되고 싶은 것도 아니에요. 잠깐 변덕이 나서 그랬을 뿐이에요."

씩씩한 말투로 5개월 전의 나를 속인다. 꺼져가는 불꽃이 또다시 피어오르고 억지로 불을 꺼버리듯 화제를 바꿨다.

"그건 그렇고 할아버지가 아오바 씨를 칭찬했어요."

"엇, 어째서?"

"'우리 석재사에 다니는 젊은 석공보다 훨씬 소질이 있다'고 하셨어요."

거실 구석에 있는 등나무로 만든 선반으로 눈길을 돌렸다. 그곳에는 아오바 씨가 만든 돌 세공 작품이 놓여 있다. 모두 사과를 모티브로 해서 반으로 자른 사과, 둥글게 자른 사과, 한입 크기 사과, 토끼를 장식한 사과. 최신작인 사과에는 아크릴 물감으로 색깔도 칠했다. 아오바 씨는 때때로 완성 직전의 돌 세공 작품을 갖고 와서 엄마와 함께 작업한다. 그 사이에 나는 쉬거나 TV를 보거나 공부에 집중할 수 있었다.

"나야말로 언제나 석재사에 가서 귀찮게 해서 죄송하다고 전해드려."

"신경 안 쓰셔도 돼요. 할아버지도 젊은 사람이 돌 세공에 흥미를 가져줘서 기쁘신 거 같고요. 오히려 환영하고 있을걸요."

할아버지는 아오바 씨가 마음에 든 것 같다. 입원할 때 신세를 졌던 일도 있지만 우선 돌 세공에 흥미를 보이기 때문인 듯하다. 아오바 씨는 석재사 체험 프로그램에 매주 참가하고, 지금은 작업장 한쪽을 빌려 자신의 작품 만드는 걸 허락받은 상태. 솔직히 아오바 씨가 돌 세공에 관심을 가져주어서 좋았다. 어엿하게 할아버지와 아는 사이여서 우리 집에 수시로 들락날락해도 가족 누구도 불평하지 않았다.

아오바 씨는 고타츠에서 벗어나 선반으로 다가갔다. 나란히 놓인 돌 세공 작품을 바라보면서 코끝을 살살 긁는다.

"이렇게 보니까 많이 만들었네."

"저는 요즘 간둔 게 좋아요. 색깔을 칠해서 귀엽고요."

"정말? 역시 가장 자신 있는 작품이야.'

아오바 씨의 옆얼굴에서 어쩐지 표정이 사라졌다. 이어지는 말을 기다려도 얇은 입술이 달싹거리는 기색은 없다.

"지금도 뭐 만드는 거 있어요?"

"사실은 벌써 만들었어. 갖고 오고 싶었는데……. 음, 다음에 보여줄게."

어딘가 개운치 않은 대답이었다. 완성한 작품은 그다지 만족스럽지 않은 걸까. 아오바 씨는 얼렁뚱땅 넘어가려는 듯 둥글게 자른 사과를 손으로 잡았다.

"어머, 이 사과 모서리 부분이 조금 깨졌다."

"맞아요. 어제 지진이 났을 때 바닥에 떨어졌거든요."

"어쩔 수 없지. 엄청 흔들렸잖아. 진짜 깜짝 놀랐어."

이 돌 세공은 분명 아오바 씨와 엄마의 합작품일 것이다. 아오바 씨는 사과를 소반에 다시 올려놓고 내 쪽을 바라보았다.

"고하네는 '쓰나미 텐덴코' 알고 있니?"

"알아요. 지진 후에는 쓰나미가 오기 때문에 어쨌든 각자 도망치라는 말이죠. 가족이나 친구도 상관하지 말고."

텐덴코는 도호쿠 사투리로 '각자'를 의미한다. 바닷가 마을에서는 옛날부터 쓰나미가 닥쳐온다면 그 누구도 신경 쓰지 말고 각자 재빨리 높은 지대로 도망치라고 가르친다. 말하자면 자기 목숨은 자기가 지키라는 교훈이다.

"나, 그 말을 몰랐거든. 어제 지진이 났을 때 이모가 가르쳐주셨어."

"저는 솔직히 그 교훈이 싫어요. 혼자서만 도망치는 건 어쩐지 매정하지 않나요. 어제도 제일 먼저 엄마가 어떤지 보러 갔고요."

내가 이끌지 않았다면 엄마는 테이블 밑으로 숨는 것도 불가능했을 테고 쓰러질 듯한 가구 옆에서 멀어질 수도 없었을 거다. 공포 때문에 몸을 떨면서 "뿌 짱이 화났어"라고 비현실적인 말을 되풀이했던 모습을 떠올린다. 나에게 '쓰나미 텐덴코'는 방재훈련 때만 듣는, 가슴에 와닿지 않는 각오다.

"나도 이모한테 비슷한 말을 했어. '왠지 그런 건 너무 냉정하지 않아요?'라고."

"역시 그렇게 생각하죠?"

"그런데 말이지. 이모가 이렇게 대답하셨어. 사람 심리가 누군가 걸음아, 나 살려라, 하고 꽁지 빠지게 도망치면 반드시 다른 사람도 부리나케 따라간다고. 결국 많은 생명을 구할 가능성이 높아진다고."

"음…… 그럴지도 모르겠네요."

"요컨대 도망치는 뒷모습으로 말하라는 거지."

아오바 씨는 장난스럽게 이야기를 마무리하더니 복도로 이어지는 우윳빛 유리 격자문을 힐끗 바라보았다.

"그러고 보니 한동안 어머님의 기척이 없는데."

"아마도 방에서 자고 있지 않을까요. 어젯밤에도 안정을 찾지 못하고 거의 잠도 못 잤거든요."

현관 소리는 들리지 않았으니까 집 안에 있을 것이다. 예상과는 달리 기분 나쁜 잔물결이 가슴속으로 퍼져나간다.

"일단 상태를 보고 올게요."

나는 느릿느릿 일어나 복도로 발걸음을 내디뎠다.

"엄마, 코르아라도 마실래?"

불러도 대답은 없지만 콘크리트 바닥에는 엄마의 더러운 스니커즈가 여전히 놓여 있다. 역시 낮잠이라도 자고 있는지도 모른다.

침실에 다가가자 맹장지 문 사이로 차가운 바람이 느껴졌다. 엉겁결에 숨을 삼켰다. 아무리 맹장지 문의 이음새가 안 좋아도 이런 틈새 바람은 지금까지 느낀 적이 없다.

"저기, 들어갈게."

단숨에 맹장지 문을 열었다. 먼저 눈에 들어온 것은 흐트러진 침구였다. 엄마의 모습은 어디에도 없다. 창문이 열려 있고 커튼이 바닷바람에 나부낄 뿐이다.

"아니 이런……."

빠른 걸음으로 화장실과 목욕탕을 둘러보았지만 결과는 마찬가지였다. 심상치 않은 걸 알아차렸는지 거실에서 아오바 씨가 얼굴을 내밀었다.

"어머님은 계셔?"

"없어요. 신발은 있는데 침실 창문이 열려 있어요."

그러고 보니 아까 창문에서 누군가 엿보고 있다는 망상을 엄마가 말했다. 엄마의 사고 회로는 알 수 없지만 증상의 영향으로 갑자기 바깥으로 뛰쳐나갔을 가능성은 있다.

"어디로 갔을까……."

"집에 안 계시다면 밖을 찾아볼까. 그렇게 멀리는 안 가셨을 거야."

아오바 씨의 침착한 목소리에 위로를 받았다. 나는 서둘러 다운재킷을 걸치고 지저분한 스니커즈를 한 손에 들고 미닫이문을 열었다.

밖은 해가 지고 있었다. 집 앞 아미이소 항구에는 사람의 그림자가 보이지 않는다. 이미 이 시간은 어업이 끝났기 때문이다. 선착장에는 정박 중인 어선들이 늘어서서 잔잔한 파도를 맞고 있다.

"먼저 근처를 찾아볼까."

"그게…… 늘 가는 곳에 있을 것 같아요."

그렇게 말만 했는데도 아오바 씨는 아미이소 항구 쪽으로 발걸음을 재촉했다. 나도 카키색 블루종의 뒤를 쫓아갔다.

아미이소 항구의 눅눅한 콘크리트 위에 서서 가장자리에 튀어나온 방파제를 뚫어져라 바라보았다. 멀리서도 알 수 있는 펑퍼짐한 등을 확인하자 안도감과 어이없음에 한숨이 나왔다. 엄마는 늘 가는 마음에 드는 장소에서, 조선소의 죽 뻗은 빨간색과 흰색 크레인을 바라보고 있었다.

"있네요."

"다행이다. 어머님은 역시 저곳을 좋아하시네."

"맨발인데…… 정말 무슨 생각일까요."

유리 조각이나 낚싯바늘에 발을 다친다면 병원에 데리고 가는 사람은 나다. 차가운 바닷바람이 겨드랑이 밑에 밴 땀을 불쾌하게 식혀 간다.

"엄마아! 뭐 하고 있는 거야!"

여기서부터 방파제까지는 몇십 미터 정도 떨어져 있다. 커다란 목소리로 부르니 방금까지의 걱정이 짜증으로 바뀐다. 엄마의 이상한 행동 탓에 인적도 없는 춥디추운 항구에 찾으러 나왔다. 아직 숙제도 다 못했고, 맛있는 쿠키도 하나밖에 못 먹었다. 집에 돌아가면 뜨거웠던 코코아도 다 식었을 것이다.

아오바 씨가 집안일을 해주고 엄마의 말동무가 되어준 뒤 혼자서 자유 시간을 보내는 순간이 얼마나 멋진지 알아버렸다. 빨래를 개지 않아도 되고 저녁 메뉴를 고민하지 않아도 된다. 깊은 밤 졸음과 싸우며 책상 앞에 앉아 있는 일도 줄었다. 자유로운 몇 시간 동안 나에 대해서만 생각할 수 있다. 잠깐이라도 엄마의 존재를 잊어버릴 수 있다.

"고하네, 그 신발 좀 줘봐."

방파제로 걸어가려는 순간 곁에서 담담한 목소리가 들려왔다.

"내가 모시고 돌아갈게. 고하네는 집으로 가서 계속 공부해."

"앗, 아니 괜찮아요. 여기까지 왔는데요.'

내가 거절해도 더러운 스니커즈에 하얀 손을 내밀었다. 그대로 건네주면 당연히 내 손이 가벼워진다.

"고하네."

아오바 씨는 내 이름을 부르기만 하고, 덧니가 보이게 씩 웃더니 침묵했다. 길쭉한 눈매는 똑바로 나를 바라보았다. 아오바 씨의 등 뒤로 낙색 하늘이 펼쳐져 있었다. 넋을 잃고 볼 정도로 맑은데 엄마만 생각한 탓에 지금에야 깨달았다.

"언젠가는 확실히 손을 놓아야 해."

바닷새가 우는 소리와 파도 소리에 지워질 것처럼 작은 목소리였다. 나는 아무것도 들지 않은 두 손을 힐끗 바라보고 고개를 들었다.

"저기…… 무슨 의미인가요?"

"어머님 말이야. 언젠가 손을 놓고 누군가에게 맡겨야 해. 고하네에게는 고하네의 인생이 있으니까."

아오바 씨가 스니커즈를 한 손에 들고 걸어갔다. 서서히 멀어지는 뒷모습을 보면서 가슴속이 버석거리는 걸 느꼈다.

나에게 나만의 인생이 있다는 것은 안다.

가르쳐주기를 바라는 건 그런 입에 발린 말이 아니다. 손을 놓기 위한 구체적인 방법이다. 생리 전이라서 그런가. 아오바 씨한테도 심술궂은 마음이 생겨났다.

나는 집으로 돌아가지 않고 신발 끈이 흔들리는 스니커즈를 목표로 삼았다. 아오바 씨를 쫓아가서 카키색 블루종 사이로 팔짱을 낀다.

"그럼 내일도 와주세요."

아오바 씨를 시험하고 싶은 마음이 말로 바뀌었다. 아오바 씨는 잠자코 있다가 얼굴을 찡그렸다.

"내일은 힘든데. 도쿄에 갈 예정이라서······."

머뭇거리는 대답을 듣고 심장이 세게 두방망이질 쳤다. 전부터 몇 번이나 도쿄에 가는 이유를 물었지만 그때마다 얼렁뚱땅 넘겨버렸다.

"앗, 손을 놓고 누군가에게 맡겨야 한다고 말한 건 아오바 씨 아닌가요?"

"응······. 미안해."

"우리를 두고 갈 정도로 중요한 일이 뭔가요?"

아오바 씨를 곤란하게 만드는 질문이었다. 오늘 나는 어떻게 된 것 같다. 평소보다 짜증이 났다고 해도 지나치게 심술궂다. 아오바 씨는 눈을 깜빡거릴 뿐 아무 말도 하지 않았다. 불안해진 나는 어색한 분

분위기를 장난스럽게 바꾸려고 입을 삐죽 내밀었다.

"아까 한 조언, 그저 입에 발린 말이잖아요."

"그렇지 않아. 나는 줄곧 마음속 깊이 그렇게 생각했어."

"정말인가요? 어른은 태연하게 거짓말을 하잖아요."

그냥 투정을 부리고 싶었을 뿐인데 마음처럼 되지 않는다. 아직 투정 부리는 데 익숙하지 않기 때문일까. 나에 대한 애정을 확인하려고 제멋대로 말만 쏟아낸다.

"아오바 씨도 아빠랑 마찬가지예요. 어차피 우리를 놔두고 멀리 가 버릴 거잖아요."

"다시 돌아올 거니까……."

"어떨까요? 아아ㅡ, 폭풍 속의 엄마랑 둘이서 힘들겠죠."

더 이상 말하면 미움받을 것 같지만 한심한 소리를 멈출 수가 없다. 내뱉는 소리와 진심은 전혀 다른데. 내일은 예정대로 도쿄에 가서 아주 즐겁게 지내다 오길 바란다. 이런 바닷바람이 아니라 도시의 빌딩 바람을 느끼면서 한숨 돌리고 오면 기쁘겠다.

하지만 아주 조금만이라도 가는 걸 망설였으면 좋겠다. 고하네는 열심히 잘하고 있다고 위로해 주었으면 좋겠다. 그냥 머리를 토닥토닥 쓰다듬어 주면 좋겠다. 내일은 못 오니까 오늘은 늦게 돌아가겠다고 해주면 좋겠다. 가슴속에 일방적인 '바람'만 넘쳐난다. 나는 언제나 받기만 했고 아오바 씨한테 아무것도 갖지 못했는데.

"저기, 고하네. 하늘이 굉장하다."

"아ㅡ, 말을 돌리네요."

"그런데 정말로 예쁘잖아."

스니커즈를 들지 않은 손이 손가락으로 앞을 가리켰다. 멀리 보이는 제지 공장의 하얀 연기가 아까보다 밤으로 다가가는 하늘을 뿌옇게 만들었다. 방파제 가까이에 있는 엄마는 아직 조선소에서 켜놓은 불빛을 바라보고 있었다. 모든 게 남색으로 물드는 시간 속에 쓸쓸함이 느껴졌다.

다음 날 아침 기온은 영하로 떨어졌다. 부엌 창문을 열자 뱉은 입김이 하얗게 물든다. 변함없이 하늘은 잿빛이지만 눈은 내리지 않았다.
"생김 조림, 아직 있냐?"
등 뒤에서 스포츠 신문을 넘기는 소리가 들렸다. 나는 냉장고에서 생김 조림이 든 병을 꺼냈다. 아무 말 없이 식탁에 놓자 할아버지가 하품하면서 짧은 머리를 만졌다.
"오늘은 노비루까지 가벼운 돌을 수집하러 간다."
"네."
"저녁은 준비 안 해도 된다. 아마도 술 마시고 올 거다."
노비루 지역은 가공하기 쉬운 암석인 응회암을 캐는 곳으로 유명하다. 지금은 사용하지 않는 채석장 흔적도 여기저기 많다. 여기와 같은 바닷가 마을로, 역에서 걸어갈 만한 곳에 해수욕장이 넓게 펼쳐져 있다. 여름철 바다는 많은 사람으로 붐비지만 요즘 같은 계절에는 단지 차가운 파도가 밀려왔다가 밀려 나갈 뿐이다.
"가스미는 자고 있나?"
"일어난 거 같은데 아직 침대에 누워 있나 봐요."
"네 엄마, 약은 잘 먹고 있냐?"

"……어젯밤에는 싫다고 하면서 안 먹었어요."

할아버지는 신문을 접고 식탁에 놓인 엄마의 전용 그릇에 눈길을 보냈다.

"잘 안 먹으면 밥에 섞어주면 좋잖냐."

"안 돼요. 그렇게는 못해요."

식사에 약을 섞은 게 들켰다가는 독을 탔다는 망상이 심해질 것이다. 엄마가 약을 먹어야 하는 필요성을 정확히 이해하기를 바란다.

"음, 조만간에 좋아지겠지."

거므스름한 손이 의자에 앉은 채 담배에 불을 붙였다. 할아버지는 '조만간에 좋아지겠지'라고 가볍게 말하지만 그때까지 얼마나 힘들지 알까. 망상을 듣고, 진정되지 않으면 함께 산책을 나간다. 집안일을 하면서 항상 엄마의 행동을 주시하고, 안 먹는 걸 알면서도 매끼 식사를 준비한다. 어제도 약을 먹으라고 1시간 넘게 계속 설득했다. 나는 피어오르는 담배 연기를 향해서 마음속으로 혀를 끌끌 찼다.

"고하네는 오늘도 학교 쉬냐?"

"원래 쉬는 날이에요. 얼마 전에 입시가 있어서 선생님들이 사무 작업을 한다나 봐요."

자연스럽게 벽에 걸린 달력을 확인했다. 쌉싸름한 냄새를 코끝으로 느끼며 '11일 금요일'이라는 글자를 바라보았다.

작업복 차림의 할아버지를 배웅하고 침실 맹장지 문을 조용히 열었다. 엄마는 화장대 앞에 앉아 펑퍼짐한 등을 보이고 있다.

"엄마, 아침은?"

"안 먹어. 지금 바빠서 말이지."

엄마는 혼잣말을 하더니 손목을 자꾸 움직이고 있었다. 여기서는 무엇을 하는지 잘 안 보였다.

"배, 안 고파?"

"괜찮아. 걱정하지 마."

그렇게 말해도 수분 정도는 섭취했으면 좋겠다. 침실에 발을 들이는 순간 엄마가 은빛 니트 모자같이 생긴 물건을 머리에 썼다.

"뭐야…… 그게?"

"알루미늄 포일로 만들었어. 뇌를 지키기 위해서."

뒤돌아본 엄마의 표정은 노(能)[8]의 가면처럼 무덤덤하다. 문득 깨닫는다. 침실 곳곳이 은빛으로 빛나는 걸.

"알루미늄 포일은 불법전파를 튕겨 내거든."

나는 말문이 막힌 채 새삼 방 안을 둘러보았다. 화장대 거울과 창문 일부에 테이프로 알루미늄 포일을 붙여놓았고, 엄마가 쓰는 베개도 은빛으로 감싸져 있었다.

"다음에는 두 다리를 보호하고 싶어. 고하네, 도와줄래?"

엄마는 입고 있는 면바지를 접어 올리더니 굵은 다리에 알루미늄 포일을 두르기 시작했다. 알루미늄 포일이 스치는, 귀에 거슬리는 소리가 거실을 채운다.

"잠깐만, 엄마……."

"이 세상은 약육강식의 세계니까. 자기 몸은 자기가 지켜야 해."

"이상한 짓 그만해. 그리고 알루미늄 포일 아깝다고!"

---

8. 일본의 대표적인 가면 음악극

내가 날카롭게 외치자 연극하는 듯한 탄식이 들려왔다.

"고하네는 아무것도 모르잖아."

"……무슨 소리야?"

"어젯밤에 천장 알전구가 깜빡깜빡 자꾸 그랬지? 그걸 보고 무슨 생각 안 들었어?"

"그냥 전구가 나갈 때가 되어서 그런 거잖아."

"아니야. 그건 뿌 짱에게 들키지 않으려고 도호쿠 전력 사람이 보내온 암호. 똑바로 해독해야 해."

굵은 다리에 다시 은빛이 둘러진다. 엄마가 가진 알루미늄 포일은 아직 닿이 남아 있었다.

"나사에서도 이렇게 우주복을 만들어."

"그럴 리 없잖아……."

살짝 두툼한 손이 알루미늄 포일을 찢는 모습을 보자 가슴속에 걸쭉한 기름 찌꺼기 같은 검은색 액체가 흘러넘쳤다. 이제 아무래도 좋았다. 지금은 그저 통하지 않는 대화를 계속하는 것에 지쳤다. 나는 자리에서 벗어나려고 등을 돌렸다.

"안심해. 고하네 모자는 벌써 만들어 뒀으니까."

뒤를 돌아보니 엄마가 화장대 위를 손가락으로 가리켰다. 거기에는 둥근 그릇을 뒤집은 것 같은 은빛 물체가 방치되어 있었다.

"나는 그런 거 필요 없어."

손을 등 뒤로 돌려 힘껏 맹장지 문을 닫고 거실로 곧장 갔다. 싸늘해진 몸을 고타츠에 미끄러지듯 들어가서 조용히 눈을 감았다. 자면서 땀을 흘리더라도 이대로 조금 자고 싶었다.

누워서 어린아이 같은 공상에 빠져들었다. 내 마음속에도 스마트폰같이 간단하게 전원을 끄는 버튼이 있으면 좋을 텐데. 그러면 짜증이나 어이없음이나 슬픔이나 쓸쓸함같이 귀찮은 감정을 잠깐이라도 잊어버릴 수 있을 것이다. 고타츠의 팬 모터 소리를 들으면서 몸을 한 번 뒤척였다. 몸은 따뜻하지만 아무리 시간이 흘러도 속은 차갑기만 했다.

까무룩 잠들지 못한 채 빗방울이 스며든 천장을 내내 바라보았다. 때때로 복도와 침실 쪽에서 어떤 소리가 들려왔지만 얼굴을 돌리지는 않았다.

현관 벨 소리가 울린 건 오전 11시를 지났을 때였다. 늘 그랬듯이 가스 점검원이 온 걸까. 우편물이라도 도착했을지 모른다. 나는 느릿느릿 고타츠에서 기어나가 복도로 얼굴을 내밀었다.

현관의 우윳빛 유리를 보고 숨을 죽였다. 몇 번이나 눈을 깜빡여도 카키색 블루종이 비쳐 보였다. 나도 엄마와 마찬가지로 환각을 보는지도 모른다. 그래도 상관없다. 저절로 달음박질쳤다.

재빨리 뻑뻑한 미닫이문을 열자 추워서 볼이 빨개진 아름다운 코가 눈에 들어왔다.

"오옷, 있었네. 잘 지냈어?"

나는 현실이라는 걸 확인하려고 아오바 씨의 온몸을 찬찬히 바라보았다. 캔버스 스니커즈, 가느다란 다리, 언제나 입는 카키색 블루종, 엄마와 비슷할 정도로 높은 코, 외까풀의 맑은 눈동자. 도쿄에 가기 위해서인지 커다란 배낭을 등에 짊어지고 한 손에는 비닐봉지를 들고 있었다.

"뭘 그렇게 빤히 보니."

"그게…… 오늘은 안 온다고 했으니까요."

"센다이역까지 갔는데 마음이 바뀌었어. 오늘은 여기 있기로 했지."

예상 밖의 이야기에 눈이 휘둥그레졌다. 아오바 씨는 웃음을 짓고 비닐봉지를 뒤적거리더니 천천히 직사각형 상자를 꺼냈다. 상자 겉에는 무츠, 센다이 미소, 생면이라고 커다란 글자로 쓰여 있고, 김이 피어오르는 라멘 사진이 프린트되어 있다.

"센다이역에서 샀어. 점심때 셋이서 먹으려고."

"……셋이라면 저랑 엄마랑 아오바 씨?"

"그래. 당연하잖아."

"그런 이유로 도쿄에 안 갔다고요?"

"그런데 정말로 맛있어 보였어. 그래서 라멘에 넣을 재료도 잔뜩 사왔다니까."

아오바 씨와 함께 비닐봉지 안을 들여다본다. 양배추, 부추, 숙주나물 등 채소 외에도 죽순과 어묵 고명이 들어 있다.

"들어가도 돼? 배낭도 무겁고."

"물론이죠……. 어서 들어오세요."

콘크리트 바닥에서 스니커즈를 벗는 모습을 잠자코 바라본다. 아오바 씨가 우리를 걱정하는 마음에 돌아와 준 것은 확실하다. 라멘은 핑계일 뿐, 신경 쓰지 않게 하려는 것이다. 그런 다정함이 느껴져서 나는 아무 말도 할 수 없었다. 쓸데없는 소리를 했다가 아오바 씨의 마음이 달라질지도 모른다. 배낭을 메고 있어서 지금 당장 도쿄로 간다고 할 가능성도 있다. 나는 참 교활한 인간이라고 생각하면서도 입가에 웃음이 번진다.

"그런데 어머님 상태는?"

"여전하시죠. 밥에는 전혀 손을 안 대고 어젯밤부터 약도 안 드세요."

"그럼 안 되는데. 지금은 침실에 계셔?"

내가 고개를 끄덕거리자 아오바 씨는 망설임 없이 침실 맹장지 문으로 걸음을 내디뎠다.

"어머님, 안녕하세요-. 들어갈게요-."

하얀 손이 맹장지 문을 열었다.

"어? 방 안이 은빛으로 반짝거리잖아요."

아오바 씨는 가벼운 말투로 인사하면서 침실에 발을 들여놓았다. 나도 서둘러 그 뒤를 따라갔다. 방 안은 몇 시간 전보다 은빛이 눈에 띄게 늘어났다. 무엇보다 엄마 자체가 알루미늄 포일로 감싸진 것 같았다. 아침에는 모자뿐이었는데 입고 있는 옷 전체에 은빛이 테이프로 붙어 있었다. 목에는 알루미늄 포일을 길게 해서 만든 목걸이 같은 걸 두르고 있었다.

"어머님은 지금부터 알루미늄 포일 구이라도 되시려는 건가요?"

질문을 듣고 엄마는 날카로운 눈초리로 노려보면서 콧구멍을 벌름거렸다.

"이건 말이지. 장난치는 것도 그 무엇도 아니야. 불법전파를 반사하기 위한 거니까."

"그래도 움직이기 힘들잖아요. 버스럭버스럭 시끄럽고요. 하지만 확실히 잘 만들었네요."

"그치. 나사처럼 전파 반사복을 만들기 위해서는 국가 자격증이 필요하니까."

엄마는 날카로운 눈초리 그대로 망상이 뒤범벅된 이야기를 일방적으로 떠들어댔다. 아오바 씨는 자리에 앉아서 이따금 맞장구치면서 이야기에 귀를 기울였다.

"변장한 뿌 장이 도호쿠 전력 사원으로 둔갑하면 그걸로 정말 끝이야. 디 엔드."

엄마가 한바탕 이야기를 쏟아낸 순간 아오바 씨는 비닐봉지 안으로 손을 넣었다.

"밥 안이 온통 은빛으로 반짝거리면 눈이 피로하지 않아요? 고하네한테 들었는데 아무것도 안 드셨다면서요?"

"음식은 모두 전파로 오염되었거든."

"그래요? 안타깝네요. 모처럼 어머님이 좋아하는 미소라멘을 사왔는데요."

비닐봉지에서 생면이 든 상자를 꺼냈다. 공허한 눈동자는 포장에 프린트된 미소라멘에 사로잡혀 있었다. 한 박자 쉬고 아오바 씨가 차분하게 말을 이었다.

"그렇게 입에 들어가는 음식이 걱정되면 함께 만들어요. 그럼 안심되겠죠?"

"안 돼……. 생면은 삶는다고 해도 국물에 전파가 녹아 있다고."

"팔팔 끓이면 괜찮지 않을까요. 열탕 소독이란 말도 있잖아요."

"하지만……."

"들어가는 재료는 제가 책임지고 하나하나 살펴볼게요."

아오바 씨가 살집이 두툼한 엄마의 손을 붙잡았다. 엄마는 눈썹을 찡그리면서 떨떠름한 기색으로 일어났다.

"엄마, 오늘은 약도 먹자."

대답은 없다. 뚱뚱한 몸의 움직임에 맞춰 알루미늄 포일이 스치는 소리가 되돌아올 뿐이다. 한숨을 내쉬며 나도 움직이려고 하는데 발톱 끝에 뭔가가 닿는다. 발밑에는 거의 다 쓴 알루미늄 포일 심이 나동그라져 있다.

"이런…… 아깝게."

원통 모양의 심을 줍는다. 구멍은 텅 비어 있는데 왠지 무게가 느껴진다.

"그거 버려."

고개를 들자 아오바 씨가 손을 내밀고 있었다. 나는 엉겁결에 이어달리기 바통처럼 알루미늄 포일 심을 건넸다. 그 순간 무슨 까닭인지 맡긴다, 라는 단어가 머릿속에 떠올랐다가 사라졌다.

아오바 씨가 라멘을 만드는 동안에 엄마는 부엌에서 한시도 떠나지 않았다. 의심하는 눈초리로 생면이 춤추는 냄비 안을 들여다보고 혼잣말하면서 국물을 담는 그릇까지 지정해 주었다. 아오바 씨가 애쓰고 만들었는데 이해할 수 없는 지적만 해대는 모습에 화가 났다. 결국 국물 한 방울도 남기지 않고 먹어 치웠을 때는 분노를 넘어서 어이가 없었다.

"잘 먹었다."

식탁에 빈 그릇을 놔둔 채 일어나는 등을 나는 서둘러 불러 세웠다.

"엄마, 점심약은?"

"지금은 배가 불러서 졸려. 조금 쉬어야겠어."

"그런 핑계 대지 말고. 사실은 약을 먹기 싫은 거잖아?"

도망치듯 은빛 옷이 복도로 사라졌다. 침실 맹장지 문이 열렸다 닫히는 소리가 식탁까지 들렸다. 나는 어깨가 축 처진 채 남은 라멘을 먹었다.

"어머님도 걱정이지만 고하네는 감기 다 나았어?"

아오바 씨가 빈 그릇을 싱크대에 넣었다. 아오바 씨는 셋이서 라멘을 먹자고 했지만 만든 건 2인분이었다. 남은 생면과 진공 팩에 든 수프는 냉장고에 넣어주었다. 바로 또 먹을 수 있도록 채 썬 대파와 삶은 달걀도 밀폐 용기에 담아주었다.

"저는…… 이제 괜찮아요."

"정말? 감기가 낫는 단계니까 다 먹은 다음에 낮잠이라도 좀 자는 게 어때?"

아오바 씨가 싱크대에 기댄 채 걱정스러운 표정을 짓는다. 나는 면을 다 먹고 조그맣게 고개를 가로저었다.

"오늘이야말로 엄마 약을 집어넣어야 해요."

"집어넣다니, 약 달력에?"

"네. 찬장 안에 다음 주 약이 그대로 있거든요."

진짜 달력 옆에 약 달력이 매달려 있다. 일주일 치를 집어넣는 주머니는 모든 요일이 다 텅 비어 있다.

"내가 대신 집어넣을까?"

"아니요. 그건 괜찮아요. 엄마가 직접 약 달력에 약을 집어넣어야 의미가 있어요."

"어째서? 주머니에 넣기만 하는 건 누가 해도 마찬가지잖아."

"으음. 딱히 심술을 부리는 게 아니라 엄마 스스로 하는 편이 약에 대해 더 신경 쓰는 것 같아서요……. 실제로 그렇게 하면 그 주일은 약 먹는 걸 잊어버릴 때가 별로 없고요."

마지막으로 어묵 고명을 입에 넣고 생강과 마늘이 들어간 깊은 맛의 미소 국물을 다 마셨다. 맛있는 라멘으로 차갑게 식은 몸속에 서서히 따스함이 깃들었다.

"고하네는 역시 간호사를 목표로 하는 게 좋겠어."

"이제 그 이야기는 됐어요. 내년에 무사히 취직하면 아오바 씨한테 첫 월급으로 뭔가 선물해 드릴게요."

"필요 없어. 고하네 자신을 위해 써."

"사양하지 마세요. 그럼 화강암 100개는요?"

내가 일부러 장난스럽게 말해도 아오바 씨는 진지한 표정을 짓고 있었다.

"화강암보다 노비루 지역에서 나오는 응회암이 좋은데. 깎기도 쉽고."

"그럼 그걸로 해요."

"진짜로 그런 건 아니고. 그냥 농담한 거야."

전혀 농담이 아닌 표정으로 아오바 씨는 싱크대 쪽으로 몸을 다시 돌렸다.

"고하네가 고하네 인생을 성실하게 걸어가는 모습이 가장 큰 선물."

수도꼭지에서 물이 흘러나오자 스펀지로 식기를 닦는 소리가 귓가에 와 닿는다. 엄마와는 다른 날씬한 등을 응시하고 나는 빈 그릇을 갖고 일어났다.

"설거지, 고마워요."

"그거보다 라멘은 맛있었어?"

"네, 엄청."

아오바 씨의 입가에서 덧니가 엿보인다. 차가운 물을 흠뻑 맞은 아오바 씨의 손은 빨갛게 물들었다.

"저는 아무래도 고타츠 옆에서 쉬어야겠어요."

"천천히 푹 쉬어."

"아오바 씨도 같이 가요. 오후 2시 넘어서, 재밌는 드라마를 하는 것 같아요."

"우와, 어떤?"

"저도 잘 모르는데요. 한국 멜로드라마요. 같이 봐요."

카키색 블루종 소매에 팔짱을 꼈다. 아오바 씨가 "거품 묻어" 하고 다정하게 타일렀다.

"오늘 하루 정도는 천천히 해요. 괜찮잖아요?"

"일단 설거지를 다 하고 나서."

"신난다. 그럼 저는 코코아라도 준비할게요."

팔짱을 풀고 찬장으로 다가갔다. 머그잔 두 개를 꺼낸 찬장에는 약 달력에 집어넣을 약봉지도 보관되어 있다.

나는 잠시 망설이다가 엄마의 이름이 쓰여 있는 약봉지를 외면했다. 지금은 이런저런 것을 신경 쓰지 않고 따뜻하고 달콤한 걸 마시고 싶다. 내가 어린아이처럼 응석을 부릴 수 있는 사람과 함께 재미있는 드라마를 보면서.

코코아 통을 꺼낸 것과 동시에 수도꼭지을 잠그는 소리가 개수대에서 울려 퍼졌다.

 오후 2시 넘어 시작한 멜로드라마는 5회째 방송이었다. 오늘 처음 본 작품이라서 등장인물들의 자세한 관계나 세세한 스토리는 모른다. 그래도 화면 속 화려한 일상에 빨려 들어갔다.
 결말에 다다르자 아오바 씨가 고타츠 테이블에 턱을 괴면서 중얼거렸다.
 "이 두 사람, 어차피 이어지겠지."
 주인공 남녀는 이야기가 진행됨에 따라 분명 사랑에 빠질 것 같다. 두 배우가 궁금해서 인터넷으로 검색하려고 스마트폰을 내려다보았다. 화면은 오후 2시 46분을 가리키고 있었다.
 "저기, 뭔가 흔들리지 않아?"
 외까풀에 길쭉한 눈매가 천장을 쳐다본다. 나도 시선을 위로 향했는데 실내등에서 내려온 끈이 좌우로 흔들리고 있었다.
 "또 지진인가요……."
 대답하는 순간, 흔들림을 느꼈다. 우윳빛 유리 격자문이 이상한 소리를 내며 삐걱거렸다. 주위 공기가 흔들리고 선반에 놓아둔 돌 세공 작품이 덜커덕 소리를 냈다.
 "고하네, 고타츠 안에 숨어!"
 아오바 씨는 잽싸게 일어나서 고타츠 안으로 나를 밀어 넣었다. 상반신만 안으로 들어가서 시야가 고타츠 히터 탓에 오렌지색으로 물든다. 흔들림은 멈추지 않고 깊은 구덩이로 떨어지는 듯한 공포가 온몸을 관통했다.

"아-오바 씨……."

"괜찮으니까 진정해!"

공황 상태에 빠지지 않고 버틴 건 허리와 다리에 아오바 씨의 감촉이 느껴졌기 때문이다. 아오바 씨는 고타츠에서 삐져나온 내 몸 일부를 자기 몸으로 덮어 보호해 주고 있었다. 나를 지켜주기 위해서. 말 그대로 자기 몸을 바쳐서.

"뭐야, 이거……. 지진이 너무 길어."

떨리는 목소리가 들리고 내장을 헤집는 듯한, 처음 겪는 격렬한 진동이 닥쳐왔다. 집 전체가 비명을 지를 것같이 삐거덕거리고 그릇 깨지는 소리가 여기저기서 들려온다. 정전 탓에 시야가 갑자기 오렌지색에서 새카만 색으로 변했다.

"고하네! 머리, 조심해!"

고타츠를 덮은 이불 저편 너머의 외침은 무언가가 쓰러지는 소리에 묻혀 사라졌다. 온몸이 좌우로 흔들린다. 엎드린 바닥도 폭풍 속 바다처럼 파도 치는 것 같았다. 거실 창문과 우윳빛 유리 격자문이 깨졌는지 바로 코앞까지 파편이 흩어지는 소리가 요란하다. 캄캄한 어둠 속에서 나를 덮어주는 아오바 씨의 체온만이 지금 매달릴 수 있는 모든 것이었다.

무섭다.

엄청난 진동과 멈추지 않고 울려 퍼지는 굉음 가운데 죽음의 기운이 농밀하게 떠다녔다. 심장이 밟혀서 뭉개지는 듯한 공포가 온몸을 휘감았다.

『이 두 사람, 어차피 이어지겠지.』

몸이 흔들리는 와중에 아무래도 상관없는 아오바 씨의 저 말 한마디가 머릿속에 떠올랐다. 나는 사랑을 해본 적도 없는데 목숨을 잃어버릴 것 같다. 끝날 것 같지 않은 극심한 흔들림은 사고 회로를 엉망진창으로 만들고 시간조차 길게 늘린다. 1초가 1분, 10분, 1시간으로 변화하고 몸의 감각도 모호해진다. 방 안에서 끊임없이 무언가가 쓰러지는 커다란 소리가 울려 퍼진다. 자연스럽게 집이 붕괴하는 영상이 뇌리에 박힌다.

느닷없이 다리가 잡아당겨지고 새까만 어둠이었던 눈앞에 절박해 보이는 얼굴이 비쳤다. 주위가 뿌옇다. 눈가를 비빈 손등은 눈물로 흠뻑 젖었다.

"빨리 바깥으로!"

아오바 씨에게 팔이 붙잡히자마자 사방에 튄 유리 조각을 피하며 창문으로 뛰쳐나갔다. 맨발인데 땅바닥의 차가움과 딱딱함을 전혀 느끼지 못했다. 집 앞 도로로 다다르자 마침내 흔들림이 잦아들었다는 것을 깨달았다.

"고하네, 안 다쳤어?"

아오바 씨가 엉거주춤한 자세로 내 온몸을 살폈다. 목이 막혀서 한 마디도 하지 못했다.

"어디 아픈 데 없어?"

몸이 바들바들 떨리고 입안은 사막처럼 말라 있다. 뭔가 이야기하려고 해도 혀가 안 돌아간다.

이웃집 사람들도 도로까지 피난을 나왔다. 왼쪽 옆집은 블록 벽이 무너지고 지붕의 기왓장도 대부분 떨어져 있다. 주위는 어수선하고 누군가 훌쩍거리는 소리가 바닷바람 소리에 뒤섞인다.

"일단…… 둘 다 다친 곳은 없어 보이네."

안드하는 목소리가 들리고 뺨에 차가운 무언가가 닿았다. 천천히 하늘을 쳐다보았다. 머리 위 잿빛 하늘에서 진눈깨비가 소리도 없이 흩날렸다. 속눈썹에 새하얀 물체가 닿자 소중한 것이 떠올랐다.

"엄마."

떨리던 목구멍은 지금 이곳에 보이지 않는 인물을 가까스로 불렀다. 반사적으로 현관을 향해 달려갔다.

"엄마!"

빽빽했던 미닫이문은 지진의 영향인지 몇 번이나 밀어도 열리지 않았다. 곧바로 포기하고 도망쳤던 창문으로 실내에 뛰어 들어갔다.

"엄마! 어디 있어!"

고함치면서 눈을 부릅뜨고 둘러보았다. 거실은 발 디딜 틈 없을 정도로 망가져 있었다. 몇 분 전까지 존재했던 일상이 두참하게 붕괴되었다. TV와 모든 선반이 쓰러지고 발밑에는 돌 세공 사과가 나동그라져 있었다. 우윳빛 유리 격자문은 약해 보이는 골조가 드러났다. 테이블 위 머그잔은 깨졌고, 넘쳐버린 코코아가 고타츠 이불을 갈색으로 물들였다.

"고하네, 당장 바깥으로 나와! 안에 들어가면 안 돼!"

"하지만 엄마가……."

"내가 갈게."

대답할 겨를도 없이 팔을 강하게 붙잡혔다. 바깥으로 끌려 나갔고, 폐허가 된 거실은 카키색 블루종으로 가려졌다.

아오바 씨가 "어머님!" 하고 크게 외치면서 거실을 돌아다녔다.

어딘가에서 불안함을 부추기는 사이렌이 울려 퍼지자 몸이 다시 굳어졌다. 나는 파괴된 거실을 바라보며 밖에서 기다리는 수밖에 없었다. 뺨에 부딪히는 진눈깨비의 차가움을 느끼면서 두 사람이 나타나기를 미동도 하지 않고 기다렸다. 격렬한 흔들림이 닥쳐왔을 때보다 이 시간이 훨씬 더 고통스러웠다.

다시 거실에 나타난 아오바 씨는 한 손에 내 스니커즈를 들고 몇 번이나 고개를 가로저었다.

"큰일 났다. 어머님, 어디에도 안 계셔."

그 사실을 듣고 놀라기는 했지만 이성을 잃지는 않았다. 오히려 어수선하던 마음이 차분함을 되찾는다.

받아 든 스니커즈를 신으면서 심호흡을 몇 번 되풀이한다. 예전부터 줄곧 이렇다. 내 일이 아니라 엄마 일이 되면 신기하게도 냉정함을 유지한다.

내가 정신을 똑바로 차려야 한다.

내가 어떻게든 해야 한다.

내가 엄마의 부드러운 손을 잡아줘야 한다.

지금까지 엄마를 보살핀 경험은 세포 하나하나에 배어 있다.

"저도 같이 찾아요."

"그건 안 돼. 위험해."

"괜찮아요. 창문도 열어놓아서 바로 도망칠 수 있어요. 그리고 귀중품만이라도 갖고 있으려고요."

귀중품이라고 하니까 아오바 씨는 입을 다물었다. 나는 스니커즈를 신은 채 거실로 올라가서 곧장 침실로 향했다. 밟은 유리 조각은 신발 바닥 밑에서 날카로운 비명 소리를 냈다.

아오바 씨가 이야기한 대로 침실에 사람의 그림자는 없었다. 쓰러진 장롱과 화장대 밑에도 엄마의 모습은 없다. 창문만은 어쩐지 열려 있고 벗겨진 알루미늄 포일이 바람에 나부끼고 있었다.

평소에는 좁은 집이 싫었는데 지금만큼은 감사했다. 부엌, 화장실, 목욕탕, 할아버지 방을 둘러보아도 역시 은빛 옷은 보이지 않았다.

"어머님, 계셔?"

현관 미닫이문을 다 고친 아오바 씨의 물음에 고개를 가로저었다.

"없어요. 어쩌면 지진이 일어나기 전에 밖에 나갔는지도 모르겠어요."

"이만큼 찾았으니까 그렇게 생각하는 게 자연스럽겠지……."

"그런데 아오바 씨가 침실에 갔을 때 창문은 열려 있었나요?"

"어땠지……. 아무튼 나는 창문은 안 만졌어."

"지금 보니까 창문이 열려 있어요. 아무래도 지진이 났을 때는 집에 없었던 게 분명해요."

"어저처럼?"

모호하게 고개를 끄덕거리며 조선소를 바라보는 등을 떠올렸다. 지진이 일어나기 전에 아오바 씨와 나는 멜로드라마를 보느라 정신없었다. 그러느라 엄마의 모습을 확인하지는 않았다.

"아무튼 고하네는 피난해. 쓰나미가 올지도 모르고……. 나 혼자서 찾아볼게."

"아니에요. 저도 갈게요."

아오바 씨가 대답하기 전에 먼저 소리 높여 말했다.

"그저께 지진 때도 쓰나미는 50센티미터 정도였으니까 아마 괜찮을 거예요."

"하지만…… 엄청 심하게 흔들렸잖아."

말리는 목소리를 뒤로 하고 재빨리 마당 앞으로 나갔다. 쓰러진 자전거를 힐끗 바라보고 전속력으로 뛰었다. 집 앞 도로는 아까보다 사람이 줄었다. 주변 집에서 이야기하는 목소리와 뭔가를 움직이는 소리가 들렸다. 흔들림이 멈춘 후 피난하는 사람이 거의 없는 것을 알았다. 나는 멈춰 서서 등 뒤를 돌아봤다.

"저기, 다들 집으로 돌아가고 있어요."

뒤쫓아 온 아오바 씨도 주위 소리에 귀 기울이는 것 같았다. 이따금 사이렌 소리가 울렸지만 아까까지의 날카로움은 사라지고 느릿느릿 귀에 닿았다. 지진이 가라앉은 지금은 공포보다도 집 안 정리를 걱정할 정도로 여유가 생겼다.

"저, 항구를 보고 올게요. 아마도 늘 가는 장소에 있을 것 같아요."

"지금은 위험하다니까."

"하지만…… 엄마를 혼자 내버려둘 수는 없어요."

서서히 그 격렬한 흔들림에서 살아남았다는 해방감이 온몸을 감쌌다. 집 안은 비참한 상태지만 그 정도로 흔들렸는데 무너지지는 않았다. 지금은 어쨌든 엄마를 찾아내고 나서, 쓰러진 책장과 깨진 파편을 정리해야 한다.

아오바 씨는 잠시 묵묵히 있다가 항구 쪽을 바라보았다.

"내가 위험하다고 판단하면 고하네는 바로 도망쳐. 그건 약속해."

"알겠어요……."

그리고 서로 아무 말도 하지 않은 채 달음박질쳤다. 항구에 배가 정박되어 있고 어부 몇 사람이 보였다. 크고 거무스름한 손이 배를 녹슨 안벽 계류 기둥에 밧줄로 휘감고 있었다. 대강 둘러보았을 때 뒤집어진 어선은 없는 것 같았다.

"고하네, 저기!"

숨을 헐떡거리며 아오바 씨가 방파제를 손가락으로 가리켰다. 진눈깨비로 뿌옇게 된 저편으로 은빛이 반짝거렸다. 엄마는 방파제 끄트머리에서 바다를 향해 엎드려 머리를 조아리고 있었다. 그걸 보고 눈에 젖은 머리카락이 단숨에 말라버릴 것같이 화가 났다.

"지진이 났는데 뭐 하는 거야……."

여기서는 엄마에게 내 목소리가 들리지 않는다. 방파제로 달려가려고 하는데 오른쪽 손목을 세게 붙잡혔다.

"지금 당장 바다에서 떨어져야 해."

목소리의 냉정함보다 손목의 아픔이 더 크게 느껴진다. 아오바 씨는 피가 안 통할 만큼 강하게 내 손목을 붙잡고 있다.

"왜요? 엄마가 저기 있는데요."

"방파제를 잘 봐봐!"

단호한 말투에 압도당해서 다시 엄마가 있는 쪽을 응시했다. 엉겁결에 숨을 삼켰다. 방파제 콘크리트는 진눈깨비로 축축해졌는데도 수위가 내려간 흔적이 옆면에 또렷했다.

"……바닷물이 쭉 빠지고 있어."

어느새 손목의 아픔은 사라졌다. 그 대신 뜨거운 손바닥이 두 어깨에 닿았다.

"한시라도 빨리 여기에서 벗어나야 해."

"벗어나다니요······."

"내륙 쪽에 초등학교가 있잖아. 거기서 만나자."

아미이소 지역은 논밭이 펼쳐졌기 때문에 평지가 쭉 이어져 있다. 피난할 높은 건물은 초등학교 정도밖에 없다.

"저만 가라고요? 싫어요······."

"부탁이야. 내 말 들어."

아오바 씨가 눈앞에 서 있는 탓에 엄마가 가려져 보이지 않았다.

"고하네, 도망친다고 약속했잖아."

아오바 씨가 콧물을 훌쩍거리며 갑자기 나를 끌어안았다. 손목을 붙잡혔을 때처럼 강한 힘인데 전혀 아프거나 괴롭지 않았다. 진눈깨비가 내리는 기세는 더해졌지만 몸은 따뜻했다.

"너희들 거기서 뭐하는 거냐! 빨리 도망쳐! 쓰나미가 몰려온다!"

어부 한 사람이 우리에게 쩌렁쩌렁한 목소리로 외쳤다. 그 호통을 신호로 아오바 씨의 몸이 멀어졌다.

"뛰어!"

하얀 손이 내 손목을 세차게 뿌리쳤다. 나는 그 기세로 힘껏 뛰기 시작했다. 그래도 엄마와 아오바 씨가 걱정되어 뒤를 돌아보았다. 아오바 씨가 뭔가 말하는 듯한 기분이 들어서 나도 모르게 멈춰 섰다.

"빨리 가!"

아오바 씨는 무서운 얼굴로 소리 지르고 등을 돌렸다. 곧장 카키색 블루종이 방파제 쪽으로 달려갔다. 눈앞에는 쓰나미가 생각나지 않을 만큼 잔잔한 바다가 펼쳐져 있다. 도망치는 뒷모습으로 말한다고 했는데. 역시 어른은 거짓말쟁이다.

집에 도착해서 자전거에 올라탔다. 안장에서 엉덩이를 들고 페달을 밟았다. 진눈깨비를 얼굴에 맞으면서 학교 갈 때 지나가는 길을 나아간다. 바로 옆을 엄청난 속도로 자동차가 지나가고 몇 번인가 경적을 울려댔다. 어느 집 창문에서 얼굴을 내민 할머니가 보였다. 하지만 확실히 피난 가는 사람들이 늘었다. 평소에는 사람이 없는 도로에 많은 발소리와 외치는 소리가 넘쳐났다.

근처 교차로에서는 정체가 생겼다. 앞쪽을 보니 정전 영향인지 신호등이 꺼져 있다. 지시를 잃어버린 교차로는 상당히 혼란스러웠다. 기다리다 지친 자동차에서 경적이 울리고 운전자의 성난 외침이 들려온다. 어느새 불온한 공기가 주위를 휘덮기 시작했다.

교차로를 건너려고 기다리면서 몇 번이나 뒤를 돌아보았다. 파도가 덮쳐오는 기색은 아직 없다.

간신히 교차로를 빠져나가 페달을 계속 밟았다. 차도에는 아직도 정체가 계속됐다. 아마도 국도로 접어드는 곳에서도 같은 현상이 일어나고 있을 것이다.

줄지어 늘어선 자동차에 탄 사람들은 불안한 듯 표정이 어두웠다. 눈을 희번덕거리며 핸들을 강하게 두드리거나 눈물을 쏟는 사람들도 있었다. 차창에 누군가 동요하는 옆모습이 비칠 때마다 내 마음도 술렁거렸다.

드디어 초등학교가 몇백 미터 앞에 있는 걸 확인했을 때 나는 엉겁결에 브레이크를 잡았다.

방금 내가 앞지른 키 작은 여자는 머리카락조차 나지 않은 아기를 업었다. 그 여자는 보스턴백을 감싸안고 잰걸음으로 걸었지만 제때 도착하기에는 너무 느렸다. 아기띠를 가슴에 교차시키고 주뼛주뼛 뒤돌아보며 걷던 그 여자와 눈이 마주쳤다. 그 여자는 하얀 입김을 가쁘게 내쉬었고 표정이 일그러져 있었다.

지금 낯선 타인을 신경 쓸 상황이 아니다.

다시 앞으로 가려고 페달에 발을 올려놓았다. 세게 밟으려는 순간 울려 퍼지는 사이렌 소리에 아기 울음소리가 겹쳤다. 그 아기는 아직 말도 못하는데 내 가슴에 파문을 일으켰다. 높고 날카로운 울음소리를 듣자 핸들을 잡은 힘이 느슨해졌다.

옳은가, 그른가도 알지 못한 채 정신을 차려보니 다시 뒤를 돌아보고 있었다.

"피난처는 바로 앞에 있는 초등학교죠?"

내 질문에 아기를 업은 여자가 힘없이 고개를 끄덕였다.

"타세요!"

나도 모르게 두 사람을 향해서 소리쳤다. 키 작은 여자는 눈이 휘둥그레지면서도 자전거로 다가왔다.

"중간에 자전거를 버려도 돼요. 일단 빨리."

중고로 산 자전거에 짐을 싣는 곳은 없다. 키 작은 아기 엄마는 여러 번 고개를 숙이면서 나 대신 자전거 핸들을 잡았다. 등 뒤에서 우는 아기는 뺨이 붉게 물든 얼굴로 내 쪽을 눈으로 좇았다.

"안녕, 잘 가."

아주 짧은 순간 이름도 모르는 아기에게 웃음을 보였다. 속도를 높인 자전거와는 금세 거리가 멀어졌다.

나도 초등학교를 향해서 전속력으로 달리기 시작한다. 폐에서 쌕쌕 소리가 나는데도 필사적으로 기도한다. 제발 항구에 있는 두 사람이 빨리 안전한 장소로 피난하도록. 이름도 모르는 아기가 안심하고 울 장소에 다다르도록. 그렇게 가슴속으로 빌면서 넓적다리에 힘을 넣는다.

마침내 초등학교 정문이 눈에 들어왔을 때 멈춰 있는 자동차에서 사람들이 자꾸자꾸 내리는 게 보였다.

"쓰나미가 온다! 빨리 도망쳐!"

누군가가 외치는 소리에 등 떠밀리듯 초등학교 운동장 안으로 들어갔다. 넓은 운동장은 피난 온 사람들의 승용차로 가득했다.

학교 건물 출입구를 목표로 찢어질 것 같은 두 다리를 채찍질하듯 힘을 쥐어 짜냈다. 심장의 고동 소리는 더욱 세차게 커졌다. 이제 조금만 더. 뒤로 묶었던 머리카락이 풀어진 것도 신경 쓰지 않았다. 머릿속이 새하얘진 채 달렸다. 오한이 들 정도로 공포가 더해졌다. 지금은 뒤돌아볼 여유조차 없다.

학교 건물 안으로 몸을 던졌는데 출입구 앞 대나무 발판에 발이 걸렸다. 심하게 무릎을 찧었지만 전혀 아프지 않았다. 숨 돌릴 겨를도 없이 다시 일어났다. 눈앞에 보이는 계단을 죽을힘을 다해 뛰어 올라갔다. 이층 층계참의 중년 남성이 나를 향해 소리를 질렀다.

"오나가와 방면으로 6미터급 쓰나미! 서둘러 올라가!"

6미터라는 말을 들었지만 도무지 상상할 수 없었다.

이층짜리 주택 높이일까? 아니면 이 학교 건물 높이 정도?

25미터 수영장의 약 4분의 1 높이?

내가 세로로 이어져 있다면 몇 사람 분량?

정리되지 않는 의문을 품은 채 가장 위층인 삼층에 도착했다. 복도에서 무릎에 손을 짚고 마침내 발을 멈췄다. 전력 질주한 뒤라 폐가 타버릴 듯한 열기가 느껴졌다. 무릎 다음으로 옆구리에 손을 짚고 헐떡이면서 호흡을 가다듬었다. 이제 와서 무릎이 아파왔다.

갑자기 땅을 울리는 굉음이 터져 나오고 비스듬히 앞에 있는 교실에서 많은 사람의 비명이 들렸다. 비틀거리면서 소리가 난 쪽으로 걸어갔다.

교실 안에는 아이들이 많았지만 노인이나 어른도 있었다. 다들 운동장이 보이는 창가에 서서 바깥으로 눈길을 보냈다. 나는 작은 책상과 의자를 피하면서 사람들로 된 벽으로 다가갔다. 아이들 몇 명이 오열했다. 창문에서 떨어져 염불을 외우는 할머니도 있었다. 넋 나간 듯 운동장을 바라보는 아저씨 옆에서 나도 바깥을 응시했다.

운동장에서 벌어지는 현실에, 말로 표현할 수 없는 소리가 새어 나왔다. 내가 아까까지 달려왔던 장소는 시커먼 구정물로 뒤덮였다. 멈춰 있던 자동차는 수면으로 떠올라 운동장 중심에 생긴 소용돌이에 빨려 들어가고 있었다. 누출된 휘발유에 불이 붙었는지 곳곳에서 화염이 치솟았다. 흔들리는 오렌지색에 시커먼 구정물이 닿자 하얀 연기가 피어올랐다.

정문 쪽에서 굉음과 함께 또 시커먼 구정물이 들이닥쳤다. 처음으로 선명하게 눈에 들어온 쓰나미는 이 마을 밤처럼 새카맸다. 거리의 모든 물체를 삼키고 온 탓인지 하수와 기름이 섞인 더러운 구정물은 마치 야키소바 소스처럼 껄쭉했다. 검은 파도는 정문에서 세찬 기세로 흘러들어 운동장에 떠다니는 자동차와 오토바이를 계속해서 삼켰다. 함께 흘러온 쓰레기 더미가 학교 건물 일층에 부딪혀서 삐걱거리는 소리가 울려 퍼졌다. 쓰나미는 긴 카펫이 엄청난 속도로 말리는 것처럼 움직이고 있었다.

마치 검은 손 같다.

쓰나미에 잔혹한 의지가 깃들어 있는 것 같다. 이 검은 손에 붙잡히면 가라앉을 뿐이다. 도망칠 자신은 전혀 없었다.

"어이, 빨리 도망쳐!"

옆에서 넋을 잃고 바라보던 아저씨가 갑자기 창문에서 몸을 내밀고 소리쳤다. 아저씨는 입가에 거품 섞인 침을 흘리며 운동장 왼쪽 끝을 뚫어지게 보았다. 그 시선을 따라가자 내 입에서도 짧은 비명이 새어 나왔다.

젊은 여자가 시커먼 구정물에 떠오른 경차 지붕에 달라붙어 있었다. 그 여자는 울면서 뭐라고 소리쳤지만 똑똑히 알아들을 수는 없었다. 경차는 운동장에 떠다니는 다른 자동차와 쓰레기 더미에 부딪히면서 소용돌이 쪽으로 향했다.

지붕에 달라붙어서 벌벌 떠는 눈동자와 눈이 마주치자마자 그 여자의 몸이 검은 손에 붙잡혔다.

눈앞에서 벌어지는 일이 현실 같지 않아서 눈을 질끈 감았다. 다시 눈을 번쩍 떠보니 그 여자는 시야에서 사라졌다.

밤이 되어도 교실의 불빛은 켜지지 않았다. 창가의 커튼은 모조리 뜯겨져 노인과 아이들이 덮는 용도로 쓰이고 있다. 나는 어두컴컴한 교실 구석에서 무릎을 감싸안고 앉아, 뼛속까지 스며드는 추위를 견뎠다. 호흡할 때마다 얼어붙은 숨결이 뿌예졌다.

교실에는 피난 온 사람들이 옹기종기 모여 있었다. 우는 아이들을 달래는 여자도 있었고 시끄럽다고 고함치는 남자도 있었다. 솔직히 어느 쪽의 마음도 다 이해됐다. 아이들에게 화내는 남자를 비난하는 사람은 아무도 없었다.

교실에 울려 퍼지는 누군가의 목소리는 듣고 싶지 않아도 자연스럽게 귀에 들어온다.

미야기현 북부에서 진도 7.

태평양 연안에 커다란 쓰나미 경보.

체온을 조금이라도 뺏기지 않으려고 무릎을 감싸안고 몸을 웅크렸다. 쓰나미를 본 뒤 다른 교실을 둘러보았지만 엄마와 아오바 씨의 모습은 보이지 않았다. 항구에서 헤어졌을 때 초등학교에서 만나자고 약속했는데. 도망치다가 스마트폰을 떨어뜨려서 연락도 할 수 없다.

무릎 사이에 얼굴을 파묻고 차가운 바닥을 내려다보았다. 머리에 스치는 불길한 예감을 밝은 상상으로 덮었다.

할아버지는 경트럭으로 내륙까지 도망쳤을 것이다. 지금은 담배 연기를 내뿜으며 우리와 다시 만날 방법을 찾고 있을 것이다.

항구의 두 사람은 초등학교에는 다다르지 못했더라도 어느 집에 피난했을 것이다. 틀림없이 그럴 것이다. 내일이면 여기까지 나를 데리러 올 것이다. 이 추위와 외로움도 해가 다시 떠오르면 끝난다.

"저기…… 아까는 고마웠어요."

바로 가까이에서 목소리가 들려 천천히 고개를 들었다. 피난할 때 아기를 업고 있던 키 작은 여자가 눈앞에 서 있었다.

"빌린 자전거는 운동장에 세워두었는데 휩쓸려 갔어요……."

"아…… 괜찮아요. 그것보다 두 분이 무사해서 다행이어요."

"대피한 건…… 학생 덕분이에요. 뭐라고 고마움을 전하면 좋을지 모르겠네요……."

여자는 눈물을 글썽거리며 업고 있는 아기를 나에게 보여주었다.

"우리 아기도 무사해요. 지금은 분유를 막 먹은 상태라서 배도 부를 거예요."

아기의 긴 속눈썹은 아래를 향하고, 평온한 숨소리가 들려왔다. 그 여자는 며칠 동안 쓸 기저귀와 분유통을 보스턴백 안에 가득 채워서 피난한 듯하다. 과학실에 있던 알코올램프로 물을 끓여 아기에게 줄 분유를 준비한 것 같다.

"상황이 정리되면 자전거값도 물어낼게요……."

"괜찮아요. 신경 쓰지 마세요."

그렇게 거절해도 물러나지 않아서 일단 우리 집 주소와 이름만 알려주었다.

"다시 한번 진심으로 감사드려요."

마지막으로 그 여자는 악수를 청했다. 차가운 손을 내밀자 손바닥에 딱딱한 감촉이 느껴졌다. 어스레한 가운데 눈을 가늘게 뜨고 바라보니 포장된 알사탕 한 개가 있었다.

그 여자는 비밀을 공유하듯이 입술에 집게손가락을 세우고, 그제야 발걸음을 돌렸다. 이 초등학교에 비축된 식량은 없는 거나 마찬가지다. 교실에 있는 사람들은 대부분 추위 이상으로 배고픔과 싸우고 있었다.

  나는 받은 알사탕을 손끝으로 만지작거리며 느릿느릿 자리에서 일어섰다. 교실 창가에는 몇 시간이나 혼자 밖을 바라보는 초등학생 정도의 여자아이가 서 있었다. 천천히 다가가 곁에 나란히 섰다.

"사탕, 먹을래?"

  엉거주춤 허리를 구부리고 귓속말하자 여자아이가 말없이 고개를 끄덕거렸다. 알사탕 포장을 조용히 찢어서 자그마한 입안에 넣어주었다. 지금의 나는 이런 것밖에 할 수 없다.

"딸기우유다."

"그렇구나. 잘됐다."

  나도 창가에 선 채로 바깥을 바라보았다. 현실에서 눈을 돌리려고 운동장은 일부러 쳐다보지 않았다. 밤하늘에는 헬리콥터가 날아다닌다. 오늘 뉴스에서는 이 마을을 내려다본 영상이 흐르고 있을까.

"별, 굉장하다."

  옆에서 풍기는 달콤한 향기를 맡으면서 중얼거렸다. 시커먼 구정물로 뒤덮인 마을 위로 수많은 별들이 황홀하게 반짝인다. 나도 모르게 별이 빛나는 밤하늘을 향해 몇 번이나, 몇 번이나 기도했다. 내일이 되면 소중한 사람들의 손을 다시 잡을 수 있도록.

  저 멀리 하늘에서는 아직도 헬리콥터가 프로펠러를 회전시킨다. 내 기도를 지워버리는 것처럼.

제2부

제1장
2022년 7월 강가의 거리

 침묵을 메우려고 마시는 우롱차를 입으로 가져간다. 유리잔 안에서 얼음 소리가 쨍그랑 울린다. 알코올로 뺨이 붉어진 동료들을 곁눈질하며 오늘 세 잔째인 소프트드링크를 다 마셔버린다. 커다란 접시에 남은 시저샐러드는 미지근해지고 전분으로 튀긴 닭튀김도 식어간다. 배는 거의 찼지만 아깝다는 생각에 나무젓가락을 손에 든다.

 "고하네 씨는 계속 도쿄에서 살았어요?"

 묵묵히 있는 나에게 신경을 써주는 걸까. 대각선 쪽에 앉은 여자가 질문했다. 이름은 이노우에 가나 씨. 나무젓가락을 들었던 손을 거두고 고개를 가로저었다.

 "아니요. 고향은 미야기예요."

 "앗. 그렇군요. 저는 미야기 남자랑 사귄 적이 있어요. 몇 번인가 센다이 칠석 축제에도 가봤어요. 나중에 가본 조센지 거리의 빛 축제가 아주 예뻤어요."

 "이노우에 씨가 더 잘 아네요. 저는 센다이 이벤트에 그다지 참가한 적이 없어서요."

 연휴와 야간 근무가 이어져 있었던 이노우에 씨와는 이 환영회에서 처음 제대로 이야기를 나누었다. 나보다 간호사 경력은 조금 더 많지만 나이는 똑같이 스물여덟 살. 이노우에 씨 귀 언저리의 머리카락은 밝은 갈색으로 염색되어 있었다. 눈길을 끄는 귀걸이 색은 선술집의 부드러운 조명과 겉돌았다.

"제 고향은 이시노마키 쪽이라서요."

"이시노마키라면…… 지진이 났을 때 괜찮았어요?"

늘 들었던 질문이다. 내가 미야기현 출신인 걸 알면 상대방은 대부분 일종의 인사처럼 그 이야기를 입에 담는다. 약간의 이명을 느꼈지만 분위기를 깨지 않도록 웃음을 보였다.

"집에 쓰나미가 오기는 했지만 바닥이 침수된 정도였어요."

"다행이다! 뉴스를 본 바로는 아주 참혹했던 것 같은데."

"그래요. 하지만 자연재해니까요. 어떻게 할 수 없는 일이었어요."

그 후 화제는 센다이 음식으로 옮겨갔다. 우설구이, 완두콩 찹쌀떡, 고향의 통학로 간판에 쓰여 있던 명과. 웃음을 거두지 않고 고개를 끄덕이면서도 아까의 이명이 서서히 커지는 걸 느낀다. 그 울림은 이노우에 씨에게 했던 거짓말과 뒤섞였다.

『바닥이 침수된 정도였어요.』

2011년의 기억이 선명하게 되살아난다. 고스란히 드러난 집터에는 진눈깨비가 쌓였고, 검은 쓰나미가 휩쓴 마을에 부는 바닷바람은 심장을 얼어붙게 만들었다. 남은 건 산더미같이 쌓인 쓰레기와 어느 집 이층에 처박힌 어선. 그리고 하수와 기름 찌꺼기 범벅이 된 시신들이다. 그날 처음으로 슬픔보다 앞서는 건 무력감이라는 사실을 깨달았다.

"잠깐, 화장실에."

또 담담하게 거짓말을 했다. 술에 취한 동료들에게서 등을 돌리고 나는 자리를 떠났다.

바깥 공기는 미지근했다. 금방이라도 땀투성이가 될 것 같은 목덜미를 손으로 부채질하면서 조그맣게 숨을 내쉰다. 출입구 바로 옆에는 벤치와 재떨이가 놓여 있었다. 주머니에서 민트 껌을 꺼내 입에 하나 집어넣었다. 코에서 빠져나오는 상큼한 향기를 맡으며 비가림막이 설치된 벤치에 앉았다.

반팔 블라우스로 엿보이는 팔에는 다양한 음식점에서 내려온 빛이 얼룩져 있다. 무심하게 위쪽을 쳐다보니 건물에 가로막힌 신주쿠의 밤하늘이 눈에 비쳤다. 별은 하나도 없는데 네온사인의 영향으로 묘하게 밝다. 거리의 불빛으로 칠해진 밤하늘을 멍하니 바라보면서 머릿속을 비운다. 그래도 이명은 멈추지 않는다.

"고하네 씨, 흡연자구나."

목소리에 고개를 돌리자 바로 옆에 간호부장이 서 있었다. 몇 년 뒤 정년이라고 들었는데 피부는 탄력이 있고 머리카락은 까맣다. 동안이라서 나이보다 상당히 어려 보인다.

"아니요……. 담배는 안 피워요. 잠깐 바깥 공기를 쐬고 싶어서요."

"그렇구나. 일단 말해두는데 병원 안에서는 완전히 금연이야."

간호부장은 웃음을 짓더니 손에 든 파우치에서 가늘고 긴 담배를 꺼냈다. 불꽃 하나가 도쿄의 밤에 켜졌다.

"어때? 조금 익숙해졌어?"

"그게…… 아직 이 병원에 들어온 지 이 주일도 안 되어서요."

"전에 다니던 곳도 정신과 병동이었어?"

"네. 하지만 옮기기 전에 반년 정도 쉬었거든요."

"조금 공백이 있어도 괜찮아. 아예 신규 간호사도 아니고."

옮긴 병원에는 공황장애가 있는 것을 비밀로 했다. 간호사를 쉰 반년 동안은 친구가 사업하는 걸 도와주었다고 말했다. 거짓말하는 죄책감보다 이것저것 설명하는 번거로움이 이긴 결과였다.

간호부장은 몇 번인가 담배 연기를 내뿜고 화제를 바꿨다.

"당장 내일이니까, 잘 부탁해."

"환자분 병원을 옮기는 일 말인가요?"

"어. 간호 요약, 의사 진료 정보 제공서는 미리 그쪽에 보냈으니까. 옮기는 병원에 도착하면 간단한 전달만으로 끝날 거야."

"알겠습니다."

"정말 고하네 씨가 있어서 다행이야. 내일은 도저히 따라갈 직원이 없어서."

모호하게 고개를 끄덕인다. 지금 병원에 근무한 지 아직 얼마 안 되었는데 내일은 어떤 환자의 전원 건을 맡았다. 원래 통합 실조증 치료로 입원했는데 이 병원에서 실시한 CT 촬영에서 폐에 이상이 보인 듯하다. 좀 더 정밀한 건강진단을 받기 위해 니시도쿄 종합병원으로 옮기기로 결정되었다.

"그럼 전원하고 돌아올 때는 어떻게 할까요?"

"전철로 돌아와 줄래? 그러면 교통비는 받을 수 있으니까."

말하자면 전철이 아닌 경우 자기 부담이라는 걸까. 나는 조용히 고개를 끄덕이고 입안에 있는 껌을 씹었다. 어색함을 메우려고 하지 않아도 될 질문을 해본다.

"간호부장님은 금연할 생각 있어요?"

"지금은 없는데."

"역시, 끊을 수 없는 건가요?"

"그렇지. 몸에 안 좋은 건 알지만 관리직은 스트레스도 많고. 특히 작년까지는 코르나 대응이 힘들었잖아."

2019년에 갑자기 나타난 바이러스는 2021년까지 우리 생활을 싹 달라지게 했다. 지금은 완전히 종식되었고 주위를 둘러보아도 마스크를 쓰는 사람은 거의 없다. 부직포로 덮지 않은 입가에 따스한 밤바람이 직접 닿았다.

"확실히 작년까지는 힘들었죠."

고개를 끄덕이면서 꽁초가 쌓인 재떨이를 바라보자 느닷없이 시야가 흐려졌다. 네온사인이 빛나는 도시의 밤 속에서 항구 마을의 아침 풍경이 어쩐지 눈동자에 어른거린다.

"예전에 할아버지가 뇌경색을 일으킨 적이 있었는데요."

"저런. 괜찮으셔?"

"손발이 마비되거나 언어장애가 남지는 않았어요. 하지만 혈압이 높아서 입원 중에 생활 습관 개선을 권유받아 한때 금연한 적이 있어요. 그런데 어느새 또 담배를 피우기 시작하더라고요."

"환자분을 봐도 그렇고 좀처럼 끊기 어렵지."

"네. 할아버지 건강 상태도 걱정이었지만 입원했을 때 이것저것 너무 힘들었어요."

당시 입원할 때 예치금을 며칠 미뤄달라그 부탁했다. 할아버지의 상태가 안정된 뒤 통장이 있는 장소를 알고 은행에 달려갔다. 원무과에 수납할 때까지 인출한 큰돈을 떨어뜨리거나 잃어버리지는 않을까 굉장히 긴장했다.

"할아버님은 아직도 담배를 피우시니?"

"아니요. 이미 돌아가셨어요."

간호부장은 "그래"라고 대답하고 짧아진 담배를 재떨이에 비벼서 껐다.

"같이 돌아갈까?"

"조금 더 쉬고 갈게요."

"그럼, 먼저 갈게."

가게 안으로 돌아가는 등을 배웅하고도 이명은 계속되었다. 씹던 껌을 은박지 안에 뱉고, 얼른 청바지 주머니를 뒤진다. 하얀 알약이 늘어선 시트를 꺼내 한 알만 빼서 입에 넣는다. 이 약을 먹을 때 음주는 좋지 않다. 소프트드링크로 채워진 뱃속으로 불안함을 누그러뜨리는 알약이 떨어진다.

계산 후 2차 모임도 있었지만 내일 근무를 방패 삼아 거절했다. 인사하고 동료와 헤어져 집과 가까운 역에 정차하는 지하철로 향한다. 항불안제 효과가 나타나는지 이제 이명은 멈추었다. 대신 거리에서 스쳐 지나가는 많은 발소리가 파도 소리처럼 고막을 흔들었다.

신주쿠산초메역에서 도영 지하철 신주쿠선을 탔다. 빈자리는 눈에 띄었지만 문 근처에 선 채 차창으로 시선을 둔다. 최근에 짧게 자른 머리가 어두운 유리창에 반사되었다. 여름 더위를 견디기 위해서였지만 아직 새로운 헤어스타일에 적응이 안 된다. 전혀 알지도 못하는 타인을 보는 것처럼 느끼고 있는데 주머니 안에서 스마트폰이 진동했다. 꺼내서 화면을 확인한다. 나기사한테 온 메시지에는 애니메이션 캐릭터가 바닥에 엎드려 머리를 조아리는 이모티콘이 첨부되어 있었다.

『돌아올 때 아이스크림 사와.』

전철이 진보초역에서 정차했다. 책장처럼 꾸며진 역구내의 벽을 바라보고 답장을 보냈다.

『무슨 맛?』

『고참네 언니 센스로.』

다시 전철이 달리자 스마트폰을 주머니에 넣었다. 색다른 맛보다는 무난하게 초코나 바닐라가 좋을 것이다. 남은 정차역을 머릿속으로 세던서 차창을 계속 바라보았다.

하마초역에 내려서 지하 출구로 이어지는 계단을 올라갔다. 바깥으로 나온 순간 기지근한 바람이 앞머리를 흔든다. 눈앞의 하마초 공원에는 많은 나무가 그림자를 드리우고 저편에는 스미다가와강이 흐른다. 신주쿠의 결기는 시끌벅적함이 뒤엉켜 있지만 이 거리에 감도는 여튼은 평온하고 조용하다.

드넓은 하마초 공원을 가로질러서 우리 맨션이 있는 방향으로 걸어간다. 몇 분도 지나지 않아 스미다가와강의 신오하시 다리가 보인다. 밤하늘에 뻗은 오렌지색 버팀대를 바라보자 약간 키릿한 바람이 코끝으로 와 닿는다. 스미다가와강은 도쿄만으로 이어진다. 아미이소 항구의 냄새와는 다르지만 바다 느낌은 마음을 술렁이게 했다.

조명이 켜진 밤에 보는 신오하시 다리는 낮보다 눈부시다. 차도를 달리는 오토바이를 곁눈질로 바라보다가 다리 중앙에서 발길을 멈췄다. 주뼛주뼛 난간으로 얼굴을 내밀었다.

별이 없는 밤하늘 아래, 수면 위로 거리의 불빛이 아른거린다. 조금만 시선을 올리면 스미다가와강을 가로지르듯 수도 고속도로가 완만한 곡선을 그린다. 일정한 간격을 유지하며 달리는 자동차는 장난감 미니카처럼 보인다. 그 뒤쪽으로는 다양한 빌딩과 맨션이 뒤섞여 있다. 도쿄의 디자인된 거리에 자연이 녹아든 변화가 풍경. 그날 이후부터 바다로 발걸음을 내디딘 적은 없지만 정비된 강이 흐르는 거리는 나쁘지 않다.

지붕 있는 배가 화려한 전구를 달고 수면을 누비듯이 바로 밑을 지나간다. 창문으로 엿보이는 좌석에는 누구의 모습도 없다. 이미 연회가 끝났을까. 아니면 이제부터 시작하는 걸까.

"아이스크림……"

바닥에 엎드려 머리를 조아리는 이모티콘을 떠올리며 편의점 불빛을 향해 다시 걸었다. 다리를 다 건너기 직전에 무심코 등 뒤를 돌아보았다. 아까 빛나던 배는 이제 사라져가고 있었다.

편의점에 들렀다가 한 손에 비닐봉지를 덜렁거리며 현관문을 열었다. 룸메이트는 벌써 목욕을 마친 듯 방 두 개짜리 맨션에는 달달한 샴푸 향기가 감돈다. 나는 짧은 복도를 걸어가 거실 문을 열었다.

"나 왔어. 아이스크림 사왔어."

스마트폰을 만지작대며 소파에 누워 있던 나기사가 벌떡 일어났다. 평소에는 굼뜰 때도 많은데 이런 순간만큼은 동작이 날쌔다.

"무슨 맛?"

"평소처럼 초코로 샀는데."

"정말 귀신이네. 먹어도 돼?"

"돈은?"

"초코를 고르다니, 역시 고하네 언니는 센스가 최고야."

"그래서 돈은?"

"짧은 머리, 엄청 잘 어울린다. 돌아오는 길에 헌팅 안 당했어?"

애초에 사줄 생각이었지만 신나서 아부하는 말에 손웃음이 지어진다. 나기사는 지난달 막 스무 살이 되었는데 나보다 훨씬 세상 물정을 잘 아는 것 같다. 두뇌 회전도 빠르고 무심한 듯하지만 다정함도 곳곳에 묻어난다. 무엇보다 천성이 밝아서 그 자리를 환하게 만든다. 엄마가 다르면 이렇게 성격도 다른 걸까. 나기사와 다시 같이 살면서는 공황장애도 나아지고 있다.

"다음에는 네가 직접 사와."

아이스크림이 녹기 전에 비닐봉지를 내민다. 나기사는 곧손하게 받아 들고 재빨리 플라스틱 스푼을 꺼낸다. 나기사는 감은 머리를 귀 뒤로 넘겼다. 나도 모르게 맨 얼굴인 옆모습을 뚫어져라 바라본다. 긴 속눈썹과 둥글고 커다란 눈동자는 의붓어머니인 미나 씨와 꼭 닮았고 코 모양은 아버지랑 똑같다.

"고하네 언니도 한입 먹을래?"

아이스크림이 올라간 플라스틱 스푼이 눈앞에 불쑥 다가왔다. 그대로 입에 넣자 혀에서 차가운 물질이 녹는다. 솔직히 나는 좀 더 씁쓸한 맛이 강한 초코를 좋아한다.

"너무 달지 않아?"

"그런가. 나한테는 맛있는데."

"제대로 확인해야 하니까 한입만 더 줘."

"안 돼. 안 줘."

나기사는 심술궂게 웃고 아이스크림을 계속 떠먹었다. 그런 입매를 힐끗 보고 억지로 옆에 가서 앉았다.

"고하네 언니, 너무 좁아."

"이 소파는 내가 산 건데."

"우와, 기분 나빠."

"아이스크림 안 줘서 복수."

나기사가 눈썹을 찡그리면서 소파 가장자리로 갔다. 곁에서 풍기는 달달한 향기를 느끼며 습관적으로 TV 리모컨에 손을 뻗는다. 이리저리 채널을 돌려봐도 시선을 끄는 프로그램은 못 찾았다. 결국 관심도 없는 뉴스 프로그램으로 채널을 맞췄다.

"고하네 언니는 내일도 주간 근무?"

"그래. 나기사는 오늘도 방문 목욕 아르바이트했어?"

"응. 진짜 여름에 목욕 시중드는 건 지옥이야. 끝났더니 땀으로 티셔츠가 끈적끈적."

"힘들겠지만 바짝 긴장해야 해. 목욕하다가 쓰러지거나 이상 증세가 나타나는 분이 많거든."

주제넘지만 간호사 선배로서 조언을 쏟아냈다. 나기사는 현재 2년제 간호전문학교에 다닌다. 고등학교 시절에는 위생간호학과에 다녀서 이미 준간호사 자격을 취득했다. 내년에는 정간호사가 되기 위한 국가시험을 앞두고 있다. 주말에는 아르바이트를 하며 바쁘게 지내는 모양이다.

"앞으로 반년 뒤에는 국가시험이잖아. 아르바이트만 하지 말고 공부를 좀 하지 그래?"

"저기, 좀 더 다정하게 대해줘. 또 내일부터 혹독한 실습을 앞두고 있으니까."

입을 삐죽 내민 옆얼굴을 보고 그 이상의 잔소리는 삼켰다. 나도 지나온 길이라서 간호학생이 얼마나 힘든지 이해한다. 하루 실습을 끝내고 집에 돌아와서도 해야 할 일이 이상할 정도로 많았다. 실습 기록에 담당 환자의 질환 이해. 먹고 있는 약의 종류와 실시한 검사 내용 파악. 그 밖에도 담당 환자의 상태 변화가 있으면 깊은 밤까지 책상에 앉아 있을 때도 많았다.

"국가시험이 가까워지면 고하네 언니한테 가정교사 해달라고 해야지."

"안 돼, 안 돼. 실습 기간이 끝나면 빨리 너희 집으로 돌아가."

"엇, 냉정하다. 짐을 또 옮기면 귀찮은데."

나기사가 실습하는 병원은 대부분 도요스 방면에 있다. 자기 집에서 다니면 전철로 1시간 넘게 걸리지만 우리 집에서는 자전거로 20분 정도. 그래서 본격적으로 실습이 시작된 올 4월부터 나기사는 이 맨션에 얹혀산다.

"가끔씩 집에 가서 얼굴도 보여드려야지. 아버지랑 너희 어머니가 걱정하셔."

"고하네 언니가 곁에 있어서 오히려 안심한다는데. 더구나 이런 자유를 쉽게 놓치고 싶지 않다고. 역시 부모님 밑에서 떠나는 게 최고라고."

자연스럽게 눈을 내리깔았다. 나기사의 짧은 바지 아래로 뻗은 다리는 날씬하고 건강하게 햇볕에 그을려 있다. 모공이 보이지 않는 피부는 싱그럽다. 고등학교 때 육상부에서 단련한 덕분인지 근육도 탄탄하다. 앞으로 무언가 되려는 다리는 어디든 갈 수 있다. 나처럼 정해진 출퇴근 경로만 왕복하는 다리와는 다르다.

"미안……. 부모님 밑에서 떠나는 게 최고라고 말해서."

나지막한 목소리에 고개를 들었다. 나기사는 아이스크림을 입으로 가져가려는 손을 멈췄다. 그 옆모습에는 아직 소녀의 흔적이 남아 있었다.

"딱히 뭐 괜찮아. 벌써 11년이나 지났는데."

"……그래도."

"그런 식으로 신경 써주는 쪽이 쓸데없이 더 생각나게 한다고."

지금까지 내가 먼저 동일본대지진 사건을 이야기한 적은 없다. 나기사도 배려하는지 그 마을에 대해서 한 번도 묻지 않았다. 햇볕에 탄 손에서 스푼을 뺏어 냉큼 아이스크림을 입에 넣는다. 역시 나한테는 너무 달게 느껴지는 맛이다.

"고하네 언니 한입은 엄청 크다."

"좋잖아. 또 사줄게."

나기사의 표정에 배시시 웃음기가 돌았다. 이런 식으로 금세 기분이 바뀌는 이복여동생이 슬며시 부러웠다.

입안에 든 초코의 여운을 느끼며 TV로 눈길을 계속 보냈다. 조금만 더 쉬고 씻어야 한다. 화면에는 지방에서 열린 불꽃축제 하이라이트 영상이 나온다. 밤하늘에 수놓은 아름다운 불꽃이 사라지자 스튜디오에 앉은 뉴스캐스터가 화제를 돌렸다.

"다음은 오늘의 특집 뉴스입니다. 질병이나 장애가 있는 가족을 보살피거나 어린 형제를 돌보는 18세 미만의 아이들 이른바 '가족 돌봄 청소년'. 후생노동성은 올해 일본 전역의 초등학생을 대상으로 대규모 설문조사를 실시했습니다."

눈을 깜빡거리는 것도 잊고 뉴스캐스터의 신묘한 표정을 똑바로 바라보았다.

"설문조사 결과에 따르면 '보살펴야 할 가족이 있다'고 대답한 비율은 15명 중에 한 명 정도. 돌보는 빈도는 거의 매일이 반 정도. 그중에는 6시간 이상을 가족 돌봄에 쓰는 청소년도 있다고 합니다."

뉴스캐스터의 발성 좋은 목소리가 서서히 멀어져간다. 고개를 숙이니 두 다리가 틀루 러그를 밟고 있다. 발밑에 눈 세 개에 꼬리가 두 갈래로 나누어진 생물은 보이지 않는다.

"후생노동성과 문부과학성이 작년에 발표한 첫 실태 조사 보고에서는 중학교 2학년생 17명 중에 한 명, 일반 고등학교 2학년생 24명 중에 한 명이 가족 돌봄 청소년인 것이 밝혀졌습니다. 요컨대 반에서 한 사람이나 두 사람의 가족 돌봄 청소년이 존재한다고 추정되는 것입니다."

가슴속으로 '뿌 짱'이라고 불러본다. 몇 번이나 몇 번이나. 나한테도 보이도록.

"케어 내용으로는 가족을 보살피거나 집안일, 병간호 외에도 감정적으로 지원하는 것도 포함됩니다. 자녀가 부모를 돌보는 경우, 부모가 앓는 질환은 정신적인 질병이 가장 많다는 보고도 있습니다."

엄마의 모습과 함께 다른 여자 어른이 떠올랐다가 사라졌다. 정확한 얼굴 생김새는 이제 생각나지 않지만 웃으면 덧니가 엿보인 건 기억한다.

"가족에 대한 과도한 케어를 감당하고 있어도 가족 돌봄 청소년이라는 자각이 없는 아이들도 많아서 주위 어른들이 알아차리는 것이 중요합니다. 이번 특집에는 우울증을 앓는 엄마와 생활하는 14세 중학생을 밀착 취재했습니다."

갑자기 TV에서 요란한 웃음소리가 들려왔다. 고개를 드니 화면은 버라이어티 프로그램으로 바뀌어 있다. 옆에 있는 나기사가 손에 든 리모컨으로 머리를 긁적거렸다.

"앗, 아까 뉴스 보고 싶었어?"

"아니 딱히······."

"그럼 이 콩트 프로그램 봐봐. 진짜 유명하니까."

물 흐르듯이 다시 TV를 응시했다. 어떤 프로그램의 젊은 예능인이 옆으로 쭉 앉아서 오픈토크를 나눈다. 느닷없이 나기사가 화면을 손가락으로 가리켰다.

"나, 고하네 언니의 첫인상을 아직 기억해."

화면 오른쪽 위에 '상대방의 첫인상은?'이라는 자막이 떠 있었다. 젊은 예능인의 즐거운 듯한 목소리에 힘입어 농담을 건넸다.

"너무 미인이어서 당황했지?"

"그런 인상은 전혀 없었어."

"이제 아이스크림은 없다."

"거짓말, 거짓말. 예쁜 언니가 왔다고 생각했어."

나기사는 초조하게 정정하더니 불쑥 진지한 얼굴을 했다.

"솔직히 말해서 이 사람은 웃는 얼굴 가면을 쓰고 있나? 그렇게 생각했어."

"뭐야, 웃는 얼굴 가면이라니?"

"그러니까 고하네 언니, 우리 집에 왔을 때 처음에는 줄곧 방긋방긋 웃었다고. 억지로."

대답이 목구멍에서 막혔다. 얼렁뚱땅 넘기기 위해 흥미도 없는 프로그램에 눈길을 주었다.

"그게 말이지. 처음에는 이상하게 무서웠어. 뭐랄까, 로봇 같았어."

"잠깐만, 정말 그런 식으로 생각했어?"

일부러 신난 말투로 이야기하고, 나기사의 어깨를 가볍게 두드렸다. 이복여동생은 어렴풋이 웃고는 코끝을 긁으면서 계속 말한다.

"하지만 금세 로봇이 아니라고 생각했어."

"왜?"

"그게 고하네 언니, 다들 잠들어서 조용해지면 혼자 울고 있었잖아. 화장실에 틀어박혀서."

나기사의 느긋한 목소리가 마중물이 되어 당시 광경이 되살아난다.

비데가 달린 변기.

좋은 향기가 나는 화장실 휴지.

벽에 붙어 있는 구구단 포스터.

우리 집보다 훨씬 청결한 화장실을, 밤마다 눈물로 더럽혔다. 새로운 나날에 적응하려고 할수록 혼자가 되면 눈물이 흘러넘쳤다. 그런 당시의 내 모습에서 눈을 돌리려고 억지로 활기차게 말한다.

"화장실이라는 소리에 생각났는데 오늘 청소해 놨어?"

"앗, 깜빡했다."

"앞으로 약속 꼭 지켜. 주기적으로 깨끗하게 해놓아야지, 안 그러면 물때가 달라붙는다고."

"네에에."

태연한 척하며 소파에서 일어났다. 뭔가 뚜껑이 느슨해진 것처럼 모래 섞인 기억의 먼지가 사르르 넘쳐흐른다.

"이런, 이제 안 봐?"

"땀으로 끈적끈적해. 샤워하고 올게."

"알았어. 이따가 넷플릭스 드라마 볼 생각인데 고하네 언니도 같이 보는 거 어때?"

"어떤 드라마?"

"선생님과 학생의 금지된 사랑. 한 번 보면 의외로 빠져들게 돼."

"미안. 나, 멜로드라마는 안 좋아해."

멜로드라마라는 소리만 들어도 지진이 닥쳐온 순간이 뇌리를 스친다. 나는 도망치듯 탈의실로 가면서 재빨리 옷을 벗었다. 욕실에 들어가서 평소보다 뜨겁게 샤워한다.

샴푸도 하지 않고 물을 머리부터 계속 맞았다. 뜨거운 물이 발밑으로 튀는 소리를 들으니 소나기를 맞고 있는 것 같은 기분이었다. 땀이나 선술집 냄새보다도 나한테 달라붙은 딱지들을 다 씻어서 없애고 싶다. 간호사, 서른을 앞둔 나이, 공황장애, 가족 돌봄 청소년, 지진으로 부모를 잃은 아이. 그 후에는 무엇이 남아 있을까. 사실은 아무것도 남지 않는 편이 행복할지도 모른다.

뜨거운 물이 눈으로 들어가서 바보 같은 공상을 중단했다. 갑자기 수도 요금이 걱정되어 샤워를 멈추고 클렌징오일을 집어 들었다. 시트러스 허브의 향기와 함께 옅은 화장을 지워갔다.

어제처럼 흔들리는 지하철을 타고 직장 근처 역에서 내렸다. 아스팔트에 반사된 햇살에는 이미 한여름의 기운이 감돈다. 겨울 쪽이 익숙한 몸이라서 괴로운 계절이 이어진다. 지긋지긋한 기분을 느끼며 목덜미에 배어난 땀을 손수건으로 닦았다.

병원 안 탈의실에서 하얀색 옷으로 바꿔 입고 리놀륨 복도를 지나간다. 소속된 폐쇄병동으로 가면서 어제 확인한 업무 분담표를 떠올렸다. 오늘 담당은 병원을 옮기는 환자 한 사람만 배정되어 있다. 전원하는 병원까지 어느 정도 거리는 있지만 오후에는 돌아올 수 있을 것이다. 그다음에 처방약 확인과 간호사 호출 벨 대응 등 자유 업무를 맡았다.

폐쇄병동의 이중문을 지나 야간 근무 직원에게 가볍게 고개를 숙였다. 개인 물품은 휴게실에 두고 간호사실로 돌아가 구석에서 전자차트를 열었다. 곧바로 오늘 담당 환자의 이름에 커서를 가져갔다. 어제 근무 중에도 확인했지만 복습할 생각으로 가족력을 살펴본다.

『기리누마 도시에, 여자, 42세. 도쿄도 기타구에서 같은 부모 아래에 태어난 2녀 중 차녀. 세 살 때 부모가 이혼하고 그 이후에는 엄마 밑에서 성장. 출생 시 이상 증세는 없었고, 유소년기 검진에서 발육이 늦다는 진단을 받은 적도 없다. 신체 질환 병력 없음. 알레르기 없음. 현재까지 불법 약물 사용 없음. 가족 내 정신과 질환으로는 엄마와 언니가 우울증 증세를 보임. 엄마도 우리 병원 외래 통원 중. 언니는 환자 본인 28세 때 자살했음.』

마우스를 조작하며 계속해서 화면을 스크롤한다.

『초·중학교 시절에는 학업 성적이 우수하고 교우 관계도 좋았다. 고등학교는 도내 명문대 진학고에 들어갔다. 하지만 점점 수업을 따라가지 못하고 성적이 자꾸 떨어졌다. 휴일에도 방 안에 틀어박혀 지낼 때가 많아지고 가정 내에서 말수도 줄어들었다.

17세 무렵부터 자기 방에 장식했던 인형을 벽을 향해 늘어놓거나 붙여놓은 포스터의 아이돌 눈가를 매직으로 칠해서 지워버리는 기행을 보였다. '감시당하고 있다' '도청기가 설치되어 있다' 등 누군가 자신을 지켜본다는 느낌을 입에 담을 때가 많아졌다. 환청으로 누군가와 혼잣말하며 대화하는 경우도 눈에 띄기 시작했다. 돌연 발가벗은 채 바깥을 뛰어다니려는 기이한 행동도 가끔씩 보였다. 증세가 심해지자 학교에 가지 않게 되어 고등학교를 중퇴한다.

18세에 우리 병원에서 진료를 받고 조현병 진단을 받는다. 약물 치료와 휴양 목적으로 당일 의료보호입원을 했다. 퇴원 후에는 한 달에 한 번 외래 진료를 받으며 통원하면서 우리 병원의 주간보호센터를 이용. 그곳에서 만난 남자와 22세에 결혼해서 큰딸 출산. 현재 이혼했다.』

가족력 다음에 현재 병력을 읽어보았다. 이번 입원은 약을 제때 복용하지 않아서 망상이 활발해진 탓이다. 불행 중 다행인지 모르겠지만 입원했을 때 정기 검사에서 폐의 이상이 발견되었다.

기리누마 씨는 10대와 이번 말고도 20대와 30대에도 입원한 경력이 있었다. 20대에 입원했을 때는 친언니의 자살을 계기로 몸 상태가 망가진 것 같다. 나는 다음 30대에 입원한 계기를 보고 눈을 가늘게 떴다.

『동일본대지진 쓰나미 영상을 본 뒤 불안정해지고……』

엄마가 그날 살아남았다면 마찬가지로 몸 상태가 엉망이 되었을까. 이제 와서 대답할 수도 없는 문제가 머릿속을 떠돌아다녔다.

"슬슬 아침 인수인계를 시작하겠습니다."

등 뒤에서 야간 근무자의 목소리가 들려 전자 차트를 덮었다. 어느새 간호사실 안에는 주간 근무 직원이 모여 있었다. 아직 익숙하지 않은 장소에서 나는 하얀색 옷의 목덜미 부분을 다시 매만졌다.

야간 근무자의 인수인계가 끝나자 혈압계와 체온계를 한 손에 들고 기리누마 씨의 병실로 향했다. 가족이 마중 나오는 시간은 오전 10시. 즉시 병동을 나갈 수 있도록 짐을 정리해 놓아야 한다. 그리고 야간 근두자의 인수인계에서 들은 바로는 지난밤에 별로 잠을 못 잔 것 같다. 병원을 옮기는 데 대한 불안감이 강했던 걸까. 그 기분도 최대한 풀어줄 필요가 있다.

기리누마 씨는 1인실에서 입원 생활을 보내고 있었다. 문을 몇 번 두드리니까 안에서 '들어오세요……'라고 가녀린 목소리로 대답했다.

"안녕하세요? 전원 전에 체온 체크하러 왔습니다."

병실로 들어가자 개인 물품이 정리된 실내가 눈에 비쳤다. 기리누마 씨는 병상 가장자리에 앉아서 멍한 눈길을 보내고 있다.

"오늘 담당인 오리츠키 고하네라고 합니다. 전원할 때 저도 따라가게 되었습니다. 잘 부탁드립니다."

기리누마 씨는 조그맣게 고개를 끄덕이기만 했다. 나는 승두대 위에 놓인 종이봉투를 바라보면서 웃음을 지었다.

"벌써 다 정리하셨어요?"

"……10시에는 출발해야 해서."

"짐 정리하는 거 피곤하지 않으셨어요?"

"애초에 개인 물품이 적어서……."

목소리에 생기는 없지만 대화의 반응 속도는 나쁘지 않다. 예절은 유지하고 있고 얼핏 보기에 망상이나 환청에 좌우되는 기색은 없었다.

"야간 근무자한테 지난밤에 별로 못 주무셨다고 들었습니다만."

"그건…… 저기. 여러 가지 불안해서. 이곳과는 달리 전혀 모르는 병원에 가는 거고."

"그렇죠. 그럼 지금은 숨쉬기가 괴롭거나 호흡이 가빠지지는 않은가요?"

"그게 전혀 없습니다. 그래서 폐에 이상이 있다는 걸 믿을 수가 없는데."

"일단 혈액 속의 산소량을 측정해도 될까요?"

기리누마 씨는 익숙한 듯 집게손가락을 내밀었다. 그에 맞춰 하얀색 옷 주머니에서 지우개보다 조금 큰 의료기기를 꺼냈다. 흡입한 산소는 폐에서 적혈구의 헤모글로빈과 결합해 온몸으로 운반된다. 이 산소포화도 측정기라고 불리는 의료기기로 헤모글로빈의 몇 퍼센트가 산소와 결합되어 있는지 피부를 통해 측정한다. 요컨대 혈액에 산소가 정상적으로 공급되는지 몇 초 만에 측정할 수 있는 기기다.

기리누마 씨의 손끝을 산소포화도 측정기 클립 부분으로 집고, 표시된 수치를 바라본다. 혈중 산소포화도 결과는 98퍼센트였다. 지금은 산소 흡입이 필요한 수치가 아니다. 계속해서 혈압과 체온도 측정했지만 모두 정상 범위 안에 있었다.

"이상 없습니다. 안심하고 전원하실 수 있겠네요."

"그렇군요……. 하지만 오늘 아침에 머릿속이 뒤죽박죽이고 정신 사나워서. 너는 폐암 말기다, 어차피 죽을 거다, 고슈 가도에서 뛰어내려라."

"그런 목소리가 들리나요?"

"어떻게든 무시하려고 하는데……. 게다가 최근에 다들 일부러 거짓으로 날짜를 알려줍니다. 오늘 아침에도 TV를 보는데 남자 뉴스캐스터가 그저께 날짜를 전해주더라고요. 중간까지는 전혀 알아차리지 못했는데 그 사람이 카메라 눈을 피해서 넥타이를 손가락으로 가리켰어요. 그건 거꾸로 읽으라는 신호예요. 아슬아슬하게 속을 뻔했어요."

부정도 긍정도 하지 않고 위아래로 움직이는 입가를 뚫어져라 바라보았다. 들은 내용은 현실적이라고 하기 어렵다. 환청과 망상의 영향을 살피면서 타이밍을 엿보다 끼어든다.

"말씀을 들어보니 마음이 다소 흔들리는 것처럼 느껴집니다. 이제 전원을 앞둔 영향도 있을 거라고 생각하는데요."

"그런가요……."

"그런데 아침약은 벌써 드셨나요?"

"아니요……. 아직이요."

기리누마 씨의 아침약은 항정신병약이 처방되었다. 약을 먹으면 증상은 어느 정도 줄어들지도 모른다.

"일단 간호사실로 돌아갔다 가져오겠습니다."

힘없이 고개를 끄덕거리는 모습을 확인하고 등을 돌렸다. 복도로 나가려고 할 때 불러 세우는 소리가 들렸다. 뒤돌아보니 기리누마 씨가 병상에서 일어났다.

"오늘 몇 월 며칠이에요?"

질문을 듣고 아까 기리누마 씨가 말한 망상 내용이 떠올랐다.

"7월 11일이에요."

"……정말인가요?"

"물론이죠. 제가 기리누마 씨를 속일 이유는 없잖아요. 병동 로비에 조간신문이 놓여 있으니까 아침약이랑 같이 갖고 오겠습니다. 직접 날짜를 확인해 보세요."

"……부탁드려요."

가볍게 고개를 숙이고 문을 열었다. 그 순간 복도 천장 창문에서 들어오는 빛이 시야를 뿌옇게 한다. 모든 게 하얀 장소에서 오늘이 엄마와 할아버지 기일인 3월 11일과 같은 날짜인 월명일(月命日)[9], 그러니까 11일이라는 걸 깨달았다.

두 사람의 유골은 아버지가 동일본대지진 이후 도쿄의 납골당에 모셨다. 일반적인 무덤과 달리 건물 안에 있고, 가까운 역이라서 찾아가기도 쉽다. 두 사람의 기일은 같다. 납골당 안의 구획으로 나누어진 수납장 문을 열면 뼛가루를 넣어둔 항아리 두 개가 나란히 놓여 있다. 납골 공간은 좁지만 그 대신 매년 만나러 갈 수 있어서 좋다.

---

9. 달마다 돌아오는 망자의 기일을 뜻하는 일본 숙어

기리누마 씨에게 조간신문과 아침약을 건넸다. 병실에 잊어버린 물건은 없는지 최종 확인을 하고 다시 간호사실로 돌아갔다. 병동에서 나가기로 한 시간을 신경 쓰며 아까 측정한 활력징후 수치를 전자 차트에 기입했다. 도중에 병동 출입구에 설치된 인터폰이 울렸다. 인터폰을 받은 사무직원이 주위를 향해 높은 톤의 목소리로 알렸다.

"기리누마 씨 가족이 보러 오셨어요."

서둘러 전자 차트를 덮고 자리에서 일어났다. 잰걸음으로 복도로 나가 이중문을 통과했다. 그 앞에는 세일러복을 입은 소녀 하나가 서 있었다. 눈이 마주치자 소녀는 고개를 깊숙이 숙였다.

"기리누마 도시에 씨 딸입니다. 항상 엄마가 신세를 지고 있네요."

예의 바른 인사말을 듣고 장단을 맞추듯 고개를 숙였다. 살풍경한 장소라서 그런지 가슴께에 핀 세일러복의 빨강 리본이 화려해 보인다. 엉겁결에 주위를 둘러보았지만 다른 사람의 모습은 보이지 않는다. 고개를 갸웃하면서 아직 어린애티가 남아 있는 얼굴에 다시 시선을 돌렸다.

"간호사 오리츠키 고하네입니다. 오늘은 저도 함께 가니까 잘 부탁드려요. 그런데 다른 가족분은 안 오세요?"

"없어요. 저 혼자예요."

잠시 어리둥절했다. 기리누마 씨의 딸은 당연하다는 듯 표정 변화가 전혀 없다.

"전원한다는 건 오늘 우리 병원을 퇴원한다는 건데요……. 입원비 수납은 내일 하나요?"

"이미 냈어요."

"그러니까 수납은 그쪽이?"

"네. 그래서 이제 엄마를 데려가기만 하면 됩니다."

묘하게 담담한 목소리가 귓가에 남는다. 가까이에 있는 자그마한 창문에서 들어오는 빛이 세일러복을 비스듬히 비춘다. 사실은 눈부실 텐데 눈을 깜빡거리지 않는다. 기리누마 씨의 딸은 메고 있는 백팩의 위치를 고치면서 말을 잇는다.

"이미 병원 주차장에서 택시가 기다리고 있어요."

아무렇지도 않게 독촉을 당해서 나는 허둥거리며 고개를 끄덕였다.

"우리도 준비는 다했어요. 그럼 어머님을 모셔 올게요."

"죄송합니다. 부탁드려요."

기리누마 씨의 딸에게 여기서 기다리라고 하고 발길을 돌렸다. 기리누마 씨의 병실로 가는데 차트에 기재된 내용이 머릿속에 떠오른다.

『22세에 결혼해서 큰딸 출산. 현재 이혼했다.』

전남편이 문병하러 온 기색은 없고, 저 아이의 할머니도 우리 병원 외래에 통원 중이라고 쓰여 있었다. 기리누마 씨 집안에 무슨 일이 생겼을 때 재빨리 움직일 수 있는 사람은 딸밖에 없을지도 모르겠다.

잡념을 떨치려고 가볍게 머리를 흔들었다. 지금은 쓸데없는 생각을 접어두어야 한다. 무사히 기리누마 씨를 데리고 전원하는 곳에 정확히 입원시켜야 한다. 내가 해야 할 일은 그것뿐이다. 기리누마 씨 병실 앞에 도착해서 숨을 한 번 깊이 들이마신다. 심장이 두방망이질 치는 것 같은 느낌이 들어서 손목으로 지나가는 요골동맥에 손끝을 갖다 댔다. 손끝으로 잰 맥박은 평소보다 훨씬 빠르다. 여기까지 잰걸음으로 복도를 걸어온 탓일까. 그렇게 억지로 이해하고 저 아이와 비슷한 시기인 17세의 나를 감춰버렸다.

병동을 나오기 전에 항불안제를 먹었다. 지금까지 근무 중에 공황발작을 일으킨 적은 없다. 간호사를 쉰 반년 동안 택시를 타는 훈련은 계속했다. 틀림없이 지금의 나라면 괜찮다. 전원을 제대로 할 수 있느냐보다는 일단 차 안에서 공황발작이 일어나지 않기를 바랐다.

주뼛거리며 탄 택시는 고슈 가도를 달려 니시도쿄 방면으로 향한다. 운전사는 자주 도로 상황을 신경 썼지만 정체 기미는 전혀 보이지 않았다. 앞 유리에 비치는 풍경을 바라보자 예상보다 훨씬 더 태연함을 유지할 수 있었다. 역시 창문이 있으면 마음을 다스리기 쉽다. 살짝 여유가 생기고 뒷좌석에서 들리는 목소리에 귀를 기울였다.

"엄마, 조금 살 빠졌어?"

"아마도 말기암이니까……."

"그거, 아니야. 살 빠진 것처럼 보이는 건 건강한 병원식을 먹어서 그런 거야. 집에서는 간식도 많이 먹잖아."

두 사람의 대화가 어깨를 무겁게 짓누르고 어느새 기억의 바다로 가라앉는다. 몇 번이나 잡았던 부드러운 손, 누렇게 바랜 벽에 매달려 있는 약 달력, 항구에서 바라본 조선소 크레인과 이시노마키 공업항의 불빛, 파도 소리에 겹치는 발소리. 이제 색깔이 바랜 다양한 이미지가 파도처럼 밀려갔다가 밀려오는 것을 되풀이한다.

"엄마, 입원 수속이 끝나면 곧바로 학교에 갈 거야. 그러니까 뭐 부족한 게 있으면 가르쳐줘. 병원 매점에서 살 거니까."

"딱히 아무것도 필요 없어……."

"정말로? 샴푸나 치약 같은 거 아직 남아 있어?"

"······사봤자 어차피 괴롭힘당할 거니까. 얼마 전에도 새 속옷이 쓰레기통에 버려져 있었어."

"그건 환청을 듣고 엄마가 직접 버린 거잖아. 내가 봤어. 새 속옷을 자꾸 버리는 거."

그렇게 지적당해도 기리누마 씨는 아무런 반론을 하지 않았다. 나는 올라가는 택시 미터기를 힐끗 보고 줄곧 신경 쓰였던 점을 물어보았다.

"도착해서 입원과 관련된 수속은 모두 따님이 해요?"

잠시 뒤 엄마와 이야기할 때와는 다른 목소리의 색깔이 느껴진다.

"그렇습니다. 전부 제가 합니다."

"그게······ 아직 학생으로 보이는데요."

"지금 고3입니다. 두 달 전에 열여덟 살이 되었어요."

기리누마 씨의 딸 나이를 알고 어떤 사실을 떠올린다. 올해부터 민법이 개정되어 성년 연령이 스무 살에서 열여덟 살로 앞당겨졌다. 우리 병원에서도 동의서 취득 관련 대응은 모두 새로운 성년 나이에 맞추라는 알림이 있었다.

"······나이로 보면 어른 대우를 받게 되었네요."

얼빠진 목소리로 중얼거리는데 서류 한 장이 뇌리에 스쳤다. 그 무렵 나는 첫 번째 긴급 연락처에 이름을 쓸 수 없었다. 그게 좋은 것인지, 나쁜 것인지 순간적으로 판단이 서지 않는다.

"그럼 이따가 학교에 가요?"

"네. 담임 선생님한테는 생리통이 가라앉으면 학교에 가겠다고 거짓말했어요."

"엄마 병원 옮기는 데 따라간다고 안 했어요?"

"안 했어요. 어차피 말해봤자 '가족을 돌보다니 훌륭하다'든가 '다른 어른한테 도움은 못 받니?'라는 반응일 테니까요."

음색은 밝았지만 그 뒤에는 느껴본 듯한 포기가 배어 있었다. 그런 분위기를 알면서도 아무렇지 않게 일상적인 대화를 이어나간다.

"학교는 즐거워요?"

"뭐, 나름대로."

"고3이라면 진로는 이미 결정했어요?"

"장학금을 받아서 진학하고 싶어요. 장래 희망은 정신보건복지사예요."

몸을 앞으로 한 채 몇 번인가 고개를 끄덕였다. '어머님 영향?'이라는 질문을 삼키고 전혀 다른 내용을 물어보았다.

"옮기는 병원이랑 학교는 가까워요?"

"그게 멀어서요. 돌아갈 때 전철 환승을 잘해야 해요."

뒤를 돌아보지 않아도 기리누마 씨 딸이 쓴웃음을 짓고 있는 기색이 느껴진다.

"하지만 어쩔 수 없잖아요."

운전사가 켠 깜빡이 소리가 차 안에 공허하게 울려 퍼진다. 방금 그 대답은 학교까지의 거리를 가리키는 것인지, 오전 수업을 빼먹으면서 옮기는 병원에 따라가는 걸 말하는 것인지 명확하게는 알 수 없다. 굳이 되묻지 않고 현실적인 대처만을 알려준다.

"저쪽에 도착하면 내가 하는 인수인계를 가장 마지막에 하게 해달라고 부탁했어요. 먼저 가족분들이 입원 수속을 마쳐야 그만큼 빨리 학교에 돌아갈 수 있다는 생각이 들어서요."

"특별히 신경 안 써주셔도 괜찮아요."

"솔직히 말하면 병원에 빨리 돌아가면 여러 가지 일에 또 시달려야 해요. 그러니까 걱정하지 말아요."

본심을 들키지 않도록 불성실한 간호사를 연기했다. 기리누마 씨 딸도 마찬가지인지는 모르겠다. 하지만 예전의 나는 타인의 다정함에 민감했다. 조금이라도 동정하는 기색이 느껴지면 얼른 벽을 세웠던 것 같다.

"뭐예요. 그런 거예요? 그럼 잘 부탁드립니다."

들뜬 목소리를 들으면서 눈앞에 있는 내비게이션을 확인했다. 목적지까지 앞으로 42분. 화면 속 화살표가 미지의 길로 나아간다. 나는 똑바로 고쳐 앉아 뒷좌석을 돌아보았다.

"자도 괜찮아요. 도착하면 깨워줄 테니까요."

그 순간 머릿속에 탁한 이미지가 흘러들어 왔다. 두 사람의 표정이 뿌예지는 대신 언젠가 그 광경이 눈동자에 되살아난다. 밤의 어둠 속으로 잊고 있었던 방풍림의 실루엣, 공터에 쌓인 대량의 방파제 블록, 그리고 조수석에 앉은 그 사람의 기척.

"저기…… 제가 뭐 실례되는 말이라도 했나요?"

"네……?"

"간호사 선생님, 울고 있어서요."

두 사람의 표정을 제대로 알아보지 못한 이유를 깨달았다. 눈시울을 닦자 손끝이 살짝 촉촉하다. 언제부터 이렇게 눈물 흘리는 사람이 된 걸까. 코를 훌쩍거리면서 억지로 입꼬리를 올렸다.

"사실은 저, 지독한 꽃가루 알레르기가 있어요. 종종 있는 일이니까 신경 쓰지 마세요."

"어, 꽃가루 알레르기는 초봄에 걸리는 사람이 많잖아요. 신기하네요."

"제 알레르기 항원은 지금 날아다니는 시기라서요."

적당한 이유를 늘어놓으며 다시 앞을 향한다. 상황을 얼버무리려고 말수가 늘어났다.

"옮겨가는 병원에서도 정신과 병동에서 요양한다고 해요. 폐와 관련해서는 다른 병동 전문의 선생님이 진료를 와준다고 들었어요."

"그쪽이 안심이에요. 엄마는 환경이 바뀌면 불안해할 때가 많아요. 그런데 병원에 도착하면 이것저것 물어보나요?"

"가족에 대한 질문은 조금뿐일 거예요. 아오바 씨의 정보는 이미 팩스로 보내뒀으니까요."

"아오바 씨요?"

짧은 침묵 뒤에 이름을 잘못 말한 것을 간신히 깨달았다. 무의식중에 몸 깊은 곳에서 터져 나왔던 이름은 다시 눈시울을 뜨겁게 만든다.

"죄송합니다. 다른 환자분 이름을 잘못 말했네요."

오늘은 거짓말만 하고 있다. 딴 데로 눈을 돌리게 하려고 억지로 화제를 바꿨다.

"내년 입시에서 합격하면 좋겠네요."

"네. 열심히 하겠습니다."

앞 유리에 비치는 하늘은, 그때 추운 하늘과 다르게 파랗고 맑다. 그런데 귓속 깊이 바다에서 울리는 커다란 소리가 들려왔다.

옮겨가는 병원에 도착하자 외래에서 입원에 대한 주의 사항을 알려주었다. 곧이어 삼층에 있는 정신과 병동으로 안내되었다. 접수 간호사에게 부탁해서 가족 대응을 먼저 해달라고 했다. 내가 따라오기도 해서인지 예상대로 가족한테 하는 절차는 금세 끝났다.

기리누마 씨 딸은 백팩을 고쳐 메고 나에게 고개를 꾸벅 숙였다.

"오늘 함께 와주셔서 다시 한번 감사드립니다. 마지막으로 일층 원무과에 들렀다 돌아가겠습니다."

"고생했어요. 조심해서 학교 잘 가요."

기리누마 씨 딸은 웃음을 보이며 병동 출입구 쪽으로 걸어갔다. 나와 기리누마 씨도 그 뒤를 따라간다.

"엄마, 또 보러 올게. 무슨 일 있으면 연락해."

여름용 세일러복을 입고 병동 바깥으로 발을 내딛는 기리누마 씨 딸을 배웅했다. 이름조차 모르는 기리누마 씨 딸의 앞날을 위해 조용히 기도했다.

희망하는 학교에 합격할 수 있도록.

이제 수업을 빠지기 위한 거짓말을 생각하지 않아도 되도록.

하지만 아마도, 내가 아무리 기도해 봤자 의미는 없을 것이다. 그날도 몇 번이나 계속해서 기도했다. 눈 내리는 추운 하늘 아래에서 흐트러진 쓰레기 더미를 밟으며. 그 순간 들었던 누군가의 비명과 오열이 아직도 귓속 깊숙이 달라붙어 있다.

"세일러복 리본이 발신원이야."

기이한 중얼거림에 옆으로 고개를 돌렸다. 기리누마 씨는 이미 잠긴 이중문을 구슬프게 바라본다.

"도청기가 리본에 설치되어 있는 것 같은데……. 빨리 경찰에 연락해야."

병동 내에 놓인 공중전화로 가려는 기리누마 씨를 필사적으로 달랬다. 이 병원에 오자마자 문제를 일으켜서는 안 된다.

"기리누마 씨, 경찰에는 전화 안 해도 괜찮아요."

"하지만…… 딸이 걱정돼요. 산업 스파이한테 감시당하는 것 같은데 말이죠."

병세에 좌우되면서도 기리누마 씨 나름으로 딸을 걱정하는 마음이 전해져왔다. 쓸데없는 정정은 하지 않고 수화기 대신 내 손을 잡게 했다.

지체하지 않고 인수인계를 끝마치고 병동을 떠났다. 기리누마 씨는 줄곧 망상이 뒤섞인 발언을 되풀이했지만 마지막에는 손을 흔들어주었다.

혼자가 되고는 승강기가 아니라 계단을 이용했다. 가능한 한 폐쇄적인 공간에는 머물고 싶지 않다. 일층으로 이어지는 계단을 내려가는 도중에 중대한 실수를 깨달았다. 사복으로 갈아입지 않고 여기까지 온 것이다.

"최악……."

내 돈을 내고 택시를 탈까, 주위의 눈을 신경 쓰면서 하얀색 옷을 입고 전철을 탈까. 망설이다가 어떤 생각이 떠올랐다. 아직 기리누마 씨 딸이 병원에 남아 있다면 함께 택시를 타는 게 좋을지도 모른다. 그 편이 기리누마 씨 딸도 학교에 빨리 갈 수 있을 것이다. 지갑을 확인해 보니 만 엔 지폐 한 장과 천 엔 지폐 세 장. 기리누마 씨 딸이 다니는 고등학교를 들렀다 병동에 돌아가도 택시비는 넉넉할 것이다. 돌아갈 때는 일반도로가 아니라 고속도로를 타면 우리 병원에 도착하는 시간은 큰 차이가 없을 것 같다.

월요일이라서 그런지 외래 로비는 꽤나 북적거렸다. 짙은 초록색 긴 의자가 쭉 늘어선 넓은 공간에는 많은 사람이 순서를 기다리고 있다. 혼잡하거나 익숙하지 않은 장소는 싫지만 민트 껌을 입안에 넣고, 흔들리는 주름치마를 찾았다. 눈에 불을 켜고 찾아봐도 기리누마 씨 딸의 모습은 보이지 않았다. 이미 입원 수속을 마치고 역으로 가고 있는 걸까. 어쩔 수 없이 입퇴원 창구로 가서 원무과 직원에게 말을 걸었다.

"죄송합니다. 조금 전에 세일러복을 입은 여자아이가 오지 않았나요?"

"왔어요. 이미 입원 수속을 마치고 돌아갔는데요. 뭐, 빠진 게 있나요?"

"아니요……. 조금 볼일이 있어서요."

"마지막에 화장실이 어디 있냐고 물었으니까 들렀다 갔을지도 모르겠어요."

원무과 직원이 외래 로비 안쪽을 손가락으로 가리켰다. 그 방향을 바라보니 화장실 표지판이 걸려 있었다.

많은 환자와 스치며 외래 로비를 지나 화장실에 도착했다. 힐끗 안쪽을 확인해 보니 문 하나가 닫혀 있다. 지금 말을 거는 건 망설여져서 화장실 출입구 근처에서 기다리기로 했다.

외래를 왔다 갔다 하는 사람들을 바라보면서 가까이에 있는 벽에 등을 기댔다. 바로 옆에는 다양한 공지 사항이 나붙은 게시판이 하나 있었다. 시간을 보내기 위해 제목만 눈으로 훑었다. 병원 편지를 비롯해서 치료 체험단 모집, 취업 지원 안내, 육아 지원 정보, 발달장애와 생활습관병에 대한 강연. 문득 어떤 종이 한 장이 눈길을 끌었다.

『AYA 세대·암 생존자들의 메시지』

종이는 새파란 색깔로 다른 것에 비해 화려했다. 하얀색으로 쓴 『AYA』는 'Adolescent & Young Adult'의 약자로 사춘기 청소년과 청년을 의미한다. 일본의 경우 15세부터 39세까지의 세대를 가리킨다. 표제어를 읽어보니 젊어서 암을 앓았던 사람들의 체험담을 전해주는 세미나인 것 같았다. 내용도 일반인이 아니라 의료종사자를 대상으로 하는 것 같다.

종이에는 10명 정도의 얼굴 사진이 실려 있었다. 모두 당사자들인 듯하다. 그들 각각 숫자판을 들고 사진을 찍었다. 그곳에는 16, 18, 21, 23, 28, 31 등 숫자가 크게 쓰여 있었다. 암이 발병한 나이라는 걸 눈치채고 슬며시 가슴이 아파왔다. 나도 AYA 세대이기도 해서 신경이 쓰였다. 종이 한에 늘어선 얼굴 사진을 오른쪽부터 순서대로 바라보았다. 도중에 '25'라고 쓰인 숫자판을 든 남자에게 눈길이 머물렀다.

"응?"

눈썹을 찡그리고 종이를 응시했다. 그 남자는 본 기억이 있다. 예전에 돌본 환자인지도 모른다. 기억을 더듬듯이 시선을 위로 향하다가 엉겁결에 씹던 껌을 꿀꺽 삼키고 말았다.

"……고헤이?"

눈을 깜빡이는 것도 잊고 고향 친구와 아주 닮은 인물을 뚫어져라 바라본다. 그 남자는 엷은 웃음을 짓고 있었다. 당시보다 얼굴선은 날카로워지고 피부도 거무스름해졌다. 안경은 끼고 있지만 그 무렵 썼던 검은 테는 엷은 갈색으로 바뀌었다.

사진 화질은 조악했지만 입가의 사마귀도 똑똑히 확인할 수 있다. 그러던 중에 시야 한구석으로 사람 그림자가 지나갔다. 얼굴을 돌리니 화장실에서 낯선 여자가 나올 뿐이었다. 내가 꿈지럭거리는 사이에 이미 세일러복은 역으로 가버린 사실을 알아차렸다.

까슬까슬한 후회를 품은 채 다시 파란색 종이를 바라보았다. 세미나는 다다음 주 토요일로, 수강하려면 미리 신청할 필요가 있었다. 장소는 니시신주쿠에 있는 건물 이벤트홀. 그날은 주간 근무인데 정시에 끝난다면 잠깐이라도 얼굴을 비칠 수 있을 것이다.

그 얼굴 사진은 몇 번을 보아도 '진짜'와 '남남이지만 우연히 닮음'이 번갈아 떠올랐다가 사라진다. 낯선 외래 홀 한구석에서 다양한 생각이 교차한다. 이곳으로 온 뒤 그 마을은 떠올리지 않기로 마음먹고 살아왔다. 괴멸된 고향을 내팽개치고 당시 친구들과 연락을 모두 끊고 도쿄 사람들 속으로 파고들었다. 잊어버리는 것은, 어떤 상황에서는 구원이라고 믿었는데. 새파란 종이 한 장으로 어지럽혀지다니. 결국 11년 동안 잊은 체하며 살았던 것뿐인지도 모르겠다.

"간호사 선생님, C7 병동으로 돌아가려면 어떻게 하는 것이 좋을까요?"

어느새 바로 옆에 백발의 할아버지가 서 있었다. 이 병원에 입원한 환자일까. 환자복을 입고 한 손으로는 링거 거치대를 잡고 있다.

"저기…… 사실은 저, 이 병원 간호사가 아닙니다."

"하지만 하얀색 옷을 입고 있잖아요?"

"오늘은 저희 병원 환자분을 이 병원으로 옮겨드리려고 따라온 것뿐입니다. 저쪽에 종합 안내 창구가 있으니까 자세한 건 그쪽에 물어보시는 편이 좋을 것 같아요."

백발의 환자는 사정을 이해한 듯 고개를 끄덕거렸지만 그 자리에서 떠나려고 하지 않았다. 다시 느긋한 목소리가 귓가에 와 닿는다.

"입원 생활은 어째서 이렇게 심심할까요?"

"쉬는 것도 치료 중 하나거든요……."

"그런데 말이죠. 병상에 누워 있기만 하면 몸이 너무 둔해집니다."

시간이 남아돌아서 병원을 산책하고 있는 걸까. 백발의 환자는 아까의 나처럼 여러 가지 종이에 눈길을 주었다.

"별의별 공부 모임 안내가 다 붙어 있네요. 뭐 흥미를 끄는 것이라도 있습니까?"

"……글쎄요."

"작년까지는 코로나로 힘들었고. 무슨 일이 생길지 알 수 없는 불안정한 세상이니까 배울 수 있을 때 배우는 편이 좋지 않을까요. 특히 간호사 선생님처럼 젊은 사람은."

문득 링거 거치대에 매달린 링거액이 텅 빈 것을 깨달았다. 환자복 소매 사이로 엿보이는 관은 혈액이 역류해서 붉게 물들어 있었다.

"저기, 링거액이 다 들어갔어요."

"이런, 알아차리지 못했군요."

"서둘러 외래 간호사에게 알려야겠어요. 이대로 방치하지 말고 새로 갈아 끼워야 할 것 같아요."

환자 곁에 있으면서 나 말고 하얀색 옷을 찾는다. 주위를 둘러보다가 할아버지가 무심하게 한 말이 귓속에서 소용돌이쳤다.

『배울 수 있을 때 배우는 편이 좋지 않을까요.』

그 말을 나름대로 해석한다. 배우는 것도 그렇지만 누군가를 만나야 할 때 만나는 것이 좋을지도 모른다. 그날 14시 46분을 경계로 영원히 만나지 못하게 된 사람이 많다.

외래 간호사에게 사정을 설명하고 환자를 맡겼다. 종종걸음으로 아까 그 벽으로 돌아가 하얀색 옷에서 스마트폰을 꺼낸다. 메모 대신 파란색 종이를 찍는 셔터 소리는 누군가를 부르는 외래 방송에 지워져 갔다.

토요일은 아침부터 날씨가 궂다. 병동 창문으로 비치는 바깥 풍경은 빗줄기로 뿌예졌다. 다양한 색깔의 우산이 인도를 걸어가고, 가로수 이파리가 비를 맞아 흔들린다. 창밖을 힐끗 내려다보고는 간호사실로 돌아갔다. 이미 주간 근무 팀장이 야간 근무자에게 인수인계를 시작했다. 벽시계를 확인하니 퇴근 시간까지 앞으로 20분 정도 남았다. 심장 박동은 벌써부터 평상시보다 빨라진다.

무사히 정각이 지나고 서둘러 사복으로 갈아입었다. 사물함의 거울을 보며 가볍게 헤어스타일을 매만진 뒤 우산을 들고 복도로 발을 내디뎠다. 직원 출입문을 열자 기분 나쁘게 축축한 공기가 피부에 와닿았다.

걸음을 떼기 전에 머리 위로 눈을 가늘게 떴다. 쳐다본 하늘은 잿빛으로 물들고 하염없이 내리는 비가 바닥의 아스팔트를 적신다. 같은 잿빛이라도 고향의 하늘과는 무언가 다르다. 고헤이는 이 하늘을 보고 어떤 감상을 품고 있을까. 사소한 것은 신경 쓰지 않는 성격이었기 때문에 "똑같잖아"라며 일축할지도 모른다.

병원 근처 역에서 역마다 정차하는 전철을 타고 신주쿠역에 도착했다. 밤이 더 밝은 거리는 언제나 많은 사람으로 북적거린다. 최대한 사람의 발길이 뜸한 길을 골라서 세미나 장소로 갔다.

발에 빗물을 적시며 다다른 건물은 상당히 높았다. IT 계열 사무실이 몇 곳 입주했는지 입구 근처에 정장 차림의 사람들이 드문드문 오간다.

건물 안에 들어가서 먼저 계단을 찾았다. 주위를 둘러보아도 계단처럼 보이는 곳은 없었다. 시시각각 다가오는 시간에 초조해하다 마침내 각오했다. 세미나 장소는 틀림없이 오층이었을 것이다. 승강기가 있는 쪽을 확인하면서 쓰디쓴 침을 삼켰다.

갑갑한 몇십 초를 견디고 오층 불빛이 켜진 순간 깊은 숨을 내뱉었다. 열린 승강기 문 앞에는 카펫이 깔린 복도가 이어졌다. 조금 떨어진 장소에서 젊은 여자가 책상 앞 파이프 의자에 앉아 있다. 여자 등 뒤의 벽에는 새파란 종이가 한 장 붙어 있었다. 나는 호흡을 가다듬으면서 접수 장소로 향했다.

"죄송합니다. AYA 세대에 관한 세미나 장소가 여기인가요?"

말을 걸자 접수하는 여자가 미안한 듯 눈썹을 찡그렸다.

"네. 벌써 끝날 시간이 다 되어 가는데요. 그래도 괜찮으세요?"

"괜찮습니다. 잠깐 얼굴만 내밀려고 왔거든요."

여자는 약간 신기하다는 듯한 표정을 짓더니 책상 위 명부를 내려다보았다. 종이에는 많은 사람의 이름이 쭉 적혀 있다. 접수를 마친 증거인지 파란색 마커로 선이 그어져 있었다. 아무 표시도 없는 건 내 이름뿐이었다.

"간호사 오리츠키 고하네 씨인가요?"

말없이 고개를 끄덕거리자 내 이름이 파란색 마커로 칠해졌다.

최대한 소리 내지 않도록 조심해서 세미나 장소로 발을 들여놓았다. 실내는 넓은 회의실 같은 분위기로 창문도 많고, 두 사람씩 앉는 긴 책상이 세 줄 정도 세로로 늘어서 있었다. 쭉 둘러보니 참가자는 50명이 넘는 것 같았다. 빈 자리가 하나 있는 걸 확인하고 곧바로 거기 앉았다. 단상에는 사회자로 보이는 남자가 마이크를 한 손에 들고 있었다.

"마칠 시간이 다가온 것 같네요. 그럼 질문하실 분 계신가요?"

마지막 질의응답 시간이 되었다. 단상에는 사회자 말고도 몇 사람이 파이프 의자에 앉아 있었다. 아마도 모두 당사자일 것이다.

내 자리에서는 거리가 조금 떨어져 있지만 순서대로 살펴보았다. 대각선 왼쪽 끝에 앉은 남자를 확인한 순간 심장이 세차게 요동쳤다. 그 종이에서 본 인물이다. 역시 고헤이와 비슷한 느낌은 들었지만 아직 단언할 수는 없다. 좀 더 앞자리에 가서 앉고 싶다는 충동을 꾹 눌렀다.

"가운데 줄에 앉은 분 말씀하세요."

사회자가 지목한 여자가 일어서자 내 자리에서 보였던 고헤이 같은 인물의 모습이 약간 가려졌다.

"드쿄에 있는 종합병원에서 간호사로 일하는 가토라고 합니다. 이번에 여러분의 귀중한 이야기를 듣고 많은 것을 배웠습니다. AYA 세대가 투병하는 것은 취학, 취업, 결혼, 출산, 육아 등 일생의 과업과 겹치기 때문에 새삼 사회적 지원이나 당사자들끼리 교류하는 자리가 늘어나야 한다고 실감하고 있습니다."

많은 참가자가 다 같이 고개를 끄덕거렸다. 나만 불순한 동기로 이 세미나에 참가한 것 같은 부끄러운 마음이 머릿속을 살짝 스쳐 지나갔다.

"마지막으로 질문하겠습니다. 투병 중이나 아니면 지금이라도 뭔가 살아가는 희망이 되어주는 게 있습니까?"

질문한 여자가 자리에 앉자 사회자는 대각선 오른쪽 여자에게 마이크를 건네주었다.

"당시 두 살이었던 장남의 존재입니다. 이 아이를 위해서라도 살아야겠다고 생각했습니다."

대답한 여자는 그렇게 말하고 마이크를 옆의 당사자에게 건넸다.

"저는 대학생이었기 때문에 친구의 존재가 컸습니다. 당시 밴드를 하고 있었고 다시 한번 라이브가 하고 싶었습니다."

마이크가 다시 옆으로 이동한다.

"저는 15세 때부터 입원과 퇴원을 되풀이해서 학교 행사에 별로 참가하지 못하고 졸업식을 맞이했습니다. 그래서 하다못해 성인식에는 후리소데[10]를 입고 출석하고 싶었어요."

---

10. 화려한 문양이 특징인 기모노의 한 종류. 미혼 여성들의 최고급 예복으로 취급된다.

"저는 아무래도 같은 처지에 있는 분들의 존재입니다. 동지들에게는 가족한테도 털어놓기 힘든 진심을 드러낼 수 있을 것 같아서요."

마이크가 서서히 그 사람에게 다가가는 걸 바라보며 같은 간호사가 했던 질문을 나 자신에게 던진다. 잠시 생각해 보았지만 가슴에 짙은 그림자가 드리울 뿐이다. 지금의 나에게 '살아가는 희망'이라는 말은 지나치게 눈부시다.

"저는 당시 빠져 있던 애니메이션입니다. 마지막 회를 볼 때까지 절대로 죽을 수 없다고 생각했습니다."

마지막으로 그 사람에게 마이크가 건네졌다. 나는 허리를 쭉 펴고 맨 처음 꺼내는 말에 귀를 기울였다.

"이 세미나에서 이야기한 내용도 중요하지만……."

우물거리는 목소리에 지금까지 의심했던 마음이 순식간에 확신으로 바뀌었다.

"저는 지금도 동일본대지진 때 보았던 광경을 이따금 떠올립니다. 동시에 할머니의 시신도."

마음 한구석을 어루만져 주는 것 같은 목소리가 잠깐 끊어졌다. 짧은 침묵 뒤에 고헤이는 말을 이어나간다.

"할머니의 시신은 가매장되어 흙으로 덮인 상태로 발견되었습니다. 당시에는 피해를 입은 화장장도 많았고, 시에서 어쩔 수 없이 그런 판단을 내려서……. 일단 시신이 들어 있는 관을 땅에 묻고, 화장 순서가 오면 다시 파낸다고 했습니다. 그 무렵에는 상당히 부패가 진행되어서 결국 할머니의 얼굴조차 뵙지 못한 채 화장을 했습니다."

질문 내용과 점점 멀어져가는 대답을 묵묵히 지켜보았다. 어느 순간 안경 렌즈 너머의 눈동자와 눈이 마주친 것 같았다.

"투병 중에 희망은 느끼지 못했지만 죽고 싶지는 않았습니다. 저세상에서 할머니를 만난다면 뭐라고 사과해야 좋을지 모르기 때문입니다."

고헤이는 거기까지 이야기하고 마이크를 사회자에게 건넸다.

세미나가 끝나도 나는 일어나지 않았다. 참가자가 줄어들고 나서 말을 걸려고 눈을 내리깔고 시간을 보낸다. 주위에서 의자를 끄는 소리와 누군가 담소하는 목소리가 서서히 멀어진다.

"진짜냐, 오리츠키 고하네? 오랜간이다."

고개를 드니 웃음을 머금은 고헤이가 바로 곁에 서 있었다.

미처 생각하지 못해서 말문이 턱 막혔다.

"머리카락 싹둑 잘랐네. 예전 인상과 달라서 처음에는 고하네인지 몰랐다."

어른이 된 동급생을 말똥말똥 쳐다보았다. 하얗던 피부에는 다보록하게 짧은 수염이 자라났다. 눈을 가렸던 앞머리는 뒤로 넘겨 깔끔한 인상을 풍긴다. 두툼한 눈썹은 산적 두목 같은 얼굴 생김새를 연출하고 혈색은 나쁘지 않다. 변함없이 호리호리했지만 노타이셔츠에서 엿보이는 목덜미는 다부지다. 그 무렵의 모습을 찾으려고 했지만 달라진 곳이 눈길을 사로잡았다.

"오랜만이야. 고헤이야말로…… 안경 바꿨어? 예전에는 검은색 테였지?"

"그래. 그게 몇 년 전 이야기지?"

고헤이는 들뜬 목소리로 피식 웃었다. 덩달아 나도 싱긋 웃고 만다. 11년 만에 말을 주고받았는데 신기하게 최근에도 얼굴을 마주한 것 같은 착각이 들었다.

"용케 나를 알아봤네?"

"참가자 명단에 '오리츠키 고하네'라는 이름이 있어서. 설마, 하면서도 세미나 도중에 계속 찾아보았는데 없더라. 그런데 어느새 구석에 앉아 있잖아. 정말로 조마조마했다."

"일 때문에 세미나에 늦어버렸어."

"안 변했네. 같이 등교할 때도 고하네는 종종 늦게 왔다고."

"확실히 그랬지."

종이를 보고 세미나에 참석했다는 말은 일부러 하지 않았다. 그 마을을 버린 듯한, 떳떳하지 못한 마음이 가슴 깊숙이 존재하기 때문이다. 고헤이는 "굉장하다, 우연이란 거"라고 연발한 뒤 손목시계를 내려다보았다.

"고하네는 세미나 끝나고 할 일 있어? 모처럼 만났는데 밥이라도 먹으러 갈까?"

"응. 가자."

"그럼 건물 출입구 근처에서 기다려. 사람들한테 인사하고 갈게."

고헤이는 그 말만 남기고 단상 쪽으로 뛰어 올라갔다. 점점 작아지는 등을 말없이 바라본다. 당시 셋이서 통학하던 무렵에도 고헤이는 대부분 맨 앞에서 달리고 있었다. 이마에 닿는 에어컨 바람에 잠깐이지만 그 마을에서 부는 바다 향기를 느꼈다.

바깥은 아직도 비가 내리고 있었다. 오히려 몇 시간 전보다 빗줄기가 강해졌다. 지금 역 앞 번화가까지 걸어가면 둘 다 흠뻑 젖을 게 뻔했다. 결국 건물 대각선 쪽에 있는 아담한 파스타 전문점에서 저녁을 먹기로 했다.

날씨도 안 좋고 역에서 떨어져 있어서인지 가게 안에는 손님이 두 팀밖에 없었다. 원목으로 마감된 인테리어를 곁눈질하고 안내받은 안쪽 테이블에 앉았다. 천장 스피커에서 경쾌한 피아노 음악이 흘러나왔다. 조명은 스테인드글라스로 장식되어 있었다. 그 빛이 맞은편에 앉은 고헤이의 얼굴을 부드럽게 물들였다.

"비가 엄청 오네. 폭우잖아."

"돌아갈 때는 조금 그쳤으면 좋겠어."

고헤이는 잠자코 고개를 끄덕이고 메뉴를 바라보았다.

"고하네는 술 마셔? 와인이 있는 거 같은데."

"나는 소프트드링크면 됐어. 원래 술은 안 마셔서."

"나도 관두지. 몸도 생각해야 하고."

새삼 그 새파란 종이가 뇌리를 스친다. 종이에는 '암 생존자들'이라고 쓰여 있었다. 그 말은 암이 완치된 사람만 가리키는 것이 아니다. 암 진단을 갓 받은 사람, 지금도 치료 중인 사람, 경과를 관찰 중인 사람. 암을 경험했지만 살아 있는 모든 사람을 포함한다.

"아까 도중에 참가해서 고헤이 이야기를 놓쳤는데 말이지……. 몸 상태는 괜찮아?"

"어런 이런, 아직 마실 것도 주문 안 했잖아. 성미가 급해서. 지금은 솔직히 다시 만난 기쁨에 젖어있어 봐."

마치 연극하는 사람같이 말을 돌리고 고헤이는 다시 메뉴로 시선을 옮겼다. 찬찬히 관찰해 봐도 얼굴 혈색은 나쁘지 않고 안경 렌즈 너머의 눈동자는 맑다.

"나는 미트볼 토마토스파게티랑 진저에일로 정했다."

"난 만가닥버섯과 소송채 일본풍 파스타랑 아이스티로 할게."

점원이 물수건과 찬물을 들고 왔다. 주문하고 각자 보았던 메뉴를 원래 위치에 돌려놓았다. 잠시 뒤에 고헤이는 자리를 고쳐 앉았다.

"진짜로 오랜만이다. 11년 만인가?"

"그렇게 되었네. 고헤이는 언제 도쿄로 왔어?"

"스물두 살이었나. 들어간 대학은 군마에 있었는데 취업하느라 도쿄에 왔지. 지금은 도쿄 안에 있는 노인 요양 시설에서 일해."

"전혀 몰랐어. 그렇다면 요양보호사?"

"맞아. 직업병으로 허리가 좀 아프지만 나름대로 즐겁게 일하고 있어."

고헤이는 쓴웃음을 지으며 찬물을 입에 가져갔다.

"고하네는 그때 곧바로 도쿄에 있는 고등학교로 전학한 건가?"

"응. 도쿄에서 아버지 가족이랑 살게 되었으니까."

동일본대지진이 일어나고 나흘째 되던 날 아침, 도쿄에서 아버지가 대형 오토바이를 타고 피난했던 초등학교에 나타난 광경을 지금도 기억한다. 뉴스에서 아미이소 지역이 괴멸되는 영상을 보고 계속 연락되지 않는 나를 찾으러 왔다. 데리러 와줬다는 기쁨은 접어두고, 할아버지와 엄마의 죽음을 울면서 알렸다. 나는 그날로 아미이소를 떠났고 몇 시간 뒤 도쿄에 도착했다.

"고하네는 고등학교가 다시 문을 열기 전에 전학을 갔잖아. 그때 작별 인사도 할 수 없어서 정말로 서운했다."

"지진으로 혼자 남았으니까……. 엄마랑 이혼했다고는 하지만 도쿄에 사는 아버지한테 의지하는 수밖에 없었어. 엄마랑 할아버지 일도 아버지가 모두 대신 해주었고."

또 모든 걸 버린 것 같은 죄책감이 가슴을 콕콕 찔렀다. 고헤이에게 혼탁한 마음을 들키지 않으려고 억지로 웃음을 지어 보였다.

"그런데 새삼 고헤이가 요양보호사가 된 이유를 알겠어. 그때 할머님을 엄청 잘 보살폈잖아."

"그런가. 나 역시 고하네가 간호사가 된 이유를 잘 이해해."

"뭐든지 좋으니까 자격증을 따서 빨리 자립하고 싶었어. 학비 문제도 있고. 내가 신참 간호사 시절에 몸담았던 병원에는 병원 장학금 제도가 있었거든."

병원 장학금 제도는 후원금으로 인재를 키우는 간호사 양성 제도 중 하나다. 병원은 간호학교에 수업료를 대여하지만 자격증 취득 후 일정 기간은 그 병원에서 근무해야 변제가 면제된다.

"처음에는 간호 조수로 일하면서 학교를 다녔어. 먼저 준간호사 자격증을 땄고 그다음에 정간호사가 되었어."

"우와. 힘들었겠다. 지금도 그 병원에서 근무해?"

"바로 얼마 전에 다른 병원으로 옮겼어. 지금은 정신과만 있는 곳이야."

장학금 제도를 이용한 병원은 일반 종합병원이었다. 진료과 몇 곳을 거쳐 예전부터 희망하던 정신과 병동에 소속되었다. 하지만 몇 년이 지나면 인사이동 지시가 또 내려질 가능성이 있었다. 그 무렵 일정 기간 일해야 하는 시기가 지났다. 결심하고 정신과 단과병원으로 옮긴 것에 지금까지 후회는 없다.

서로 간토지방으로 온 뒤의 생활에 대해 이야기가 이어졌다. 고헤이는 대학교 시절에 친한 친구라고 부를 만한 사람을 만나고, 예전에는 결혼을 생각한 여자도 있었던 모양이다. 취미는 변함없이 독서이고 지금도 서점에서 추리소설 신간을 둘러보는 게 일과인 것 같다. 작년에는 코로나 여파로 노인 요양 시설에서 날마다 대응하느라 눈코 뜰 새 없이 바빴던 모양이다. 내가 알지 못했던 몇 년에 대해 들으며 고개를 끄덕거리고 때때로 맞장구를 쳤다. 고헤이는 이곳에서의 일상을 상세하게 가르쳐주었지만, 현재 몸 상태에 대해서는 아무 말도 하지 않았다.

"고하네는 고향에 안 돌아갔어?"

"그때 이후로 한 번도 돌아간 적 없어. 집은 떠내려갔고."

"돌아가면 깜짝 놀랄 거야. 마을 전체가 싹 달라졌으니까. 아미이소 지역은 새로운 집도 짓지 않고, 다들 내륙 쪽으로 이동했어."

나는 아픈 가슴을 속이기 위해 찬물에 손을 뻗었다. 입에 머금으니 레몬의 희미한 신맛이 혀 위로 퍼진다.

"지금 항구 연안은 엄청나게 높은 방파제로 막혀 있어. 그곳을 올라가지 않으면 이제 바다 쪽은 안 보인다고."

"그렇구나······."

"하지만 어쩔 수 없지. 모두의 안전을 위해서니까."

엄마와 할아버지, 수많은 죽음을 계기로 세워져 높은 파도를 막는 벽은 어떤 질감일까. 그 앞에 펼쳐진 바다가 지금은 고요하기를 빈다.

"사실은 말이지. 그런 이야기를 할 생각은 아니었어."

"그런 이야기?"

"아까 세미나에서 한 이야기. 마지막에 '살아가는 희망은?' 하는 질문이 있었잖아."

뇌리에 마이크를 쥔 고헤이의 모습이 되살아난다.

"가깝게 지내던 친구와 당시 나를 보살펴준 여자 친구의 존재가 컸기 때문에 그 이야기를 할 생각이었어. 하지만 고하네가 있는 걸 보고 어째서인지 지진과 관련된 말을 했어. 나도 주절거리면서 정리가 안 된다고 생각했지."

고헤이는 부끄러운 듯이 쓴웃음을 짓고, 시선을 나한테서 돌렸다. 어느새 옆에 점원이 서 있었다. 식욕을 돋우는 향기가 코끝으로 전해진다.

"미트볼 토마토스파게티와 진저에일 시키신 손님."

서로 주문한 음식이 테이블에 놓였다. 재빨리 임무를 마친 점원은 고개를 꾸벅 숙이고 주방 쪽으로 사라진다. 고헤이는 김이 피어오르는 파스타를 흘끗 보고 조그맣게 중얼거렸다.

"다들 어떻게 타협점을 찾아냈을까."

나는 못 들은 체하면서 포크와 스푼으로 손을 뻗었다.

파스타는 상상 이상으로 맛있었다. 이 가게는 생면이 강점인 듯 쫄깃한 식감이 일본풍 국물이 든 소스와 잘 어우러졌다. 소송채와 만가닥버섯도 신선해서 씹을 때마다 자연스러운 단맛이 느껴졌다.

내가 3분의 1 정도 먹었을 때 고헤이가 포크로 파스타를 돌돌 말면서 말했다.

"아까는 그렇게 많은 사람 앞에서 이야기했는데 여전부터 알던 녀석 앞에선 말하기가 힘드네."

"그건…… 암과 관련된."

"응. 조금 부끄럽다고 할까."

"이야기하기 싫으면 억지로 하지 않아도 돼. 고헤이가 말하고 싶을 때 해."

"하지만 곰곰이 생각해 봤는데 고하네는 간호사잖아. 딱히 망설일 필요는 없는데."

고헤이가 파스타를 씹으니 목젖이 위아래로 움직였다.

"당시 사귀던 여자 친구가 뭔가 조금 부은 것 같지 않냐고 하더라고. 그 말이 신경 쓰여서 비뇨기과에 갔어. 그랬더니 정소 종양이 발견됐어."

쑥스러움을 감추려는지 말투가 생각보다 축 가라앉지는 않았다. 오히려 세상 돌아가는 이야기를 하는 것처럼 가볍다.

"고하네는 간호사니까 정소 종양 알고 있지?"

"고환에 생기는 종양이지? 분명 아프지 않은 경우가 많다고 들었는데."

"맞아. 그때 나는 전혀 아프지 않았어. 여자 친구 말을 듣고 보니 조금 부었구나 싶은 느낌이었어."

고개를 끄덕이면서 지식의 서랍을 열었다. 정소에 생기는 종양 대부분은 악성이라고 들었다. 10대에서 30대 정도의 젊은 남자에게 증상이 발생하는 경우가 많다.

"진단받은 다음 날에 수술로 왼쪽을 뗐어. 그때는 모든 게 눈이 핑핑 돌 정도로 빠르게 진행되어서 충격받을 겨를도 없었지."

고헤이가 토마토소스가 묻은 미트볼을 포크로 푹 찔렀다. 정소 종양은 진행도 빠르고 다른 장기로 암세포가 전이하기도 쉽다. 그래서 신속하게 적출 수술을 한 것 같다.

"헏들었겠네……. 그런데 전이는?"

"폐에 있었어. 그래서 항암 치료를 시작했지."

미트볼을 다 먹은 입은 당시 상황을 묘하게 경쾌하게 이야기했다. 고헤이가 받은 항암 치료는 BEP 요법이었다. 블레오마이신, 에토포시드, 시스플라틴이라는 세 가지 항암제를 병용하는 치료법이다. 고헤이가 말하기를 수술보다 항암 치료 쪽이 훨씬 힘들었다고 한다.

"항암제를 투여하니까 정말로 머리카락이 빠지던데."

"안타깝지만 거의 반드시 나타나는 부작용이니까."

"음, 덕분에 내 머리 모양이 예쁘다는 걸 깨달았지."

농담 섞인 말투 안에 당시의 괴로움이 배어 있었다. 항암제 부작용으로 구토도 매우 심했고 몸무게도 상당히 줄어들었던 것 같다.

"평생 토할 걸 다 했어. 그때는 찬 날두부를 간장에 찍어 먹는 것밖에 못 했어. 다른 음식은 냄새를 맡기만 해도 힘들었거든."

지금보다 야위었던 모습을 상상하면서 귀를 기울인다. 일반적으로 정소 종양은 항암제가 잘 듣는 케이스가 많다. 암 조직 형태와 진행도에 따라 다르지만 설령 원격 전이가 있다고 해도 치유 가능성이 높다고 들었다. 가끔씩 맞장구치면서 가슴속으로 빈다.

제발 좋은 결과가 있도록.

고헤이는 남은 미트볼을 싹 먹어 치우고 깊은 한숨을 내쉬었다.

"항암제 효과로 전이는 사라졌어."

그 말을 듣고 휴, 하고 안도의 한숨을 내쉰다. 내가 대답하기 전에 고헤이가 말을 이어갔다.

"주치의 선생님 말씀에 따르면 몇 년 후에 재발하는 사람도 있는 것 같더라고. 지금도 주기적으로 병원에 가서 채혈하고 CT도 찍고 그래. 그러니까 경과 관찰 중."

"아무튼 전이가 사라졌다니 정말로 다행이다. 안심했어."

"인생에서 두 번째로 죽겠구나 생각한 사건이었어. 평범하게 살아가는 건 꽤나 어렵구나."

첫 번째는 분명 나도 같은 체험을 했다. 우리 일상은 의외로 줄타기다. 어느 순간을 경계로 그때까지의 평범함을 잃어버릴 가능성을 품고 있다. 고헤이의 이야기를 듣고 중요한 것은 줄 위에서 걷는 방식보다 떨어질 때의 착지 방식이라는 느낌이 들었다.

"다른 이야기인데 스미타 린코랑은 연락하고 지내냐?"

그리운 이름이 시시한 인생론을 지워버렸다. 나는 아이스티를 한 모금 마시고 고개를 가로저었다.

"도쿄에 온 뒤 고향 친구들이랑 연락을 안 하고 있는데. 고헤이는?"

"나도 지금은 린코의 연락처를 몰라. 유다이 일이 있고 린코는 혼자 있고 싶어 했어. 자연스럽게 통학도 각자 하게 되었고, 고3이 되어서는 거의 이야기를 안 했으니까."

"유다이 일이라니?"

"아아…… 고하네는 모르나. 린코한테 어린 남동생이 있었잖아? 그 애 쓰나미에 휩쓸려서 죽었거든."

할 말을 잃어버렸다. 린코의 바구니 달린 자전거 뒷좌석에는 언제나 유아용 좌석 안전띠가 흔들리고 있었다. 당시 나란히 달리면서 눈에 들어왔던 영상이 되살아나고 가슴이 먹먹해진다.

"린코, 지금은 도쿄에 있는 것 같은데."

나도 모르게 눈을 휘둥그렇게 떴다. 고헤이는 표정을 바꾸지 않고 스마트폰을 꺼냈다.

"고하네 SNS 하는 거 있어?"

"딱히 아무것도 안 해. 그런 건 별로."

"나는 트위터만 해. 하지만 좀처럼 글도 안 올리고."

그렇게 말하더니 긴 손가락이 스마트폰을 두드렸다. 빛나는 화면이 내 쪽을 향한다.

"내 팔로워는 아니지만 딱 한 번 '좋아요'를 누른 사람이 있는데. 이 'S.rinko'라고 아마도 '스미타 린코'가 다닐까?"

화면을 자세히 들여다보니 '좋아요'라는 글자 아래에 많은 계정 이름이 늘어서 있었다. 그중에 하나, 고헤이가 의심하는 알파벳도 섞여 있었다.

"나는 트위터를 잘 모르지만…… 린코 같은데?"

"내 계정 이름은 평범하게 풀 네임으로 등록해서 검색하면 금세 나오니까. 더구나 '좋아요'를 받은 게시물은 지진 10년째와 관련된 트윗이거든."

좀처럼 글을 올리지 않는다는 말을 떠올린다. 그런 고헤이라도 인생의 고비였던 날에는 뭔가를 전달하고 싶었을까.

"하지만 'S.rinko'라는 계정에 가봐도 스미타 린코라는 확신은 없어. 거의 뉴스 기사 리트윗만 하는 것 같고."

"그런데 어떻게 도쿄에 있다는 걸 알았어?"

"메인 화면에 도쿄에 산다는 것만 써놓았거든."

고헤이가 다시 스마트폰을 만지작거리자 다른 계정이 화면에 표시되었다. 둥근 프로필 사진에는 한 여자의 뒷모습이 비치고 있다. 약간 긴 금발을 하나로 묶은 머리핀에는 크고 작은 예쁜 별이 장식되어 있었다.

"잠깐 봐도 돼?"

"어. 나도 전부 확인한 건 아니니까, 린코처럼 보이는 부분이 있으면 알려줘."

스마트폰을 받아 들고 화면을 스크롤한다. 확실히 고헤이가 말했던 대로 개인적인 이야기는 하나도 없고 뉴스 기사를 리트윗한 내용만 줄줄이 있었다. 산후우울증, 동성혼, 한 부모 육아, 생활보호 부정수급, 젊은이의 자살 증가. 어느 순간 '가족 돌봄 청소년'이라는 글자가 눈에 들어와서 손끝을 멈췄다.

"이 사람이 리트윗한 기사, 읽어봐도 돼?"

"그럼, 괜찮아."

스마트폰을 테이블 위에 놓고, 두드려서 기사를 쭉 훑어본다. 그 기사는 자민당, 공명당, 국민민주당의 간사장과 실무자가 가족 돌봄 청소년 지원을 위해 협의한다고 전하고 있었다. 앞으로는 법제화 필요성도 포함해서 논의를 계속할 모양이다.

"그 시절에는 이런 이야기 없었나?"

기사에서 눈길을 떼고 보니, 고헤이도 스마트폰을 들여다보고 있었다. 두 개의 안경 렌즈에 화면의 빛이 반사된다.

"아마도 없었을걸."

"나도 부모님한테 '가족 일은 가족이'라는 말을 들으며 컸거든. 고하네도 그랬지?"

"내가 어렸을 때부터 엄마는 이상한 소리를 했으니까. 그게 우리 집은 보통이라고 할까. 더구나 우리 집은 한 부모 가정이고 할아버지는 일 때문에 바빴어. 자연스럽게 집안일도 늘어났던 것 같고."

솔직히 지금은 가족 돌봄 청소년이라고 해도 확 실감되지는 않는다. 그래도 이 말을 들을 때마다 가슴속에 잔물결이 일렁였다.

"나도 할머니 시중드는 걸 당연하게 생각했어. 그런데 요즘 아이들은 어떻게 생각할까? 이런 식으로 딱지를 붙이면."

"사람마다 각각 다르겠지. 하지만 가족 돌봄 청소년이라는 이름으로 주위의 관심이 높아지는 것도 사실이야. 실제로 국가도 움직이기 시작했고."

한 번 말을 끊고 스마트폰을 고헤이에게 돌려주었다. 식사를 계속하려고 해도 어쩐지 포크에 손이 가지 않았다.

"나는 개인적으로 엄마 때문에 불쌍한 아이라고 여겨지는 게 싫었어……. 누군가가 나를 동정하면 뒤에서 엄마를 비난하는 것 같아서."

"그랬구나. 고하네는 어머님이랑 사이가 좋았나 보다."

"어. 너는 어땠어?"

고히이는 시선을 멀리 보냈다가 토마토소스가 묻은 파스타를 포크로 돌돌 말았다. 먹는 속도가 빨라서 파스타도 거의 안 남았다.

"할거니는 좋아했지만 시중드는 건 싫었어. 숨기지 않고 말하자면 살의를 느끼기도 했어."

"그것도 진심이긴 하지. 생각만으로 그친 걸, 나는 비난할 수 없을 거야."

"지금 돌아보면 당시에는 꽤나 아슬아슬했던 것 같아."

고헤이가 자조하듯 웃었다. 포크를 든 오른손이 아직 파스타를 감고 있다.

"그런데 지금은 요양보호사가 되었어. 고하네는 정신과에서 일한다고 했지? 환자분에게 어머님을 대입하거나 하지 않아?"

"가끔은 있지만 일은 일이라는 느낌. 아마도 하얀색 옷을 입으면 다른 스위치가 켜지는 건지도 몰라."

"나도 그래. 할머니와 비슷한 환자분을 돌봐드리는 게 신기하게도 싫지 않더라고."

직장에서 조현병 환자를 마주해도 엄마의 모습을 떠올리며 개인적인 감정이 넘쳐나는 경우는 적다. 어디까지나 의료종사자로서 바라본다. 고헤이는 포크로 돌돌 만 파스타를 드디어 입으로 가져가 오물오물 씹으면서 말했다.

"진정한 의미에서 가족은 지원자가 될 수 없는 걸까."

소송채가 목구멍에 막힌 것 같아서 다급하게 아이스티에 손을 뻗는다. 가벼운 말투였지만 그 말에는 고헤이 나름의 대답이 배어났다.

"어쩐지 고헤이가 말하면 무게감이 느껴져."

"아니야. 고하네나 린코가 말해도 마찬가지로 들릴 거야. 틀림없이."

고헤이는 접시에 남은 소스를 스푼으로 긁어모으면서 다시 먼발치를 바라본다.

"같은 말을 당시 그 사람한테 들었어."

"그 사람?"

"이름이 전혀 기억이 안 나서……. 엄청난 미인이고 '오하마 반점'에서 아르바이트를 했지. 고하네랑 사이가 좋았잖아."

"……아오바 씨?"

"그래, 그래. 아오바 씨. 한때 그 사람한테 내가 생각한 완전범죄 플롯을 보여준 적이 있어. 하지만 번번이 허술하고 형편없다고 혹평당했는데. 그립다."

얼굴 근육이 뻣뻣하게 굳어지고 입안에 남아 있는 다이스티의 상큼함이 사라진다. 나는 한숨을 푹 쉬고 최대한 가벼운 말투로 물었다.

"고헤이는 그때 추리소설을 자주 읽었지?"

"지금도 좋아해서 읽어. 어제도 서점에서 두 권 샀다."

"그래서 아오바 씨랑 그런 위험한 계획을 세웠어?"

"음. 이야기하면 길어져. 아무튼 그 무렵에 나는 완전범죄를 상상하기만 해도 구원받는 순간이 있었거든."

고헤이는 남은 파스타 소스를 먹어 치우고 다 먹었다는 표시처럼 스푼을 접시 끄트머리에 놓았다.

"아오바 씨는 아직 발견되지 않았지."

"뭐…….'

"지진 난 지 3년 지나고 사망신고서를 냈나 보던데."

눈이 휘둥그레지고, 할 말을 잃어버렸다.

"전에 고향이 갔더니 아미이소 쪽에서 '오하마 반점' 아즈머니를 자주 마주쳤어. 언제나 삽과 갈퀴를 들고 있더라고."

"그건…… 가족의 뼈나 유류품을 찾으러?"

"아마도. 드물게 지진이 난 지 몇 년 지나고 나서 신원이 밝혀진 사람도 있으니까."

지진이 난 지 10년째에 기획된 인터넷 기사에는 현재 재해 지역의 신원 확인에 관한 내용이 기술되어 있었다. 당연하지만 시간이 지남에 따라 DNA형 감정에 필요한 시료 입수는 곤란해진다. 보통 DNA형 감정에서는 세포 안에 하나뿐인 핵을 사용해 개인을 특정한다. 손상이 심한 시신이나 시간이 오래 흐른 뒤 발견된 유골에서는 핵 DNA 추출이 어려운 듯하다. 그런 사정을 감안해서 최근 재해 지역에서는 미토콘드리아 DNA형 감정을 실시한 케이스도 있는 듯하다. 핵과는 다르게 미토콘드리아는 세포 내에 많이 존재한다. 더구나 오래되거나 미량이라도 검사는 가능하다고 한다. 특정할 수 있는 건 엄마 쪽 혈연관계인 듯하지만 그래도 신원 확인에 공헌하는 것 같다.

"지금도 '오하마 반점'은 있어?"

"예전에 망했어. 아마도 고하네 할아버지가 근무했던 석재사에서 땅을 매입해서 자재 두는 곳으로 만들었을걸."

"그래……. '오하마 반점'은 할아버지 직장 가까이에 있었지."

"그 석재사, 지진 후 바쁜 것 같았거든. 그렇게 한꺼번에 무덤 앞에 세우는 돌이 필요할 줄은 꿈에도 생각하지 못했겠지."

경시청 긴급 재해 경비 본부는 동일본대지진이 일어난 지 11년째 되기 전날에 피해 정보 데이터를 갱신했다. 2022년 2월 현재, 사망자는 약 16,000명. 실종자는 2,500명이 넘는다. 그 후 피난 생활에서 세상을 떠난 재해 관련 죽음을 포함하면 사망자 수는 훨씬 늘어날 것이다.

"'오하마 반점'의 아저씨는 쓰나미에 휩쓸려 가셨고. 아빠한테 들었는데 아주머니도 2년 전쯤에 심부전으로 돌아가셨다는 것 같다."

"그렇구나……."

"그렇게 생각하면 할머니한테 할 수 있는 만큼은 한 거 같아. 마지막은 죄송했지만 확실히 화장해 드렸고."

"그 무렵에는 모호하게 이별한 사람이 많이 있었지……."

삽과 갈퀴를 이용해서 땅을 파헤치는 뒷모습을 상상했다. 배가 거의 다 차서 그런 것만은 아닌데 위 속이 묵직해진다.

"지금 우리는 당시의 아오바 씨 보다 나이가 많은가?"

"그렇겠지. 그런데 혹시 고헤이의 스마트폰에 아오바 씨 사진이나 동영상 안 남아 있어?"

"응. 그게 10년도 더 전의 일이라서. 스마트폰도 바꾸었으니까. 애초에 그 사람과 사진을 찍은 기억은 없어.'

몰래 낙담한다. 그때 사용했던 내 스마트폰은 쓰나미가 삼켜버렸다. 고헤이는 감회가 깊은 듯 몇 번 고개를 끄덕이고 약간 눈썹을 찌푸렸다.

"그러고 보니 그 사람한테 이상한 소문이 있었지?"

"이상한 소문?"

"거짓인 것 같지만 애인을 독살했다는 소문."

전혀 몰랐던 이야기를 듣고 눈을 동그랗게 떴다. 지금은 아오바 씨의 정확한 얼굴 생김새와 목소리조차 떠오르지 않는다. 도쿄의 혼잡한 인파 속에서 스쳐 지나간다면 절대로 알아볼 수 없을 것이다. 그래도 아오바 씨가 웃을 때 보였던 입매만큼은 선명하게 기억한다. 얇은 입술 사이로 엿보이는 덧니를 떠올리자 가슴이 아팠다.

"그 소문은 몰랐어……. 꽤 퍼졌나 봐?"

"그런가. 나는 아빠한테 들었던 것 같은데. 하지만 분명 미인에 대한 음침한 질투였을 거야. 그때 인터넷으로 조사해 봤는데 그런 기사는 전혀 없었어."

고헤이는 남은 진저에일을 빨대로 다 마시고 화제를 돌렸다.

"일단 그 계정에 DM을 보내볼게. 사람을 착각한 거면 바로 사과해야지."

"알았어. 정말로 린코였으면 좋겠다."

"그렇지. 린코도 도쿄에 있다면 다음에는 셋이서 밥 먹자."

눈을 내리뜨니 이미 식어버린 파스타가 접시에 남은 것이 보인다. 이걸 다 먹으면 우리는 다시 빗속으로 걸어가야겠지. 서서히 포크를 쥐는 손에서 힘이 빠져나간다. 기억의 뚜껑을 닫는 법을 잊어버린 것처럼 어느새 하얀 덧니가 머릿속을 가득 채웠다.

"아까 이야기하면 길어진다고 말하지 않았어?"

"어, 뭐가?"

"아오바 씨 말이야."

가까스로 고개를 들자 고헤이가 살짝 머리를 갸웃거렸다.

"만약에 괜찮다면 길어져도 좋으니까 가르쳐주지 않을래?"

"딱히 대단한 건 아니야. 당시 사소한 사건이라고 할까."

"그래도 괜찮아."

두 개의 안경 렌즈를 똑바로 응시하며 목에 힘을 주었다.

"나는 그날, 아오바 씨랑 함께 있었으니까."

그 말을 전하는 것이 너무 힘들었다. 순식간에 눈시울이 붉어졌다. 눈썹에 꽉 힘을 주어 눈물이 쏟아지는 걸 필사적으로 참았다. 고헤이는 코끝을 긁으면서 입을 꾹 다물고 있다. 가게 안에 흐르는 피아노 음악 BGM이 테이블 사이의 침묵에 계속 겹쳐진다.

"고하네, 뭔가 디저트라도 먹을래?"

"나는…… 괜찮아."

"나는 적당히 골라야겠다. 이대로 계속 앉아 있는 건 가게에 미안해서."

고헤이는 메뉴를 살펴보고 점원을 불러 프렌치프라이와 탄산수를 주문했다. 영수증에 메모를 한 점원은 이어서 빈 접시와 얼음만 남은 잔을 치우기 시작했다. 결국 나도 아이스티를 한 잔 더 부탁했다.

"프렌치프라이, 맛있을 거 같지. 오면 고하네도 먹을래?"

"고마워……."

고헤이는 의자 등받이에 깊숙이 기대고 한숨을 길게 내쉬었다. 당시를 떠올리는 걸까, 공허한 눈빛을 공중에 보낸다.

"그 무렵에 나도 고하네도 17세였나?"

시간을 되감듯이 약간 사투리 섞인 목소리가 정리된 테이블 위로 떨어졌다.

제2장

2022년 8월 생소한 법률

부엌 수도꼭지를 틀어서 컵에 수돗물을 채웠다. 입에 머금자 미지근한 액체가 자고 일어난 목구멍으로 흘러 들어간다. 반 정도 마신 순간 지난주에 파스타 전문점에서 고헤이에게 들은 내용이 머릿속을 맴돌았다.

스마트폰으로 검색한 영상에서 고깔해파리와 씨글라스는 여름 더위를 누그러뜨릴 듯 서늘한 느낌의 빛깔을 띠고 있었다. 고헤이가 말하기를 그때 받은 씨글라스는 쓰나미에 휩쓸려 간 것 같다고 한다. 그래도 색깔이나 감촉을 자세하게 이야기하는 걸 보면 고헤이의 기억 속에서는 반짝이고 있을 것이다.

잠이 덜 깬 두 눈을 비비면서 컵에 담긴 물을 단숨에 마셔버렸다. 아까보다 조금 씁쓸한 느낌이다. 그 소문이 뇌리를 스쳐간 탓일까.

이번 주에도 몇 번인가 '애인 독살 아사쿠라 아오바'라고 인터넷으로 찾아보았지만 비슷한 기사를 발견할 수 없었다. '아사쿠라 아오바'를 '여자'로 바꿔서 폭넓게 검색해 보아도 결과는 마찬가지였다.

단순한 호기심으로 살인죄의 형량도 알아보았다. 형법에 따르면 '사형 또는 무기징역, 5년 이상의 징역'에 처하는 듯하다. 기본적으로 집행유예는 내려지지 않고 10년 이상 징역형이 될 가능성이 많다는 사실을 알게 되었다.

그 무렵 아오바 씨의 나이를 생각하면서 멍하니 허공을 쳐다본다. 애인을 독살한 게 사실이라면 26세까지 교도소에 있다가 출소했다는 것이다. 살인죄의 일반적인 복역 기간과 당시 아오바 씨의 나이를 대조해 보면 위화감이 가시지 않는다. 아오바 씨는 미성년자일 때 범죄를 저지른 걸까. 아니면 보통보다 짧은 형기를 마쳤거나 특별한 사정으로 집행유예가 내려졌던 걸까.

깊게 내뱉은 탄식이 싱크대에 컵을 놓는 소리와 겹쳤다. 결국 본인이 존재하지 않기 때문에 알 수 없는 것투성이다. 인터넷으로 뒤져도 유력한 정보는 나오지 않았다. 고헤이 말처럼 미인에 대한 음침한 질투로 마무리하는 편이 아무래도 가장 잘 이해가 간다. 이제 와서 근거도 없는 소문에 휘둘리는 것은 허무해질 뿐이다.

"아, 어째서 도중에 잠든 걸까."

투덜거리는 소리가 들려서 거실 쪽으로 고개를 돌렸다. 나기사가 낮은 테이블 앞에서 펜을 쥐고 있다. 이제 집을 나설 시간이 됐는데 아직 실습 기록을 다 적지 못한 모양이다. 창문에서 쏟아지는 여름 햇살이 눈썹을 찡그리는 옆얼굴을 비춘다. 나는 하품을 한 번 하고 조심스럽게 물었다.

"시간 맞출 수 있어?"

"아슬아슬해. 실습하는 곳까지 필사적으로 자전거를 몰아야지."

"차 조심해서 가."

"알았어. 정말로 최악이야. 마틸린한테 또 야단맞겠다."

나기사는 다른 사람보다 두 배는 엄격한 교원의 별명을 부르면서 실습 기록을 백팩 안에 집어넣었다. 내가 간호학생이던 시절 각키라고 불리는 냉정한 교원이 있었다. 그가 무서웠던 기억이 문득 떠오른다. 어렴풋한 그리움에 젖어 있는데 나기사가 다급하게 질문했다.

"그런데 고하네 언니는 오늘 야간 근무라고 했나?"

"그래. 밤에 없으니까 문단속 잊지 말고."

"야간 근무인데 너무 일찍 일어난 거 아냐? 아직 오전 7시도 안 되었잖아."

"오늘은 한 달에 한 번 진료를 받는 날이라서. 오전 중에 예약을 해놨어."

"그렇구나. 고하네 언니도 조심해."

나기사는 뒷머리에 생긴 까치집을 매만지면서 서둘러 자리에서 일어났다. 흔들리는 백팩을 배웅하면서 가슴속으로 응원을 보낸다. 현관문이 닫히고 실내에 정적이 찾아왔다. 입으로는 빨리 고향으로 돌아가라고 말했지만 막상 나기사가 가버리면 가슴이 쓸쓸함으로 가득 찰 것 같다.

간단하게 나갈 채비를 마치고 TV 장식장 서랍에서 약봉지를 꺼냈다. 엄마와 다르게 약 달력은 사용하지 않지만 지금까지 한 번도 약 먹는 걸 잊어버리지 않았다. 아침약이 든 약봉지를 찢어서 SSRI라는 항우울제를 손바닥에 떨어뜨린다. 공황장애 제1선택약을 먹으니까 알약을 싸고 있는 희미한 쓴맛이 혀끝에 퍼졌다.

공황장애는 극심한 떨림과 숨쉬기 괴로움 등을 동반한 발작이 되풀이되는 병이다. 신체는 아무런 이상이 없는데 죽을 것 같은 괴로운 증상이 나타난다. 아직 명확한 원인은 알 수 없지만 뇌신경 전달물질이 관련되어 있다고 여겨진다. 공황발작이 일어나는 직접적인 원인과 상황도 모호해서 일상적으로 공포와 불안을 강하게 느끼는 사람이 많은 듯하다. 나도 그중 한 사람이다.

처음 공황발작을 일으킨 것은 간호사로 일한 지 2년째 되던 여름이었다. 출근길 전철 안에서 전조 증상 없이 심장이 터질 것 같은 떨림에 휩싸였다. 곧바로 두 손이 떨리고 극심한 현기증으로 서 있는 것조차 어려웠다. 간신히 도중에 하차해서 그대로 플랫폼에 쓰러졌다. 틀림없이 나는 여기서 죽는다. 느닷없는 삶의 마지막을 두려워하면서 달려오는 역무원의 발소리를 듣고 있었다.

병원에 도착할 무렵 떨림은 어느 정도 잦아들었다. 채혈, 심전도, CT 촬영, 뇌파 검사를 했지만 결과는 예상과 달리 모두 이상 없음. 공황발작을 했을 때 느꼈던 고통을 떠올리면 솔직히 오진이라고 생각했다.

그 후 갑자기 공황발작이 나타나는 나날이 이어졌다. 근처 고가도로 아래를 걸을 때, 마트 계산대 앞에서 차례를 기다릴 때, 치과에 가서 입을 벌리고 진료를 받을 때, 택시나 버스를 타고 있을 때. 공황발작이 일어나면 매번 이대로 죽어버릴 것 같은 고통이 온몸을 얼어붙게 만들었다. 여러 병원에서 검사를 했지만 결과는 역시 이상 없음. 반쯤 자포자기하면서 순환기내과, 뇌신경외과, 반고리관의 이상을 의심해 이비인후과를 다녔다. 마지막으로 다다른 정신과에서 공황장애 진단을 받았다. 그때는 드디어 이 괴로움에 이름이 붙은 것을 안도하는 마음마저 느꼈다. 원인 불명의 공포를 두려워하는 것보다 병의 이름을 아는 쪽이 대책도 세우기 쉽다.

약봉지를 서랍 안에 넣어놓고 느긋하게 소파에 등을 기댔다. 벽시계 초침이 재깍거리는 소리와 전자제품 소음을 들으면서 주머니에 민트 껌이 들어 있는지 확인한다. 공황발작에는 응급약도 효과적이지만 자주 사용하면 의존성이 생길 위험이 있다. 다른 예방법으로 스트레칭을 하거나 간단한 호흡법을 시도하거나 아로마 오일 향기를 맡아보기도 했다. 하지만 나한테는 그다지 효과가 없었다. 유일하게 민트 껌을 씹는 동안에는 공황발작이 일어날 것 같지 않은 느낌이 든다. 상큼한 향기는 금세 사라지지만 언제나 믿음직스럽지 못한 주술에 매달리고 있다.

오전 9시 30분을 지나 선크림만 바르고 바깥으로 나왔다. 맨션 주차장에 세워진 하이브리드 자전거를 타고 서서히 페달을 밟는다. 공황발작이 자주 발생했던 시기에는 전철이나 버스를 타는 것이 너무 무서웠다. 그 무렵에 구입한 하이브리드 자전거로 지금도 도쿄 거리를 질주한다.

하마초에서 닌교초를 빠져나가 기린상이 세워져 있는 니혼바시 다리를 건넜다. 늘 가는 정신 건강 클리닉은 도시 중심부에 있다. 여름옷을 입은 사람들이 늘어나자 갑자기 희미한 불안이 가슴에 그림자를 드리웠다. 주머니에서 민트 껌을 꺼내 상큼한 향기로 기분 나쁜 예감을 덮어 버린다. 도대체 나는 일 년에 얼마만큼 껌을 씹는 걸까.

정신 건강 클리닉 자동문이 열리자 땀으로 범벅이 된 피부를 기분 좋은 바람이 말려주었다. 이 클리닉 에어컨은 언제나 딱 알맞게 설정되어 있다. 바닥에 깔린 파란색 카펫은 발소리를 완전히 흡수했다. 기분이 불안정한 사람이 정신 건강 클리닉에 찾아오는 일도 많아서 환경 조성에 특별히 신경 쓰는 걸 깨달았다.

접스처에는 라벤더가 꽂힌 꽃병이 놓여 있었다. 산뜻한 보랏빛을 곁눈질하고 진찰권과 보험증을 내밀었다. 단정한 얼굴 생김새의 접수 직원에게 '12'라고 표기된 번호표를 받아 대기실의 빈 소파에 앉았다. 천장에서 희미하게 오르골 배경음이 흘러나온다. 지난달 진료받았을 때와 같은 드뷔시의 '달빛'이다.

　"12번 분. 진료실로 오세요."

　예약했기 때문에 바로 내 순서가 찾아왔다. 천천히 소파에서 일어나 몇 번인지 모르겠지만 또 손을 뻗어서 진료실 문을 연다. 눈앞에는 엔도 아케미 선생님이 의자에 앉아 웃음을 머금고 있었다. 엔도 선생님은 둥근 안경을 조금 고쳐 쓰고 눈을 약간 동그랗게 떴다.

　"오 머리 잘랐어요?"

　"네. 여름이라서요. 길면 더우니까요."

　"아주 잘 어울려요. 나도 고하네 씨처럼 이미지에 변화를 주고 싶네요."

　엔도 선생님과는 벌써 4년 가까이 알고 지내는데 겉보기에는 내내 변함이 없었다. 처음 진료 때부터 약간 긴 백발로 아가 안경도 똑같을 것이다.

　"오늘도 자전거 타고 왔어요?"

　"네. 여기만 왔는데 땀으로 흠뻑 젖었어요."

　"이번 주는 한여름 날씨가 이어진다고 하니까 일사병 조심해요."

　고개를 크게 끄덕이자 엔도 선생님이 의사 가운의 깃 부분을 똑바로 매만졌다.

　"그래서 새로운 직장은 어때요? 일하기 괜찮아요?"

"아직까지는요. 동료들도 친절하고요."

"다행이네요. 인간관계에 스트레스를 느끼는 사람이 많으니까요."

전자 차트 키보드를 경쾌하게 두드리는 소리와 함께 질문이 이어진다.

"밤에는 잘 자요?"

"그럭저럭이요. 예전처럼 한밤중에 깨어나는 일은 없어졌어요."

"그래요. 식욕은 있어요?"

"아침은 원래 안 먹는데 그것 말고는 잘 먹어요."

"기분이 우울한 건 어때요?"

"으음, 가끔 우울하지만 심하지는 않아요."

"다행이네요. 그런데 공황발작은 일으키지 않아요?"

대답이 목구멍에 막혀서 나오지 않자 키보드를 두드리는 소리가 멈추었다. 아까 혼잡한 인파 속에서 느낀 불안함의 여운이 다시 가슴을 까슬까슬하게 만든다.

"전철도 탈 수 있고 얼마 전에는 택시를 타고 환자분이 전원할 때 따라갔어요. 사람이 많은 장소도 걸을 수 있게 되었는데요……. 아까 조금 싫은 느낌이 들더라고요."

"아까라는 건 여기 오는 길에?"

"네. 니혼바시 다리를 건너 사람이 많아지는 곳에서요. 하지만 평소처럼 껌을 씹었더니 가라앉았어요."

"스스로 대처할 수 있는 것은 중요해요. 환경을 바꾼 지 얼마 안 되어서 무의식중에 긴장하는 일이 많지 않아요?"

공황발작을 일으키는 요인으로 자율신경계의 움직임도 깊이 관여한다.

활동하거나 긴장할 때 우위에 있는 액셀 역할의 교감신경.

쉬거나 잘 때 우위에 있는 브레이크 역할의 부교감신경.

상반된 두 가지 자율신경계는 사람의 감정에 좌우된다. 특히 교감신경의 움직임이 지나치게 높아지면 공황발작이 일어나기 쉬운 것 같다.

"공황발작으로 죽는 일은 절대로 없으니까 그건 안심하세요."

엔도 선생님이 진지한 얼굴로 딱 잘라 말했다. 하지만 절대라는 것이 있을까, 하는 생각이 들면서 가슴에 부드러운 빛이 켜진다.

"응급약은 먹어요?"

"가끔요. 항상 부적 대신에 갖고 다녀요."

"마지막 공황발작은 반년 전이었죠?"

"네. 최근에는 어떻게든 제어하고 있어요."

"일에서 잠시 떠나 여러 가지 노력한 성과잖아요. 정말로 대단하다고 생각해요. 훌륭해요."

엉겁결에 멋쩍은 웃음을 보였다. 엔도 선생님은 냉정한 말을 던질 때도 있지만 열심히 노력하면 확실히 칭찬도 잘해준다. 나는 스마트폰을 꺼내서 배경 화면 사진을 엔도 선생님한테 보여주었다.

"어제 다시 작성한 불안 단계표예요. 할 수 있는 것도 늘어났기 때문에 지난번이랑 달라요."

"어디 어디, 잠깐 보여줘 봐요."

스마트폰을 건네자 엔도 선생님은 둥근 안경을 벗고 눈을 가늘게 뜬 채 화면을 바라보았다. 노트에 쓴 불안 단계표에는 내가 공포나 불안을 느끼는 상황이 나열되어 있다. 100이 가장 크게 불안이나 공포를 느끼는 상황이다. 기타 항목도 각각 점수화되어 있다.

"지난번에 전철 타는 게 20이었는데 이번에는 10으로 낮아졌네요."

"일도 다시 시작했고 날마다 전철을 타고 다니니까요. 서서히 자신감이 붙어서요."

"직장을 옮기기 전부터 전철을 타는 건 특히 노력했잖아요."

"하지만…… 아직 전철 문 근처에 서서 가는 게 그나마 편하다고 느껴요. '사람이 있는 좌석에 앉는다'는 레벨 40으로 설정하고 있어요. 역에 멈출 때까지 시간이 오래 걸리는 특급 같은 건 아직 못 타요."

"초조해하지 말고 천천히 익숙해지면 돼요. 어, '미용실에 간다'도 40에서 30으로 낮아졌네요."

다시 고친 불안 단계 항목은 모두 외우고 있다. 레벨 80은 만원 전철에서 흔들리며 가는 것. 레벨 70은 좋아하는 아티스트의 라이브 공연에 가는 것. 레벨 60은 영화관에 갔다가 도중에 자리를 뜨지 않는 것. 그 밖에도 아직 달성할 자신이 없는 항목도 많지만 점차 도전해 가면 된다. 긍정적인 마음이 들며 자연스럽게 자그마한 목소리가 새어 나온다.

"노출요법을 시도할 때는 솔직히 괴롭지만…… 그만큼 성과를 실감하기 쉬운 거 같아요."

"음, 적극적으로 불안이나 공포에 익숙해지는 요법이니까요. 어느 정도 용기는 필요해요."

노출요법(exposure therapy)은 폭로요법이라고도 불린다. 불안이나 공포를 일으키는 장소나 장면을 스스로 직면해서 점점 익숙해지게 하는 것이 목적이다.

"예전에는 평생 전철을 못 탈 거라고 생각했어요."

공황발작의 고통을 떠올리면 도망칠 곳이 없는 장소나 사람이 많은 공간을 피하는 경향이 강해진다. 전철이나 승강기 안, 도중에 나가기 어려운 영화관이나 미용실도 힘들다. 그러면 서서히 행동은 제한된다. 바깥에 나가려고만 해도 강렬한 공포를 느낀 대도 있다. 그런 악순환을 개선하는 데 노출요법은 어느 정도 효과를 거두고 있었다. 스스로 불안 단계표를 만들어서 피하고 싶은 공포와 불안을 일부러 마주한다. 점차 익숙해지면 부정적인 감정이 줄어드는 걸 실감했다.

"앞으로도 노력할게요."

"음, 사람은 어떤 상황에서도 결국 익숙해지기 때문에. 싫은 감정과 잘 지내도록 해봐요."

엔도 선생님은 스마트폰을 내밀며 계속해서 말한다.

"한 가지 조언해 줘도 돼요?"

"뭔가요?"

"불안 단계표의 90과 100 항목 말인데, 안 바꿔요?"

받아 든 스마트폰 화면을 내려다보았다. 90은 '알루미늄 포일을 만진다', 공포와 불안이 가장 높아지는 100은 '고향 바다를 바라본다'이다. 불안 단계표를 만들고부터 이 두 가지는 늘 최상위에 고정되어 있다.

"고하네 씨, 앞으로도 고향에 갈 예정은 없어요?"

"네……. 집도 없고 친척도 없어서요."

"그럼 현재 상태에 맞는 항목으로 바꾸죠 그래요? 지난번에도 말했지만 평소에 이용하는 탈것이나 가고 싶은 장소에 중점을 두는 편이 좋을지도 모르겠어요. 예를 들면 '출퇴근 혼잡시간 때 전철을 탄다'를 100으로 하고 90을 '사람으로 가득 찬 승강기를 탄다'든가. 그걸 통과하고 나서 다시 작성하면 되니까요."

"그건 싫어요."

엉겁결에 바로 대답해 버렸다. 엔도 선생님은 둥근 안경을 고쳐 쓰고 어이없다는 듯 웃었다.

"고하네 씨는 의외로 완고한 부분이 있죠."

"……죄송합니다."

"딱히 사과하지 않아도 돼요. 좋게 말하면 의지가 굳다는 거고. 개인적으로 그런 부분도 좋습니다."

또 키보드 소리가 타닥타닥 나기 시작한다. 경쾌한 소리를 들으면서 다시 한번 최근 일을 털어놓았다.

"지난달에 고향 친구와 재회했어요. 11년 만에."

"어머, 잘됐네요."

"그 친구가 말했어요. 다들 어떻게 타협점을 찾아냈을까, 라고요."

백발이 사르르 흐트러졌다. 엔도 선생님은 손을 멈추고 다시 내 쪽으로 향했다.

"슬프지만 익숙해지는 수밖에 없어요."

"그렇군요……."

"그렇지 않으면 과거를 바꿔 써야 해요."

짤막한 대답이 가슴에 사무친다. 손끝에 생긴 거스러미를 만지작거리며 어금니를 꽉 깨문다.

"어쨌든 살아남은 고하네 씨와 친구가 직책감을 품을 필요는 없으니까요. 각자 현재를 마음껏 즐기며 살아가면 되는 거예요."

내 속을 꿰뚫어 보는 듯한 대답을 듣고 살짝 고개를 숙였다. 스마트폰 화면에는 노트에 쓰여 있는 불안 단계표가 아직 표시되어 있다.

"그대로 두어도 나쁘지 않을 거 같아요."

다시 고개를 드니 안경 렌즈 너머로 코이는 맑은 눈빛과 눈이 마주쳤다.

"언젠가 바다를 보러 가면 좋겠네요."

힘없이 고개를 끄덕였다. 그 무렵 날마다 들었던 파도 소리보다 까만 파드가 밀어닥치며 내는 굉음을 떠올리고 말았다.

오후 2시가 넘자 출퇴근용으로 쓰는 백팩을 메고 집을 나섰다. 하마초역에서 전철을 타고 문 근처에서 차 안을 바라본다. 지금은 미묘한 시간대라서 이른 아침보다 사람의 모습은 그리 많지 않다. 회사원으로 보이는 사람이 앞에 앉아 입을 반쯤 벌리고 꾸벅꾸벅 졸고 있다. 나도 언젠가 저런 식으로 전철에 앉아서 졸고 싶다. 어렴풋한 부러움을 가슴에 품고 지하를 비추는 어두운 차창을 계속 바라보았다.

직장에 도착해서 타임카드를 찍고 탈의실로 향했다. 사물함에 손을 뻗어 아직 새것 같은 하얀색 옷을 꺼냈다. 지금부터 내일 아침까지 16시간 정도의 근무를 앞두고 있다. 오늘 야간 근무 멤버는 남자 간호사 히라노 주임과 또 한 사람은 이노우에 가나 씨일 것이다. 둘 다 말 걸기 편한 직원으로 곤란할 때 정확한 조언을 해주는 경우가 많다. 휴, 하고 한숨을 내쉬고 하얀색 옷 주머니에 넣어둔 알약과 민트 껌의 감촉을 확인했다. 가슴속으로 괜찮다고 되뇌면서 병동으로 이어지는 리놀륨 복도를 걸어갔다.

주간 근무자의 인수인계를 다 듣고 야간 근무 일정에 따라 손을 움직였다. 저녁 식사 배식과 반납, 응급약 희망자에게 약 주기, 변화가 있었던 환자의 진료 기록부 기재, 내일 시행할 전기경련요법 준비. 문득 바라본 병동 창문에 어느새 해가 기울어지는 거리가 비친다. 바쁠수록 시간의 흐름이 빠르게 느껴진다.

소등 시간이 되어 취침약을 나누어주고 각 병실의 전등을 끄면서 돌아다녔다. 간호사실로 돌아오니 히라노 주임과 이노우에 씨도 업무가 한 차례 마무리된 것 같았다.

"고하네 씨, 뭐 도와줄 거 있어요?"

히라노 주임의 질문을 듣고 조그맣게 고개를 가로저었다.

"간호기록 정도만요. 다른 건 괜찮습니다."

"알았어요. 오늘은 격리실 환자도 안정된 것 같고. 이대로 아침이 오면 좋겠군요."

간호사실 안에 설치된 모니터 다섯 개로 시선을 돌렸다. 격리실 감시 카메라가 촬영하는 영상에는 병상과 화장실만 있는 살풍경한 공간이 비친다. 대부분의 환자는 이미 잠들었고 덮은 이불이 살짝 위아래로 흔들리는 게 눈에 띄었다. 물끄러미 모니터를 바라보자 히라노 주임이 이어서 말했다.

"지난번 야간 근무 때 격리실 환자들이 위험했어요. 깊은 밤에 소리를 지르거나 문을 여러 번 두드려서 힘들었습니다."

"지금은 진정된 거 같아요."

"그래요. 이 상태로 간다면 내일은 격리 처우가 종료되는 환자도 있을 거 같군요."

모든 격리실은 바깥에 자물쇠가 채워져 있어서 안쪽에서는 문을 열 수 없다. 최대한 외부 자극을 차단한 환경에서 치료에 전념하기 위해서다. 그렇지만 증상이 불안정해서 격리실 철문을 자꾸만 두드리는 환자도 있다. 오늘은 그런 시끄러운 소리는 들리지 않고 고요한 밤공기가 감돈다.

나는 모니터에서 눈을 떼고 환자의 초저녁 상황을 전자 차트에 기재하기 시작했다. 몇 사람 분량을 다 썼을 때 이노우에 씨가 하품을 억지로 참으면서 말했다.

"히라노 주임님. 그러고 보니 감정 입원 환자가 오는 게 다음 주인가요?"

"엇, 다다음 주 아닌가요?"

히라노 주임은 약간 고개를 갸웃거리더니 입원 예약부를 철해놓은 파일에 손을 뻗었다. 페이지를 넘기는 소리가 세 사람만 있는 간호사실 안으로 울려 퍼진다.

"죄송해요. 제가 착각했습니다. 이노우에 씨 말대로 다음 주가 맞네요."

"그렇죠. 그런데 어떤 사람이 와요?"

"사전 정보에 따르면 30대 여성입니다. 이름은 이우라 시즈카 씨. 대상 행위는 혼각 망상 상태에서 방화. 그 사건으로 자기 집이 반이나 타버렸다고 합니다."

간호기록을 기입하는 손을 멈추고 두 사람의 대화에 귀를 기울였다. 어느 순간 히라노 주임과 눈이 마주쳤다.

"고하네 씨가 전에 있었던 병원은 의료관찰법에 따른 감정 입원 환자를 받아줬어요?"

"아니요······. 그런 환자는 한 사람도 없었어요."

"그럼 의료관찰법 자체가 낯선 느낌일까요?"

"솔직히 말하면 간단한 개요 정도밖에 모릅니다······."

자신이 없는 탓에 대답하는 말끝이 흐려졌다. 내가 이 제도에 대해서 기억하는 것은 딱 세 가지밖에 없다.

첫 번째는 이 제도의 정식 명칭이다. 흔히 의료관찰법이라고 부르지만 '심신상실 등의 상태로 중대한 가해행위를 한 자의 의료 및 관찰 등에 관한 법률'이라고 한다. 간호학생 시절에 국가시험에 대비해서 공부할 때 필사적으로 외웠다.

두 번째는 의료관찰법을 제정한 계기가 된 처참한 사건이다. 2001년, 오사카 초등학교에 한 남자가 침입했다. 남자는 들고 있던 칼로 아동 8명을 살해. 그 밖에도 아동과 교사 15명한테 중경상을 입혔다. 범인인 남자에게는 정신과 병원 입원 경력이 있었다. 당시에는 정신질환에 대한 편견으로 이어지는, 대중매체의 보도 열풍도 아주 심했던 모양이다. 정부는 바로 법안을 만들고 2003년에 의료관찰법이 제정되어 2005년부터 시행되고 있다.

세 번째는 법적인 강제력을 동반한 의료라는 것이다. 후생노동대신이 지정한 '지정 입원 의료기관'에 입원하며, 세심한 치료를 받게 된다.

내 기억 속의 서랍을 열어놓은 채 히라노 주임에게 물었다.

"처참한 사건을 계기로 제정된 거죠?"

"그렇죠. 저한테도 초등학생 아들이 있어서 그런지 그 사건을 떠올리면 가슴이 아픕니다."

히라노 주임은 짧은 침묵 후에 다시 입을 열었다.

"고하네 씨는 '심신상실' 또는 '심신쇠약'이라는 말 알아요?"

"네. 정신장애의 영향으로 선악 판단이 어렵다고 할까……. 보통 형사책임을 묻지 못하는 상태를 말합니다."

"정답. 그런 사람 중에는 누군가를 상처 입히는 사람도 있어요. 의료관찰법에서 말하는 '중대한 가해행위'를 하는 놈들이죠."

때때로 고개를 끄덕거리면서 히라노 주임의 이야기를 머릿속으로 정리했다. 의료관찰법은 정식 명칭으로도 알 수 있듯이 심신상실 또는 심신쇠약 상태로 중대한 가해행위를 한 자가 대상이다.

"그런 사람들을 치료해서 사회 복귀를 돕는 제도죠?"

"대강 말하면 그렇죠. 그들에게 불기소 처분, 무죄, 집행유예 중 하나가 나오면 검찰 사무관이 지방재판소에 신청합니다. 그 후에 이 제도에 다른 절차가 시작되고 그들은 '대상자'라고 불립니다. 요컨대 사법이 관여하는 정신과 의료인 거죠."

사법이라는 딱딱한 울림이 귓속에 맴돌았다. 히라노 주임은 훤하게 드러난 이마를 문지르고 탄식하며 말을 이어나갔다.

"음, 찬반양론이 있는 제도지만요. 정신장애인의 예방적 구금이랄까, 대상자의 자살률이 높다고 할까."

"그렇군요……. 그런데 이 제도로 들어온 환자의 입원 기간은 어느 정도인가요?"

"후생노동성이 정하는 '입원 처우 가이드라인'에 따르면 대부분

18개월 이내 퇴원을 목표로 합니다. 하지만 실제로는 좀 더 길게 입원하는 사람이 많은 것 같지만요."

격리실이 비치는 모니터를 바라보았다. 그 안에 하나는 아무도 없는 빈 병상이다. 다음 주부터는 대상자로 불리는 여자가 이 살풍경한 방에서 치료를 받게 될까. 그때까지 의료관찰법을 복습해야 한다. 나 기사에게 퍼부은 잔소리가 나에게 되돌아온 것 같다. 이야기를 마무리하듯 간신히 기억하던 얄팍한 지식을 중얼거린다.

"이 병원이 지정 입원 의료기관인 건 몰랐어요."

간호기록을 계속 쓰려는데 이번에는 이노우에 씨가 말참견을 했다.

"우리는 그런 병원이 아니에요. 의료관찰법을 근거로 하는 입원 처우가 되면 국립이나 도도부현립 의료관찰법 병동으로 옮기거든요."

"어라, 하지만…… 다음 주에는 대상자가 온다고 하지 않았어요?"

"그건 의료관찰법 감정 입원으로 오는 거예요."

이해가 잘 가지 않아서 사고의 실타래가 엉켜버렸다. 법을 어긴 정신장애인이 사회 복귀를 위해 특별한 제도 안에서 치료를 받는다. 이노우에 씨 답변에는 그것과는 또 다른 의미가 담겨 있었다.

"히라노 주임님. 새해에 했던 공부 모임 자료 남아 있어요? 고하네 씨한테도 줄까요."

"그럴까요. 분명 있을 거예요."

히라노 주임은 일어나서 간호사실 구석에 있는 책장을 뒤적거렸다. 잠시 뒤에 스테이플러로 찍은 몇 장의 자료를 꺼내왔다. 표지 제목에는 '의료관찰법에 대해서'라고 굵은 서체로 쓰여 있다. 인사하고 페이지를 넘기자 일러스트가 딸린 도표가 눈에 들어왔다. 도표에는

'심판' '지정 입원 의료기관' '지역'이라는 세 가지 항목이 줄지어 있다. 순서에 따라 화살표로 표시되어 대상자가 다다르는 대강의 흐름을 알 수 있다. 함께 자료를 내려다보던 이노우에 씨가 '심판'이라는 글자를 손가락으로 가리킨다.

"다음 주에 오는 대상자는 몇 개월 후에 재판소에서 심판을 앞두고 있대요."

"심판……이라고요?"

"네. 그래서 의료관찰법을 근거로 하는 의료 필요성을 판단하는 거죠. 심판 결정에 따라서는 입원하지 않고 지역으로 돌아가는 대상자도 있다네요."

이노우에 씨는 돌연 엄지손가락을 제외한 손가락을 세웠다.

"심판 결정에는 4종류가 있어요. 그에 따라 대상자의 앞날이 달라지죠."

이노우에 씨는 말을 덧붙이면서 세웠던 손가락을 접어갔다.

집게손가락을 접을 때는 입원 처우를 이야기했다. 대상자는 신속하게 지정 입원 의료기관으로 옮겨지고 그곳에서 정성스러운 치료를 받는 것 같다.

가운뎃손가락을 접을 때는 통원 처우에 대해서였다. 의료관찰법 병동에는 입원하지 않고 지역에서 생활하면서 지정 통원 의료기관으로 다니는 것 같다.

약손가락을 접을 때는 불처우에 대해서였다. 말 그대로 의료관찰법에 따른 치료가 불필요하다는 판단이 내려지는 것 같다.

마지막으로 새끼손가락을 접을 때는 각하, 즉 중단에 대해서였다.

애초에 의료관찰법 대상이 아닌 사건 등 신청 자체가 부적절했다는 의미인 듯하다.

불처우와 각하가 결정된 경우, 의료관찰법에서 심판 절차는 종료되고 일반 정신보건 복지로 넘어가는 것 같다. 그 후 치료는 다른 사람들처럼 본인 결정에 맡겨지는 듯하다. 필요시 스스로 원하는 의료기관에서 치료를 받을 수 있다.

나는 때때로 고개를 끄덕이면서 엉킨 사고의 실타래를 풀기 위해 물었다.

"감정 입원은 심판 전 입원인가요?"

"간단하게 말하면 그렇죠. 감정 입원 중에는 감정 의사가 와서 면접과 검사를 하는 거예요. 사회 복귀 조정관이라고 불리는 사람도 관여해서 대상자의 생활환경을 조사해요. 우리도 표준적인 간호를 할 필요가 있고."

이노우에 씨는 가끔씩 자료를 활용하면서 말을 이어나갔다. 검찰 사무관의 신청 후에 지방재판소의 재판관이 감정 입원을 명령하는 듯하다. 그 기간은 2개월에서 최장 3개월. 감정 의사는 의료관찰법에 근거해 의료가 필요한지 정보를 얻고, 대상자에 대한 감정서를 재판소에 제출하는 것 같다. 고개를 끄덕거리면서 떠오른 의문을 입으로 쏟아낸다.

"예를 들면요······. 심판으로 입원 처우가 되면 다시 이 병원으로 돌아오나요?"

"그건 아니에요. 우리는 감정 입원 의료기관이기 때문이에요. 심판으로 입원 처우가 결정된 경우에는 지정 입원 의료기관의 의료관찰법 병동으로 보내지는 겁니다."

"그럼 이 병원은 몇 개월만 있다가 퇴원하는 거예요?"

"그렇죠."

다시 자료를 내려다본다. 심판에 따라서는 의료관찰법 병동에서 장기간 입원도 가능하다. 감정 입원은 초기의 통과 지점처럼 생각되었지만 대상자의 미래를 좌우하는 중요한 기간이다.

"슬슬 저녁 먹을까요. 고하네 씨부터 휴게실 갈래요?"

히라노 주임의 제안을 듣고 벽시계를 바라보니 밤 10시가 다 되어 간다. 야식에 가까운 저녁인데 전혀 배고프지 않았다.

휴게실 소파에 앉자 깊은 탄식이 새어 나왔다. 백팩 안에는 저녁으로 사 온 샌드위치가 들어 있지만 손을 대지는 않는다. 자연스럽게 아까 그 자료를 다시 훑어본다. 모든 것을 간단히 이해하기는 어려운 제도이지만 다음 주에는 대상자와 접하게 된다. 그때까지 어느 정도 지식은 머릿속에 집어넣는 편이 좋다.

페이지를 넘기다가 어떤 부분에서 손이 멈추었다. 그곳에는 의료관찰법으로 정해진 중대한 가해행위 여섯 가지가 표기되어 있었다.

살인

방화

강도

강제 성관계 등

강제 추행

상해

무시무시한 단어가 나열된 가운데 특히 살인이라는 글자가 눈길을 잡아끈다. 갑자기 히라노 주임이 알려준 내용이 생각났다.

『대부분 18개월 이내 퇴원을 목표로 합니다.』

아오바 씨와 관련된 소문을 생각하니까 심장이 세차게 고동쳤다. 느닷없이 떠오른 만약이라는 상상에 눈을 깜박이는 것도 멈추었다.

만약에 아오바 씨가 이 제도의 대상자였다면.

생뚱맞은 가설에 점점 살이 붙는다. 살인을 저질러서 유죄가 되었다면 10년 이상의 징역인 경우가 많다. 하지만 이 제도의 대상자라면 그보다 단기간에 사회로 돌아올 가능성도 있을지 모른다.

그 소문을 듣고 마음에 걸렸던 위화감이 갑자기 걷힌다. 저녁 대신 민트 껌을 입에 넣고 깊이 숨을 내쉬었다. 다음 페이지를 넘기는 손끝에 열이 난다. 체온이 오르는 걸 느끼면서 '이 법률에 따른 의료 필요성'이라는 항목을 읽어본다. 아까 가설이 현실적이지 않은 것을 바로 깨달았다. 손끝의 열이 단숨에 식어간다.

"역시 아닌가……."

코에서 빠져나가는 민트 향기와 함께 서서히 떨림이 잦아들었다. 휴게실 천장을 쳐다보면서 심호흡을 되풀이한다. 내가 아는 아오바 씨는 아마도 이 제도와 아무런 관계가 없을 것이다. 다시 한번 그 이유가 기재된 페이지를 읽어본다.

심판에서 의료관찰법 처우 대상인지 판정하는 건 세 가지 요건이 열쇠인 것 같다.

첫 번째는 질병성.

두 번째는 치료 반응성.

세 번째는 사회 복귀 요인.

이 중에 한 가지라도 부족하면 이 제도에 따른 의료를 받을 필요가 없는 듯하다.

세 가지 요건 중에서도 특히 치료 반응성을 설명하는 문장을 다시 읽어본다. 곧이곧대로 해석하면 의료에 따라 적극적인 증상 개선을 기대할 수 있느냐 없느냐다. 이 요건에 따라 결국 대상자의 질환은 치우쳐 있다. 약제 등 치료 반응을 기대할 수 있는 조현병의 비율이 상당히 많고 반대로 지적장애나 발달장애, 인격장애, 치매 비율은 적은 것 같다. 같은 페이지에는 후생노동성이 조사한 '의료관찰법의 입원 대상자 현황'이라는 데이터도 있었다. 역시 대상자의 80퍼센트는 '조현병, 조현병형 장애 및 망상성 장애'이다.

자료를 덮고 소파에 등을 맡겼다. 단물이 빠진 껌을 씹으면서 눈가를 가볍게 비볐다. 지금도 아오바 씨의 정확한 얼굴 생김새는 떠오르지 않지만 한 가지만큼은 확신할 수 있다.

아오바 씨는 조현병이 아니다. 17년 동안 엄마와 지내왔던 나날이 그렇게 알려주었다.

갑자기 백팩 안에서 알림 소리가 들려 부랴부랴 스마트폰을 꺼냈다. 화면을 보니 고헤이한테서 메시지 하나가 도착해 있다. 내용을 읽고 나도 모르게 피식 웃음이 났다.

『역시 린코였어!』

짧은 소식으로, 바닷바람에 나부끼는 머리카락과 왼쪽 귀에 보이는 귀걸이 영상이 되살아났다. 지금까지 소원했다는 죄책감과 후회보다 먼저 순수한 그리움이 가슴을 가득 채운다. 내가 읽은 걸 확인했는지 또 알림 소리가 울렸다.

『그런데 고하네는 언제 시간이 비어?』

야간 근무가 끝나면 내일도 모레도 쉬는 날이고 일정은 없다. 휴게 시간이 끝날 때가 다 되어서 서둘러 답장을 보냈다.

『여러 가지 고마워. 급작스럽지만 내일이나 모레는 어때?』

바로 얼마 전까지만 해도 고향을 잊으려 한 것이 거짓말 같다. 고헤이와 만난 걸 계기로 기억의 수문이 열린다. 고헤이를 따라서 나도 연속해서 메시지를 보냈다.

『빨리 린코랑 만나고 싶다.』

린코와 나란히 자전거로 통학로를 달려가던 무렵은 아직 17세였다. 바구니 달린 자전거 뒤쪽에서 유아용 좌석 안전띠가 흔들리는 모습을 떠올리면서 씹던 껌을 꺼내 은박지에 감쌌다.

해 질 녘에 부는 바람은 낮의 햇볕이 스며든 아스팔트를 조용히 식히고 있었다. 야간 근무를 마치고 겨우 3시간 자고 나왔는데, 이 온도가 참 고맙다. 그림자를 늘어뜨리고 신발 소리를 울리며 하마초역으로 걸어간다. 지금 가는 장소는 낯설다. 미리 먹은 응급약의 효과를 빌면서 깊은 한숨을 뱉어냈다.

늘 타던 지하철로 신주쿠에 가서 JR 야마노테선으로 갈아탔다. 평소 이용하지 않는 노선이란 것만으로 심장 고동이 약간 빨라진다.

초록색 전철을 타고, 출입문 앞에 서서 차창 밖을 바라보았다. 어두운 지하철과 다르게 조청 빛깔로 물든 가로수가 지나쳐간다. 전철 광고판을 읽거나 오가는 사람들의 모습을 보고 있으니까 서서히 심장 고동이 안정되었다. 최근 반년 동안 심한 공황발작은 일어나지 않앉았다. 작심하고 일에서 떠나 노출요법을 쓰고 노력한 성과일까. 예금 잔고가 훅 줄어들었지만 지금도 후회는 하지 않는다. 죽음을 각오해야 하는 공황발작이 일어나지 않는 일상은 예전보다 훨씬 살기 쉽다.

이케부쿠로에서 내려 서쪽 출입구로 나가 역 바로 옆 넓은 공원으로 향했다. 고헤이와 만나기로 한 장소는 공원 안 분수 근처다. 처음에는 고헤이가 개찰구 앞에서 만나자고 했다. 하지만 내가 먼저 도착하면 사람이 많은 폐쇄적인 공간에서 시간을 보내야 한다. 바깥이 좋겠다고 하자 최대한 선선한 곳에서 만나자고 정해주었다.

분수를 등지고 고헤이를 기다리는데, 어느새 해가 저물고 있었다. 주위에는 스마트폰으로 빛을 반짝이는 사람들이 있고, 벤치에는 많은 커플이 앉아 있다. 밤이 되어도 줄지 않는 사람들의 모습을 바라보다가 문득 하늘을 쳐다봤다. 군청색 하늘에 별이 몇 개 빛난다. 그 반짝임을 바라보는데 피난한 초등학교 교실에서 본 밤하늘이 겹쳤다. 쓰나미가 덮친 거리 위에는 아름다운 별들이 눈부시게 반짝거렸다. 그 밤에는 한숨도 못 자고 그런 빛을 보며 오로지 기도만 했던 기억이 난다.

가족이 무사하기를.

아오바 씨가 살아 있기를.

먼 기억은 공원 안에서 울려 퍼지는 누군가의 웃음소리와 차도에서 들리는 경조 소리에 지워진다.

"미안, 늦었다."

목소리가 들려 밤하늘에서 눈을 뗐다. 고헤이가 어깨를 들썩거리고 가쁜 숨을 쉬면서 이마의 땀을 닦았다. 파란색 폴로셔츠 깃은 한

쪽만 접혀 있고, 스니커즈 끈은 풀려 있다.

"인명 사고로 주위에 다이아몬드가 떨어져 있어서."

"나도 방금 도착했으니까 그런 농담 안 해도 돼. 나야말로 미안해. 일정 맞춰줘서."

"그건 괜찮아. 나도 빨리 린코와 만나고 싶었거든."

고헤이는 입으로만 웃고 호흡을 가다듬으면서 대꾸했다.

"세이부 이케부쿠로선 개찰구까지는 조금 걸어가야 해."

"알았어. 역마다 서고, 두 개 역이지?"

"그래. 타고 가면 5분도 안 걸릴 거야."

고헤이가 스니커즈 끈을 다시 묶은 뒤 어깨를 나란히 하고 걸었다. 공원을 벗어나자 고헤이는 폴로셔츠 깃을 가다듬으면서 말했다.

"린코가 예전부터 카레 좋아했나?"

"솔직히 그런 이미지는 없는데."

"그렇지. 어른이 되고 인도라도 다녀왔을까?"

"그런가. 카레라고 해도 나라마다 종류가 많잖아. 타이풍이라든가 유럽풍이라든가."

"아무튼 대단해. 자기 가게를 갖고 있다니."

"분명 상당히 노력했을 거야."

고헤이가 메시지를 주고받은 바로는 현재 린코는 '별과 자두'라는 이름의 카레 전문점을 히가시나가사키에서 운영하는 듯하다. 문을 연 지 얼마 안 되었고, 바쁜 나날을 보내는 것 같다. 그런 사정도 있어서 오늘은 라스트오더 시간인 오후 8시 45분에 맞춰 가게에서 만나기로 약속했다.

"린코가 만든 카레, 기대되네."

"린코는 매운 걸 잘 먹어서 카레도 엄청 맵지 않을까."

고헤이는 즐거운 듯 싱긋 웃었다. 이케부쿠로 가로등과 음식점에서 새어 나온 빛이 고헤이의 옆얼굴을 비춘다. 낮보다 훨씬 선선한데 고헤이의 뺨에는 구슬땀이 흐르고 있었다. 자세히 보니 폴로셔츠 깃과 겨드랑이도 땀으로 젖어서 색깔이 달라졌다.

"올해도 덥네."

"그렇지. 6월 정도부터 엄청 더웠지."

고헤이는 몇 번이나 손으로 목덜미에 부채질을 했다. 그리고 날씨 이야기와 같은 말투로 이런 말을 했다.

"암에 걸린 뒤 갑자기 땀이 분출될 때가 있어. 왜 그럴까?"

"……다 그렇다고는 말할 수 없지만 자율신경계와 관련 있을지도 모르겠어."

"그렇구나. 역시 현역 간호사."

"그냥 짐작한 거니까. 주치의 선생님한테 상담해 봤어?"

"안 했어. 다음 진료 때 이야기할게."

"그렇게 해. 다음 진료는 언제야?"

"10월. 진짜르 벌써부터 긴장된다."

얼버무리듯 느릿느릿한 목소리가 소음에 뒤섞인다. 고헤이는 고환을 제거하고 항암 치료도 했기 때문에 어느 정도 후유증일 수 있다.

"나 말이야. 정기검진 전에 당일치기로 고향에 다녀올 거야."

"우와, 가족 만나러?"

"아빠가 일을 쉬면 만나겠지만 보통은 혼자서. 센다이에서 렌터카 빌려서 고독한 드라이브를 즐길 거야."

고헤이는 쓴웃음을 짓고 코끝을 긁는다. 고헤이의 뺨을 타고 흐르는 땀을 주위의 네온사인이 비춘다.

"지금까지는 그렇게 재발을 피해왔어. 기분 전환이라고 할까."

"어쩐지 알 것 같아. 그런 자신만의 주문 같은 게 있지."

고헤이한테는 고헤이 나름대로 괴로운 일에 직면하는 방법이 있다. 나 같은 경우에는 민트 껌일까. 씹지도 않았는데 상큼한 향기를 콧속 깊숙이 느꼈다.

"그러고 보니 린코한테 개업 선물 해주는 게 좋을까?"

"아마도……. 문 연 지 아직 몇 개월밖에 안 됐을걸."

"이케부쿠로에서 살까. 꽃다발보다 먹을 게 더 좋겠지. 도우부인지 세이부인지 백화점 지하에 가면 뭔가 있겠지."

백화점 지하라는 말을 듣고 마음의 어둠 속으로 불안이 스며들었다. 사람이 많고 창문이 없는 장소는 질색이다. 주머니에 손을 넣고 무심하게 중얼거린다.

"저기, 껌 먹을래?"

"엇, 고마워."

고헤이에게 한 개 준 뒤 껌을 입안에 던져 넣고 각오를 단단히 했다. 백화점 지하에 가는 건 노출요법이다. 혼잡한 거리에 부는 밤바람이 민트 향기를 싣고 간다.

가까스로 백화점 지하를 견뎌내고, 쿠키 세트가 든 종이봉투를 흔들며 노란색 전철을 탔다. 문 근처에 서서 역 하나를 지나고 히가시나가사키역에 도착했다. 플랫폼에 내려 역 앞을 둘러본다. 마트나 음식점도 많고, 살기 좋아 보이는 분위기다.

"고하네는 이 역에 내려본 적 있어?"

"없어. 생활권에서 완전히 벗어난 곳인데."

"나도. 하지만 어쩐지 좋아 보이는 거리인걸. 엄청 변화가 느낌."

첫인상을 이야기하면서 개찰구를 빠져나간다. 역에서 나가자 고헤이는 스마트폰을 꺼내서 화면을 두드렸다.

"린코 가게는 저쪽인가. 역에서는 조금 떨어져 있는 것 같아."

고헤이의 안내에 따라 낯선 거리를 걷는다. '나가사키 긴자'라고 쓰인 아치 끝에는 다양한 가게가 늘어서 있다. 수박이 싱싱해 보이는 과일 가게, 사천풍 마파두부를 파는 중화요리점, 드립커피가 인기인 듯한 레트로 카페, 수요일에는 반값인 세탁소, 크로켓과 포크커틀릿이 전시된 정육점. 누군가의 노하우가 쌓여 있는 거리에서 고헤이와 발소리가 겹친다. 주변 광경에 정신을 빼앗기다 보니 어느새 상가 끝트머리에 다다랐다.

"여기 막다른 곳에서 왼쪽인가."

왼쪽으로 꺾어 들어가니 주택가가 이어졌다. 같은 거리인데도 드문드문 늘어선 가로등과 고요함에 상가와 다른 분위기가 풍긴다. 한동안 그 길을 따라 걷다가 고헤이가 앞쪽을 손가락으로 가리켰다.

"저기 같지 않아?"

도로에 면한 이층짜리 건물이 불을 밝히고 있었다. 회색 벽돌로 된 외벽은 이웃의 목조 주택들보다 훨씬 눈에 잘 띈다. 출입구 위쪽의 자그마한 조명이 파란색 문을 부드럽게 비춘다. 가게 앞에는 메뉴가 쓰인 입간판이 놓여 있다. 앞머리를 흩날리게 하는 밤바람에 카레 향기가 실려 왔다.

"틀림없이 저기야. 맛있는 냄새가 난다."

"엄청 멋진 가게잖아. 린코가 이렇게 감각이 뛰어났나?"

가게에 도착해서 도로 쪽 창문으로 내부를 들여다보았다. 생각보다 아담했고 테이블 좌석은 하나밖에 없었다. 손님처럼 보이는 사람은 없고 낯선 여자가 카운터 안에서 뭔가 작업하고 있었다.

"저 사람은 린코가 아닌 거 같은데?"

"아니지. 이 가게는 맞다고 생각하지만……."

다시 한번 외관을 바라본다. 출입문에 '별과 자두'라는 자그마한 금속판이 늘어뜨려져 있었다. 역시 잘못 찾아오지는 않은 것 같다.

"일단 안으로 들어가 볼까."

고헤이가 파란색 문을 밀자 카우벨이 서늘하게 울렸다. 그 소리에 카운터 안의 여자가 붙임성 좋은 웃음을 지었다.

"어서 오세요."

여자가 등진 선반에는 향신료가 든 커다란 유리병이 쭉 늘어서 있다. 가루로 만든 향신료도 있지만 본래 모양을 유지한 것도 많다. 작은 나무 열매와 마른 나뭇가지로밖에 안 보이는 물체가 유리병에 비친다.

"안녕하세요? 오늘 저희는 여기서 스미타 린코와 만나기로 약속했습니다."

"여러분 이야기 들었어요. 고향 친구들이라고요?"

여자는 카운터에서 나와 우리에게 다가왔다. 얼굴 생김새로는 우리보다 나이가 많은 것 같다. 아마도 30대 중반이나 후반. 키는 늘씬하게 크고, 웃을 때 생기는 눈가의 주름이 인상적이다.

"린코는 이층 자택에 있어요. 불러올게요."

여자는 가게 안쪽으로 걸어가서 출입구와 같은 파란색 문을 열었다. 그 앞에는 급경사의 계단이 이어져 있다.

"적당한 곳에 앉아서 기다려요."

여자는 말을 남기고 문을 닫았다. 고헤이는 잽싸게 카운터 자리에 앉아서 줄지어 있는 유리병을 손가락으로 가리켰다.

"향신료 양이 엄청나지 않냐? 30종류는 넘는 거 같은데."

나도 옆에 앉는다. 많은 양의 향신료에서 점주의 강한 자부심이 느껴진다. 린코는 언제부터 카레의 세계에 빠져든 걸까. 잠깐 생각해봐도 머릿속에는 17세 소녀가 부끄러워하는 모습만 떠오른다. 린코 나름의 11년을 상상하자 초점이 맞지 않고, 찬장에 늘어선 유리병이 뿌예진다.

"고하네."

고헤이가 안쪽에 있는 파란색 문을 손가락으로 가리켰다. 귀를 기울이자 계단을 내려오는 경쾌한 발소리가 들린다. 곧바로 문이 힘차게 열렸다.

"둘 다 진짜 그리웠어. 잘 지냈어?"

가슴속 모래밭에 스며드는 것 같은 목소리가, 세 사람만 있는 가게 안에 울려 퍼졌다. 옆자리의 고헤이가 짧은 환호성을 질렀다. 오랜만에 본 린코는 예전보다 세련되고 예뻐졌다. 중간 길이의 금발에 끝은 웨이브를 넣어 투명하고 하얀 피부와 잘 어울린다. 화장은 옅지만 혈색이 좋은 입술은 윤기가 났다. 레이스 소대의 니트는 눈부실 정도로 선명한 파란색이다. 린코가 걸음을 내디딜 때마다 리넨 통바지가 시원스럽게 출렁거린다.

"린코! 정말로 오랜만이야. 다시 만나서 기쁘다."

"나도! 고하네랑 11년 만인가?"

"아마도 그럴 거야!"

들뜬 목소리로 서로 생글생글 웃었다. 그때랑 외모는 상당히 달라졌지만 린코의 웃는 얼굴은 17세 무렵과 마찬가지였다.

"고헤이는 조금 말랐나?"

"그런가. 특히 요즘은 더위 먹어서 그렇게 보일지도 모르겠다."

"너는 예전부터 입이 짧았잖아. 날마다 더우니까 쓰러지지 않게 조심해."

고헤이가 쓴웃음을 지었다. 마른 것처럼 보이는 건 더위가 아니라 병의 영향도 있는지 모르겠다.

"괜찮아. 나, 오늘은 배고프니까. 이 근처에 맛있는 카레 전문점이 있다고 들었는데."

"그냥 맛있는 게 아니라 엄청 맛있지."

그때도 이런 식으로 두 사람이 농담을 주고받는 걸 종종 들었다. 11년의 공백은 존재하지 않는 것처럼 그 시절의 공기가 빠르게 가게 안을 채운다. 나는 재회의 기쁨을 맛보며 세이부의 백화점 지하에서 사온 종이봉투를 내밀었다.

"이거, 고헤이랑 함께 고른 거야. 북유럽에서 인기 있다는 버터쿠키."

"우와. 고마워. 이렇게 신경 써주고."

"늦었지만 가게 연 거 축하해. 나도 린코가 만들어준 카레, 기대하고 있어."

린코는 금발을 귀 뒤로 넘기고 종이봉투를 받아 들었다. 자그마한 귓불에는 핑크골드 별이 반짝거린다. 흔한 디자인인지도 모르지만 그 구 걸이는 톤 기억이 있다.

"시간이 늦었으니까 빨리 만들어볼까. 게인 카레와 마실 것은 뭐로 할래?"

린코는 크게 기지개를 켜고 카운터 구석에 놓인 메뉴판을 내밀었다. 고헤이와 함께 내려다보니 손 글씨로 적혀 있었다. 메인 카레는 닭고기와 돼지고기, 두 종류인 듯하다.

"나는 포크 카레랑 콜라로 하겠어."

"그럼 나는 치킨 카레랑 아이스커피로 부탁할게."

주문을 들은 린코는 카운터 안으로 가서 데님 앞치마를 목에 둘렀다. 그 모습을 보고 고헤이가 입을 열었다.

"아까 여자분은 이 가게 직원?"

"사이토 말하는 거야? 직원이라고 해도 하나, 둘이서 가게를 운영하고 있어. 그 사람이 없었다면 이 가게는 열지 못했을 거야."

"어, 공동경영자 느낌?"

"응. 파트너가 좀 더 정확할 거야. 코로나가 완전히 끝나고 사이토랑 가게를 열 준비를 했지."

린코는 부끄러운 듯 웃더니 대형 냉장고를 열었다. 콜라병과 아이스커피가 든 유리병을 꺼내 얼음이 든 유리잔에 부었다. 손놀림이 익숙해서 지금까지 수없이 반복했다는 걸 알 수 있었다.

"우리 카레는 남인도풍이야. 두 사람은 먹어본 적 있어?"

"나는 없다."

"아마 나도."

"남인도풍 카레는 루가 산뜻해서 더운 여름에도 싹 먹어 치울 수 있지."

이어지는 린코의 목소리에 귀 기울인다. '별과 자두'에서는 몇 종류 반찬과 함께 카레를 제공하는 듯하다. 간단히 말하면 카레 정식으로 남인도에서는 밀즈라고 하는 스타일이라고 설명했다. 메인 외에도 콩과 채소가 들어간 삼바르라고 하는 카레를 곁들인다. 그 밖에도 파파드라고 하는 콩가루로 만든 센베이, 아차르라고 하는 양파절임, 랏사무라고 하는 매콤한 수프가 같은 접시에 놓인다. 린코는 밀즈를 구성하는 음식을 하나하나 설명하면서도 손을 멈추지 않았다. 카운터 저편에서 풍겨오는 매콤한 향기가 서서히 강해진다.

"우리는 평범한 그릇을 사용하는데 남인도에서는 밥이랑 반찬을 바나나 잎에 담아내는 가게가 많대."

본고장의 정보를 알려주면서 린코는 은빛 볼 안에 밥을 담았다. 그 후 아몬드랑 호두, 캐슈너트를 함께 섞어 놓았다. 일본에서는 거의 못 본 조합이라 놀라서 물었다.

"카레의 본고장에서는 밥에 견과류를 섞어 먹어?"

"그쪽에서도 레몬즙으로 풍미를 더한 밥을 제공하는 가게는 있어. 하지만 이런 조합은 고향에서 알게 된 맛이야."

린코는 바로 앞을 뒤적이더니 투명한 밀폐 용기를 들었다. 그 안에는 갈색 주사위 모양 물체가 몇 개 들어 있다.

"고하네는 이거 알아?"

"뭐지, 남인도의 크루통인가."

"안타깝네, 오답. 그럼 고헤이는?"

"아마 카레의 루를 사각으로 자른 거겠지. 그걸 냄비에 녹여서……."

고헤이가 말을 다 끝내기도 전에 "오답"이라는 목소리가 들렸다. 린코는 스푼으로 갈색 물체를 두 개 퍼서 고헤이와 내 손바닥에 각각 떨어뜨렸다.

"둘 다 틀림없이 먹어봤을 거야."

입으로 가져가기 전에 갈색 물체를 찬찬히 들여다본다. 나보다 먼저 코를 가까이에 갖다 댄 고헤이가 크게 고개를 끄덕였다.

"나, 알 것 같다. 이거 참치 큐브잖아. 아빠가 종종 술안주로 드셨어."

"정답. 우리 카레에는 이 마른안주를 두 개 곁들여. 음, 일본 카레랑 같이 나오는 채소 절임 대신으로 말이지."

사탕처럼 은박지로 싸여 있는 마른안주가 뇌리를 스쳐 지나갔다. 할아버지도 이 마른안주를 이따금 먹었던 것 같다. 참치 큐브를 입에 넣으니까 달콤하고 매운 맛이 혀 위로 퍼져나갔다. 참치의 풍미도 희미하게 느껴졌지만 술안주이기도 해서 맛은 진한 편이다. 고헤이는 참치 큐브를 하나 더 달라고 하고 출입구 쪽으로 얼굴을 향했다.

"저기, 가게 이름인 '별과 자두'는 무슨 의미가 있어?"

"단순히 서로 좋아하는 걸 붙인 것뿐이야."

"서로라면 아까 그분?"

"어. 나는 별이고 사이토는 과일 자두."

"그렇구나. 자두랑 별을 이어 붙여서. 한 가지 더 물어봐도 돼? 내가 착각한 건지도 모르는데 어쩐지 신경 쓰여서."

고헤이는 그렇게 밑밥을 깔고 자기 귓불을 만지작댔다.

"그 귀걸이 말이야. 고등학생 때부터 했던 거 아냐?"

"오옷. 매의 눈이네. 그런데 고헤이, 의외로 인기 많았지."

"의외라니, 쓸데없는 소리를."

나도 핑크골드 별에 눈길을 주었다. 아까 괜히 본 듯한 느낌이 든 게 아니었다.

"이 귀걸이는 생일날 받았던 거야. 지진 때도 귀걸이를 하고 있어서 쓰나미에 휩쓸려 가지 않은 거고."

담담한 목소리가 유리잔의 얼음이 짤랑거리는 서늘한 소리와 겹친다. 린코는 처음으로 손을 멈추고 내 쪽으로 고개를 돌렸다.

"고하네가 이 귀걸이 건네줬잖아."

"뭐, 거짓말. 전혀 기억이 안 나는데."

"어라, 잊어버렸구나. 아오바 씨 대신에 갖다줬잖아."

나도 모르게 말문이 막혀서 린코의 귀에 반짝이는 별을 바라본다. 빠르게 몸속이 차가워지는 건 에어컨 탓이 아니다. 이 차가운 느낌을 나는 선명히 기억한다. 눈으로 뒤덮인 고향 풍경이 머릿속에 퍼져갔다.

"생각났어······."

얼빠진 목소리가 새어 나오고 갑자기 심장 박동이 빨라졌다. 천장 불빛이 어두워지고 눈앞이 흐릿해진다.

"틀림없이 학교에서 집으로 가는 길에 내가······."

호흡이 흐트러지고 더는 말이 나오지 않았다. 주위의 벽이 다가오고 몸이 찌부러지는 듯한 공포가 가슴을 꿰뚫고 지나간다. 응급약도 먹었고 최근 몇 달간 공황발작이 잠잠했는데. 폐는 돌처럼 단단해지고 나 장이 거친 바다의 파도처럼 출렁거린다. 이제 몇 초 더 이어지면 죽을 것 같은 괴로움이 온몸을 관통했다. 지독한 현기증 탓에 앉아 있는 것도 서 있는 것도 너무 힘들다. 견디지 못하고 카운터 자리에서 바닥에 주저앉았다.

"야, 고하네."

"잠깐만 고하네, 갑자기 왜 그래? 괜찮아?"

두 사람의 목소리가 멀리서 들려온다. 나는 어깨로 숨을 쉬면서 가슴께로 손을 갖다 댔다. 괴로움의 틈을 빠져나가, 있는 힘껏 목에 힘을 준다.

"괜찮아······. 걱정하지 마······."

"얼굴이 창백해. 구급차를 부르는 편이······."

"정말로 괜찮으니까······."

지금은 일어날 수도 없고 의자에 앉는 것조차 무리다. 힘이 빠져가는 몸을 감당하지 못해 그대로 바닥에 쓰러진다. 냉기가 뺨으로 퍼져나갔다.

"고헤이, 고하네를 업을래? 이층이 우리 집이니까 거기 일단 눕히자."

린코의 목소리가 들리고 내 몸이 들어 올려졌다. 식은땀이 눈에 들어가서 자꾸만 눈앞이 흐려진다.

"고하네, 지금부터 계단에 올라간다. 꽉 잡아."

온몸이 저려서 제대로 힘이 들어가지 않는다. 고헤이의 탄탄한 등과 린코의 손이 빈껍데기 같은 몸을 지탱해 준다. 계단을 올라가는 게 느껴지자 미지근한 액체가 뺨을 타고 흘러내렸다. 이렇게 즐거운 날을, 나 때문에 망쳐버렸다. 두 사람에 대한 죄책감이 사슬이 되어 심장을 죄어온다. 이층으로 이어지는 계단에도 희미한 향신료 향기가 감돈다. 손대지도 못한 카레를 떠올리자 눈물은 더욱더 멈추지 않았다.

"모처럼 만들어줬는데…… 미안해……."

"또 만들어줄게. 카레는 신경 쓰지 마."

"린코가 또 만들어준다잖아. 일단 지금은 숨을 들이마시고 내쉬고를 의식해야 해."

고헤이는 계단을 올라가는 다리를 멈추지 않았고, 린코는 줄곧 등을 쓸어내려 주었다. 얕은 호흡을 되풀이하면서 공황발작의 폭풍이 지나가기를 바랐다. 하지만 손발의 저림은 더욱 심해졌다.

이층에 도착해서 계단 바로 앞에 있는 방으로 나를 옮겼다. 침실인 듯한데 실내 대부분을 킹사이즈 침대가 차지하고 있다. 고헤이는 커다란 침대에 다가가서 나를 천천히 눕혔다.

"고하네, 정말 괜찮아?"

"먼저, 물 좀 가져올게."

린코의 말에 조그맣게 고개를 가로저었다. 아직 얕은 호흡의 틈에서 가까스로 목소리를 낸다.

"괜찮아……. 어차피 가라앉을 거니까……."

"하지만 한 모금 정도 마시는 게 좋아. 땀도 엄청 많이 흘렸다고."

"솔직히…… 물보다 잠깐만 혼자 있게 해주면 더 좋을 것 같아……."

여기까지 업고 오고 침대도 빌려주었는데 뻔뻔스러운 나 자신을 경멸했다. 그래도 다른 사람이 있는 것보다 혼자서 고통을 견디는 편이 좀 더 빨리 진정되는 걸 알고 있었다. 나는 가슴에 손을 갖다 대면서 힘들게 입꼬리를 올렸다.

"괜찮아……. 죽거나 그런 건 아니니까……."

공황발작으로 목숨을 잃는 일은 절대로 없다. 그 사실은 엔도 선생님에게 여러 번 들었다. 죽음에 이를 것 같은 고통은 사실이지만 거기에 사로잡히면 공황발작이 심해진다. 최대한 태연한 체하면서 안정되기를 기다린다. 그 방법이 나에게 최선이였다.

"정말로 혼자서 괜찮겠어?"

"응……. 괜찮아."

"알았어. 옆방에 있을 테니까 무슨 일이 있으면 말해."

내가 살짝 고개를 끄덕거리자 두 사람은 망설이다가 발길을 돌렸다. 침실 문이 천천히 닫히고 정적이 찾아온다. 홀로 남겨진 방에서 고통이 덜한 자세를 찾는다. 어금니를 꽉 깨물며 여러 가지를 시도해 본다. 바닥에 앉아서 침대에 상반신만 기대는 게 가장 편한 것을 알았다.

침구에서 풍기는 달콤하고 깨끗한 향기를 맡으면서 눈을 감았다. 어째서 아까 공황발작이 일어났던 걸까. 안개가 낀 듯한 머리로 대답도 준비되지 않은 의문을 떠올렸다. 몸속이 차가워지고 어깨가 부들부들 떨린다. 마치 쓰나미에 파괴된 마을 안을 정처 없이 떠도는 것 같은 착각이 들며 필사적으로 호흡을 가다듬었다.

가까스로 떨림이 가라앉고 폐가 정상적으로 돌아왔다. 주머니에 넣어둔 스마트폰으로 시간을 확인했다. 체감상으로는 2시간 넘게 공황발작에 시달린 것 같았지만 40분밖에 지나지 않았다. 그렇다고는 해도 두 사람한테 걱정과 폐를 끼쳤다. 씻을 수 없는 죄책감에 다시 가슴이 답답해진다.

문득 시선을 느끼고 천천히 등 뒤를 돌아보았다. 완전히 닫혔던 문이 살짝 열려 있다. 그 틈으로 앳된 얼굴이 훔쳐보고 있는 걸 깨닫자 숨을 삼켰다. 한순간 유령을 본 것 같았지만 바로 부정했다. 유령치고는 혈색이 너무 좋고 선명하다.

"언니, 어디 아파?"

귀여운 목소리와 함께 문이 완전히 열렸다. 복도에 잠옷을 입은 소녀가 서 있었다. 목욕하고 나왔는지 축축한 머리카락이 어깨까지 늘어져 있다. 초등학교 저학년 정도의 나이일까. 나를 바라보는 동그란 눈동자에 흥미와 약간의 불안이 배어 있었다.

"걱정해줘서 고마워……. 몸 상태는 괜찮아진 거 같은데."

"그래-. 그럼 잘됐네-."

동그란 눈동자는 아직 나를 바라본다. 여자아이는 입고 있는 잠옷 단추를 만지작거리면서 입을 삐죽 내밀었다.

"언제나 이 방에서 엄마와 린이랑 셋이서 잠을 자는데."

"그렇구나……. 미안해. 침대가 푹신해서 너무 오래 쉬었네."

침대를 잡고 천천히 일어났다. 온몸에 나른한 기운이 퍼졌지만 공황발작 때 나타난 심장의 두근거림이나 숨 막힘은 잦아들었다. 이제 그 폭풍은 지나간 거 같다.

"언니는 린이랑 친구 맞지?"

"그래. 예전부터 소중한 친구."

"그럼, 린 좋아해?"

"둘 다 아주 좋아하지."

내 대답에 고사리손이 단추 만지던 것을 멈추었다.

"하지만 언니도 린이랑 결혼 못해?"

"그렇지……. 친구로서 좋아한다는 의미니까."

무심결에 고개를 갸웃거리는 순간 복도에서 발소리가 울려 퍼졌다.

"리카, 그 방은 들여다보면 안 돼."

야단치는 소리에 여자아이는 엄청난 속도로 어딘가로 후다닥 달려갔다. 대신 나타난 사람은 예전부터 소중한 친구였다.

"고하네, 이제 괜찮아?"

"그럭저럭…… 아까 여러 가지 고마웠어. 그리고 미안했어."

걱정스러운 표정을 짓는 린코에게 고개를 푹 숙여서 인사했다. 몇 초 전 여자아이의 경쾌한 발소리를 떠올리며 고개를 든다.

"방금 여자아이는……."

"사이토 딸이야."

"그 아이한테도 다시 사과해야겠어. 내가 여기서 쉬느라……."

"리카는 신경 안 써도 돼. 아까까지 고헤이랑 즐겁게 놀던데."

"그런데 언제나 이 방에서 잔다고 해서……."

시야의 한구석에 흐트러진 시트가 보이고, 서둘러 사과했다.

"미안해. 얼른 정리할게."

"괜찮아. 그대로 놔둬."

그런 말을 들어도 미안함은 사라지지 않았다. 망설이고 있는데 린코가 침대 가장자리에 앉았다.

"오랜만에 만났는데 고하네는 사과만 하네."

"미안……."

"지금의 '미안'은 노린 건가?"

나는 필사적으로 고개를 가로저었고 린코가 장난이라며 웃음을 터트렸다. 한동안 즐거운 듯 웃는 소리는 멈추지 않았다.

"그래, 그래. 리카한테 이상한 질문 안 받았어?"

"이상한 질문? 딱히 아무것도."

"예를 들어 결혼에 대한 질문이라든가."

"그러고 보니 '언니도 린이랑 결혼 못해?'라고 묻던데."

"역시. 거의 아웃팅이잖아."

어이없다는 말투였지만 린코의 입가에는 웃음이 번진다. 아웃팅이란 본인이 비밀로 하는 성 정체성이나 성적 지향을 타인이 제멋대로 폭로하는 것이다. 이 방에서 셋이서 잔다는 이야기를 듣고 어쩐지 그럴 거라고 짐작은 하고 있었다. 아무 말도 하지 않은 채 나도 린코 옆에 앉는다.

"사이토랑 일로도 사적으로도 파트너인 거지."

"그런데…… 리카는?"

"사이토는 예전에 평범하게 결혼 생활을 하던 시기가 있었어. 리카는 그때."

사이토 씨는 아마도 남자와 여자, 둘 다 연애가 가능한 바이섹슈얼인지도 모르겠다. 내가 고개를 끄덕이자 린코는 봇물 터지듯 이야기를 쏟아냈다.

"쓰나미로 아미이소 지역이 폐허가 되고 엄마랑 외삼촌 집에 가서 지냈어."

"그랬구나……."

"외삼촌은 알코올 의존증에 편견이 심해서 엄마는 줄곧 함께 사는 걸 피했는데. 그때는 그런 소리를 할 처지가 아니어서."

린코가 쓴웃음을 지었다. 그 표정을 보기만 했는데도 많은 것이 전해진다. 느닷없이 덮쳐온 시커먼 쓰나미에 일상이 파괴되고 가족도 빼앗겼다. 그렇게 할 말을 잃는 괴로운 경험을 해도 배가 고프고, 씻지 못해서 몸이 더러워지고, 배설도 하고 싶어진다. 잃어버린 것을 헤아리기만 하는 나날이라도 비와 추위를 견딜 지붕이 있는 곳에서 잠들고 싶다.

"그렇게 고등학교를 졸업하고 외삼촌 집을 나와서 사이타마 공장에서 달걀 검품 작업을 했어. 일단 돈을 모으려고 계약직으로."

"어, 몰랐어."

"그 시기에 정말 힘들었어. 아침부터 밤까지 달걀과 눈싸움. 더는 하얗고 둥근 물체는 보고 싶지 않았어."

진심과 농담이 뒤섞인 것 같은 말투로 웃으며 린코는 계속해서 이야기했다. 스무 살 때 공장을 그만두고 아사쿠사의 스파이스 카레 전문점에서 일했던 모양이다. 그곳에서 사이토 씨를 만나서 사랑에 빠졌다. 파트너가 된 지 벌써 5년 이상 지난 것을 알았다.

"아사쿠사는 우리 집이랑 가까운데."

"정말? 아사쿠사는 좋은 동네지. 어쩐지 도쿄를 상징하는 느낌도 나고."

"확실히 그렇지. 관광객도 많이 오고."

"그것도 있는데. 뭐랄까…… 진짜 도쿄라는 느낌이야."

린코는 이야기를 억지로 마무리하고 쓴웃음을 지었다.

"리카한테는 숨기지 않고 일찌감치 말했어. 이 나라는 동성혼을 인정하지 않기 때문에 여러 가지 어려움도 많고. 법적으로 나는 그저 단순한 동거인이거든."

아까보다도 더 가라앉은 목소리에 귀를 기울인다. 두 사람은 앞으로 '동성 파트너십 증명 제도'에 등록할 예정이다. 그것도 지자체 요강 수준에 머무는 게 현재 상태인 듯하다. 요컨대 혼인에 준하는 법적 효력은 없는 것이다.

"그래서 걱정거리가 끝도 없어. 사이토가 병으로 입원하면 내가 보증인이 될 수 있는 확실한 증거가 없어. 가장 커다란 문제는 사이토가 먼저 죽었을 때. 최악의 전남편이었지만 일단 리카와는 혈연관계니까."

사이토 씨의 부모님은 이미 돌아가셨고 친척들과도 관계가 소원한 듯하다. 게다가 사이토 씨의 전남편은 상당히 문제가 있는 것 같았다.

"……만약에 그렇게 된 경우에 린코가 리카를 맡아야 하나?"

"어떻게 될까. 생전에 사이토가 공적 유언서를 작성해서 내가 리카의 미성년 후견인이 되는 방법도 있지만……."

미성년 후견인은 친권자가 사망한 아이에게 부모를 대신해 주는 존재다. 나를 포함해서 쓰나미로 부모를 빼앗긴 아이들이 많이 있다. 일정 기간 양부모, 미성년 후견인이라는 말을 종종 들었다.

"하지만 어차피 나는 동거인이라서."

본심은 아니라는 걸 목소리의 희미한 떨림으로 알 수 있었다. 현재를 생각하면 이 나라의 법을 비꼬는 말 한마디라도 하고 싶을 것이다. 맛있는 카레를 만들던 손이 침대 시트를 세게 움켜쥔다. 물결치는 주름이 눈에 와 닿는다.

"어떤 형태든 사랑이 있으면 괜찮은 거 아냐?"

내 귀에 솔깃한 말을 하는 걸 듣고 린코는 코웃음을 쳤다.

"멋진 의견이지만 나는 좀 다른 거 같아."

"음…… 현실적으로 돈도 중요하지만."

"그런 의미가 아니야. 결국 사랑이 사람을 비뚤어지게 하니까."

쉽게 동의할 수 없어서 침묵으로 대신했다. 그러자 린코는 침대에 누워 천장을 쳐다보며 메마른 목소리로 웃었다.

"고등학교 때는 말이지. 고향에서 취직하고 그러다가 죽을 거라고 생각했어. 일단 이시노마키 수산 가공 공장이나 마트 같은 곳에 다니면서."

"나도 도쿄에서 생활하는 거 꿈에도 생각해 본 적이 없었어."

"인생은 무슨 일이 일어날지 모르는 거야. 어른이 되고 이렇게 달걀을 싫어하게 될 거라고는 예상 못했어."

지금 우리는 '지진이 일어나지 않았다면?' 하는 허황된 상상을, 꾹 참고 있다. 그런 건 아무리 생각해 봤자 무엇 하나 원래대로 돌아가지 않는다는 걸 알기 때문이다.

복도에서 누군가의 기척이 있자 린코는 윗몸을 일으켰다. 조심스러운 노크 후 문이 천천히 열렸다.

"오, 아까보다 얼굴색이 좋아졌군."

얼굴을 내민 고헤이가 안심한 듯 한숨을 내쉬었다. 고헤이는 은빛

쟁반을 두 손에 들고 있었다. 빨대가 꽂힌, 길고 가느다란 유리잔이 세 개 놓여 있다. 모두 표면에 물방울이 어리고, 반투명 액체가 가득 채워져 있었다.

"사이토 씨가 상태를 살펴보러 가는 길에 들고 가라고 해서. 남인도풍 리프레시 주스라는데."

"어, 쿨루키 사르바스(Kulukki Sarbath)다. 이거 진짜 여름에는 딱이야."

린코가 들뜬 목소리로 손뼉을 쳤다. 유리잔 안에는 얼음과 함께 라임 조각이 가라앉아 있다. 그 외에도 참깨와 비슷한 알갱이가 떠 있고 싱그러운 민트 잎이 장식되어 있다. 놀란 것은 얼음 사이로 풋고추가 하나 보였기 때문이다. 일본에서는 본 적도 없는 조합에 눈이 휘둥그레지자 린코가 말을 이었다.

"이 알갱이들은 치아시드야. 그것 말고도 레몬 과즙과 생강이 들었어."
"남인도에서는 풋고추도 넣어 마셔?"
"뒷맛이 약간 얼얼한 느낌 정도. 그렇게 맵지 않아. 입안이 상쾌해져."
나보다 먼저 고헤이가 빨대로 빨아 마셨다.
"맛있다!"
"그치. 예전에 인도 케랄라주에 있는 포장마차에서 마셔봤어. 그날은 엄청 더웠는데 진짜 맛있었어."

나도 한 모금 마셔봤더니 상큼한 라임 향과 신맛이 느껴졌다. 인도식 레모네이드라고 말하면 좋을까. 혀를 자극하는 어렴풋한 뒷맛에서 낯선 이국을 상상한다. 풋고추가 들어 있는 주스는 의외로 나쁘지 않다.

"나도 살아 있는 동안 인도에 가보고 싶다."

"그럼 우리 가게에 다녀. 내가 만든 카레를 먹으면 언제든 인도풍을 느낄 수 있잖아."

"그런가. 여행 비용도 줄이고."

"줄인 만큼 꼬박꼬박 카레값에 덧붙여 내고."

이어지는 가벼운 농담에 귀를 기울인다. 내가 이 방에서 쉬는 사이에 두 사람은 서로 속 깊은 이야기를 털어놓았을 것이다. 고헤이는 입원했을 때 선물받은 음식 중 인상에 남았던 것을 말했다. 린코는 세계의 동성혼 상황에 대해 이야기했다. 셋이서 얼굴을 마주하고 있으니까 신기하게도 내용의 심각함은 흔적 없이 사라진다. 기회를 엿보다가 나도 이야기에 끼어들었다.

"사실은 나…… 공황장애라는 진단을 받았어."

나기사 말고는 감추었던 병을 담담하게 고백했다. 아무런 계기도 없이 심장의 고동이 요동치고 현기증이 나며 호흡곤란과 구역질이 일어나는 증상을 이야기했다. 다시 한번 두 사람에게 고개를 숙였다.

"오늘은 응급약도 먹어두었는데…… 미안해."

"사과하지 않아도 괜찮아. 지금은 공황발작이 가라앉았으니까."

"그렇구나. 카레는 언제든지 만들어줄 테니까. 걱정하지 마."

두 사람의 다정함이 가슴에 사무치게 느껴졌다. 문득 복도를 달리는 작은 발소리가 들렸다. 고헤이도 알아차린 듯 어렴풋이 입꼬리를 올렸다.

"티카는 건강하지. 더구나 의젓하고."

"다까 놀아줘서 고마워. 우리 집은 평소에 여자만 있으니까. 남자 어른이 신기했을지도 몰라."

그 아이가 이 방에서 자고 일어난다는 걸 떠올린다. 다시 한번 사과하려고 얼굴을 돌리자 린코의 눈빛이 공허했다. 그 시선 끝에는 복도로 이어지는 문이 있었다.

"리카의 발소리를 들으면 말이지. 이따금 유다이가 생각나. 그 아이도 집 안을 뛰어다녔으니까."

침실에 감돌던 온화한 분위기가 냉랭해졌다. 고헤이도 아무 말 없이 눈을 내리깔았다.

"리카는 벌써 그때의 유다이보다 나이가 더 많아졌어."

린코가 내용과 어울리지 않는 웃음을 흘렸다. 나는 그 이유를 안다. 너무 괴로운 일을 이야기할 때는 언제나 웃는 얼굴로 무장해야 한다. 그렇지 않으면 바로 시야가 흐려진다. 도쿄에 막 올라왔을 때를 떠올리며 할 말을 찾았다.

"……유다이 군은 다섯 살 정도 되었었나?"

"응. 다섯 살 하고 6개월. 생각해 보면 정확히 사이토랑 사귄 기간이네."

"그렇구나……. 해마다 성묘 다녀오니?"

"계속 안 갔어. 하지만 그쪽에는 엄마랑 외삼촌이 있으니까. 무덤이 황폐해지지는 않았을 거야."

"고향에는 안 가봤어?"

한 박자 쉬고 린코는 천천히 고개를 끄덕거렸다.

"고하네는 어때?"

"나는…… 돌아갈 수 없어."

"그 마음 알 거 같아. 그 마을에 좋은 추억 같은 건 없을 테니까."

가느다란 손가락이 금발을 귀 뒤로 넘겼다. 린코는 다 마신 유리잔을 바닥에 놓고 크게 기지개를 켜면서 말을 이었다.

"지진이 일어났던 3월 11일이 다가오면 '그날 일은 잊을 수 없다'든가 '풍화되지 않는다'는 거 종종 보잖아. 그런 문구를 볼 때마다 갈기갈기 찢어버리고 싶어."

"어째서?"

"그런 비참한 광경을 언제까지나 기억하라는 건가? 나는 못 해. 적당히 잊어버리게 하라고. 나도 이제 풍화되고 싶다고. 억지로라도 잊지 않으면 맛있는 카레도 만들 수 없다고."

그날을 잊음으로써 앞으로 나아간다. 린코 나름으로 타협해 나가는 방식을 부정할 수는 없다. 짧은 침묵 후 고헤이가 끼어들었다.

"그럼 어째서 아오바 씨한테 받은 귀걸이를 하고 있지?"

"딱히 깊은 의미가 있는 건 아니니까. 단순히 마음에 들어서 하는 거야."

핑크골드 별이 천장의 불빛을 반사한다. 아오바 씨한테 부탁받고 내가 전달한 귀걸이. 다음에 내뱉을 말을 위해 단숨에 둘루키 사르바스를 다 가셔서 목을 축였다.

"아오바 씨의 시신이 발견되지 않은 듯한데 3년 후에 사망신고서가 제출되었대."

린코는 눈이 동그래져서 불안한 듯 귀걸이를 만졌다.

"린코는 당시 스마트폰으로 아오바 씨를 찍은 사진 갖고 있어?"

"하나도 없어⋯⋯. 그때 쓰던 폴더형 갈라파고스 휴대전화는 이미

버렸고."

"그런데 아오바 씨와 관련된 소문 알고 있었어? 과거에 애인을 독살했다는 소문."

"헉. 거짓말이지? 그런 이야기 처음 들었는데."

"나도 거짓말인 것 같은데…… 아오바 씨에 대해 기억나는 게 있으면 가르쳐줄래?"

"하지만 왜 이제 와서……."

린코가 끝맺지 못한 말은 쉽게 예상이 갔다. 그날부터 벌써 11년이나 지났다. 아오바 씨는 이미 세상을 떠났다. 이제 와서 곱씹을 필요는 없다. 그래도 나는 말을 이어나갔다.

"그 사람 얼굴이 잘 떠오르지 않아서. 당시 스마트폰도 사진도 쓰나미에 휩쓸렸고."

"어쩔 수 없지. 10년도 더 지난 일이잖아. 고하네만 그런 게 아니야."

"하지만 린코랑 고헤이를 다시 만나고 생각했어. 이제 슬슬, 제대로 아오바 씨한테 사과해야 한다고."

두 사람이 동시에 고개를 갸웃거렸다. 나는 숨을 깊이 들이마시고 줄곧 아무한테도 털어놓지 못했던 사실을 말했다.

"나 때문에 그 사람이 쓰나미에 희생당했으니까."

지진이 일어난 날부터 아직도 지워지지 않는 죄책감과 자책하는 마음이 까맣게 소용돌이친다. 두 사람은 눈을 휘둥그렇게 뜰 뿐 말을 보태지는 않았다.

"대지진이 일어났던 날, 아오바 씨는 도쿄에 돌아갈 예정이었어. 그런데 내가 제멋대로 떼쓰고…… 다시 돌아와 주었는데."

콧속이 촉촉해지고 눈시울이 붉어진다. 지금은 절대로 눈물을 흘리지 않겠다고 어금니를 꽉 깨물었다. 눈물 섞인 떨리는 목소리로 내 죄를 고백하고 싶지는 않다. 지금 울어버리는 건 비겁하다는 생각이 든다. 눈물을 쏟아낸다면 회복할 수 없을 만큼 스스로 경멸할 것 같다.

"예정대로 도쿄로 돌아갔다면 적어도 쓰나미에 휩쓸리지는 않았을 거야."

곰곰이 생각해 보면 아오바 씨에 대해선 아는 것이 거의 없다. 고등학교 2학년 가을에 갑자기 나타나서 다음 해 봄이 찾아오기 전에 사라져버린 사람. 어리광을 부리고 많이 의지했지만 당시 나에게는 아오바 씨를 알아볼 여유는 없었다.

"제멋대로지만…… 제대로 아오바 씨를 떠올린 뒤 사과하고 싶어."

마음에 선을 하나를 긋고 나면 지금보다 시야가 넓어질 거라고 믿고 싶다. 그런 희망과 반대로 가슴에 긴 그림자가 드리운다. 결국 아오바 씨에 대한 죄책감에서 해방되어 편해지려는 건 아닐까. 그 사람을 떠올리고 싶다고 말하면서 사실은 매듭짓고 완전히 잊으려는 것뿐인지도 모른다.

"고하네가 제멋대로라는 건 알고 있어. 줄곧 연락도 안 하고."

"그건…… 미안해."

"농담, 농담. 아마도 다들 어떻게든 필사적으로 살아가고 있었을 테니까. 결국 인생은 '쓰나미 텐덴코'잖아. 바다가 가까이에 없어도."

고향에서 재난 훈련을 받을 때 몇 번이나 들었던 암호가 가슴에 와닿았다. 쓰나미 텐덴코 끝에 우리는 어디로 닿은 걸까. 지금은 같은 방에 있어도 내일은 각각의 장소에서 하루하루를 살아갈 것이다. 혈재 생활은 스스로 바란 것일까, 아니면 어쩌다가 다다른 걸까. 틀림없이 나는 후자겠지. 그런 생각을 하는데 갑자기 린코가 손뼉을 쳤다.

"아오바 씨 이야기로 돌아가자면 한 가지 생각난 게 있어."

"어떤 거?"

"당시 이상한 낙서를 봤어. '오하마 반점'에서."

린코는 짧게 말하고 바닥에 놓여 있던 빈 유리잔에 손을 뻗었다.

"두 사람 다 아직 시간 괜찮아?"

"나는 괜찮은데."

"나도……."

"그럼 옆에 거실에서 이야기할래? 다들 유리잔도 비어가고."

린코는 일어나면서 입가에 웃음을 머금었다.

"잊고 싶은 옛날이야기를 하자면 리프레시 주스가 한 잔 더 필요할지도 모르겠어."

빈 유리잔에서 녹아가는 얼음끼리 부딪히는 소리가 울려 퍼진다.

제3장

2022년 9월 미완성의 탑

   병동 창문으로 들어오는 아침 햇살이 리놀륨 복도를 비춘다. 간호사 신발이 햇볕이 내리쬐는 곳을 밟자 까매진 발끝 부분이 눈에 띄었다. 환자의 혈액이나 배설물이 묻은 건 아니다. 아마도 어딘가에 쓸려서 더러워진 것 같다. 이 병원으로 옮기고 약 2개월이 지났다. 간호사 신발에 때가 탄 것은 열심히 일했다는 증거일까. 그렇다고 해도 보기에 안 좋고 불결한 건 변함없다. 오늘 중에 항균 천으로 깨끗하게 닦아내야겠다.

   간호사실로 돌아가 전자 차트를 열었다. 아까 측정한 활력징후 수치를 재빨리 경과표에 입력한다.

   "고하네 씨, 잠깐만요."

   손을 멈추고 뒤를 돌아보니 히라노 주임이 서 있었다. 병동의 실내 온도는 26도로 설정되어 있지만 히라노 주임의 벗겨진 이마에는 땀방울이 맺혀서 반짝거린다.

   "고하네 씨한티 부탁이 있어서요."

   "뭔데요?"

   "오전 중에 환자분이 샤워하는 거 지켜봐 주셨으면 합니다."

   "알겠습니다. 그런데 어느 분인가요?"

   "감정 입원 이우라 씨. 오늘 제가 담당인데 아무래도 여자분이 씻는 곳까지 따라가는 건 아닌 거 같아서요."

격리실을 촬영하는 모니터 화면을 바라보았다. 카메라가 비추는 한 병실에는 한 달 전에 검찰 사무관이 데려온 가녀린 여자가 있다. 나는 이우라 씨와 아직 변변한 대화도 나눈 적이 없다. 몇 번 약을 주러 갔지만 그때마다 이우라 씨는 눈을 내리깔고 있어서 대화는커녕 시선을 마주치지도 못했다.

"오늘 오후 3시에 사회 복귀 조정관이 면담하러 옵니다. 샤워는 그 전에 마치도록 해주면 고맙겠습니다."

"그런데⋯⋯ 저 혼자서 괜찮을까요?"

"문제없을 겁니다. 이우라 씨는 자유 시간에 일탈 행동도 안 하고, 줄곧 안정적으로 지내고 있어서요."

입원 초기에 이우라 씨는 하루 종일 격리 처우를 받았다. 이우라 씨는 격리실에 들어가서도 증상의 악화 없이 지내는 듯하다. 진찰하러 병동에 온 감정 의사와 병동 담당 의사의 지시로 현재는 오전과 오후, 두 시간만 자유 시간을 얻었다. 한정된 시간만큼은 다른 환자와 마찬가지로 병동 안을 자유롭게 왔다 갔다 하는 것이 가능하다.

"저, 아직 이우라 씨와 제대로 된 대화를 나눈 적이 없는데요. 대할 때 뭔가 주의할 점이 있나요?"

"그렇군요. 이우라 씨의 대상 행위에 대해서는 굳이 우리가 먼저 말하지 않아도 됩니다. 이우라 씨 본인도 샤워할 때 질문받으면 곤란할 것 같고요."

이우라 씨가 입원한 뒤 간호사 사이에 전달된 유의 사항이었다. 우리 병원 방침 중에 간호사가 먼저 대상자가 일으킨 사건을 적극적으로 묻지 말라는 것이 있다. 대상 행위는 감정 의사가 면접으로 깊이 파고든다. 따라서 쓸데없는 말로 이우라 씨가 동요하지 않도록 하려는 것이다. 어디까지나 표준적인 간호를 제공하는 것이다. 시시콜콜 캐묻지 않는다. 다른 환자들처럼 한 걸음 다가서는 관계는 피한다. 앞으로 심판도 앞두고 있고 결과에 따라 지정 입원 의료기관의 의료관찰법 병동에서 입원 치료를 할 수도 있다. 지금은 조심스럽게 대응하는 것이 좋을지도 모른다.

"그다음에는 자해에 주의해야 합니다. 샤워 의자에 앉아서 털을 다듬기 위해 면도날을 이용할 때도 있으니까요."

"알겠습니다. 무슨 일이 있으면 곧바로 욕실에 있는 간호사 호출 벨을 누르겠습니다."

히라노 주임은 손등으로 이마의 땀을 닦고 크게 고개를 끄덕거렸다. 그러고 보니 히라노 주임에게 아직 그 질문을 하지 않았던 게 생각났다. 발길을 돌리려는 하얀색 옷을 불러 세웠다.

"혹시 히라노 주임님은 자녀분이 있으세요?"

"오우. 작은 괴물이 있죠. 그런데 왜요?"

"자녀분이랑 놀이공원 가세요?"

"가끔 가요. 지난달에는 히어로쇼를 보러 고라쿠엔까지 갔다 왔답니다."

"저기, 긴시초 놀이공원에 대해 들어본 적이 있으세요?"

얼마 전에 린코한테 들었던 내용이 뇌리를 스쳐 지나간다. 아오바 씨가 예전에 긴시초 놀이공원에서 일했던 적이 있다는 것 같다. 인터넷으로 검색하거나 혼자서 거리를 나섰지만 아무리 찾아보아도 긴시초에 대규모 놀이공원은 존재하지 않았다. 긴시초역 앞 상업시설 안에 어린이용 놀이시설은 몇 곳 있었지만 문을 연 건 모두 2011년 이후다. 아오바 씨가 그곳에서 일했을 가능성은 제로다.

"들어본 적 없어요. 그쪽 주변에 아사쿠사의 하나야시키, 그리고 고라쿠엔 정도밖에 몰라요."

"그러시군요……. 죄송합니다. 이상한 걸 물어봐서요."

쓴웃음을 짓자 히라노 주임은 이번에야말로 발길을 돌렸다. 나는 작성 중이던 활력징후 수치 경과표를 닫고 이우라 씨 이름에 마우스 커서를 갖다 댔다. 샤워 준비를 시작하기 전에 환자 본인의 정보를 복습해 두는 편이 좋다.

『이우라 시즈카, 39세, 여성. 같은 부모 아래에서 태어난 두 명 중 둘째로 출생. 19세 때 조현병이 발병해서 다른 병원에 4번 정도 입원한 경력이 있다. 지금까지 미혼으로, 자녀 없음. 불법 약물 사용한 적 없음. 알레르기 없음. 가족 내의 정신과 쪽 부정적인 원인으로, 아버지가 우울증을 앓았음. 대상자가 12세 때 아버지가 자살했다. 대상 행위에 이르기 전까지 어머니와 오랫동안 함께 살았다.

이번 대상 행위는 자택에 방화(현주건조물 등 방화). 작년 2월, 함께 살던 어머니가 심근경색으로 갑자기 세상을 떠났다. 어머니의 죽음 이후 대상자는 가쓰시카구에 사는 오빠와 함께 지낸다. 오빠가 사는 곳에서 대상자가 다니는 병원까지 거리가 있어서 점차 주간보호센터와 외래 진료에 나타나지 않았다.

약을 제때 먹지 않고, 낯선 환경에서 스트레스를 받아 환청과 망상이 활발해짐. 특히 오빠와 함께 지내는 집에 대해 피해망상을 강하게 품는다. 날마다 증상이 악화하여 '거실에서 석면이 하루 종일 춤을 춘다' '지붕 뒤에서 허수아비가 집회하는 소리가 들린다' '오빠에게 괴롭힘을 당해서 사고 물건(그런 사실 없음)에 억지로 살게 했다'는 발언이 늘어났다. 5개월 동안 통원 치료 중단 후 허수아비가 집 안 곳곳에서 자신을 지켜보고 있다는 망상에 사로잡힌다. 그것들을 태워버리기 위해 대상 행위를 한다. 오빠는 외출 중이어서 다치지 않음.

그 후 기소 전 감정이 실시되어 조현병 증상으로 대상 행위에 이르렀다는 판단에 심신상실 인정. 불기소되어 의료관찰법 감정 입원이 되었다.』

감정 입원 후 간호기록도 살펴본 뒤 전자 차트를 닫았다. 입원 후에는 눈에 띄는 증상 악화는 없다. 2시간 동안 자유 시간이 주어진 뒤 병동 규칙은 잘 지키는 듯하다. 나는 한숨을 한 번 내쉬고 먼저 목욕 수건을 두는 리넨실로 발길을 향했다.

샤워 준비가 끝났을 무렵 이우라 씨의 오전 자유 시간이 되었다. 모니터를 확인하자 격리실에서 이우라 씨의 모습이 사라지고 없었다.

병동 주위의 긴 복도를 걸으면서 가녀린 등을 찾는다. 이우라 씨는 병동 홀 구석에서 사층 창문에 비치는 바깥 풍경을 내려다보고 있었다.

"이우라 씨, 안녕하세요?"

내 인사에 이우라 씨는 천천히 창문에서 눈길을 뗐다. 갸름한 얼굴은 무표정하고 자고 일어나서 뻗친 약간 긴 머리에는 흰머리가 섞여 있다. 이우라 씨가 입은 잠옷처럼 생긴 환자복은 크기가 안 맞는지 상당히 커 보였다.

"간호사 오리츠키 고하네입니다. 오늘 담당 간호사한테 샤워 이야기 들으셨어요?"

"네······."

"갑작스럽지만 지금부터 괜찮을까요? 오후부터는 면담을 앞두고 있다고 들었습니다."

이우라 씨의 눈가는 움푹 꺼져 있었고, 무표정에 가까워 보였다. 변함없이 눈을 마주치지 않았고 감정의 움직임은 파악할 수 없었다. 이우라 씨는 다시 한번 창밖으로 시선을 주더니 천천히 입을 열었다.

"씻는 것보다······ 저 방에서 좀 더 길게 나오고 싶은데요. 두 시간만이 아니라."

"그러시군요. 지금은 오전, 오후 정해진 시간만 나오실 수 있죠."

"······조만간 자물쇠가 채워지지 않은 방으로 옮겨주시겠어요?"

"의사 선생님의 지시가 있으면 앞으로 1인실이나 4인실로 병실을 옮기는 것도 검토될 겁니다."

착각하거나 쓸데없는 기대를 품지 않도록 사실만 전달한다. 이우라 씨의 힘없는 눈가에 달라붙은 마른 눈곱에 여름 햇살이 내리비춘다.

"매일 밤, 옆방 사람이 문을 두드려요. 몇 번이나 계속해서. 엄청 커다란 소리예요······."

"그건 죄송합니다. 오늘 야간 근무자들과 정보를 공유하겠습니다."

"네······. 너무 커다란 소리를 내면 허수아비한테 발견되니까요."

대상 행위를 저지르게 한, 망상은 아직 남아 있는 것 같다. 그것과 동시에 생각한다. 이우라 씨가 법을 어긴 것은 사실이지만 우물거리면서 눈을 내리깐 옆얼굴을 보면 위험한 분위기는 손톱만큼도 느껴지지 않는다. 오히려 망상을 두려워하는 기색이 훨씬 짙다. 나는 연약한 이우라 씨를 향해서 최대한 부드러운 말투로 이야기했다.

"격리실은 이우라 씨의 몸을 지키기 위해 튼튼하게 만들어 놓았으니까 안심하세요. 철문을 여는 것도 의료 직원만 가능합니다. 다른 사람은 아무도 들어갈 수 없어요."

이우라 씨의 표정은 아무런 변화도 없었지만 고개는 살짝 끄덕거려 주었다.

아무도 없는 커다란 목욕실은 욕조에 물을 채워놓지 않아 서늘한 느낌이 들었다. 이우라 씨가 샤워하며 바닥 타일에 튀기는 물소리는 소나기와 비슷한 울림을 빚어냈다.

"면도날을 쓸 때는 알려주세요."

대답은 없다. 나는 조금 떨어진 위치에 앉아서 어깨뼈가 드러난 등을 계속 바라보았다. 이우라 씨는 머리를 다 감고 잠깐 샤워를 멈추었다.

"엄마는 우유 비누만 써. 다른 비누로 씻으면 피부가 뒤집어지니까."

담담하게 중얼거리는 소리를 듣고 처음에는 증상에 좌우된 독백이라고 생각했다. 곧 그렇지 않은 걸 깨달았다. 이우라 씨가 수건으로 보디 샴푸 거품을 내면서 내 쪽을 돌아다보았기 때문이다. 역시 눈은 마주치지 않지만 뭔가를 이야기하고 싶은 기색이었다.

"어머님이랑 사이가 좋으셨어요?"

"네……. 가끔씩 회전 초밥집에 데리고 가줬어요. 간호사 선생님은 어떤 걸 좋아해요?"

"저는 연어알 초밥이요. 이우라 씨는요?"

"……콘 마으네즈요."

"저도 좋아해요. 맛있잖아요."

갑자기 대화가 끊어졌다. 이우라 씨는 갈비뼈가 튀어나온 몸을 조심스럽게 씻기 시작했다. 씻는 데 정해진 규칙이 있는지 겨드랑이와 목덜미를 몇 번이나 문질렀다.

"화재는 아무것도 기억이 안 나요."

맥락 없는 말에 숨을 꿀꺽 삼켰다. 나는 목덜미의 거품이 등뼈를 타고 흘러내리는 것을 잠자코 바라보았다.

"그러니까 선생님이 이것저것 물어봐도 바로 알아차리지 못해요."

선생님이라는 것은 병동 담당 의사가 아니라 면접을 담당하는 감정 의사를 뜻하는 걸까. 대상 행위에 대해서 묻지 않아야 한다는 규칙을 떠올렸다. 나는 한 손에 쥔 면도칼을 의미 없이 다른 손으로 바꿔 들었다. 주위를 둘러보아도 넓은 목욕탕에는 나와 이우라 씨밖에 없다. 얇은 막을 벗겨내고 싶은 마음이 깊은 곳에서 모습을 드러냈다.

"인수인계 때…… 나쁜 생각에 지배당해서 자택에 불을 질렀다고 들었습니다."

"그랬다고 하더라고요. 솔직히 별로 기억이 안 나요."

"대상 행위…… 화재 때 이우라 씨 증상이 심각했다고 하던데요. 기억이 모호한 것은 어쩔 수 없을지도 모르겠습니다."

내 두서없는 대답은 다시 샤워하는 소리에 지워진다. 더는 호기심을 품지 않도록 브레이크를 걸 듯 거품이 배수구 쪽으로 흘러 들어가는 걸 지켜보았다.

이우라 씨는 몸에 묻은 거품을 깨끗하게 씻어내고 다시 한번 내 쪽을 돌아보았다.

"매점에서 우유 비누 팔아요?"

"아마도 팔지 않을까요. 액체 바디 워시는 있어요."

이우라 씨는 안타까운 기색은 보이지 않은 채 수도꼭지를 잠그고 일어났다. 자그마한 가슴에 탄력은 없고 쇄골과 갈비뼈가 드러나 있었다.

"오랜만에 엄마 향기가 맡고 싶어졌어요."

처음으로 이우라 씨와 눈이 마주쳤다. 이우라 씨는 엄마의 죽음을 아직도 받아들이지 못하는 걸까. 질병을 앓는지 어떤지 타인의 마음은 알 수 없다. 일방적인 억측을 되풀이하면서도 어딘가에 다다르는 것이 아닐까. 지금 내가 알 수 있는 건 이우라 씨는 이번에 샤워하면서 면도칼은 쓰지 않았다는 것뿐이다.

"우유 비누는요. 가족분이 사올 수 있는지 물어보겠습니다."

이우라 씨는 야윈 몸에서 물방울을 떨어뜨리며 표정을 바꾸지 않고 고개를 끄덕였다.

이우라 씨가 샤워하는 것을 지켜본 직후, 갑자기 병동 안이 소란스러워졌다. 환자들끼리 말싸움이 벌어지고 그 중재를 마치자 다른 고령 환자가 화장실에서 넘어졌다. 설상가상 양극성 장애 환자와 각성제 정신병 환자가 오늘 입원한다고 했다. 급성기 병동 특유의 입퇴원이 급변하는 것에 남몰래 탄식한다. 나는 낮에 쉬는 시간이 크게 줄어든 채 맡은 일을 했다.

병동 안이 안정을 되찾은 건 오후 4시를 지난 무렵이었다. 간호사실 동료들의 얼굴에는 피로감과 바쁜 시간대를 넘긴 성취감이 뒤섞여 있다. 야간 근무하는 사람과 업무 교대까지 이제 한 시간밖에 안 남았다. 나는 초과근무를 각오하면서 전자 차트를 열었다. 오늘 담당 환자에 대한 간호기록을 작성하려는데 사무직원의 목소리가 들렸다.

"면담하신 분, 이제 가신대요."

창구로 시선을 돌렸다. 정장을 입고 넥타이를 맨 중년 남성이 복도에 서 있다. 내가 창구와 가장 가깝기도 해서 자리에서 일어났다. 간호사실 문을 열고 복도로 나가자 중년 남성이 가볍게 고개를 숙였다.

"안녕하세요? 방금 전까지 2번 접견실을 사용했습니다. 이제 돌아가겠습니다."

"알겠습니다. 마지막으로 나가는 시간을 기입해 주세요."

중년 남성은 차고 있던 손목시계를 확인하고 현재 시간을 면담 접수표에 기재했다. 무심코 종이를 내려다보는데 병문안 환자 칸에는 '이우라 시즈카', 면담자 칸에는 '구도 겐이치(사회 복귀 조정관)'라고 쓰여 있었다. 나는 엉겁결에 말해버렸다.

"우유 비누……."

구도 씨가 면담 접수표에서 고개를 들더니 살짝 갸웃거렸다.

"왜 그러시죠?"

"아니요. 구도 씨는 사회 복귀 조정관이시죠? 처음 뵙겠습니다. 간호사 오리츠키 고하네입니다."

"구도입니다. 저희가 늘 신세를 지고 있습니다."

구도 씨는 작성을 마친 면담 접수표를 나에게 내밀었다. 접수표를 받으면서 처음 만난 사회 복귀 조정관의 얼굴을 훔쳐보았다.

사회 복귀 조정관은 보호관찰소에 소속되어 있다. 그들은 대상자의 생활환경을 조사하고 앞으로 '심판'이 이루어지는 재판소에 보고서를 제출하는 듯하다. 보고서에는 대상자의 가정환경과 생활환경에 대한 내용은 물론 그것을 바탕으로 사회 복귀가 가능한 상태인지 의견을 덧붙이는 것 같다.

사회 복귀 조정관이 조사한 결과를 더해 의료관찰법에 따른 치료 필요성이 판단된다. 얼마 전 알게 된 세 가지 요건 중 '사회 복귀 요인'이 있었다는 것을 실감하면서 떠올린다. 대상자를 받아들일 가족과 환경이 마련되어 있다면 의료관찰법 병동에 입원하지 않고 지역에서 생활하며 통원 처우나 불처우가 되는 경우도 있는 듯하다.

"입원 후에 이우라 씨는 안정된 상태로 지내고 있죠?"

구도 씨의 질문을 듣고 나는 고개를 끄덕거렸다.

"확실히 문제 행동은 없습니다. 오늘은 샤워도 했어요."

"앗, 그래서 우유 비누 이야기를."

"어머님이 자주 쓰던 비누 같아요. 자신도 오랜만에 향기를 맡고 싶다고 말해서 다음에 가족분에게 가져다 달라고 의뢰하려고 했어요."

우유 비누를 가져다 달라는 이야기에 구도 씨의 표정이 흐려졌다.

"솔직히 어려울지도 모르겠습니다. 이우라 씨와 함께 살던 오빠분이 앞으로는 전혀 상관하고 싶지 않다고 말했거든요. 제가 받은 인상으로는 비누 하나를 갖다주러 올 것 같지가……."

"그렇군요……. 역시 화재 때문에 그런 건가요?"

"물론 그것도 있지만 대상 행위 전부터 이우라 씨에 대한 이웃 주민의 항의가 많았나 봅니다. 오빠분도 대응하느라 곤란했던 것 같고요."

사회 복귀 조정관은 대상자의 주거와 금전 외에 이웃의 상황이나 가족이 도와줄 여지도 조사한다. 구도 씨의 발언에 따르던 이우라 씨를 받아줄 곳을 선정하는 건 아주 곤란할 것 같다.

"이우라 씨 가족도 복잡한 마음이겠군요."

"네. 심판 전에 관계자와 서로 이야기할 기회가 있을 겁니다. 여러 가지 정보는 공유해 두겠습니다."

마지막으로 구도 씨와 어깨를 나란히 하고 병동 출입구 이중문으로 향했다. 첫 번째 문을 열고 불쑥 질문했다.

"의료관찰법 대상자는 아무래도 조현병인 분들이 많은가요?"

"그렇습니다. 개인적인 경험으로 80퍼센트는 차지하는 것 같습니다."

두 번째 문에 다가가면서 자연스럽게 아오바 씨를 떠올렸다. 당시 아오바 씨한테는 망상 섞인 발언이나 환청에 좌우되는 기색은 없었다. 역시 아오바 씨는 의료관찰법과 아무런 관계도 없다. 냉정하게 생각하면 독살이라는 시점에서 내 엉뚱한 상상은 빗나가고 있었다.

누군가를 죽이기 위해 독을 준비한다.

자신의 행동이 나쁘다는 걸 알고 멈출 수 있는 것이 형사책임 능력이다. 정신질환을 앓는다고 해서 언제나 심신상실이나 심신쇠약으로 판단하는 건 아니다. 아오바 씨에게 어떤 정신장애가 있다고 가정하더라도 사람을 죽일 계획을 세우고 독을 준비했다면 형사책임 능력이 인정될 가능성이 높았을 것이다. 그럼 징역형은 피할 수 없었을 거다. 애초에 독살 자체가 그저 단순한 소문, 미인에 대한 음침한 질투일 가능성이 역시 높다.

두 번째 문을 열려고 하자 바로 등 뒤에서 헛기침 소리가 들렸다.

"그 밖에도 알코올 의존증과 우울증 대상자도 있습니다."

엉겁결에 구도 씨와 함께 병동 바깥 복도로 나가고 말았다.

"그런 분들도 의료관찰법 대상자가 되는 겁니까?"

"네. 조현병 대상자보다는 적지만요."

구도 씨는 서둘러 근처 승강기 버튼을 누르고 담담히 말을 이었다.

"예를 들어 알코올 의존증인 분은 환청의 영향이나 환각 망상 상태에 빠져서 누군가에게 상해를 입히는 경우가 있습니다."

"그건…… 이탈 증상의 영향인가요?"

"그런 경우도 있습니다."

구도 씨가 신묘한 표정으로 고개를 끄덕인다. 이탈 증상은 의존하는 알크올, 약물을 줄이거나 중지할 때 생기는 신체적, 정신적 증상이다. 이른바 금단 증상. 환각이나 섬망이 생길 때도 있고 자기 자신을 제어할 수 없는 사람도 많다.

아직 도착하지 않은 승강기를 힐끗 바라보고 이어서 질문한다.

"알코올 의존증인 분이 이탈 증상에 따라 일시적으로 자기 자신을 잃어버리는 모습은 상상이 갑니다. 하지만…… 우울증인 분이 '중대한 가해행위'에 이르는 이미지는 잘 떠오르지 않습니다."

단순한 의문이었다. 우울증은 의욕이 떨어지고 기분이 가라앉거나 기쁨이 사라지거나 불면증을 주로 호소한다. 활동적이지 않고, 자폐적인 생활이 되는 인상이 강했다. 그런 상태에서 여섯 가지 종류의 '중대한 가해행위'를 실행할 수 있을까. 우울증인 사람은 누군가를 상처 입히기보다는 그 칼날을 자신에게 향하는 경우가 많지 않을까.

"오리츠키 고하네 씨가 하고 싶은 말은 이해가 갑니다. 확실히 억울한 기분이 들어서 활동성이 떨어지는 사람이 많기 때문입니다."

"네…… 사고도 억제되어 보통의 대화조차 곤란해지는 사람도 있으니까요."

구도 씨는 동감하듯 몇 번이나 고개를 끄덕거렸다. 승강기는 아직 도착하지 않았다.

"제가 아는 한, 우울증 쪽에서 많은 경우는 자신의 어린 자녀를 살해하는 것입니다. 여러 가지 궁지에 몰려서 정상적인 판단이 불가능한 거죠."

"확실히 그런 뉴스를 이따금 보기는 하지만요······."

"자녀를 살해하는 것 말고도, 돌보느라 피폐해지는······ 경우도 있습니다. 그다음은 확대 자살입니다."

"확대 자살이요?"

"말하자면 억지로 같이 죽는 것입니다. 단독 자살 미수에서 의료관찰법 대상자가 되는 일은 없습니다. 하지만 우울증의 영향으로 누군가와 동반자살하려고 하는 경우에는 이 제도의 대상자가 되지요."

문 열리는 소리가 울려 퍼졌다. 구도 씨는 마지막으로 깊숙이 고개를 숙이더니 도착한 승강기를 탔다.

사흘 연속 출근한 다음 날은 휴일이다. 평소처럼 딱히 외출할 예정은 없다. 집에서 뒹굴뒹굴하는 시간이 아까워 병원 도서관에서 참고서와 전문지를 다섯 권 빌렸다. 공황장애 참고서 한 권, 가족 돌봄 청소년 특집이 실린 간호 잡지 한 권, 법정신의학 전문서 한 권, 나머지 두 권은 의료관찰법 서적이다.

오전부터 거실 소파에 앉아서 빌려온 책을 읽었다. 과거의 질병 사례 보고, 최선 치료 개입 방법을 살펴보면서 페이지를 넘긴다. 다른 나라에 비해 일본의 정신과 의료는 뒤처졌다고 한다. 하지만 날마다 새로운 발상과 치료법이 시행착오를 거치고 있다. 나는 어떤 페이지에 굵은 글자로 쓰인 '리커버리'라는 말을 뚫어져라 보았다. 정신과에서 리커버리는 정신장애가 있는 사람이 주체적으로 자기 삶을 추구하는 것을 말한다. 공황발작의 괴로움을 떠올리면서 한숨을 길게 내쉰다. 나는 앞으로 무엇을 하고 싶고, 어떤 인생을 원하는가. 고향에서 들었던 파도 소리가 고막 안쪽에서 울려 퍼졌다.

의료관찰법 병동에서 실시한 내성 프로그램 기사를 읽고 있노라니 이우라 씨의 공허한 눈길이 뇌리를 스쳐 지나갔다.

『오빠분이 앞으로는 전혀 상관하고 싶지 않다고 말했거든요.』

이우라 씨의 오빠한테 우유 비누 건으로 두 번 전화를 걸었다. 모두 부재중이라 메시지를 남겼지만 내가 근무할 동안 연락이 오지는 않았다.

구도 씨 말대로 이번 방화 때문에 가족과 인연이 끊겨버린 걸까. 말로 표현하기 어려운 서글픔을 없애려고 책 페이지를 계속 넘긴다.

어느새 오전 11시를 넘어가고 있었다. 집중력이 떨어져서 읽고 있던 전문지를 덮고 소파에서 뒹굴뒹굴했다. 창문에서 쏟아져 들어오는 빛이 바닥에 그림자를 드리운다. 문득 방구석으로 시선을 보냈는데 자그마한 게 반짝거렸다. 소파에서 일어나 가까이 가서 보니, 나기사의 귀걸이가 틀어져 있었다.

나기사는 간호학교가 여름방학으로 접어든 다음 날, 귀 주변 머리카락을 선명한 핑크색으로 물들였다. 머리를 내리고 있을 때는 눈에 띄지 않지만 귀 뒤로 넘기면 화려한 색깔이 드러난다. 사실은 머리 전체를 밝게 염색하고 싶었을 테다. 하지만 여름방학 중에도 방둔 목욕 아르바이트를 해야 해서 보는 눈도 신경 쓴 것 같다. 그래서 타협안으로 귀걸이 색깔로 염색했을 거다. 나기사는 오늘 친구들과 이바라키까지 바다 수영을 하러 갔다. 돌아와서 햇볕에 건강하게 그을린 얼굴로 여행 이야기를 해줄 것이다.

내 팔은 11년 동안 바다에 안 가서 햇볕에 타지 않았다. 나는 팔을 쓸어내리고는 귀걸이를 주워 올렸다. 최근에 청소를 게을리한 탓인지 방 한구석에는 아주 얇게 먼지가 쌓여 있었다.

그래서 억지로 할 일을 만들듯이 청소에 열중했다. 염소계 표백제를 이용해서 화장실 물때를 제거하고 방향제도 새로운 걸로 바꾸었다. 거실과 내 방은 청소기를 돌리고 약알칼리성 세제로 마룻바닥을 구석까지 정성스럽게 닦았다.

마지막으로 청소기를 한 손에 들고 나기사 방으로 발을 내디뎠다. 다다미 다섯 장 정도가 깔린 공간 대부분은 침대와 공부하는 책상이 차지한다. 책상 위에는 나기사가 간호학교에서 쓰는 교재와 실습 기록이 담긴 파일이 쌓여 있다. 어느덧 내 간호학생 시절을 떠올렸다. 실습이 괴로웠던 기억밖에 남아 있지 않지만 동시에 그리움도 느꼈다.

산더미처럼 쌓인 파일을 무너뜨리지 않으려고 조심하며 한 권을 손에 들었다. 표지에는 '외과·2B 병동'이라고 표기되어 있었다. 살펴보니 나기사는 위암 환자를 담당하는 듯하다. 특징적인 둥그런 글씨체로 수술 후 덤핑 증후군에 대해서 자세히 써 놓았다. 위암 관련 그림을 잘 그려 놓았고, 날마다 쓰는 행동 계획에는 환자의 개별성이 담겨 있었다.

"열심히 하고 있잖아."

조그맣게 중얼거리고 실습 기록을 돌려놓으려다 갑자기 손이 멈춘다. 표지에 '어린이 식당'이라고 쓰인 파일이 눈에 띄어 손을 가져갔다.

어린이 식당은 무료 또는 낮은 가격으로 아이들에게 식사를 제공하는 곳이다. 나기사는 예전부터 다양한 어린이 식당 봉사활동에 참가했다. 직접 요리를 만들지는 않지만 그릇을 닦거나 청소를 하거나 아이들과 놀면서 시간을 보내는 듯하다. 본인은 '단순한 시간 죽이기'라고 냉소적으로 이야기했지만 사실은 부끄러워서 그랬던 것 같다. 예전에 나기사에게 간호사가 된 다음 소속되고 싶은 과를 물어봤을 때도 망설이지 않고 "소아과"라고 대답했다.

어린이 식당 파일은 클리어포켓 타입이었다. 팔랑팔랑 넘기니 포켓마다 어린이 식당 광고지와 소책자가 들어 있었다. 나기사가 봉사 활동으로 참가한 장소일까. 군데군데 종이접기로 만든 꽃이나 아이가 그린 그림이 끼여 있었다. 가까이 지내는 아이들이 나기사에게 준 걸까.

나는 존경의 마음을 품으면서 다시 한번 처음부터 파일을 한 장씩 넘겼다. 보관된 광고지와 소책자 하나하나를 자세히 살펴보았다. 같은 어린이 식당이라고 해도 다양한 종류가 있었다. 사회복지 법인, NPO 법인, 개인이 운영하는 곳. 여는 날도 각각 다르고, 한 달에 몇 번인 장소도 있지만 날마다 낮은 가격으로 식사를 제공하는 곳도 있었다. 식사를 할 뿐만 아니라 스태프도 섞여서 빙고게임을 하거나 학습 지원을 하는 장소도 있는 것 같다.

나카노구의 어린이 식당 소책자에는 운영의 어려움도 기재되어 있었다. 운영비 대부분은 기부나 선의로 지탱하고 봉사 스태프 확보도

중요한 과제인 듯하다. 오타구의 어린이 식당 중 하나는 밤에는 흔한 이자카야로 영업하고 있었다. 밤에 술 마시러 온 일반 손님이 조림이나 모둠 꼬치구이 등 특정 안주를 주문하면 그 금액 50퍼센트를 어린이 식당 운영비로 충당하는 듯하다. 비슷한 시스템은 주로 개인이 운영하는 어린이 식당에서 채용되고 있었다. 원래는 이탈리안 레스토랑, 대중식당, 야키니쿠 전문점, 유기농 식품을 취급하는 카페. 요리나 음료를 주문하는 것이 아이들의 웃는 얼굴로 이어지는 멋진 아이디어다.

점심에는 소면이라도 삶을까 했지만 작은 보탬이 되기 위해 어린이 식당에 가 봐도 좋을지 모르겠다. 광고지와 소책자에서 최대한 가까운 어린이 식당을 찾아본다. 표지에 스카이트리 사진이 프린트된 길고 가느다란 소책자가 마음을 사로잡아 조심스럽게 꺼냈다. 표지에는 '어린이 식당·고춧가루'라고 쓰여 있었다. 개인이 경영하는 한국 음식점인 듯하고, 가게 이름인 고춧가루는 '빨간 고추를 가루로 만든 것'을 가리키는 한국말인 것 같다.

가늘고 긴 소책자를 펼치자 아이들이 식사하는 풍경과 앞치마를 두른 어른들이 웃는 모습이 보였다. 소책자에는 실제로 나오는 메뉴 사진도 실려 있었다. 미트소스스파게티에 감자샐러드와 푸딩, 달걀프라이를 얹은 햄버거에 감자튀김, 포도젤리, 비빔밥과 겉절이, 행인두부. 그러다 카레 사진이 눈에 들어온 순간 호흡이 멎었다.

당근과 감자가 든 카레를 끼얹은 밥에는 견과류가 뿌려져 있었다. 사진 밑에는 '알레르기가 있는 분은 견과류 **빼고** 가능'이라고 주석이 붙어 있다. 카레가 담긴 평평한 접시 끄트머리에는 작은 사각형 물체

두 개가 놓여 있었다. 사진의 화상은 조악했지만 참치 큐브라는 것은 알 수 있었다.

히가시나가사키에서 들은 내용을 떠올린다. 린코가 17세 때 생일날에 먹었던 카레. 아오바 씨가 만들어준 요리.

내가 알지 못할 뿐 한국 카레는 견과류와 참치 큐브 조합이 대중적인 걸까. 서둘러 거실로 돌아가서 낮은 테이블 위에 놓아둔 스마트폰에 손을 뻗는다. 다시 나기사의 방으로 가면서 '한국, 카레'를 쳐서 검색한다. 나오는 사진에는 카레 옆에 나물이나 김치가 곁들여 있지만 겉보기로 일본 카레와 크게 다르지 않았다. 내가 확인하는 한, 밥에 견과류를 섞거나 참치 큐브를 곁들인 카레는 보이지 않았다.

스마트폰을 주머니에 넣고 다시 한번 소책자를 살펴본다. 마지막 페이지에는 '고춧가루' 주소와 약도가 표시되어 있었다. 엉겁결에 주소를 읽어본다.

'도쿄도 스미다구 긴시……'

지도에는 JR 긴시초역도 그려져 있었다. 찾고 있는 놀이공원과는 전혀 상관없어 보이지만 신경이 쓰인다.

나는 파일을 원래 위치로 돌려놓고 재빠르게 청소기를 제자리에 갖다 두었다. 평상복으로 입는 민소매를 무지 티셔츠로 갈아입고 거실 정리함 위에 놓인 하이브리드 자전거 열쇠에 손을 뻗는다. 집을 나서기 전에 소책자에 표기된 주소를 지도 앱에 입력하고 그 카레가 나온 부분을 스마트폰 카메라로 촬영했다.

스니커즈를 신고 바깥으로 나갔을 때, 자외선 차단제를 바르지 않은 것을 깨달았다. 그래도 방으로 돌아가지 않고 현관문을 잠갔다.

먼저 료고쿠를 향해서, 게이요 도로를 따라 아라카와강 방면으로 직진했다. 20분 동안 페달을 밟아서 JR 긴시초역에 다다랐다. 눈앞에 신기루처럼 강물이 가까이서 흔들리고, 아지랑이 속을 질주하는 세단은 녹아내리듯 일그러져 보인다. 아까 나기사의 방에서 느꼈던 예감도 무더위가 빚어낸 환상인지도 모른다. 핸들에서 오른손을 떼고 재빨리 흘러내리는 땀을 닦았다.

JR 긴시초역에 정차하는 소부 쾌속선은 도쿄와 지바를 이어준다. 최근 몇 년 동안 이 거리는 재개발되어 역 앞에는 화려한 쇼핑몰이 여러 개 건설 중이다. 대형 가전제품 매장과 패션 타운도 우뚝 솟아 있어서 온갖 물건을 다 살 수 있다. 그 때문인지 사람들이 오가는 발길이 잦다.

긴시초역 남쪽 출입구 앞에서 브레이크를 한 번 잡았다. 주머니에서 스마트폰을 꺼내 지도 앱으로 목적지를 다시 한번 확인한다. 긴시초는 두 가지 얼굴을 하고 있다. 가족을 위한 맨션과 잔디밭이 펼쳐진 긴시 공원이 있는 북쪽 출입구. 유흥업소와 여자 바텐더가 있는 술집이 즐비하고 장외 마권장도 있는 환락가인 남쪽 출입구. '고춧가루'는 북쪽 출입구 방면에 있는 걸 보고 가슴을 쓸어내린다. 목적지 주변 위치를 눈에 새기고 다시 페달을 밟았다.

지금 시간대는 '준비 중'이라는 푯말을 내건 많은 이자카야를 스쳐 지나 천천히 역 앞 도로를 나아간다. 때때로 멈춰서 그곳으로 보이는 가게가 없는지 확인한다. 북쪽 출입구 앞에서 조금 떨어진 골목길 뒤편으로 '한국 음식·고춧가루'라고 쓰인 간판이 눈에 들어왔다. 이미 티셔츠 겨드랑이 아래가 땀으로 색깔이 달라져 있었다.

'고춧가루'는 베트남 요리점과 철판 이자카야 사이에 있었다. 출입구 쪽 입간판에는 테이크아웃 메뉴가 사진과 함께 표시되어 있었다. 한국 김으로 싼 김밥이 층층이 쌓여 있고, 비빔면은 새빨간 고추장으로 버무려져 매워 보였다. 가게 창문에는 직접 담근 김치 판매 광고지와 한국 소주 포스터가 붙어 있었다.

아무리 바라보아도 어린이 식당 이야기는 하나도 없다. 어쨌든 가게 사람에게 물어봐야 한다. 나는 하이브리드 자전거를 가게 옆에 세워 놓고 유리문을 열었다. 가게 안에서 나오는 에어컨 바람에 땀으로 젖은 피부가 단숨에 마른다.

'고춧가루'는 세로로 길쭉한 가게다. 들어가니 바로 앞 주방을 카운터석이 둘러싸고, 안쪽은 테이블석과 다다미석이 보였다. 비교적 넓어 보이지만 손님은 두 사람밖에 없었다. 스포츠 신문을 읽는 남자가 카운터석에서 냉면을 먹고 있고, 까만 머리를 질끈 동여맨 여자가 다다미석에서 다리를 편히 하고 앉아 있었다. 가게에는 미안하지만 이 정도로 넓은 공간은 비어 있는 편이 마음에 여유가 있어서 좋다.

"어서 오세요."

여자 직원이 인사를 했다. 나기사는 귀 주위의 머리카락이 핑크색인데 이 직원은 약간 긴 머리카락 끝부분만 오렌지색으로 물들였다.

"원하시는 자리에 가서 앉으세요."

잠깐 망설이다 안쪽 테이블 좌석에 앉았다. 대각선 쪽 다다미석에는 검은색 티셔츠의 여자 손님이 스마트폰을 바라보고 있다. 그 여자의 테이블 위에는 어깨끈이 달린 소형 아이스박스가 놓여 있었다. 건강식품 등 방문 판매를 하는 사람인지도 모르겠다.

여자 직원이 찬물을 가져다주는 순간 나는 메뉴판을 한 손에 들고 질문한다.

"여기서 어린이 식당도 여나요?"

"네. 둘째, 넷째 수요일만요."

여자 직원이 붙임성 있게 웃으며 출입구 쪽을 손가락으로 가리켰다.

"계산대 앞에서 포장된 창난젓이랑 나물을 판매해요. 그 매출의 반은 어린이 식당 경비로 쓰고 있습니다."

"그럼 돌아가는 길에 사갖고 갈게요."

"감사합니다. 이래저래 달마다 들어가는 돈이 많아서요. 덕분에 살았네요."

여자 직원이 쓴웃음을 지었다. 창난젓과 나물만으로는 운영비를 충당하기가 어려운 걸까.

"한 가지 더 묻고 싶은 게 있어요. 소책자에 나온 카레 말인데요."

"아아, 가끔 메뉴로 내놓고 있어요. 아이들한테 카레는 인기라서요. 그런데 왜 그러시죠?"

나는 주머니에서 스마트폰을 꺼내서 촬영한 카레 사진을 확대했다.

"사진을 보면 견과류와 참치 큐브 같은 것이 찍혀 있어요. 이런 조합이 비교적 대중적인 편인가요?"

여자 직원은 스마트폰을 내려다보면서 살짝 고개를 갸웃했다. 내 설명이 부족했는지 질문의 의도를 제대로 전달하지 못한 듯하다. 서둘러 말을 덧붙였다.

"이 카레를 만든 분한테 물어보고 싶은 이야기가 있어서요."

여자 직원은 스마트폰에서 고개를 들더니 등 뒤를 돌아보았다.

"마이 씨. 카레에 대해서 궁금하다는 손님이 오셨는데요."

다다미석에 편하게 앉아 있다가 비치 선들을 신으려는 여자와 눈이 마주쳤다. 아까까지 스마트폰을 만지작거리던 사람이다.

"카레?"

마이 씨라고 불리는 여자가 중얼거린다. 그 여자는 일어나서 내 테이블 쪽으로 다가왔다. 어깨에 소형 아이스박스를 걸치고 있다. 가녀린데 키는 크다.

"어린이 식당에 내놓는 카레 말인가?"

나는 사람을 평가하듯 수상쩍어 하는 시선이 마음 다팠다. 조그맣게 "네……" 하고 대답하고 스마트폰을 내밀었다. 마이 씨를 가까이서 보니 살짝 몸이 굳었다. 마이 씨의 귀에는 막대기 모양의 귀걸이가 달렸고 티셔츠 소매에서 연꽃 문신이 엿보였다. 미간에 주름을 잡으며 사진을 확인하는 표정은, 불쾌함을 감추지 않았다

"확실히 내가 만든 카레네."

"사실은 지인한테 이거랑 같은 카레를 만들어준 사람이 있어서요……. 그분은 이전에 긴시초에서 일한 적이 있었나 봐요. 그래서 조금 신경이 쓰여서요……."

마이 씨는 사진을 다시 한번 바라보고 스마트폰을 나에게 되돌려 주었다. 그때 알아차렸는데 손목 안쪽에도 산스크리트어 문신이 새겨져 있었다.

"그 사람 이름은?"

"아사쿠라 아오이라는 여자분이에요……. 지금은 30대 후반 정도입니다."

살아 있으면, 이라는 말을 남몰래 삼킨다. 마이 씨는 40대 전후일까. 이목구비가 또렷한 미인이지만 팔자주름이 깊고 오른쪽 뺨에는 갈색 기미가 눈에 띈다.

"당신은 언론사 쪽 인간?"

예상외의 질문 후 마이 씨의 예리한 눈길이 가슴을 꿰뚫었다. 아까보다 훨씬 가시 돋친 말투에 압도당해서 대답이 목구멍에서 막히고 말았다.

"아오에 대해 떠들어댄 놈들한테 아무 할 말도 없어."

"저는 딱히 그런……."

갑자기 날아든 분노에 동요해서 말을 더듬었다. 마이 씨는 조그맣게 혀를 끌끌 차고 등을 돌려 출입구 쪽으로 걸어갔다. 나는 얼빠진 상태에서도 어떤 확신이 들었다.

마이 씨는 방금 분명히 아오라고 불렀다.

애칭을 부른 순간만큼은 날이 선 말투가 약간 누그러졌다. 이 사람은 아오바 씨를 알고 있다. 나는 주먹을 세게 쥐고 불안감을 부스러뜨리듯 어금니에 힘을 꽉 주었다.

"저기……."

가슴속으로 '괜찮다'를 되풀이한다. 공황장애를 극복하기 위해 일부러 공포와 불안으로 뛰어들었던 기억을 머릿속에 가득 채운다. 뻣뻣하게 굳은 발을 필사적으로 움직여서 비틀거리며 일어섰다.

"저는 그냥 간호사예요……."

소리 지르고 싶었지만 마음과 달리 약해빠지고 잠긴 목소리였다. 그런데도 마이 씨가 발을 멈추는 뒷모습이 눈에 비친다.

"아오바 씨한테 굉장히 신세를 많이 진 시기가 있었어요……."

마이 씨는 뒤돌아보지 않았지만 다시 걸어가려는 기색은 없었다.

"당시 아오바 씨와 자주 함께 있었습니다……."

가냘픈 목소리가 끊긴다. 입안이 마르고 혀가 마비된다. 그래도 꼭 쥔 손에 손톱을 세우고 목구멍에서 말을 찾았다. 간신히 만난 아오바 씨의 실마리, 아오바 씨와 관련이 있을 것 같은 사람. 앞머리를 살랑살랑 흔드는 에어컨 바람은 그 항구 마을에 불어온 차가운 바닷바람을 상기시켰다.

마이 씨의 등을 응시하는데 어떤 영상이 뇌리를 비집고 들어왔다. 외까풀의 서늘한 눈매가 부엌의 우윳빛 유리문으로 들어온 햇살에 비쳐서 반짝인다. 아오바 씨의 손이 볼에 들어 있는 교자 소에 닿았다.

『비종의 맛은 센다이 미소와 벌꿀이야.』

교자 소를 반죽하면서 아오바 씨가 웃음을 지었다. 그랬다. 그렇게 추운 계절이었는데 아오바 씨가 나에게 보낸 눈길은 언제나 다정하고 따뜻했다.

갑자기 마이 씨가 다시 출입구 쪽으로 걸어갔다. 내 생각은 가닿지 않은 듯하다. 흔들리는 아이스박스가 희미해진다.

"당신 정말 간호사?"

다시 시야의 초점이 맞았다. 마이 씨는 출입문에 손을 대면서 내 쪽을 돌아보았다. 나는 당황해하면서도 고개를 두 번 끄덕였다.

"아들이 신세를 지고 있으니까 무시할 수는 없겠군."

마이 씨는 중얼거리더니 오라고 손짓했다.

"지금부터 바로 거기까지 갈 건데 함께 다녀올래?"

"엇……."

"녹으니까 다녀올 거라면 빨리."

마이 씨가 어깨에 걸친 아이스박스를 가볍게 두드렸다. 나는 의미도 알지 못한 채 어느새 한 걸음을 내딛고 있었다.

바깥에 나오자 여름 햇빛에 눈이 부셨다. 하이브리드 자전거를 손으로 밀면서 어딘가로 걷는 검은색 티셔츠를 서둘러 쫓아간다. 내 하이브리드 자전거는 카본 소재 프레임으로 되어 있다. 전체 무게는 9.9킬로그램으로 일반 자전거의 약 절반 정도로 가볍다. 그래도 눌어붙을 것처럼 뜨거운 아스팔트 위를 손으로 밀고 가자 금방 땀이 배어 나왔다.

드디어 아이스박스를 쫓아간 순간 가게 안과 다른 온화한 목소리가 들려왔다.

"아까 미안했어. 변명하자면 요즘 기분이 불안정해서."

"아니에요……. 저도 별안간 찾아왔잖아요."

"우리 가게 손님들은 아무도 예약 안 하는데."

마이 씨는 코웃음을 치고 빨간색 신호에 발을 멈추었다.

"지금부터 아들을 만나러 갈 거야. 10분도 안 걸려 도착하니까 병원 앞까지 가는 동안 이야기할 수 있어."

"알겠습니다……. 아드님, 입원하셨어요?"

"어. 남쪽 출입구 앞에 있는 커다란 병원에."

JR 긴시초역에서 걸어서 갈 만한 장소로 도립 종합병원이 있는 것을 떠올렸다. 병상수는 700상을 넘는 초대형 병원이다.

"보름 전에 막 출산했어."

갑작스러운 이야기에 다시 옆으로 얼굴을 돌린다. 내가 축하의 말을 건네기 전에 마이 씨가 말을 이었다.

"출산 예정일보다 한 달 가까이 빨리 낳았어. 임신 34주째 양수가 터져서 아기 체중이 2,128그램. 그때 진짜로 초조했지."

귓가에 닿는 숫자에 산부인과 지식을 끄집어냈다. 일본에서는 임신 37주 미만으로 출산하는 경우 조산이라고 부른다. 출생했을 때 체중에 대해서도 2,500그램 미만인 경우에는 저출생 체중아로 분류한다.

일반적으로 출산 후 입원 기간은 일주일 정도다. 마이 씨만 먼저 퇴원하고 아기는 'NICU'라고 불리는 신생아 집중 치료실이나 'GCU'라고 하는 신생아 회복실에서 치료를 받는 것일까.

"서서히 모유도 잘 먹고 체중도 조금씩 늘어나고 있어."

"……빨리 집으로 돌아갈 수 있도록 빌겠습니다."

"담당의 말로는 다다음 주 정도 퇴원을 목표로 치료한다고 했어."

자연스럽게 마이 씨가 든 아이스박스에 눈길을 주었다. 뚜껑을 열지 않아도 내용물이 상상이 갔다.

"아이스박스에 들어 있는 건 냉동한 모유인가요?"

"정답. 과연 간호사네."

전용 냉동팩에 보관된 냉동 모유가 머릿속에 떠올랐다. 가슴이 부풀어 오른 듯 보이는 건 출산 후 영향인지도 모르겠다.

"이게 아들인 다쿠야. 이 사진은 태어나자마자 바로 찍은 거."

내 눈앞으로 스마트폰을 들이밀었다. 실금이 간 화면에는 기저귀만 찬 반타의 신생아가 비치고 있었다. 후드가 달린 인큐베이터 안에 누워서 맑은 눈동자로 카메라 렌즈를 쳐다보고 있다.

"눈은 나를 닮았고 코는 남편을 닮았어."

"굉장히 귀엽네요."

정말로 귀여웠지만 당황스러운 것도 사실이었다. 갈비뼈가 드러난 얇은 가슴에는 심전도를 측정하는 전극이 붙어 있고, 코에는 위장으로 이어지는 튜브가 끼워져 있다. 가느다란 왼손에는 링거관이 보이는데 골절했을 때처럼 부목이 고정되어 있었다. 까딱하다 아기 스스로 뽑아버리지 않게 하기 위해서일까.

"다쿠야 일도 있고, 간호사분들한테 마음속 깊이 감사하고 있어. 고마워."

"저는 아무것도……. 소속되어 있는 건 정신과고요."

자그마한 몸에 뻗어 있는 튜브와 전극을 고정한 테이프에는 손으로 그린 일러스트가 있었다. 리본을 단 토끼, 분홍색으로 칠한 하트, 고양이 모양의 유명 애니메이션 캐릭터. 다쿠야 군의 담당 간호사가 그린 걸까. 귀여운 일러스트들은 치료의 심각성을 조금 누그러뜨린다.

신호가 파란색으로 바뀌고 횡단보도를 건넜다. 긴시 공원을 따라 인도를 걸어가면서 아이들의 앳된 목소리가 귓가에 와 닿는다. 공원 안 분수 주위에는 아이들이 무리지어 있고 고사리손이 반짝거리는 물보라에 닿고 있었다. 마이 씨도 재잘거리는 목소리가 들리는 쪽을 바라본다.

"마지막으로 아오랑 만났을 때는 아직 스카이트리가 완성되지 않았지."

마이 씨와 어깨를 나란히 하고 걸으면서 뒤를 돌아본다. 파란 하늘을 뚫고 나가는 것처럼 스카이트리가 솟아 있다.

"그때 딱 재회했어. 그대로 긴시 공원 벤치에서 오랜만에 이야기를 나누었지."

"……그게 언제였죠?"

"아마도 2010년 봄이었을까. 이듬해에 지진이 일어났으니까."

"그때 이후로 연락은 안 했나요?"

"딱 한 번 전화를 했지만 번호가 이미 바뀌었더라고."

두 사람이 마지막에 만난 건 동일본대지진 이전이라는 걸 알고 몰래 낙담했다. 머릿속으로 살아 있을 가능성은 제로라고 생각하고 있었지만 마음은 들떴다. 해맑은 표정으로 도쿄의 인파 속으로 사라지는 아오바 씨를 상상했다.

"그러고 보니 당신 이름은?"

"죄송합니다. 자기소개가 늦었네요. 오리츠키 고하네라고 합니다."

아오바 씨와 어떤 사이인지 짤막하게 설명했다. 내가 고등학생 때 만나 당시 많은 시간을 함께 보냈다는 것. 이미 아오바 씨의 사망신고서가 제출된 것은 말하지 않았다. 마이 씨는 아까 최근에 불안정하다고 이야기했다. 아마도 다쿠야 군이 걱정되기 때문일까. 마이 씨를 동요시킬 것 같은 내용은 말하지 않고 지금은 숨겨두는 편이 좋겠다.

철도 고가 밑으로 접어들 때쯤 이번에는 내가 물었다.

"두 분은 어디서 알게 되었어요?"

"아오와는 함께 일했던 시기가 있어. 나이는 내가 세 살 위인데 마음이 맞아서."

직장 동료라는 것을 알고 하이브리드 자전거 핸들을 쥐는 손에 자연스럽게 힘이 들어간다.

"두 사람이 일했던 곳이 긴시초 놀이공원인가요?"

"그게 뭐지. 전혀 아닌데. 애초에 긴시초에 놀이공원 같은 건 없어. 함께 일했던 곳은 우리 엄마가 하는 스낵바였어. 정확히 3년 전에 문을 닫았지만."

예상외의 대답에 눈이 휘둥그레졌다. 스낵바에 관한 제멋대로의 이미지로 머릿속을 가득 채운다. 개성이 강한 마마가 카운터 너머로 접객하고 가게 안에는 옛날에 유행하던 가라오케 곡이 흘러나온다. 선반에는 단골손님이 보관해 놓은 술병이 늘어서 있고 마마가 인생론과 고생담을 주절거리는 모습이 반사된다. 이른바 물장사. 밤의 사교장.

마이 씨는 허공을 쳐다보면서 "그러고 보니……" 하고 중얼거렸다.

"지금 떠올랐는데 당시 아오가 그런 말을 했던 거 같아. '이 가게는 긴시초의 놀이공원이네'라고."

"그건…… 일종의 비유인가요?"

"아니야. 우리 가게 이름이 '스낵 회전목마'였거든. 자연스럽게 놀이공원을 떠올렸겠지."

손으로 밀고 있는 하이브리드 자전거의 가느다란 휠이 완만하게 돈다.

회전목마, 메리 고 라운드.

밤의 네온사인이 켜질 때만 나타나는 긴시초의 놀이공원.

"고하네 씨가 궁금해하는 카레는 예전에 우리 엄마가 생각해낸 거야. 소비기한이 임박한 마른안주를 손님에게 내놓기도 그렇고 버리는 것도 아깝다면서."

"그러니까 마른안주란 건?"

"술안주 말이지. 감 씨앗 모양 쌀과자나 마른오징어나 육포, 견과류, 참치 큐브 같은 거 스낵바에서 잘 나오는 마른안주니까."

마이 씨는 말을 한 번 끊고 조그맣게 웃었다.

"직원용 카레를 아오는 '맛있다, 맛있다'고 했어. 이상한 조합이었지만 의외로 인기가 있었지."

철도 고가 밑을 빠져나가자 다시 파란 하늘이 보였다. 긴시초역 앞 교차로에서 빨간색 신호등에 걸리지 않고 바로 건너 도립 병원으로 이어지는 요츠메 거리로 나아갔다. 남쪽 출입구 방면의 한 모퉁이는 밤이면 유흥 주점이나 카바레 네온사인이 수상한 빛을 내뿜는다. 검은색 정장을 입고 손님을 끄는 남자들은 거리를 어슬렁거린다. 큰길을 따라 걸어가면서 러브호텔이 이어진 골목 뒤쪽을 바라보았다. 이 시간대는 아직 혼란스러운 분위기의 그림자를 감추고 있다. 전봇대 쪽에 버려진 담배꽁초와 요란한 명함이 지난밤 떠들썩함의 흔적들이다.

"아오와 처음 만난 건 저쪽 부근이었나."

돌연 마이 씨가 앞쪽을 손가락으로 가리켰다. 그곳은 큰길에 면한 은행과 편의점이 즐비한 특별할 것 없는 길모퉁이였다.

"몇 번이나 머리를 맞고 있어서 깜짝 놀랐지."

"맞고 있다니…… 아오바 씨가요?"

"어. 그때 가게에서 돌아가는 중이었는데 아직 완전히 밤이 걷히지 않았을 때야. 멀리서 보기에 몸집이 작은 남자가 여자한테 폭력을 휘두르는 걸로 보였어. 그래서 서둘러 뛰어갔지."

마이 씨가 팔뚝에 핀 연꽃 문신을 문질렀다. 물장사라는 특성상, 술 취한 손님들의 싸움을 중재하는 일도 있을 것이다.

"가까이 다가가자 때린 사람이 머리가 짧은 여자라는 걸 알았어. 그 사이에 아오가 그 여자아이를 세게 껴안았어."

"……그 여자아이는 몹시 취한 느낌이었나요?"

"전혀. 그저 흥분해서 자신을 억제하지 못하는 느낌. '창—문, 창—문'이라고 자꾸 반복했어. 아오는 그런 여자아이에게 '아픈 건 끝이야, 아픈 건 끝이야'라고 다정하게 말을 건넸지."

마이 씨의 대답에 위화감을 느꼈다. 곧바로 묻는다.

"확인하고 싶은 게 있어요. 그 여자아이의 나이는……? 아오바 씨의 말투가 아이를 타이르는 듯한 느낌이라서요."

"분명 20대 초반이었을 거야. 나중에 아오보다 두 살 아래라고 들었으니까."

마이 씨의 이야기를 들어도 상황이 잘 이해가 가지 않는다. 유일하게 그 여자아이가 불안정한 상태라는 것은 이해했다.

"루리는 그 후 자기 얼굴을 때리면서 땅바닥에 머리를 찧기 시작했어."

"……루리?"

"그래. 아오의 여동생."

숨이 턱 막혔다. 아오바 씨에게 여동생이 있다는 건 처음 듣는 소리다.

"그런 두 사람을 보고 이건 단순한 다툼이 아닌 것 같았어. 루리의 이마에서 피가 나고. 어쨌든 나도 거들어서 필사적으로 머리를 찧는 걸 멈추도록 말렸어."

그러고 나서 두 사람은 루리 씨의 두 팔을 껴안고 어떻게든 일으켜 세우려고 했던 것 같다.

"저기, 여동생…… 루리 씨는 왜 그런 짓을?"

"나중에 들었는데 종종 일어나는 발작이었던 모양이야. 타고 왔던 택시 창문이 안 열려서 스위치가 켜진 듯해."

"그렇게 사소한 일로요?"

"어쩔 수 없지. 루리한테는 지적장애가 있었으니까."

마음속에 잔물결이 일어난다. "창―문, 창―문" 하고 연달아 외치는 목소리를 상상하면서 머릿속을 정리한다. 지적장애. 빈번한 발작. 상대를 때리는 가해행위와 자기 이마를 땅바닥에 찧어대는 자해행위. 아오바 씨의 익숙한 듯한 대응. 뒤엉킨 생각의 실마리 사이에 어떤 단어가 보였다. 아직 확신은 할 수 없다. 정보가 너무 적다.

"두 사람은 그런 시간대에 바깥에서 무엇을?"

"지금 우리가 가는 병원에 루리가 진료를 받을 예정이었대. 병원까지 택시를 타고 가고 있었는데 갑자기 차 안에서 발작을 일으켜서. 도무지 방법이 없어서 중간에 하차."

마이 씨가 큰길에서 벗어나 골목으로 발길을 향했다. 슬슬 목적지의 외관이 보일 무렵이다. 쓸데없이 멈추면 냉동 모유가 녹고 말 것이다. 이 산책의 남은 시간은 적다.

"그런 이른 아침에 진료받으러 간다는 건 응급 상황이었을까요?"

"그때 루리가 머리 염색을 할 때 쓰는 비닐장갑을 먹어버린 것 같아."

"……모르고 잘못 삼킨 건가요?"

"아오 말로는 예전부터 여러 물건을 입에 넣었대. 동전이나 건전지, 열쇠고리 같은 거. 머리카락도 먹어버려서 짧게 잘랐다고 이야기했어."

모르고 잘못 삼킨 것보다는 이식증. 어린아이나 치매 환자도 포함해 이해력이나 판단력이 부족한 사람이 일으키는 증상. 섭식 장애 중 하나로 이식증은 있지만 내 직감은 다르다고 말하고 있었다.

"결국 아오와 힘을 합쳐 병원까지 데려갔어. 가는 도중에도 루리는 안정을 찾지 못했지. 몇 번이나 차도로 뛰어들려고 했어. 정말로 그때는 필사적이었지."

이어지는 마이 씨의 이야기에 귀를 기울였다. 잔뜩 몰입해서 맞장구치는 것도 잊어버렸다.

병원에 도착해서 루리 씨는 부리나케 CT실로 옮겨졌다. 임무를 마친 마이 씨가 돌아가려고 할 때, 아오바 씨가 나중에 감사 인사를 하고 싶다고 했다. 스마트폰이 아직 일본에서 대중화되지 않은 2007년 여름이었다. 두 사람은 폴더형 갈라파고스 휴대전화의 적외선통신으로 연락처를 교환했다.

아오바 씨한테 연락이 온 것은 그로부터 엿새가 지나서였다. 마이 씨가 만나는 장소로 고른 곳은 긴시 공원. 만남 뒤 바로 스낵바에 출근할 예정이었다.

해가 지기 전에 긴시 공원에서 두 사람은 다시 만났다. 아오바 씨가 준 선물은 찹쌀과자 오카키 세트였다. 마이 씨는 오래 있을 생각은 없었는데 루리 씨의 경과가 신경 쓰였다. 그래서 물어봤더니 루리 씨가 그 길로 입원했다는 사실을 알았다. 검사를 해서 뱃속에 비닐봉지가 있는 것이 확인되었다고 한다. 내시경으로는 꺼내는 게 불가능해 입원 이틀째 개복수술로 끄집어낸 비닐봉지는 둥글고 딱딱해져 있었던 것 같다.

'더러워진 오징어 슈마이와 비슷하다.'

아오바 씨는 꺼낸 이물질을 그렇게 표현했다고 한다.

선물로 받은 찹쌀과자 오카키를 단골손님에게 나누어주면서 마이 씨는 생각했다. 해가 지기 전 긴시 공원에서 보았던 아오바 씨의 옆얼굴은 상당히 미인형이었다. 루리 씨를 병원에 데려갈 때는 서로 필사적이어서 깨닫지 못했지만 말이다.

당시 아오바 씨는 콧날이 오똑하고 피부는 하얗고 투명한 듯했다. 마이 씨가 가장 매력적으로 느낀 것은 아오바 씨의 눈매였다. 외까풀의 커다란 눈동자에는 어렴풋한 그늘이 깃들어 있었다. 그게 덧있었다. 카바레나 여자 바텐더가 있는 술집에서 인기 있을 얼굴 생김새인지도 모른다. 하지만 스낵바에 오는 나이 지긋한 손님에게는 단아하게 비칠 것이다. 틀림없이 인기가 있을 거다. 가게 매출도 오를 거다. 마침 지난주에 성품이 안 좋은 여자 종업원 하나가 가게를 나갔다. 더구나 아오바 씨는 학생이 아니라 최근에 마트 계산 아르바이트를 그만두었다고 이야기했다.

마이 씨는 그날로 연락했다. 단도직입적으로 우리 스낵바에서 아르바이트하지 않겠냐고 했다. 아오바 씨는 조금 망설이더니 조건을 하나 제시했다.

'두 달만이라면.'

마이 씨가 이유를 묻자 두 달 동안 루리가 입원할 예정이라고 했다.

먹어버린 비닐봉지는 꺼냈지만 수술 부위의 상태와 합병증을 관찰할 필요가 있다. 하지만 루리는 입원 중에도 불안정한 나날을 보냈던 것 같다. 외과 조치는 보름 정도로 끝나지만 그 뒤에도 정신과 병동에서 약물 치료를 실시할 예정이었다. 마이 씨는 그 이야기를 듣고 스낵바 마마인 엄마에게 적당한 이유를 대고 시급을 500엔 올려주기로 마음먹었다.

출근해서 입는 옷은 마이 씨가 빌려주었다. 실밥이 풀어지거나 스팽글이 벗겨져서 떨어진 오래된 드레스였지만 아오바 씨가 잘 수선해서 입었다고 한다.

"아오는 두 달 후에 가게를 그만두었지만 가끔씩 만났어."

마이 씨가 발을 멈췄다. 나도 반사적으로 하이브리드 자전거 브레이크를 잡는다. 눈앞 간판에는 도쿄도 상징 마크와 함께 목적지인 병원 이름이 쓰여 있었다. 휠체어를 탄 노인과 목발을 짚은 젊은이가 병원 출입구 쪽을 향해 갔다.

이야기 중이었지만 냉동 모유도 있고 억지로 붙잡을 수는 없다. 누군가 뒷머리를 잡아당기는 듯한 기분이 들었다. 나는 "마지막으로 질문 하나가……"라고 중얼거렸다.

"처음에 저를 언론 관계자로 착각하셨는데요……. 왜 그런 거죠?"

"당시 삼류 잡지 작가가 많이 찾아왔거든. 그 사건에 대해서 묻고 싶은 이야기가 있다고. 바로 쫓아버렸지만."

땀이 뺨을 타고 흘러내렸지만 몸속은 빠르게 차가워진다. 표정이 굳어가는 것을 느끼면서 쓰디쓴 침을 삼켰다.

"아오바 씨가 애인을 독살했다는 소문을 들었어요……. 그건 정말인가요?"

어딘가에서 매미가 울고 있다. 그 울음은 이명으로 바뀌고 살짝 현기증이 일어난다.

"질문은 하나라고 하지 않았나?"

"죄송합니다……. 아무래도 신경이 쓰여서."

마이 씨는 과장스럽게 한숨을 내쉬고 어깨에 걸친 아이스박스에 시선을 돌렸다.

"미안한데 어서 가봐야 해. 다쿠야가 기다리고 있어서."

여러 가지 줄이 연결된 자그마한 몸을 떠올린다. 나는 마이 씨를 막을 수 없다. 냉동 모유가 녹는다면 세균이 번식할 것이다. 면역력이 아직 발달하지 않은 아기라서 생명을 위협하는 사태가 벌어질 수도 있다. 나는 저절로 고개를 푹 수그렸다.

"다음에 또 이것저것 알려주세요. 부탁드립니다."

"그럼 다음 주 수요일은 어때? 어린이 식당을 여니까."

"알겠습니다. 꼭 가겠습니다."

"고하네 씨한테 보여주고 싶은 게 있어."

마이 씨는 그 말만 남기고 병원 출입구로 걸어갔다. 서서히 멀어지는 등을 응시하면서 마지막으로 전했다.

"그날, 아오바 씨를 아는 친구들도 함께 가도 됩니까?"

마이 씨는 앞쪽을 향한 채 한 손을 들었다. 아이스박스가 병원 안으로 사라지는 모습을 배웅하고 하이브리드 자전거를 탔다. 햇볕에 계속 닿아 있던 안장은 구운 돌처럼 뜨거워졌다. 페달을 밟는 다리에 힘이 잘 들어가지 않는다.

 약속한 수요일은 최고 기온이 30도를 넘었다. 어쨌든 일을 정시에 마치고 서둘러 집에 돌아가 하이브리드 자전거를 탔다. 해가 저무는 거리에는 낮보다 선선한 바람이 뺨을 어루만진다. 확실히 해가 지는 시간이 빨라졌다.
 오늘도 긴시초역 앞은 오가는 사람이 많다. 지난번처럼 지도 앱은 보지 않고 북쪽 출입구 방면으로 향한다.
 소책자에서 확인하기로는 둘째, 넷째 수요일에 여는 어린이 식당은 오후 5시부터 8시까지인 것 같다. 린코는 이미 '고춧가루'에 도착했고 고헤이는 일이 오래 걸려서 늦는 듯하다. 『아무래도 7시가 넘을지도 몰라』라는 메시지가 땀 흘리는 이모티콘과 함께 도착했다.
 북쪽 출입구 방면의 골목으로 들어가 망설임 없이 '고춧가루'에 도착했다. 가게 외관은 지난번과 크게 다르지 않았다. 메뉴가 적힌 입간판은 사라지고 대신 '어린이 식당·고춧가루'라는 포렴이 흔들리고 있다.
 출입문을 열자 가게 안 분위기가 상당히 달라져 있었다. 전에 남자 손님이 냉면을 먹던 카운터석에는 초등학생 남자아이 둘이 햄버그를 입안 가득 넣고 오물거리고 있었다. 그 옆에는 또래 여자아이가 나폴리탄 스파게티를 포크로 돌돌 말고 있었다. 안쪽 테이블석과 다다미석에는 돌아다니는 아이들과 봉사활동을 하는 어른들이 보였다.
 지난번과 달리 가게 안이 오늘은 조금 답답하게 느껴졌다. 단순히 사람이 많기도 하지만 수많은 목소리가 울려 퍼지기 때문인지도 모른다. 답답하지만 불쾌하지는 않다. 많은 사람이 움직이는데도 어쩐지 안심되었다. 가게 안을 채우는 앳된 목소리가 즐겁게 들려서일까.

"안녕, 고하네. 여기, 여기."

다다미석 자리에서 몸을 쑥 내밀며 린코가 손을 흔들었다. 나는 입꼬리를 올리고 앞으로 걸어갔다.

"미안. 늦었지."

"아니, 괜찮아. 그것보다 일 피곤하지."

린코가 다다미석에 편하게 앉으면서 웃었다. 린코는 민소매 윗옷과 색이 바랜 청바지를 입었다. 두 귀에는 링 귀걸이가 흔들린다. 오늘은 '별과 자두'의 정기휴일인 듯하다. 옷차림에서 편안한 분위기가 감돌았다.

"린코는 몇 시에 왔어?"

"한 시간 전쯤인가. 지금은 아이들 공부 감독 중."

린코가 있는 다다미석은 네 사람이 앉을 수 있었다. 나머지 세 자리에는 여자아이 둘과 안경 쓴 남자아이가 앉아 있었다. 각각 테이블 위에 문제집을 틀치고 있다.

린코 옆 안경 쓴 남자아이가 연필을 쥐고 입을 삐죽 내밀었다.

"린도 선생님, 무(む)'가 잘 안 써져요."

"응. 무(む)'에서 둥근 부분은 연필을 떼지 말고 한 번에 빙그르르 쓰는 게 좋아. 그걸 신경 써서 다시 한번 해봐."

린코는 조언을 하고 내 쪽을 향해 속삭였다.

"처음부터 린코 선생님으로 부르라고 했어."

린코는 장난스럽게 혀를 쏙 내밀었지만 눈에 쓸쓸한 빛이 어려 있었다. 옆자리 남자아이에게 남동생의 기억이 겹쳤기 때문인지도 모른다. 나는 그런 기색을 모르는 체하면서 물었다.

"린코 선생님은 마이 씨랑 이야기했어?"

"팔에 타투를 한 사람이지? 아까 인사했어."

"그렇구나. 지금 마이 씨, 어디 있는지 알아?"

"그게 모유를 한 번 짜러 간다고 했어. 다시 돌아오겠지만."

여자아이 하나가 구구단 문제를 질문했다. 이어서 린코가 7단을 소리 내어 외우기 시작한다.

마이 씨에게는 나중에 인사하기로 하고 나도 뭔가 할 일을 찾는다. 머리카락 끝을 오렌지색으로 물들인 여자 직원이 눈에 들어왔다. 가볍게 고개를 숙이며 다가갔다.

"지난번에 고마웠어요."

"어머, 또 오셨네요."

마이 씨가 불렀다고 전한 뒤 여자 직원에게 '고춧가루' 어린이 식당에 대해 물었다. 오늘은 햄버그 정식, 나폴리탄 스파게티 정식, 불고기와 비빔밥 세트 메뉴를 준비한 듯하다. 어린이는 한 끼에 5엔이고 어른은 한 끼에 300엔에 주문할 수 있다. 참고로 어린이 요금의 '5엔(五円, 고엔)'은 '인연(ご緣, 고엔)'을 뜻하는 듯하다. 식사할 때는 카운터석이나 테이블석을 이용하고 다 먹으면 다다미석으로 돌아올 수도 있다. 놀거나 공부를 봐주기 바라거나 이야기하고 싶은 사람은 다다미석을 이용하는 것으로 정해진 모양이다.

뭔가 도와줄 게 없냐고 물으니까 여자 직원은 가장 안쪽의 다다미석으로 얼굴을 돌렸다.

"저 아이, 보드게임 진짜 잘해요. 한 번 대결해 보실래요."

여자 직원의 시선을 따라가니 세일러복의 여자아이가 스마트폰을 만지작거리고 있었다. 통통한 볼에는 빨갛게 곪은 여드름이 여기저기 있고 둥그스름한 코가 사랑스럽다. 중학생 정도일까. 고등학생이라고 하기에는 앳된 생김새다.

내가 다가가자 여자아이는 스마트폰에서 고개를 들었다.

"안녕. 나도 앉아도 될까?"

여자아이가 아무 말 없이 고개를 끄덕였다. 눈꼬리가 축 처진 눈동자에는 약간의 경계심이 엿보였다. 나는 테이블에 놓인 초록색 판과 하얀색, 검은색 말을 힐끗 바라보고 여자아이의 맞은편 방석에 앉았다.

"반가워. 오리츠키 고하네라고 해. 잘 부탁해."

"잘 부탁드립니다……. 츠다 미유키입니다."

츠다는 만지작거리던 스마트폰을 집어넣고 천천히 자리를 고쳐 앉았다. 가녀린 목소리에는 긴장한 기색이 역력하다.

"츠다는 벌써 뭐 먹었어?"

"……오늘은 비빔밥 세트를 먹었어요."

"잘했어. 맛있었어?"

"……네."

"츠다는 지금 중학생?"

"네……. 중학교 2학년이에요."

예상이 맞았다.

"학교는 재밌어?"

"……보통이에요."

"동아리는 뭐 가입했어?"

"아무것도…… 집에 가기 바빠서요."

흥미롭다고 하기는 어려운 대화가 초록색 판 위를 오간다. 먼저 보드게임을 해서 츠다의 긴장을 풀어주기로 했다.

"아까 보드게임 잘한다고 들었어."

"그런…… 보통이에요."

"정말? 그럼 나랑 보드게임 해볼까?"

"그게…… 좋아요."

츠다는 보드게임 판 중앙에 하얀색과 검은색 말을 각각 두 개씩 놓았다. 츠다는 검은색 말을, 나는 하얀색 말을 손에 들고 정사각형 칸을 눈여겨본다.

보드게임을 하면서 좀 더 대화를 나누고 싶었지만 그런 여유는 없었다. 확실히 츠다는 강했다. 초록색 판 위가 어느새 검은색으로 자꾸 물들어간다.

"엇, 이미 사방팔방 다 막혀버렸네."

마지막에 가까워지고 역전 가능한 한 수를 찾는다. 그러나 내 패배는 분명하다. 결국 마지막에 남은 하얀색 말은 겨우 두 개뿐이었다.

"고맙습니다."

츠다는 보드게임 종료를 고하고 잠깐 웃음을 보였다. 통통하게 살이 오른 볼은 부드러워 보이고 웃으면 두 눈이 실처럼 가늘어진다. 굉장히 애교가 넘치는 표정이다.

"완패했어. 츠다는 정말로 보드게임을 아주 잘하네."

"……날마다 할머니랑 보드게임을 하거든요."

"아무리 그래도 강해. 나도 이따금 환자분이랑 겨루기 때문에 자신이 있었단 말이지."

츠다는 말을 정리하는 손을 멈추고 내 쪽을 말똥말똥 바라보았다.

"고하네 씨, 의료계에서 일하세요?"

"그래. 사실은 간호사야. 오늘도 일하고 왔어."

처음으로 츠다한테 질문받은 것이 기뻤다. 이어서 장래 희망을 물어볼까 생각한 순간 츠다의 입술이 달싹거렸다.

"저기…… 궁금한 게 있어요."

"응? 뭘까."

"그러니까…… 기저귀가 옆으로 새는 걸 막는 비결이 있을까요?"

예상외의 질문에 대답을 하지 못했다. 짧은 침묵이 이어지고 떠오른 의문을 입에 올린다.

"츠다한테 어린 형제가 있니?"

"아니에요. 할머니 기저귀예요. 제가 갈면 가끔씩 옆으로 새거든요."

시선을 맞추면서 크게 고개를 끄덕인다. 경청하는 자세를 보이자 츠다는 이야기를 계속했다.

"우리 할머니, 치매예요."

츠다의 손끝이 뺨에 생긴 여드름으로 향한다. 츠다의 할머니는 3년 전 알츠하이머형 치매로 진단받은 듯하다. 더구나 2년 전에는 목욕탕에서 넘어져서 왼쪽 대퇴골이 골절된 것 같다.

"골절 치료로 입원했는데 치매가 단숨에 진행되었어요. 그 후 걷는 걸 싫어하고…… 지금은 하루 종일 침대에 누워서 지내요."

오랜 기간 안정된 상태에서는 인지 기능이 눈에 띄게 떨어지는 고령자가 많은 게 사실이다.

"할머님은 집에서 지내시니?"

"네⋯⋯. 주로 엄마가 돌보세요. 힘들 것 같아서 저도 학교에서 돌아오면 도와드리려고 해요."

이야기를 들어보니 츠다는 기저귀 교환, 식사 돕기, 욕창 예방을 위해 몸의 방향을 바꾸는 일을 날마다 하는 듯하다.

"오늘, 할머니는 쇼트스테이라는 곳에 머무세요. 내일모레까지 안 돌아오세요."

쇼트스테이는 '단기 입소 생활 돌봄'이라고 하는 돌봄 서비스의 일종이다. 이용 목적 가운데 하나는 가족의 돌봄 부담을 덜어주는 것이다. 이른바 일시적 간호 위탁 서비스다. 당사자는 짧은 기간 시설에 입소해서 돌봄과 생활 지원을 받을 수 있다.

"그럼 오늘 어머님은 한숨 돌리시겠네?"

"네. 엄마는 술을 좋아하니까 근처 술집에 갈 것 같아요. 석 달에 한 번 오는 즐거움이니까요."

츠다는 이윽고 여드름에서 손끝을 뗐다. 만지작거린 곳에서 살짝 피가 비친다.

"쇼트스테이 날은 여기서 밥을 먹어요. 어린이 식당을 안 해도요."

"어째서?"

"집에 있으면 엄마가 제 밥을 챙겨줘야 하니까요."

쇼트스테이 날 정도는 엄마를 최대한 쉬게 하고 싶은 걸까. 츠다는 쑥스러운 듯 빙그레 웃더니 테이블 위로 눈길을 돌렸다.

"한 판 더 할까요?"

"좋아. 이번에는 내가 이길지도 몰라."

내 대답을 신호로 다시 하얀색과 검은색 말이 중앙에 놓인다.

"할머니랑 토드게임을 하면 재미가 없어요. 번번이 제 말을 쓰러뜨리거든요."

초록색 판에 어이없어하는 목소리가 내려앉았다. 설령 지루하다고 해도 츠다는 할머니의 여가 활동을 돕고 있다. 문득 처음 한 질문을 떠올린다.

"아까 했던 이야기를 해보면 패드 중앙에, 오줌이 배출되는 곳이 위치해야 해. 그리고 기저귀 양옆 주름이 다리 부분을 따라 정확히 놓이는 게 중요해. 옆으로 누워 자면 틈이 생길 때도 같거든."

"네……?"

"기저귀를 대는 비결. 음, 비결이라기보다 기본적인 것이지만."

츠다는 한 호흡 쉬고 머리를 숙였다. 나는 아직 앳된 얼굴을 똑바로 바라보면서 입꼬리를 올리고 웃었다.

"어머님도 그렇지만 츠다도 피곤하지 않아?"

"저는 딱히…… 괜찮아요."

나도 기억하는 '괜찮다'였다. 무책임하다고 생각하면서 말이 쏟아져 나오는 것을 멈출 수 없었다.

"최대한 어른한테 의지해. 쇼트스테이 말고도 가족의 부담을 줄여주는 돌봄 서비스가 있어."

"네……."

"츠다한테는 츠다 인생이 있으니까."

갑자기 주위 아이들의 목소리가 사라졌다. 그 대신에 머릿속에서 파도 소리가 울려 퍼진다. 어선의 엔진 소리와 바닷새 울음소리도 들리고 콧속으로 바다 냄새가 느껴진다. 돌연 삼켜진 기억의 소용돌이 속에서 아오바 씨가 속삭인다.

언젠가는 확실히 손을 놓아야 해.

고하네에게는 고하네의 인생이 있으니까.

목소리 주인의 입가로 덧니가 엿보인다. 아오바 씨의 등 뒤에는 남색 하늘이 펼쳐져 있었다. 해가 뜨기 전인지 해가 지고 나서인지 도저히 생각나지 않는다.

"앗, 다음에는 나도 끼워줘."

기억의 소용돌이에서 기어 나오듯 눈을 자꾸만 깜빡거린다. 뒤를 돌아보자 이마에 땀이 배어나는 고헤이가 서 있었다.

오후 8시가 되자 머리카락 끝을 오렌지색으로 물들인 여자 직원이 바깥 포렴을 내렸다. 가게 안에는 이미 아이들 모습이 사라졌다. 지금은 봉사활동 스태프가 서로 위로하는 목소리와 직원이 그릇을 씻는 소리만 맴돌았다.

우리 세 사람은 가장 안쪽 다다미석에 앉아 있었다. 마지막에 어린이 식당과 같은 메뉴를 대접해줄 듯하다. 나와 린코는 고민 끝에 비빔밥 세트를 선택했다.

"나는 보드게임밖에 안 했는데 먹어도 되나?"

"공부를 가르쳐주면서 힐끔 봤는데 고헤이 진짜 약하더라. 전부 졌지."

린코의 지적에 고헤이는 "걔가 너무 강했어"라고 투덜거리며 햄버그 정식을 주문했다. 한숨 돌리려는 순간 가게 문이 열리는 소리가 들렸다. 자리에서 몸을 내밀자 출입구에서 마이 씨가 주방 스태프와 대화하는 게 보였다. 마이 씨는 지난번과 마찬가지로 머리를 바짝 잡아당겨 묶은 머리에 티셔츠와 찢어진 청바지를 입어 거칠어 보인다.

마이 씨는 주방 쪽을 떠나 봉사활동 스태프가 앉아 있는 자리를 돌아다녔다. 감사의 말을 하면서 웃는 얼굴을 보였다. 얼마 전 카레 사진을 보여주었을 때와는 정반대로 밝은 표정이다.

마이 씨는 마지막으로 우리가 앉은 다다미석으로 다가왔다.

"오늘 바쁜 와중에 봉사활동을 하러 와줘서 고마워요."

웃음 짓는 마이 씨를 향해 린코와 고헤이가 "감사합니다. 즐거웠어요"라고 입을 고아 말했다.

"고하네 씨도 친구를 데려와줘서 고마워."

"저도 즐거웠어요. 아이들이랑 실컷 놀았거든요."

마이 씨는 묵묵히 고개를 끄덕이다가 웃음기를 거두었다.

"어떻게 세 사람은 아오를 알고 있다고?"

린코와 고헤이에게는 지난주에 있었던 일을 미리 말해두었다. 두 사람에게 각각 눈길을 주고 나는 고개를 크게 끄덕거렸다.

"세 사람한테 보여주고 싶은 게 있어서. 모유를 짠 다음에 벽장을 뒤지느라 늦었어."

마이 씨는 그렇게 운을 떼고, 등 뒤로 손을 돌렸다. 찢어진 청바지 뒷주머니에서 꺼낸 것은 파란색 봉투였다. 마이 씨는 그것을 나에게 내밀었다.

"아오랑 마지막으로 이야기한 뒤에 이게 긴시초 놀이공원에 도착했어. 우표도 안 붙였고 주소도 안 쓰여 있는 걸로 봐서 직접 가게 우체통에 넣은 것 같아."

마이 씨의 말투는 담담했지만 두 눈은 아련하게 눈물이 어려 있었다. 나는 주뼛주뼛 봉투를 받아 들었다.

"마지막으로 만났을 때 서로 사건 이야기는 피했으니까. 글로 쓰는 편이 마음을 좀 더 전하기 쉬울 때가 있잖아."

심장이 두방망이질 쳤다. 린코와 고헤이도 머리를 들이밀어서 파란색 봉투의 알맹이를 엿본다. 잘 접힌 편지지 외에도 사진이 한 장 들어 있었다.

"사진은 고하네 씨한테 줄게. 사람을 찾기 위해서 필요할 거야."

"……괜찮은가요?"

"가져. 나는 질릴 정도로 눈에 담아두었으니까."

뻣뻣한 손끝으로 먼저 사진을 조심스럽게 꺼냈다. 우리 세 사람의 그림자가 언젠가 도려낸 순간과 겹친다.

사진에는 침대형 휠체어를 탄 여자가 있었다. 머리카락은 짧고 유카타 유형의 환자복 위에 카키색 블루종을 걸쳤다. 그녀의 등 뒤에는 커다란 창문이 있었다. 쏟아져 들어온 빛이, 이불이 개켜 있는 병상을 비추었다. 그녀 옆에는 여자 네 사람이 있었다. 그중 세 사람은 하얀색 옷을 입어서 의료 관계자라는 사실을 알아차렸다.

사진 속 아오바 씨는 허리를 구부려서 침대형 휠체어에 앉은 여자의 왼손에 자신의 손을 대고 있었다. 카메라의 시선으로, 입가에 덧니가 엿보였다.

"휠체어에 앉아 있는 사람이 여동생인 루리야. 이 사진은 입원한 곳에서 찍은 것 같아."

마이 씨가 덧붙인 말을 듣고 새삼 아주 짧은 쇼트커트를 한 여자를 응시한다. 가까스로 눈을 뜨고는 있지만 눈길은 텅 비었다 다른 네 사람과 다르게 한 명만 카메라어서 벗어난 장소를 바라보고 있었다. 입은 반쯤 열렸고 무표정하다. 날씬한 목 중앙에는 기관절개 튜브가 보였다.

느닷없이 린코가 중얼거린다.

"비닐봉지를 삼켜서 입원했을 재인가요?"

"아니. 다른 날이야. 사진의 날짜도 2009년이고."

사진에 찍힌 날짜는 '2009/1/14'라고 되어 있다. 나는 동일본대지진 이전의 숫자를 바라보면서 말한다.

"뭐칼까…… 제가 상상한 ADL보다 상당히 낮은 것처럼 보이는데요."

린코가 "ADL?"이라고 하면서 고개를 갸웃거렸다.

"일상생활어서 필요한 최소한의 동작을 'Activities of Daily Living'이라고 해. 약칭으로 ADL. 예를 들어 혼자서 일어서거나 옷을 갈아입거나 화장실에 갈 수 있거나."

"확실히 휠체어를 타고 있고 누군가의 도움이 필요해 보인다."

"루리 씨가 타고 있는 휠체어는 침대형일 거야. 머리까지 기대고 뒤로 젖힐 수 있는 유형이지. 보통 휠체어로는 앉는 자세를 유지하기 어려운 사람이 사용할 때가 많아."

지난번에 들었던 루리 씨에 대한 이야기를 가슴속으로 다시 떠올린다. 아오바 씨를 때리고, 땅바닥에 자기 머리를 찧고, 둘이서 병원에 데려갈 때도 차도에 뛰어들려고 했다. 사진 속의 루리 씨는 그렇게 활발하게 움직일 것 같지는 않다. 그때부터 몇 년이 지났지만 분명 ADL 저하를 사진으로 알 수 있었다.

이번에는 고헤이가 중얼거린다.

"아오바 씨의 여동생, 기관지를 절개한 거 같은데."

거무스름한 손끝이 루리 씨의 목에 닿는다. 기관절개는 목의 일부를 절개하고 그곳으로 전용 튜브를 연결하는 것이다. 장기적인 인공호흡이 필요한 사람이나 가래를 스스로 배출할 수 없는 사람, 입에서 성대까지 통과 장애가 있는 사람에게 적용한다. 요컨대 확실한 기도 확보와 호흡 관리를 목적으로 하는 처치다.

문득 얼굴에 하나 가득 웃음을 머금은 아오바 씨와 눈이 마주쳤다. 사진 속의 아오바 씨는 웃는 표정을 지으면서 루리 씨 쪽으로 약간 고개를 기울이고 있다. 아오바 씨의 두 손은 여동생의 손을 부드럽게 감싸 쥐고 있었다.

11년 만에 재회한 아오바 씨는 나보다도 연하가 되어 있었다. 뚜렷한 슬픔과 아픔이 가슴을 찌르는데 린코가 살짝 고개를 갸웃거렸다.

"여동생이 입은 외투, 예전에 아오바 씨가 잘 입고 다니던 거지?"

"그런 것 같아."

두 사람이 거의 동시에 루리 씨가 입은 항공 점퍼를 손가락으로 가리켰다. 간호사의 시점으로 사진을 본 탓인지 깨닫지 못했다. 확실히 당시 아오바 씨가 입었던 옷과 상당히 비슷했다. 아니, 똑같았다.

"그 웃옷은 루리가 좋아했던 거야. 루리는 여러 가지 고집이 셌으니까."

고개를 들자 마이 씨가 그리운 눈길로 사진을 바라보고 있었다. 팔에 핀 연꽃을 보면서 머릿속으로 정리를 해본다. 지적장애, 아오바 씨에 대한 가해행위, 자기 자신에 대한 자해행위, 차도로 뛰어드는 위험한 행동, 종종 일으킨 발작, 이식증, 강한 고집. 다시 한번 사진으로 시선을 떨어뜨린다. 몇 초 전과 다름없이 아오바 씨는 여동생 손을 잡고 있다.

"억측이지만 루리 씨한테는 심한 행동 장애가 있는 것 같아."

세 사람의 시선이 쏠리는 것을 느꼈다. 잠시 뒤에 린코가 입을 열었다.

"그건 어떤 질병이야?"

"아니야. 특별한 지원이 필요한 상태인 듯해."

그렇게 잘라 말하고 세 사람을 향해서 말을 이어나간다.

심한 행동 장애의 정의에는 두 가지 요점이 있다.

첫 번째는 자해행위, 이식 행동, 차도로 뛰어들기 등이 해당한다.

두 번째는 주위 생활에 영향을 주는 행동이다. 루리 씨한테는 아오바 씨를 때리는 가해행위가 나타났다.

이런 행동이 빈번해져서 특별한 지원이 필요한 상태를 심한 행동 장애라고 한다.

"중대한 지적장애가 있는 사람이나 자폐 스펙트럼 장애가 있는 사람이 심한 행동 장애 상태가 되기 쉽다고 해."

이야기를 다 마친 순간 대각선 테이블석에 요리를 갖다 놓는 것이 보였다. 대학생처럼 보이는 남녀가 은빛 식기에 담긴 비빔밥을 숟가락으로 비비기 시작한다.

침묵을 깬 사람은 마이 씨였다.

"나는 그런 것에 대해 상세한 지식은 없지만……."

마이 씨는 머뭇거리면서 연꽃 문신이 있는 쪽 손으로 눈을 내리깔았다. 몇 번이나 쥐었다 폈다를 되풀이한다.

"아오가 종종 이야기했어. 여동생의 손을 놓을 수 없다고."

주방에서 마이 씨를 부르는 소리가 들렸다. 마이 씨는 "지금, 갈게" 하고 짧게 대답하고 우리에게 시선을 돌렸다.

"편지지에 고추장 묻히지 말고."

마이 씨는 농담인지 진담인지 알쏭달쏭한 말을 남기고 등을 보였다. 마이 씨가 주방으로 사라진 뒤 고헤이가 재촉했다.

"아무튼 편지를 읽어보자."

"그래."

나는 봉투 안에 손끝을 넣었다. 꺼낸 편지지는 모두 넉 장이었다.

"고하네 먼저 읽어."

"그래, 나는 가장 마지막이 좋겠다."

신경 써준 두 사람에게 인사하고 접혀 있는 편지지를 조심스럽게 펼친다. 아오바 씨의 마음이 담긴 예쁜 글자가 점선을 따라 줄지어 있다.

마이에게

갑자기 편지해서 미안해.

지난번에 긴시 공원에서 이야기했을 때 제대로 고마움을 전하지 못했던 것이 신경 쓰여서 편지를 쓰기로 했어. 읽어주면 기쁘겠어.

엄마가 여동생을 살해하려고 한 지 벌써 2년이 더 흘렀어. 당시 와이드쇼와 잡지 기사로 알게 되었는데 나에 대해 물어보려 히전목마에도 언론 관계자가 찾아왔다면서, 폐를 끼치고 말았어. 정말로 미안해.

사실만 전달하는 보도도 있었지만 그중에는 저질투성이였던 기사도 산더미처럼 있었어. 엄마와 여동생을 방치하고 스넉바에서 자유분방하게 일하는 언니, 간호는 도와주지 않고 술독에 빠진 언니, 결국 장애가 있는 여동생을 제쳐둔 언니, 라고 쓰여 있었어. 엄마가 정신적으로 아픈 사람인 탓인지 나에 대해 만들어낸 이야기가 많았던 것 같아. 하지만 말이지, 어떤 주간지 기사를 읽고 깜짝 놀랐어. 가게에 쳐들어간 기자가 서슬 퍼런 새끼 마당한테 쫓겨났다고 쓰여 있었거든. 회전목마의 새끼 마당은 마이지? 세상에 단 한 사람이라도 내 편이 되어 주는 게 이렇게 마음 든든한 일인지 처음 알았어. 그때 고마웠어. 그리고 또 미안했어.

사건 후 여동생은 어쨌든 목숨을 잃지 않고 살아났어. 더 이상 걷거나 소리 내지는 못해도 요양 병원에 옮기고 평온한 시간을 보낼 수 있었어.

여전히 여동생은 소리와 빛에 굉장히 예민했어. 집 창문에 차광 커튼을 치거나 생활 소음을 차단하려고 헤드폰을 끼고 있을 때도 많았어. 그런데 여동생의 병실은 아주 햇볕이 잘 들었어. 쏟아져 들어오는 빛이 침대 구석구석 비추고, 먼지가 날아다니는 것이 반짝반짝 빛나 보일 정도. 병실의 커다란 창문을 활짝 열면 병원 중앙의 정원에서 누군가가 즐거운 듯 이야기하는 목소리도 들리고 떠들썩했어. 정말로 집에 있을 때와 완전히 다른 환경. 처음에는 얼굴다는 느낌도 들었지만 지금은 밝은 병실에서 지낸 나날이 행복했던 게 아닌가 생각해.

여동생을 보러 가면 마이를 만났을 때가 이따금 떠올랐어. 둘이서 흥분해서 날뛰는 여동생의 손을 붙잡고 어떻게든 병원에 가서 진료를 받았던 날. 그때는 서로 필사적이었지. 마이에게는 미안해서 말할 수 없었지만 그 날 거리에서 쳐다본 남색 하늘이 굉장히 예뻤다는 걸 지금도 기억해. 미안해. 이상한 내용을 써서 너무 느긋하게 지내서 감상적이 되었나 봐.

엄마는 재판의 판결이 나온 뒤 정신과 병원에 입원했어. 퇴원하고는 지정 병원에 가서 3년 동안 통원 치료를 하라는 명령을 받았어. 병원에서 처방해 준 약을 걷고 특별 프로그램에 참여하고 정기적으로 보호관찰소에서 면담을 했어. 엄마 나름대로 용서받을 수 없는 일을 돌이켜 받겠지만, 결국엔 이겨내지 못한 것 같아. 엄마가 여동생을 다치게 했을 무렵의 기억은 모호하지만 자기 자식을 죽이려고 했던 사실만큼은 절대로 사라지지 않으니까.

작년에 여동생이 세상을 떠났어. 폐렴을 앓았는데 나쁜 균이 온몸을 돌아다녀서. 유일한 구원은 저세상으로 떠나간 주에 몇 번이나 갔던 것. 여동생의 눈곱과 입가의 침을 닦고 이불을 정리하고 손을 많이 잡아주었어. 내가 마지막으로 건넨 말은 "미안해"였어.

여동생이 천국으로 가고 나서 엄마는 목욕탕에서 목을 맸어. 발견한 건 나. 동요는 했지만 눈물은 안 났어. 엄마의 이런 마지막을 머릿속에서 예견하고 있었기 때문에. 아니면 아무래도 용서할 수 없었기 때문인지도 몰라. 지금도 어떻게 말해야 좋을지 모르겠다.

혼자가 되고 사건이 일어나기 전의 나날을 종종 떠올려. 그리고 생각해. 나는 어떻게 하면 좋았을까, 하고. 엄마가 나와 여동생을 마음속 깊이 사랑한 건 사실이야. 그래서 그런 슬픈 일이 생긴 것 같아. 분노나 미움보다도 얽혀 있는 사랑 쪽이 성가셨던 거겠지. 여동생은 확실히 많은 도움이 필요했지만 후리에게는 후리 인생이 있었을 텐데. 엄마가 마음대로 가망 없다고 판단하고 끝낼 권리는 없잖아?

사람들은 엄마가 벌인 사건을 돌봄 살인이나 강요된 동반자살이라고 불러. 확실히 그럴지도 몰라. 결국 나와 엄마는 적당한 때에 적당한 방법으로 여동생의 손을 놓지 못한 거야. 손을 놓는 것을 누군가에게 맡긴다거나 타인에게 위임한다는 말로 바꿀 수 있을지도 몰라. 이제 와서 무슨 말을 해도 이미 늦었지만.

글이 길어져서 미안. 마지막으로 나에 대해서 이야기할게. 아마도 조금 시간이 흐르고 나서 도쿄를 떠날지도 몰라. 지방에서 음식점을 경영하는 친척이 있어서 가게를 도우러 갈 여정이야. 솔직히 말하면 엄마와 여동생, 두 사람이 사라져버린 지금은 도쿄에서 떠나고 싶은 마음이 강해. 하지만 틀림없이 다시 돌아올 거야. 도쿄는 괴로운 기억이 있는 장소인 동시에 가족과 함께 지냈던 추억이 잔뜩 있는 도시니까. 그때쯤이면 스카이트리가 완성될까? 완성되면 함께 올라가자. 다음에는 마이랑 하늘을 내려다보고 싶어.

하늘이 남색으로 물든 아름다운 시간에 마이와 만나서 정말로 좋았어. 지금은 자주 만나지 못하지만 소중한 친구야.

마지막으로 가장 중요한 약속. 그럼 언젠가 살아 있을 동안 만나자.

PS: 지난번에 다시 간 건 사실 우연이 아니야. 도쿄를 떠나기 전에 딱 한 번만 마이랑 이야기하고 싶어서. 가게 근처에서 어슬렁거렸어. 기분 나빴다면 사과할게. 용서해줘.

아사쿠라 아오바

편지 처음에는 감사를 전하고 싶다고 쓴 것에 비해 계속 사과만 하는 문장에서 눈길을 떼었다. 고개를 드니 린코와 고헤이가 말없이 내 쪽을 바라보고 있다.

"다 읽었어?"

알게 된 사실만을 전달하고 린코에게 편지지를 건넸다. 가게 안에는 맛있는 냄새가 진동하지만 우리의 음식은 아직 나오지 않았다.

밤에도 긴시 공원에는 사람이 많았다. 벤치 몇 군데에는 커플이 나란히 앉아 있고 분수 부근 잔디에서는 남녀 몇 명이 즐거운 듯 웃고 있었다. 가로등이 많아서 공원 안은 제법 밝았다. 안쪽 야구장에서 환한 조명이 켜지고 어른들이 하얀색 공을 쫓아다녔다.

놀이기구 쪽 벤치는 비교적 비어 있었다. 하이브리드 자전거를 손으로 밀면서 나선을 그리는 긴 미끄럼틀과 컬러풀한 놀이기구를 바라본다.

가로등 불빛이 뻗어 있는 이인용 벤치에 린코와 나란히 앉았다. 고헤이는 우리 앞에 서서 스마트폰을 내려다보고 있다.

"고하네는 생수, 고헤이는 콜라였지?"

린코가 편의점 봉지를 뒤져서 각각 고른 음료수를 건네주었다. 바로 페트병 뚜껑을 따서 한 모금 마신다. 비빔밥으로 채운 위장에 차가운 감각이 퍼진다. 린코는 민트초코 막대 아이스크림을 샀다. 린코가 포장을 뜯자 달콤한 향기가 코끝에 와 닿았다. 손톱을 바싹 깎은 손가락이, 들고 있는 막대 아이스크림을 앞쪽으로 쓱 내민다.

"밤에도 이렇게 환했나?"

대형 상업시설과 건물 사이에서 파랗게 빛나는 스카이트리가 엿보인다. 나는 밤하늘을 수놓은 송신탑을 바라보면서 다시 한번 생수를 마셨다.

"오늘은 파란색이지만 날짜에 따라서 켜지는 색깔이 다양해. 무지갯빛이 켜질 때도 있어."

"우와, 고하네 잘 알잖아."

"하마초 맨션에서 보이거든. 다음에 놀러 와."

"좋아. 아직 더우니까 다들 납량 특집 모임이라도 할까."

답하기 전에 줄곧 스마트폰을 바라보던 고헤이가 고개를 들었다.

"아오바 씨의 어머님이 일으킨 사건이 이건가?"

우리에게 보이도록 스마트폰을 내밀었다. 화면은 스카이트리보다 밝은 빛을 내뿜는다.

"……지적장애인 둘째 딸과 함께 동반자살을 꾸몄던 어머니, 집행유예 판결. 도쿄 지방재판소, 심신쇠약을 인정하다."

자연스럽게 인터넷 뉴스의 제목을 읽어버리고 말았다. 기사 맨 위에는 도쿄 지방재판소의 견고한 건물 사진이 실려 있었다.

"이건 2008년 기사네."

고히이는 그렇게 말하고 나에게 스마트폰을 내밀었다. 받아 들고 린코와 함께 읽어본다.

『지적장애가 있는 둘째 딸(당시 22세)과 자택에서 동반자살을 꾀해서 살인미수죄로 재판을 받은 어머니(57세)의 판결 공판이 도쿄 지방재판소에서 열렸다. 나스카오 유이치 재판장은 '심각한 우울증의 영향을 받았지만 범행을 중단할 능력은 남아 있었다. 따라서 심신쇠약으로 판단한다'고 설명. 이어서 '피고인의 갱생을 위해 복역보다 치료가 우선되어야 한다'며 어머니에게 징역 3년, 집행유예 5년(구형 징역 4년)을 내렸다.』

"고히-네, 심신쇠약이 뭐야?"

"정신 질환의 영향으로 선악을 판단하는 능력이나, 그 판단에 따라 행동하는 능력이 줄어든 상태를 말하는 거야. 한정책임능력이라고도 불러."

"그럼 형이 가벼워져?"

"그렇지. 심신쇠약 인정을 받으면 감형될 거야."

조급한 마음을 억누르면서 화면을 스크롤한다. 판결 내용 뒤에는 사건 개요가 기재되어 있었다.

『2008년 1월. 피고는 도쿄도 에도가와구 자택에서 둘째 딸 머리에 비닐봉지를 씌우고 고타츠 전원코드로 목을 졸라 살해하려고 했다. 그 후 피고도 둘째 딸 옆에서 자살하려고 했지만 실패. 외출하고 집에 돌아온 큰딸이 경찰에 신고해서 살인미수죄로 재판을 받았다.

병원에 실려 간 둘째 딸은 목숨을 구했지만 저산소 뇌증에 따른 천연성 의식장애, 이른바 식물인간 상태로 진단. 현재도 도쿄도 내 병원에 입원하고 있다. 둘째 딸에게는 자폐증과 심각한 지적장애가 있고 심신장애 수첩을 교부받았다.

피고는 오랜 세월 둘째 딸을 돌보다 우울증이 발병. 정신과 병원에서 통원 치료를 받았지만 범행 당시 약물 치료를 몇 개월 동안 스스로 중단했다. 피고는 둘째 딸을 출산한 후에 이혼했고 주위에 도움을 받을 만한 친구나 친척이 없었다. 범행 전 몇 년 동안 주로 큰딸이 둘째 딸을 보살폈다.

피고는 사실 관계를 인정했고 재판에서 정상참작의 여지, 양형에 대해 주목을 모으고 있다.

피고인 신문에서 변호사가 둘째 딸에 대한 지금까지의 심정을 묻자 "보살피는 게 괴로울 때도 있었지만 미워한 적은 한 번도 없습니다"라고 무거운 입을 열더니 "지금도 마음속 깊이 사랑합니다"라고 말을 이었다. 범행을 돌아보는 질문에서는 "온몸이 불에 타는 듯한 후회만 남습니다"라고 대답했고, "비닐에 비친 괴로운 표정을 잊을 수가 없습니다"라며 눈물을 쏟아냈다.』

기사를 다 읽고 스마트폰을 고헤이에게 돌려주었다. 밤바람이 불자 공원 안 나무들의 이파리가 희미하게 나부낀다. 갑자기 민트초코 향기를 강렬하게 느꼈다. 린코가 아이스크림 끄트머리를 핥으면서 먼 곳을 바라보더니 중얼거렸다.

"아오바 씨도 가족을 돌봐주고 있었구나."

잠시 침묵이 흐르고 이번에는 고헤이가 콜라 페트병 뚜껑을 비튼다.

"아오바 씨의 어머니, 집행유예라는 것은 복역하지 않고 집으로 돌아갔다는 건가."

나는 탄산이 빠지는 소리를 들으며 고헤이를 향해서 고개를 가로저었다.

"편지에는 정신과 병원에 입원했다고 쓰여 있었어. 아마도 그건 의료관찰법의 감정 입원인 것 같아."

편지에 쓰인 '3년 동안 통원' '특별 프로그램' '정기적으로 보호관찰소에서 면담'이라는 내용을 떠올리면서 두 사람을 향해 말을 이어나갔다. 아오바 씨의 어머니는 감정 입원 결과 의료관찰법의 심판으로 통원 처우가 결정되었을 것이다. 의료관찰법 병동에는 입원하지 않고 지정 통원 의료기관에 통원하며 치료를 받는 처우다. 원칙은 3년으로 자동적으로 통원 처우는 종료한다. 하지만 보호관찰소장의 신청이 있으면 처우를 조기에 종료하는 것도, 또 최대 2년 연장하는 것도 가능한 듯하다. 특별 프로그램은 재가해행위 방지를 목적으로 한 반성 프로그램이나, 자기의 질환을 깊이 이해하는 심리 교육일 것이다. 보호관찰소에서 정기적으로 면담하는 것은 사회 복귀 조정관에게 생활에 대한 조언이나 지도를 받기 위해서다.

"아마도 그런 흐름이었던 것 같아."

"그렇구나. 아오바 씨는 퇴원한 어머님도 돌봐드린 걸까?"

"그건 잘 모르겠지만……."

린코의 질문에 머뭇거리면서 천천히 벤치에서 일어난다. 나는 하이브리드 자전거 핸들에 걸어놓은 백팩에서 마이 씨한테 받은 사진을 꺼냈다. 가로등 불빛이 사진 속의 웃는 얼굴을 비춘다. 결국 마이 씨한테는 동일본대지진 이야기를 꺼내지 않고 끝냈다.

"우리 엄마 손은 잘 잡아주었어."

그 마을에서 산책했던 기억이 되살아난다. 엄마가 체감 환각을 강하게 느낄 때는 항구 근처를 종종 셋이서 걸었다. 선착장으로 밀려왔다 밀려가는 조용한 파도 소리 사이로 "뿌 짱은 사라졌어요?"라고 아오바 씨가 다정하게 물어본다. 엄마가 "아직 붙어서 따라와"라고 대답하면 아오바 씨는 안심시키려는 듯 살집이 두툼한 손을 잡아주었다.

줄곧 내 역할이었던 일을 아오바 씨가 대신 해주었다.

사진을 들고 다시 벤치에 앉자 고헤이가 코끝을 긁으면서 말했다.

"다음 달에 으레 하는 그거 때문에 고향에 돌아갈 거야. 일정이 맞으면 두 사람도 함께 안 갈래?"

"으레 하는 그거라면, 정기검진 전 루틴."

"그래. 두 사람은 꽤 오랫동안 돌아가지 않았지? 나, 늘 그랬듯이 센다이에서 렌터카를 빌릴 거니까. 그럼 새롭게 달라진 거리도 자동차로 안내할 수 있고. 고하네랑 린코가 있으면 나도 위안이 되고."

"……솔직히 아직 바다가 무서워."

"괜찮아. 정말로 높은 방조제에 둘러싸여 있으니까. 가까이 다가가서 방조제에 올라가지 않으면 바다도 안 보여."

어렴풋이 마음이 흔들렸다. 택시는 탈 수 있다. 더구나 렌터카라면 해변 도로를 달리지 않도록 미리 부탁하면 된다. 무엇보다 조금이라도 고헤이의 틀안을 누그러뜨릴 수 있다면 도와주고 싶다.

"나도 아오바 씨한테 신세를 졌기 때문에 '오하마 반점'의 빈터에 가서 경복이라도 빌고 싶어서. 너무 늦었지만."

나 역시 그렇게 하고 싶다. 하지만 돈덜미가 뻣뻣해서 쉽게 고개를 끄덕일 수 없었다.

"으응······. 나는 미안하지만 넘어갈게."

린코는 다 뜯은 아이스크림 막대기를 담배처럼 입에 물고 있었다. 린코의 대답에 고헤이의 두 눈에 낙담하는 빛이 어린다.

"음······ 그렇구나. 가게를 연 지 얼마 안 되었으니까."

"딱히 그런 건 아니야. 가게는 사이토 씨한테 부탁하고, 쉴 수 있으니까."

린코는 흐트러진 금발을 손빗으로 매만지더니 고헤이를 응시했다.

"엄마를 만나러 가는 게 싫을 뿐이야. 게다가 성적 소수자라는 거 알리지 않았고."

"······그런 건 역시 부모님한테 말해야 하는 거 아냐?"

고헤이의 질문에는 대답하지 않고 린코는 "콜라, 한입만 줘"라고 부탁했다. 린코는 받아 든 페트병을 입에 대고 귀걸이를 만지작거렸다.

"사람에 따라 달라. '클로젯'이라고 해서 성적 지향이나 성적 정체성을 숨기는 사람도 있어. 하지만 최근에 나는 커밍아웃하고 싶은 모드라서."

"린코도 여러 가지 생각이 있겠지만…… 이번에 돌아갈 때 엄마를 만나면 좋을 거 같은데."

"그건 싫어. 그때 작심하고 돌아갔다면 좋았을 텐데, 유다이 보고 싶다."

고헤이는 조그맣게 한숨을 쉬고 "콜라, 전부 마셔"라고만 했다.

"나도 '오하마 반점' 빈터에서 명복을 빌고 싶어. 사실은 말이야."

"그렇다면 가자. 엄마와 만날 때 나도 따라갈 테니까."

"무슨 소리야. 고헤이보다는 귀여운 여자아이랑 가는 편이 좀 더 기운이 나는데."

고헤이가 어깨를 떨어뜨리면서도 웃음을 터트렸다. 린코의 입가에도 웃음이 배어 나왔다.

"고헤이랑 나는 전술이 다르니까."

"뭐야, 전술이."

"고헤이는 괴로운 과거와 맞서고 있잖아. 그건 정말로 대단하다고 생각해. 나는 과거에서 도망쳐서 잊어버리고 간신히 현재를 살아가고 있잖아. 긍정적인 도피라고 할까."

"딱히 나도 맞서고 있지는 않아. 그저 지금 상황을 받아들이는 수밖에 없어서."

두 사람은 동시에 나를 뚫어져라 바라보았다. 말없이 '고하네는 어느 쪽이야?'라고 묻는 것 같았다.

"나는 반반인 거 같아. 도망쳐서 잊어버리려고 하고, 때때로 맞서기도 하고."

"고하네, 치사해—."

"고하네한테는 고하네의 방식이 있는 겨야. 다들 저각각이니까."

눈앞에서 어둠이 내려앉는 놀이기구를 바라보았다. 나선을 그리는 긴 미끄럼틀에 짧은 사다리와 그물 터널. 흔들다리를 건너는 정글짐. 조금 떨어진 장소에는 그네와 모래밭도 있다. 난이도 차이는 있지만 어디서 노느냐를 결정하는 건 자유다.

"음, 고하네가 함께 간다면 돌아가도 괜찮을까."

"엇, 린코는 각오한 거냐."

"그런 식으로 말하는 거 짜증나. 하지만 두 사람이랑 함께하면 힘이 날지도……."

친구들과 눈이 마주쳤다. 그래도 아직 강설인다. 당황스러워하며 결단을 미루기 위한 거짓말이 입에서 술술 나온다.

"아직 다음 달 근무표가 안 나왔어. 확인하고 연락할게."

"오우. 가능하다면 빨리 부탁해. 렌터카 예약도 해야 하니까."

그렇게 고향에 내려가는 이야기를 마무리하고 화제는 '오하마 반점'에서 좋아했던 메뉴로 옮겨갔다. 고헤어는 안카케야키소바, 린코는 볶음밥, 나도 바로 대답할 수 있다.

"나는 '오하마 반점' 메뉴라기보다는 아오바 씨가 만들어준 미소라멘이지."

아오바 씨가 만들어준 교자는 잔뜩 먹었지만 그날 식탁에 있었던 건 김이 피어오르는 미소라멘이다. 떠올리고 싶지 않은 과거에서 눈을 돌리려고 사진 속의 아오바 씨를 손가락으로 덧그린다. 오늘 알게 된 사건은 슬펐지만 아오바 씨에 대한 의혹은 풀렸다. 나 자신이 뭔가 커다란 한 끝음을 내딛는 것도, 과거와 완전히 타협한 것도 아니다. 그래도 마음에 옅은 선 정도는 그은 듯했다.

"아오바 씨한테도 보여줄까."

나는 스카이트리를 향해서 사진을 높이 치켜들었다.

"제대로 완성됐어요."

이거라면 잘 보일까. 우리는 잠시 묵묵히 밤하늘을 배경으로 빛나는 송신탑을 쳐다보았다. 스카이트리의 블루 네온사인 같은 풋풋한 감상이 밤바람에 실려간다. 아주 잠깐 추위를 느끼고 계절이 달라진 느낌을 받았다. 여름은 이제 곧 끝난다.

두 사람을 긴시초역까지 배웅하고 밤거리를 하이브리드 자전거로 질주한다. 집 현관문을 열자 실내에 불빛은 켜져 있지 않았다.

실내복으로 갈아입기 전에 소파에 드러누웠다. 백팩에서 사진을 꺼내서 아오바 씨의 웃는 얼굴을 가만히 바라본다. 방에 장식하는 건 망설여지지만 당연히 버릴 수는 없다. 앨범 안에 넣어두면 몇 년에 한 번 들춰보는 정도의 사진이 될까.

그것도 나쁘지 않다.

이제 만날 수 없는 사람을 떠올리는 건 그 정도가 딱 좋다. 그래서 오늘 밤만큼은 아오바 씨의 모습을 뇌리에 새기고 싶었다.

"나 왔어."

현관문 쪽에서 나기사 목소리가 들려왔다. 윗몸을 일으키고 사진을 테이블에 툭 놓는다. 거실 문이 열리자 땀으로 화장이 지워진 얼굴이 보였다.

"어서 와. 늦었네."

"아르바이트 끝나고 친구랑 퍼밀리 레스토랑에 들렀다 왔어. 드링크 바에 있는 음료수를 너무 많이 마셨어."

"고생했어. 나도 긴시초에서 친구들을 만났는데. 방금 돌아왔어."

"우와. 지난번 고향 사람?"

"그래. 한국 음식점에서 비빔밥을 먹었어."

"앗, 부럽지만. 잘했어."

나기사는 입술을 비쭉 내밀면서 시선을 테이블 위로 옮겼다.

"뭐야, 이 사진. 환자분이랑 찍은 거야?"

"아니야. 예전 지인이 찍혀 있어."

나는 일어나서 목욕탕으로 향했다. 실내복으로 갈아입기 전에 샤워하는 편이 낫기 때문이다. 나기사도 피곤해 보여서 소파를 혼자 차지하고 싶지는 않았다.

"아앗, 진짜! 거짓말이지!?"

돌연 거실에서 나기사 목소리가 울려 퍼졌다. 뒤를 돌아보니 나기사가 사진을 눈앞에 가까이 댔다가 멀리 뗐다가 반복하고 있다.

"깜짝 놀랐어. 뭐야, 갑자기 소리를 꽥 지르고."

"놀란 건 나라고."

나기사는 흥분한 기색으로 사진에 있는 사람들 가운데 한 여자를 손가락으로 가리켰다.

"어쩌서 마릴린이 있는 거야?"

나기사의 손끝은 사진 저편에서 하얀색 옷을 입고 가장 왼쪽에 서 있는 여자에 닿았다.

"이 무렵 마릴린, 엄청 젊었네. 눈썹도 가늘고."

"……다른 사람이랑 착각한 거 아니야?"

"틀림없이 마릴린이야. 이름표에 '마리타 스즈네'라고 쓰여 있다고."

사진을 눈에 가까이 대고 하얀색 옷 주머니에 달린 이름표에 집중한다. 분명 마리타 스즈네라는 이름을 확인할 수 있었다.

"현역 시절 마릴린, 의외로 다정했대. 모두에게 하나하나 가르쳐주고."

간호학교 교원이 되기 위해 5년 동안 임상 경험은 필수였을 것이다. 나기사는 사진을 바라보면서 이런저런 실없는 소리를 한다. 나는 놀람과 혼란스러움을 동시에 품으면서 입을 열었다.

"여기 마리타 선생님이란 사람이랑 이야기해 보고 싶은데."

"앗, 어째서?"

나기사에게서 시선을 돌렸다. 소파에는 내가 누워 있어 움푹 팬 자국이 남았다. 지금이라면 그때 일을 이야기할 수 있을 것 같다. 오히려 지금 제대로 전하지 않으면 아오바 씨와 이어진 실이 끊어진다.

"휠체어에 앉은 사람이랑 손을 잡은 여자가 있지?"

"아아, 여기 예쁜 사람?"

나는 잠자코 고개를 끄덕이고 소파에 앉았다. 한숨을 푹 내쉬고 목에 힘을 주었다.

"그 사람이 없었다면 아마도 나는 쓰나미에 휩쓸렸을 거야."

쓰나미라고 말하기만 해도 몸속 깊은 곳에서 냉기를 느꼈다. 3월 11일에 체험한 흔들림과 집 안이 울리는 소리, 건물 잔해를 밟는 감각, 마을을 뒤덮은 하수와 기름 찌꺼기 냄새, 가닿지 않은 기도가 되살아나고 피부에 소름이 돋는다. 혀도 굳어지고 엉겁결에 고개를 수그렸다.

"들려줘. 고하네 짱의 옛날이야기."

소파가 삐걱거린다. 나기사는 사진을 든 채 옆에 앉아서 긴 다리를 꼬고 있다. 언젠가의 아오바 씨와 눈이 마주친다. 나는 마침내 고개를 들 수 있었다.

제4장

2022년 10월 남색 시각의 너희들은

　접견실 앞 복도에는 병원 스태프가 많이 모여 있었다. 이우라 씨의 병동 주치의와 주간 근무 간호사 외에도 원무과 직원, 세 명의 경비원이 대기하고 있다. 다들 말수가 적어서 긴장감이 감도는 침묵을 이어갔다.

　접견실 문이 열리자 간토 신에츠 후생국 직원들을 따라서 이우라 씨가 모습을 드러냈다. 환자 이송에 동행하는 후생국 직원은 남자 한 명과 여자 한 명이다. 두 사람 모두 주름 하나 잡히지 않은 정장을 입었다. 남자 직원은 한 손에 선정 통지서를 들고 있다. 여자 직원은 사복으로 갈아입은 이우라 씨 곁에 붙어 있었다.

　"고지를 마쳤기 때문에 병동에서 나가겠습니다."

　후생국 남자 직원이 담담하게 말하자 주위 스태프가 다급하게 움직였다. 지정 입원 의료기관으로 이송하는 일정은 미리 분 단위로 제시된다. 손목시계를 내려다보니 정확히 출발 시간을 가리키고 있었다.

　경비원이 열어놓은 이중문을 가녀린 등이 빠져나간다. 이우라 씨는 반팔 티셔츠와 면바지를 입었다. 입원했을 때 모습과 같을까. 10월이 되었는데 옷차림만 보면 이우라 씨만 여름에 남겨진 것 같다. 현관 앞에 세워놓은 이송차에 그대로 탄다고 해도 반팔이라면 바깥은 너무 쌀쌀하다.

마지막까지 이우라 씨는 한 번도 우리 쪽을 뒤돌아보지 않았다. 나도 평소에 퇴원하는 환자를 배웅할 때처럼 웃음을 보이지는 않았다. 이우라 씨는 앞으로 의료관찰법 병동에서 입원 치료를 받을 것이다. 솔직히 '퇴원 축하해요'라고 말할 수는 없었다.

스태프들을 자라가는 티셔츠가 시야에서 사라졌다. 자동으로 잠긴 이중문을 바라본다. 하다못해 '몸조심하서요' 정도는 말했으면 좋았겠다, 는 후회가 가슴에 남는다.

"옮겨가는 병원에 도착하는 건 저녁 무렵이겠군요."

옆에 서 있던 히라노 주임이 중얼거린다. 나는 잠깐 사이를 두고 물어보았다.

"지방에 있는 병원이죠?"

"그러게요. 드쿄에 있는 병원이면 좋을 텐데요. 이우라 씨도 그쪽 지역은 낯설 거 같네요."

며칠 전, 이우라 씨에 대한 출두 명령이 내려졌다. 심판 기일 당일에 검찰청 직원이 동행해서 지방재판소로 향하던 뒷모습이 떠오른다. 그 심판에서 입원 처우가 결정되었다.

"음, 우리가 뭐라고 말해봤자 아무 소용도 없지요. 위에서 내려온 명령이니까."

대상자가 입원하는 곳은 앞으로 가는 지역에 가까운 지정 입원 의료기관을 선정할 때가 많다. 그러는 편이 퇴원 후 생활도 계획하기 쉽기 때문일 것이다. 하지만 지정 입원 의료기관의 정비 상황이나 편중에 따라 먼 지역의 의료관찰법 병동에서 입원 치료를 받는 경우도 있는 듯하다. 후생 노동성 홈페이지를 확인해 보아도 지정 입원 의료기관이 제대로 갖춰지지 않은 현이 존재한다.

간호사실로 돌아가는 히라노 주임을 따라서 나도 발걸음을 재촉했다.

이우라 씨는 방화로 입원 처우.

아오바 씨의 어머니는 살인미수로 통원 처우.

나는 이렇게 차이가 생기는 명확한 이유를 알지 못한다.

이우라 씨는 가족의 도움이 부족한 것 같다.

둘째 딸을 죽이려고 한 어머니한테는 큰딸의 도움이 있었던 것 같다.

그것뿐만이 아니라 증상의 정도와 다양한 사정이 얽혀서 결정되었을 것이다. 언젠가 샤워하는 걸 지켜봤을 때의 영상이 머릿속에 재생되었다. 옮겨간 병원 매점에서는 우유 비누를 판매하기를 기도해 본다.

"맞다, 맞다. 다음 달쯤 기리누마 씨가 돌아올 겁니다. 병원을 옮길 때 고하네 씨가 따라갔죠?"

그 이야기를 듣고 기리누마 씨 본인보다도 여름 교복을 입은 딸이 떠올랐다.

"제가 따라갔어요. 기리누마 씨 폐는 괜찮대요?"

"수술했대요. 종양이 있었지만 양성이었다고 하네요."

일단 결과가 나쁘지는 않아서 안심했다. 이 병동에서 나가는 환자도 있지만 돌아오는 환자도 있다. 무심코 등 뒤를 돌아보았지만 닫힌 이중문은 침묵할 뿐이다.

오후에도 신규 입원 의뢰는 들어오지 않았다. 오랜만에 차분한 병동에서 남은 업무는 없는지 전자 차트를 확인한다. 오늘은 초과 근무를 하지 않고 정시에 퇴근하고 싶다.

퇴근 시간이 되자 서둘러 하얀색 옷을 사복으로 갈아입었다. 바깥은 가로등 불빛이 빛나고 10월의 바람은 가을을 날려 버리는 겨울의 기운을 품고 있다. 병원 앞 은행나무 사이로 엿보이는 하늘은 군청색으로 물들어 있었다. 나는 베이지색 코트를 단단히 여미고 길거리에 떨어진 은행을 밟지 않으려고 조심하면서 근처 역으로 향했다.

전철을 타고 늘 서 있는 위치에 자리 잡았다. 평소처럼 차창 너머를 바라보지 않고 코트 주머니에서 스마트폰을 꺼냈다. 라인 아이콘을 눌러서 어제 나기사한테 온 메시지를 읽어보았다.

『신코초 '카사블랑카'에서 오후 6시 30분. 이층 창가 자리에 앉아 있겠다.』

메시지 다음에는 두 눈에 불꽃을 켜고 엄지손가락을 내민 펭귄 이모티콘이 이어서 왔다. 펭귄 머리 위에는 '힘내'라는 글자가 쓰여 있었다. 귀여운 이모티콘은 엄격하다고 소문난 교원을 만나는 긴장감을 조금 누그러뜨려 주었다.

신보초역에 내려서 지상 출구로 나가는 계단을 올라갔다. 바깥은 집으로 가는 발걸음을 재촉하는지 사람들의 왕래가 무척 잦았다. 공황발작 예방을 위해 민트 껌을 입에 넣고 싶었지만 어떻게든 참기로 했다. 첫 만남인데 껌을 씹는다면 인상이 안 좋을 것이다. 내가 실례되는 태도를 취하면 나기사의 간호학교 생활에 악영향이 미칠지도 모른다.

신보초 '카사블랑카'에는 몇 번 간 적이 있다. 체인으로 운영하는 카페로 쓴맛이 강한 커피가 유명하다. 가벼운 식사도 꽤나 알차서, 교재를 들여다보는 학생 손님도 많았던 기억이 난다.

'카사블랑카'는 신보초 대로에서 약간 떨어져 있다. 서둘러 골목을 돌아 인적이 드문 길로 나아갔다. 멀리 김이 나는 커피잔 간판이 보여서 발걸음을 재촉했다.

손님이 드문드문 앉아 있는 카페 안으로 들어가서 아이스티를 주문했다. 받은 음료를 한 손에 들고 안쪽에 있는 나선형 계단을 올라간다. 이층에 도착해서 창가 자리를 눈여겨보았다. 나이가 지긋한 손님, 젊은 커플 손님에 뒤섞여 무테안경을 쓴 중년 여성이 혼자서 수첩을 바라보고 있다. 테이블 위에 놓인 커피잔에서 김이 피어오르고, 쿠키 두 개가 각각 작은 접시 위에 놓여 있었다.

마이 씨한테 받은 사진으로 미리 얼굴을 파악하지 않았더라도 저 사람이 마리타 씨라고 알아볼 자신이 있다. 흐트러짐 없이 옆으로 빗은 앞머리와 멀리서 봐도 알 수 있는 짧게 자른 손톱 끝은 하얀색 옷과 잘 어울릴 것 같다.

자리에 다가가자 마리타 씨가 수첩에서 고개를 들었다. 시선이 마주친 순간 가볍게 고개를 수그렸다. 마리타 씨도 살짝 인사를 하고 수첩을 베이지색 토트백 안에 집어넣었다.

"나기사 씨 언니분?"

"네. 처음 뵙겠습니다. 오리츠키 고하네라고 합니다. 여동생이 신세를 많이 지고 있네요."

마리타 씨는 얼굴이 갸름하고, 높은 매부리코가 인상적인 생김새였다. 얇은 입술과 안경 렌즈 안쪽의 눈초리가 치켜 올라간 눈은 조금 신경질적인 느낌이다. 아마도 40대 후반 정도일까. 서로 간단하게 자기소개를 마치고 나는 마리타 씨의 맞은편에 앉았다.

"바쁘실 텐데 오늘 시간을 내주셔서 감사합니다."

"괜찮아요. 담당하는 그룹이 오늘 실습 마지막 날이에요. 한숨 돌릴 여유가 생겨서요."

간호학생 실습은 소인원으로 그룹을 짜서 병원이나 시설을 로테이션한다. 그러고 보니 나기사도 오늘로 산부인과 실습 마지막 날이라고 알려주었다. 다음 주부터는 기다렸던 소아과 간호 실습을 앞둔 듯하다.

"나기사가 선생님들께 폐를 끼치지는 않나요?"

"전혀요. 나기사 씨는 굉장히 순해서요. 환자분들한테도 다정하고 미래에 유능한 간호사가 될 거라고 생각합니다."

마리타 씨는 "이따금 주의가 산만할 때는 있지만요"라고 덧붙이고 입꼬리를 올렸다. 마리타 씨의 뺨에는 보조개가 있어서 웃으면 치켜 올라간 눈꼬리가 부드럽게 처졌다. 의외로 대화하기 쉬운 사람이다. 내가 처음에 느낀 인상이 금세 좋지 바뀌어간다.

"이 카페 쿠키가 맛있어요. 오리츠키 씨 몫도 주문했으니까 드세요."

"죄송합니다. 도리어 신경을 써주시고."

"저야말로. 학생 실습으로 좀처럼 시간을 못 내서 죄송하네요.'

갈색 쿠키가 놓인 작은 접시가 내 앞으로 왔다. 겉은 윤기 나는 초콜릿으로 코팅되어 있다. 틀림없이 맛있어 보였지만 이야기를 먼저 진행하고 싶어서 손대지는 않는다.

"오리츠키 씨는 현역 정신과 간호사라고요?"

"네. 지금은 단카병원에 다니고 있습니다.'

"힘들겠네요. 병원은 바빠요?"

"네. 소속된 곳은 급성기 병동이라서 입퇴원이 빈번하거든요. 그런데 마리타 선생님은 교원이 되기 전에 무슨 과에 근무하셨어요?"

"나는 햇병아리 간호사 때부터 대학병원에서 근무했어요. 다양한 과에 배치되었는데 가장 오래 있었던 곳은 뇌신경내과예요. 거기서 12년 정도 일했죠. 뇌혈관 장애가 있는 분은 물론, 신경성 난치병을 앓는 환자분이 많았어요."

새삼 간호사 경험 연수 차이를 실감했다. 마리타 씨에게 임상 경험 7년 차인 간호사는 아직 햇병아리나 마찬가지일 것이다.

몇 분 동안 본론을 피한 대화가 이어졌다. 마리타 씨가 간호학교 교원이 된 계기는 만성적인 요통의 영향이 있었던 것 같다. 마리타 씨는 30대 후반 무렵부터 지독한 요통에 시달렸던 듯하다. 환자 몸의 위치를 바꾸어주는 일과 이동 보조는 물론, 허리를 조금 구부리기만 해도 극심한 통증이 있었다고 했다. 요통으로 고생하면서도 몇 년 동안 임상에 섰던 모양이다. 하지만 통증 때문에 먹는 약의 횟수나 물리 치료를 받는 빈도는 나날이 늘어났던 것 같다.

병동 근무 당시 마리타 씨는 학생 지도를 담당했다고 한다. 병동 실습을 하러 온 간호학생들과 함께 지내는 것이 즐거웠고, 애초에 가르쳐주는 것을 좋아했다고 말했다.

"당시에는 정말로 허리가 아파서 괴로웠어요. 교원이 되고는 상당히 좋아졌지만 아직도 실습에 동행할 때는 요통 밴드를 꼭 하고 다닙니다."

"알아요. 저도 신입 간호사 시절에는 신경외과 병동에서 일했거든요. 환자분들 상태에 따라 다르지만 아무래도 뇌에 장애를 입으면 온

몸을 돌봐주어야 하는 분도 있으니까요."

마리타 씨는 공감하는 듯 고개를 몇 번이나 끄덕거리고 화제를 바꾸었다.

"오키츠키 씨는 간호학생 시절에 교원한테 어떤 주의를 받은 적이 있어요? 특히 실습 중에."

"글쎄요……. 기본적인 것으로 보고, 연락, 상담을 철저히 하라고요."

"다른 것은요?"

"그리고 개인정보를 다루는 방식에 대해서요. 커다란 목소리로 환자의 정보를 말하지 말라든가, 실습 기록을 넣는 가방에도 이름표를 붙여야 한다든가."

"마침 오늘 저도 학생에게 비슷한 일로 주의를 주었어요."

마리타 씨가 커피잔을 입으로 가져갔다. 김으로 안경 렌즈 두 개가 약간 뿌예졌다.

"그런데…… 아무리 과거의 이야기라도 아사쿠라 루리 씨의 질병 상태는 자세히 이야기할 수 없어요. 지금은 학생을 지도하는 입장이기도 하고요."

"그런가요……."

"실습하는 곳에서 입이 닳도록 주의를 주는 일을 스스로 저버릴 수는 없으니까요."

담담한 말투에 마리타 씨의 성실함이 배어 있었다. 그 사건 후에 루리 씨의 경과는 아오바 씨의 편지와 신문 기사로 대강 파악하고 있다. 아이스티를 한 모금 마시고 어떻게든 캐내려고 물고 늘어졌다.

"언니인 아오바 씨에 대해 뭔가 기억하시는 건 없나요?"

"그러니까…… 헌신적인 언니였다는 것밖에. 병문안도 자주 왔고 루리 양의 몸을 닦아 주는 것이나 옷을 갈아입히는 것도 도와주었어요. 굉장히 요령이 좋았다고 기억해요."

"아마도 익숙해졌기 때문일 거예요. 아오바 씨가 오랫동안 루리 씨를 돌봐준 것 같거든요……."

잠시 머뭇거리다가 갑자기 말을 쏟아냈다. 아오바 씨를 고향에서 만나서 많은 시간을 함께 보냈던 것. 우리 엄마에 대해서도 털어놓았다. 줄곧 엄마를 보살피며 지냈던 생활을, 아오바 씨가 함께 도와준 것. 지금까지 평범하다고 느꼈던 내 일상을 아오바 씨가 바꾸어주었던 것도.

"아오바 씨는 동일본대지진 때 세상을 떠났습니다."

나는 예전 이야기를 마무리하듯 아직도 실감이 안 나는 사실을 전했다. 마리타 씨는 약간 눈을 내리깔고 커피잔에 손을 뻗었다. 커피잔을 입에 대지 않고, 바싹 깎은 손톱이 보이는 손끝은 다시 테이블 밑으로 사라졌다.

"루리 양의 언니 일은 정말로 애석하네요. 한창 젊었을 때인데."

"동감이에요. 솔직히 지금도 믿을 수가 없어서요."

"자연재해라고는 하지만 너무나도 갑작스러웠죠……. 그녀가 3월 11일 진료받는 날에 모습을 보이지 않아서 굉장히 걱정했던 기억이 납니다."

잠깐 루리의 이야기를 하나 생각했다. 하지만 사망할 때까지 계속 입원했을 것이다. 이해가 잘 가지 않아서 고개를 살짝 갸웃거린다. 마리타 씨는 다시 입을 열었다.

"내 기억이 맞다면 동일본대지진이 난 지 3년이 지나고 사망신고서를 제출했다면서요?"

"네……. 그런데 어떻게 알고 계세요?"

"호시노 선생님한테 들었거든요."

"……호시노 선생님이요?"

"루리 양 언니의 주치의입니다. 호시노 선생님은 그분 조문도 간 거 같아요. 역시 그때까지도 시신은 발견되지 않았지만요."

손대지 않은 쿠키 2개를 바라보면서 잠시 머릿속으로 정리했다.

아오바 씨는 어떤 질병을 앓고 있었다.

그리고 3월 11일은 진료를 받는 날이었다.

아오바 씨가 정기적으로 도쿄로 왔던 이유를 11년 간에 알았다. 동시에 새삼 잔혹한 사실이 가슴을 후벼 팠다. 그날 나오 엄마가 걱정되어서 돌아오지 않았다면 적어도 쓰나미에 휩쓸릴 가능성은 낮았다.

역시 나 때문이었다.

머릿속으로 몰래 중얼거린 사실이 검은색 소용돌이를 만든다. 죄책감에 심장 박동이 단숨에 빨라졌다. 몸속 깊은 데서 불쾌한 느낌이 슬슬 올라오고 가벼운 현기증으로 시야가 흔들린다. 어쨌든 필사적으로 호흡이 흐트러지지 않도록 하는 것만 생각했다. 들이마시고 내뱉고를 의식할수록 그 행위에 사로잡히고 만다.

폐가 조여드는 듯한 답답함에 비례해서 머리도 혼란스러워진다. 지금 공황발작을 일으켜서는 곤란하다. 화장실에 가는 체하며 자리에서 일어나려고 했다. 그러자 안개 낀 듯한 시야에 토트백을 뒤지는 마리타 씨가 비쳤다.

"루리 양의 언니에게 진료를 권한 사람은 나를 비롯한 병동 간호사들이에요. 다음 해 루리 양 기일에 갑자기 언니가 병동으로 음식을 보냈어요."

뿌옇던 시야의 초점이 짧게 자른 손톱이 보이는 손끝과 맞닿았다.

"그때 루리 양의 언니는 상당히 우울해했습니다. 일 년이 지나도 루리 양의 죽음에 얽매여 있다고 할까……. 걱정되어서 호시노 선생님 외래를 바로 소개했던 겁니다."

마리타 씨가 마침내 토트백에서 꺼낸 것은 잡지 한 권이었다. 제목은 『오후의 햇살』로, 2020년 3월호라고 쓰여 있었다.

"호시노 선생님이 도쿄를 떠나고 나서는 멀어진 느낌이었는데 지난주에 몇 년 만에 전화를 해봤어요. 아무래도 오늘 일을 전하는 편이 좋을 것 같아서요."

내미는 잡지를 나는 당황하면서 받아 들었다.

"호시노 선생님과는 위원회와 병원 내 동아리가 같아서 당시 친하게 지낸 편이죠."

새삼 표지로 시선을 옮긴다. 중앙에는 백발의 베테랑 여배우가 웃음을 짓고, '노안을 예방하는 세 가지 습관' '장을 젊어지게 하는 식사' '치매의 새로운 상식'이라는 화려한 색의 굵은 글자가 춤을 춘다. 의료 관계자 대상 전문지라기보다는 나이가 지긋한 사람을 위한 건강 정보 잡지인 듯하다. 위쪽으로 파란색 포스트잇이 살짝 보였다.

"저기…… 이 잡지는?"

"호시노 선생님, 사모님이 보내줬어요. 오리츠키 씨한테 보여주고 싶다고."

머릿속에 물음표가 자꾸 떠오르면서 파란색 포스트잇과 다리타 씨를 번갈아 바라보았다.

"호시노 선생님은 오리츠키 씨랑 같은 고향인 미야기현 출신이에요. 그런데 오리츠키 씨 고향집은 혹시 항구 근처인가요?"

"네……. 고향집에서 보면 눈앞에 작은 항구가 있어요. 하지만 그건 왜 물어보시죠?"

"자세한 내용은 모르지만 호시노 선생님이 통화할 때 중얼거렸거든요."

기억을 더듬어도 호시노라는 의사에 대해 짚이는 데가 없었다. 어쨌든 파란색 포스트잇이 붙은 페이지를 주뼛주뼛 펼쳤다. 먼저 눈에 들어온 것은 바다를 바라보는 남자와 여자의 삽화였다. 등을 돌린 탓에 두 사람의 얼굴은 보이지 않는다.

"동일본대지진이 일어난 지 9년. 피해 지역의 깊은 슬픔을 어루만지는 진료에 대해서……."

제목을 찬찬히 읽어본다. 그 옆에는 '호시노 마음 클리닉 원장·호시노 류지'라고 표기되어 있었다. 성과 이름을 다 확인하고도 역시 짐작 가는 데가 없었다. 나는 지면에서 얼굴을 들었다.

"아오바 씨의 주치의 선생님은 정신과 의사신가요?"

"네. 호시노 선생님은 동일본대지진 이후 피해 지역 주민들의 정신 건강을 매우 걱정했어요. 그래서 고향에서 개업했다고 생각해요."

"확실히 이 기사는 사별에 대한 내용 같네요……."

"저도 재빨리 기사를 훑어보았는데요. 뭐랄까…… 그 지진에서 세월이 흘러도 마음을 잡지 못하는 분들이 많은 걸 실감했습니다."

기사 제목에 있는 '깊은 슬픔'을 뜻하는 영문 'grief'는 직역하면 '비탄'이라고 표현된다. 사별을 경험함으로써 유족이 고인에 대해서 품는 정서적인 반응을 가리킨다. 그리고 사별을 경험한 사람을 다양한 형태로 지원해 주는 것을 '깊은 슬픔을 어루만지다(grief care)'라고 부른다.

기사는 클리닉의 깊은 슬픔을 어루만지는 진료에 대해 이야기하고 있다. 그곳에서는 호시노 선생님의 진찰과 심리상담사의 카운슬링 이외에도 상실 경험자의 모임이 있다고 한다. 정기적으로 당사자끼리 마음을 털어놓는 기회를 만드는 모양이다.

『인생은 상실의 연속입니다. 소중한 사람을 잃었을 때 일어나는 비탄 반응의 대부분은 지극히 자연스럽고 정상적인 것입니다.』

눈길을 잡아끄는 곳을 두 번 읽어본다. 소중한 사람을 잃어버리면 누구나 슬픈 것이 일반적인 반응이다.

『하지만 사별을 하고 어느 정도 시간이 흘러도 극심한 비탄이나 고통이 이어지는 사람이 있습니다. 일상생활에도 지장이 생기고 의료 개입이 필요한 경우를 1990년대 무렵에는 '복잡성 비탄'이라고 불렀습니다. 현재는 전문가들이 연구를 진행해서 정신질환 매뉴얼에 따라 '지속성 복잡 사별 장애'나 '만연성 비탄 장애'라는 정신장애 중 하나로 인식되고 있습니다.』

모르는 진단경이었다. 기사를 계속 읽었다. 유병률은 여자가 많고 비탄이 장기화한 경우에는 고혈압, 암, 심장질환, 자살 위험이 높아진다고 보고되는 듯하다.

『동일본대지진처럼 갑자기 사별을 체험한 경우에는 복잡성 비탄으로 괴로워할 가능성이 높아집니다.』

시커먼 쓰나기가 사방으로 퍼트리는 굉음이 귓가에 남아 울려 퍼진다. 갑자기 목이 말라서 아이스티를 한 모금 마신다. 다 마신 순간 마리타 씨가 중얼거렸다.
"기사 마지막 부분에 가명인 사람이 나오죠? 그분은 아마도……."
마리타 씨가 말끝을 흐린 부분을 이어서 확인하듯 다시 지면을 응시한다. 기사 후반부에는 확실히 A씨라고 지칭한 인물을 기술한 곳이 있었다.

『지금도 내 마음속에 남은 복잡성 비탄 환자인 A씨라는 사람이 있습니다. A씨는 엄마와 여동생의 사별을 비슷한 시기에 경험했습니다. 특히 A씨는 여동생에 대해 강한 비탄 반응을 보이고, 사별 후 1년이 지나도 '여동생 곁으로 가고 싶다'는 생각을 떨쳐버리지 못했습니다.
A씨는 첫 진료 때 "여동생의 죽음으로 몸의 일부를 잃어버린 것 같다"고 말했습니다. 그리고 여동생의 유품인, 안에 솜이 들어간 항공 점퍼를 날마다 입고 다녔습니다. 그날은 30도가 넘는 한여름이었던

것을 지금도 기억합니다.

A씨는 그것 말고도 세상을 떠난 여동생의 식사를 준비하고, 사별하고 일 년 이상 지났어도 유골을 납골당에 넣지 않았습니다. 또 생전에 여동생이 아주 좋아했던 사과를 날마다 먹었습니다. A씨를 진찰할 때 사별로 인한 비탄 반응이 오랜 기간 지속되었고 복잡화되어 있다는 것을 알 수 있었습니다.』

A씨에 대한 기술은 그곳에서 끝났다. 다시 한번 기사를 읽었다. 솜이 들어간 항공 점퍼라는 부분에서는 카키색 블루종이 뇌리를 스쳐 지나갔다. 살아 있을 때 여동생이 아주 좋아했던 사과라는 부분에서는 등나무로 만든 선반에 늘어서 있던 돌 세공 작품 여러 개가 선명히 떠올랐다.

어느새 뺨에 미지근한 감촉이 느껴졌다. 지면에 떨어진 눈물방울이 'A씨'라는 글자를 번지게 했다.

"죄송합니다……. 젖어서 더러워졌네요."

"괜찮습니다. 이 잡지는 오리츠키 씨한테 드릴 생각이었으니까요."

마리타 씨의 다정한 말이 위로가 되었다. 눈가를 닦은 휴대용 티슈로 코를 풀고 깊은 한숨을 내쉬었다.

"가능하다면 호시노 선생님에게 당시 상황을 좀 더 자세하게 물어보고 싶은데요."

"호시노 선생님의 몸 상태에 따라서 가능할 것 같습니다……."

마리타 씨는 말을 머뭇거리면서 표정이 어두워졌다.

"호시노 선생님은 현재 입원 중이고 클리닉 쪽도 사실상 폐업 상태라고 들었습니다."

"뭔가…… 병이라도?"

"그게 전화 통화할 때 여러 번 여쭤봤지간 상세한 내용은 가르쳐주지 않으셨습니다. 농담 반 진담 반으로 병문안을 오면 알려준다고만 하셨어요. 결국 사모님을 바꿔주셔서 마지막까지 병명은 알지 못하고 끝났지만요."

병문안이라는 말을 듣고 지난달부터 미뤄둔 일을 떠올린다. 10월 근무표는 이미 나왔지만 아직 고헤이와 린코에게 명확한 대답은 하지 않았다.

"그런데 호시노 선생님이 입원한 곳은 센다이의 병원인가요?"

"아니요. 이시노마키에 있는 종합병원이라고 들었습니다. 아마도 병원 이름은 아이세이…… 아니…… 아이타미……."

"아이즈미."

내 한마디를 듣고 마리타 씨가 "맞아요, 맞아요" 하고 소리 지르면서 손뼉을 쳤다.

"오리츠키 씨 고향 쪽에서는 유명한 병원인가요?"

"글쎄요……. 그저 예전에 할아버지가 아이즈미 병원에 입원한 적이 있어서요."

마리타 씨의 표정이 뿌옇게 보인다. 그 대신에 과거 기억의 단편이 자꾸 재생되었다.

어듬 속으로 뻗어 있는 택시의 헤드라이트, 화려한 간호사의 두 귀에서 흔들리는 귀걸이, 안내받은 병실에서 어리둥절하는 엄마의 옆얼굴, 피곤해 보이는 의사의 표정, 할아버지의 비뚤어진 입가, 화장실 세면대 거울에 비치는 경련을 일으키는 웃는 얼굴.

어스름 속에서 나와 엄마에게 손을 흔드는 실루엣.

할아버지의 질병 상태를 보고한 뒤 나를 위로해 주던 다정한 목소리.

"가능하다면 병문안을 가보고 싶습니다."

"그게…… 미야기라 멀지 않나요?"

"상관없습니다. 물론 호시노 선생님 몸 상태와 상황에 맞춰야 하겠지만요."

"오리츠키 씨의 고향이라고는 하지만 일부러 찾아가는 건 힘들지 않나요? 호시노 선생님한테 전화로 당시 이야기를 묻고, 인사치레로 병문안하겠다고 덧붙이기만 해도 기뻐하실 텐데요."

너무 맞는 말이어서 내 뜻을 제대로 전할 수가 없다. 잘 알지도 못하는 타인을 병문안하러 도쿄가 아닌 곳의 병원까지 발걸음을 옮긴다는 건 자칫 의심을 사게 된다. 더구나 비참한 기억이 곳곳에 흩어져 있는 고향 마을에 돌아가는 건 아무래도 무섭다. 눈을 내리깔자 눈물방울로 촉촉해진 A씨라는 글자가 보인다. 어쩐지 아오바 씨가 울고 있는 것 같은 착각이 들었다.

"마침 이번 달에 고향을 드라이브할 예정이에요."

"어머, 그렇군요."

"모처럼 가는 거라서 그때 직접 만나 뵙고 싶어서요."

다시 한번, 아오바 씨에 대해 알고 싶다.

그리고 제대로 사과해야 한다.

순수한 다짐보다는 의무에 가까운 감정이다. 내가 죽음으로 몰아넣었던 사람에게 보답이라도 하고 싶다. 신기하게도 발을 멈추는 것도 앞으로 나아가는 것도, 극심한 죄책감이었다.

"가능하다면 아오바 씨와 관련된 친구들도 함께요."

"알겠습니다. 호시노 선생님께 의향을 들어볼게요.'

마리타 씨에게 머리를 깊숙이 숙이고 집에 돌아가 해야 할 일을 생각한다. 먼저 고헤이와 린코에게 연락해서 일정을 서로 맞춰야 한다. 마침내 맛있어 보이는 쿠키로 손을 뻗었을 때 불안 단계표의 100 항목이 뇌리를 스쳐갔다.

고향에 가는 당일, 이른 아침부터 비가 내렸다. 하마초에서 탄 전철 바닥은 누군가의 우산에서 떨어진 물방울로 곳곳이 젖어 있다. 피부에 엉겨 붙는 눅눅한 공기로 차창이 흐릿해졌다.

등에 멘 백팩을 뒤져서 일찌감치 민트 껌을 꺼낸다. 지난밤에는 마음이 불안해서 얕은 잠을 자다 깨다 되풀이했지만 집을 나서기 전에 응급약을 미리 먹어뒀다. 가슴속으로 주문을 외듯 '괜찮다'를 되뇌면서 다음 역인 바쿠로요코야마에서 내렸다. 갈아탄 JR 소부 쾌속선을 타고 출입문 부근에 서서 민트 향기를 내뿜는다.

두 사람과는 도쿄역 구내에 있는 도호쿠 신칸센 남쪽 갈아타는 입구에서 만나기로 했다. 눈을 내리깔고 오가는 사람들을 스쳐 지나 신칸센 일러스트가 그려진 안내를 따라 나아간다. 멀리 남쪽 갈아타는 입구가 보이자 뺨이 실룩거린다. 플랫폼으로 이어지는 개찰구 앞에서 고헤이가 스마트폰을 내려다보고 있었다.

"고헤잇."

"오우, 고생했어."

고헤이는 아웃도어 브랜드의 산악 파카를 입고 작은 숄더백을 어깨에 메고 있었다. 당일치기라서 그런지 상당히 가벼운 차림이다.

"고마워. 나랑 린코 것까지 신칸센 티켓을 끊어줘서."

"내가 가자고 말을 꺼내기도 했고, 신경 쓰지 마."

"일단 잊어버리기 전에 티켓값 줄게."

"아니. 그나저나 비가 싫다.[11] 안경에 김이 서릴 수도 있는데."

잠깐 비가 그쳤다고 착각했지만 말투를 듣고 '싫다'는 의미의 고향 사투리라는 걸 깨달았다. 나는 웃으면서 차 봉투에 준비해둔 티켓값을 내밀었다. 시커먼 쓰나미에 잠겨버린 고향 마을로 향하는 편도 요금은 묘하게 무겁다.

"정확한 금액이 들어 있을 거야."

"땡큐. 세심하게 신경 써줘서."

돈 대신 받아 든 티켓에는 '도쿄(도 구내)'라고 인쇄된 글자에서 화살표가 뻗어 있다. 거기 쓰여 있는 것은 '센다이(시내)'라는 글자다. 같은 미야기현이라도 센다이에는 몇 번 안 가봤다. 그러니까 괜찮다. 틀림없이 괜찮다. 스스로 주문을 걸고 고개를 들었다.

"린코는 아직 안 왔어?"

"이미 왔어. 뭐, 사고 싶은 게 있는 것 같은데. 슬슬 돌아올 때가 됐어."

몇 분 지나지 않아 린코가 백팩을 흔들면서 나타났다. 약간 긴 금발을 뒤에서 하나로 묶었고 두 귀에는 핑크골드 별이 빛난다. 노칼라 셔츠에 통바지는 고헤이와 마찬가지로 가벼워 보였다.

---

11. 미야기현 사투리로 비가 싫다(雨やんだな)와 비가 그쳤다(雨やんだな)가 같은 발음이라서 고하네가 잠시 착각을 일으켰다.

"많이 기다렸지. 오, 고헤가 시간 맞춰서 왔네."

"신기하지. 그래도 오늘은 늦으면 못 가니까."

억지로 입꼬리를 올리고 신칸센 플랫폼으로 이어지는 개찰구를 빠져나갔다. 고혜이는 사흘 뒤에 정기검진을 앞둔 탓인지 표정에 그늘이 느껴졌다. 린코는 평소보다 말수가 많았다. 나는 오늘 민트 껌을 두 개째 씹으면서 두서없이 이어지는 대화를 계속했다. 긴장의 대상도 방식도 각각 다르다.

제시간에 나타난 에메랄드그린 신칸센에 올라타서 옆으로 쭉 자리에 앉았다. 창문 쪽은 나, 한가운데는 린코, 통로 쪽은 고혜이. 신칸센이 달리기 시작하자 서서히 심장이 강하게 요동쳤다. 불편한 몸 상태로부터 관심을 돌리려고 두 사람에게 말을 걸었다.

"센다이에 도착해서 일단 렌터카를 빌릴까?"

"그래. 운전은 내가 할 테니까. 먼저 이시노마키 병원에 가서 병문안하고, 다음은 린코 어머님. 그리고 '오하마 반점' 빈터에서 두 손 모아 기도드리자."

고혜이가 오늘 일정을 알리자 린코가 끼어들었다.

"그런데 그 잡지 갖고 왔어?"

"응. 백팩 안에 있어."

호시노 선생님에 대해서는 미리 두 사람에게 전해주었다. 발밑에 놓인 백팩에서 『오후의 햇살』을 꺼내 린코에게 건넸다.

"여기 파란색 포스트잇 페이지?"

"응. A씨라는 사람."

고향으로 돌아가는 일정이 정해지고 마리타 씨한테도 연락을 했다. 그다음 날 메시지가 도착했다.

『병동 규칙으로, 가족 이외의 문병은 20분 이내로 부탁한다고 했어요. 사모님 말씀이 오후 2시부터가 좋을 것 같다고 해요. 친구들도 꼭 같이 오라고 하셨습니다.』

고맙다는 인사를 하고 이어서 호시노 선생님이 좋아하는 음식을 물었다. 그 결과 오늘 등에 메고 온 백팩 안에는 니혼바시의 전통 화과자점에서 산 물양갱 세트가 들어 있다.

신칸센이 속도를 줄여서 차창으로 시선을 돌렸다. 일찌감치 전전역인 우에노에 도착한 듯하다. 다음은 오미야에서 멈추고 그다음이 센다이다. 승차 시간은 약 90분 정도로 가까운 거리인데 다른 나라로 향하는 것 같은 느낌은 변하지 않는다.

"고하네, 잡지 고마워."

다시 좌석 쪽으로 방향을 바꾸고 두 사람이 다 읽은 『오후의 햇살』을 받았다. 백팩에 도로 집어넣으니, 고헤이가 물었다.

"복잡성 비탄이란 건 우울증이랑 다른 건가?"

"증상이 비슷한 점은 많은 것 같아. 둘 다 함께 존재해서 뚜렷하게 판별할 수 없는 경우도 있는 듯해."

"확실히 슬픔이 오랜 기간 지속되면 우울증을 유발하는 원인도 될 것 같은데."

고헤이는 이해가 간다는 듯 고개를 끄덕거리고 진지한 목소리와 표정으로 말을 이었다.

"나, 아오바 씨가 괴로워하는 거 전혀 눈치채지 못했어. 그 무렵에 끼고 있던 안경이 흐릿해서 아무것도 안 보였나."

"그건 나도 마찬가지야. 새삼스럽게 자기혐오에 빠졌어."

"나도 고하네만큼은 아니지만 한동안 자주 아오바 씨와 만났거든."

"아오바 씨랑 완전범죄 이야기를 했다면서?"

"그랬지. 아오바 씨가 말이지. 할머니에 대해 싫은 감정을 아무리 이야기해도 그대로 받아들여 줬거든. 뭐랄까…… 그 사람을 만나면 기분이 조금 편해진다고나 할까."

잠자코 있던 린코가 앞으로 몸을 조금 기울이고 고개를 크게 끄덕거렸다.

"그 기분, 완전 잘 알아. 나도 그때 아오카 씨가 했던 말에 아직까지도 위로를 받을 때가 있거든."

"음, 확실히 린코는 아오바 씨한테 도쿄 이야기를 종종 물어봤잖아."

"맞다. 당시 아오바 씨가 자주 '괜찮다'고 말해줬어. 그 사람이 그렇게 말했기 때문에 정말로 문제없다고 믿었어. 지금도 행운의 부적 같은 말이야."

갑자기 대화가 끊어졌다. 아오바 씨를 아무리 생각해 봤자 결국 이제 만날 수 없다는 사실에 다다르기 때문일까. 살짝 가라앉은 분위기를 바꾸기 위해 고헤이가 화제를 완전히 다른 곳으로 돌렸다.

"확인차 묻는 건데 아미이소 쪽으로 가도 되는 건가?"

"괜찮아. 가도 돼. 추억에 잠길 만한 풍경은 없으니까."

"어, 분명 산업단지로 바뀌었지."

아미이소 지역은 6미터급 쓰나미로 괴멸되는 피해를 입었다. 예전에 살던 600세대 가까운 집이 떠내려가고 논밭이 시커먼 쓰나미에 잠겼다. 어쩔 수 없이 집단 이주를 했고 아미이소 지역은 현재 50곳

가까운 운송업체와 건설회사가 모여 있는 산업단지로 바뀐 듯하다. 마을 사람들은 거의 없고 대형 트럭의 왕래만 눈에 띈다고 들었다.

"일단, 아미이소 쪽까지 드라이브할까?"

대답할 수가 없었다. 아이즈미 병원은 바다에서 떨어진 장소에 있고, 린코의 어머니도 지금은 내륙에 있는 외삼촌 집에서 사는 것 같다. 과거의 기억이 맞다면 '오하마 반점'에서도 바다는 보이지 않는다. 불안 단계표를 머릿속에 떠올리자 가슴속 저울이 계속해서 흔들린다.

"고하네가 괜찮다고 하니까 뭐 좋지 않아?"

린코가 플랫폼 매점에서 사온 자가리코를 고헤이의 입안에 집어넣었다. 곧바로 내 앞으로도 맛있어 보이는 자가리코 하나가 내밀어졌다.

"내가 제안할게. 그곳에 가면 서로 자기가 하고 싶은 말 다 하기, 묵묵히 다 들어주기로 하자. 부정도 하지 말고 의견을 내지도 말고."

린코의 어머니가 알코올 의존증이었던 것을 떠올린다. 서로 자기가 하고 싶은 말 다 하기, 묵묵히 다 들어주기는 'AA'에서 정해진 규칙이다. 곰곰이 생각해 보니 이 여행은 스스로 돕는 그룹 같은 색채를 띠는지도 모른다. 같은 가족 돌봄 청소년이고, 동일본대지진을 체험한 우리들.

"나는 찬성일까."

"좋아. 그럼 고헤이는?"

"나는 때와 장소에 따라 달라."

"뭐야, 그건."

린코는 불만스러운 표정을 짓고 있었지만 고헤이는 모르는 체하는 얼굴로 자가리코를 한 개 더 입으로 가져갔다. 그런 두 사람에게 눈을 떼고 다른 풍경을 바라보았다. 차창에 어느새 맨션이나 주택이 밀집한 낯선 거리가 비친다. 앞으로 몇십 분 정도 지나면 초록빛이 눈에 띄는 한가로운 풍경으로 바뀔 것이다.

어느 맨션 베란다에서 아기를 안은 엄마가 이쪽을 향해 손을 흔들고 있었다. 절대로 알아차리지 못할 걸 알지만 나도 조그맣게 손을 흔든다. 엄청난 속도로 달리는 신칸센이 두 사람의 모습을 순식간에 시야에서 사라지게 했다.

센다이역 플랫폼에 내려서 처음으로 느낀 것은 그리움이나 바람의 차가움이 아니라 깊은 안도였다. 몇 번인가 차창을 바라보고 시시한 대화를 되풀이한 덕분인지 신칸센 안에서는 공황발작이 일어나지 않았다.

"여기 춥지 않아?"

고헤이는 당장 등산이라도 갈 것 같은 옷차림이었지만 추위를 견디려는 듯 두 팔을 문지른다.

"도쿄와 비교하면. 더구나 비가 내리니까."

"옷을 좀 더 두툼하게 입고 올걸 그랬나. 지금 몇 도 정도 됐지?"

"잠깐 기다려 봐."

나는 재빨리 스마트폰 일기예보 앱을 열었다. 오늘의 기온 외에도 우산 표시와 구름이 낀 태양 일러스트가 그려져 있다. 역 플랫폼에서 쳐다본 하늘은 잿빛으로 흐려 있었다.

"최고 기온이 13도래. 하지만 오후에는 비가 그칠 것 같아."

"내가 겨우 13도로 이렇게 추워하다니. 어느새 도쿄 날씨에 익숙해졌군."

고헤이는 진담과 농담이 섞인 듯한 말투를 남기고 개찰구로 이어지는 계단을 향해 걸어갔다. 고헤이의 등을 쫓아가다가 발걸음을 멈췄다. 뒤를 돌아보니 린코가 달리기 시작한 신칸센을 눈으로 좇고 있었다.

"린코. 안 가?"

"앗, 응."

신칸센을 배웅한 린코가 종종걸음으로 달려왔다. 고헤이와 마찬가지로 추운지, 이미 카디건을 걸쳐 입고 있다. 어깨를 나란히 하자 린코가 풍기는 달콤한 섬유유연제 향기가 비 냄새와 섞여서 났다.

"고하네한테 부탁이 있는데."

"뭔데?"

"개찰구까지 손잡고 갈래? 딱히 이상한 의미는 아니야."

린코는 눈을 깜빡거리지도 않고 앞쪽을 응시한다. 그 옆얼굴은 무표정에 가깝다. 나도 앞을 향해서 속삭였다.

"사실은 나도 같은 생각을 했어."

잡은 린코의 손은 차가웠다. 조금 앞서 걷는 고헤이가 뒤를 돌아보고 "점심 어떻게 할래?" 하고 묻는다. 고헤이는 손을 붙잡은 우리를 보고도 아무 말도 하지 않고, 표정 하나 변하지 않았다. 차 안에서는 "나는 때와 장소에 따라 달라"라고 말해놓고 자기가 하고 싶은 말 다 하기, 묵묵히 다 들어주기 외에도 '그냥 보고 있기'를 덧붙여 준 것 같다.

문제없이 개찰구를 빠져나가서 역구내의 상점과 음식점이 늘어선 통로를 나아갔다. 완두콩과 찹쌀떡을 판매하는 점포에는 '힘내라, 도호쿠'라는 커다란 드림이 걸려 있다. 그 외에도 '부흥 올림픽'이라고 쓰여 있는 깃발과 올림픽 굿즈를 아직도 가게 앞에 늘어놓은 특산품 점도 있었다. 그런 응원 문구를 보면 관자놀이가 약간 욱신거린다. 아픔을 잊기 위해 역 동쪽 출구 앞에 있는 렌터카 가게로 서둘러 갔다.

렌터카 가게에서 준비한 것은 좁은 곳에서도 회전이 가능할 듯한 파란색 경차였다. 운전석에는 고헤이, 조수석에는 린코, 뒷좌석에는 내가 각각 탔다. 고헤이가 내비게이션에 병원 이름을 쳐 넣자 도착 예정 시간이 표시되었다.

"산리쿠 자동차 도로를 타고 가면 1시간 정도면 도착한대. 이시노마키 인터체인지에서 내릴 거니까."

아무도 대답하지 않은 상태에서 파란색 차가 달리기 시작했다. 센다이에 도착한 후 나와 린코는 말수가 줄어들었다. 빗방울이 번지는 차창에는 아직 바다도 어선도 광대한 논밭도 비치지 않는다. 지방 도시의 거리가 스쳐 지나갈 뿐이지만 다음이 흔들린다.

파란색 차는 비로 젖은 미야기노 거리를 직진한다. 신호를 받아 정차하자 줄곧 아무 말 없이 바깥을 바라보던 린코가 입을 열었다.

"나, 역시 그만둘까 봐. 외삼촌 집에 가는 거."

백미러에 비치는 고헤이와 눈이 마주친다. 나는 시트에서 등을 떼고 약간 앞쪽으로 몸을 기울였다. 하고 싶은 말 다 하기, 묵묵히 다 들어주기 규칙에 따라 잠자코 린코가 계속하는 말을 기다린다.

"도쿄역에서 선물로 드릴 것도 샀지만 뭐 딱히 안 가도 되지 않을까 해서."

린코는 무릎에 올려놓았던 백팩을 뒤지기 시작했다. 꺼낸 것은 차량 세 개가 연결된 장난감이다. 패키지에는 에메랄드그린 신칸센 사진이 프린트되어 있다.

"이 신칸센, 동일본대지진 직전부터 달리기 시작했잖아. 당시 유다이가 말했어."

"그게 지금 타고 온 거?"

"그래. 하야부사. 유다이가 타고 싶어 했지."

린코는 패키지에 그려진 신칸센 사진을 손끝으로 덧그린다.

"하지만 또 다음에 줘야겠어."

신호가 파란색으로 변하고 고헤이가 액셀을 밟는다. 달리기 시작하자 운전석에서 헛기침 소리가 들렸다.

"모처럼 샀는데 전달되면 좋겠다."

고헤이가 신칸센 안에서 정한 약속을 바로 깼다.

"긴시 공원에서 이야기했잖아. 유다이의 불단에 손을 모으고 기도하고 싶다고."

"내 마음대로 하게 내버려둬……. 더구나 하고 싶은 말 다 하기, 묵묵히 다 들어주기로 약속했잖아."

"나는 그 약속에 동의 안 했는데."

린코가 눈썹을 찡그리자 차 안에 무거운 분위기가 감돌았다. 내가 중재하려는 순간 고헤이가 낮은 목소리로 말했다.

"부럽군. 또 다음이, 있는 녀석은."

끊임없이 빗방울을 튕기는 와이퍼 소리가 차 안에 떠도는 침묵에 겹쳤다.

"음, 마지막으로 결정하는 건 린코지. 쿨알 하나를 잃은 남자의 헛소리는 흘려들어."

이번에는 진심을 감추려는 듯 들뜬 목소리였다. 고헤이가 정기검진 전에 고향을 드라이브하는 것은 기분 전환을 하고 싶은 거라고 마음대로 생각하고 있었다. 하지만 속마음은 다를 것이다. 고헤이는 두 눈에 아로새기고 싶었을 것이다. 진찰 결과에 따라서는 이제 볼 수 없을지도 모르는, 태어나서 자라난 풍경을. 병마의 그늘을 느끼면서 고헤이는 핸들을 잡고 있다.

"이제 곧 고속도로로 접어든다. 두 사람 다 화장실 괜찮냐?"

린코는 묵묵히 창문을 계속 바라본다. 고헤이의 질문이 혼잣말이 되지 않도록 나는 "괜찮아"라고 짧게 대답했다.

인터체인지를 빠져나가 산리쿠 자동차 도로로 접어들자 파란색 차는 단순에 속도를 올렸다. 신칸센을 타고 있을 때와 다르게 대화는 끊어졌다. 비가 앞 유리를 두드리는 소리만이 끊임없이 울려 퍼졌다.

내비게이션을 보는 한, 산리쿠 자동차 도로는 도시와 산간 부분을 관통하는 듯하다. 센다이를 떠나자 주위에는 폭력적이라고 할 만큼 초록색이 눈에 많이 띄었다. 너구리 일러스트 밑에 '동물 주의'라고 쓰여 있는 표식이 중기적으로 나타나고, 벼를 벤 논이 시야의 끄트머리로 흘러간다. 이 고속도로를 달려가는 한, 바다의 느낌은 아직 멀다.

앞 유리에는 변함없이 엷은 먹색 하늘이 비쳤다. 어느새 시선을 빼앗기고 마음속에 가라앉았던 무언가가 태동했다. 기억, 추억, 그리움. 어느 것도 딱 들어맞지는 않지만 무겁게 내려앉은 하늘을 아무리 쳐다보아도 우울하지 않는 게 신기했다.

"저 정도로 커다란 소나무였어."

린코는 갑자기 그렇게 중얼거리더니 손끝으로 차창을 탁탁 가볍게 두드렸다. 엉겁결에 눈으로 그 방향을 좇았더니 어느 들판 한구석에 삼나무가 밀집된 모습이 보였다.

"유다이가 걸려 있던 나무. 근처에 살던 머리가 긴 오빠가 발견했거든. 접이식 사다리를 이용해서 내려줬어."

심장이 쪼그라들고, 눈 깜빡거림을 멈췄다. 목구멍에 뜨거운 게 치밀어 올라오는데 말은 나오지 않는다.

"죽으면 정말로 도자기처럼 창백해져. 더구나 쓰나미에 여기저기 휩쓸려 다닌 탓에 온몸이 퉁퉁 붓고 상처투성이였어."

어쩐지 가벼운 말투였다. 린코 나름으로 마음을 지키기 위한 수단이란 걸 깨닫고 아무 말도 하지 않았다. 아니, 아무 말도 할 수 없었다.

"당시 여러 사람한테 이렇게 발견한 것만으로 다행이라는 말을 들었어. 그때마다 고개를 숙이면서 생각했어. 그럴 리 없잖아."

담담한 목소리로 갈 곳 없는 분노와 후회가 번져간다. 누군가가 린코를 위로해 주려던 말은, 쓰레기 더미로 뒤덮인 마을에서 날카로운 칼로 변했다.

"잊어버리고 싶지만 앞으로도 계속 기억하겠지. 아무리 복구가 진행되어도."

린코는 이슬이 맺힌 차창에 왼쪽 손끝으로 짧은 선을 긋기 시작했다. '헤(ヘ)'라는 글자의 선, '구(く)'라는 글자의 선, 물결 모양의 선, S자 모양의 선. 다양한 형태의 선을 다 긋고 린코는 손바닥으로 선을 싹 지웠다.

핸들을 잡은 고헤이가 린코의 행동을 힐끗 바라보았다.

"린코는 유다이와 함께 있지 않았어? 그날은 재택 학습이었잖아?"

"유다이는 어린이집에 갔어. 나는 과수원에서 가지치기를 했고."

"린코 외삼촌 댁에서?"

"응. 그래서 집에 있었던 사람은 고타츠 옆에서 레몬 사워를 마셨던 엄마뿐."

어이없어하는 것도, 경멸하는 것도 아니고 사실만을 전하는 건조한 말투였다.

"지진 직후 잠깐 휴대전화가 연결됐어. 엄마한테 전화했더니 유다이를 마중 나간다고 이야기했어. 나는 외삼촌이 과수원에서 꼼짝 말고 있으라고 하는 말을 들었어……."

린코가 말을 잇지 못했다. 린코의 오른손은 아직도 신칸센 장난감을 들고 있다.

"그러고 나서 엄마를 만난 건 나흘 뒤였어. 유다이와 피난을 가다가 쓰나미에 휩쓸렸대."

이번에는 내가 물었다.

"린코 어머님은 안 다치셨어?"

"엄마도 휩쓸렸지만 중간에 구조된 거 같아. 어느 집 이층에 남아 있던 사람이 커튼으로 그 자리에서 밧줄을 만들어주었대. 그걸 정신없이 붙잡았던 모양이야."

"그렇구나……."

"유다이는 썰물의 영향으로 바닷가 쪽에 있는 방풍림에 걸렸다는 거 같아."

린코는 이야기하면서 줄곧 바깥 경치를 바라본다. 린코의 옆얼굴 저편으로 히가시마쓰시마시라고 쓰여 있는 표식을 지나친 것이 보였다. 어느새 고향에 다가가고 있다.

"재회했을 때 엄마는 울부짖으면서 수도 없이 미안하다고 했어. 유다이의 손을 놓쳤다고. 한순간에 말이지."

"나도 쓰나미를 봤는데…… 엄청난 기세였어. 엄청난 홍수가 난 것 같았어."

린코는 동조하듯 고개를 끄덕이고 신칸센 장난감을 백팩에 다시 집어넣었다.

"하지만 정말로 의미를 모르겠어. 평소에 죽고 싶다고 말하던 여자가 살아 있고, 아직 히라가나도 외우지 못하는 아이가 죽어버렸잖아."

"유다이 군은 겨우 다섯 살이었지……."

"진짜 내 수명을 나누어주고 싶었어. 아니 이루어진다면 유다이에게 다 주고 싶었어."

백팩 지퍼를 닫는 소리가 린코의 이루어지지 않는 바람과 겹친다.

"솔직히 지금도 엄마를 용서할 수 없어. 그래서 얼굴도 보고 싶지 않아."

"……그런데 린코, 아직도 아버님이랑 연락 안 하고 지내?"

"당연하지. 일찌감치 연을 끊었는데. 엄마보다, 훨씬 더 보고 싶지 않은걸."

깜빡이의 시원스러운 소리에 린코의 대답이 사라졌다. 파란색 차가 곧이어 차선을 변경한다.

"다음 인터체인지로 접어들 테니까."

지나쳐간 표식을 확인해 보니 이시노마키 인터체인지는 몇 킬로미터 앞이다. 당황스러워할 뿐인 나와 다르지 린코는 운전석 쪽을 노려보았다.

"너 설마 억지로 외삼촌 댁으로 끌고 가려는 거야?"
"정말이지, 그런 거 안 해. 더구나 병문안 시간도 있고."
"그럼 왜 그래? 이시노마키가 코앞인데.'
"그냥. 비가 갠 고향을 보는 것도 나쁘지 않잖아."

고히이의 대답으로 비가 그쳤다는 걸 깨달았다. 와이퍼는 움직임을 멈추고, 앞 유리는 말갛다.

"아미이소 쪽으로는 안 가니까 안심해."

고속도로를 벗어나자 낯익은 풍경에 낯선 건물이 여기저기 흩어져 있었다. 이 부분은 히가시마쓰시마시인데 생활권에서는 벗어나 있다. 아미이소 쪽보다 내륙으로 쓰나미 피해도 별로 없었던 지역이다.

"저기가 지진 재해 공영 주택이야."

고히이가 핸들을 쥔 채로 운전석 창문을 턱으로 가리켰다. 그곳에는 단지와 비슷한 건물이 쭉 늘어서 있다.

"처음에는 집이 망가진 사람들이 잔뜩 옮겨 왔어. 하지만 지금은 나가는 사람도 많은 거 같아."

고히이의 중얼거림에 린코가 조그맣게 그개를 끄덕였다. 뒷좌석에서도, 린코가 정신없이 바깥 풍경을 눈으로 좇는 몸짓이 보였다.

"지진 재해 이후 내륙 쪽으로 새로운 집이 대거 지어졌대. 그래서 아직 깨끗한 건물이 많아."

고속도로를 달릴 때와 다르게 파란색 차는 속도를 늦춘다. 그 때문인지 바깥 풍경이 잘 보였다. 기억에 있는 논과 논두렁길. 아주 새로운 외관의 이발소와 삼층집. 과거와 현재가 혼재한 거리는 뚜껑을 덮어두었던 기억을 자극한다.

"나, 지진 재해 때 학교에 있었어. 고교 수학 보충 수업이 있어서. 흔들림이 잦아들고 운동장으로 피난했는데 진눈깨비가 내리고 있었고, 진짜 추웠다."

바깥 풍경에서 눈을 뗐다. 나는 뒷이야기를 재촉하듯 운전석을 향해 묻는다.

"고등학교까지 쓰나미는 안 왔어?"

"주위의 논이랑 도로는 침수됐어. 하지만 고등학교 부지는 높은 곳에 위치한 건지 괜찮았어."

"그랬구나……. 그날 집에 돌아갔어?"

"보호자가 데리러 온 애들만. 나는 학교에서 자고 다음 날 낮에 아버지가 데리러 왔어."

우리가 다닌 고등학교는 비교적 내륙에 있지만 조금 앞쪽에는 요도가와강이 흐른다. 통학할 때 기다리던 장소였던 다리 옆도, 지진 직후 범람한 요도가와강에 집어삼켜졌다. 내가 당시 피난했던 초등학교를 덮쳤던 시커먼 쓰나미도 바다에서 온 것과 요도가와강에서 흘러넘친 것이 뒤섞여 있었다.

"고헤이 아버님, 의지가 됐겠네."

"그럴 때만. 할머니 시중을 들 때 전혀 도와주지 않았거든."

들려온 말투는 밝았지만 언젠가 느꼈던 포기가 배어 나왔다. 고헤이는 아버지에게 한마디로는 표현하기 어려운 복잡한 감정을 품고 있는 걸까. 긍정도 부정도 하지 않고 바깥 풍경을 바라보다가 어떤 사실이 머릿속을 가득 채웠다. 문부과학성 조사연구 보고서에 따르면 가족 돌봄 청소년의 60퍼센트는 여자다. 게다가 돌봄 전체를 봐도 시중을 들어주는 사람의 성별이 한쪽으로 치우쳐 있다. 내각부가 발표한 고령 사회 백서에 따르면 돌봐주는 사람이 여자인 비율은 70퍼센트에 가까운 듯하다. 전체적으로 여자가 많은 이유의 배경에는 성별 차이에 따른 임금 격차와 '여자는 가정을 지켜야 한다'는 구시대적 강압이 영향을 주기 때문인지도 모른다. 멍하니 그런 생각을 하는데 다시 고헤이의 목소리가 들려왔다.

"고하네, 고등학교 바로 옆에 요양원이 있었던 거 기억해?"

"응. 그러게, 있었지."

"지진 직후에 그곳에 입원한 사람들, 피난하는 걸 도와달라는 요청이 왔어. 동아리 때문에 학교에 있던 몇 사람이랑 선생님과 함께 달려갔어. 그래서 위층에 있는 할아버지와 할머니를 일층까지 모시는 걸 도와드렸어."

"굉장하다. 나였다면 무서워서 꼼짝도 못했을 거야."

"그런 순간엔 신기하게 하이텐션이 되더라. 더구나 애초에 그런 도움은 익숙했으니까. 학교에서는 울보에다가 촌스럽다고 놀림 받는 남자가 슈퍼맨처럼 활약했지."

고헤이가 으기양양하게 콧방귀를 뀐다. 그건 정말이었다. 고헤이는 많은 시간을 할머니를 돌보는 데 썼다.

"지금 생각하면 그때 경험이 강렬해서 요양보호사를 지원한 건지도 모르겠어. 할머니 시중드는 건 너무 싫어했는데 타인을 돌보는 건 괴롭지 않더라. 진짜 신기했다."

제멋대로 할머니 영향으로 요양보호사가 되었다고 생각했다. 어느새 운전석 쪽으로 시선을 향하고 있던 린코가 입을 열었다.

"우리 고등학교 체육관이 시체안치소가 된 건 비교적 빨리 그랬잖아?"

"분명 지진 재해가 나고 사흘 정도 지나고 시신이 실려 왔다고 들었어. 나도 할머니를 찾으러 갔지."

"나도 유다이를 찾으러 갔어. 그때 운동장은 자위대와 경찰 차량이 엄청나게 있었어. 거기에 가족을 찾는 차들도."

"그치. 선생님들이 교통 정비를 했어."

"그랬어. 그 전에는 담임 선생님을 안 좋아했는데 필사적으로 깃발을 흔드는 모습을 보고 존경스러웠어."

아까까지 무겁게 짓누르던 분위기가 서서히 풀어졌다. 저절로 몸이 앞으로 기울어지고 내가 몰랐던 당시 이야기에 고개를 끄덕거렸다. 괴로운 내용인데 두 사람의 음색은 가라앉지 않았다. 과거와 타협해 가는 순간에 마주하는 듯한 느낌이었다.

"체육관에는 시신이 든 자루가 쭉 늘어서 있었지. 천장이 높아서 누군가 오열하는 소리가 울려 퍼지는데. 나도 덩달아 울어버렸어."

고헤이의 고백을 듣고 의문이 하나 떠올랐다.

"할머님은 어디서 발견했어?"

"바다 위. 어부가 발견해 줬어. 이미 물에 퉁퉁 불어서 얼굴을 알아볼 수 없었는데 몸에 남아 있는 물건과 DNA 조회로."

당시 아미이소 지역에는 쓰나미가 여덟 번이나 덮쳐왔다고 알려져 있다. 그런데 쓰나미 희생자 중에는 거센 썰물의 영향으로 바다로 떠내려간 분들도 있었다.

"그런데 고하네 어머님은?"

"우리 엄마는 이웃집 마당 앞. 지진이 나고 사흘 뒤에 쓰레기 더미 안에서 발견되었어."

거침없이 엄마의 죽음을 말할 수 있는 것에 내심 놀랐다. 심장이 두근거리지도 않고, 입도 마르지 않았다. 도쿄에서는 아무한테도 고백하지 못했는데. 같은 상황인 친구들과 태어나서 자라난 마을의 공기를 들이마시면 어딘가의 감각이 마비되는 걸까.

"나도 바로 엄마를 알아보지는 못했어. 심하게 부어 있었고 얼굴도 상처투성이였어……. 하지만 몸에 걸친 옷이 똑같으니까."

거센 쓰나미에 휩쓸렸을 텐데 옷에는 알루미늄 포일 일부가 남아 있었다. 그렇게 우울했던 은빛은 마지막에 진흙투성이 시신을 엄마라고 가르쳐주었다. 더불어 나는 그 후 알루미늄 포일은 만질 수 없게 되었지만.

"우리 할머니는 생강 조림을 사러 가는 도중에 쓰나미에 휩쓸린 거 같아.'

"파는 곳이 바닷가 쪽에 있었으니까."

"그래. 그렇게 희생되실 줄 알았다면 계속 입원했으면 좋았을 텐데. 그랬으면 사셨을 텐데."

뒷좌석에서 훔쳐본 고헤이의 옆얼굴에 잠깐 이 자리와 어울리지 않는 웃음이 떠올랐다. 그 표정만으로 똑똑히 전해진다. 지금 말한 후회를, 고헤이가 몇 번이나 가슴에 품고 있었을까. 되풀이되는 후회 앞에서 나 역시 이따금 입가가 풀어지며 헛웃음이 나올 때가 있었다. 몇 번이나 같은 것을 생각하는 나 자신에게 질린 걸까. 아니면 현실에 적응하려고 몸에서 보내는 신호인지도 모른다.

"오, 저기 보인다."

달리는 도로 왼쪽에 모교가 보였다. 주위에는 논이 펼쳐져 있고 동아리 활동을 하며 과감하게 달리고 싶었던 운동장이 엿보인다. 지금은 수업 중인지 학교 건물 창문에 학생들 모습은 없다.

"그립다."

린코가 중얼거린다. 차가 앞으로 나아가자 모교의 주차장이 창문에 비쳤다. 지금도 여러 색깔의 자전거가 세워져 있다. 그 저편에 있는 체육관은 시체안치소를 거쳤지만 당시와 아무런 변화도 없는 외관이었다.

"안녕, 내 청춘."

고헤이가 핸들을 고쳐 잡았다. 바로 조수석에서 "촌스러워"라며 놀리는 목소리가 들려온다.

"전혀 안 촌스러운데."

"그게 무슨 연극하는 거 같잖아. 오히려 깬다."

두 사람이 평소의 텐션으로 돌아가서 농담을 서로 주고받는다. 나는 몰래 안도하면서 뒤를 돌아보았다. 서서히 멀어져가는 학교 건물 위에는 익숙한 잿빛 하늘이 펼쳐졌다. 손바닥이 땀으로 축축해진 것을 깨닫고 넓적다리에 비볐다. 한순간 그 무렵 주름치마 감촉이 전해졌다.

도착한 아이즈미 병원은 당시와 거의 달라지지 않았다. 외벽의 거무스름한 얼룩은 눈에 띄지만 휴일·시간 외 출입구를 가리키는 간판은 같은 위치에서 역할을 톡톡히 해내고 있다. 정면 현관 앞 교차로에는 택시가 정차해 있고 지팡이를 짚은 노인이 천천히 내린다. 그런 광경어, 밤을 수놓은 나와 엄마의 기억이 겹쳤다.

호시노 선생님이 입원한 곳은 사층 병동인 듯하다. 셋이서 정면 현관으로 병원 안에 들어갔다. 외래를 통과하여 안쪽에 있는 승강기를 탔다.

"고하네는 그 선생님한테 어떤 걸 묻고 싶어?"

고헤이의 질문을 듣고 깜박이는 층수 표시를 쳐다보았다.

"아오바 씨에 대한 것."

"이를테면?"

"당시 모습이라든가."

문이 열리고 발을 내딛는다. 이미 복도어는 독특한 냄새가 떠돈다. 신체를 돌봐주고 남은 냄새라고 하면 될까, 배설물과 소독약이 뒤섞인 듯한 냄새.

"아오바 씨를 추억하고, 사과하고 싶어."

두 사람은 대답하지 않았고, 그대로 병문안 접수표를 작성하러 간호사실로 향했다.

병동 간호사에게 안내를 받은 병실은 1인실이었다. 닫힌 문 저편에서는 아무런 소리도 들리지 않는다.

"고하네, 들어가기 전에 병문안 선물을 꺼내지?"

"앗, 그래. 잊어버렸어."

린코의 독촉에 백팩을 손으로 든다. 내가 종이봉투를 꺼내고 눈으로 신호를 보내자 고헤이가 문을 두드렸다.

"들어오세요."

병실 안에서 들려온 것은 여자 목소리였다. 자연스럽게 내가 맨 앞에 서서 문을 열었다.

"실례합니다."

문 앞에는 널찍한 공간이 펼쳐져 있다. 먼저 눈길을 끈 것은 침상 곁에 서 있는 나이가 지긋한 여성이었다. 그녀는 우리를 확인하고 다정하게 웃었다.

"여러분 처음 뵙겠습니다. 호시노 선생님 안사람입니다. 오늘 일부러 먼 곳에서 와주셔서 감사합니다."

사모님은 다시 방긋 웃더니 침상으로 얼굴을 향했다.

"선생님, 손님이 오셨어요."

상반신 쪽을 올려놓은 전동 침상에 있는 사람은 이마가 넓고 짧은 머리를 한 남성이었다. 콧구멍에는 산소를 공급하는 투명한 콧줄이 달려 있고 눈이 감겨 있다. 상당히 야위어서 광대뼈와 가슴 쪽에 보이는 쇄골은 윤곽이 선명하게 드러나 있었다. 가장 눈길을 끈 것은 피부 색깔이다. 몸 전체가 황토색으로 물들어 있다.

"이런, 안 일어나시네요. 평소에는 '선생님'이라고 부르면 눈을 뜨실 때가 많은데요."

사모님이 미안한 듯 눈썹을 찡그렸다. 모호하게 고개를 끄덕거리면서 주위를 관찰한다. 침상에 걸린 이름을 확인하니 '호시노 류지'라고 틀림없이 쓰여 있었다. 중앙 배관에서 공급되는 산소 투여량은

4리터로 안정기치고는 비교적 늦다. 수면 중에도 상반신 쪽 침상을 올려놓은 것은 횡격막의 부담을 줄여주고 호흡하기 쉽게 만들기 위해서다. 침대 옆에 매달아 놓은 링거액은 고칼로리 수액이었다. 중심정맥 카테터를 쇄골 밑에 넣어두었는지, 링거 관은 환자복 가슴께에 이어져 있다.

호시노 선생님은 얇은 이불 한 장만 덮고 있었다. 뺨은 그림자가 생길 정도로 야위었는데 복부만 이상할 정도로 부풀어 있다. 복강 배액 튜브가 침상 난간에 달린 것을 보고 복수가 차 있다는 걸 알았다. 피부 색깔도 간 기능이 저하되었을 때 일어나는 황달의 영향일 것이다. 내가 예상했던 것보다 훨씬 병의 진행 상태가 안 좋은 거 같았다. 나름의 경험으로 예측해 보면 분명 임종이 다가오고 있다.

사모님이 다시 부르려는 모습을 보고 엉겁결에 제지했다.

"저기, 무리해서 깨우지 않으셔도 괜찮아요."

"하지만 일부러 도쿄에서 왔는데."

"저희가 제멋대로 들이닥친 거니까 걱정하지 마세요."

"미안합니다. 아무튼 앉아요. 지금 차를 내올 테니까요."

병실에는 낮은 테이블을 사이에 두고 소파 두 개가 놓여 있었다. 출입구 쪽에는 간이 부엌이 마련되어 있고, 벽에는 커다란 그림이 걸려 있다. 호시느 선생님이 누운 침상 저편에는 밖으로 여는 창문이 있고, 날씨가 맑았다면 햇살이 좋았을 것 같다. 병실 요금이 엄청날 것 같은데 호텔 객실로 착각할 정도로 설비가 완벽하게 갖춰 있었다.

우리가 옆으로 나란히 소파에 앉자 낮은 테이블 위에 녹차가 든 도자기가 놓였다. 서둘러 종이봉투를 내민다.

"이거, 도쿄에서 사왔어요. 호시노 선생님이 좋아하시는 물양갱인데요……."

광대뼈가 드러난 얼굴이 떠올라서 말문이 탁 막힌다. 지금 상태에서는 고형물을 삼킬 수 있을지 의심스럽다.

"일부러 사오고 고마워요. 지금은 젤리나 아이스크림밖에 못 넘기는데 물양갱이라면 괜찮겠네요."

"아니요……. 무리하지 마시고 가족분들이 드세요."

곁눈질로 옆을 확인하자 린코가 방글방글 웃고 있고, 고헤이는 눈도 깜빡거리지 않고 침상 쪽을 응시한다.

"다들 지금 도쿄에 살아요?"

사모님이 맞은편 소파에 앉고, 우리는 순서대로 간단하게 자기소개를 시작했다. 소개가 끝나자 사모님은 어쩐지 나를 뚫어져라 바라보았다.

"그쪽 이름이 고하네 씨라고 했죠."

"네. 한자는 작을 소(小), 깃 우(羽)를 써요."

"그래요. 멋진 이름이네요. 그런데 다들 호시노 선생님이랑 안면은 없는 거죠?"

두 사람을 대표해서 그냥 내가 대답했다.

"네. 아사쿠라 아오바 씨의 주치의 선생님이라고 들어서 가능하다면 이야기를 조금 듣고 싶어서요."

"최근에 호시노 선생님은 의식이 흐려요. 그래도 낮 시간에는 비교적 의식이 또렷한데 오늘은 그다지."

병문안 시간을 지정해 준 이유를 알게 되었다. 호시노 선생님을 힐

곳 보고 단도직입적으로 묻는다.

"소화기 계통 질환이신가요?"

"위암 4기예요. 폐와 간에도 암세포가 전이되었어요. 사실은 기대 여명 선고도 받았어요."

오른쪽 옆에 앉은 고헤이가 침을 삼키는 소리가 들려왔다. 위암 병기는 암의 침윤 깊이 예측과 림프절 전이, 원격 전이 유무를 파악해서 판단한다. 위암 4기는 가장 예후가 나빠서 원격 전이가 있는 경우 기본적으로 외과 수술은 적당하지 않다. 대부분은 증상에 대한 대증요법이나 연명과 증세를 제어할 목적으로 항암제를 투여한다.

"죄송합니다……. 그런 상황인 걸 모르고 여기까지 와 버렸네요."

"신경 쓰지 마세요. 호시노 선생님은 굉장히 사교적이어서요. 다들 오늘 처음 만나는 거라고 해도 아주 기뻐할 거예요."

사모님은 힐끗 침상 쪽을 돌아보더니 우리를 향해 목소리를 낮춰서 말했다.

"다른 사람에게 주는 인상이 좋아서 누구와도 친하게 지내요. 호시노 선생님은 두 번이나 바람을 피운 적이 있어요."

어떻게 대답해야 할지 몰라서 쓴웃음을 지었다. 사모님은 당시 아미이소 상황이나 현재 우리 생활을 물었다. 사모님은 잘 웃는 데다가 이야기를 잘 들어주었다. 고헤이는 담담하게 대답을 이어나갔다. 하지만 린코는 아주 신나게 대화를 나누었다. 린코는 어느새 가게에 내놓을 새로운 메뉴 상담까지 하고 있었다.

"린코 양, 틀림없이 채소 카레 쪽이 좋다고 생각해요. 건강해 보이고 여자 손님한테도 인기가 있을 것 같아요."

"역시, 그렇게 생각하세요?"

"하지만 여기와 비교하면 도쿄는 채소가 비싸죠. 고민되겠어요."

사모님은 카레에 대한 조언을 되풀이하고 차를 마셨다. 병실 안에 있는 벽시계를 확인하자 이미 오후 2시 15분을 가리키고 있었다. 벌써 병문안 시간이 5분밖에 안 남았다는 것을 알게 되자 겨드랑이 밑으로 땀이 배어 나왔다.

침상을 바라봤지만 호시노 선생님은 입을 반쯤 벌리고 있고 누런 눈은 감겨 있다. 나는 자세를 고쳐 앉고 사모님을 똑바로 바라보았다.

"저기, 저도 묻고 싶은 것이 있습니다."

"뭔가요?"

"호시노 선생님과 안면이 없는데 저에 대해서 알고 계신 거 같아서요……."

"저도 오리츠키 고하네 씨 이름만 알고 있습니다."

예상 밖의 대답에 눈을 휘둥그렇게 떴다. 나는 오늘까지 사모님과도 안면이 없다.

"호시노 선생님이 아사쿠라 아오바 씨한테 조문을 갔다 온 건 알고 있죠?"

"네. 저번에 당시 동료였던 분한테 들었습니다."

"그때 사실은 저도 함께 다녀왔어요. 호시노 선생님이, 부부가 함께 가는 편이 보기 좋을 것 같다고 해서요."

사모님은 그때를 그리워하는 듯 허공으로 시선을 보냈다.

"지진 재해로부터 3년 정도 지난 여름이었어요. 아오바 씨 친척이 보내온 엽서가 호시노 선생님 병원에 도착했나 봅니다. 쓰여 있던 내

용은 마침내 하나의 선을 긋는 데 결정적인 역할을 했어요.'

"그런데 그 친척분이 혹시 오하마 씨인가요?"

"네. 조문을 갔을 때까지도 아직 시신이 발견되지 않았다고 눈물지었어요. 저도 가슴이 먹먹했던 기억이 납니다."

동일본대지진이 나고 몇 개월 뒤에 정부는 사망신고서에 대한 특별 조치를 취한다. 시신을 발견하지 못한 피해자의 경우 신청인의 진술서가 첨부되어 있으면 즉시 사망신고서를 제출할 수 있었다. 그런 특별 조치가 제시되었어도 오하마 아주머니는 계속 기다렸다. 기쁜 소식일지, 슬픈 소식일지 알 수 없는 소식을. 그런 3년 동안을 생각하면 심장이 아파온다.

"불단 앞에서 손을 마주하고 유일하게 발견된 유류품을 보여주었습니다."

"어떤 물건이었어요?"

"아오바 씨가 자주 입었던 초록색 점퍼. 뭐라그 하면 좋을까요……. '레옹'이란 영화에서 나탈리 포트만이 입은 것 같은."

줄곧 잠자코 있었던 고헤이가 "항공 점퍼였죠"라고 중얼거리자 사모님이 손뼉을 쳤다.

"맞아요, 맞다, 그거. 그 옷 주머니에는 따로따로 포장된 약이 퉁퉁 불어서 들어 있었어요."

"……아오바 씨는 항상 약을 들고 다녔나 보네요."

내가 한 말을 듣고 사모님이 조그맣게 고개를 가로저었다.

"그게 아오바 씨 약이 아니었어요. 그래서 특히 인상에 남아서."

"……어떻게 된 건가요?"

"약봉지 글자는 거의 지워졌지만 '오리츠키 가스미 님'이라는 걸 읽을 수 있었어요. 마리타 씨는 고하네 씨를 '오리츠키 씨'라고 불렀기 때문에 틀림없이…… 하지만 사람을 착각한 거 같네요."

처음에 내 이름만 먼저 확인한 이유를 알게 되었다. 동시에 새로운 의문이 소용돌이쳤다. 왜 아오바 씨의 겉옷에 엄마의 약이 잔뜩 들어 있었던 걸까.

"호시노 선생님은 그런 일이 있었기 때문에 오리츠키 씨의 이름에 반응을 보였던 거겠죠."

아무런 대답도 하지 못한 채 눈을 내리깔았다. 어느새 주위의 색채가 흐려지고 말초에서 혈류의 흐름이 사라져가는 것 같다. 눈앞에 있는 넓적다리가 왜곡되고 엄청난 현기증이 덮쳐오는 것을 깨달았다. 천천히 목을 죄어오는 듯한 답답함에 심장 박동이 빨라진다.

"왜 엄마 약이 주머니에……."

중얼거려봤자 생각은 의문의 소용돌이에 빨려 들어갈 뿐이다. 명확한 대답이 나오지 않는 상태에서 몸속이 차가워진다. 나도 모르게 쓰러져도 이곳은 병원이니까, 하며 머릿속으로 강하게 되뇌어본다. 전혀 효과는 없었고, 땅 위에서 물에 빠지는 것 같은 공포가 더욱 선명해졌다.

산소가 부족해진 머릿속으로 '괜찮다'를 되풀이한다. 멀어지는 의식을 붙잡아준 것은 왼쪽 옆에서 등을 쓸어주는 감촉이었다.

"이제 슬슬 일어나야겠네요. 너무 오래 있어도 선생님이 쉬시는 데 방해가 될 것 같고요."

린코가 확실하게 말했다. 린코는 이야기를 하면서 한 손으로 내 등을 계속 쓸어준다.

"그런데…… 고하네 씨, 괜찮아요? 갑자기 얼굴색이 안 좋아졌네요."

"오늘 고하네, 아침부터 배가 아프다고 했어요. 차에 약이 있으니까 그걸 먹으면 좋아질 거예요."

나 대신에 린코가 적당히 둘러댔다. 그런 다정함이 고맙기도 하고 쓸데없이 비참해지기도 해서 감정의 실이 뒤엉킨다.

"자기, 고하네 일어나. 마지막으로 선생님한테 인사하자."

린코가 재촉해서 천천히 일어났다. 어째서 이렇게 중요한 순간에 나는 추태를 보이는 걸까. 그래도 걱정해 주는 사모님에게 가까스로 깊숙이 고개를 숙여 인사했다.

린코가 팔짱을 껴서 나를 호시노 선생님 침상 쪽으로 끌고 갔다. 하얀 시트에 한 줄기 햇살이 반사된다. 시선을 들자 바깥으로 열리는 창문을 통해 하늘이 맑게 갠 모습이 보였다.

"처음 뵙겠습니다. 스미타 린코라고 합니다. 나중에 사모님과 채소 카레를 드시러 와주세요."

린코가 호시노 선생님에게 밝게 작별 인사를 고했다. 나도 숨쉬기 힘들었지만 간신히 쉰 목소리를 짜낸다.

"오리츠키 고하네입니다……. 오늘 감사했습니다……."

황토색의 움푹 들어간 눈은 아직 눈이 감겨 있다. 눈곱은 끼지 않았고 머리카락도 깔끔하게 깎여 있었다. 내 직업병일까. 공황발작 조짐이 느껴지는데도 환자의 몸 상태에 저절로 눈길이 갔다.

우리가 인사를 마치자 마지막으로 고혜이가 침상 옆으로 다가갔다. 두 개의 안경 렌즈 안쪽의 눈동자는 진지한 눈길을 보낸다.

"선생님, 처음 뵙겠습니다. 마츠나가 고헤이라고 합니다……."

고헤이는 한 번 뜸을 들이고 몇 번인가 코를 훌쩍거렸다.

"부디 평안하게 지내시길 바랄게요."

호시노 선생님은 대답이 없다. 투명한 관에서 산소가 유입되는 소리에 바닷바람이 부는 풍경이 떠오른다.

"가능하시다면…… 물양갱 드셔주면 기쁠 것 같습니다."

고헤이가 깊숙이 고개를 수그리고 발길을 돌렸다. 우리도 침상에서 등을 돌리고 소파에 놓여 있던 짐을 손에 든다. 병실에서 나갈 준비를 마치고 린코가 대표로 사모님께 인사를 드렸다.

"오늘 귀중한 시간을 내주셔서 정말로 감사했습니다."

"아니에요, 아니에요. 호시노 선생님도 기뻐할 거예요. 세 사람 다 신칸센으로 돌아가요?"

"네. 오후 8시쯤 신칸센을 탈 예정입니다."

갑자기 침상 쪽에서 옷자락이 스치는 소리가 들렸다. 얼굴을 돌리자 어느새 호시노 선생님이 반쯤 눈을 뜨고 있다.

"어머, 당신 일어나셨어요."

텅 빈 눈길이 천천히 우리에게 와 닿는다. 호시노 선생님은 가래가 섞인 기침을 되풀이하면서 링거 관이 꽂혀 있지 않은 쪽 팔을 살짝 들어올렸다.

"자네는 상상력이 뛰어난 다정한 문학 소년……."

잠긴 목소리였지만 한마디 한마디가 또렷이 들렸다. 고헤이를 손가락으로 가리킨 후 가느다란 팔이 약간 방향을 바꾸었다.

"자네는 일등성처럼 밝은 아이……."

린코를 손가락으로 가리키고 호시노 선생님은 어깨로 숨을 쉬기 시작했다. 갑작스러운 일에 우리는 그 자리에서 몸이 굳은 채, 거친 숨결에 귀를 기울이는 수밖에 없었다.

"자네는 이를 그대로 어디까지라도 날다갈 수 있는 아이……."

다시 가느다란 팔을 들지는 않았지만 황달의 영향으로 누렇게 된 눈동자는 똑바로 나를 바라본다. 목구멍에서 쥐어짜는 듯한 목소리가 끊어지자 혈색이 나쁜 입술 가장자리가 파르르 떨리며 일그러졌다. 어쩐지 호시노 선생님이 웃고 있는 것처럼 보인다.

"전부…… 아오바한테 들었다."

가래가 섞인 목소리를 남기고 황토색 눈이 스르르 감겼다.

린코와 파란색 차로 돌아가 뒷좌석으로 가서 누웠다. 심장을 움켜쥔 것 같은 공황발작은 아니었지만 지금도 가슴이 울렁거리는 건 그대로다. 응급약을 백팩에서 꺼내 물을 마시지 않고 삼킨다. 알약이 목구멍에 걸린 것 같은 느낌이 불쾌하다.

"혼자 있는 편이 좋겠어?"

조수석에서 뒤를 돌아다본 린코와 눈이 마주친다. 잠깐 사이를 두고 공황발작을 잘 넘기는 방법을 물어보았다는 걸 깨달았다. 린코가 배려해 주는 것은 기뻤지만 더는 피해를 끼칠 수는 없다.

"괜찮아. 그냥…… 조금만 이대로 쉬어도 될까?"

"그래. 몸 상태가 안정될 때까지 누워 있어."

"미안해……."

린코와 대화를 주고받고 운전석 쪽 문이 열렸다. 병원 매점에 들렀다 온 고헤이가 재빨리 나에게 생수병을 내민다.

"고하네는 정말로 물이면 돼?"

"응....... 미안해. 지금 돈 낼게."

"아니, 괜찮아. 다음에 뭐 사주든가."

감사함을 전하고, 머뭇거리면서 윗몸을 일으켰다. 받아 든 페트병 뚜껑을 비틀어서 입으로 가져간다. 목구멍에 걸려 있던 알약의 불쾌한 느낌이 뱃속으로 사라진다.

"린코는 블랙 좋아?"

고헤이는 커피 페트병을 조수석에 건넸다.

"땡큐. 이것도 고헤이가 한턱내는 거?"

"아아, 뭐, 그렇지."

"정말로? 오늘 고헤이, 통이 크잖아."

차 안은 엔진을 끄고 있어서인지 두 사람의 목소리가 잘 들렸다. 나는 다시 누워서 빗방울이 사라진 차창을 의미 없이 바라보았다. 새어 들어오는 햇빛이 뒷좌석 시트를 비스듬히 비춘다.

"아오바 씨, 우리를 그런 식으로 보고 있었군."

고헤이가 혼잣말처럼 중얼거리자 조수석에서 커피 향기가 풍겨왔다.

"일등성처럼 밝은 아이라니. 어쩐지 부끄럽네."

"음, 맞잖아. 린코는 활기차니까."

"엇, 분명 '기가 센 거뿐인데'라고 대꾸할 줄 알았어."

"그럴 리 없잖아. 린코는 대단해. 자신의 가게를 갖고 있고."

"딱히, 가게가 있고 없고는 상관없잖아. 뭔가 고헤이, 캐릭터가 달라진 거 같은데?"

"뭐, 그렇지도 않아."

린크와 대조적으로 낮은 목소리였다. 끊어진 대화의 어색함을 얼버무리려고 운전석에서 손끝으로 핸들을 두드리는 리드미컬한 소리가 들린다. 조수석에서는 몇 번이나 페트병을 입에 가져가는 게 느껴졌다.

구름이 지나가는 방향이 달라졌는지 광선 같은 빛이 내 두 눈을 찌른다. 너무 눈부셔서 엉겁결에 눈을 꽉 감아버렸다. 어스레한 가운데 누군가가 콧물을 훌쩍거리는 소리가 들렸다. 그 간즈은 서서히 짧아진다.

"아까 병문안, 의외로 한 방 먹어버렸어. 나도 언젠가 저런 식으로 피부가 노랗게 되어버릴까."

병문안할 때 말수가 적었던 모습을 떠올린다. 고헤이는 혹시 모를 미래를 호시노 선생님에게 이입했는지도 모른다. 즉시 린코가 뒤이어 말했다.

"호시노 선성님은 위암이잖아. 고헤이는 괜찮겠지."

"그런데…… 혈액을 타고 다니는 암세포가 폐나 간으로 전이하는 경우도 있대."

혈행성 전이에 대해 듣자 린코가 입을 다물었다.

"정말이지 이제 지긋지긋하다. 이런 게 언제까지 계속되는 거냐."

떨리는 말투가 어느 순간 오열로 바뀌었다. 촉촉해지는 차 안에서 몰래 눈을 뜬다. 변함없이 쏟아지는 햇빛이 눈부시지만 눈가에 힘을 주었다.

『공황발작으로 죽는 일은 절대로 없으니까 그건 안심하세요.』

언젠가 니혼바시 클리닉에서 들은 내용을 떠올리면서 천천히 윗몸을 일으켰다. 그저 진찰 중에 주고받은 말. 무심하게 엔도 선생님이 알려준 말. 그런 사소한 말 한마디가 마음의 바닥에 닻을 내렸다. 거친 파도가 삼켜버릴 것 같은 자그마한 배를 어떻게든 멈추게 해주었다.

나는 주머니를 뒤져서 손수건을 꺼냈다.

"물, 고마워."

내민 손수건을 고헤이는 받으려고 하지 않았다. 고헤이의 벗은 안경이 주차브레이크 옆에서 햇빛을 반사한다.

"운전도 고마워."

몸을 감도는 불온한 술렁거림이 파도가 빠져나가듯 사라진다. 오늘까지 줄곧 혼자서 넘기는 쪽이 편하다고 생각했다. 내 경우에는 잘못인지도 모르겠다.

떨리는 손끝으로 드디어 손수건을 받았다. 고헤이의 뺨으로 흐르는 눈물을 얇은 천이 흡수한다. 꽉 다문 입에서 새어 나온 소리가 잦아들자 고헤이는 벗어놓았던 안경으로 손을 뻗었다.

"오랜만에 손수건을 사용했더니 학예회가 떠오르네."

고헤이의 말을 듣고 고개를 갸웃거리며 짧게 질문한다.

"학예회라면 행사 때?"

"그래. 유치원 때 '벳칸코 오니'라는 연극을 했어. 나는 주인공 역할은 못 맡고, 부하 귀신 다섯 가운데 하나였어. 조연에게 주어진 대사는 딱 하나였지. '킁킁, 여자 냄새가 나잖아.' 부모님도 보러 오셨는데 너무 그렇잖아?"

갑자기 시작된 옛날이야기에 귀를 기울인다. 고헤이의 목소리는 이제 축축하지 않다.

"그때 본부대까지 엄마의 손수건 냄새를 맡으면서 연습했어."

그리고 다음 이야기를 기다렸지만 차 안에는 침묵만 감돌았다. 아직도 빨갛게 촉촉한 눈가는 깜빡거림을 멈추고 손수건으로 시선을 보낸다. 먼 과거를 떠올리는 옆얼굴을 바라보면서 어느덧 기도한다. 사흘 뒤 진찰 결과에서 아무 문제도 없기를. 고헤이가 가슴을 펴고 병원에서 돌아올 수 있도록. 돌아가신 엄마와 재회하는 것은 너무 이르다고 느끼는 순간 조수석에서 질문이 날아들었다.

"고헤이는 고등학교 졸업하고 그 요양시설에 가본 적 있어?"

린도가 질문한 뒤에 콧물을 훌쩍거리며 고개를 가로젓는 모습이 보였다.

"……그날 이후 얼굴을 내민 적 없는데."

"그럼 지금 가볼까? 마침 돌아가는 길이 있고. 한번 인사를 하러 가자."

"싫은데. 이제 와서……."

"지진이 왔을 때는 봉사활동을 했잖아."

조수석에서 뻗은 손이 고헤이의 등을 쓸어내렸다. 산악 파카 천이 쓸리는 소리에 린코의 다정한 목소리가 겹친다.

"그때도 지금도 슈퍼맨 같은 모습을 보여준다면?"

"지금의 나는 딱히……."

"고히이가 간다면 나도 고향집에 얼굴을 내밀 테니까."

짧은 침묵 후 고헤이는 다시 한번 안경을 벗고 눈가를 거칠게 비볐다. 고헤이의 입가에는 어이없어하는 쓴웃음이 배어 있었다.

"린코는 사람의 마음을 잘 움직이네."

"음, 예전에는 떼를 쓰는 꼬마 녀석을 길들였으니까."

"내가 다섯 살 아이랑 같구나."

고헤이는 낮은 목소리로 중얼거리고 엔진 키를 돌렸다. 시동이 걸리는 소리와 함께 핸들 주위의 액정 모니터가 빛을 낸다. 출발하기 전에 고헤이가 뒤를 한 번 돌아보았다.

"손수건은 나중에 빨아서 돌려줄게."

"괜찮아. 그대로 줘도."

고헤이는 변명하듯 "세탁은 비교적 좋아해" 하고 짧게 말하고 다시 앞쪽으로 고쳐 앉았다. 핸들을 잡은 손에는 힘이 들어갔는지 손등 혈관이 툭 튀어 나와 있다.

병원 주차장을 나와 파란색 차는 시내를 달린다. 잠시 뒤 인적이 줄어들더니 살풍경한 논만 눈에 들어왔다.

"그런데 왜 고하네 어머님 약이, 그 주머니에 들어 있었을까?"

백미러 너머로 안경 렌즈 두 개와 눈이 마주쳤다. 기분이 안정되고 줄곧 머릿속을 맴돌던 의문이었다. 완전히 이해할 수는 없지만 다다른 가설을 말한다.

"그 무렵 엄마는 약 달력으로 처방약을 관리하고 있었어. 일주일 분량을 거기 집어넣어서 벽에 걸어놓는 방식으로."

"아아, 그거. 우리 환자분도 약 달력 사용하는 분이 있어."

"그날 엄마는 상태가 매우 안 좋았는데……. 지진이 일어난 직후 엄마를 찾아다닌 시간이 있었어. 집 안이 엉망진창이 되어버렸는데 그때 약만은 주울 수 있었던 거지. 그래서 그대로 주머니에……."

"그럴지도. 아오바 씨는 똑똑한 사람이니까."

내 추측은 맞는 거 같기도 하고 동시에 어긋난 것 같기도 했다. 정답을 요구하는 상대가 없기 때문에 어쩔 수 없다. 영원히 대답이 나오지 않는 물음을 생각하는 걸 멈추고 바깥을 바라본다. 어느새 앞 유리 저편에는 갈 때와 다르게 햇볕을 흠뻑 맞고 있는 학교 건물이 보였다.

모교의 정문을 따라 난 길을 가다가, 차창으로 운동장을 바라보았다. 이제 수업이 끝났는지 체육복을 입은 학생들이 드문드문 모여서 나온다. 두 사람도 모교에 눈길을 향하고 있지만 둘 다 '들러볼까?'라고 말하지는 않았다. 고헤이는 보충수업 중에 지진을 맞닥뜨렸고 린코는 남동생을 찾으러 체육관 안을 뒤지고 돌아다닌 과거가 있다. 이곳은 청춘을 보낸 곳이기도 하지만 씻어내기 어려운 기억을 되살아나게 만드는 복잡한 장소일까.

몇 초 동안 운동장을 스쳐 지나가고 다음에 나타난 것은 외벽이 베이지석인 건물이다. 고헤이가 지진 직후에 구조를 하러 간 요양 시설은 지금도 변함없이 모교 바로 옆에서 운영되고 있다.

"위험해. 뭔가 긴장된다."

고헤이가 혼잣말하면서 서행한다. 주차장으로 들어가기 전에 확인한 정군에는 '특별 양호 노인 홈·여유로운 정원'이라고 표기되어 있다. 당시에는 지식이 없었지만 특별 양호 노인 홈은 집에서 생활하는 것이 곤란한 고령자가 입소하는 시설이다. 예외도 있지만 요양 등급 3급 이상인 사람이 들어가고 원칙적으로 죽을 때까지 돌봄 서비스를 받을 수 있다. 이른바 마지막으로 머무는 곳이라고 불리는 장소. 주차장 흰색 선 안에 파란색 차가 멈추고, 운전석에서 깊은 한숨을 내쉬는 기척이 전해졌다. 곧이어 고헤이가 운전석 문을 열었다.

고헤이를 중심으로 '여유로운 정원' 출입구로 향했다. 도중에 곁눈질로 바라본 화단에는 화사한 코스모스 꽃이 피어 있다. 그날은 이 화단도 시커먼 쓰나미가 집어삼켰을까. 다시 꽃을 피울 때까지 세월을 생각하면 바람에 흔들리는 코스모스가 아주 귀한 존재로 여겨졌다.

"뭔가 쉬는 날에 출근하는 기분인데."

고헤이는 긴장감을 감추려는 듯 중얼거리고 자동문을 지나갔다. 나와 린코도 고헤이의 뒷모습을 따라간다. 오늘은 환자들 목욕하는 날인지 입구 부근까지 비누 향기가 떠돌았다.

"실례합니다."

고헤이가 들어가서 앞에 있는 접수창구에 말을 걸었다. 창구에서 대응한 사람은 까만색 머리의 젊은 여자였다. 아마도 20대 초반 정도일까. 입고 있는 폴로셔츠 가슴께에는 시설 이름이 자수로 놓여 있었다.

"안녕하세요? 병문안하시려고요?"

"아니요. 저기…… 이곳에 가족이 있는 건 아니지만 오랜만에 찾아와서……."

고헤이는 횡설수설하면서 상황을 설명했다. 11년 전, 옆에 있는 고등학교에 다녔던 것. 지진 재해 직후에 시설에 있던 사람들을 피난시키는 걸 도왔던 것. 지금은 요양보호사로 도쿄에서 일하는 것. 처음에는 무슨 일인가 싶어서 눈썹을 찡그린 여자도 서서히 고개를 끄덕거리는 횟수가 늘어났다.

"쓰나미가 밀어닥쳤을 때 이야기는 선배님한테 들은 적이 있어요. 분명 고등학생 몇 명이 피난하는 걸 도와주러 왔다고 했어요."

"그중에 하나가 접니다. 현재 요양보호사로 일하고 있는데 그 사건도 계기 중 하나였어요. 당시 일을 아는 분이 있으면 새삼스럽지만 인사를 하고 싶어서요."

"그렇군요……. 하지만 10년도 더 지나서 그때 일을 기억하는 분은 안 계실 것 같은데요."

"하긴 그럴 거 같네요."

고헤이가 선뜻 동의하는 이유를 이해할 수 있었다. 특별 양호 노인홈의 평균 거주 기간은 약 4년 정도라고 들었다. 당시 거주했던 분들은 이미 퇴소했을 가능성이 높다.

"직원 중에는 당시 일을 아는 사람이 몇 명 있을 거라는 생각이 드는데요. 확인해 볼 테니까 잠시만 기다려주시겠어요?"

고헤이가 "부탁드리겠습니다"라고 고개를 꾸벅 하자 창구 문이 닫혔다. 린코가 내 귓가에 "활약했던 이야기, 진짜였네" 하고 기쁜 듯이 속삭였다.

출입구 쪽 벽에는 시설에서 이루어지는 계절 행사 사진이나 입주자가 오락 시간에 만든 것 같은 종이 오리기 작품과 종이학들이 장식되어 있었다. 셋에서 그걸 바라보며 대기하는 사이 다시 창구가 열렸다.

"오래 기다리셨죠. 역시 당시 입주자분들은 지금은 아무도 안 계시다고 하네요."

예상했던 대답이 들리고 고헤이가 재빨리 창구로 다가갔다.

"고생하셨습니다. 그렇다면 뭐, 어쩔 수가 없죠."

"그때 일을 아는 직원은 몇 명 있는데 공교롭게도 오늘은 다들 쉬는 날이에요."

안타까운 결과를 알게 되었지만 고헤이는 크게 실망하지는 않았다.

"알겠습니다. 바쁘실 텐데 알아봐주셔서 감사합니다. 뭐랄까. 이곳이 아직도 운영되고 있어서 다행입니다. 주제넘지만 안심이 되네요."

방금 들은 말은 입에 발린 소리가 아니라 진심일 것이다. 고헤이는 감사 인사를 하고 당시와 변하지 않은 곳을 찾는 것처럼 주위를 둘러보았다.

"갑작스럽게 찾아와서 죄송했어요. 그럼 이제 가보겠습니다."

"앗, 잠깐만 기다리세요."

발걸음을 돌리려는 고헤이를 창구에서 불러 세우는 목소리가 들렸다.

"모처럼 오셨는데 만약에 괜찮다면 이거 받으세요. 당시 저희가 커다란 신세를 진 거 같은데요."

여자는 창구에서 산뜻한 색깔의 작은 상자를 내밀었다. 자세히 들여다보니 종이로 만든 팔각형 상자였다. 빨강, 파랑, 초록, 분홍 색종이를 조합해서 형태를 이룬 물체에 나도 모르게 시선을 빼앗겼다.

"오늘 오락 시간에 입주자분들과 함께 만들었어요. 안에 들어 있는 과자는 휴게실에 놓아둔 걸로 그냥 채워 넣기만 했어요."

팔각형 상자 안에는 개별 포장된 초콜릿과 찹쌀과자 오카키와 쿠키, 사탕이 잔뜩 들어 있었다. 모두 편의점에서 판매하는 익숙한 종류의 주전부리였지만 산뜻한 색깔의 종이 상자에 집어넣어서 하나하나 화려해 보였다.

"여러 가지 폐를 끼쳐서 죄송하네요. 감사히 받겠습니다."

고헤이는 공손하게 팔각형 상자를 받았다. 그대로 미동도 하지 않고 산뜻한 작은 상자를 내려다본다.

"정말로 잘 만드셨네요."

"솜씨 좋은 일주자분이 계세요. 저기 장식한 종이학들도 그분 혼자서 접으셨어요."

"굉장하네요. 저희 할머니도 헌 신문이나 광고지를 접어서 종종 이런 걸 만드셨어요. 그립네요."

고헤이가 천천히 고개를 들었다. 그 표정에는 희미한 웃음이 담겨 있다.

"초등학생 무렵에는 저도 가끔 도왔어요. 헌 신문으로 쓰레기통을 다섯 개 접어서 용돈으로 10엔을 받았답니다."

"그랬군요. 친환경 활동의 선두 주자네요."

"그런 걸로 하겠습니다. 10엔을 받으면 부리나케 과자를 사러 달려갔지만요."

고헤이는 웃음을 머금고 안경다리를 만졌다.

"오늘 여기 찾아오길 잘했다는 생각이 새삼 듭니다. 멋진 선물도 받고, 잊고 있었던 소소한 기억도 떠올랐습니다."

몇십 분 전까지 눈물로 빨갛게 물들었던 눈가에는 어느새 빛이 깃들었다. 고헤이는 창구를 향해 깊숙이 고개를 숙이고, 이번에는 정말로 발걸음을 돌렸다. 바깥으로 나가자 햇빛을 휘감은 10월의 바람이 앞머리를 흩날리게 했다.

"오랜만에 생강 조림이나 살까."

건조했지만 비장함은 없는 목소리였다. 얼른 내가 "밥에 얹어 먹으면 맛있지" 하고 맞장구를 쳤고, 린코도 "의외로 카레랑 잘 어울릴지도 모르겠다"고 말을 받아주었다. 고헤이는 팔각형 상자를 소중한 듯 두 손으로 들고, 다시 한번 시설 쪽을 되돌아보았다.

"안녕, 내 청춘."

역시 그 목소리는 연극을 하는 것 같았지만 이번에는 놀리는 목소리는 들리지 않았다.

차 안으로 돌아와서 달리기 전에 다들 팔각형 상자에 든 과자를 집어 든다. 고헤이는 찹쌀과자 오카키 포장을 뜯으면서 조수석을 힐끗 바라본다.

"린코, 잊어버리지 않았지?"

"음. 약속했으니까."

"일단 내비게이션에 입력해야 하는데. 외삼촌 댁 주소 외우고 있어?"

"몰라. 장소는 기억하니까 이번에는 내가 운전할게."

조수석 문이 열렸다. 불어오는 바람이 고헤이가 씹고 있는 찹쌀과자 오카키 향기를 휩쓸어 간다. 태양 빛이 운전석으로 자리를 옮기는 금발을 더 밝게 했다. 바깥은 푸른 하늘이 넓게 펼쳐졌는데 린코의 표정에는 그늘이 깃들어 있었다.

린코의 운전은 고헤이와 마찬가지로 차분했다. 급발진이나 급브레이크를 하지 않고 법정 속도와 신호를 준수하면서 기억에 있는 도로를 나아간다. 물어보니 평소에도 도쿄에서 경차를 운전한다고 했다. 지난달에 사이토 씨와 리카 짱, 셋이서 요코하마에 있는 어린이용 테

마파크까지 놀러갔다 온 이야기를 했다.

"그런데 린코 외삼촌은 집에 계실까?"

고헤이의 질문에 운전석에서 고개를 가로젓는 몸짓이 보였다.

"아마 과수원에 나갔을 거야."

"집에 들렀다 만나러 갈 거냐?"

"안 가. 집에서 과수원은 멀고."

"그럼 집에 있는 사람은 린코 어머님뿐인가?"

"아마도. 요즘은 가끔 과수원 일을 도우면서 치료에 전념하는 것 같으니까."

"그런데 린코가 오늘 집으로 가는 거 알고 계셔?"

침묵이 대답이었다. 속도를 알려주는 숫자가 조금 올라간다.

히가시마쓰시마시에 돌아온 파란색 차는 내륙 산간부를 향해서 나아갔다. 평지가 많은 아미이소 지역과 다르게 언덕이 많고 주위에는 논 대신 단풍으로 물든 나무들이 눈에 띈다. 이 주변은 높은 지대에 있어서 쓰나미가 도달하지 못한 지역이다. 조금만 창문을 열어 보아도 들이치는 바람에 바다 냄새는 느껴지지 않는다.

집이 드문드문 떨어져 있는 지역에 도착하자 파란색 차는 속도를 늦추었다.

"저기가 외삼촌 댁."

린코가 손가락으로 가리킨 곳 끝에는 깎아내린 산을 등진 집 한 채가 서 있었다. 지붕을 기왓장으로 깐 일본 집으로 마당이 상당히 넓다. 마당에는 본채와 크기가 다르지 않은 커다란 창고도 우뚝 세워져 있다.

"두 사람도 유다이에게 분향해 줄래."

힘없는 목소리는, 타이어가 마당 안 자갈을 밟아서 울려 퍼지는 소리에 묻혔다.

차에서 내려 둥그런 화강암이 깔린 통로를 지나갔다. 현관 앞에 서자 린코가 금발을 귀 뒤로 넘겼다. 린코의 한 손에는 신칸센 장난감만이 들려 있다. 다른 개인 물품은 차 안에 두고 온 상태였다.

현관 벨은 매미 소리와 비슷했다. 잠시 기다렸지만 우윳빛 유리 미닫이문에 아른거리는 사람의 모습은 비치지 않는다.

"어쩌면 아무도 없을지도……."

린코가 안도감과 불안감이 뒤섞인 표정을 지은 직후 우윳빛 유리문 저편에서 희미한 발소리가 울려 퍼졌다. 슬리퍼를 벗는 것 같은 몸짓이 비치고 검은색 옷을 입은 실루엣이 미닫이문에 손을 뻗는다.

"죄송합니다. 잠깐 화장실에……."

얼굴을 내민 여자가 린코를 확인하고 숨을 삼켰다. 눈이 휘둥그레지고 입은 반쯤 벌린 상태다.

"엄마, 조금 살쪘다."

린코의 첫 마디 후 미닫이문이 완전히 열렸다.

"그런 거보다…… 돌아올 거면 연락 정도는……."

"오늘은 유다이에게 분향하러 왔을 뿐이야. 바로 돌아갈 거야."

린코가 눈을 내리깔면서 어머니 옆을 지나갔다. 곧장 현관 문턱에 걸터앉아서 신고 있던 컨버스 스니커즈를 벗는다.

"불단은 다다미방에 있지?"

"그렇지……."

우리를 바깥에 둔 채 린코는 실내로 들어간다. 린코 어머니는 뒷모습을 지켜보고 "두 사람은 린코 친구?" 하고 중얼거렸다. 우리가 고개를 끄덕이자 "어서 들어와요……"라고 힘없는 목소리로 반겨주었다.

린코의 어머니가 안내해 준 다다미방은 다다미 여섯 장 정도 크기였다. 안쪽에 불단만 있는 살풍경한 공간 탓인지 다다미 냄새보다도 향냄새가 강하게 느껴진다. 먼지가 가득한 독특한 공기를 맡으면서 불단 앞에 무릎을 꿇고 단정하게 앉은 뒷모습에 다가갔다.

오랜만에 본 유다이 군은 검은색 액자 안에서 당시와 변함없이 함박웃음을 짓고 있었다. 영정 사진 주위에는 초콜릿과 젤리, 사탕이 산더미처럼 쌓여서 알록달록했다. 하얀색 화병에는 백일홍이 꽂혀 있었지만 꽃잎은 떨어져 있지 않았다. 영정 사진 앞 작은 접시에는 깎은 배 두 조각이 나란히 있는데 아직 싱싱해서 방금 전에 놓았다는 것을 알았다.

"하야부사. 진짜로 멋있었어."

린코가 과자 사이에 에메랄드그린 신칸센을 쏙 놓았다. 향 끝에 불을 붙이자, 종소리 음색에 맞춰 피어오르는 연기가 흔들린다. 린코가 일어나자 나와 고헤이도 불단을 향해 손을 마주했다. 눈을 감으니 유다이 군과 함께 교자를 만든 기억이 되살아났다. 소를 필사적으로 반죽하는 고사리손이 굉장히 귀여웠다.

"엄마, 그럼 이제 갈게."

린코가 담담하게 말하자 다다미방 구석에 서 있던 어머니가 입을 열었다.

"좀 더 천천히 있다 가는 게 어때?"

"돌아가는 신칸센 시간도 있어서."

"······다음에는 언제 돌아올래?"

"으응. 그게. 모르겠네."

"유다이도 쓸쓸할 테니까 앞으로는 가끔씩 얼굴을 내밀고."

린코가 한숨을 한 번 쉬더니 피식 웃었다.

"엄마, 교활하네. 유다이를 미끼로 이용하고."

"딱히 그런 생각은······."

"아무튼 잘 지내."

린코는 일방적으로 대화를 마무리하고 현관으로 발길을 돌렸다. 우리도 망설이면서 인사를 하고 그 자리에서 도망치는 린코의 뒤를 쫓아갔다.

"술 끊은 지 오늘로 2206일째야."

가녀린 목소리가 차가운 복도 공기를 흐트러트렸다. 엉겁결에 뒤를 돌아봤다. 린코 어머니는 그렁그렁 눈물이 맺힌 모습으로 우리 앞에 서 있었다. 다시 현관 쪽으로 방향을 바꾸자 스니커즈를 다 신은 린코가 무표정으로 서 있다.

엄마와 딸이 아무 말 없이 몇 초 동안 서로 바라보았다. 침묵을 깬 것은 딸 쪽이었다.

"술 끊은 날짜를 세는 건 아직인 거 아니야?"

냉정한 대답에 린코 어머니는 입을 꾹 다물었다.

"하지만 6년 이상, 끊은 건 대단하네."

린코는 금발을 손빗으로 정리하면서 어머니에게서 눈길을 돌렸.

"나 말이지······."

린코는 뭔가를 말하려다가 잠자코 있었다. 현관 앞에서 새가 지저귀는 소리가 들릴 정도로 고요한 몇 초가 흐른다. 다시 어머니를 바라보는 린코의 눈길은 유리처럼 맑았다.

"지금 좋아하는 사람이 있어. 함께 살고 사업 파트너이기도 해. 하지만 아무리 노력해도 그 사람이랑은 결혼할 수 없어."

"……불륜이란 소리?"

"아니야. 그냥 동성일 뿐."

성적 지향을 커밍아웃한 입가에 창문에서 새어 들어오는 빛이 닿는다. 린코 어머니의 표정을 보니 분명 당황하는 빛을 띠고 있었다. 갑작스러운 고백에 정리가 되지 않은 건지 눈을 자꾸 끔뻑거리기만 한다.

"금주 7년 차에 또 만나러 올지도."

린코는 그렇게 말을 남기고 현관 미닫이문을 열었다. 나와 고헤이도 린코 어머니에게 고개를 숙이고 서둘러 뒤쫓아 간다.

바깥은 어렴풋이 붉게 물들어 있었다. 목덜미를 어루만지는 바람은 차갑고 주위 나무들에서 뻗은 그림자는 점점 길어진다. 기울어가는 태양 저편으로 일몰의 기운이 느껴졌다.

린코는 이미 운전석에 앉아 있었다. 나와 고헤이가 탄 순간에 엔진이 켜진다.

"린코, 이제 가도 되는 거냐?"

"응. 충분히 있었어."

고헤이는 더 이상 묻지 않았다. 린코의 옆얼굴에 자연스러운 웃음이 번졌기 때문일까. 린코가 안전띠를 다 매었을 때 자갈을 밟는 소리가 뒤에서 들려왔다.

"린코! 엄마도 힘낼게!"

창문이 닫혀 있었어도 그 외침은 차 안으로 와 닿았다.

"그러니까 다음에는 그 사람이랑 함께 돌아와. 그때는 카레 만들어서 기다릴 테니까."

대답 대신 짧게 경적이 울리고 파란색 차는 움직이기 시작했다. 차도로 나서도 어머니는 줄곧 손을 흔들고 있었다. 그 모습이 완전히 보이지 않게 되자 서행했던 차가 갓길에 멈추었다.

"고헤이, 운전 대신 해줄래? 시야가 흐려져서 이대로 가다가는 사고 날 거 같아."

"오우. 사고가 나서 정말로 일등성이 되면 멋 부릴 수가 없잖아."

"시끄러워."

눈물을 멈추면서 웃는 린코가 안전띠를 풀었다. 다시 고헤이가 운전석에 앉은 뒤 차체가 경쾌하게 바람을 가르며 움직였다. 저녁놀로 물든 손은 이제 내비게이션을 조작하려고도 하지 않았다.

15분도 걸리지 않은 사이에 앞 유리 저편으로 마쓰시마 기지가 조그맣게 비쳤다. 바닷가가 다가오는 것을 실감하자 심장 고동이 빨라진다. 여기까지 왔는데 괴로움으로 꼼짝도 할 수 없는 건 싫다. 쓸데없는 자극을 차단하기 위해 눈을 꽉 감는다. 향에서 피어오르는 연기처럼 흔들리는 불안과 공포를 아픔으로 덮으려고 오른손 엄지손가락에 생긴 거스러미를 자꾸 만지작거린다.

"이 주변 논은 쓰나미로 잠겼지. 그래서 토양의 소금기를 빼기 위해 한때 콩밭이 되었어."

고헤이의 중얼거림에 귀를 기울이면서 현재 있는 장소를, 눈 감은 채 상상했다. 저 멀리 마쓰시마 기지를 보고 나서 눈을 감았으니 이제 바다도 가까워졌을 것이다. 아미이소 지역은 코앞에 있고, 몇 분도 안 가면 '오하마 반점' 빈터에 도착할 것이다. 이제 곧 이 짧은 여행도 끝난다.

막힌 시야로, 호시노 선생님한테 들은 내용을 되풀이한다.

다정한 문학 소년.

일등성처럼 밝은 아이.

어디까지라도 날아갈 수 있는 아이.

아오바 씨가 남긴 말은 나만 어긋났다. 설령 나에게 날개가 있다고 해도 쓰나미에 젖어버리고는 쓸모없게 되었다. 그래도 걸어왔던 길을 보여주듯 등 뒤에는 빠져서 떨어진 날개가 여기저기 흩어져 있을 것이다. 필사적으로 날갯짓을 하다가 떨어진 날개가 아니라 어떻게든 괴로운 일상을 꿋꿋하게 버티고 살아나가려고 저항했던 흔적. 어른이 되고 고개를 숙이고 다니는 일이 많았던 탓에 날기 위해 하늘을 쳐다보는 일조차 잊어버리고 있었다.

"이제 도착한다."

자동차 속도가 느려지는 것이 전해진다. 주뼛주뼛 눈을 떠보니 지나치게 만지작거렸던 손거스러미에는 피가 배어 나오고 있었다.

"저 앞에 '오하마 반점'이 있었지."

고헤이가 중얼거리고 갓길에 차를 세운다. 차창으로 눈길을 향하니 도로를 사이에 두고 저편에서 드림 4개가 바람에 펄럭였다.

'묘석, 석탑, 석불'

'묘지 분양 중. 사원, 묘지 소개'
'안심, 안전한 내진 시공'
'지진에 강한 비석용 내진 젤 매트'

깃발 안쪽에는 무인 경트럭 두 대가 서 있고, 이름이 새겨지지 않은 수많은 비석이 침묵하고 있다. 그 사이에 칠복신인 대흑천과 한 쌍의 사자 석상이 놓였고, 조금 말아 올린 블루 시트 밑에는 네모난 검은색 화강암이 쌓여 있었다. 부지 안쪽에는 함석지붕의 조립식 주택이 있고, 막 잘라낸 것처럼 보이는 석재와 운반기, 대차가 노을빛을 쐬고 있다.

싹 달라진 장소를 바라보아도 신기하게 동요는 하지 않았다. 처음부터 '오하마 반점'은 존재하지 않았고, 모두 환상이었던 것처럼 생각되었기 때문일까.

"내려서 두 손 모아 기도라도 드릴까."

고헤이의 목소리를 신호로 안전띠를 풀었다. 문을 열고 바깥으로 나가자 오렌지색과 남색, 둘로 나누어진 하늘이 눈에 비친다.

당시 학교에서 돌아오면 엄마와 둘이서 종종 산책을 나갔던 기억이 되살아난다. 아오바 씨와 만나고 나서는 하얀 손이 나 대신 살집이 두툼한 손을 잡아주었다. 그 사이에 나는 숙제에 전념하고, 빨리 끝내고 혼자만의 시간을 보낼 수 있었다. 엄마와 함께 노을을 바라볼 기회는 줄어들었지만 어쩔 수 없었다. 17세의 나한테는 달리 해야 할 일이 잔뜩 존재했다.

"저게 방조제야."

고헤이가 자재를 두는 곳에서 떨어진 방향을 손가락으로 가리켰다. 그곳에는 바로 앞에 넓은 논밭이 펼쳐져 있다. 예전에는 그 앞에 바다를 가로막는 소나무 숲이 무성했는데 침엽수의 모습이 깨끗하게 사라져버렸다. 그 대신 바닷가 일대에는 잿빛의 높다란 벽이 우뚝 솟아 있다. 언젠가 고헤이가 이야기한 대로 해수면이 보이지 않는다.

"방조제에는 계단도 있으니까 시험 삼아 가볼까?"

고헤이의 제안을 듣고 웃옷 주머니에서 스마트폰을 꺼냈다. 줄곧 배경 화면으로 쓰던 불안 단계표와 저 멀리 보이는 잿빛 벽을 번갈아 바라본다. 가슴이 술렁거리고 등줄기로 기분 나쁜 땀이 타고 내려온다.

"그만둬."

주머니에 스마트폰을 다시 넣고 집으로 돌아가면 불안 단계표를 새로 작성하겠다고 결심했다. 이 주변까지가 내 한계다. 더 이상 바다에 가까이 가지 말자고 몸과 마음이 경고한다. 내 의사에 동조하듯 눈앞 도로에는 자동차가 지나가는 기색이나 사람의 그림자는 없다. 이 길을 걸어가도 바다나 산업단지 밖에 없을 것이다. 주택의 불빛은 내륙 쪽으로 옮겨갔다.

우리는 파란색 차 곁에 나란히 서서 도로를 끼고 있던 자재 두는 곳을 향해 두 손 모아 기도했다. 눈을 감으니 바람이 우는 소리만 선명하게 들렸다.

아오바 씨 죄송합니다.

가슴속으로 중얼거린 말은 놀랄 만큼 건조했다. 줄곧 아오바 씨에게 사과하는 것이 목적이었는데 신기했다. 심장이 죄어드는 일도 없었고 눈시울이 붉어지는 일도 없었다. 이게 일단락됐다는 걸까. 마음은 아직 황량한데도 억지로 앞으로 나아가기 위한 변명을 찾으려는 속셈 같았다.

"우리들 좀 수상해 보이나?"

린코의 목소리를 듣고 눈을 떴다. 자재를 두는 곳 앞에서 작업복을 입은 남자가 이쪽을 미심쩍어하는 시선을 보낸다. 확실히 이런 갓길에서 세 사람이 나란히 두 손을 모으는 모습은 이상하게 보일지도 모르겠다.

누구라고 할 것 없이 우르르 차로 돌아가려고 하는데 머리 가마 부근에 희미한 저림이 느껴졌다. 그 자극은 서서히 어떤 장면으로 이어진다. 언젠가 들었던 구급차 사이렌과 초조한 말투가 고막 안에 남아서 계속 들렸다.

할아버지가 쓰러졌을 때 함께 있었던 사람.

우연히 나와 아오바 씨를 마주하게 해준 사람.

"미카미 씨!"

그 사실을 깨닫고 자재 두는 곳에 서 있는 인물을 향해 소리쳤다. 몇 초가 흐르고 작업복을 입은 남자가 한 손을 들었다.

"고하네냐?"

나는 차가 오지 않는 걸 확인하고 서둘러 길을 건넜다. 미카미 씨는 석양빛을 받아 온몸이 오렌지색으로 물들어 있다. 싱글벙글 웃는 표정은 변함이 없었지만 당시보다 흰 머리카락이 눈에 띄었다. 머리만큼은 11년이라는 세월이 흘렀음을 이야기하고 있었다.

"정말로 고하네냐? 머리가 짧아져서 진짜 못 알아봤다."

"오랜만에 뵙네요. 미카미 씨, 건강해 보이셔서 다행이에요."

"무슨 소리야. 지난주에도 병원에 가서 무릎에 고인 물을 빼고 왔는데. 여기저기 고장 났단다."

미카미 씨가 쾌활하게 웃으면서 작업복 주머니에서 담배를 꺼냈다. 그런 행동어 할아버지의 모습이 겹친다.

"진자로 오랜만이다. 고하네는 아버지랑 함께 도쿄르 갔지? 오늘은 무슨 일이냐?"

"아주 오랜만에 고향에 왔어요. 도쿄에 돌아가기 전에 그리운 장소를 돌아다니고 있어요."

"그렇구나. 역시 도쿄에 가면 세련되어지는구나. 흘륭해. 미인이 되었어."

건조한 입술에서 뿜어져 나오는 보랏빛 연기가 바람에 실려간다. 그 행방을 눈으르 좇다가 일부러 웃음을 지어보였다.

"당시에 정말르 신세를 많이 졌어요. 할아버지가 뇌경색을 일으켰을 때 7장 먼저 구급차를 불러주셔서 덕분에 빨리 병원으로 옮길 수 있었어요."

"그때는 깜짝 놀랐다. 오늘은 다키시 씨, 성묘하러 왔니?"

"할아버지 유늘은 도쿄의 납골당에 모셨어요. 그래서 이쪽어는 묘지가 없어요."

"그렇구나. 다케시 씨랑 다시 한번 술을 마시고 싶었는데. 이룰 수 없겠군."

미카미 씨는 감희가 깊은 듯한 눈길로 한숨을 한 번 내쉬었다. 우리 사이르 흔들리며 피어오르는 쓸쓸한 연기도 오렌지색 석양에 물든다.

"다음이 할아버지 납골당에 가면 디카미 씨와 다시 만난 것도 전해

드릴게요."

"부탁한다. 나도 언젠가 거기 가봐야겠다. 그때까지 멋진 볼거리도 찾아내주면 고맙겠구나."

미카미 씨는 빙그레 웃고 다시 보랏빛 연기를 토해냈다. 차에서는 두 사람이 기다렸고, 미카미 씨의 거무스름한 손에 들린 담배는 거의 다 타버리고 있었다. 슬슬 마무리할 때다. 마지막으로 인사하려는데 미카미 씨가 갑자기 눈을 가늘게 떴다.

"맞아, 맞아. 고하네한테 보여주고 싶은 게 있는데."

"저한테요?"

"그래. 예전에 부탁을 받았다."

사람을 착각한 거라고 생각했다. 할아버지라면 모를까, 석재사에 나를 찾아올 사람은 아마 없을 것이다.

"그게 누군가요?"

"미안. 이름은 잊어버렸다. 그게 너무 오래전 일이어서."

미카미 씨는 눈썹을 찡그리고 발밑에 둔 말통에 담배를 던졌다. 물을 채워서 재떨이 대신 쓰고 있는 듯 불씨가 꺼져가는 소리가 또렷하게 귓가에 와 닿는다.

"일단 이쪽으로 와라."

작업복 차림의 등이 자재 두는 곳 안쪽으로 걸어갔다. 나는 머뭇거리면서 차를 힐끗 돌아보았다. 차 안에 있는 두 사람과 눈이 마주치자 '미안. 잠깐 기다려'라고 전하듯이 고개를 숙이면서 몇 번 정도 손을 마주하며 양해를 구했다.

미카미 씨는 조립식으로 된 작은 창고 앞에서 발을 멈추고 주머니에서 열쇠 꾸러미를 꺼냈다. 그중에 하나를 열쇠 구멍 안에 밀어 넣는다.

"안에는 창고처럼 되어 있으니까 발밑을 조심해야 한다."

미카미 씨가 문을 열고 전기 스위치를 켜자 천장에 매달린 알전구가 불빛을 밝혔다. 분명 정리되어 있다고 하기 어려운 공간이 눈에 비쳤다. 문 근처에는 묘석을 닦기 위한 그압세척기가 몇 대 세워져 있고, 엔진이 드러난 운반기도 한 대 놓여 있었다. 벽에 붙은 선반에는 분진 마스크와 고글이 걸렸고 연마제가 든 약통이 먼지를 뒤집어썼다. 한 곳에 모아놓은 끌과 작은 망치는 녹이 슬어서 최근에는 사용하지 않는 걸 알 수 있었다.

"저기 자전거란다."

미카미 씨가 안쪽을 손가락으로 가리켰다. 눈으로 좇으니 블루 시트 위에 크고 작은 석상이 많이 놓인 곳의 한 모퉁이였다. 그 바로 옆에 자전거 한 대가 세워져 있었다. 프레임은 은색이고 큼지막한 바구니가 달렸다. 어디에서나 파는 것 같은 흔한 자전거.

"아마도 지진 재해 이듬해였을걸. 우리 가게에 아이와 함께 아기 엄마가 찾아왔어. 그때 이 자전거를 맡겼단다."

"아이와 함께 아기 엄마……라고요?"

"그래. 뭐라더라. 지진이 났을 때 고하네가 자전거를 빌려줬다고 이야기했는데. 그 자전거는 쓰나미에 휩쓸려 가버린 거 같고 대신 새로운 걸 사왔다고. 고하네 집에 찾아가려고 했지만 아미이소 지역은 쓰나미로 폐허가 되어서. 그런데 누군가에게 다케시 씨가 우리 석재사에서 일한다고 들었던 모양이야."

고개를 끄덕거리는 와중에도 자전거에서 눈을 뗄 수 없었다. 코 안쪽에서 딸기우유의 달콤한 향기가 한순간 스쳐 지나갔다.

"그 아기 엄마, 다케시 씨가 쓰나미에 희생당한 건 몰랐나 보더라. 고하네가 도쿄로 금세 가버렸다는 것도. 그걸 알려줬더니 굉장히 낙담하더라고. 결국 우리 석재사에 이 자전거를 놓고 간다고 했어. 만약에 언젠가 고하네가 찾아온다면 대신 고맙다고 전해달라고 했단다."

"그렇군요······. 죄송합니다. 폐를 끼쳐서요."

"신경 쓰지 마라. 다케시 씨가 남기고 간 선물 같은 기분도 들었거든. 요즘은 우리 젊은 직원이 근처에 갈 때 타고 다니는 모양이더라."

잠깐 뜸을 들였다가 미카미 씨가 말을 이었다.

"비를 맞히지는 않았으니까 아마도 아직은 탈 수 있을 거다. 오늘 갖고 갈래?"

"괜찮아요. 그냥 지금처럼 다들 타고 다니시면 좋겠어요."

"그래. 음, 갖고 가는 것도 번거롭겠다."

미카미 씨는 고개를 끄덕이고 발길을 돌리려고 했다. 그 순간 나도 모르게 불러 세우고 말았다.

"마지막으로 가까이 가서 봐도 될까요?"

"물론. 원래 고하네의 자전거잖니."

한 번이라도 핸들을 쥐는 것이 그 아기 엄마에 대한 예의라는 기분이 들었다. 발밑에 놓인 물건들을 피하면서 자전거 쪽으로 다가갔다. 가까이에서 관찰하자 앞바퀴와 뒷바퀴 타이어 바람이 빠져서 완전히 찌그러져 있었다. 젊은 직원이 타고 다닌다고 이야기했지만 안장에는 먼지가 뽀얗게 쌓여 있었다. 미카미 씨가 나를 배려해 준 것뿐인지도 모르겠다.

"그 아기 엄마는 피난 가는 도중에 만난 사람이에요. 그분 아이는 건강해 보이던가요?"

"그래. 자그마한 몸으로 약간 불안하게 아장아장 걸어 다녔단다."

"제 기억으로 지진이 났을 때 아직 분유를 먹었던 시기였나 봐요. 피난한 초등학교에서 과학실 알코올램프로 물을 끓였거든요."

"다 단하구나. 그런 상황에서도 살아남았다니."

그 아이는 지금 중학생 정도일까. 뭉클한 마음으로 자전거 핸들을 잡았다. 마침 시선 끝에는 블루 시트에 놓인 돌 세공 작품이 쭉 늘어서 있었다. 자세히 들여다보니 전문가가 만든 작품으로는 안 보였다. 모양이 일그러진 것도 있고 서툴게 깎은 작품도 많았다.

"이 돌 세공 작품은 누군가 체험 프로그램에서 만든 건가요?"

"그래. 지진 재해 후에 찾으러 오지 않았던 것도 몇 개 섞여 있지. 그래서 쉽게 버릴 수가 없었다."

미카미 씨의 다정함이 가슴 깊이 느껴졌다. 상처에 정도의 차이는 있겠지만 이 마을에서는 다들 비슷한 아픔을 느끼고 힘겨운 절망감을 품은 나날이 있었다. 그런데도 미카미 씨는 예전과 마찬가지로 석재사에 몸담고 있다. 미카미 씨 나름의 방식으로 그날과 타협해서 생활을 이어나간다. 알전구에 비치는 싱글벙글 웃는 표정은 나와 다르게 늠름하고 존경스러워 보였다.

"언젠가 주인 곁으로 가면 좋을 텐데."

천천히 자전거 핸들에서 손을 뗐다. 미카미 씨 쪽으로 돌아가려는데 블루 시트 안쪽에 있는 작품 하나에 눈길이 머물렀다. 순식간에 바닥에 신발 밑창이 달라붙고 피가 거꾸로 솟는 듯한 충격이 온몸에 퍼져나갔다. 정신을 차리고 보니 그 작품에 시선이 고정되어 있었다.

"거짓말······."

미카미 씨에게 허락받는 것도 잊어버리고 블루 시트로 발을 내디뎠다. 발밑에 굴러다니는 개구리와 달마를 모티브로 삼은 작품을 피하면서 숨을 멈추며 다가간다. 블루 시트가 사각거리는 소리는 단숨에 멀어지고 내 거친 숨소리만 귓가에 울려 퍼진다. 그 작품에 다가갈수록 심장 고동이 세차게 날뛰었다.

그 작품을 손에 들고 눈앞에 가까이 댄다. 손바닥에 들어가는 크기인데 꽤 묵직하다.

정말로 틀림없다.

확신으로 바뀌는 순간 목구멍으로 뜨거운 게 울컥 치밀어 오르고 시야가 흐려진다. 떨리는 입술이 오랜만에 그 이름을 소리 내어 불러본다.

"뿌 짱."

그 돌 세공 작품은 언뜻 샴고양이처럼 보였다. 얼굴에는 눈 세 개가 새겨져 있고, 모두 순하게 눈꼬리가 처져 있어서 기분 나쁜 느낌은 손톱만큼도 없었다. 둥그런 몸에는 가느다란 털이 새겨져 있고 돌인데 부드러움이 느껴진다. 뒤쪽으로 돌려서 꼬리를 살펴보니 두 갈래로 갈라져서 쭉 뻗어 있다.

하지만 기억과 다른 부분이 딱 하나 있었다.

당시 몇 번이나 엄마한테 들은 이야기를 떠올리면서 촉촉하게 젖은 두 눈을 소매로 닦는다.

아오바 씨, 이것만큼은 틀렸어요.

선명해진 시야로 뿌 짱의 등을 만졌다. 손가락으로 만져보니 자그마한 날개 윤곽이 확실하게 느껴졌다.

"고하네, 괜찮니?"

초조한 표정을 짓는 미카미 씨가 다가온다. 나는 대답하지 않고 뿌 짱의 다리 뒤를 확인했다. 까끌까끌하게 느껴지는 감촉. 들여다보니 이파리 모양을 한 마크가 새겨져 있다.

"이 돌 세공, 아오바 씨 작품이에요."

"아오바라면 '오하마 반점'에서 아르바이트하던?"

"네. 아오바 씨 사인이 새겨져 있어요."

"어딘데, 좀 봐봐."

미카미 씨에게 뿌 짱의 다리 뒤를 보여주었다.

"정말로 새겨져 있구나."

"이거…… 괜찮으시다면 제가 가져도 될까요?"

"좋을 대로 해. 그 아이는 이제 여기 올 수 없으니까……. 이 고양이도 이런 조립식 창고에 있는 것보다 햇빛을 보는 편이 좋을 테지."

내가 인사를 하자 미카미 씨가 등을 돌렸다. 그 뒤를 따라가면서 손끝으로 아오바 씨가 추가한 부분을 계속 간진다. 이 자그마한 날개를 어떤 마음으로 새겼던 것일까. 아오바 씨 입으로 이제 명확한 대답을 들을 수 없지만 상상하는 건 가능하다. 그것은 지금 살아 있는 사람의 특권 같다는 기분이 들었다.

"굉장하다. 전파도 보내고 하늘도 날 수 있다니."

내 혼잣말에 답하는 것처럼 조립식 창고 바로 옆에서 새가 날갯짓 하는 소리가 울려 퍼졌다.

차에 돌아와 뒷좌석에 앉아 짤막하게 전했다.

"아오바 씨의 작품, 창고에 남아 있었어."

린코는 눈을 휘둥그렇게 뜨고 "보여줘, 보여줘" 하고 소리를 질렀고, 고헤이는 "오길 잘했다" 하고 조용히 말했다.

린코에게 뿌 짱을 건네고 웃옷 주머니를 뒤졌다. 스마트폰을 꺼내서 화면을 만진다.

구애받고 있던 최상급 항목.

내가 앞으로 나아가기 위해 나열한 도표.

집에 돌아가면 다시 작성하려고 한 불안 단계표가 마음속에 희미한 불씨를 지핀다. 피어오르는 열기는 지금보다 편해지기 위한 불안과 공포로 어서 뛰어들라고 말한다. 단계 100의 내용을 눈동자에 아로새기고 스마트폰 화면을 어둡게 만든다.

"아무래도 바다를 보러 가야겠어."

두 사람이 동시에 뒤를 돌아보았다. 둘 다 놀란 표정을 짓고 있다.

"괜찮아. 방금 강력한 부적을 찾았으니까."

린코한테서 뿌 짱을 받아 들었다. 민트 껌보다도 항불안제보다도 효과가 강할 것 같은 돌 세공 작품을 꽉 움켜쥔다. 고헤이가 안전띠를 고쳐 매고 미끄러지듯 파란색 차가 달리기 시작했다.

논밭을 따라서 차도를 달려가는 도중에 예전에는 존재하지 않았던 묘석이 쭉 늘어선 한 모퉁이가 보였다. 세심하게 설명해 주던 고헤이도 입을 다물고 있다. 나는 햇볕이 쏟아져 내리는 묘지에서 눈길을 떼지 않았다. 당시 알고 지내던 누군가가 묻혀 있을지도 모른다고 생각하니 목구멍으로 뜨거운 감정이 울컥 치밀어 오른다. 그날 삶과 죽음을 구분 짓는 경계선은 모호했다. 아오바 씨가 도강치라고 소리를 지르지 않았다면 나는 지금 차가워 보이는 묘석과 공양 탑 밑에 잠들어 있을지도 모른다.

"이 주변부터 아미이소 지구야."

묘지를 지나치자 그 앞으로는 참억새가 흔들리는 들판과 논밭이 펼쳐질 뿐이다. 어디를 둘러보아도 집이나 사람의 그림자가 송두리째 사라진 처연한 풍경이 흘러간다. 고향인데도 어디쯤 가고 있는지 짐작조차 가지 않는다. 지금 있는 곳은 모르지만 이제 곧 연안부에 도착하는 것만큼은 알 수 있었다. 앞 유리에 비치는 회색 벽이 서서히 다가온다.

포장된 도로를 나아가는 타이어 소리가, 자갈을 밟는 울림으로 바뀌었다. 도착했다는 신호처럼 주차브레이크를 작동하고 엔진이 멈추자 회색 벽을 비추는 헤드라이트가 꺼졌다. 고헤이가 차를 멈춘 장소는 방조제 쪽에 있는 빈터였다.

"도착했다."

뿌쫑을 손에 쥔 채 주뼛주뼛 바깥으로 나간다. 눈앞의 방조제는 높이가 5미터 이상으로 연안부 일대에 가로놓였다. 방조제는 반대편에 펼쳐진 바다를 가로막고 있다.

"파도 소리가 하나도 안 들려."

린코의 의문 섞인 말을 듣고, 귀를 기울여보았다. 예전에는 매일 들었던 파도 소리도 높디높은 벽이 막고 있었다.

"벽 위로 올라가면 들리겠지. 고헤네 갈 수 있겠어?"

"응. 괜찮아."

방조제에는 같은 간격으로 계단이 설치되어 있었다. 계단을 올라가려는데 시야의 한구석을 무언가가 스쳐 지나갔다. 아무렇지도 않게 그 방향으로 고개를 돌린다. 하얀색과 빨간색이 번갈아 있는 크레인이 밤으로 물들기 전의 하늘에 쭉 뻗어 있었다.

 손바닥 안에 단단한 감촉을 느끼면서 엉겁결에 주위를 둘러본다. 아무것도 없는 것처럼 생각되던 배경에 갑자기 색채가 돌아온다. 지금은 없는 집들의 이미지가 머릿속으로 들어오고 소나무 숲의 푸른 향기가 코끝에 느껴졌다. 이 길도 엄마와 아오바 씨랑 셋이서 바닷바람을 맞으면서 여러 번 오갔다. 예전에는 이렇게 높다란 벽은 없고, 앉아 있을 정도의 낮은 콘크리트가 이어져 있었다는 것을 떠올린다.

 왜 지금까지 깨닫지 못했던 걸까.

 기억이 보여준 몇 초 동안의 환상은 몇 번인가 눈을 깜빡거리면서 사라져버렸다. 하지만 조선소 크레인만이 견고하게 남아 현실로 하늘을 관통한다.

 "두 사람 다, 기다려."

 불러 세우는 목소리에 몇 미터 앞을 걷던 친구들이 뒤를 돌아보았다. 기껏 여기까지 데리고 와줬는데 미안하다고 생각하면서도 피를 끓게 만드는 충동이 말로 바뀌었다.

 "내가 봐야 할 바다는 여기가 아니야."

 그 말만 남기고 튕겨져 나가듯 달렸다. 몸속에서 소용돌이치는 탁한 구정물이 제멋대로 두 다리를 앞으로 나아가게 한다. 등 뒤에서 나를 부르는 목소리가 들려도 뒤돌아보지 않았다. 그날 필사적으로 도망친 바다로, 지금 전력을 다해 향한다.

차에 타고 있을 때에는 깨닫지 못했지만 도로에는 수많은 잠자리가 날아다니고 있었다. 날갯짓을 하는 모습을 곁눈질로 보면서 달리는 속도를 더욱 높였다. 연안부에서 조금 떨어지자 들었던 대로 대형 트럭이 정차된 낯선 산업단지가 눈에 들어온다. 아무리 주위가 달라졌어도 헤매지 않을 자신이 있었다. 조선소의 크레인이 좌표처럼 항구로 이어지는 방향을 가리킨다.

폐에 가득한 열기를 토해내면서 아오바 씨에 대한 생각이 넘쳐흐른다.

힘든 집안일을 대신 해주었다.

맛있는 음식을 잔뜩 만들어주었다.

엄마를 싫어하는 감정을 받아주었다.

타인에게 응석부리는 것을 가르쳐주었다.

언젠가 손을 놓으라고 말해주었다.

자신의 인생을 걸어가라고 전해주었다.

그리고 나뿐만 아니라 엄마까지 사랑해 주었다.

시야가 확 트이고 좁은 바다가 보였다. 이제 불안이나 공포는 느껴지지 않는다. 그 무렵과 마찬가지로 잔잔한 파도에 정박지에 늘어선 어선이 조금 흔들린다. 그리운 풍경까지 거리가 줄어들면서 마음을 덮고 있던 막이 떨어져 나간다. 고스란히 드러난 부분에서 얼굴을 내민 것은 교복 차림의 나였다.

필사적으로 숨을 토해내고, 폐 깊숙이 닿도록 10월의 공기를 들이마신다. 전망이 안 좋은 바다에는 사람의 움직이는 기색이 감돌았다. 조선소에는 수선 중인 화물선이 자리잡았고, 저 멀리 보이는 이시노마키 공업항은 불빛을 밝힌다. 쓰나미 피해를 입었는데 풍경은 하나도 달라지지 않았다. 뒤돌아보면 함석으로 지은 단층집이 나타나고 우윳빛 유리 창문에 엄마의 실루엣이 비칠 것 같다.

아무도 없는 항구의 콘크리트를 밟고 간신히 발을 멈추었다. 무릎에 손을 대고, 호흡을 가다듬는다. 거친 숨을 내뱉으면서 고개를 들자 밤으로 물들어가는 남색 하늘이 펼쳐져 있었다. 아직 산소 결핍 상태인 멍한 머리로 지금이 해가 지는 무렵인지 해가 뜨기 전인지 잠시 알 수 없게 되었다.

무리에서 떨어진 한 마리 바닷새가 저 멀리서 날개를 펼친다. 그 광경이 눈에 비치면서 정말로 전하고 싶은 마음을 알아차렸다.

"그 무렵 곁에 있어줘서 고마웠어요."

모습은 보이지 않지만 눈앞에 아오바 씨가 서 있는 것 같은 기분이 들었다. 바다를 향해 한 손을 뻗는다. 기대했던 체온은 느껴지지 않고, 아무것도 잡지 못한 손이 차가운 바닷바람을 맞을 뿐이다.

"저기, 지금 어디 있어요?"

눈을 내리깔고 줄곧 움켜쥐고 있던 돌 세공 작품에 말을 건다. 떨어진 눈물 때문에 뿌 짱의 몸이 방울방울 젖는다. 느닷없이 온화한 바닷바람이 뒤섞이고 아오바 씨가 내 이름을 부르는 느낌이 들었다. 천천히 고개를 든다. 그 무렵에 몇 번이나 바라보았던 남색 시각의 바다가, 끊임없이 다가왔다가 물러났다가를 되풀이한다.

#4 _ 너의 날개를 생각한다

살집이 두툼한 손을 붙잡아 끌고 간신히 항구에서 발걸음을 뗐다. 갑자기 땅바닥이 흔들리고 뚱뚱한 몸을 서둘러 감싸안는다. 고하네 어머니 옷에 달라붙은 알루미늄 포일이 내가 입은 나일론 제품의 겉옷과 스치면서 묘한 소리를 냈다.

"어머님, 머리를 보호하세요!"

나도 모르게 소리를 질렀다. 떨어지는 것은 손을 얼어붙게 만드는 진눈깨비뿐이다. 여진이 멈추고 초조한 마음을 억누르면서 다시 부드러운 손을 꼭 부여잡았다.

"어머님, 괜찮으세요?"

"뿌짱이 화가 났어……."

"그냥 지진이 난 거예요. 아무튼 지금은 바다에서 멀리 떨어져야 해요……."

쓰나미가 항구의 방조제부터 여기에 다다를 때까지 5분 이상은 걸릴까. 고하네 어머니는 계속 망상으로 얼룩진 이야기를 하면서 벌벌 떨고 있었다. 몇 번이나 재촉했지간 달릴 기색은 없다.

고하네 어머니가 뭔가에 걸려서 넘어질 뻔한 것을 가까스로 지탱했다. 발밑을 확인하니 아스팔트 땅바닥에 길쭉한 균열이 생기고 있었다. 쓰디쓴 침을 삼키면서 주위를 둘러본다. 눈앞에 있는 집의 벽 블록이 떨어지고 머리 위 전선의 일부는 끊어져서 축 늘어졌다. 끔찍한 광경을 눈앞에서 보고 있는데 우리 바로 옆으로 엄청난 속도로 경트럭이 달려오고 있었다. 핸들을 잡은 사람은 어선을 대피시키던 어부였다. 아까는 어서 도망치라고 소리를 질렀는데 지금은 우리를 완전히 무시하고 있었다.

한시라도 빨리 바다에서 떨어지지 않으면 곤란하다.

느릿느릿 움직이는 고하네 어머니를 격려하면서 필사적으로 앞으로의 행동을 생각한다. 어쨌든 최대한 내륙으로 향하지 않으면 안 된다. 아미이소 지역은 평지가 이어져서 주변에는 고지대도, 피난할 만한 건물도 없다. 이런 속도로 나아간다면 초등학교에 다다르기까지 상당한 시간이 걸릴 것이다.

머릿속으로 고하네가 통학할 때 몰던 자전거를 떠올렸다. 만약에 마당 앞에 방치된 상태라면 지금보다 신속하게 바다에서 멀리 떨어질 수 있다. 나는 몇 미터 앞에 있는 고하네의 집을 바라보았다.

"어머님, 자전거 둘이서 타본 적 있어요?"

"뿌 짱이 지구를 흔들어서…… 전파 소용돌이가……."

"지금은 제 말을 들으세요!"

엉겁결에 고함을 친 순간 다시 짧은 여진이 느껴졌다. 한층 더 바다가 거칠어질 것 같은 강렬한 예감이 든다.

흔들림이 잦아들자 부랴부랴 발걸음을 재촉했다. 함석지붕인 고하네 집으로 한 걸음, 한 걸음 다가간다. 도로에서 마당 앞을 확인하자 쉰 목소리가 새어 나왔다.

"없어……."

작은 마당에서 자전거는 사라지고 없었다. 절망한 것은 겨우 몇 초뿐, 즉시 따스한 감정이 몸을 감쌌다.

그 아이는 잘 도망치고 있다.

자기 상황은 아랑곳하지 않고, 안도하면서 입가에 웃음을 보인다. 자전거를 타고 질주하는 그 아이는 틀림없이 안전한 장소까지 도착할 것이다.

나는 깊은 한숨을 내쉬고 겉옷 지퍼를 모두 내렸다. 앞으로 분명 엄청난 땀을 흘리게 될 것이다.

"지금부터 어머님을 업고 달리겠습니다."

"그렇게 하면 옷이 마찰되어 전파가 더욱 강해질 텐데……."

"괜찮으니까 어서!"

어머니를 업으려고 허리를 구부리려는 순간 고하네 집 현관이 눈에 들어왔다. 열린 미닫이문 안쪽으로 붕괴된 실내가 보였다. 문득 어떤 사실이 가슴을 찌른다. 잠시 머뭇거리다 각오를 단단히 했다.

"어머님은 먼저 이 길로 쭉 달려가세요! 바로 쫓아갈 테니까요."

그 말만 남기고 현관을 향해서 뛰었다. 자세한 설명을 할 겨를이 없다. 신발을 신은 채 실내로 뛰어들고 망설임 없이 부엌으로 발을 들여놓는다. 처방약을 보관한 소기 선반은 완전히 부서지지는 않은 채 식탁에 매달려 있었다.

제발 약봉지가 발견되기를.

제발 약이 뭉개지지 않았기를.

고하네 어머니는 이미 상태가 안 좋다. 약을 꼬박꼬박 먹지 않으면 증상이 악화할 게 뻔하다. 이제 쓰나미가 닥치면 당분간 집에 돌아올 수 없을 것이다. 그렇다면 처방약은 휩쓸려 가버릴 것이다.

우리 엄마는 제멋대로 약을 먹지 않아서 사건을 일으켰다. 만약에 약을 제대로 먹었다면 그런 비참한 사건은 일어나지 않았을지도 모른다. 수없이 했던 후회가 가슴 아프게 다가왔다.

눈도 깜빡이지 않고 정신없이 약봉지를 찾는다. 쓰러진 식기 파편과 뒤섞여서 따로따로 포장된 약이 바닥에 흩어져 있었다.

'오리츠키 가스미 님'이라고 쓰여 있는 약봉지를 닥치는 대로 주웠다. 낮에 먹는 약, 응급약, 자기 전에 먹는 약, 아침에 먹는 약, 저녁에 먹는 약. 아무튼 계속해서 주머니에 쑤셔 넣는다. 루리의 모습이 배어 있는 겉옷은 알약의 분량만큼 무게가 더해진다.

바닥이 검게 눌린 냄비와 깨진 찻잔 사이로 돌 세공 사과가 굴러다니고 있었다. 약봉지를 찾으면서도 석재사에 두고 온 뿌 짱이 뇌리에 스친다. 처음으로 타인을 위해 만들었던 돌 세공 작품. 조금이라도 고하네의 마음을 위로해 주려고 정성을 다해 귀엽게 마무리했다. 사실은 이번 주에 선물로 줄 생각이었는데 실현되지 못했다. 고하네 어머니가 폭풍에 시달리는 시기여서 건네주어도 안 좋게 받아들일 것 같았다. 눈에 띄는 약봉지를 모두 다 줍고 빵빵해진 주머니 지퍼를 완전히 닫았다. 도망치는 도중에 절대로 떨어뜨려서는 안 된다.

다시 집에서 뛰쳐나가기 전에 맹장지 문이 열린 침실을 힐끗 바라보았다. 오늘 고하네한테 알루미늄 포일 심을 건네받았을 때 다른 무언가도 함께 부탁받은 듯한 기분이 들었다. 집안일, 고하네 어머니를 돌봐주는 것, 부드러운 손을 대신 잡아주는 것. 그 아이가 앞으로 과감하게 날갯짓을 하기 위해서라도, 어른이 대신 할 수 있는 일은 많을 것이다.

마당 앞에 고하네 어머니는 멍하니 줄곧 서 있었다. 몇 미터라도 내륙 쪽으로 달려갔기를 바랐지만 텅 빈 눈빛으로 중얼거렸다. 오줌을 지킨 건지 바지 한가운데가 푹 젖어서 색깔이 달라져 있었다.

"어머님, 가요!"

이번에야말로 허리를 굽히고 싶다고 뿌리치는 고하네 어머니를 억지로 업었다. 두 다리는 납덩어리처럼 두꺼웠고, 오줌과 땀이 뒤섞인 냄새가 코끝을 찔렀다. 루리보다 훨씬 더 무거웠지만 어금니를 꽉 깨물고 앞으로 달려간다. 안전한 장소에 닿을 때까지 절대로 내려놓지 않겠다.

"꽉 잡으세요!"

질주까지는 아니더라도 잰걸음은 가능했다. 끊임없이 내리는 진눈깨비가 눈으로 들어와도 아랑곳하지 않고 계속 나아갔다. 어딘가에서 누군가가 "빨리 도망쳐!"라고 고함을 지른다. 스쳐 지나간 집 베란다에서 고령으로 보이는 부부가 멍하니 바다 쪽을 바라보고 있었다.

"뿌 짱이 다리를 핥고 있어……."

고하네 어머니가 힘없이 중얼거렸다. 두 다리가 신경 쓰이는지 자꾸만 아래를 내려다보는 기척이 등으로 전해진다. 그때마다 나는 몸이 고꾸라질 것 같았다.

"어머님, 부탁이에요. 지금은 가만히 계셔요."

"전파가 다리에 달라붙어서……."

느닷없이 경적이 울려서 고하네 어머니의 망상하는 말이 싹 지워졌다. 우리를 추월하는 오토바이에서 "걸리적거려! 병신들아!" 하고 화를 내며 소리를 질렀다. 법정 속도를 완전히 무시한 속도로 달리는 오토바이의 미등이 멀어져간다.

다들 바다에서 멀리 떨어지려고 필사적이다.

살아남으려고 필사적이다.

고하네 어머니를 고쳐 업으려고 한 번 멈춰 섰다. 등으로 감촉을 느끼면서 아까 항구에서 그 아이에게 했던 말이 머릿속에서 소용돌이친다. 그런 상황에서 전하는 것은 재수 없어 보일까 봐 억지로 삼켰던 말. 역시 그때 말했으면 좋았을걸. 최근에는 루리 곁으로 가고 싶다고 바란 적이 많았는데 마음속 깊은 곳에서 용솟음친 것은 정반대였다.

등 뒤에서 지금까지와는 다른 외침이 들려왔다. 피난을 재촉하는 목소리나 화를 내는 목소리와는 다른, 겁에 질린 비명.

"어머님, 다시 한번 힘을 낼게요."

강렬한 마음이 발걸음을 빨라지게 한다. 항구에서 가슴속에 품었던 삶에 대한 등불은 아직도 계속 타오른다. 쓰나미가 닥쳐와도 꺼트리고 싶지 않다.

심장에 채찍을 가하면서 거친 숨을 토해냈다. 입안은 사막처럼 건조하고 고하네 어머니의 몸을 지탱하는 두 팔은 마비되기 시작했다. 그래도 앞을 바라보며 계속 갔다. 확실히 무언가를 짊어짐으로써 강해지는 경우도 있을 것이다. 하지만 어린아이의 등이라면 아직 자그마한 날개는 망가질지도 모른다. 숨을 헐떡거리면서 빈다. 그 아이가 언젠가 날아오를 수 있기를. 그 아이의 인생이 반짝반짝 빛나기를.

기타카미 운하에 놓인 짧은 다리를 건너려고 할 때 지금까지 맡아본 적이 없는 강렬한 바다 냄새를 느꼈다. 자연스럽게 뒤를 돌아본다. 소나무 숲 사이로 보이는 바다에는 높다란 벽 같은 물체가 솟구쳐 있었다. 하얀색 파도를 일으키며 이쪽으로 다가온다.

"살아서 또 만나자."

항구에서 전하지 못한 말을 중얼거리고 다시 앞을 향한다. 진눈깨비가 계속 내리는 잿빛 하늘에서 날갯짓을 하는 소리가 들렸다. 고개를 드니 머리 우로 바닷새가 선회한다.

괜찮다, 아직 달릴 수 있다.

두 다리뼈가 삐걱거릴 정도로 세차게 땅바닥을 찼다. 또 한 걸음 그 아이 곁으로 다가간다.

에필로그

 이중문 앞에서 기리누마 씨와 다시 만났다. 병원을 옮겼을 때와 같은 종이봉투를 한 손에 들고 있었다. 몇 개월 전보다 야위었지만 혈색은 나쁘지 않다. 내시경 외과 수술로 폐의 일부를 절제했는데, 움직일 때 숨이 차서 헐떡거리는 모습은 눈에 띄지 않았다.
 "또 신세를 지네요."
 가볍게 고개를 숙이는 기리누마 씨 옆에는 긴팔 교복을 입은 딸이 붙어 있었다. 백팩을 멘 걸 보니 이따가 학교에 갈지도 모르겠다. 나는 두 사람을 번갈아 바라보면서 빙그레 웃음을 지었다.
 "기리누마 씨, 수술 받느라 고생 많으셨어요."
 "고마워요……. 폐에 추적 장치를 집어넣은 것 같았는데. 저쪽 병원 선생님이 제거해 주셔서 안심했어요."
 망상은 변함없지만 뭔가 나쁜 것을 제거했다는 실감은 있는 듯하다. 수술받은 뒤에도 커다란 합병증 없이 지내고 폐 치료는 일단락된 것 같다. 옮긴 병원에서도 정신과 치료를 받았는데 오늘부터는 우리 병원에서 다시 입원 치료를 받게 되었다.
 입원 수속 담당인 이노우에 씨가 재촉해서 두 사람은 진찰실로 사라졌다. 기리누마 씨는 재입원인데 수술받은 병원에서는 이미 진찰 정보 제공서와 간호사 요약을 보내왔다. 딸에게 근황을 묻는 건 단시간에 끝날 것이다. 15분 정도로 예상하고 나는 일단 간호사실로 돌아갔다.

이노우에 씨에게는 기리누마 씨 딸이 돌아가기 전에 미리 알려달라고 부탁했다. 전자 차트에 오늘 들어온 환자의 간호기록을 기재하면서 몇 번인가 벽시계에 눈길을 주었다. 예상했던 시간이 지나기 전에 등 뒤에서 발소리가 들려왔다.

"고하네 씨, 가족 대응 끝났어요."

쓰다 만 간호기록을 임시 저장하는 것도 잊어버리고 일어났다.

"따님은 이제 학교에 간대."

이노우에 씨에게 인사하고 진찰실로 향하려다가, 준비해둔 서류봉투가 눈에 띄어 다급하게 손에 든다. 절대로 이것을 잊어버려서는 안 된다.

진찰실 문을 열자 기리누마 씨가 겉옷을 위로 올리고 있었다. 베이지색 브래지어와 군살이 겹겹이 접힌 배가 보인다. 기리누마 씨 겨드랑이 밑에 얼굴을 가까이 댄 딸이 부끄러운 듯 돌아보았다.

"앗, 죄송해요."

"무슨 일 있어요?"

"그냥 수술 자국을 본 것뿐이에요."

기리누마 씨 흉부 옆쪽에는 몇 센티미터도 되지 않는 메스를 댄 자국이 남아 있다. 깨끗하게 아문 상처 자국을 바라보면서 나는 입꼬리를 올렸다.

"두 분 다 정말 고생 많으셨어요. 기리누마 씨는 이노우에 간호사가 안내하러 올 거고요. 따님은 이제 학교에 가나요?"

에필로그

"네. 입원 수속도 끝났고 이제 학교에 가려고요."

"그럼 승강기 앞까지 바래다줄게요."

기리누마 씨가 들어 올린 겉옷을 내리자 딸이 고개를 끄덕거렸다.

이중문을 빠져나가 일층으로 내려가는 승강기 버튼을 눌렀다. 기다리면서 손에 든 서류 봉투를 옆으로 내민다.

"이거, 괜찮으면 봐볼래요."

"엄마 입원에 관한 서류인가요?"

"아니에요. 어린데 가족을 돌봐주어야 하는 사람들의 모임 안내예요. 내가 개인적으로 참견하는 거니까 필요 없으면 버려요."

갈색 서류 봉투 안에는 가족 돌봄 청소년끼리 서로 지원하는 모임에 대한 광고가 몇 장 들어 있다. 같은 상황이나 처지의 사람이 모여서 서로 진심을 털어놓고, 이해해 주고, 지원해 주는 자리다. 자연스럽게 고헤이와 린코의 모습이 머릿속에 떠오른다. 누군가와 마음을 공유함으로써 편해지는 순간은 확실히 존재한다.

"오늘은 학교에 두통이 심하다고 거짓말하고 왔어요."

"그렇군요……. 지난번에는 생리통이었어요?"

"네. 담임 선생님은 병약한 학생이라고 생각하겠죠."

기리누마 씨 딸은 힘없이 웃고는 갈색 서류 봉투를 받았다.

"마음 내키면 참가해 보겠습니다."

"온라인으로 개최하는 곳도 있으니까. 진입장벽은 낮을 거예요."

승강기가 도착하자 덜컹거리며 문이 열렸다. 기리누마 씨 딸이 한 걸음 내딛자 주름치마가 가볍게 흔들린다. 이미 18세를 맞이했다는 사실을 떠올리면서도 기리누마 씨 딸을 지켜주고 싶다는 마음이 강해진다. 성인이 되었다고 가족에 대한 돌봄이 가벼워지는 것은 아니다. 오히려 자신의 취직이나 결혼 같은 삶의 이벤트는 늘어날 것이고 부담을 강하게 느낄 상황이 있을지도 모른다.

갑자기 엄가에 엿코이는 덧니를 떠올린다. 17세였던 내 곁에는 아오바 씨가 있어주었다. 중요한 건 주위에 부담을 대신 짊어질 누군가가 있느냐다. 신뢰할 사람은 많을수록 좋을 것 같다.

"그럼 간호사 선생님, 안녕히 계세요."

승강기 문이 닫히자 손을 흔드는 교복 차림의 모습이 사라졌다. 내려가는 층수 표시를 바라보면서 조용히 중얼거렸다.

"언젠가 누군가에게 맡기면 좋을 텐데."

그 말을 기리누마 씨 딸한테 직접 전할 수는 없었다. 현재 상황에서 가족 돌봄 청소년에게 특화된 지원 서비스가 거의 없기 때문일 것이다. 몇 가지 사회 지원 제도를 머릿속에 떠올려본다.

생활 보호 제도.

장애 복지 서비스.

생활 보호 대상 자립 지원 제도.

한 부모 가정 등 일상생활을 지원하는 사업.

이용 가능한 제도를 찾아보면서 지원을 계속해가는 수밖에 없다. 조그맣게 한숨을 내쉬면서도 지금 내가 할 수 있는 것을 생각한다. 이중문을 열려는 순간 생각 하나가 가슴에 스쳐 지나갔다.

부모의 질병 상태가 안정되면 아이는 안심할 수 있을 것이다.

그것은 믿음보다는 체험에 가깝다. 아오바 씨는 나와 엄마를 소중하게 대해주었다. 아이에게 피해를 주는 몹쓸 부모라는 딱지를 붙이지 않고 엄마도 사랑해 주었다. 부모에 대한 지원은 간접적으로 아이에게도 좋은 영향을 주는 느낌이다.

병동에 돌아가서 깊은 한숨을 내쉬었다. 이제 기리누마 씨는 병실로 안내를 받았을까. 기리누마 씨의 병실을 향해서 하얀색 간호사 신발을 한 걸음 내디뎠다.

주간 근무를 끝낸 피로감을 느끼며 거실로 이어지는 문을 열었다. 나기사는 이미 실내복으로 갈아입고 소파에서 스마트폰을 만지작거리고 있다.

"아앗, 빨리 온 거 같은데?"

"그래? 초과 근무도 했어."

테이블 위에 펼쳐진 광경을 보고 눈썹을 찡그렸다. 초콜릿과 쿠키 같은 과자가 잔뜩 흐트러져 있고, 먹다 만 콜라가 페트병 안에서 거품을 내뿜는다. 나는 러그에 떨어진 포테이토칩을 한 개 집어서 입에 넣었다.

"집주인이 없는 동안 굉장히 편하게 계시네요."

"그러니까 고하네 언니, 오늘은 카레 먹고 온다고 했잖아. 저녁 만드는 것도 귀찮고 과자로 때워도 되지 않나 해서."

"친구들과 만나는 건 내일이야. 저기, 소파에 과자 부스러기가 떨어졌는데."

내일은 '별과 자두'에서 두 사람과 만날 약속을 했다. 정기검진을 문제없이 완수한 고헤이에게, 린코가 생강을 넣은 카레를 대접한다는 것 같다.

"샤워하고 올 테니까 그때까지 조금 치워놔.'

"네에."

믿음이 안 가는 대답을 듣고 목욕탕으로 향한다. 내일부터는 연휴를 앞두고 있다. 남몰래 해방감에 젖어서 뜨거운 물로 샤워를 했다.

세면대 앞에서 머리를 말리고 평상복으로 갈아입었다. 거실로 가서 나기사 옆에 앉았다. 테이블 위는 어느 정도 정리가 되어 있었다. 지나치게 많이 산 과자는 아직 대부분 남았다.

"나도 오늘은 과자로만 때울까."

"어엇, 신기하네. 고하네 언니가 웬일로."

"관심 가는 드라마가 있어. 나기사도 같이 볼래?"

"좋아. 어떤 내용?"

"멜로드라마."

"어머, 싫어한다고 하지 않았어?"

"오랜만에 보고 싶어졌어."

짧은 침묵 후 내 어깨를 가볍게 두드리는 감촉을 느꼈다.

"고하네 언니. 큰맘 먹고 고향에 다녀와서 뭔가 달라진 거 같은데?"

"그런가?"

"응. 뭐랄까. 전보다 잘 웃는 거 같아. 그리고 지난번에 그렇게 괴로웠던 일을 이야기해 줘서 고마워."

나기사는 해맑게 인사하고 평소처럼 스마트폰을 만지작거리기 시작했다.

"나야말로 들어줘서 고마워."

나는 쑥스러움을 숨기려고 리모컨으로 손을 뻗어서 넷플릭스 앱을

켰다. 검색 칸에 그 드라마 제목을 쳤다.

"앗, 이 드라마 알 거 같아. 예전에 히트 친 작품이지?"

아무 말 없이 고개를 끄덕거리고 그날 끝까지 보지 못한 5회를 선택했다. TV 장식장에 놓아둔 뿌 짱이 천장 불빛을 반사한다. 밝은 장소에서 보아도 온화하고 다정한 표정을 짓고 있었다.

"저 두 사람, 진짜로 이어질까?"

입매 사이로 엿보이는 덧니를 떠올리면서 힘차게 리모컨 버튼을 눌렀다.

작가의 말

 동일본대지진이 일어났을 때 저는 간토 지방의 간호학교 학생이었습니다. 도서관에서 자료 조사를 하는데 바닥이 파도치듯 세차게 흔들리는 걸 느꼈습니다. 서가에 꽂혀 있던 의료 관련 책이 우르르 바닥에 쏟아지는 소리가 울려 퍼지고, 여기저기 학생들의 비명이 들렸습니다. 책들이 의지가 있는 것처럼 책꽂이에서 튀어나오는 광경은 아직도 머릿속에 또렷이 남아 있습니다. 흔들림이 잦아들자 학생들에게 바깥으로 피난하라는 지시가 내려졌습니다. 다행히도 누구 하나 다치지 않았고 그날은 곧바로 집으로 돌아가라는 당부를 들었습니다.

 지진 발생 직후에는 교통기관이 마비되어 집으로 돌아갈 수 없는 학생들이 있었습니다. 저는 학교 근처 월세가 저렴한 아파트에서 살고 있었기 때문에 먼 곳에서 통학하는 친구들을 일단 집으로 데려갔습니다. 그 친구들과 "엄청 심한 흔들림이었어" "진짜 벌벌 떨었다"고 이야기하면서 집에 도착해서 TV 뉴스 프로그램을 보았습니다. 그리고 제 고향이 쓰나미에 휩쓸리는 광경을 목격했습니다.

 그렇게 일주일 동안 고향에 있는 가족과 친구랑 연락이 닿지 않았습니다. 마침내 전화로 안부를 확인하고 고향의 상세한 상황을 알게 되었습니다. 어떤 뉴스 프로그램에서 전달하는 광경보다 훨씬 생생하고, 대부분의 이야기는 비참했습니다. 전화로 들려오는 목소리에 맞장구를 칠 때마다 저는 말로 표현하기 어려운 무력감과 한심함을 느꼈습니다. 당장 집을 뛰쳐나가서 고향에서 봉사활동을 할 용기는 없고 근처 편의점에서 산 통조림이나 과자를 친구들에게 보내는 나날. 결국 제가 보낸 식품은 뭔가 착오가 있었는지, 아무도 받지 못했던 모양입니다.

계획 정전일 때는 어두운 방에 있고 싶지 않아서 바깥을 정처 없이 몇 시간이나 쏘다녔습니다. 고향은 괴멸되어 아무것도 할 수 없고, 쓰나미가 덮치지 않은 거리에서 홀로 자기혐오에 빠지는 게 일상이었습니다. 어스레함이 내려앉는 국도를 따라 방황하는 도중에 고등학교 선배한테 라인 메시지 하나를 받았습니다. 눈에 들어온 것은 '부고'라는 글자. 내용을 확인하자 친구인 K가 쓰나미에 휩쓸려 세상을 떠났다고 적혀 있었습니다.

K와는 고등학교 시절에 같이 축구 동아리에 속해 있었고 많은 시간을 함께 보냈습니다. 당시 동아리에서 날마다 얼굴을 마주했고, 휴일에도 종종 K의 집에 놀러 갔습니다. 기타를 가르쳐주거나 만화책을 읽거나 서로의 사랑에 대해 이야기하며 장난을 쳤습니다. K는 저와 다르게 모든 사람에게 다정하고 너그러웠습니다. 다른 사람에게 상처를 주는 모습은 한 번도 본 적이 없습니다. K와는 고등학교 졸업 후에도 연락을 취했고, 제가 고향에 돌아갔을 때 함께 술을 마시기도 했습니다.

K의 부고를 듣고는 지진이 발생하고 나서 처음으로 눈물을 왈칵 쏟아냈습니다. 동시에 극심한 죄책감이 낙인처럼 가슴에 새겨졌습니다.

왜 그렇게 착한 녀석이 죽어버리고, 나는 태연하게 살아가는 걸까.

고향이 폐허 상태인데 아무것도 할 수 없는 현실.

고향에 대해 걱정하면서도 몇 시간 뒤에는 불빛을 밝힌 거리에 머물러 있는 비겁한 사람.

솔직히 12년이 지난 지금도 그런 생각은 완전히 가시지 않았습니다.

동일본대지진 몇 년 뒤에 K의 집에 찾아갔습니다. 건강하셨던 K의 어머니는 완전히 딴사람처럼 야위어 보이셨습니다. 초췌하다는 표현이 정확할 겁니다. 그렇지만 조문하고 나서 저에게 다과를 대접하면서 웃는 얼굴을 보여주셨습니다. K의 불단에 향은 꽂았지만 성묘는 아직 가지 못했습니다. 아무래도 망설여졌기 때문입니다. K의 영정 사진을 눈으로 보고 난 뒤에도 아직 어딘가에서 살아 있을 것 같은 기분이 들었습니다. 지금은 당시보다는 지진 재해 이외의 것을 생각하는 시간이 많아졌지만 매년 3월 11일이 가까워지면 K를 떠올립니다. 제가 살아 있는 한, 그건 달라지지 않을 것입니다.

이 책에 나오는 아미이소 지역은 가공의 장소이지만 제 마음속 풍경과 현재의 고향이 뒤섞인 마을입니다. 집필 중에 몇 번인가 고향에 돌아가서 새롭게 태어난 마을을 바라보았습니다. 부모님께 "요즘 지진 재해에 대해서 쓰고 있다"고 말을 흘렸더니 아버지는 "열심히 해"라고 격려해 주셨지만 어머니는 "그만둬"라고 난색을 표하셨습니다. 어머니는 동일본대지진이 일어난 뒤 한 번도 바다에 가까이 가지 않은 듯합니다. 아버지 차로 방조제를 보러 갔을 때도 한 발자국도 차 밖으로 나가려고 하지 않았습니다. 그런 어머니의 옆모습을 보았지만 그래도 저는 결국 쓰는 걸 멈출 수 없었습니다. 원래 부모님 말을 잘 안 들기도 했고 가슴에 지펴진 열기를 한 권의 책으로 만들고 싶었기 때문입니다.

이 이야기를 쓰려고 생각한 건 직장에서 가족 돌봄 청소년을 만난 게 계기가 되었습니다. 돌이켜 보면 제가 고등학생이었을 때도 가족을 오랜 시간 지원하는 친구가 존재했습니다. 당시를 떠올리며 1부 주인공들의 나이는 17세로 설정했습니다. 그 무렵 제 일상에는 바로 곁에 바다가 있다는 느낌이 들었습니다. 작가로 데뷔하고 언젠가 쓰고 싶다고 생각한 동일본대지진 이야기도 자연스럽게 그 타이밍에 마주했습니다. 2부를 집필하기 시작한 건 작품과 같은 시기인 2022년 여름이었습니다. 현실에서는 신종 코로나바이러스가 만연하고 마스크로 입가를 덮으면서 무더운 여름을 났습니다. 제가 근무하던 병원에서도 감염 확산 방지를 위해 문병을 계속 제한하고 입원 중인 환자와 만나지 못한 가족을 많이 보았습니다. 그런 가족과 입원 환자의 슬픔과 분노를 피부로 느끼고 있었기 때문에. 2부를 쓸 때는 신종 코르나바이러스가 완전히 종식된 세상으로 상상해서 그렸습니다. 누구나 자유롭게 만나는 일상으로 빨리 돌아가도록 의료 종사자의 한 사람으로서 기도와 바람을 담았습니다.

가족 돌봄 청소년들은 지금도 어딘가에 존재합니다. 최근에 가족 돌봄 청소년에 대해 다양한 논의가 있지만 충분한 지원이 이루어진다고 당당하게 말할 수 없는 실정입니다. 이 책을 쓸 때 단 한 가지 마음속에 정한 건 등장인물들이 품은 가족에 대한 감정을 순수하게 그리는 것입니다. 설령 왜곡된 생각이라고 해도 부정하지 않고 일단 그대로 받아들이는 것입니다. 개인적으로는 현실 세계에서도 그런 자세를 중요하게 생각합니다.

마지막으로 이 책을 읽는 독자 여러분에게 드리고 싶은 말씀이 있습니다. 저는 가족 돌봄 청소년에게는 믿을 만한 어른이나 안심할 수 있는 장소가 꼭 필요하다고 생각합니다. 이 이야기를 다 읽고 아이들을 바라보는 눈길에 새로운 시점이 더해진다면 다행일 것입니다. 누군가의 어려움을 모두 해결해 주는 것은 굉장히 어렵습니다. 그렇지만 따뜻한 눈길을 계속 보냄으로써 누군가의 괴로움이 줄어들지도 모릅니다.

가까운 미래, 가족 돌봄 청소년의 부담을 줄여주는 사회로 변화하고 그들이 마음껏 날아오르기를 간절하게 바랍니다.

동일본대지진으로 세상을 떠난 수많은 분들을 추모하는 마음을 담아서.

2023년 4월 마에카와 호마레

옮긴이의 말

2011년 3월 11일, 바다에 놀러 갔다가 KTX를 타고 서울역에서 내려 집으로 가는 길이었습니다. 대형 TV에 비치는 모습을 보고 몹시 충격을 받았던 게 기억납니다. 쓰나미, 끔찍하고 참혹하고 무섭고 슬픈 영상. 이 책을 번역하면서도 한참 동안 당시 영상을 찾아보기를 망설였습니다. 그때 느꼈던 서글픈 감정이 되살아날까 두려웠기 때문입니다. 아주 오래전, 도쿄에 잠시 머물렀을 때 지진을 경험했습니다. 잠깐이었지만 건물 바닥이 흔들렸을 때 느꼈던 공포란 정말.

작가의 직업이 간호사이고, 감정선을 섬세하게 표현해서 막연히 여자분이라고 생각했습니다. 그게 제 선입견이었다는 사실을 뒤늦게 알았습니다. 작가는 2017년에 데뷔작으로 포플러 신인상, 2023년에 이 작품으로 제14회 야마다 후타로상이라는 권위 있는 상을 받았습니다. 하지만 아직도 묵묵히 간호사의 길을 걸어가고 있다고 합니다. 미야기현에서 태어나고 자란 작가에게 동일본대지진은 남다른 의미로 다가왔을 것입니다. 그 사건으로 벌어진 수많은 일과 간호사로 일하면서 알게 된 분들의 아픔과 그들을 돕기 위한 노력, 문제의식 제기, 방대한 지식까지 촘촘히 아로새겨 놓은 역량, 이타적이고 따스하고 선한 가슴에 무한한 존경심이 들었습니다.

방파제를 눈앞에 두고 고하네와 아오바 씨가 헤어지는 장면, 쓰나미가 밀려들 때의 긴박감, 고하네 대신 아오바 씨가 어머니를 구하려고 애쓰는 장면, 낮에서 저녁으로 넘어가는 순간 보이는 남색 하늘, 애증의 존재였던 가족의 죽음, 그리고 삶은 계속된다.

 교정을 하면서 비로소 동일본대지진 관련 영상을 찾아보았습니다. 어느 할아버지가 골목에서 쓰나미를 피해서 잰걸음으로 가는 모습, 어떤 아저씨가 마을이 쓰나미에 휩쓸리는 광경을 언덕 위에서 내려다보면서 울부짖는 소리, 누군가 너무나도 가슴 아프게 흐느끼는 소리, 사이렌 소리, 경적 소리, 진눈깨비가 흩날리는 잔뜩 흐린 하늘, 까만 밤에 거리 곳곳이 불타는 장면. 작가의 말처럼 저 역시 동일본대지진으로 세상을 떠난 분들의 명복을 빕니다. 가까스로 살아남았지만 트라우마로 고통받는 분들이 마음의 평안을 얻고 치유되시길 바랍니다.

 이 책의 등장인물 중 고하네의 할아버지를 비롯해서 몇몇 사람이 이따금 미야기현 사투리를 쓸 때가 있는데요. 우리나라 사투리로 온전히 번역하는 게 가능한지 고심하다가 표준어로 번역하고 꼭 필요한 곳에만 주석을 달았습니다. 부디 양해해 주셨으면 합니다.

 이 작품 덕분에 많은 걸 반성하게 되었고 새롭게 태어난 기분으로 좀 더 긍정적으로 곁에 있는 사람들을 소중하게 여기고 사랑하면서 행복하게 살자고 다짐했습니다. 훌륭한 작품을 써주신 작가분에게 진심으로 감사드립니다. 꿈에 그리던 좋은 책을 번역할 기회를 주신 출판사분들, 이 책을 읽어주신 독자분들, 정말 고맙습니다. 늘 건강하시고 행복하시길 바랍니다.

참고 문헌

- 『가족 돌봄 청소년: 간호를 책임지는 아이들·젊은이의 현실』 시부야 도모코, 추코신쇼
- 『가족 돌봄 청소년 나의 이야기: 아이들과 젊은이들이 경험한 가족 케어와 간호』 시부야 도코코 편, 생활서원
- 『아이 간호사: 가족 돌봄 청소년의 현실과 사회의 벽』 하마시마 요시에, 가도카와신쇼
- 『가족 돌봄 청소년을 지원한다: 가족을 케어하는 아이들』 Nursing Today 북레이트 편집부 편, 일본 간호 협회 출판사
- 『젊은 사람으로 끝나지 않는 가족 돌봄 청소년: 형제, 가족 돌봄 청소년 삶의 무대와 갈등』 나카타 가이토·기무라 사토시 편저, 크리에이츠카모가와
- 『정신장애가 있는 부모가 키운 아이들의 이야기: 어려움의 이해와 회복에 대한 지원』 요코야마 게이코·가게야마 세이코 편저, 아키이시쇼텐
- 『조용한 혁명가들: 정신장애가 있는 부모가 키우고 성장해서 지원하는 자리에 추직한 아이들의 이야기』 요코야마 게이코·가게야마 세이코·고도모피아 편저, 펜코무
- 『'가족 돌봄 청소년'이란 누구인가: 가족을 '신경 쓰는' 아이들의 고립』 무라카미 마사히코, 아사히신문출판
- 『가족 돌봄 청소년: 간호하는 아이들』 마이니치신문 취재반, 마이니치신문 출판
- 『월간 정신과 간호 통권 347호 특집 가족 돌봄 청소년: 정신질환을 가진 부모님과 그 아이들, 모두를 감싸안는 지원』 정신간호출판
- 『월간 정신과 간호 통권 365호 특집 가족 돌봄 청소년에 대한 지원』 정신간호출관
- 『혼자가 아니다 다큐멘터리 지진 재해로 죽은 아이』 NHK 취재반 편저, NHK 출판

- 『파인더 너머 3·11』 야스다 나츠키·사토 케이·시부야 아츠시, 하라쇼보
- 『하늘에서 잘 보고 있기를: 작문집·동일본대지진 부모를 잃은 아이들의 10년』 아시나가 육영회 편, 아사히신문출판
- 『쓰나미에서 살아 돌아오다: 동일본대지진·이시노마키 지방 100명의 증언』 산리쿠가호쿠신보샤 '이시노마키카호쿠' 편집국 편, 슌보샤
- 『아이들의 3·11: 동일본대지진을 잊지 못한다』 Create Media 편, 가쿠지출판
- 『쓰레기 더미 안의 천사들: 마음에 상처를 입은 아이들의 내일』 시이나 아츠코, 슈에이샤
- 『증언 기록 동일본대지진』 NHK 동일본대지진 프로젝트, NHK출판
- 『동일본대지진 '그날' 그리고 6년: 기억·삶·미래』 구라마타 미츠아키, 사이류샤
- 『보도 사진집 동일본대지진 10년 부흥의 발걸음 미야기·이와테·후쿠시마』 가호쿠신보
- 『재해와 아이들의 마음』 시미즈 마사유키·야나기다 구니오·이데 히로시·다나카 히로시, 슈에샤신쇼
- 『정신 의료 59호 특집 의료관찰법이 없는 사회를 향해서』 『정신의료』 편집위원회 편, 히효샤
- 『정신 의료 96호 특집 의료관찰법~다시 내용을 묻다』 『정신의료』 편집위원회 편, 히효샤
- 『정신 간호: 의료관찰법을 모른다…… 격월간 2008년 3월호』 의학서원
- 『의료관찰법과 사례 시뮬레이션』 다케이 미츠루 편저, 세이와쇼텐
- 『Q&A 심신상실자 등 의료관찰법 해설 제2판 보정판』 일본 변호사 연합회 형사법제 위원회, 산세이도
- 『르포 형기 없는 수용: 의료관찰법이라는 사회 방위 체제』 아사노 나가코, 겐다이쇼칸
- 『공황장애가 온다?!: '초조해하지 않는다!' 공황장애에 잘 듣는 약』 사쿠라

카와 아유미, KADOKAWA
- 『스스로 할 수 있는 인지 행동 요법: 우울증·공황장애증·강박증을 쉽게 고치는 방법』 아사오카 마사코·기요미즈 에이시 감수, 쇼에이샤
- 『공황장애증과 과호흡: 발작 공포·불안에 대한 대처법』 이나다 야스유키 감수, 고단샤
- 『안녕 다마 짱』 다케다 가즈요시, 고단샤
- 『남인도 요리와 밀스』 나일 요시미, 이와테쇼텐

인터넷 기사
- 경시청 - 동일본대지진에 대해서
  https://www.npa.go.jp/news/other/earthquake2011/index.html
- 후생노동성 - 가족 돌봄 청소년에 대해서
  https://www.mhlw.go.jp/stf/shingi/young-carer-pt.html
- 내각부 - 고령 사회 백서
  https://www8.cao.go.jp/kourei/whitepaper/index-w.html

남색 시각의 너희들은

2025년 7월 15일 초판 1쇄 펴냄

펴낸곳 ㈜꿈소담이 / 뜰Book
펴낸이 이준하
글 마에카와 호마레
옮김 안소현
책임편집 오민규
본문편집 쏘울기획

주소 (우)02880 서울특별시 성북구 성북로5길 12 소담빌딩 302호
전화 02-747-8970
팩스 02-747-3238
등록번호 제6-473호(2002. 9. 3)
홈페이지 www.dreamsodam.co.kr
북카페 cafe.naver.com/sodambooks
전자우편 isodam@dreamsodam.co.kr

ISBN 979-11-91134-74-2 03830

Aiiro Jikoku no Kimitachi wa by Homare MAEKAWA
Copyright © 2023 Homare MAEKAWA
First Published in Japan in 2023 by TOKYO SOGENSHA CO., LTD.
Korean translateon rights arranged with TOKYO SOGENSHA CO., LTD.
through Shinwon Agency Co., Ltd.
Korean translation rights © 2025 by Kkumsodami publishing CO.

- 이 책은 ㈜신원 에이전시를 통한 저작권자와의 독점 계약으로 ㈜꿈소담이/뜰Book에서 출간되었습니다. 저작권법에 의해 한국 내에서 보호를 받는 저작물이므로 무단전재와 복제를 금합니다.
- 책 가격은 뒤표지에 있습니다.
- 잘못된 책은 구입하신 곳에서 교환해 드립니다.
- 뜰Book은 꿈소담이의 성인 브랜드입니다.